前九年の風

畏怖・厨川次郎伝

筒井繁行
Shigeyuki Tsutsui

イーハトーヴ書店

前九年の風

目次

主要人物家系図

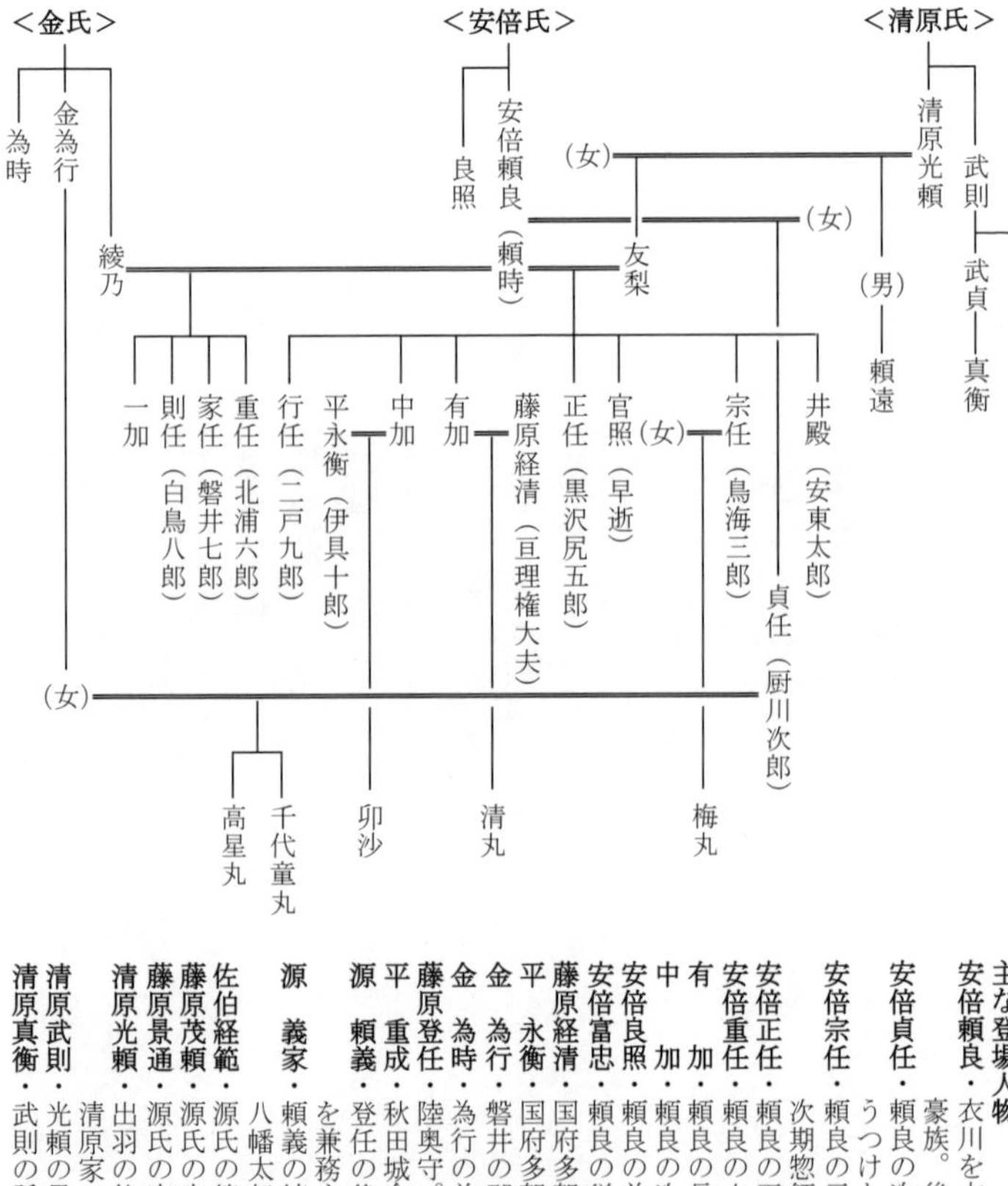

主な登場人物

安倍頼良・衣川を本拠に奥六郡を支配する豪族。後に頼時と改名。
安倍貞任・頼良の次男。身の丈七尺の巨漢。うつけとの悪評が広まっている。
安倍宗任・頼良の三男。頭脳明晰。安倍の次期惣領と目されている。
安倍正任・頼良の五男。篠笛の名手。
安倍重任・頼良の六男。鷹の使い手。
有　加・頼良の長女。藤原経清に嫁ぐ。
中　加・頼良の次女。平永衡に嫁ぐ。
安倍良照・頼良の弟。僧にして小松柵の主。
安倍富忠・頼良の従兄弟。東日流の支配者。
藤原経清・国府多賀城の役人。亘理の領主。
平　永衡・国府多賀城の役人。伊具の領主。
金　為行・磐井の郡司。頼良の盟友。
金　為時・為行の弟。気仙郡司。兄と不仲。
藤原登任・陸奥守。奥六郡の財を狙う。
平　重成・秋田城介。登任と組む。
源　頼義・登任の後の陸奥守。鎮守府将軍を兼務する。河内源氏の棟梁。
源　義家・頼義の嫡男。弓の名手。八幡太郎の異名を持つ。
佐伯経範・源氏の筆頭家臣。
藤原茂頼・源氏の家臣。
藤原景通・源氏の家臣。
清原光頼・出羽の仙北三郡を支配する豪族。清原家の総帥。
清原武則・光頼の異母弟。頼義と組む。
清原真衡・武則の孫。清原軍の若き軍師。

＜律令時代奥羽概要＞

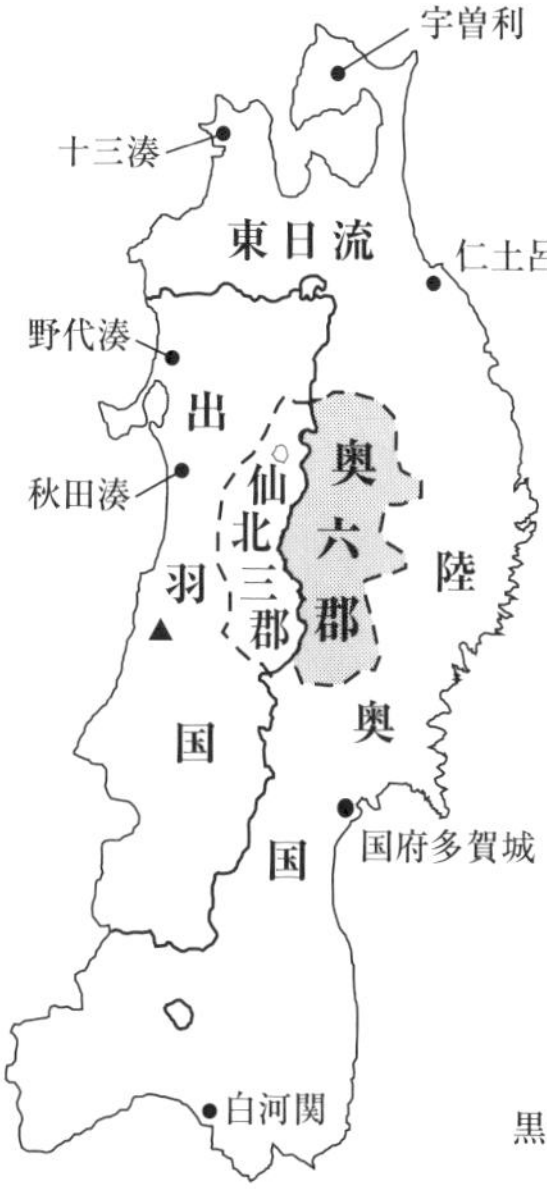
宇曽利
十三湊
東日流
仁土呂志
野代湊
秋田湊
出羽国
仙北三郡
奥六郡
陸奥国
国府多賀城
白河関

＜奥六郡周辺図＞

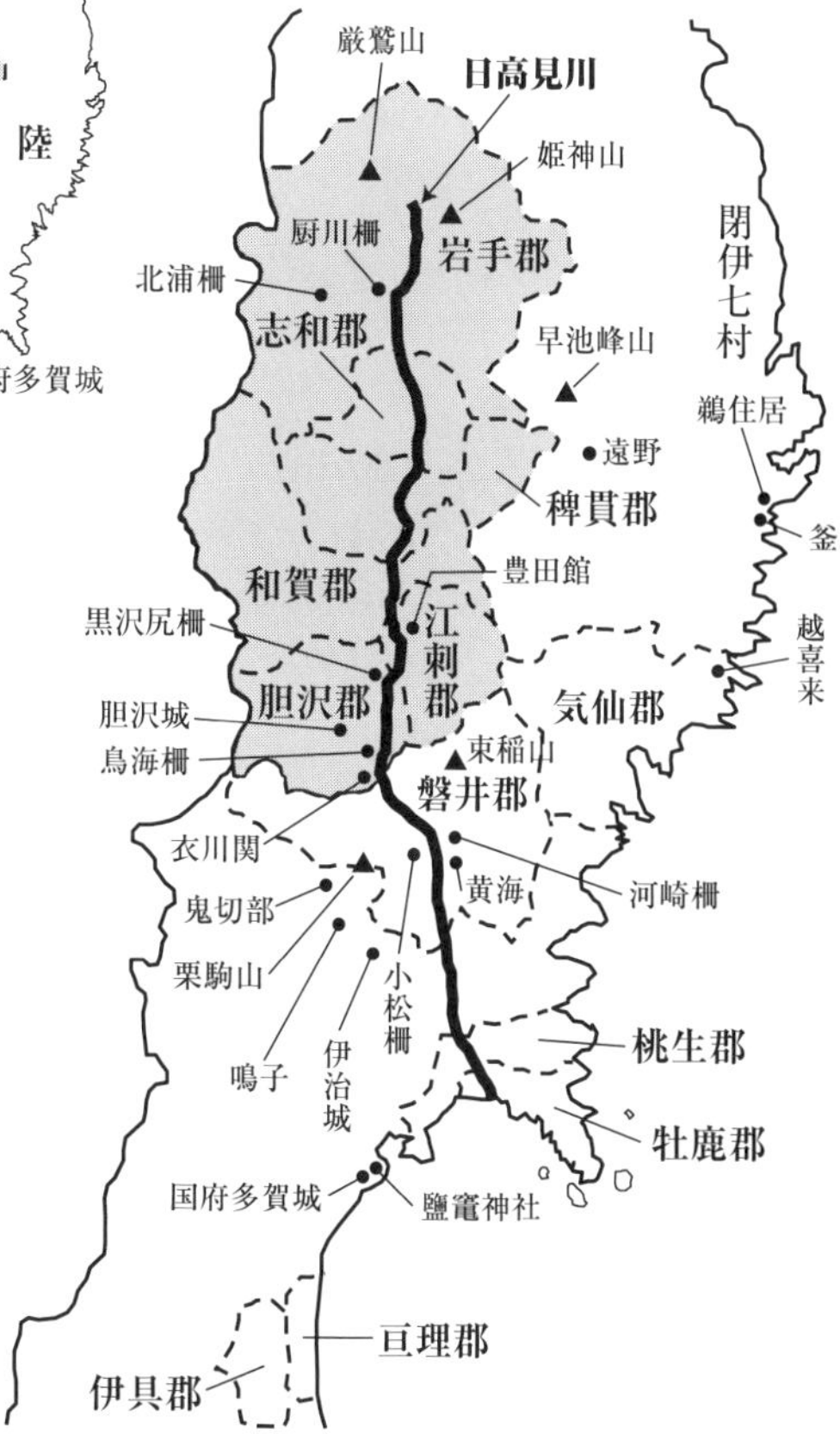
厳鷲山
日高見川
姫神山
閉伊七村
厨川柵
岩手郡
北浦柵
志和郡
早池峰山
鵜住居
遠野
稗貫郡
釜石
豊田館
和賀郡
越喜来
黒沢尻柵
江刺郡
気仙郡
胆沢城
胆沢郡
鳥海柵
東稲山
磐井郡
衣川関
河崎柵
黄海
鬼切部
栗駒山
小松柵
桃生郡
鳴子
伊治城
牡鹿郡
国府多賀城
鹽竈神社
亘理郡
伊具郡

～不来方市街図～

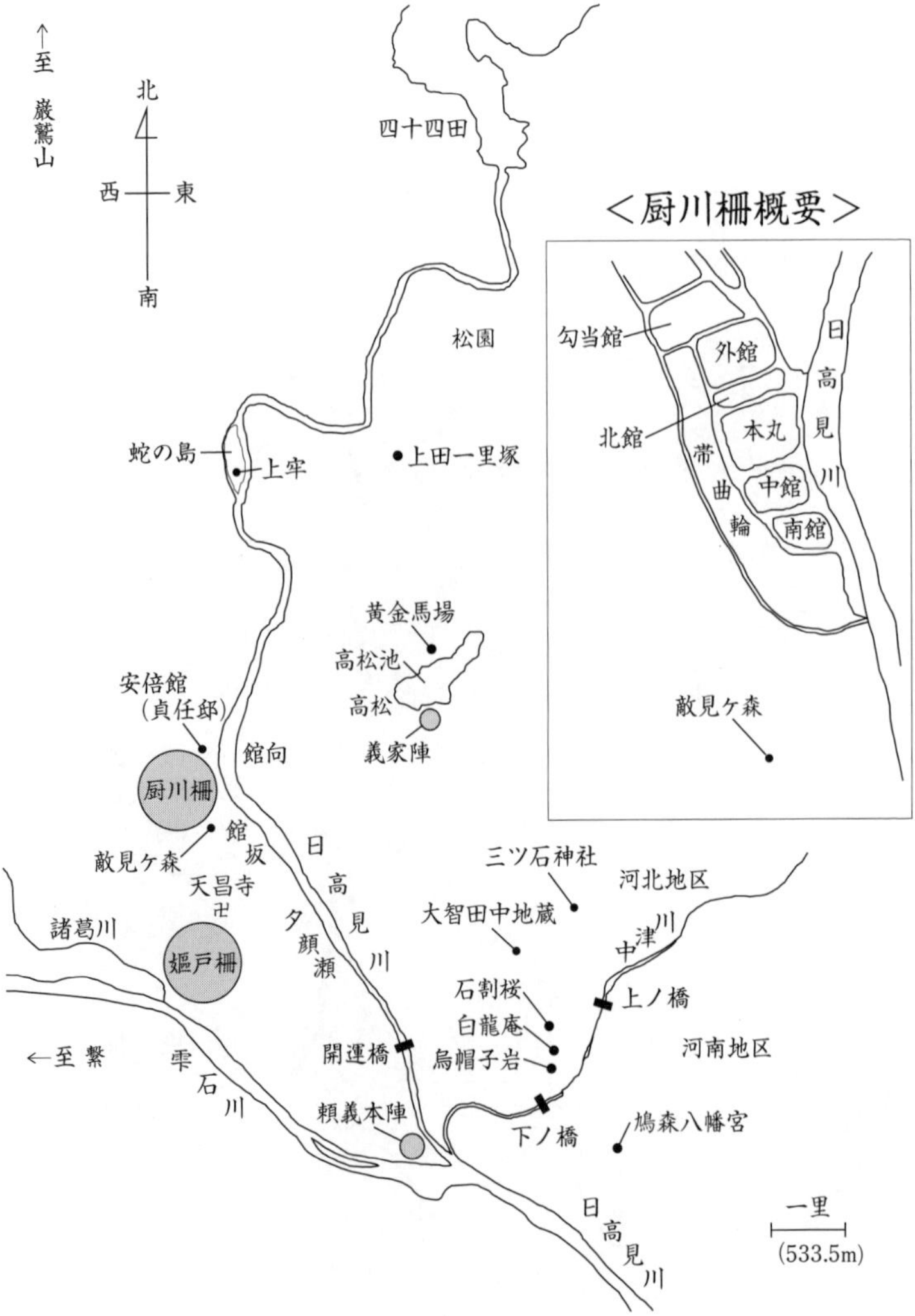

↑至 巌鷲山
北
西
東
南
四十四田
松園
蛇の島
上牢
上田一里塚
黄金馬場
高松池
高松
義家陣
安倍館（貞任邸）
館向
厨川柵
館坂
敵見ケ森
天昌寺
諸葛川
嫗戸柵
日高見川
夕顔瀬
三ツ石神社
河北地区
大智田中地蔵
中津川
石割桜
白龍庵
烏帽子岩
上ノ橋
河南地区
開運橋
←至 繋
雫石川
頼義本陣
下ノ橋
鳩森八幡宮
日高見川
一里
(533.5m)
＜厨川柵概要＞
勾当館
外館
北館
本丸
帯曲輪
中館
南館
日高見川
敵見ケ森

前九年の風

畏怖・厨川次郎伝

前書き

みちのく岩手は盛岡に、前九年《ぜんくねん》、安倍館《あべたて》、館坂《たてさか》、舘向《たてむかい》、上堂《かみどう》、夕顔瀬《ゆうがおせ》、そして厨川《くりやがわ》という地名がある。市内の古刹、天昌寺《てんしょうじ》には貞任園《さだとうえん》という名の堂が建ち、その西を流れる諸葛川《もろくずがわ》には、嘗《かつ》て貞任橋、宗任橋《むねとう》が架けられていたと言う。北上川の西側、安倍館町の切り立った断崖の上には貞任宗任神社がひっそりと佇《たたず》み、前九年町には敵見ケ森《かたきみがもり》に欅《けやき》の大木が当時を偲ぶ―。

今から約千年の昔、北天の魁《ほし》たる安倍貞任《あべのさだとう》は厨川柵《くりやがわのさく》で朝廷との戦いに挑み、見事に散った。後に前九年合戦と呼ばれるこの戦に敗れた弟の宗任は京の都に連行される。そこで蝦夷《えみし》は花の名なぞ知らぬ野蛮な民と侮《あなど》った平安貴族が梅の花を見せ、これは何ぞと嘲《あざけ》り笑った。この問いに対し宗任は

――我が国の梅の花とは見たれども、大宮人《おおみやびと》はいかが云《い》うらん――

と和歌を即興で詠み、貴族どもを大いに驚かせたと言う(『平家物語』剣巻より)。郷土の誇りを胸に侵略者と戦った蝦夷を偲び、盛岡市立厨川中学校の校章には梅の花が模《かたど》られている。

古代から中世に掛けて、想えば東北、特に岩手は屈辱の歴史を歩んで来た。阿弖流為《あてるい》で敗け貞任で敗け、源頼朝の奥州征伐《おうしゅうせいばつ》に藤原泰衡《ふじわらのやすひら》が屈し、豊臣秀吉の奥州仕置《おうしゅうしおき》では九戸政実《くのへまさざね》が散った。それにしても征伐に仕置とは、何と侮辱的な言葉であろうか。

そして近代に目を移しても、奥羽越列藩同盟に加担した盛岡藩は戊辰戦争に破れて逆臣の汚名を着せられている。大東亜戦争後も東北の地は食料と人材を中央に供給し続け、陰ながら日本の高度経済成長を支えて来た。そして今も…。

この物語は千年もの昔、己《おのれ》の故郷を守るために陸奥の大地を風の如く駆け抜けたまつろわぬ民に奉げるものである。

序章　撃チテ取リツベシ

多賀城が燃えている。地獄の業火に焼かれている—。
時は古《いにしえ》の昔、光仁《こうにん》天皇が世を治めていた宝亀《ほうき》十一年（西暦七八〇年）。ここ陸奥《みちのく》は律令国家大和《やまと》にとって垂涎《すいぜん》の地であった。

凶兆を告げる彗星が突如として闇夜に不気味に現れたこの年、都では飢饉や疫病が相次いでいるにも関わらず、内政は大いに乱れ、貴族どもは醜い権力争いに身を投じていた。賄賂、謀略、暗殺…。政《まつりごと》が狂えば世も乱れる。いたる所に転がる行き倒れた者達の骸《むくろ》は悪臭を放ち、かろうじて生きている者達は痩せ衰えてその日を暮らすのに精一杯である。こうなれば民は無気力に世を恨むしかない。一方、都より遥《はる》か北の大地はどうであろうか？

雄大な巌鷲山《がんじゅさん》（岩手山）に端を発する日高見川《ひたかみがわ》（北上川）は蛇行を繰り返し、遥か遠く牡鹿《おしか》半島にまで悠久の時を刻んでいる。荒覇吐《アラハバキ》の神が住むと言われる早池峰《はやちね》、姫神《ひめかみ》の霊峰は、春には山桜が咲き乱れ、鳥や獣はその生命の息吹《いぶき》に歓喜する。天高く入道雲湧き昇る夏には新緑の牧《むまき》に駿馬《しゅんめ》が駆け周り、金色の稲穂が頭《こうべ》を垂れる秋には山々は朱や山吹に鮮やかに染まる。凍《い》て付く冬には白銀の世界と化し、凛とした空気に巌鷲山は益々神々《こうごう》しさを増す。都人《みやこびと》からは蝦夷《えみし》と呼ばれ蔑《さげす》まされて来たまつろわぬ民は、しかし彼らの祖国、陸奥の大地で誇り高く、実に豊かに暮らしていた。

大和朝廷が欲するものはその美しさではない。肥沃な大地が生み出す米、親潮と黒潮が育《はぐく》む豊かな海の幸、大和馬十頭にも勝ると言われる南部駒《なんぶこま》、矢羽として珍重される鷲鷹の羽根、渡島《わたりしま》（北海道）から伝わる海豹《あざらし》や海虎《らっこ》、羆《ひぐま》の毛皮、そして…黄金である。

黄金は貴族社会ではしばしば出世を助け、また唐や高句麗《こうくり》との交易では様々な珍宝《うづのもの》に変わる。それだけではない。乱世に人は何かに縋《すが》らなければ生きては行けない。時の殿上人《てんじょうびと》は仏に救いを求めた。天平《てんぴょう》十三年（七四一）、聖武天皇は支配の及ぶ限りの諸国、秋津島六十余州《あきつしまろくじゅうよしゅう》に国分寺《こくぶんじ》と国分尼寺《こくぶんにじ》を建立させ、天下泰平を祈った（とは言っても、当時陸奥はこの諸国に含まれていない。その証拠にこの地は『ひのもとのくに』ではなく『ひたかみのくに』と呼ばれていた）。それに倣《なら》い、貴族どもはせっせと寺院建立に精を出した。寺には教典が必要となる。教典は唐から取り寄せねばならない。そのためには金がいる――。

黄金の需要に拍車を掛けた要因は他にもある。大王《おおきみ》は平城京《へいじょうきょう》の東大寺に前古未曽有《ぜんこみぞう》の巨大な仏像を造営した。大仏は金色に輝かなければならない。公家どもも各々《おのおの》が所有する仏像にこぞって塗金《ときん》した。しかし当時の日本では黄金は産出されず、もっぱら唐からの輸入にそれを依存していたのである。

陸奥に金山有りとの報せはまさに天平仏教文化の真っ只中の天平二十一年（七四九）、都に歓喜を持って伝えられた。それ以前の都人は陸奥を辺境の地として興味を示さず、その地に住める人々を中華思想における東方の蛮族の呼び名を宛てて『蝦夷《えみし》』と称した。彼奴《きゃつ》らは全身剛毛で覆われ熊の毛皮を纏《まと》い、洞穴に住み火も言葉も知らず、人を殺めてその血を啜《すす》る野蛮な鬼と倭人は信じた。そんな辺境に黄金があると知った途端、都人は侵略者と化した。蝦夷は獣である。卑しい獣に黄金などいらない。ならば奪ってしまえ――。

奥州の地を踏んだ武内宿禰《たけしうちのすくね》は現に景行天皇にこう伝えている。

『東《あずま》ノ夷《ひな》ノ中ニ日高見国《ひたかみのくに》有リ。其ノ国ノ人男女《おのこめのこ》並ニ椎結《かみわ》ケ身ヲ文《もどろ》ケテ為人《ひととなり》勇ミ悍《こわ》シ。是ヲ総《すべ》テ蝦夷ト曰フ。亦《また》土地《くに》沃《こ》壌エテ曠《ひろ》シ。撃チテ取リツベシ』（『日本書紀』より）

多賀城は神亀《じんき》元年（七二四）に陸奥按察使《むつのあぜち》、大野東人《おおののあずまびと》によって現在の宮城県多賀城市に築城された国府の正殿である。当時の多賀城は異国陸奥との境界の防衛拠点としての意味合いが強く、朝廷も鬼の住む辺境の地まで支配しようとは微塵《みじん》も思っていなかった。しかし件《くだん》の金山発見以来、宝の山に目が眩《くら》んだ大王《おおきみ》は宝亀五年（七七四）、按察使《あぜち》大伴《おおとも》駿河麻呂《するがまろ》に遂に蝦夷征伐を命ずる。以来、祖先伝来の地を守ってきた人々の暮らしは一変した。狩猟を生業《なりわい》とし、武勇を誇るまつろわぬ民とて、何万という兵を相手に戦う訳にはいかない。民らはやがて唯々諾々《いいだくだく》と朝廷の命に従い、黄金や米、絹を税として献上した。朝廷に恭順した蝦夷は俘囚《ふしゅう》と呼ばれた。しかし倭人の理屈では、いくら恭順しても俘囚は蝦夷、蝦夷は卑《いや》しい獣であった。搾取《さくしゅ》に次ぐ搾取、弾圧に次ぐ弾圧…。俘囚達の忍耐は限界に達していた。

遣唐使《けんとうし》の記録として後世に残された『伊吉連博徳書《いきのむらじはかとこのしょ》』には、『類三種有リ。遠キ者ヲバ都加留《つがる》ト名ケ、次ノ者ヲバ麁《あら》蝦夷《えびす》ト名ケ、近キ者ヲバ熟蝦夷《にぎえびす》ト名ク』と記されている。すなわち蝦夷は三種に区分され、最も都に近い地に住む者を熟蝦夷、次に遠き場所に住む者を麁蝦夷、最果ての地に住める者を都加留と称したと言う。桃生《ものう》（宮城県石巻市）の俘囚長、伊治公阿座麻呂《これはるのきみあざまろ》は熟蝦夷の誇りを胸に、宝亀十一年（七八〇）に遂に蜂起した。時の陸奥按察使兼鎮守府《ちんじゅふ》将軍《しょうぐん》にして参議、従四位下《じゅうしいげ》を授かる紀広純《きのひろずみ》と、牡鹿《おしか》（宮城県石巻市）の地に蝦夷として生まれながら朝廷にまんまと取り入った大領道嶋大盾《だいりょうみちしまのおおだて》を殺害し、多賀城に火を放ったのである。これまでも蝦夷軍と朝廷軍の小規模な戦闘はしばしば生じていたが、これだけの叛逆は有史以来初の快挙であった。

多賀城を壊滅に追い込んだ阿座麻呂は、火怨《かえん》の中見事に自害した。命の炎が消える間際、阿座麻呂は叫んだ。

「阿弖流為《あてるい》よ、多賀城は落ちた！　我らの誇りは死守したり!!」

その目はかっと見開き敵を睨み付け、乱れた髪は妖怪の如《ごと》し──。しかし大きく開いた口は、まるで朝廷を見下して高らかに笑っているようであった。

戦乱を切り抜けた阿座麻呂の配下は単騎闇夜を胆沢《いさわ》（岩手県奥州市）に向かった。この地は続日本紀《しょくにほんぎ》に『水陸万頃ニシテ、蝦虜生ヲ存ス』『賊奴ノ奥区也』と記された土地である。配下は一日半を休まず駆け抜けた。

東の空が青み掛かった頃、胆沢の若き族長、大墓公阿弖流為《たものきみあてるい》は、大地を揺るがす蹄の音と馬の嘶《いなな》きに目を覚ました。馬は真っ直ぐこちらに向かって来る。阿弖流為が板戸を蹴破って外に出ると、馬は口から血を吐いて地面に倒れ絶命していた。振り落とされた兵の袖標に見覚えがある。

「汝《なんじ》、桃生の兵か!?」

阿弖流為に抱き抱えられた兵は頷《うなず》き、静かに語った。

「阿座麻呂様が多賀城を急襲されました。誠にお見事な散り際でございました…」

それが兵の最期の言葉となった。兵の背には折れた矢が深々と突き刺さっていたのである。

「親父《おやじ》殿、なぜ我《わ》に黙って多賀城を攻めた？　親父殿とて、我の思いを知っておろう！　なぜに我を連れて行ってはくれなかったのだ！」

阿弖流為は絶叫した。地面を掻《か》き毟《むし》った爪は剥がれ落ち、その目からは血の涙が溢れ続けた。

哀しみの夜が明けた。打ちひしがれる阿弖流為のもとに、赤子を胸に抱いた盤具公母禮《ばぐのきみもれ》が現れた。母禮は隣村、黒石（岩手県奥州市）の族長の娘であり、阿弖流為の妻でもあった。巫女でもある母禮は時に荒覇吐《アラハバキ》の神の声を聞く。この日も母禮は阿座麻呂の死を託宣《たくせん》により知ったのである。

「阿弖流為よ、我には義父上《ちちうえ》様の声が聞こえた。義父上様は申しておられた。『汝《な》を死なせる訳にはいかぬ。汝はやがて陸奥の王となる宿命《さだめ》。我に代わって陸奥を守れ』と…」

「―親父殿…」阿弖流為は呻《うめ》いた。噛み締めた唇から血が滴り落ちる。

「我は必ず陸奥の王となって朝廷軍を討つ！　我の愛する祖国を、そして民を守り抜く!!」

首から提《さ》げた琥珀《こはく》の勾玉《まがたま》に阿弖流為は固く誓った。それは父、阿座麻呂から譲り受けたものであった。


それから一年が過ぎた。天応《てんおう》元年（七八一）に即位した桓武天皇は蝦夷征伐と平安京遷都《へいあんきょうせんと》を二大国家事業と定めた。平安京に奉納された金剛力士像《こんごうりきしぞう》や毘沙門天《びしゃもんてん》は艮《うしとら》（東北）の方角に睨《にら》みを利かせている。艮は陰陽道《おんみょうどう》において鬼門に当たるが、都の鬼門はまさに蝦夷の暮らす陸奥であった。

蝦夷の分際が畏《おそ》れ多くも従四位下にして按察使兼鎮守府将軍を殺害したとなると、戦《いくさ》となるのは火を見るより明らかである。直ぐに五万を超える夥《おびただ》しい数の鎧武者が再建されたばかりの多賀城に集結した。大王《おおきみ》より征東大使《せいとうたいし》の節刀《せっとう》を賜ったのは、紀広純の縁戚にして後の大納言紀古佐美《きのこさみ》である。

延暦八年（七八九）、古佐美は衣川《ころもがわ》（岩手県奥州市）の地に陣を敷き、日高見川を挟んで蝦夷軍と対峙した。蝦夷軍の指揮を執ったのは、若き胆沢の族長阿弖流為である。阿弖流為は勇猛果敢に、常に先陣で獅子奮迅《ししふんじん》の働きを見せた。妻の母禮も巫女の霊力を如何《いかん》なく発揮し、軍師として兵を導いた。陸奥の民は阿弖流為を慕い、誇りを胸に朝廷軍と戦った。守るもののある彼らは、強かった。地の利を生かし、千にも満たない兵力で朝廷軍を悉く《ことごと》翻弄する――。

古佐美は偽りの戦勝をたびたび朝廷に伝えたが、実際は蝦夷の首級《しゅきゅう》二百に対し、朝廷軍の戦死者は数千という惨敗であった。蝦夷軍の強さを目の当たりにした古佐美は一月《ひとつき》余りも動かなかった。否《いな》、動けなかったのである。暫《しばら》くの睨み合いは兵士に束《つか》の間の安息を与えていた。

十三夜月《じゅうさんやづき》が青白く輝く夜、母禮の枕元に白い兎《うさぎ》が現れた。兎は庭に降り、じっとこちらを見詰めている。母禮が庭に下りると、兎は外へ逃げたがふと立ち止まり、再び母禮を見詰めた。母禮が後を追い掛けて行くと、やがて日高見川の岸辺に出た。そこには敵の鎧武者が集結していた。その数三千。敵軍は大河を渡り、まさに胆沢に向かわんとしていたのである。夢から覚醒した母禮は、荒覇吐《アラハバキ》の神のお告げとして直《すぐ》に阿弖流為にその内容を告げた。

母禮は夢を回想した。敵が渡っていた川は狭い。あれはこの辺りで最も川幅が狭い巣伏《すぶせ》の地に違いない。兎からの暗示でその時刻は卯《う》の刻（朝五時）と解釈した。まだ時間はある。先回りは十分可能だ。

兵達は高鼾《いびき》をかいて熟睡していた。まだ暗い。阿弖流為は急ぎ兵に出陣を告げた。集まった兵の中には寝惚け眼《まなこ》の者もいる。暫《しばら》く戦闘がなかったため、油断していたのだろう。しかしそこは何度も死線を越えた歴戦の兵《つわもの》である。直ぐに状況を理解して戦支度を整えた。

その前日、古佐美の許《もと》に都より桓武天皇の使者が到着していた。一月《ひとつき》以上も戦果の上げられない古佐美に、大王《おおきみ》は密書を通じて激しく叱責《しっせき》した。意を決した征東大使は、精鋭に日高見川の渡河を命じたのである。

阿弖流為は配下を率いて暗闇の中、母禮から告げられた巣伏に急いだ。着いた途端、蝦夷軍に緊張が走る――。果《は》たして敵軍がまさに対岸に集結せんとしていたのである。

「間に合ったか…」阿弖流為は安堵の嘆息を漏らした。

「草陰に隠れろ。音を立てるな。鎧の擦れる音に注意しろ」

阿弓流為が的確に指示を出す。従う精鋭は無言で頷いた。何《いず》れも弓の名手である。

こちらは日高見川を臨む小高い崖の上に居る。勿論敵は蝦夷軍が待ち伏せしているなど夢にも思っていない。

そして卯の刻が訪れた。母禮の見た夢と同じく、朝廷軍が川を渡り始める。

「まだだ、よく敵を引き付けよ」

渡河し易いように浅く川幅の狭い場所を選んではいたが、しかし流石《さすが》は大河、敵兵達は腰まで水に浸かって歩いている。中には足を滑らせ、流れに飲み込まれて行く兵もいた。鎧は重い。一度流されたら簡単には這い上がっては来れない。最悪、川底に沈み死を待つ事となる。

最後尾の兵が川に入った。先頭は未だ対岸には達していない。敵の全軍が日高見川に浸かっている。それだけ日高見の川幅は広い。

「奴らにも愛する家族がいるのだろう。戦とは、哀しいものだ。しかし、今殺らなければ我らが殺られる…」

阿弓流為はそう呟くと、一呼吸置いて兵に命じた。「今だ！　矢を放て！」

夥《おびただ》しい数の矢が東雲《しののめ》の天に弧を描いた。敵兵がばたばたと倒れて行く。彼らが何が起きたか理解出来ない内に、日高見の川が見る見る赤く染まった。

「おのれ！　待ち伏せじゃ！　敵は我らを待ち伏せしておったのじゃ!!　ええい反撃に転じよ！　矢を撃て！」

渡河作戦の指揮を任された征東副使《せいとうふくし》、佐伯葛城《さえきのかずらぎ》が声を張り上げた。しかし朝廷軍は流れに足を取られ思うように動けない。その間にも夥《おびただ》しい数の兵が矢に射抜かれて死んで行く——。

容赦ない矢の雨霰《あめあられ》を何とか掻い潜り、やっとの思いで先頭の兵が対岸に達した。川岸から這い上がり、いざ反撃に転じようとした瞬間、兵は絶望した。そこには副将母禮率いる蝦夷軍が弓を構えて立ち塞がっていたのである。母禮は武勇の誉れ高い黒石の長《おさ》の娘だけあって、勇猛な武士《もののふ》でもあった。

こうして朝廷軍は壊滅した。葛城も最期はあっけなく討ち取られている。戦死者二十五名、負傷者二四五名、溺死者千三十六名、鎧を捨て、裸で泳いで生還した者千二百五十七名（大多数の犠牲者の死因を溺死と伝えている点に朝廷側の意図を感じる）。まさに朝廷軍の歴史的な完敗であった。これが後に『巣伏の戦い』として世に伝わる戦闘である。

古佐美は征東大使の辞任を余儀無くされ、後任に大伴弟麻呂《おおとものおとまろ》が任命された。三十六歌仙の一人にして万葉集に四七三首収められる大伴家持をも輩出した名門の出である。なお、後に歴史の教科書に東北の異民族を成敗した英雄として登場する坂上大宿禰田村麻呂《さかのうえのおおすくねたむらまろ》も、この時征東副使に命じられている。しかし屈強な蝦夷軍を相手に弟麻呂軍も目立った戦果は上げられなかった。

業を煮やした桓武天皇は延暦十五年（七九六）、その名を天下に轟かせた名将田村麻呂を陸奥按察使、陸奥守《むつのかみ》、さらには鎮守府将軍に任命した。陸奥における主要三職全てを兼任させることで、大王《おおきみ》は征夷に並々ならぬ決意を示したのである。さらに翌年、田村麻呂は征夷大将軍《せいいたいしょうぐん》に任ぜられる。征東大使からの役職名の変更も大王の決意の顕れであろう。約三年におよぶ綿密な下準備の後、延暦二十年（八〇一）、遂に田村麻呂は節刀を賜り、ここに桓武朝第三次蝦夷征伐が始まった。田村麻呂四十四歳の春であった。

田村麻呂軍、その数十万。桜咲き誇る春の平安京を出発し、初夏には威風堂々多賀城に入城する。

「三度目の陸奥か。我《わ》はここによくよく縁《えにし》があるのだな…」

田村麻呂は感慨深げに呟いた。その狩衣《かりぎぬ》には田村茗荷《たむらみょうが》の紋が配《あしら》われている。征東副使として桓武朝第二次蝦夷征伐に加わる遥か前、田村麻呂は幼少期を多賀城で過ごしていた。父苅田麻呂《かりたまろ》が陸奥鎮守府将軍を務めていたのである。

歴代の征東大使とは異なり、流石《さすが》に田村麻呂は歴戦の勇者らしく実に強かった。蝦夷軍の十倍を遥かに超える圧倒的な兵力を武器に、敵を次々と蹴散らして行く。田村麻呂が一度《ひとたび》怒りに眼を見開けば虎も熊も逃げ出したと言う。それだけではない。老獪な田村麻呂は、荒覇吐《アラハバキ》の神しか知らぬ蝦夷の民に仏教を広め、精神面からも蝦夷を懐柔して行った。さらには都の最新の農耕技術を彼らに伝授し、戦わずして民の心を掌握して行ったのである。彼が笑って頬を緩めれば、稚児《ちご》も直《ただ》ちにその懐に飛び込んだ。田村麻呂に有って歴代の征東将軍に無かったもの―。それは陸奥に暮らした幼少期に芽生えた蝦夷への愛であった。

当時の陸奥では各邑《むら》が族長を頂点とした自治権を有し、蝦夷軍は邑々が朝廷軍撃破という共通の目的に向かって団結した連合軍であった。飴と鞭を巧みに使い分けながら、田村麻呂は辺境の邑々を徐々に制圧し、じわじわと阿弖流為包囲網を狭めて行く。次々と朝廷軍に寝返る蝦夷たち。都から無尽蔵に派遣されてくる敵兵ども…。阿座麻呂の乱以来二十年以上奮闘し続けて来た阿弖流為も、最早《もはや》限界であった。

翌年、田村麻呂は大きな賭けに出る。阿弖流為の本拠地胆沢に、荘厳な城を築城したのである。広大な敷地面積を誇る胆沢城に、蝦夷軍は圧倒された。直径三尋《みひろ》（一尋《ひとひろ》は約一・五メートル）はあろうかと言う太い柱は朱色に染められ、屋根には見事な青瓦が敷き詰められている。その政庁は築地《ついじ》で囲まれ、その唯一の出入り口として重厚な外郭南門《がいかくみなみもん》が構《かま》える。巨大且つ近代的な胆沢城の出現に、遂に阿弖流為の心が折れた。田村麻呂は武力だけでなく、精神的にも阿弖流為を追い詰めたのである。

「これで奴らは袋の鼠《ねずみ》。将軍様！今こそ卑《いや》しき土蜘蛛《つちぐも》どもを八つ裂きにしてやりましょうぞ！」

顔を醜《みにく》く引き吊らせ、側近の小野永見《おのののながみ》が吠えた。この男、漢詩を嗜《たしな》む根っからの文人で、武者の心得など何一つ無い。その癖蝦夷を人一倍蔑《さげす》む心の貧しい人物であった。

「待て！我《わ》に策がある」田村麻呂が永見を一喝した。余りの剣幕に永見が首を竦《すく》める。

「奴らと議を交えたい。使者を遣《つか》わせ」

永見の進言を退け、田村麻呂は阿弖流為との合議を望んだ。田村麻呂は敵将の奮戦に対し、心から敬意を払っていた。それは好敵手への友情じみた感情だったかも知れない。

「何と仰せられます！我らの兵十万に対し、蝦夷どもの数僅か数百！奴等の命は最早《もはや》風前の灯《ともしび》でござりますぞ!!」

永見は懸命に引き下がった。

しかし田村麻呂がじろりと睨むと、永見は震え上がる他に術は無かった。

古来より使者を意味する母衣《ほろ》を背に纏《まと》った鎧武者が夕日を浴び、土埃《つちぼこり》を上げながら蝦夷の柵に近付いて行く。やがて敵軍と対峙した母衣衆《ほろしゅう》は、民の救済と引き換えに、阿弖流為と母禮の首を要求した。

「一晩お待ち願いたい…」そう答えた阿弖流為の顔には苦悩の深い皺が刻まれ、乱れた頭髪には白髪が目立っていた。

その夜、胆沢では軍議が開かれていた。

「我らは誇り高き蝦夷ぞ！降伏などありえん！例え最後の一人になろうとも、我は奴等と戦う！」

江刺《えさし》の族長、伊佐西古《いさしこ》が叫ぶ。

「伊佐西古の言う通りぞ！大王《おおきみ》とやらの犬どもに我らの誇りを見せ付けてやろうではないか！」

志和《しわ》を治める阿奴志己《あぬしこ》もそれに続いた。

「待ってくれ…」阿弖流為は、積年の憂《うれ》いが取れたかの様な清々しい顔で口を開いた。

「二十数年もの間、ここまで皆本当に良く頑張ってくれた。心から感謝する。我だってこれからも祖国を守るために戦い続けたい。だが民を見てくれ。永い戦で皆疲れ切っている。田畑も荒れ、食料も底を突き、子供らに笑顔は無い。我らが戦い続ければ、こんな状況が何時《いつ》までも続く。我と母禮の首だけで民が救われると言うなら、この首、喜んで差し出そう」

母禮は無言だった。しかしその瞳は哀しい程に優しかった。

「これは罠ぞ！大和の奴等は我らが降伏して武器を捨てた途端、皆殺しにする腹心算《はらづもり》ぞ！」

伊佐西古が立ち上がって阿弖流為に詰め寄った。

「我は…」一呼吸置くと阿弖流為は、皆を諭すような口調で続けた。

「田村麻呂を信じてみたい。あ奴はこれまでの将軍とは違う。我ら蝦夷を同じ人間として見ている。我はあ奴を信じてみたい…」阿弖流為は、その場に居る全ての人々の顔を見渡した。その顔には、覚悟が宿っていた。

「汝は、蝦夷の人柱《ひとばしら》となると申すか…」阿奴志己は、天を仰いで号泣した。

その涙が呼び水となり、その場に居た誰もが泣いた。

古代東北史は、ここに大きな転換期を迎えようとしていた。

東の空が白み始め、長い夜が明けようとしている。阿弖流為は水垢離《みずごり》し、身を清めた。東雲《しののめ》が漂う秋空の下、白装束に身を包んだ阿弖流為は清々しい表情で息子に言った。

「阿玖魯《あくろ》、これを取っておいてくれ」

「これは？」

「我が父、伊治公阿座麻呂《これはるのきみあざまろ》から譲り受けた琥珀の勾玉だ。この石は、糠部《ぬかのぶ》（岩手県久慈市）の小久慈鉱山でしか産出されない奇跡の石だと言う。きっと汝《な》を守ってくれよう」

阿弖流為は、勾玉の首飾りを愛する息子の首に掛けて微笑んだ。

「今生の別れぞ。陸奥の次代を頼んだぞ」

これが阿玖魯王が聞いた父の最後の言葉であった。

やがて東の山々から太陽が顔を覗かせた。阿弖流為が最後の抵抗を示した場合に備え、朝廷軍は一睡もせずに臨戦体制を維持している。一陣の風が砂埃《さじん》を舞い上げた時、蝦夷軍が立て籠《こ》もる柵の扉が静かに開いた。

―特攻か⁉―

朝廷軍に緊張が走る。

一瞬の静寂の後、白装束に身を包んだ阿弖流為と母禮を先頭に、蝦夷の兵達がこちらに向かって歩を進めた。その手に武器は無い。

柵と城のちょうど中間地点で、蝦夷の兵らは立ち止まった。阿弖流為と母禮だけが朝日を背に、胆沢城にゆっくりと近付いて行く―。

やがて二人は朝廷軍と対峙した。

永見《ながみ》が侮蔑の視線を投げかける中、阿弖流為と母禮は真っ直ぐ田村麻呂の目を見据える。

「奴の目は透き通っている」阿弖流為は静かに低い声で、しかしはっきりと言った。隣で母禮が首肯《しゅこう》する。

「降参だ。この首を汝にくれてやる。だが約束通り、民だけは解放してくれ」

「我は天下にその名を轟かせた田村麻呂ぞ。約束は必ず守る」凛とした声で田村麻呂は言葉を継いだ。

「そして首をよこせと申したは…、あれは嘘だ」

白い歯を零《こぼ》しながら語る田村麻呂に、阿弖流為は目を瞬《しばた》かせた。

「汝の事だ。首でも寄越せと言わねば決して投降せぬだろう。我は汝らを生かしたい。情けを掛ける訳ではない。汝ら、いや、御貴殿らは見事に蝦夷の民を纏められた。これまで我が朝廷軍は、懐柔した蝦夷、すなわち俘囚を利用して力尽くで蝦夷を従わせて来た。言って見れば蝦夷を以《も》って蝦夷を制す。しかしそれでは何時《いつ》まで経っても遺恨は消えぬ。これからは蝦夷が蝦夷の為に国を創るのだ。手前は内裏《だいり》に対し、御貴殿らを首領たらしめ、陸奥に自治権を与えんことを進言する。この田村茗荷の家紋に懸けて約束いたそう」

「自治…。陸奥を蝦夷が治めると申されるか！」

阿弖流為は目を潤ませながら、母禮と顔を見合わせた。


翌朝、田村麻呂は軍を解体した。約束通り、蝦夷の民も解放された。しかし二十年もの永きに渡り朝廷に刃を向け続けて来た阿弖流為と母禮は、流石に無罪放免とはいかない。二人は田村麻呂と共に京に上り、内裏の詮議《せんぎ》を受ける事とあいなった。

戦の後始末を終え、都へと出立した田村麻呂とその郎党一団は馬上の人となった。天高く雲一つ無い秋晴れの下、その後方を後ろ手にされた阿弖流為と母禮が歩いて行く。朝廷軍の残党が約束を反故《ほご》にし、蝦夷の民を攻撃した際は阿玖魯《あくろ》が狼煙《のろし》を上げる手筈となっていたが、陸奥の空には細々とした野焼きの煙さえも見当たらなかった。

暫《しばら》く進み、胆沢城が遥か彼方《かなた》に消えかかる頃、田村麻呂が郎党に命じた。

「そろそろ良いだろう。阿弖流為殿と母禮殿の縄を解き、馬を与えよ！」

永見らは驚き、彼奴らに馬まではと渋った。

「彼らは罪人ではない！」田村麻呂は永見を一喝する。

「解体した兵が見ておった手前、泣く泣く御貴殿らを手荒く取り扱い申した。申し訳ない」

そう言うと田村麻呂はじっと正面を見詰め、何事も無かったかのように馬の腹を蹴った。

〈この男、やはり我《わ》が見込んだだけの事はある…〉

阿弖流為は馬首を南に向けながら、込み上げて来るものを必死に抑えていた。


京の都までの長い旅路の中、田村麻呂と阿弖流為の間には、何時《いつ》の間にか友情じみた不思議な感情が芽生えていた。時には宿場で陸奥の未来について夜更けまで語り合った。阿弖流為の中で田村麻呂に対する信頼感が日に日に大きくなって行く。それは母禮にとっても同じであった。

ある日、馬上で並び歩きながら、阿弖流為は兼ねてからの疑問を田村麻呂に投げ掛けた。

「何故に汝は蝦夷にこうまで心を許す？　戦の時も武力に頼らず、蝦夷の心を掴んで行った」

「我はな…」田村麻呂は苦笑しながら続けた。

「父苅田麻呂が鎮守府将軍在任中に多賀城で生まれたのさ。そして我の母親は…」

「ま、まさか…？」

「そう、我の母親は蝦夷だ。我が産まれて直ぐに死んでしまったがな」

「汝にも蝦夷の血が流れていると申すか！」

阿弖流為と母禮は予想もしなかった田村麻呂の答えに絶句した。

「我が父は母者を心から愛していた。その証しに、父はその後一人も後妻《めと》を娶っておらぬ」

田村麻呂の言葉に、阿弖流為は全てを理解した。そしてこの男なら信ずるに値すると確信した。戦中何度も死を覚悟し、この世に未練は無いと思って来た阿弖流為の心に、俄《にわ》かに未来への希望が膨らんで行く──。

「この事は永見ら倭人には内緒だぞ。こっぴどく虐《いじ》められるでな」

田村麻呂は悪戯《いたずら》っぽく笑った。

二月《ふたつき》におよぶ行脚《あんぎゃ》の末、遂に田村麻呂一行は都に到着した。羅城門《らじょうもん》を潜《くぐ》ると大内裏《だいだいり》まで一直線に通じる朱雀大路《すざくおおじ》は沢山の人々で埋め尽くされている。二十年もの間、遠い北の大地で内裏に弓を引き続けた極悪非道の蝦夷を捕らえ、田村麻呂が凱旋したとの噂を聞き付け、都中の人々が押し寄せていた。田村麻呂の勝利を祝う意味もあったが、実際は、鬼だ獣だと伝わる蝦夷の姿をその目で確かめてみたかったのである。

阿弖流為と母禮は人々の好奇の目に曝《さら》された。二人を目の当たりにした都人は一斉に驚愕の声を上げる。

「あれが蝦夷の酋長か!」「全身熊の様に毛むくじゃらと聞いていたが…」

「我らとまるで変わらぬぞ!」「角も生えておらぬ!」「言葉も喋るそうな…」

田村麻呂は思わず噴き出しそうになった。当たり前ではないか。彼らは同じ人間だ。しかし当の阿弖流為と母禮は激しく悲感した。噂には聞いていたが、倭人は我ら蝦夷をそんな風に思っていたのか…。

不意に阿弖流為と母禮に何者かが掴み掛かり、二人は馬上から引きずり落とされた。京の都を警備する検非違使《けびいし》であった。

田村麻呂は助けようとしたが、人集《ひとだか》りがそれを邪魔する。

「この二人を何と扱う!」

田村麻呂は叫んだが、検非違使らは数に物を言わせ容赦なく二人を拘束し、丸太に後ろ手で括《くく》りつけた。荷車の上に丸太を立て、それを牛がゆっくりと引いて歩く。罪人を庶民に見せしめるため、態《わざ》とのろのろと歩く牛を用いたのである。

見物人の一人が阿弖流為に石を投げた。それが合図だったかの様に、人々は一斉に石礫《いしつぶて》を阿弖流為と母禮目掛けて投げ付けた。皆が罵声と怒号を浴びせる。二人の顔面は見る見る血だらけとなり、常人の数倍は腫れ上がった。

「こんな筈では…」

群集に揉まれながら、田村麻呂は青褪《あおざ》めるしかなかった。


阿弖流為と母禮が六角獄舎《ろっかくごくしゃ》の暗い地下牢に投獄された翌日、内裏の清涼殿《せいりょうでん》で二人の処分についての朝議が開かれた。その場には田村麻呂も臨席している。彼は参議ではないため、朝議での発言権は無い。しかし今回は蝦夷討伐の英雄として、特例で発言が認められていたのである。

案の定、殿上人《てんじょうびと》の大半は極刑を訴えた。

「畏《おそ》れ多くも参議の皆々様に申し上げます。あの者どもは必ずや蝦夷の民を纏め、朝廷との調和を築き上げまする。何卒《なにとぞ》命だけはお助け下されませ」

田村麻呂は額を床に擦り付けながら、必死に二人を弁護した。

「英雄気取りが何を抜かす。さては貴様、この期に及んで世の人気を独り占めしようという魂胆じゃな。欲の皮の厚い奴め。浅ましや浅ましや…」

公卿の一人が落胆の声を上げた。

「否《いな》、否。その様な思いは一切ございませぬ。あの者どもは蝦夷と言えども皆々様と同じ人間にございまする。あの者らの顔を篤《とく》と御覧下さりませ。何卒御慈悲を…」

「なに！　貴様はわらわを獣と同じと愚弄するか！」

「あいや、暫《しばら》く、暫く…」田村麻呂は額の汗を袖で拭《ぬぐ》った。

「麻呂《まろ》の耳には彼奴《きゃつ》らの顔は噂通り妖怪の如しと聞こえておるぞよ。あな恐ろしや恐ろしや…」

別の参議が大袈裟に身震いしながら言った。

「あれは民が石を投げ付けたればこそ…」田村麻呂は必死に言い募る。

「もう良い！　大王《おおきみ》の御前《ごぜん》であらせられるぞ‼」

参議から一喝された田村麻呂はその場に平伏し、顔を隠して悔し涙を流した。驍勇《ぎょうゆう》なあの田村麻呂が泣いた。それを殿上人に見せなかったのは、田村麻呂のせめてもの意地であった。

その日の夜、京の都を上弦《じょうげん》の月が照らす中、とある事件が起きた。暗闇の中、六角獄舎の番人が背後から一人の男に襲われたのである。男は鍵を奪うと、薄暗い地下へと降りて行った。

阿弖流為はその男の顔を見て笑みを浮かべた。男は無論、田村麻呂であった。

「阿弖流為、母禮殿、すまぬ！　我《わ》は汝《な》らを助けることが出来なかった。許せ！　許してくれ…」

田村麻呂は号泣しながら詫びた。

「顔を上げてくれ」暗く静まり返った地下牢に阿弖流為の低い声が木霊《こだま》する。

「汝のことだ。必死で公卿どもと戦ってくれた事だろう。我らは汝に心から感謝している」

阿弖流為の言葉に、隣の母禮もゆっくりと頷いた。

田村麻呂は無言で牢を開錠する。

「今さら都見物でもしろと申すか」顔を腫らした阿弖流為が苦笑いを浮べた。

「我と母禮は朝廷軍と戦い始めて以来、ずっと死を覚悟していた。蝦夷の民が幸せなら、それでいい。この世に何の未練も無い。寧《むし》ろ早く仲間の所に行きたいものよ」

「そう言うだろうと思ったさ…。次の世では、味方ぞ。友よ！」

田村麻呂は男泣きに泣いた。

翌日、阿弖流為と母禮は無残にも手足を捥《も》がれた。そのまま甕《かめ》の中に入れられ洞窟に移され、地下水が滴《したた》り落ちる真下に放置された。ぽたり、ぽたりと雫が二人の額を絶え間なく打ち付けて行く…。

暗闇の中、二人は十三日にも渡って食事も与えられず洞窟に放置された。静寂の中、雫の音だけが地下牢に木霊《こだま》する。阿弖流為と母禮にとって、それは久遠《くおん》とも思える永い苦行の時間であった。

翌日、二人は甕に入れられたまま外に連れ出された。既に二人の視力は失われ、眩《まぶ》しさも感じない。

二つの甕は乱暴に荷車の上に置かれた。荷車は裏門をひっそりと抜け、何処かに向かって行く。

辿り着いたのは河内国《かわちのくに》の交野《かたの》(大阪府枚方市)と呼ばれる地であった。そこで三日間、二人は野に曝された。烏が目玉を抉《えぐ》り、獣が生肉を喰らい、蟲《むし》が傷口を蠢《うごめ》く…。筆舌に尽くし難い地獄絵図であった。

二人にとって最後の夜が明けた。最早《もはや》二人は言葉を失っていた。否、言葉だけではない。全ての感覚を失っていた。

その代わり、二人は魂で会話をしていた。

〈母禮よ、最後まで我ら蝦夷の心は倭人には伝わらなかった。我にはわからぬ。何故あ奴らはここまで我らを嘲《あざけ》り、蔑《さげす》み、憎むのか。我らは、皆同じ人間ではないか…〉

〈…〉

〈思えば永き戦いであった〉

〈否。阿弖流為よ、戦いはまだまだ続く。蝦夷と倭人が仲睦《なかむつ》まじく暮らせる日が来るまで…〉

〈母禮…。礼を申す。今まで有難う〉

母禮は優しく微笑んだ―かの様に阿弖流為の見えない目には映った。

間もなく大鋸《おおが》を担いだ二人の男が現れた。地獄で亡者を責め苛《さいな》むと言う、牛頭獄卒《ごずごくそつ》と馬頭羅刹《めずらせつ》の如き男達であった。

〈どうやら最期のようだな…〉

灰色の雲低い曇天の下、阿弖流為の心は陸奥の大空のように澄んでいた。

阿弖流為は、不思議な感覚に襲われていた。自らが処刑されると言うのに、まるで他人事の様である。最早《もはや》死への恐怖は皆無であった。

〈生まれ変わっても蝦夷となって陸奥の地で会おう…〉

〈次の世でも夫婦《めおと》ぞ…〉

魂のやり取りが続く中、大鋸が二人の首筋にぴたりと付けられた。やがて静かに前後に動く―。直後にぶわっと血が吹き出した。だが直ぐには死には至らない。牛頭馬頭《ごずめず》は敢えて時間を掛けてゆっくりと大鋸を引いた。苦痛を長引かせるためである。

阿弖流為と母禮は、言語に絶する痛みに耐えた。一引きで気絶しては、次の一引きで痛みのあまりに覚醒する―。延々とそれが繰り返された。

地獄の様な、否、地獄に勝る半刻(一時間)が過ぎた。大鋸の刃は漸《ようや》く阿弖流為と母禮の頚椎に達した。ぐきぐきと首の骨が砕ける音が直接脳に木霊する。

さらに半刻の後、僅かに二人の首が傾いた。その傾きは、大鋸が引かれる度に徐々に大きくなって行く―。やがて全感覚を失ったはずの二人に、最後の激痛が襲い掛かった。

ぶちりという鈍い音を立て、遂に二人の首が落ちた。土埃にまみれて転がった瞬間、二つの首は最後の力を振り絞って同時に叫んだ。

「陸奥《みちのく》よ、永遠なれ!!」

その後、首は何も言わなかった。静寂だけが交野《かたの》の地を包み込んでいた。


二つの首は交野の地に曝された。都人は人の姿をした獣の成れの果てを一目見ようと殺到した。首は交野の松の木に不気味に吊るされ、人々の好奇の目に晒《さら》される。蝦夷の二人は死してなお都人の辱《はずかし》めを受けていた。肉は腐り、異臭を放つ。その臭いを嗅ぎ付けて、空には無数の烏《からす》が不気味に舞った。

この日の夜、都の多くの人々が、艮《うしとら》(東北)の方角へと飛翔する、二つの煌《きらめ》く星を見たと言う。

昼間はあれだけの人に溢れていた交野の地に、今は人っ子一人居ない。草木も眠る丑三《うしみ》ツ刻《どき》(午前二時頃)、下弦《かげん》の月の下一人の男が交野に現れた。

　男は小柄《こづか》を投げ付け、首をぶら下げていた縄を切った。転がり落ちた二つの首を、男は優しく抱き締める。懐から櫛《くし》を取り出し、肉が溶け僅かに残った髪を丁寧に梳《と》かした。

　男の口から嗚咽《おえつ》が漏れる。

　髪を梳《す》き終えると男は丘の頂の大きな木の下に穴を掘り、二つの首を丁寧に埋葬した。埋め立てた土に涙が滲み込んで行く…。

　ここに大伴駿河麻呂《おおとものするがまろ》による侵攻に端を発した三十八年戦争が終結した。


　男は京に戻り、蝦夷鎮魂のため音羽山《おとわやま》に清水寺を建立した。その後、千二百年という悠久の時を経て、蝦夷の末裔らによって清水寺に顕彰碑が建立された。その碑には『北天の雄　阿弖流為母禮之碑』と記されている。一方、二人が梟首《きょうしゅ》された場所は後の世に『首塚』と呼ばれる事となり、近隣に建立された片埜《かたの》神社が現在も塚を守っている。

　余滴
　阿弖流為と母禮の命日は延暦二十一年八月十三日と伝えられている。この日は先発グレゴリオ暦に換算すると802年9月17日になる。何と言う運命の悪戯であろうか？　果たして陸奥話記には、安倍貞任《あべのさだとう》と藤原経清《ふじわらのつねきよ》の命日は、康平五年の九月十七日と記されている。

子の章　蝦夷の北辰《ほくしん》

三十八年もの永きに渡る朝廷軍との戦いから二百星霜《にひゃくせいそう》、陸奥の地は安泰であった。と言うのも、釈迦の入滅後、時が経つにつれて仏教の正しい教えが衰滅して世が乱れると言う、所謂末法《いわゆるまっぽう》の世が近づきつつある中、貞観《じょうがん》五年（八六三）の富士山大噴火や京の都を襲った仁和《にんな》三年（八八七）の大地震といった天変地異、あるいは度重なる凶作による大飢饉が相次ぎ、朝廷に陸奥にまで干渉する余裕が無かったのである。乱世は実力がものを言う。したがって都では徐々に武家が力を持ち始めていた。長い平和の中、草木を愛《め》でて歌を嗜《たしな》み、優雅に蹴鞠《けまり》を楽しんで来た軟弱な貴族どもにとって、武士の台頭は頭の痛い問題でもあった。こうした時代背景から、陸奥は次第に都人から忘れ去られて行った。陸奥は二百年の眠りについたと言っても過言ではない。無論、ただ惰眠を貪っていた訳ではない。有力な豪族らは自らの基盤を固め、着々と勢力を蓄えて行った。やがて陸奥守《むつのかみ》は彼らを郡司《ぐんじ》に命じ、納税の義務と引き換えにある程度の支配権を与えた。こうすることで、国府多賀城には労せずして米や絹などの貢租《こうそ》が集まり、また辺境の地の治安も安定する。末法思想に取り憑《つ》かれた朝廷にとってはまさに一石二鳥であった。

数ある豪族の中でも、安倍《あべ》氏は陸奥国《むつのくに》の大酋長として代々君臨して来た一族である。即《すなわ》ち安倍氏は、胆沢《いさわ》、江刺《えさし》、和賀《わが》、志和《しわ》、稗貫《ひえぬき》、岩手《いわて》の六つもの郡《こおり》、所謂奥六郡《いわゆるおくろくぐん》（現在の岩手県奥州市から盛岡市に渡る地域）を実効支配していた。奥六郡には日高見川《ひたかみがわ》が流れ、その恵みを受けた肥沃な土壌からは莫大な量の米が産まれた。この母なる大河は安倍の領地の南北を結ぶ物流の大動脈としても機能している。また安倍氏は北上山地と奥羽山脈の裾野に広がる広大な高原に直轄の牧《むまき》をいくつも所有し、都にも名が伝わる南部駒を年間数千頭もの規模で生産していた。陸奥の駿馬は大和馬とは速度も走行距離も比べものにならないほど優れており、都の武士に大和馬の十倍の値で売れた。名馬産出の秘密は異国との交易にある。安倍氏は東日流《つがる》の十三湊《とさみなと》（青森県五所川原市）を拠点とし、遥々渡島《わたりしま》（北海道）、北蝦夷《えぞ》ヶ島（樺太）、高麗《こうらい》、宋、渤海《ぼっかい》、琉球、時には呂宋《ルソン》や天竺《てんじく》にまで交易の手を広めていた。朝廷は私的な交易を禁じていたが、その命は遥《はる》か彼方《かなた》の陸奥の地までは及ばない。安倍氏は優秀な大陸馬を定期的に輸入し、品種改良を続けて来たのである。

こうした財源は安倍の所有する山々に無尽蔵に眠っていた。黄金である。これこそが安倍一族が奥州の王たる最大の所以《ゆえん》と言っても過言ではない。黄金は異国の地で珍品に化ける。海豹《あざらし》や海虎《らっこ》の皮、紺碧《こんぺき》の陶器、珊瑚の宝石、黄金の仏像、教典、午黄《ごおう》や葛根湯《かっこんとう》などの漢方薬…。こうした珍品は公卿の垂涎《すいぜん》の的であった。渡島から仕入れる鷹や鷲の羽根も、最高級の矢羽として武士の間で驚く程の高値で取り引きされた。こうして珍品は都でさらなる財に化け、その財でさらに交易を発展させた。斯《か》くして安倍氏は莫大な富を築き、その富は今や都の公卿をも凌ぐと言われている。

　奥六郡を治める安倍氏の本拠地、衣川《ころもがわ》（岩手県奥州市旧衣川村）の地に安倍頼良《あべのよりよし》の姿があった。頼良の住まう館は広大な敷地面積を誇り、塀の周囲を見事な桜並木で囲まれている。そのためこの安倍の総本山は、並木御所《なみきのごしょ》または桜屋敷とも呼ばれていた。

齢《よわい》四十を僅《わず》かに越え、螺鈿《らでん》の倚子《いし》に腰掛けた頼良は奥州の王としての威厳と自信に満ち溢れていた。その胸元には琥珀の勾玉が輝いている。安倍の惣領《そうりょう》の証しである。

　衣川の地はその名のとおり、母なる日高見川の支流、衣《ころも》の川《かわ》の袂《たもと》にある。頼良はこの地に関所を設け、奥六郡への人の出入りを厳しく制限していた。この関は『ひ』の字に曲がりくねった衣《ころも》の川《かわ》の最深部に位置し、背後には北上山地が屏風の如く聳《そび》え立っている。衣川関《ころもがわのせき》はまさに天然の要塞であった。

　それればかりでない。頼良は広大な奥六郡の要所に軍事拠点として十二もの柵《さく》を設けていた。その内いくつかの柵の存在は国府には知られていない。これらの柵では私兵の戦調練《いくさちょうれん》が日々行われていた。勿論兵らに与える禄《ろく》の財源は黄金と貿易である。こうして日々鍛錬を積む安倍の兵力は優に五万を越えていた。特に南部の駿馬を操る騎馬隊は安倍自慢の精鋭であった。こうした背景により、奥六郡は頼良を首領とする軍事的、経済的独立国家としての色合いを濃くしていたのである。

暦は永承四年（一〇四九）の夏を迎えていた。抜けるように青い空には入道雲が力強く立ち昇り、陸奥の短い夏を謳歌《おうか》しようと蝉たちが忙《せわ》しなく鳴いている。

「明後日は多賀神社のお祭りの日ですわ。宗任兄様《むねとうのあにさま》、わたくしももう直ぐ十四よ。そろそろ多賀の町並をこの目で見てみたいのです。ねえ兄様、よろしいでしょう？」

頼良の次女、中加一乃末陪《なかいちのまえ》は甘えるような口調で兄に訴えた。頼良には三人の娘がいたが、いずれも美しく、奥州の真珠と讃《たた》えられている。その容姿とは裏腹に、中加は三人の中でも一番のお転婆娘であった。

兄様と呼ばれた安倍宗任《あべのむねとう》は、一瞬渋った。顔を合わせる度に同じ事をせがまれる。多賀に連れて行くのは容易《たやす》いが、あの喧騒《けんそう》の中で妹の身に万が一の事があればと躊躇《ちゅうちょ》していた。裏を返せば、宗任はそれだけ妹を可愛がっている。

宗任は頼良と正室の友梨《ゆり》との間に産まれた子で、九男三女と子宝に恵まれた頼良の三男に当たる。頼良は三人の室を娶《めと》っていたが、友梨は隣接する出羽国《でわのくに》の豪族、清原氏の出で、宗任は陸奥と出羽の双方の血を引く、謂《い》わば奥羽期待の星であった。中加とは父は勿論、母も同じとあって、兄弟姉妹の中でも特に仲が良い。齢は二十歳とまだ若いが、既に衣川を離れて近隣の鳥海柵《とりみのさく》（岩手県胆沢郡金ケ崎町）を治めている。そのため鳥海三郎《とりみのさぶろう》とも呼ばれる彼は、武芸は勿論のこと、稀代の秀才との誉《ほま》れ高き学問の人でもあった。

そんな宗任はもう一つの顔を持っていた。頼良から安倍の財の一切を任された、商人金売吉次《かねうりきちじ》としての顔である。

幼い頃から神童と呼ばれた宗任は、今や国内は勿論のこと、遠くは諸外国や異民族との交易を取り仕切るばかりでなく、時には吉次として自ら京に珍品や駿馬を運んでいた。勿論商《あきな》いばかりがその目的ではない。都の情勢を自らの目で確かめるためでもある。商売や献上、時には贈賄を通じて、内裏に勤める有力な公卿《くぎょう》とも付き合いがあった。時には商い船で博多津に上陸し、大宰府《だざいふ》にも潜入していた。博多へは北海（日本海）航路を使えば野代湊《のしろのみなと》（現在の秋田県能代《のしろ》港）から七日で着く。頼良が数ある安倍の柵の中で、宗任を本拠地衣川に一番近い鳥海柵に配した理由がここにあった。

頼良は宗任を片腕として重用していた。その血筋の良さからも、宗任は周囲から頼良の後継者と目《もく》されている。そして宗任はまた、玉山や鹿折《ししおり》、鷹巣《たかのす》や矢ノ森など、陸奥に数ある金山の総支配人としても手腕を発揮していた。

安倍の出店は国府が置かれた多賀の城下町にもある。しかしその店が安倍のものとは、国府の役人はおろか、町の民も知らない。宗任はしばしばその店を訪れる。次に行く時には是非連れて行けと、中加は執拗にせがむのだった。

「そういえば明日はお前の誕生日だったな」中加の熱意に根負けした宗任は、苦笑しながら妹を見据えた。

「え、じゃあ良いのですね！」ぱっと中加の美しい顔が輝いた。


多賀の町では、その年の五穀豊穣《ごこくほうじょう》を願う多賀神社の夏祭りを間近に控え、活気付いていた。ちょうど宗任は頼良の命を受け、祭りに併せて陸奥守《むつのかみ》、藤原朝臣登任《ふじわらのあそんなりとう》に安倍自慢の駿馬を献上する手筈であった。奥州の王とは言え、頼良は律令制度上は無位無官の郡司に過ぎず、陸奥守に米や絹を税として納めなければならない身分である。この時代、納税量の匙加減《さじかげん》は国司（守）に委《ゆだ》ねられていた。天下泰平の世に辺境の地に国司として赴任する公卿どもの楽しみと言えば、増税と称して私腹を肥やす事しかない。莫大な財力と肥沃な穀倉地帯を有する安倍氏と謂《い》えど、相手は自然。凶作の年は他所から米を買い付けなければならない。米が無ければ民も飢える。米はそれほど貴重なものである。よって気まぐれで増税を命じられては流石《さすが》の頼良とてたまったものではない。今回の駿馬献上は、事実上の陸奥守への賄賂である。この時代、馬は相当な財産であった。

「明日は早朝の出立ぞ。遅れたら連れては行かぬからな」

兄の言葉に、妹は目を輝かせながら頷いた。

翌朝、中加は眠そうな目を擦りながら起きて来た。興奮してよく眠れなかったのだろう。

宗任は粗末な麻の野良着《のらぎ》を着ていた。今日は商人《あきんど》金売吉次なのである。豪華な狩衣《かりぎぬ》などは着られる筈もない。同じ物を着ないと連れて行かぬと脅された年頃の中加は、涙目になりながら野良着を着た。その可憐さに供の郎党は思わず頬を染める—。

旅支度が整い、金売吉次とその妹は僅か二人の郎党、松本七郎秀則《ひでのり》と八郎秀元《ひでもと》兄弟を従えて出立した。賊の危険性を考えればはた目には心許《こころもとな》無い人数であるが、宗任は強い。それに秀則と秀元は宗任の郎党の中でも一二を争う猛者《もさ》である。

宗任は四白流星《よんぱくりゅうせい》の美しい尾花栗毛《おばなくりげ》に跨り、ゆっくりと陸路を南下した。日高見川から舟で下れば多賀城は必ずしも遠くは無い。普段の宗任なれば舟を使うが、しかし中加は舟が苦手であった。幸い、お転婆な中加は馬を苦にしない。むしろ並みの家来衆よりも馬の扱いに長《た》けていた。

〈たまには馬に揺られながらのんびりと妹と語り合うのも悪くはない。中加も年頃。悪い虫が付かねば良いが…〉

あれこれ思案する兄の胸中とは裏腹に、中加の心はときめいていた。

早朝に衣川を出発し、栗原宿（宮城県栗原市）で宿を取った。翌日は小高い丘に桃源院《とうげんいん》を仰視《ぎょうし》しながら松山（宮城県大崎市）の町並みを抜け、午後には遠巻きに多賀の町が見えて来た。野田玉川《のだのたまかわ》に掛かる思惑橋《おもわくのはし》を渡って町に入る。後に平泉《ひらいずみ》に草庵を結び、秀衡《ひでひら》とも親しく交わる彼《か》の法師、西行《さいぎょう》の和歌に詠まれる橋である。

並木御所で蝶よ花よと育てられ、世間を知らない中加は町を見て大いに驚いた。高さ十尺（一尺は約三メートル）はあろうかという朱色の城壁が町全体を囲い、中央の小高い丘には巨大な政庁が聳《そび》えている。町の入り口は二箇所。東に位置する正門の青龍門《せいりゅうもん》と裏門にあたる西の白虎門《びゃっこもん》である。

宗任たちは青龍門に向かった。巨大な門の前には甲冑《かっちゅう》姿の二人の門衛が長い槍を手に睨みを利かせている。宗任は一礼し、門衛に手形を見せた。宗任たちが門を通ろうとした時、一人の門衛がそれを制した。

「待て。見慣れぬ女子《おなご》がおるな…」

門番は中加の肩を掴み、口許を醜《みにく》く歪めている。驚いた中加は固まって動けなかった。

宗任は秀則に目配せした。無言で頷くと秀則は懐から小さな皮袋を取り出し、笑顔で門衛に差し出した。門衛は袋を受け取ると、満足そうに頷き、そそくさと宗任たちを通した。皮袋の中身は砂金であった。

宗任は中加の耳元で囁いた。

「多賀とはこう言う町ぞ。衣川とは違う。用心致せ」

中加は顔を強張らせたまま、こくりと小さく頷いた。

門を潜《くぐ》ると、そこには幅一町（約一〇九メートル）はあろうかという大きな石畳の道が、遥か遠くの丘に聳《そび》える政庁にまで続いていた。多賀城大路である。照り付ける日差しに陽炎《かげろう》が舞う沿道には、様々な店が所狭しと並んでいる。行き交《か》う人の数も衣川の倍では利《き》かない。初めて見る多賀の町並みに、中加はただただ圧倒された。

忙《せわ》しなく鳴く蝉の声を耳にしながら暫《しばら》く進むと、宗任らは六月坂の辺りに人集《ひとだか》りを認めた。拍手と歓声が響いていい る。流鏑馬《やぶさめ》である。宗任は馬を秀則らに預け、中加を見物に誘った。

多賀神社の参道に弓の的が五箇所立てられている。宗任から見て右側から栗色の水干《すいかん》姿の若武者が馬を操り迫って来た。武者は箙《えびら》から素早く矢を取り、弓を構える。一つ目の的目掛けて矢が放たれた。矢は見事的の中央に当たった。

「五点！」神官が点数を読み上げる。観客から拍手と歓声が沸き上がった。

馬上の若武者は二つ目の矢を番《つが》えた。残念ながらこれは的を外した。観客からは落胆の溜め息が漏れる。

第三の矢はかろうじて的の一番外側に当たった。

「二点！」

若武者は四つ目の的を狙った。矢は中心から一尺ほど外側に命中した。三点だった。

最後の矢は、見事的の中央を射抜いた。馬が参道を通り過ぎると、神官が叫んだ。

「都合、十五点！」

若武者は観客から喝采を浴びた。聞けばこれまで八名が挑戦し、一番の得点だと言う。初めて見る流鏑馬に、中加の心は高揚していた。

次の武者の乗った馬が駆け出した。一の矢、二の矢は順調に的の中央を捉えたが、三の矢を番えた頃から馬の速度が極端に落ちた。狙いを定めるあまり慎重になったのであろう。

「失格！」無情にも神官が告げた。制限時間以内に五つの矢を放てなかったのである。

「なかなか難しいものなのですね。宗任兄様なら何点くらいかしら？」

「矢を射るは不安定な馬上。普通の弓道とは訳が違う。ばかりか馬の操縦技術も問われる。俺でも流鏑馬は難しい」

宗任は笑みを浮かべながら中加に答えた。


最後の挑戦者の番となった。観客は固唾《かたず》を飲んで見守っている。

程なくして、萎烏帽子《なええぼし》の上に綾藺笠《あやいがさ》を被り、若草色の直垂《ひたたれ》姿も涼しげな若武者が、艶《つや》やかな黒鹿毛《くろかげ》に跨《また》がって現れた。何と先程の武者よりも二《ふた》回りは大きいかと言う剛弓を携えている。三人張りの倭弓《やまとゆみ》である。馬を操りながら矢を放つ流鏑馬では小型の弓を使う方が遥かに有利である。

馬が走り出した。観客はその速さにも驚いた。にも関わらず馬上の若武者は涼しい顔で一つ目の矢を射る。

ひょうっ！という小気味の良い風切り音とともに矢が飛んだ。それは頭を垂れる事なく、一直線に的の中央に吸い込まれて行った。

「五点！」

群集から拍手が鳴り響いた。二の矢、三の矢も難無く的中する。おおと歓声が沸き起こった。

馬が宗任らの前を通過した時、宗任は馬上の若武者と目が合った。若武者は宗任に微笑み掛ける—。

四つ目の的が近付いた時、武者は倭弓を右手に持ち替えた。

体を逆側にねじり、左手で矢を番える。矢の長さ、実に十二束三伏《じゅうにそくみつぶせ》。観客は息を飲んで最後の射弓を見守った。

ひゅるるる！

一瞬の静寂の後、会場からは割れんばかりの拍手が巻き起こった。矢は見事に的のど真中を貫いたのである。

「満点！」

神官は信じられないと言う表情で結果を告げた。

観客は万雷の拍手で若武者を称えた。黒鹿毛から降りた若武者はこの暑さの中汗一つ掻《か》かずに涼しい顔をしている。

「あのお方なら、さもありなん」

興奮冷めやらぬ中加の隣で、宗任は満足そうに頷いた。


流鏑馬見物を楽しんだ宗任と中加は秀則らと共に多賀城大路をさらに進み、程なくして南北に伸びる一条通りを左に折れた。さらに歩を進めたところで左折して小さな辻《つじ》に入り、城を迂回する形で町の南側に向かった。多賀神社から四半刻（約三十分）程歩いた所で、宗任は呑み処の前に馬を留めた。看板には北梅庵《ほくばいあん》の文字がある。店の中からは魚を焼いた香ばしい匂いが漂っていた。

宗任は店の暖簾《のれん》を潜った。主人《あるじ》と思《おぼ》しき初老の男が宗任を認めると、慌てて駆け寄って頭を下げた。

「これはこれは宗任様、ようこそいらっしゃいました」

「徳助《とくすけ》、宗任はないだろう。今日の俺は金売吉次ぞ」宗任は苦笑いしながら主人に言った。

北梅庵は多賀に構えた安倍の秘密の店であり、宗任らの宿でもあった。店の奥には大きな鳥籠《とりかご》があり、真っ白な鳩が止まり木に止まってくっくる、くっくると鳴いている。まだ夕方まで些《いささ》か時間があるせいか、店内に客は居ない。

「はて、こちらの美しい姫様は、もしや惣領様の…」徳助と呼ばれた主人は、宗任に問うた。

「左様。二番目の妹の中加と申す。これ、徳助に挨拶をせよ」

宗任に促され、中加は丁寧に頭を垂れた。

「中加様、こんなに美しゅうなられて…。この徳助は、赤子の頃の中加様をこの手に抱いた事がござりまする…」

感慨深げに徳助は細い目を一層細めた。物部《もののべ》の末裔で川村《かわむら》の姓を有するこの男は、もともとは衣川で商いを営んでいたが、頼良にその商才を買われ、今ではこの店の一切を任されている。

「空腹でございましょう。丁度店の支度が整った所でございます。ささ、お召し上がり下さいませ」

徳助は地酒と料理を次から次へと運んで来た。夕暮れ時にはまだ時間があったが、日中に比べれば涼しい風が店内に入って心地良い。宗任は冷えた酒で喉を潤した。

中加は初めて見る鰹《かつお》に目を見張った。内地の衣川ではまずお目に掛かれない魚である。ここ多賀の町は東海（太平洋）にも近い。

中加は産まれて初めて刺身と言うものを口にした。

腹ごしらえを済ませた宗任一行は、夕方から祭りの縁日に出掛ける事にした。縁日は沢山の人々で賑わっている。中加と同じ年頃の娘は皆着飾り、艶《あで》やかな格好をしている。一方、金売吉次一座の娘という手前、粗末な野良着を着ていた中加は不機嫌そうに頬を膨らませていた。それでも出店に向かうと中加は唐菓子《からかし》や飴細工《あめざいく》に釘付けとなった。何か買ってやるぞと宗任が言うと、あれもこれもと中加ははしゃいだ。まだまだ子供なのだと宗任は微笑む。

能楽堂は沢山の人で賑わっていた。囃子方《はやしかた》の奏でる笛や小鼓《こづつみ》、大鼓の音も賑やかに、祭りの最後を締め括る能が始まろうとしている。

奥行きが深い能舞台は客席に向かってせり出す様に開放されており、宗任と中加はその正面に陣取った。中加が能を鑑賞するのはこれが初めてである。

出囃子《でばやし》に乗り、脇《わき》と呼ばれる演じ手が橋掛《はしかけ》を通って幕から舞台へ現れた。周囲から拍手が沸き上がる。脇達は能面を着けていない。

「あの橋掛は単なる役者の通り道ではなく、この世とあの世を繋ぐ橋でもある。能とは日常とは異なる世界観を現すもの。実に面白いぞ」宗任の囁《ささや》きに中加は真顔で頷いた。

曲目は八島《やしま》と呼ばれる修羅物《しゅらもの》で、旅の僧が西国行脚に讃岐国《さぬきのくに》を訪れる所から始まった。旅僧らが浜辺の塩屋に一夜の宿を求めて立ち寄ると、舞台の袖から漁翁の能面を被った役者が踵《きびす》を擦るようにして現れる。

「この翁は前仕手《まえして》と申してな。物語の前場の主役ぞ」宗任に言われて中加は翁の面を注視した。

朗々とした地謡《じうたい》の声に合わせて漁翁が目の前に広がる情景を風流に謡《うた》うと、中加の脳裏に夕日の沈む大海が浮かんだ。腰を落として顎《あご》を引き、雅に舞う翁の姿に中加はうっとりと酔う。

宿を得た旅の僧は、嘗《かつ》てこの地で起きた合戦の話を聞かせて欲しいと漁翁に希《こいねが》う。翁が戦の様子を語り出すと、自軍の将を庇《かば》って討たれた配下の話や幼くして憤死した敵将の子の話に、観客ははらはらと涙を流した。

ここで前場が終わった。能面を外して拍手に応える前仕手の素顔に、中加の視線は釘付けとなった。その老練な佇《たたず》まいから年配の演じ手かと思っていたが、面の下の役者は、世の女子《おなご》らの全てを蕩《とろ》かす甘い顔立ちの若者であった。

橋掛を渡って幕に帰る若者を、中加の眼は無意識に追い掛ける—。

間狂言《あいきょうげん》を挟み、後場が幕を開けた。宿に眠る旅僧の夢枕に件《くだん》の武将の霊が現れる。後場の主役を担う後仕手《あとして》である。武将の霊は修羅道に堕ちた後の出来事を語り、敵軍との戦を激しくも美しい舞いで披露した。沖からは自軍の鬨《とき》の声が響き、陸《おか》には楯が波の如く並んでいる。太刀《たち》が月光にぎらりと反射した。中加はその迫力に圧倒される。

夜が明けると、敵軍と見えていたものは鴎《かもめ》の群れであり、鬨の声と聞こえたものは単なる松風であった。武将の霊はそこで舞いを静かに納める。

客席が沸く中、中加も惜しみない拍手を送った。

曲が終わると武将を演じた役者が面を外して一礼した。この役者の素顔を見て、中加は思わず目を丸めた。その役者は、前仕手の演じ手と同一人物だったのである。

「この題目の見せ場は前仕手と後仕手が同じ人物たる所にある。武将の霊が翁に降りて旅僧に戦の虚しさを教えているのだ」

宗任の言葉を聞きながら、中加の潤んだ瞳は舞台の中央に立つ若者を見詰めていた。

能が終わると観客は一斉に席を立った。衣川の倍はあろうかと言う人々の波に中加は瞬く間に飲み込まれ、何時《いつ》の間にか宗任らと逸《はぐ》れていた。

宗任が居ないことに気付いた中加は青褪《あおざ》めた。北梅庵に帰ろうにも初めての町並に右も左もわからない。それどころか周りは人だらけで真っ直ぐにすら歩けなかった。

どれくらい歩いたであろうか？　気が付けば中加は人気の無い裏路地をとぼとぼと歩いていた。薄暗い中、中加は不安で今にも泣きそうであった。長旅の疲れもあり、遂に長屋の軒先にしゃがみ込んで両手を顔に押し付けた。

「――そなた、そこで何をしておる…」

不意に男の声が響き、中加は慌てて顔を上げた。その顔は不安と恐怖に慄《おのの》いている。

中加の目の前には、小柄な若い男が立っていた。歳の頃は宗任と同じくらいである。

「すまぬ、驚かせる心算《つもり》はなかった。女子《おなご》が夜更けに一人出歩いては危ないと思ってな」

爽やかな笑みを浮かべながら語りかける男の顔を見て、中加ははっとなった。能楽堂で仕手を演じたあの若い男であった。

中加の鼓動が速まる――。

十六夜月《いざよいづき》に照らし出された中加の美貌に、声を掛けた男も一瞬たじろいだ。

その時、不意に男の背後から野太い声が聞こえた。

「おい、あの娘を見ろ。ぼろは着ているが、上玉だぜ…」

若い男が後ろを振り向くと、そこには酒に酔った五人の大男が立ち塞がっていた。皆口許を緩ませ、猥褻《わいせつ》な目付きで中加を舐め回している。

「おい、そこの優男《やさおとこ》よ。その娘は貴様のこれか？」

その中でも一番人相の悪い男が小指を立て、下卑《げび》た笑みを浮かべながらゆっくりと若者に近付いて来た。

中加が恐怖に目を閉じた瞬間、呻き声と人が地面に崩れ落ちる音がした。恐る恐る目を開けると、地面に伸びているのは悪党の方であった。

華奢な若者に仲間がやられて大男達は激高した。髭面の大男が右手を振るって殴り付ける。間一髪の所で若者はそれを避け、勢い余って体勢を崩した大男の腹に蹴りを入れた。呻き声を上げ、髭面の男は地面に膝を付く。

気が付けば周囲には野次馬が集まっていた。その野次馬に煽られ、悪党どもは益々激高した。形振《なりふ》り構わず若者に襲い掛かる。多勢に無勢ながら、若者はなんとか悪党の攻撃をかわしていた。

不意に若者の背後から丸太の様な手が伸び、羽交い絞めにされた。若者の顔目掛け、悪党の拳が振り下ろされる。中加は思わず顔を背けた。

次の刹那、鈍い音を立てながら、遂に悪党の拳が若者の顔面に炸裂した。他の仲間もここぞとばかりに代わる代わる若者の顔を殴り付ける。小柄な若者は確かに強かったが、流石にこうなっては成す術が無かった。若者の美しい顔が見る見る腫れ上がる。それでも若者は最後まで中加に指一本触れさせなかった。

騒ぎを聞き付け、宗任らが駆け付けて来た。宗任は傍らでしゃがみこむ妹を見付け、抱き締めた。

「大丈夫か！」宗任が叫んだ。大粒の涙を流しながら、中加は震えている。

周囲には野次馬がさらに増え、異様な雰囲気に包まれた。そこへ知らせを受けた弾正台《だんじょうだい》の一団が突っ込んで来た。弾正台とは城下の治安を統括する当時の警察機関であり、国司の管轄下に置かれている。悪党と弾正台が入り乱れ、場は騒然となった。

「ここで咎《とが》められては厄介にございます！」

裏返った秀元の声が響く。弾正台に正体を知られては一大事である。

混乱に乗じ、宗任は中加を引き連れて群集の中から脱出した。


北梅庵に戻った頃は亥の刻（午後十一時頃）を過ぎていた。山から夜鷹の鳴き声が聞こえる。

松本兄弟は、中加を見失った失態を詫びて宗任に首を差し出すと言って聞かなかった。これには流石の宗任も閉口したが、徳助の必死の説得が実り、二人は今後一層宗任に忠義を尽くす事で矛先を収めた。

その頃になると中加も漸《ようや》く落ち着きを取り戻した。助けてくれた若者に礼も出来なかったことをしきりに悔やむ。

「―あのお方、能楽堂で仕手《して》を演じられたお方かと…」

「なに！　誠か？」

中加の言葉に宗任が目を見開いた。暗がりで宗任は中加を助けた若者の顔を見ていない。

「ならば明日逢わせてやろう。そなたも秀則らと共に政庁へ参れ」宗任の顔に笑みが戻る。

兄の笑顔の理由もわからず、中加は小首を傾げた。

〈あのお方、お怪我は大丈夫だったかしら。とても美しいお顔でしたが…〉

褥《しとね》に入った中加は若者の顔を思い浮かべて赤面した。心の臓の鼓動が高鳴る。長旅で疲れている筈なのに、暫《しばら》く寝付けない―。

何度も寝返りを繰り返した後、中加は漸《よう》や く静かな寝息を立て始めた。


翌朝、城下町は祭りの後の日常を取り戻していた。今日も朝から蝉が忙《せわ》しなく鳴いている。

徳助から出された朝餉を食べ終えると、宗任は中加らと共に政庁に馬を届けに出掛けた。北梅庵から多賀城大路に出て、緩やかな傾斜を登ること四半刻（約三十分）、一行は漸《よう》や く政庁に到着した。

中加は初めて見る国府多賀城に目を見張った。政庁はその周囲を瓦葺《かわらぶき》の塀で囲まれ、その東西には脇殿が配置されている。南大門から覗く広大な城内には真っ白な玉砂利が敷き詰められており、その中央には朱も鮮やかな正殿が威風堂々と構えていた。寝殿造りの正殿には直径二尋《ふたひろ》（約三メートル）を優に超す太い柱が何本も貼られ、屋根の藍瓦が朱色の正殿を一層色鮮やかに引き立てている。さらにその後ろに荘厳な後殿が佇《たたず》んでいた。陸奥守《むつのかみ》の住まいである。

流石は陸奥の政《まつりごと》の一切を取り仕切る政所《まんどころ》だけあって、圧倒されるほどの壮大さであった。

宗任は早速自慢の南部駒を陸奥守に奉《たてまつ》らんとした。とは言っても今は宗任ではなく金売吉次の身分である。無論、陸奥守に謁見《えっけん》など以《もって》の外《ほか》で、城内へさえも立ち入ることは許されない。

政庁の東門では白の水干《すいかん》を着た門衛が槍を構えていた。

「衣川の吉次めにござります。主君安倍頼良の命にて、陸奥守様に駄馬《だば》をば奉らんと馳せ参じましてござりまする」

宗任は門衛に恭《うやうや》しく挨拶した。門衛が侍所《さむらいどころ》に控える役人に取り次ぐ。

城外で待つこと暫《しばら》く、二人の役人が出て来た。

「吉次殿、久しゅうのう」凛々しい顔の若い役人が白い歯を覗《のぞ》かせ、宗任に気さくに声を掛けた。

「昨日の流鏑馬《やぶさめ》は流石《さすが》でございました」宗任もにこやかに応じる。

この役人は昨日の流鏑馬の勝者で、宗任とは旧知の仲であった。宗任より歳は一つ兄、この男こそ多賀の町に武勇轟く侍所別当《さむらいどころべっとう》、亘理権大夫《わたりのごんのたいふ》、藤原経清《ふじわらのつねきよ》その人であった。

宗任はもう一人の小柄な役人を見て顔を曇らせた。昨夜の中加の言葉から予期はしていたが、町中の若い女子が頬を染める稀代の色男、伊具十郎《いぐのじゅうろう》、平永衡《たいらのながひら》の顔が無残にも腫れ上がり、ところどころに痣《あざ》が浮かんでいる。

「永衡殿、そのお顔はどうなされましたか?」宗任が心配そうな顔で尋ねた。

中加は永衡と呼ばれた男の顔を見てはっとなった。能楽堂で武将を演じ、悪漢から中加を守ったあの若者であった。

永衡も中加に気付いて僅かに目を丸める——。

「不覚にも昨夜、喧嘩に負けてこの醜態《ざま》にござる」永衡が、跋《ばつ》が悪そうな顔をして頭を掻いた。

「やはり永衡殿が妹を…」

畏《かしこ》まる宗任に、永衡は昨夜の中加のように軽く首を傾《かし》げた。

「そなたが宗任殿の妹君とは…」

政務が終わった後、永衡は経清と宗任、そして中加を私邸に招き、何やら落ち着かぬ様子で中加に語りかけた。永衡は独り身である。

永衡は政《まつりごと》を司る文官の長で、武官を纏める経清とは公私に渡って親しかった。永衡と経清は普段はそれぞれの領地に住まっているが、在庁官人《ざいちょうかんじん》でもある彼らは陸奥守の召集があった際に多賀城に参じ、城下の私邸を仮の住まいとしている。永衡は経清と同い歳で、したがって宗任の一歳上に当たる。宗任が金売吉次として多賀城に出入りし始めてから直ぐに、歳の近い三人は打ち解けた。永衡と経清は吉次の正体も知っている。逆に言えば、宗任はそれだけこの二人を信用していた。

「わたしのせいで永衡様がこんな目に…」中加は泣きながら謝った。

「中加殿、ささ、顔を上げられよ」中加の涙に、永衡はおろおろとなった。

「宗任殿、実はな…」二人のやり取りを見つめながら、経清が悪戯《いたずら》っぽく笑って耳打ちした。

「永衡殿は昨夜の娘が余程気に入ったらしい。しかしその娘の前で無様な姿を曝したと申して朝から酷く落ち込んでおった」

「経清殿！　何を申されるか！」慌てて永衡が遮る。

中加の耳が真っ赤に染まった。

経清と永衡は、不思議な縁で結ばれていた。

嘗《かつ》て平将門《たいらのまさかど》の乱を鎮《しず》めた藤原秀郷《ふじわらのひでさと》の六代後裔たる経清は、武勇の名門の出だけあって、太刀《たち》と弓の腕前は多賀城で右に出る者無しと言われている。淡海之海《おうみのうみ》（琵琶湖）の大百足《おおむかで》を退治した俵藤太《たわらのとうた》としても有名な秀郷以来、その血筋は都に知られた名門として栄えたが、経清の父頼遠《よりとお》は長元《ちょうげん》の乱で首謀者平忠常《たいらのただつね》に加担し、無残にも討ち取られている。それ以来、下野守《しもつけのかみ》や武蔵守《むさしのかみ》をも輩出した秀郷流藤原家は没落の一途を辿《たど》った。経清は従七位下《じゅうしちいげ》の位階《いかい》こそ賜っていたものの、役職を持たぬ散位《さんに》として都から多賀城に落ちて来た身であった。しかしそこは奇縁。面識こそ無かったものの、経清は時の陸奥守、藤原登任《ふじわらのなりとう》と遠縁であったために登任に気に入られ、今では亘理（宮城県亘理郡）の領地を与えられるまでに出世している。無論、その裏には経清の武士としての実力があることは言うまでもない。

一方の永衡は姓からもわかるように平家、特に海道平氏《かいどうへいし》の出で、平将門、忠常と同族である。従って永衡も逆賊の縁者として嘗《かつ》ては辛酸を舐めていた。しかし彼は産まれ持っての聡明さを登任に認められ、登任の陸奥守就任と時を同じくして多賀城の公文所《くもんどころ》別当に抜擢された。登任の覚え愛《め》でたい永衡は伊具の領地（宮城県伊具郡）も授かり、普段は伊具郡司として八竜城《はちりゅうじょう》に居住している。何の因果か平家と藤原家、祖先が時に敵、時に味方となりながら、同い歳の二人は多賀の町で出会ったのである。亘理と伊具は隣接していることもあり、似た境遇の二人は常日頃から親しく接していた。

「経清殿、永衡殿、此《こ》の度《たび》は我が妹、中加が大変お世話になり申した。ささやかなお礼をお受け取り下され」

宗任は懐から砂金の入った皮袋を二つ取り出した。

「何の冗談ぞ？　我らがその様なものを受け取るとでもお思いか」

二人は揃って笑った。この二人、そう言う気持ちの良い男達である。

「それでは、そのうち是非とも我が衣川へとお越し下され」宗任が再度頭を下げた。

〈衣川に伊具十郎《いぐのじゅうろう》様がいらっしゃる…〉

宗任の言葉を耳にし、中加の胸が収縮する――。

十四を迎えたばかりの中加にとって、それは淡い初恋であった。

それから一月《ひとつき》が過ぎた。天高く馬肥える秋。柿の実が橙《だいだい》色から鮮やかな朱に変わり、遠くの空には野焼きの煙が棚引いている。広大な陸奥の穀倉地帯には金色《こんじき》の稲穂が豊かに実り、いよいよ収穫の日を迎えていた。案山子《かかし》の頭には赤蜻蛉《あかとんぼ》が止まりのんびりと羽根を休めている。

心地良い青空とは裏腹に、経清は多賀城の政所で鬱《うつ》々としていた。

帳簿に記されている奥六郡からの米の量が明らかに少ないのである。それを理由に陸奥守藤原登任は安倍頼良《あべのよりよし》へ圧力を掛けるよう経清に命じた。納税管理の責任者たる経清は、しかし奥六郡から納められた米を我が目で見ている。明らかに十分な量であった。配下に帳簿を付けさせたのも経清である。

聡明な経清には登任の魂胆がありありと見えていた。登任が何者かを使って帳簿をすり替えさせたのであろう。通常、陸奥守の任期は五年。任期が満つるまで二年を切った登任は、今のうちに私腹を肥やせるだけ肥やそうと、米を横領していたのである。それだけではない。登任が増税の脅しを掛ければ何所《どこ》の郡司も賄賂を持参し、笑いたくもない顔で笑い、額を床に擦り付けて面白いように媚びるのである。時には女子《おなご》にも有り付けるとあって、醜い老《お》い耄《ぼ》れ狸《たぬき》の欲の皮はますます突っ張っていた。

一方、武家の名門、秀郷流藤原氏の血が流れる経清は竹を割ったような性格で、曲がった事は断じて許せない。しかし在庁官人としては陸奥守に忠誠を誓わなければならない。彼《か》の地の役人にとって陸奥守の命令は帝《みかど》のそれに等しかった。

「秋に肥えるのは馬ばかりではないようだ」

経清は苦々しい表情で吐き捨てた。

その夜、経清は気晴らしに永衡を北梅庵に誘った。蟋蟀《こおろぎ》の音《こえ》を肴《さかな》に酒を煽《あお》りながら、経清が暗い顔で口を開く。

「永衡殿、登任《なりとう》様の事、如何《いかが》思われる？」

「如何と申されると？」

「奥六郡からの納税量が規定に達しておらぬ故《ゆえ》、頼良殿に追税を迫れと手前に申された。帳簿を確認したところ、確かに納税量が少ないのだが…」

「登任様が良からぬ事を画策なさっておるのだろう」永衡が、まだ腫れが残る顔を顰《しか》めながら吐き捨てた。

永衡にとって登任は、下総で燻《くすぶ》っていた自分を多賀城の文官の長にまで出世させてくれた恩人である。永衡は、複雑な心境であった。

「永衡殿もそう思うか…」

旬の秋刀魚《さんま》の塩焼きを頬張りながら、経清は再び酒を煽る。

「まずは証拠を集めねばなりませぬな。あの登任様の事、頼良殿以外の郡司にも難癖を付けましょう。問題は帳簿改竄《かいざん》の下手人が誰かと言う事。そ奴を押さえて登任様に突き付ければ、あるいは登任様もお考えを改めて下さるやも」

いくら恩人とはいえ、不正は不正。塩辛い沢庵《たくあん》が口内の傷口にしみるのか、時折呻《うめ》きながら永衡は言った。

永衡は経清にある策を授け、北梅庵を後にした。


翌日。政庁には磐井《いわい》郡と気仙《けせん》郡からの荷車が到着していた。荷台には税の米俵が積まれている。この二つの郡はそれぞれ金為行《きんのためゆき》と異母弟の為時《ためとき》によって治められていた。

一説には金一族の祖は渡来人で朝鮮半島の金《キム》氏に由来するとされている。一方でその姓からも連想出来るように、金氏は古くから高度な金山採掘技術を有していた。特に為時が治める気仙には、玉山や鹿折《ししおり》など、陸奥屈指、いや、日本屈指の埋蔵量を誇る金山がいくつもある。

金氏はまた代々、安倍一族の有力な姻族として栄えて来た一族でもある。実際、為行の母親の姉が安倍頼良の母親であった。即《すなわ》ち為行は頼良の実の従兄弟に当たる。そればかりか為行の同母妹、綾乃《あやの》が何を隠そう頼良の側室でもある。こうした経緯から、磐井と気仙は本来なれば国府の領地であるが、実質的には安倍の統治下に置かれている。

しかしこの金兄弟、母が異なるせいか驚くほど器量に差があった。磐井の郡司為行は智将と謳《うた》われるばかりでなく、領地の民にも慕われる人格者でもある。当然、頼良からも全幅の信頼を寄せられていた。一方、弟の為時は武芸に劣り、猜疑心《さいぎしん》も強く、領民からの評判も芳《かんば》しくない。頼良に嫁いだ妹が自分とは腹が違うのも安倍との関わりを思えば為時は気に入らない。事あるごとに為時は兄為行に盾突いていた。

経清は不仲の金兄弟から納められた米を計量し、自らの筆で帳簿に記した。自分の筆跡ならすり替えられても直ぐにわかる。永衡の助言である。

記帳の後、米は城の西側にある巨大な蔵に運ばれた。蔵に隣接する西脇殿では永衡が二枚格子の簾《すだれ》を開け、遠巻きに様子を伺っている。暮色蒼然《ぼしょくそうぜん》の頃になると経清は帳簿を金庫に仕舞い、城下の私邸に帰宅した。その際、金庫と蔵の鍵を政所の机上に置き忘れて来た。無論、わざとである。

館の見える場所まで来ると、経清は踵《きびす》を返して政庁へと戻った。西脇殿《にしわきでん》から出てきた永衡と合流する。二人は合鍵を使って蔵に忍び込み、幾つも積み重なった俵の陰に身を潜めた。

静寂の中、鈴虫と蟋蟀《こおろぎ》の鳴き声がだけが蔵に響く――。

待つこと半刻。蔵の外で鼯鼠《むささび》が月夜に舞った。その時、ぎぎぎーという鈍い音と共に、蔵の入り口から月の光が入り込んだ。ゆっくりと数人の人影が蔵に侵入する。一瞬虫の鳴き声が止《や》んだ。永衡の背中に冷たい汗が流れる――。

人影は西側に山積みにされた米俵に近付いた。それは磐井郡から収められた米俵であった。数人の人影が俵を担ぎ、持ち去ろうとする。経清は腰の大和剣《やまとつるぎ》に手を掛けた。刃が真っすぐに伸びた直刀で、騒速剣《そはやのつるぎ》と呼ばれる名刀である。

「貴様ら、そこで何をしておる！」

経清が叫ぶと、賊はぎょっとして米俵を落とした。破けた俵から米が散らばる。

賊は一目散に戸口を目指した。しかし蔵の外へ出る際、盛大に転倒した。永衡が足元に綱を張っていたのである。

「命ばかりはお助けを…」

賊は観念したのか、土下座して許しを請うた。経清は賊の髪の毛を鷲掴みにし、顔を上げさせた。

「む、見たことがある顔だな。おぬしは確か、昼に米俵を運んできた気仙の者…」

賊の顔をまじまじと見詰めていた経清が凄んだ。

賊の手には帳簿が握られていた。金庫からくすねたのだろう。奪い取って月夜に翳《かざ》すと、今日記したばかりの磐井の石高が過少に書き換えられていた。筆跡も明らかに経清のものとは違う。案の定、すり替えられたのである。

「どう言う事か説明してもらおう」

経清は、鋭い目付きで賊を睨み付けた。

「まさか気仙の郡司、金為時殿が絡んでおるとはな…」

経清は憎しげに言葉を吐き出した。

「あの狡猾な御仁ならさもありなん。しかも為時殿の裏には、さらなる黒幕が控えておると見るべきでしょうな」

永衡も眉間に皺《しわ》を寄せた。さらなる黒幕とは、無論、陸奥守藤原登任の事である。

「それにしても考えたものよ。磐井の米をくすねて登任様に横流しすれば、陸奥守の後ろ盾が出来る。我らが為時殿の横領を登任様に訴えても、当然登任様は握り潰すであろう。自分の懐に米が流れ込むのでござるからな。しかも登任様から磐井に追納の命が下れば、何かと対立する兄の為行殿も窮地に陥る。為時殿にとっては一挙両得」

永衡は顎に手を当てながら言った。

「安倍の米を強奪したのもおそらく為時殿にござろう。たとえ頼良殿にばれたとしても、流石に頼良殿も義理の従兄弟を討ちはすまい。くすねた米は陸奥守様に献上するか、こっそりと気仙に運び自らの蓄えとしたのであろう。あるいは安倍の米を気仙の米と偽り、平然と納めたのやも知れぬ」

経清も呆れ顔で頷いた。

賊にたっぷりと灸を据え、二人は臥待月《ふしまちづき》の下家路を急いだ。


翌朝は経清の心境の如くどんよりとした曇り空であった。深まる秋の冷たい風が経清の心をさらに沈める。

質素な朝餉を終え、経清は重い足取りで政庁へと向かった。

政庁では登任が待ち構えていた。明白《あからさま》に不機嫌な顔をしている。その顔は昨夜の件を登任が耳にした事を如実に表していた。

それでも登任は自らの罪を棚に上げ、安倍頼良に追税させるよう経清に迫った。

経清は反吐《へど》が出る思いだった。しかし一端の在庁官人である経清は、当然陸奥守の命には逆らえない。

経清は再び永衡に頼り、北梅庵で策を練る事にした。

経清は徳助に酒を運ばせると憂さを晴らすべく一気に盃を煽った。

下戸《げこ》の永衡は苦い酒を舐めながら言う。

「斯《か》くなる上は頼良殿に追税を申し付ける他あるまい。そのためには裏の事情を知る我らが直接衣川に向かって説得する必要があり申す」

「非の無い頼良殿を咎《とが》めると申されるか？」経清は上擦った声を上げた。店の奥で徳助が眉を顰《ひそ》める。

「最後まで話をお聞き願おう」そうではないと言う表情で、永衡は続けた。

「頼良殿に偽りの米俵を納めて頂く。俵の中には砂でも積めてもらおう。多賀城で帳簿を付けるのは経清殿にござる。いくらでも誤魔化しが利こう」

「なるほど、為時殿も流石に懲りて、二度と忍び込みはしまい。となれば帳簿を付けて俵を蔵に入れてしまえばこっちのもの。いや、どうせなら砂の俵は我らの手で…」

「気仙の郡司殿の許へ献上して差し上げましょうぞ」

二人は顔を見合わせて笑った。

実は永衡の策には裏があった。経清を助ける名目で、自分も衣川に行く口実が出来る――。

〈衣川には中加殿が居る…〉

そう思うと永衡の胸は熱くなった。


その中加は衣川に帰って以来、上の空であった。賊に指一本触れさせずに自分を守ってくれた永衡に、寤寐思服《ごびしふく》の恋心を抱いたのである。しかし衣川と多賀は遠く離れている。女子《おなご》がおいそれと簡単に訪ねる訳にはいかなかった。その結果、遂に中加は寝込んでしまう。恋煩《こいわずら》いであった。

見兼ねた宗任は配下の松本秀則、秀元兄弟に命じて中加の詠《うた》った上の句を永衡に届けさせた。この時代、和歌のやり取りは愛の告白を意味する。果たして永衡は下の句を中加に返した。元々あの日、先に見初めたのは永衡の方だったのかも知れない。

〈衣川に行けば再び中加殿に逢える…〉

永衡の頬が赤く染まったのは、飲めない酒のせいだけではなかった。


それから数日後。経清と永衡は陸奥守の名代《みょうだい》として衣川の並木御所《なみきのごしょ》を訪ねていた。陽は既に西に傾いている。

税務の責任者たる経清は何度か衣川を訪れた事があったが、永衡は初めてであった。よって永衡と頼良は初対面である。永衡と頼良は親子ほど歳が離れているが、いくら奥六郡を治める大酋長とは言え頼良は無位無官。立場は陸奥守の名代の方が遥かに上である。

頼良は若い二人を自ら四脚門《よつあしもん》まで出迎え、恭《うやうや》しく平伏した。

「あいや、頼良殿、どうかお顔をお上げ下さりませ」二人は流石《さすが》に恐縮した。

四脚門《よつあしもん》の敷居を踏まぬように注意し、二人は並木御所に上がった。初めて御所に入る永衡はその見事な造りに圧倒された。三十三間はあろうかと言う廊下の唐松《からまつ》の板木は見事に磨き上げられ、障子から漏れる陽の光を浴びて艶《つや》やかに輝いている。その長い廊下の突き当たりにある広大な奥の間には、見事な調度品の数々と、異国から取り寄せた壷や陶器が所狭しと並んでいた。

頼良は二人を上座の円座《わろうだ》に勧めると、部屋の外に控える郎党に目配せした。

程なくして、一人の娘が茶を運んで部屋に入ってきた。この時代、茶は都の貴族でも滅多にお目に掛かれない高級品である。

二人は娘の顔を見てはっとなった。中加に瓜二つの美貌である。

狐に摘まれた様な顔の二人ににこやかな笑みを浮かべ、娘は一礼すると部屋の外へと消えた。

「陸奥守様の名代様が辺鄙《へんぴ》な衣川まで態々《わざわざ》参られるとは、どのような御用件にござりましょう?」

頼良は丁寧な言葉遣いで、しかし貫禄たっぷりに口を開いた。

「誠に畏《おそ》れ入りまするが、まずはお人払いを…」

経清は深く頭を下げた。頼良は黙って頷くと、廊下の郎党を下がらせた。

「此度《こたび》の追加徴税の件でござりまするが…」頼良に勧められた茶を啜《すす》りながら経清が口を開いた。

「手前どもはからくりを承知しております。と申しますのは、御貴殿によって納められし米俵は何物かによって蔵より盗み出され、その帳簿も改められた次第」

経清は、敢えて為時の名を伏せた。永衡が後を継ぐ。

「賊が悪いとは申せ、盗みを防げなかったは我ら役人の失態。しかるに御貴殿に再度納税を迫るは人の道に外れ申す。よって此の度は是非とも偽の米俵を納めて頂きたく参上仕《つかまつ》り申した。その後の処理は手前どもにお任せ頂きたい」

「それは陸奥守様のご意向にござりますかな？」

頼良は余裕の笑みを浮かべながら、永衡と経清を交互に見据えた。その顔には万事見通しと書かれてある。

「それは…」永衡は口籠《くちご》もった。経清も無言である。

頼良は二人に微笑むと、頼もしげな目で何度か頷いた。


その夜、御所では宴席が設けられた。二人が多賀城から来たと知って、宗任も鳥海柵《とりみのさく》から駆け付けている。三陸から取りよせた海鞘《ほや》の燻製、束稲山《たばしねやま》で獲れた雉《きじ》の干し肉、蕨《わらび》と蕗《ふき》の煮物など、陸奥の山海の珍物《うづのもの》がずらりと膳に並んだ。南部杜氏が磨いた酒は実にまろやかである。頼良は二人を盛大にもてなした。それは二人が陸奥守の名代だからではない。陸奥守の不正に敢然と立ち向かわんとする二人の若者に、頼良は好意を抱いたのである。

暫《しばら》く歓談が進むと、頼良は座に中加を呼んだ。永衡の鼓動が速まる—。

多賀の町で会った時は粗末な麻の衣を着ていたが、今日の中加は白絹の裳《も》に牡丹の花の刺繍を配《あしら》った紅緋《べにひ》色の唐衣《からぎぬ》を纏《まと》って現れた。長い黒髪を後ろに結い、黒曜石《こくようせき》の如き瞳は僅かに潤んでいる。多賀城で見た時も可憐であったが、それにも増して今日は天女と見紛《みまご》う美しさであった。

「永衡様、経清様、多賀では大変お世話になりました」三つ指を合わせ、中加は静々と頭を下げる。顔を上げた中加に永衡は暫《しばら》く見惚《みと》れていたが、経清の視線に気付き、慌てて中加から目を逸らした。それを見た頼良と宗任はくすくすと笑った。


中加からの酌を受け、永衡の酒が進む。下戸の永衡の見事な飲みっぷりに経清と宗任は目を見張った。適度に場も乱れ、宴も酣《たけなわ》となった。酒の勢いを借りて永衡は意を決し、徐《おもむろ》に居住《いず》まいを正した。

「この平永衡、武芸は不得手ながら、中加殿を全力でお守り致す所存にござります。頼良様、中加殿を是非とも身共《みども》の家内にお許し下さりませ」

そう言った永衡の声は微かに震えていた。

永衡の人柄を既に見極めていた頼良は、口許を緩めて温もりの宿る目で中加と永衡を交互に見渡した。

「この頼良とて、我が娘の御貴殿への想い、重々承知しており申した。然《し》かるに御貴殿のお家柄は海道《かいどう》平氏と聞きしにおよび、俘囚の女子《おなご》の婿殿には勿体無いお方と苦慮しており申した。御貴殿さえよろしければ、我が娘中加を、何卒何卒宜しくお願い申し上げまする」

父の言葉に、中加は歓喜のあまり泣き出した。

経清も盟友の契りを心から祝福した。付き合いの永い宗任も笑顔で頷いている。

「中加は手前の妹の中でも一番のお転婆娘。永衡殿、尻に敷かれぬよう十分お気を付け下されし」

宗任の言葉に皆が爆笑した。

その日、衣川では夜更けまで笑い声が絶えなかった。

永衡と中加の契りを天も祝ったのか、翌日は心地の良い秋晴れであった。紺碧《こんぺき》の空に束稲山《たばしねやま》の紅葉《もみじ》と楓《かえで》がより一層映えている。秋風に運ばれる野菊の香りが永衡の鼻腔を擽《くすぐ》った。

永衡は中加の手を握り束の間の別れを惜しむと、経清と共に頼良に深々と一礼して馬上の人となった。

多賀城への帰路、永衡はこれまで得た事もないような幸福感に包まれていた。自然と笑みがこぼれる。並んで馬の歩を進める経清も、自らの事のように目を細めていた。

道端には紅《あか》い彼岸花が咲き乱れている。栗の木には実が撓《たわわ》に実っていた。

一刻程進んだ頃、経清は永衡の顔が不意に曇った事を見逃さなかった。

「永衡殿、何か心配事でもおありか？」経清が怪訝そうな顔で問う。

「中加殿を娶《めと》る事は天にも昇るほど嬉しいが…、義兄弟らと首尾良くやっていけようか。特に宗任殿の兄君は…」

「貞任殿の事にござるな…」経清は永衡を遮《さえぎ》った。永衡が小さく頷く。

「そのお気持ち、わからなくもない。何せ貞任殿と言えば、乱暴者のうつけと評判だからの」

頭上高く飛ぶ鳶《とび》をぼんやりと眺めながら、経清は呟いた。貞任の不評は陸奥中に広まっている。しかし言われて見れば何度か衣川を訪れている経清も、貞任とは一度も会ったことは無い。

「いくらうつけと申しても、自分の妹の婿に辛くは当たるまい」

努めて経清は明るい声で言った。

永衡と中加の婚礼の儀は翌年の春と定まった。今直ぐにでも結ばれたい二人であったが、前年の冬に逝った永衡の母堂の喪が明けていなかったのである。無論、その間も二人は恋文を交わし、愛を温めて行った。

その二人が待ち侘《わ》びた永承五年（一〇五〇）の年が明けた。末法の世の到来まであと二年と迫ったこの年、伊勢神宮の禰宜《ねぎ》が神郡の民ら七百余名を率いて入京し、祭主大中臣《おおなかとみの》永輔《ながすけ》の非法を訴えるなど、相変わらず大和の世は乱れていた。一方、遠く離れた陸奥は、実に平和であった。前年、安倍頼良に追税を迫った陸奥守、藤原登任もこのところ大人しい。経清と永衡に気仙の郡司金為時の悪事を突き止められ、消えた米俵はどこに消えたかと凄まれれば、流石《さすが》の陸奥守とて黙り込むしかない。それに対して頼良の評判は鰻登りであった。砂が入っている筈の安倍の米俵を経清がこっそり検《あらた》めると、中には純白の米粒がびっしりと詰まっていたのである。理不尽な追税にも諾々と応じた頼良の器の大きさに、経清のみならず多賀城の役人ども、そして陸奥の民までもが皆感服した。

涅槃《ねはん》の項も過ぎ、旧暦如月《きさらぎ》の末となった。京の都では貴族どもが満開の桜を愛でる頃、陸奥では漸《ようや》く梅の花が綻び始めていた。陸奥は木々が都より一月《ひとつき》遅い。道端には未だ多くの去年《こぞ》の雪が残っている。

衣川の並木御所《なみきのごしょ》では女衆が婚儀の準備に追われていた。慣例では婿の一族が婚儀を取り仕切るが、永衡は領地こそ伊具ではあるものの、生まれも育ちも下総国《しもうさのくに》である。遠方の上、すでに両親も鬼籍に入っていた。これらを考慮して衣川での婚儀となったのである。

晴れの日には永衡の上司である陸奥守、藤原登任も最上級の来賓として招かれていた。登任が多賀城を立つ二日前、経清は先発隊として数名の郎党と共に衣川に向かっていた。平時とは言え、衣川関《ころもがわのせき》から先は安倍の領地である。経清は万が一に備え、関より先を偵察せよとの密命を受けていた。

経清一行は国衙領《こくがりょう》である長者原（宮城県栗原市）で宿をとった後、奥大道《おくだいどう》（奥州街道）を北上して婚礼前夜に衣川関《ころもがわのせき》を越えた。道中に不安は皆無であった。

衣川には頼良とその家族が暮らす並木御所に加え、数多くの屋敷があった。松屋敷、梅屋敷など、雅《みやび》な名前が付けられている。これらは既に独立し、奥六郡の柵を預かる安倍兄弟の、衣川における別邸であった。さらには親族の金為行など、来客のための休み所が三箇所と、特別な客人《まろうど》のための豪華な客殿も築かれている。

経清は頼良に挨拶を済ませると、南の休み所に通された。

翌朝、侍女《じじょ》らが運んできた朝餉の膳を平らげると、経清は物見を兼ね、黒鹿毛《くろかげ》の愛馬に乗って一人朝駆けに出た。従者も供を申し出たが、経清は断った。春の奥六郡を何の気兼ねも無く駆けてみたかったのである。

衣《ころも》の川《かわ》沿いを下ると直ぐに日高見川との合流地点に出た。朝日に輝く大河を右手に土手沿いを北上して行く。束稲山《たばしねやま》の山頂にはまだまだ雪が残っていたが、土手には土筆《つくし》や蕗《ふき》の薹《とう》が顔を出し始め、長く厳しい陸奥の冬は確実に終わりを迎えていた。経清は、時折吹く南風の中、盟友の婚儀に心を弾ませていた。

朝駆けから戻った経清は、安倍の屋敷群の北側から休み所を目指した。途中、一際大きな屋敷が目に止まる。広い庭に優雅な曲線美を描く松の大木が見事である。

その屋敷を通り過ぎた時、背後にただならぬ気配を感じた。振り返った経清ははっと息を飲んだ。そこには見たこともないような大男が立っている。男は太々《ふてぶて》しい笑みを湛え、経清を眼光鋭く見詰めていた。

その男、身の丈七尺を超える容貌魁偉《ようぼうかいい》にして頭髪は赫《あか》く、肌の色は雪の様に白く透き通っていた。漆黒の狩衣《かりぎぬ》が肌の白さを一層際立たせている。鹿の行縢《むかばき》を腰に纏ったその男の顔は彫が深く、どこか異国情緒を漂わせていた。さらに驚いたことに、男の左の瞳は蒼玉《せいぎょく》の如く蒼《あお》い輝きを発している。

〈この男、只者ではないな…〉

冷汗がどっと吹き出した。経清は腰の物に手を伸ばす——。

「やるか?」巨漢は不敵な笑みを浮べながら低い声で言った。

両者、刀を抜く。経清の雅な直刀《ちょくとう》に対し、男の刀は無骨な太刀《たち》であった。その太刀は見たこともない程大きく反り返っている。柄《つか》の形が早蕨《さわらび》の若芽に似るその太刀は、蝦夷独特の蕨手刀《わらびてとう》である。しかもその長さは経清の背丈程もあった。見るからに重そうな太刀を、大男は軽々と右手一本で構えている。

ぶうん!

赤毛の大男は大上段の構えから紫電一閃《しでんいっせん》、蕨手刀を振り落とした。経清は右足を引いて半身になり、これをひらりと避ける。すると男の左の拳が顔面に繰り出された。これも経清はかろうじて避ける。次の瞬間、またしても大振りの蕨手刀が経清の頭上を襲う——。

ぎいいいん!

経清が騒速剣《そはやのつるぎ》で受け止めた。目の前に火花が散る。重い衝撃が経清の右手首に走った。

すかさず左からの手刀が経清の首筋を狙う。これを避けると矢継《やつ》ぎ早《ばや》に再び右から太刀が振り降ろされた。経清はなんとかこれも剣で受けた。強烈な痺れが今度は右の掌に響く。

〈こ奴、強い！〉

嫌な汗が経清の脇の下を流れた。

一瞬の隙を突き、経清が反撃に出た。目にも止まらぬ剣捌《けんさば》きで攻めつつ、素早く大男の左側に回り込む。右手から蕨手刀が繰り出された。経清はこれを素早く避ける。その時、大男は玉砂利に足を滑らし、その巨体がぐらりと傾いた。体勢を崩すまいと、大男は重い蕨手刀を左に持ち換える——。

〈好機！〉

利き腕でなければあの重い蕨手刀は操れまい。経清は電光石火の一撃を脇腹目掛けて素早く放った。

〈！〉

大男は難無く右手で経清の剣を受け止めると、蕨手刀を大上段に構え渾身の力で左手を振り下ろした。

〈しまった！〉

三度《みたび》受け止めた経清の騒速剣は鈍い音を残し、根元から真っ二つに折れた。物凄い衝撃が経清の右手を襲う——。

赤毛の大男は口許を歪めると、ゆっくりと蕨手刀を頭上に高々と振り翳《かざ》した。

〈最早《もはや》これまでか…〉

経清が目を瞑った瞬間、聞き覚えのある声が響いた。

「兄者、やめろ！　そのお方は…」

次の瞬間、赤毛の大男は蕨手刀の峰を返し、経清の頭をこつんと小突いた。

「わかっておる。おぬし、亘理の経清であろう」

大男はにやりと笑い、蕨手刀を腰の鞘に納めた。経清の許に血相を変えた宗任が駆け付ける。

「あ、兄者だと？　するとそなたは…」

混乱する経清に、大男が低い声で言った。

「俺が安倍貞任《あべのさだとう》だ」

「すまなかったな」

貞任は経清を傍らの屋敷に招き入れ、居間で膝を付き合わせていた。庭には見事な松の大木が佇んでいる。この屋敷は松屋敷と呼ばれる貞任の館であった。

「試してみたかったのよ。多賀城一の剛の者と噂の権大夫殿《ごんのたいふどの》の腕前をな」

囲炉裏に薪《たきぎ》を焼《く》べながら、貞任が不敵な笑みを浮かべた。神棚には火の神が祀《まつ》られている。

何度か衣川に来ている経清だったが、貞任とは初見であった。それもその筈、頼良の次男である貞任は、安倍の柵の中で最北に位置する厨川柵《くりやがわのさく》を預かっている。よって人々は彼を厨川次郎と呼ぶ。

衣川と厨川は百五十里も離れている（当時の一里は約五三三・五メートル）。馬を飛ばして丸一日の距離であった。厨川柵のある不来方《こずかた》（現在の岩手県盛岡市）の地は日高見川の上流に位置し、北へは奥大道《おくだいどう》が外ヶ浜《そとがはま》（青森県青森市）まで延びている。さらに西には秋田街道が出羽へ、東には閉伊街道が浄土ヶ浜《じょうどがはま》（岩手県宮古市）へと通じる交通の要所でもあった。

経清は、内心打ち拉《ひし》がれていた。決して驕《おご》っていた訳ではないが、剣術にかけては東国一との自負があった。その剣術で、貞任にまるで歯が立たなかったのである。あの戦い方からして、貞任の流儀は明らかに我流であろう。対して経清は開祖が定めた秀郷《ひでさと》流剣術の正当な後継者である。その後継者が完敗したとあっては、貞任の天賦の才を素直に認めざるを得ない。経清にとっては、産まれて初めて味わう敗北であった。

「お見事な腕前。参り申した」経清は素直に頭を下げた。

「勝負は時の運。今日は俺に偶々《たまたま》憑《つ》きがあっただけの事」

貞任は、再び囲炉裏に薪を焼べた。その後、静寂が屋敷を包む――。

「妹がそなたに想いを寄せておる…」

長い沈黙を破り、唐突に貞任が口を開いた。囲炉裏からぱちんと火の粉が弾ける。

「妹君とは中加殿の事にござるか？」怪訝そうな顔で経清が尋ねた。

「そうではない。中加の姉だ。そなたが以前並木御所を訪ねた際に見初めたようでな」

貞任の顔からは先程までの太々《ふてぶて》しさは消え、優しい兄の顔になっていた。

思わぬ話の展開に、経清の心は囲炉裏の炎の様に揺れた。

「おぬし程の男なれば多賀や亘理の町に女子《おなご》の一人や二人は囲っておろう。今の話は忘れてくれ」

経清の顔が一瞬曇ったのを見た貞任は、蒼《あお》い左眼を囲炉裏へと移した。

「手前は…、女子は苦手にござってな」経清が低い声で答えた。

「ほう――」

意外そうな顔をしながら、貞任は再び経清に蒼い目を向けた。その表情は、やがて好意的な笑みに変わった。

「ならば無理には勧めまい」

貞任は再び揺らめく炎に目をやり、囲炉裏に薪を焼べた。

鹿威《ししおど》しの竹筒が庭の石を打つ――。

経清も頷くと黙って囲炉裏の炎を見詰めていた。


「では、失礼致す」

経清が松屋敷を後にしようとした時、貞任が経清を呼び止めた。

「ここは安倍の領地。いくら武芸に名を馳せた権大夫殿とはいえ、腰の物が無ければ心細かろう。これを使え」

貞任は経清に自分の蕨手刀を差し出した。鉄の産地、釜石に居を構える物部《もののべ》氏の末裔が鍛えた貞任自慢の名刀であった。太刀は武士の魂。これを他人に受け渡すことは、相手を認めた事を意味する。剛の者は剛の者を知る。貞任は実際に太刀を交え、経清の腕前を認めたのであった。

「これ程とは…」太刀を手にした経清は唸った。重い。

〈これだけの刀を片手で、最後は左手一本で自在に操るとは…〉

「どうした。うつけの太刀なぞ要らぬと申すか？」貞任は、にやりと笑った。

経清には、言い返すだけの言葉が浮かばなかった。


百の兵を従えて陸奥守藤原登任が多賀城を出立《しゅったつ》した。登任は、皀《くり》の羅《ら》の頭巾《ときん》を被り、緋《あけ》色の直衣《のうし》に白の袴を纏っていた。正五位下の正装である。俘囚の婚礼とは言え、自尊心の強い登任はここでも蝦夷どもに陸奥守の権威を見せ付けようという魂胆であった。

陸路で牡鹿《おしか》（宮城県石巻市）まで行き、そこで軍船に乗り日高見川を遡った。勿論川を下る時よりも相当な時間と人力を要するが、それでも全行程を陸路で行くよりは遥かに早く衣川に着く。それに齢六十を超えた登任への負担もずいぶんと軽減された。陽が大きく西に傾いたころ、斯《か》くして登任一行は衣川関《ころもがわのせき》に到着した。

関の入り口には百人もの男達が出迎えていた。先頭の一人が跪《ひざまず》くと、背後の男らも一斉に地面に平伏する。

「遠路遥々《はるばる》お越し頂きますれば、恐悦至極にございまする」

束帯《そくたい》に黒の立烏帽子《たてえぼし》を被った安倍の惣領頼良が、額を地面に擦り付けて恭しく歓迎の挨拶を述べた。燈籠《とうろう》の明かりを受け、胸元の琥珀の勾玉が光り輝いている。

頼良の口上の直後に、同じく『キョウエツ、シゴクニ、ゴザイマスル』という声が響いた。しかしその声は、妙に頓狂《とんきょう》である。

声の主を見て登任は驚いた。「なんと、この鳥が喋《しゃべ》ったと申すか！」

頼良の右肩には、実に色鮮やかな、そして何とも奇怪な鳥が羽根を休めていたのである。

「これは鸚鵡《おうむ》と申しまして、人の声色《こわいろ》を真似る鳥にございます。呂宋《ルソン》より取り寄せ致しましたが、陸奥守様がお気に召されましたなら是非とも土産にお持ち帰り下さいませ」

「ほほう、呂宋からとな。それにしてもなんとも色鮮やかな鳥よのう」

登任は相好《そうこう》を崩した。この時代、鸚鵡は都の公卿どもも見たことはない。

やがて登任は入母屋造《いりもやづくり》の客殿に通され、暫《しば》しの間旅の疲れを癒した。部屋には龍涎香《りゅうぜんこう》が甘く香っている。美しい侍女が南部鉄瓶で湯を沸かし、茶を点《た》てて登任をもてなした。甘い唐菓子も茶によく合う。この時代、茶も唐菓子も、公卿でさえなかなか手に入らない珠玉の逸品である。

登任が客殿で寛《くつろ》いでいる間、経清は陸奥守に次ぐ貴賓として並木御所に案内された。その規模と豪華さは都の貴族の住まいに勝るとも劣らない。御所の周囲は築地塀《ついじへい》で囲まれ、南側に四脚門《よつあしもん》が構えられている。その門を潜ると御影石《みかげいし》の敷き石の道が緩やかに右に弧を描きながら遥か遠くまで続いている。道の左手には車宿《くるまやどり》、右手には侍所があり、護衛の武者どもが平伏して経清を迎えた。檜の香りが漂う板張りの廊下を進むと、亀甲に違い鷹の羽の家紋瓦が守る広大な寝殿を中心に、東西北の三方に対《たい》の屋《や》が配され、これらは全て渡殿《わたりどの》で結ばれていた。何度か並木御所を訪れている経清であったが、改めて安倍の財力に圧倒された。

多賀城の兵達は寝殿の南側に位置する広大な庭に通された。足許にはびっしりと白い玉砂利が敷かれ、手入れが行き届いた見事な松の老木や梅と竹林が配されている。そこで兵らは煌々《こうこう》と灯《とも》る篝火《かがりび》の先に、泳ぎ切るのは難儀と思える大きな池と、そこに浮ぶ龍頭鷁首《りゅうとうげきしゅ》の舟を認めた。西の対《たい》から真っ直ぐに伸びる中門廊《ちゅうもんろう》の先には、池に突き出た釣殿《つりどの》が配置されている。徽軫灯籠《ことじとうろう》が置かれた中の島には赤い欄干の反り橋が架かり、池には色鮮やかな錦鯉が悠々と泳いでいた。その数、百は下らない。錦鯉は十五世紀ごろに中国から伝来したとされており、この時代、貴族どももそれを知らない。勿論、これも安倍一族独自の貿易により入手したものであった。

婚儀は御所内の梅の間と呼ばれる大広間で行われる。現代でこそ松竹梅の中で梅は最も低く扱われているが、元々はこの時代に宋から伝わった水墨画に歳寒三友《さいかんのさんゆう》として好んで描かれていた画題である。よって当時は上下の区別は無く、むしろ春に最も早く花開く梅は上々の縁起物とされていた。

百畳はあろうかという梅の間の東側には上段の間があり、床《とこ》の間には梅と鶯《うぐいす》が描かれた見事な水墨画と、天竺で作られたとされる蒼い硝子《がらす》の壷が飾られている。さらに緞帳《どんちょう》の奥には上々段の間が築かれていた。そこには既に緑の綾文の直衣《のうし》に立烏帽子姿の経清が座している。その裏手には客殿に通じる水路に面した船入りの間があり、登任は雅な貴船で客殿から直接そこに通された。上々段の間の床には豪華な波斯《ペルシア》の絨毯《じゅうたん》が敷かれている。それだけではない。登任の目は卓上に光り輝く黄金の兜に釘付けとなった。その横には奄美産の珊瑚細工が華を添えている。西側の塗籠《ぬりごめ》に納められているであろう財宝を想像し、登任は思わず嘆息した。

上段の間には安倍と同盟関係にある郡司や豪族、親族などが衣冠姿で一同に座していた。遠くは二日以上かけて参じた東日流《つがる》や宇曽利《うそり》（共に現在の青森県）の豪族もいる。

登任は内心、安倍の財力と人望に圧倒されていたが、平静を装って上々段の間に昇った。ゆっくりと倚子《いし》に腰掛ける。その倚子には高麗から取り寄せた虎の毛皮が敷かれていた。

緞帳の向こう側、下段の間には既に安倍の一族が平伏して登任のお出ましを待っている。唯一、一番下座に胡坐《あぐら》を掻き、漆黒の狩衣を纏った大男だけが顔を上げていた。その男の右袖には銀の糸で九曜菊《くようぎく》が刺繍されている。

下段の間の上座に座る安倍の惣領、頼良はその男を苦々しく見詰めていた。

やがて緞帳が上がり登任の姿が露《あらわ》になると、頼良がすっと背筋を伸ばし、凛とした声で来客への謝を辞した。

「陸奥守様、並びに本日ご臨席賜った皆々様におかれましては、伊具十郎平永衡《いぐのじゅうろうたいらのながひら》殿と、頼良めが娘、中加一乃末陪《なかいちのまえ》の婚礼の儀にお越し下さりまして、誠に有り難う御座いまする」

「有り難う御座いまする！」

下座に座る大男を除いて、安倍の一同が平伏したまま頼良に続いた。大男は、じっと目を閉じたままである。

「陸奥守様を衣川にお招き致しまするはこの頼良、日《ひ》の本《もと》一の果報者にござりまする。我ら陸奥の田舎者なれば至らぬ点も多々ございまするが、陸奥守様におかれましては、ごゆるりとお寛《くつろ》ぎいただけますよう、重ね重ねお願い申し上げまする」

登任は下座の大男を怪訝《けげん》に思いつつも、奥州の覇者からの最大限の賛辞に気を良くしていた。

次に上段の間に座る来賓の挨拶が始まった。まずは上座の白髪の老人が口を開いた。

「出羽の清原光頼《きよはらのみつより》めにござりまする。齢を重ねました老耄《おいぼれ》なれど、陸奥守様に初めてお目にかかれましたるは、この光頼、この上なき冥土の土産が出来申した。また本日は、頼良殿の姫君と名門平家の血を引く永衡殿の御婚礼、誠にお目出度うござる」

清原光頼は陸奥の隣国、出羽国《でわのくに》は仙北三郡《せんぼくさんぐん》に絶大な権力を誇る清原一族の総帥であり、頼良の舅《しゅうと》でもある。即《すなわ》ち光頼の末娘の友梨《ゆり》こそ頼良の正室であり、宗任、中加らの母でもあった。したがって光頼は宗任らの祖父にも当たる。

頼良が友梨を娶って以来、安倍と清原の関係は良好だった。ただし最近は光頼も高齢となり、出羽の実質的な支配権を二十も歳の離れた異母弟、武則《たけのり》に譲っている。

次に安倍の姻戚、金一族を代表し、為行が挨拶をする。

「陸奥守様とは新年祝賀の儀にて多賀城でお目に掛かって以来となりまする。お久しゅうござりまする。磐井の金為行めにござりまする。また、頼良殿におかれましては、此《こ》の度《たび》の御成婚に際し、心より言祝《ことほ》ぎ白《もう》し上げまする」

陸奥の郡司は正月の参賀に多賀城詣《もうで》が義務付けられており、為行は登任に何度か謁見していた。不仲の弟為時は、流行《はや》り病を理由に今日の婚儀を欠席している。

一通り来賓の祝辞が終わった後、安倍の一族の挨拶が始まった。

まずは頼良の隣で蹲踞《そんきょ》していた男が顔を上げた。男は頭を剃り上げ、鈍色《にびいろ》装束に大帷《おおかたびら》と五条袈裟《ごじょうけさ》を掛けた僧形《そうぎょう》であった。左手には数珠が握られている。

「頼良の愚弟、良照《りょうしょう》と申しまする。若くして僧籍に入り、嘗《かつ》ては国見山廃寺（現在の極楽寺）、今は関山中尊寺にて御仏《みほとけ》に仕える身でございまする。皆々様、以後お見知り置きを」

境講師《さかいのこうし》と呼ばれるこの良照は、無論、只《ただ》の僧ではない。裏の顔は頼良の右腕とされる勇猛な武将で、有事の際は小松柵《こまつのさく》（岩手県一関市）の主となる。念仏を唱えながら戦《いくさ》の先頭に立つその姿は、あの世への納棺師《おくりびと》と恐れられていた。

次に中加の兄弟らの挨拶が始まった。

「安倍の長兄、安東《あんどう》太郎良宗《よしむね》にござりまする。産まれたっての盲目故《ゆえ》、幼少より叔父良照を頼り中尊寺にて仏門に入り、今は井殿《いどの》を名乗りましてございまする」

井殿は左手を彷徨《さまよ》わせると琵琶を掴み、右手で傍らの撥《ばち》を探った。禅を組み、美しい旋律を奏で始める。その琵琶の音は観客を魅了した。

井殿は正室友梨の子で、宗任、中加らの同母兄である。実は安倍の一族は神巫《かんなぎ》の血を引いており、その霊能力は一子相伝と言われている。井殿は僧ではあったが、一方で荒覇吐《アラハバキ》の神の声が聞こえた。光と引き換えに霊力を受け継いでいたのである。

次に宗任の番になった。束帯の袖に金の糸で刺繍された左三つ巴が光を放つ。それは宗任の替え紋であった。

「鳥海三郎《とりみのさぶろう》、宗任と申しまする。陸奥守様の御尊顔を初めて拝し、恐悦至極に存じ奉りまする。またご来賓の皆々様におかれましては、今後ともお引き立ての程、宜しくお願い申し上げます」

「そちが安倍の麒麟児《きりんじ》と呼ばれる宗任か。なるほど賢そうな顔をしておる。頼良殿、良い跡目を持ったの」

宗任の口上に、登任が何度も頷《うなず》きながら唸《うな》った。頼良が恐縮して頭を下げる。

宗任は内心安堵していた。実は宗任は吉次として一度だけ登任に会っている。初めて馬を献上した際、喜び勇んだ登任が城外まで飛び出して来たのである。気付かれていないと知り、宗任は北叟笑《ほくそえ》んだ。登任の目は節穴であった。

「五郎正任《まさとう》にござりまする。此度は僭越《せんえつ》ながら、皆様に笛など披露致しましょう」

正任と名乗った男は、徐《おもむろ》に懐から蝉折《せみおれ》の篠笛《しのぶえ》を取り出し、なんとも雅な音色を奏でた。来客は拍手喝采する。

黒沢尻柵《くろさわじりのさく》（岩手県北上市）に住まう正任は正室友梨の子で、宗任と母が同じであった。顔立ちばかりか器量も宗任に似て、その秀でた学才には頼良も一目置いている。四男の官照《かんしょう》は早逝していた。

「琵琶の次は笛か。土蜘蛛《つちぐも》と同じ蝦夷にしては上出来よの」

醜い笑顔を浮かべた登任がずけずけと言い放った。登任は褒めた心算《つもり》であったが、来客の蝦夷は良い気はしない。鋭い視線が登任に向けられたが、鈍い登任は全く気が付かないでいた。悪気が無い登任の発言は、裏を返せば常日頃から彼が蝦夷を蔑視している事を物語っている。

「六郎重任《しげとう》にございます。わたくしめには正任のような雅な芸はござりませぬが…」

逞《たくま》しい体躯の若武者は黙礼して立ち上がると、指を丸めてぴーっと口笛を吹いた。すると格子の外から何かが物凄い速さで突っ込んで来た。鷹である。来客から悲鳴が上がる—。

鷹は梅の間の天井すれすれを旋回し、登任の頭をかすめて重任の右肩に舞い降りた。これには登任も声が出ない。

重任は正任と同じ十八歳だが母が異なる。側室綾乃の子で、武芸にかけては奥六郡でも一二を争う腕前である。昨年より北浦柵《きたうらのさく》（岩手県岩手郡雫石町）を守っている重任は、安倍一番の鷹匠《たかじょう》でもあった。

〈様《ざま》を見よ〉

重任は冷ややかな笑みを湛え、慄《おのの》く登任を睨み付けた。

「十二歳の家丸でございます。こちらに控えまするは、弟の則丸、行丸にございます」

元服前の家丸が弟たちを紹介すると、二人の幼子《おさなご》が元気な声で挨拶した。後の家任《いえとう》、則任《のりとう》、行任《ゆきとう》である。

子供達の微笑ましい姿に笑いが溢れた。しかしその笑いは長くは続かなかった。一番の下座に不気味に控えた大男の番になったからである。

しんと静まり返った中、男はそれまで閉じていた目を静かに開け、左の瞳を蒼く光らせた。そして低い声で一言だけ発した。

「貞任《さだとう》にござる」

俄《にわ》かに場がざわついた。来賓の多くが初見であったが、周囲の郡《こおり》には乱暴者で稀代のうつけとの噂が広まっている。頼良の顔が引き攣った。

身の丈七尺四寸の巨体は異彩を放ち、隣の幼い弟達と比べると来客の目には益々大きく映っていた。しかもその容姿や髪や肌の色は他の兄弟達と大きく異なっている。

それもその筈、貞任の母はアイヌの酋長の娘であった。次男でありながら異民族との間に産まれた貞任が末席にいるのはこのためである。貞任の人並み外れた体躯と雪の様に白い肌、彫の深い端正な顔、赫《あか》い頭髪、そして蒼い左眼は、あるいは母が遠く大陸の血を引いている事を物語っているのかも知れない。

しかし貞任は母の名を知らなかった。貞任の母は、貞任を産み落とすと同時に、その命の炎を消していた。

登任は、侮蔑の眼差しを貞任に向けた。

「ほう、貴様がうつけと評判の貞任か。実に太々《ふてぶて》しい面《つら》よのう」

その時、登任は妻戸の隙間から春風を感じた。その風と共に梅の瓣《はなびら》がひらひらと、登任の前に舞い降りる—。

「貞任とやら、直答を許す。この花の名前は何と申す？」

登任は瓣を摘むと、貞任に見せて嘲笑《ちょうしょう》を浮べた。

「わからぬと申すか。蝦夷とはほとほと教養の無い畜生よのう」

登任は勝ち誇ったように高笑いを上げた。

隣に控える経清はそれを聞いて青くなった。この場にいるほとんどの者が蝦夷なのである。

場が凍り、来客の顔色が俄かに曇った。中には顔に露骨な敵意を現す者もいる。

重い空気が漂う中、貞任は静かに目を開け、低い声で詠《うた》った。

　――みちのくの梅の花とは見たれども、平安人《へいあんびと》は何と云《い》うらん――

一瞬の静寂の後、場から響《どよめ》きが起こった。登任の顔が一瞬にして青褪め、その後見る見る高潮する。しかし貞任の当意即妙の返しに言葉も出ない。登任の面目は丸潰れであった。

登任の手前、来客たちは平静を装っていたが、心の中では万雷の拍手を貞任に送っていた。登任は屈辱に討ち震え、苦虫を噛み潰すしかない。

登任の様子を見て、機転を利かせた宗任が咄嗟《とっさ》に中座し、直ぐに戻って床に傅《かしず》いた。

「それでは皆様方、ここで安倍の女子《おなご》どもを紹介させて頂きまする」

女子と聞き、登任の顔が俄《にわ》かに緩ぶ。

程なくして、北の対に控えていた三人の女達が姿を見せた。艶《あで》やかなその姿に、来客から感嘆の声が上がる。男ばかりだった梅の間に、椿《つばき》油の香りが仄《ほの》かに漂った。

先頭にいるのは頼良の正室、友梨であった。

三十路《みそじ》も残り僅かな筈だが、その美貌は衰えを知らなかった。後ろに続く娘の姉と言われても疑念は浮ばない。

「友梨と申します。此《こ》の度《たび》は娘中加の婚儀に遠方より御足労頂き、誠に有り難う御座います」

透き通る様な声の友梨の挨拶に、来客は皆心酔した。久しぶりに愛娘を見る清原光頼が誇らしげに胸を張る。

やがて友梨の後ろに控えていた娘が床に三つ指を突いて平伏した。

「安倍頼良と友梨の長女、有加一乃末陪《ゆうかいちのまえ》にございます」

有加と名乗った娘は牡丹の花が配《あしら》われた檜扇《ひおうぎ》を広げると、立ち上がって舞を披露し始めた。

その娘に経清の目は釘付けとなった。追加徴税の件で永衡と共に衣川を訪れた際、茶を運んで来たあの娘である。

若さ弾けるその娘は、実に美しかった。金色の糸で蝶の刺繍が施された純白の絹衣を纏い、俯《うつむ》き気味に舞うその可憐な横顔は、都の姫君にも一歩も引けを取らない。優雅に舞うその姿はまさに天衣無縫《てんいむほう》であった。

〈中加殿の姉君とな…〉

経清の脳裏には松屋敷での貞任の言葉が甦り、鼓動が早鐘の如く波打った。

舞を終えた有加は盲目の兄、井殿の隣に座った。普段から兄に尽くしていた有加は、井殿の食事の世話を始める。

中加に負けぬ美貌を誇る有加には、頼良と同盟関係にある近隣の豪族や郡司から数多《あまた》の縁談が持ち掛けられていたが、心優しき有加は兄の手足となるとしてこれを悉《ことごと》く断っていた。

次に女童《めのわらべ》の手を引いた女が現れた。頼良の側室の綾乃《あやの》である。こちらも実に美しい。友梨より十ほど若いだろうか。

匂うような色香が梅の間に漂うと、場に男らの溜め息が漏れた。

綾乃は正妻の友梨とも折り合いが良く、実の姉のように常日頃から友梨を慕っていた。

実兄の為行にちらりと目をやり微笑むと、平伏して挨拶を述べた。

「側室の綾乃にございます。この童は娘にございます。以後お見知り置きを」

綾乃に促され、女童は含羞《はにか》みながらぺこりと頭を下げた。

「一加一乃末陪《いちかいちのまえ》にございます」

梔子色《くちなしいろ》の汗衫《かざみ》姿も愛らしい女童は挨拶を終えると、懐からお手玉を三つ取り出した。無邪気な笑みを浮かべながら、得意げにお手玉をくるくると宙に回す。たまに落とすのも愛嬌であった。その愛らしさに場は大いに和む。

お手玉が終わると一加は照れ笑いを浮べて小さくお辞儀をし、同じ年頃の家丸たちの輪に加わった。歳は九つ。頼良が目に入れても痛くないほど溺愛する末娘である。

「これはこれはなんとも美しい女子どもじゃの。蝦夷にしておくのは勿体無いくらいじゃ。このような女子が嫁と娘とは、頼良殿は東国一の果報者だの」

登任は機嫌を直した。

経清は、登任が蝦夷と口にする度に顔を顰《しか》めていた。


頃合を見計らって松と鷹が描かれた巨大な襖が開かれ、いよいよ新郎新婦の入場となった。束帯《そくたい》に身を包み烏帽子《えぼし》を冠した平永衡の三歩後ろを艶やかな十二単《じゅうにひとえ》姿も眩しい中加が静々と進んで行く。上々段に深々と頭を下げると宴席の中央をゆっくりと進み、共に高砂《たかさご》の座に着いた。割れんばかりの拍手の中、二人は再度一礼する。

二人が顔を上げると、中加の美貌に場から響《どよめ》きが生じた。有加と瓜二つだが、僅かに中加の方が幼く見える。

「多賀城一の色男、永衡の心を射止めるだけあって蝦夷の癖に美しい女子じゃのう。中加とやら、多賀の町を歩く際は重々気を付けるが良い。町中の女子どもに嫉妬されるによってな」

舐めるような視線を投げ付けながら登任はねちっこい声で言った。

国府の郡司らから大袈裟な笑い声が上がる中、登任の隣で経清一人だけが辟易《へきえき》としていた。

出羽の長老、清原光頼の音頭で乾杯と相成った。一本締めの拍手が梅の間に高らかに鳴り響き、一同、南部杜氏が魂を込めた濁り酒を喉に流し込む。それと同時に女衆がてきぱきと膳を運んで来た。漆塗りの膳の上には鴨《かも》や猪《しし》の干し肉、熊鍋、南部鼻曲がり鮭の荒巻と腹子の塩漬け、渡島《わたりしま》の毛蟹、筍《たけのこ》の煮物、蕗《ふき》の薹《とう》の天麩羅《てんぷら》など、山海の幸がずらりと並んでいた。これだけの料理は京の都でも滅多にお目に掛かれない。

庭に控えている多賀城の兵らにも酒と料理が振舞われた。火鉢も庭に用意されている。いくら如月《きさらぎ》とは言えここは陸奥。夜はまだまだ冷える。安倍の心使いである。

上々段の間の登任は、魚の煮付けに箸を付けた。

「祝いの膳に鯛が無いのは如何《いか》にも無粋だが、この魚は旨いのう。頼良殿よ、これは何と言う魚じゃ？」

「蝦夷の間で滑多鰈《なめたがれい》と呼ばれている魚にござりまする。千賀《ちが》ノ浦《うら》（現在の塩釜港）でもしばしば揚がる魚なれば、陸奥守様もあるいはご存知かと…」

恭《うやうや》しく酌を取りながら頼良が答えた。鯛は陸奥の冷たい海にはあまりいない。

「何、あのぬるぬるとした不味そうな魚がこれとな！」

「左様でござりまする。特に冬場は子持ちが絶品。我ら蝦夷にとって子宝の神に捧げる神食として、年越しの膳には欠かせぬ魚にござりまする。今宵は陸奥守様のために特別にご用意いたした所存にござりまする」

「蛮族らしく、蝦夷とは不気味な魚を好むものじゃの。しかしそれ故《ゆえ》頼良殿が子宝に恵まれたと申せば何よりじゃ」

登任は上機嫌で豪華な料理に舌鼓を打った。

下座の貞任は時折隣で無邪気に遊ぶ弟達に目を細めながら、一人黙々と酒を煽《あお》っていた。

経清がふと貞任に目をやり、違和感を覚えた。貞任は箸を左手に持っている。

〈松屋敷での刀合わせでは確か右手で太刀を握っておったが…〉

貞任も経清の視線を察し、左の蒼い目をぱちりと瞬《まばた》いて笑った。

貞任は、左利きであった。しかし太刀は右手に持つ。あまりに強過ぎて利き手では誰も相手にならないのである。

安倍の暴れ馬と称される六男の重任でさえも、太刀では貞任の足許にも及ばない。

経清との決闘でも貞任は右手で太刀を握っていた。しかし最初に刀を交えた瞬間、貞任は経任の強さを確信した。

そして体勢を崩したと見せ掛けて、蕨手刀を利き手に持ち替えたのである。貞任に左手で太刀を持たせたのは、経清が初めてであった。


歓談が続き、場が適度に乱れて行く。

酒も回り始め、登任はいよいよ上機嫌であった。腹も膨れてきた登任は、井殿《いどの》の隣で甲斐甲斐しく兄の世話をする美しい娘に目をやった。その口元は醜く歪んでいる。

「おい、有加とやら、近う、近う…」

娘は一瞬ぴくっと身を固めた後、おずおずと登任に近付いた。

登任が盃を取る。有加は酒を注いだ。

「歳はいくつじゃ？」

「十六にございます」

「もう男は知っておるのか？」

登任はにやにやと笑って有加の耳元で囁いた。有加は真っ赤になって俯《うつむ》く。

登任は周囲に聞こえぬよう小声で囁いたが、隣の経清には筒抜けであった。

〈また登任様の悪い蟲《むし》が騒ぎ始めたか…〉

経清は登任を睥睨《へいげい》した。しかし登任には何処《どこ》吹く風である。登任は酒を飲み干すと有加を隣に侍《はべ》らせ、再び酌を取らせた。登任の盃の頻度が上がる。

いよいよ酔いが回ってきた登任は、有加の手を握った。きゃっと有加が小さな悲鳴を上げる。

そして登任の手が有加の腰に回らんとした瞬間、遂に経清が立ち上がって登任を一喝した。

「登任様！御見苦しい真似はお止めなされませ！」

登任はぎろりと経清を睨んだが、経清は動じない。

「ここは安倍の領地にございます。庭に多賀城の兵が控えているとは申せ、何が起こるかわかりませぬ。お慎みを」

経清は小声で諌《いさ》めた。予《かね》てより宗任と交流のある経清は、安倍に謀叛《むほん》の意思が無い事を十分に承知している。しかし有加を助けるため、咄嗟に機転を利かせたのだった。

登任も、さも有りなんと我に返った。すごすごと手を引っ込める。

有加は深々と礼をし、席を立った。その瞬間、経清と目が合う——。

二人は慌てて目を逸らした。有加は俯きながら井殿の隣に向かった。

井殿は白い目を開き、優しく妹に言った。

「この場にお前と結ばれる者が居る」

それは、荒覇吐《アラハバキ》の神が井殿に告げた言葉であった。

俯く有加の頬が梅の花の様に赤く染まった。


夜も更け、束稲山から梟《ふくろう》の鳴き声が聞こえて来た。宴もいよいよ終盤に差し掛かっている。ぽつりぽつりと席を辞する客が出始めた。酒をしこたま喰らった登任は既に客殿に戻っている。

金為行《きんのためゆき》が頼良に暇乞《いとまご》いを申し出ようとしたが、同じ年頃の一加と遊んでいた為行の末娘が帰らないと駄々を捏《こ》ねた。

早蕨《さわらび》色の汗衫《かざみ》姿が愛らしい女童《めのわらべ》の名は麻姫《あさひめ》。頼時の側室、綾乃の姪である麻姫は一加の従姉妹に当たり、普段からしばしば並木御所に一加を訪ねていた。

麻姫は帰らぬと言い張ったが、それでも為行に宥《なだ》められ、渋々帰り支度をする。

帰りしな、麻姫はつかつかと貞任の許に向かった。

「おい、さだとう。お前はその歳で嫁も取らぬのか」

まだ子供とは言え、麻姫が暴れ者と噂される貞任に粗雑《ぞんざい》な口を利きいたのである。一瞬にして場が凍り付いた。皆の目が貞任に集まる——。

「うつけの俺に嫁など来るものか。それとも、ちび、お前が嫁に来ると申すか？」

大方の心配に反し、貞任は苦笑しながらも穏やかな口調で答えた。場からも安堵の溜め息が漏れる。

麻姫は顔を真っ赤にし、頬を膨らませると舌を出して貞任に悪態を突き、父の元に駆けて行った。

貞任は、その後姿を目を細めて見送った。


子《ね》の刻（午前零時の前後約二時間）も半ばを過ぎた頃、頼良の挨拶で婚儀は締められた。

侍女達が善の片付けを始める中、貞任は最後の一杯を豪快に煽ると、高砂《たかさご》に向かって永衡に対峙した。永衡は不安げに貞任の顔を見上げる。

「妹を、宜しく頼む」

貞任は、たった一言だけ言い放ち、永衡に深々と頭を下げた。その後、ゆっくりと部屋の外に消えて行った。

永衡が貞任と言葉を交わしたのは、これが初めてであった。

永衡が隣の中加に目をやると、中加は目を潤ませながら頷いていた。


翌朝。蚊帳《かや》の中、女の膝枕で眠っていた登任が目を覚ました。蔀戸《しとみど》の隙間から柔らかな早春の風と共に仄《ほの》かな梅の香りが流れ込んで来る。登任は酒の残った重い体をゆっくりと起こした。綾羅《りょうら》の皮に綿の入った鴻羽の夜具に気だるい温《ぬく》もりが残っている。

遣戸《やりど》を開けると、その日は実に春らしい陽気であった。頼良は為行と共に登任を猊鼻渓《げいびけい》へと誘った。

春霞《はるがすみ》の中、一行は馬で衣川を出た。勿論登任には百を超える兵が護衛に付いている。その中には経清の顔もあった。

猊鼻渓は為行が治める磐井郡にある景勝地で、日高見川に注ぐ砂鉄川《さてつがわ》沿いに発達した渓谷である。雲にも届こうかという高さの断崖が延々と続き、奇岩や滝が幾つも見られた。

猊鼻渓に到着すると頼良は、巨大な屋形船に登任らを誘った。

「これも安倍の船と申すか！」

登任は驚きの声を上げた。国府の軍船よりも遥かに大きい。檜の香りが登任の鼻を擽《くすぐ》る。

「陸奥守様のために拵《こしら》えさせた物にござります。急造り故《ゆえ》、装飾などままならない田舎船ではございますが、どうかごゆるりとお寛《くつろ》ぎを」

頼良は事も無げに答えた。

実は頼良は奥六郡の川という川に巨大な船をいくつも配置していた。物資の輸送がその目的であったが、無論、有事の際は兵を運ぶ軍船となる。

船頭が長い竿を器用に使い、南部牛追い歌を朗々と披露しながら船はゆっくりと川面を進んで行く。登任の隣に美しい侍女が座り、杯に酒を注いだ。時に断崖絶壁を見上げ、時に川面に手を伸ばし、山女《やまめ》の塩焼きを頬張る。今朝砂鉄川で獲れたものだと言う。蕎麦《そば》も旨い。女の腰に手を回しながら、登任は上機嫌であった。

船は下り、巨石の横を通過した。その石には木の板が打ち付けられている。

「お口直しに甘味など如何《いかが》でございましょう？」そう言うと頼良は小槌で巨石の板を叩いた。

すると間もなく断崖の中腹に茶屋が見えた。茶屋の跳ね上げの窓からは綱が出され、その先は川面すれすれを通って対岸の壁に繋がっている。登任が不思議そうに目をやると、綱に吊るされた籠が小屋からするすると下りて来た。

女が籠を取り、中に入っていた盆を取り出す。そこには餡子《あんこ》がたっぷりと乗った団子と茶が置かれていた。空になった籠は再びするすると茶屋に引き上げられて行く。

「ほう、これは面白い仕掛けじゃの」

頼良の粋な計らいに登任は大喜びであった。それに餡子は都の公卿にとっても贅沢品である。

腹も満たされ、登任は女に凭《もた》れ掛かり、悦に入っていた。

船は更に下った。断崖の所々で綻んだ梅が柔らかな春の陽を浴びている。鶯《うぐいす》の鳴き声が渓谷に心地良く木霊《こだま》した。

「ほう、辺境の地にも雅な場所があるものだの…」登任は遠く都に思いを馳せる—。

〈都に帰る前に…、安倍の宝を巻き上げたいものよ—〉

濁った登任の目が妖しく頼良の後姿を見詰めていた。


翌日、永衡と中加が衣川を出立した。奥大道《おくだいどう》を進み多賀に入ると道はその先東山道《とうさんどう》に変わる（尤《もっと》もこれは朝廷側の区分で、蝦夷は白河関《しらかわのせき》までを奥大道と呼んでいたが）。二人は多賀の町には逗留せず、東山道をそのまま進んで領地の伊具に向かうと言う。暫《しばら》く八竜城で夫婦水入らずで過ごせるよう、頼良が登任に暇《いとま》を嘆願したのである。

輿入り道具を山と積んだ荷車が長蛇の列を作る。鮮やかな白絹の着物は漆塗りも見事な箪笥《たんす》に大切に仕舞われた。岩谷堂《いわやどう》の匠《たくみ》らが安倍の姫のために丹精込めて作った箪笥である。学者肌の永衡のために、宋の書物も山と詰まれた。

永衡は頼良に丁重に挨拶を済ませ、馬上の人となった。

「有加姉様、姉様も早く良いお方を見付けて下さいね」

中加は幸せそうな笑顔を浮かべ、蒔絵《まきえ》が施された絢爛豪華な駕籠《かご》に入った。有加は頷いて優しく微笑むと、小さく手を振った。

貞任は二人を見送ると、宗任を遠乗りに誘った。二人は束稲山《たばしねやま》を目指した。陽が西に大分傾いている。山頂からは衣川の町並みが良く見えた。

夕焼けの中、貞任は長く連なった輿入れ行列が、地平線の向こうに消えるまで見送った。

〈別れの際は中加と一言も話さなかったと言うに…。不器用な兄者らしい〉

宗任は遠く藤壺《ふじつぼ》の瀧をじっと見詰める貞任の大きな背中に微笑んだ。


永衡と中加が去っても、登任は衣川に居座った。安倍の甘い汁に溺れたのである。しかし国府多賀城には今、陸奥《むつの》守《かみ》に加えて文官の長、永衡も不在である。流石《さすが》に武官の長である経清まで留守にする訳にはいかない。経清は頼良と宗任に挨拶を済ませ、多賀城へ帰還する事にした。

四脚門《よつあしもん》を潜った所で、経清は人の気配を察した。そこに居たのは貞任であった。

「また逢えるか？」

「運命《さだめ》なら、何《いず》れ」

貞任の問いに経清は目礼しながら答える。

貞任は笑みを浮かべると経清に左手を差し出した。馬上にいるにも関わらず、経清の目線の高さは貞任のそれと変わらない。

二人はがっちりと手を合わせる──。

二人の間にそれ以上の会話は必要無かった。別れ際、経清は腰の蕨手刀を高々と掲げた。貞任は、それに笑顔で応じた。


経清一行はゆっくりと衣川の町並みを進んで行った。傍らには菅笠《すがさ》を被った百姓衆が雪解けの畑を耕している。

「衣川の民とお見受けする。そなたらにとって貞任殿とは如何《いか》なる人物か？」

経清はふと聞いてみたくなった。

「次郎様はあったけえお方でがす。近頃は厨川さ居ることが多いですが、昔はおらほの田んぼで泥だらけになって野良仕事を手伝ってくれたでがんす。冬はおらだづ年寄りに代わって雪掻きもしてくれるでがんす」

年配の百姓が額の汗を拭いながら答えた。

「乱暴者のうつけと噂だが？」

「んでね、そりゃ嘘だでば。弱い者虐《いじ》めしてる意地悪《いじくされ》な奴はぼっこぼこに叩《ふたすけ》きますが、次郎様はおらだづ民には絶対に手は上げねがす。子供達《わらしゃんど》にも優しいど」

鍬《くわ》を手にした若い農夫が胸を張る。

「それに貞の若様は宗の若様にも負げねくらい利口な方だべさ。おらだづが知らね野草の事とかいっぺえ知ってなさるど」

百姓達は皆貞任を誇らしげに褒め称えた。貞任を語る者の顔は、皆笑顔であった。

礼を言って経清は馬の腹を蹴った。山頂にまだ雪を湛《たた》えた束稲山を左手に望みながら、ゆっくりと多賀城を目指す。

〈貞任殿は余程民らに慕われていると見える〉

百姓らの笑顔を思い浮かべ、経清も笑顔となった。経清は益々貞任が好きになっていた。

道端には蕗《ふき》が小さな白い頭花を遠慮気味に開き、白樺の木の上では気の早い郭公《かっこう》が高らかに鳴いている──。

早春の奥州路、馬の揺れが経清に心地良く響いていた。


経清帰還後も並木御所では連日連夜の接待が続いた。昼は時に鷹狩りに従い、時に出湯《いでゆ》に誘う。夜は夜で連日酒池肉林の宴が続いた。登任が望めば女も宛《あ》てがった。ここまで贅を尽くしてもてなす頼良の望みは唯一つ。それは陸奥の平和である。

それへの脅威は帝である。帝の心一つで簡単に戦が起こる。阿座麻呂《あざまろ》、阿弖流為《あてるい》の古来より、陸奥に戦乱を齎《もたら》すのは常に帝であった。古来、陸奥は蝦夷の国である。そこへ異民族が武を持って入り込み、その恵みを搾り取って行ったのである。蝦夷の立場からしてみれば理不尽極まり無いと言うしかない。それでも陸奥の平和のため、頼良は帝とそれを支える内裏に唯々諾々と従って来た。朝廷軍の兵は無尽蔵で、叩いても叩いても次から次へと兵が補充される。

阿弖流為もこれにやられた。陸奥における帝は即《すなわ》ち陸奥守である。陸奥守が陸奥に不穏ありと内裏に一言伝えれば、帝は陸奥守に節刀を容易に授ける。それは帝、内裏、そして朝廷が蝦夷を人と見做していないからに他ならない。陸奥の地では郡司や豪族が陸奥守の逆鱗に触れれば即座に滅ぼされる運命にある。登任にひたすら献身する頼良の狙いは、陸奥守の懐柔であった。頼良は登任に従い続けることで逆に陸奥守を手懐けようとしていたのである。

一月《ひとつき》にも及ぶ豪遊の後、登任は漸《ようや》く多賀城に帰った。頼良は、土産として駿馬百頭と米百俵、絹二百反、波斯《ペルシア》の絨毯、宋の硯《すずり》、印度《インド》の象牙、琉球の螺鈿《らでん》やべっ甲細工など、異国の珍品財宝が入った荷車を十台も贈呈した。そしてなんと黄金の兜も贈った。あの梅の間の上々段の間に飾られていたもので、元より登任に寄贈するために作らせたと言う。登任は狂喜乱舞した。誇らしげに兜を被り南部駒に跨った登任の肩には鸚鵡《おうむ》が止まっている。

頼良は登任一行を地に伏し額を土に付けて見送った。

最後の兵が見えなくなった時、一月《ひとつき》もの間耐え忍んだ頼良は、安堵のあまり気を失い、その場に崩れるように倒れ込んだ。

丑の章　燻《くすぶ》る火種

桜も散り、新緑の季節を迎えていたその日、多賀城大路では沿道に千人の兵達が隊列を成していた。衣川から帰還する陸奥守《むつのかみ》、藤原登任《ふじわらのなりとう》を出迎えるためである。登任は、多賀城の文官の長《おさ》にして伊具《いぐ》の郡司平永衡《たいらのながひら》と、奥州の王、安倍頼良《あべのよりよし》の次女中加《なか》との婚儀に招かれ、その後一月《ひとつき》もの長きに渡り彼《か》の地に逗留していた。これまで奥六郡《おくろくぐん》を鬼の住む辺境の地と蔑《さげす》み、一度も下向したことがなかった登任であったが、頼良の贅を尽くしたもてなしに骨抜きにされ、すっかり奥六郡の虜となっていたのである。その間、経清は陸奥守の代理として政《まつりごと》に務めていた。

婚礼後、一月《ひとつき》程の暇《いとま》を貰い、中加と共に伊具の八竜城で甘い時を過ごしていた永衡にも招集が掛かり、永衡は昨日多賀城下の館に移っていた。伊具には数日で帰る予定ではあったが、中加も多賀に同伴している。永衡は中加に夢中であった。一方の中加も永衡の優しさに女の幸せを感じていた。

「色男殿、久しぶりにござるな。新婚生活は如何《いかが》でござるかな？」経清《つねきよ》は笑顔で永衡に挨拶した。

「長く留守にしてかたじけない。独りが長かった故《ゆえ》、今はとても心安らぐ日々でござる」

そう言って直ぐに永衡は後悔した。経清はまだ独り身である。

「登任様もだいぶ衣川がお気に入りの御様子」永衡は慌てて話題を変えた。

「これで陸奥も暫《しばら》くは安泰。手前も漸《ようや》く明日から亘理《わたり》に戻れそうにござる」

経清は安堵の表情で答えた。この二人、安倍の惣領頼良が登任に尽くす意図を理解している。

「義父上《ちちうえ》殿こそ郡司の鑑《かがみ》。あのお方の望みは陸奥の平和。安倍の皆様方は戦を嫌っており申す」

晴れて安倍の娘婿となった永衡が胸を張った。

頼良と同じく永衡と経清もまた戦を嫌っていた。東国一の武者との呼び声高い経清も、父を長元《ちょうげん》の乱で失っている。

永衡もその乱の首謀者の遠縁ということで辛酸を舐めた過去を持つ。戦となれば兵は勿論、民にも害が及ぶ。絶大な財力を誇りながらも、奥六郡の民の暮らしのために奴隷の如く登任に従った頼良に、二人は敬意の念を抱いていた。

やがて多賀の町に陸奥守帰還を告げる太鼓の音が鳴り轟いた。沿道の兵達が頭《こうべ》を垂れる中、馬上の登任は上機嫌で政庁に続く坂を登った。その頭には黄金の兜が煌《きら》めいている。

登任が城に入ると直ぐに正殿に役人が集められた。その中には勿論経清と永衡の姿もある。皆が床に平伏す中、悠然と登任が登場した。

「皆に話しがある」倚子《いし》に腰掛けた登任が皺枯《しわが》れた声で切り出した。

「単刀直入に申す。この秋より奥六郡の税を三倍に致す！」いきなりの宣言に場に衝撃が走った。

「徴税の責任者といたしまして、畏《おそ》れ多くも陸奥守様にお伺い申し上げます。奥六郡の税量は内裏《だいり》が定めしもの。また、奥六郡の郡司、安倍頼良殿は昨年の追加徴税にも快く応じられてございます。何故《なにゆえ》此の度の増税を？」

爽やかな木漏れ日とは対照的に経清の顔が曇る。経清の疑問は至極当然だった。

「そちの目は節穴のようじゃの。儂《わし》がこの一月《ひとつき》、衣川でのうのうと遊んでおったとでも思っておるのか？」

登任は冷ややかな視線を経清にぶつけながら続けた。

「儂《わし》はこの一月《ひとつき》、密かに安倍一族の内情を調べておったのじゃ。頼良は莫大な富を隠し持っておる。内裏はこれまで辺境の貧しき土地と信じ込み、奥六郡の税量を見誤っていたに過ぎぬ。内裏にそう信じさせたのも奴らの流した流言飛語《りゅうげんひご》に相違ない。正当な評価に基いての増税は必定の理《ことわり》に過ぎぬ」

滔々《とうとう》と語る登任に経清と永衡は呆れた。奥六郡ばかりか、陸奥国の郡《こおり》の石高《こくだか》を過小評価し、それを内裏に伝えていたのは他ならぬ歴代の陸奥守ではないか。そうする事で陸奥守の懐には各郡の郡司から莫大な賄賂が入る。勿論登任もその恩恵に預かる一人であった。それを棚に上げ、実に勝手な理屈を捏《こ》ねている。

「それに頼良の屋敷は異国の珍品財宝で溢れておる。これらはみな朝廷が禁ずる密貿易による品々。即《すなわ》ち安倍は帝の命に背いておるのじゃ。これは実に由々《ゆゆ》しき事態」登任は実に饒舌であった。

登任を含む歴代の陸奥守はこれまで安倍一族の密貿易を黙認して来た。無論、何かと理由を付けては珍品財宝を掠《かす》め取るためである。現に登任は先日も頼良からの膨大な量の土産物を受け取り嬉々としていた。経清と永衡は、開いた口が塞《ふさ》がらなかった。

「経清、明日にでも頼良に増税を通達せよ」登任は冷酷な表情で言い放つ。

「お待ち下さりませ！　いくら奥六郡の王たる頼良殿とて、耕地は簡単には増やせますまい。それをこの秋よりいきなり三倍の貢租《こうそ》とはあまりに非道にござりませぬか？」永衡が必死に食い下がった。

「永衡、そちは頼良の娘婿よの。舅故《しゅうとゆえ》に頼良を特別扱いすると申すか？」登任の目が暗く光る。

「あいや、暫《しばら》く、暫く…」永衡は額から噴き出した汗を袖口で拭った。

「もしも頼良殿が増税の要求を飲まなければ、如何《いかが》なさるお心算《つもり》でございますか？」

経清の問いに対し登任は迷わずこう答えた。

「儂の命は帝の命。これを拒むとは内裏への明らかな叛逆。よって頼良を成敗致す！」

額に青筋を立て、登任は怒鳴った。

居並ぶ役人に衝撃が走る。経清と永衡は真っ青になった。

「そもそも財を蓄えるは国府と一戦交える準備やも知れぬぞ？　それに奴らは馬も持つ。無論、騎馬として使う心算《つもり》じゃ。これを謀叛《むほん》の兆しと言わずに何と申す？　間違い無い。安倍は謀叛を企んでおる！」

登任は大仰に身震いしながら叫んだ。

〈支離滅裂《しりめつれつ》だ…〉経清は背筋に冷たいものを感じた。全て根拠の無い登任の妄想である。

〈あまりに身勝手、あまりに理不尽…〉例え様の無い怒りが永衡の心に湧き上がる。

二人の心境も知らず、登任は意気揚々と続けた。

「儂《わし》は公家じゃて戦はとんと無知じゃ。よって侍所別当《さむらいどころべっとう》経清、そちに国府軍三千を預ける！　永衡は軍師として経清を支えよ！　内裏にも援軍の派遣を要請するのじゃ。直ぐにでも十万の兵が駆け付けよう。心配は無用ぞ！」

既に戦の総大将気取りで登任は高笑いを上げた。


その夜、経清と永衡は暗い顔で北梅庵《ほくばいあん》に向かった。ここは安倍の秘密の出店。ここなれば多賀城の耳は無い。

「酒をありったけもらおう。今夜は飲む」経清が主人の川村徳助《かわむらとくすけ》に酒を用意させた。

熱燗をごくりと煽って、経清は大きくため息を吐いた。新緑の季節とは言え、陸奥の夜はまだまだ冷える。

「これは大変なことになりましたな…」永衡も飲めない酒を煽った。

「これまで俘囚を散々蔑《さげす》み、その癖頼良殿には何かと理由を付けて賄賂を求めて来たと言うに、それを棚に上げて…」

経清が眉間に皺を寄せて吐き捨てる。

「義父上《ちちうえ》殿のお志が裏目に出たようですな」苦虫を噛み潰しながら永衡は言葉を続けた。

「この一月《ひとつき》で登任様は安倍の無尽蔵の財を知ってしまい申した。人の欲には終わりがござらぬ。登任様は戦を仕掛けることで、安倍の富の全てを手に入れようとお考えになったのでしょう。義父上殿は策を誤られた。戦を避けようと必死に尽くしてきた義父上殿が、皮肉にも登任様を戦に駆り立てる張本人となられるとは…」

永衡は頼良が不憫でならなかった。

「頼良殿が増税に応じたとしても、あの欲深い登任様のことだ。増えた米俵を自分の懐に入れ、さらなる追税を命ずるだろう。そのうち五倍も十倍も要求するやも知れぬ。そしていよいよ頼良殿が応じられなくなると…」

「謀叛と見做《みな》して安倍を討つのでござりますな」暗い目をして永衡が答える。

「そして安倍の富を全て奪い取る…」経清はまた酒を煽った。

「陸奥守の仕事は戦ではない。陸奥の民の平和のために尽くすことこそその任務。だがこれまで民の為に何をした？　民を蝦夷の俘囚のと蔑み、そのくせ若い娘とあれば嬉々として手篭めにする…」経清は怒りに打ち震えた。

「何たる理不尽！　何たる傲慢《ごうまん》！」堪えきれなくなった永衡も拳で卓を叩く。

「実際、戦となれば多くの兵が死ぬ。民も巻き込まれて命を落とす。この戦、何としてでも止めねばならぬ」

経清はぐっと唇を咬んだ。

経清に実戦経験は無かった。しかし父頼遠《よりとお》が長元の乱で討たれており、戦の恐ろしさ、虚しさは骨身に滲みている。

永衡は懐硯《ふところすずり》を取り出すと事の次第を書に認《したた》め、徳助に渡した。徳助は書を店の白鳩の足に括り付け、大空に放った。

この鳩は安倍の伝書鳩。この時代、安倍一族以外に伝書鳩を誰も知らない。安倍が宋から取り入れた知恵である。鳩は馬より速い。峠や悪路も無関係である。安倍の鳩は夜目も利く。何より早馬《はやうま》は乗り手が捕捉される危険性があり、狼煙《のろし》も敵に気付かれる恐れがある。特に安倍の領地外では、鳩は抜群の通信手段であった。

因《ちな》みに安倍一族は奥大道《おくだいどう》から東山道、さらにはその先に続く東海道を経て、遥か京の都まで秘密の店や寺院を十二ばかり所有していた。そこには必ず鳩が居る。馬で半月以上かかる距離でも、要所要所に配した鳩を介せば二日と掛からない。陸奥にあって安倍一族は内裏の情勢をも手に取るように把握していた。


風を切る羽音と共に、白い鳩が並木御所《なみきのごしょ》に舞い降りた。風雲急を告げる知らせに、頼良の顔が見る見る青褪める。

「合議をいたす！　一族の者を集めよ！」

惣領の命で束稲山から黒煙が上がる。奥六郡にはくまなく狼煙所《のろしどころ》が配置しされていた。最北の厨川柵《くりやがわのさく》にも瞬時に命令が伝わる。

一番近い中尊寺から頼良の弟良照《りょうしょう》が到着した。宗任ら兄弟も続々とそれに続く。その中には姻戚の金為行《きんのためゆき》の姿もあった。狼煙から一日が経過し、厨川次郎貞任《くりやがわじろうさだとう》も姿を現した。これで全員が揃った事になる。

螺鈿《らでん》の倚子《いし》に深々と腰を掛けた頼良は厳しい表情で腕組みをしていた。その胸元には惣領の証《あかし》たる琥珀の勾玉が輝いている。一族の者は床板にどっかりと胡坐を掻き、惣領の言葉を待っていた。

「永衡殿の書状によると、この秋より奥六郡の税が三倍に跳ね上がると言う。皆の意見を聞きたい」

頼良が重い口を開いた。一同から唸り声が上がる。

「登任め、衣川で親父殿があれだけ尽くしたというに…。あの恩知らずめに天誅を下してやりましょうぞ！」

真っ先に口を開いたのは、兄弟きっての武闘派、北浦六郎重任《きたうらろくろうしげとう》であった。その右肩には重任に似て目付きの鋭い鷹が止まっている。

「我らの兵力を持ってすれば登任を討つのは容易だが、それは早計と申すもの。それをやってしまえば安倍は朝敵。内裏が黙っておらぬ」

そう答えたのは黒沢尻五郎正任《くろさわじりごろうまさとう》である。この二人、母は違うが同い歳と言う事で普段は馬が合うが、この日ばかりは正任は重任に異を唱えた。

「確かに我ら安倍の兵は三万五千。それに対して多賀城に常駐する兵の数は多く見積もって三千に過ぎぬ。重任の言う通り、討つのは容易《たやす》い。しかしその後は地獄ぞ。朝廷軍は十万を超える。いくらでも補填が効くのだ。かの阿弖流《あてる》為《い》公もそれでやられた」

宗任が重任を窘《たしな》めた。智将と名高い為行もそれに首肯《しゅこう》する。

「しかし牽制くらいはした方が良くはないか？一度この要求を飲めば、調子に乗って次はさらに増税を迫って来るに相違無し。登任は文官上がりで戦の経験は無いとか。安倍の兵《つわもの》どもを三千も多賀城に向かわせれば震え上がろう」

僧形の良照がにやりと笑った。仏門に支える身でありながら、この良照もまた血の気が多い。

「叔父上、この宗任はそれこそ登任の思う壺と見ました。少しでも兵を動かせば、登任はこれを謀叛と見做し、喜び勇んで内裏に報告いたしましょう。それもさぞ大袈裟に誇張しましての。さすれば内裏も黙ってはおりますまい。陸奥に乱れありとして…」

「登任に節刀を授けるのだな？」頼良が頷きながら口を挟んだ。惣領の言葉に場が凍り付く。

「我らが挙兵すれば登任は討伐の大義を得る。兵を挙げねばさらに付け上がる。おのれ、あの狸め…」

良照はぎりぎりと歯咬みした。

その後、強硬派と慎重派が入り乱れ、議論は堂々巡りを繰り返した。

「貞任もたまには意見を申さぬか。そちは如何《いかが》思う」

埒《らち》が明かぬと見て頼良が貞任に話を振った。するとそれまで部屋の隅で沈黙を守っていた貞任が、ふんと鼻を鳴らして口を開いた。

「捨て置けば良い」

「何と申す！」良照が呆れ顔で叫んだ。一同も口をあんぐりと開けて貞任を見据える。

「やはりおぬしはうつけであったか…」頼良は顔を顰《しかめ》めて嘆息し、貞任から視線を外した。

「親父殿、手前の話はまだ終わっておりませぬ」憮然とした表情で貞任は続けた。

「増税増税と登任がほざいても、肝心の米が出来るのは半年も先の事。今の時点では豊作か不作かもわかり申さぬ。豊作なら増税に応じてられよ。さぞや陸奥守殿もお喜びになるだろう。不作なら突っぱねられよ。来年までじっとして、のらりくらりと躱《かわ》せば宜《よろ》しい」

「しかし兄者、増税を飲めば来年はもっと米を求められるぞ？」重任が血相を変えて反論する。

「そしてそれに応じなければ何を仕掛けてくるかもわかり申さぬ」正任も丹精な顔を歪ませて重任に続いた。

「貞任よ、何か良策でもあると申すか？」

　頼良は身を乗り出して貞任に問うた。すると貞任は蒼い左眼を妖しく光らせてにやりと笑った。

「三郎《むねとう》、登任の任期は何時《いつ》までだ？」貞任の言葉に場ははっとなった。

「ら、来年の春までにござる…」震える声で宗任が答える。

「今年増税に応じたとしても奴は来秋は陸奥にはおらぬ。ならば翌年増税したくても出来ぬ理屈。逆に我らが今年の増税を蹴ったとしても、不作は天命にして我らには与《あずか》り知らぬもの。我らが動かぬ限り多賀城も動かぬ。もしそれでも登任が我らを攻めれば、これは明らかに登任の私闘。内裏は私闘を認めておらぬ。よって奴は断じて動けぬ」

　貞任の言葉におおっと一族が響《どよ》めいた。

「それに不作だろうと冬は来る。文官上がりの登任のことだ。陸奥の豪雪の中で戦を仕掛ける性根《しょうね》はあるまい。やがて任期は切れ、陸奥守登任様とはお去らばよ」

貞任は不敵な笑みを浮かべた。

「しかし今年その要求を飲めば、次の陸奥守も三倍の税を求めるのではござらぬか？」正任が正論を述べた。

「どこのどいつが次期陸奥守に就くかわからん今は何とも言えぬ。逆に言えば、今なら黄金《きん》にものを言わせて我らに有利な輩《やから》を推すことも出来よう。三郎《むねとう》、都の貴族どもに黄金をばら撒いてくれ」

一同が唸った。その後、長い沈黙が訪れる—。

「貞任の策、一理ある」その沈黙を破ったのは惣領の一言であった。

「貞任の策を認める！」

頼良は場を纏めた。誰もがほっと安堵の表情を浮かべている中、貞任一人が涼しい顔をしている。

〈それにしても貞任、これほどの器量であったか…〉

頼良は貞任の顔を見詰めた。これまで喧嘩好きのうつけとばかり思っていた貞任が、理路整然と見事な策を講じたのである。

〈喧嘩と戦《いくさ》、所詮は同じ様なものか〉

琥珀《こはく》の勾玉《まがたま》に手を伸ばし、頼良は思わず苦笑した。


合議が終わり、一族の者らがそれぞれの帰路に就いた。貞任も頼良に短い挨拶の口上を述べ、去って行く…。

その大きな後姿を見詰めながら、頼良はふと思った。貞任は、これまで敢えてうつけを演じて来たのではないかと。

頼良をはじめ周囲は皆、次の惣領を聡明で正室腹でもある宗任と目していた。その期待に答え、宗任は頼良の右腕として奥六郡の政治と経済を支えている。庶子でしかもその母は既に他界している貞任は、弟に惣領を譲るべく、敢えて無能な振る舞いをしていたのではないのだろうか？

しかし平時は良いとして、有事の際は軍事が物を言う。宗任も腕は立つが、戦の経験は無い。よってその采配は未知数である。

〈能有る鷹が爪を出し始めたと申すか？〉

　頼良は頼もしげに貞任の背中を見送った。


　多賀城では欲の皮が突っ張った登任が郡司らを前に怪気炎を上げていた。経清、永衡に加え、伊治《いじ》、桃生《ものう》、名取《なとり》、玉造《たまつくり》、遠くは信夫《しのぶ》の郡司も集まっている。

「経清、頼良からの返答はまだか？」登任が徴税の責任者である経清に問うた。

「今朝早馬より齎《もたら》されし書状によりますと、豊作なれば増税に応じ、不作なれば些《いささ》かの猶予を頂きたいとの事にございます」

「なに？」登任は拍子抜けした表情で呟いた。

「むー、頼良も老獪よのう。てっきり直ぐにでも抗議してくると思っていたに…。もしも今年が豊作ならば…」

―賄賂も貰えぬ―

　そうぼやきそうになった登任は慌てて手で口を押さえた。

「いや、何より今直ぐ頼良を討てぬではないか！」平静を装い、登任が吐き捨てた。

「今直ぐ討つですと⁉」永衡が驚きの声を上げた。経清も絶句している。

　登任は咳払いし、永衡を睨み付けた。

「安倍頼良、いかにそちの舅《しゅうと》と言えど、密貿易により富を増やす無法者。所詮《しょせん》蝦夷は蝦夷。卑しいものじゃ。儂《わし》の任期はあと一年。陸奥の平和のため、それまでに何としても安倍を滅ぼす！」

「討伐なさると申されますか！」永衡が悲鳴の様な声を上げた。

「うぬは安倍の娘を娶《めと》って心まで腐ったか！儂の命が聞けぬと言うなら今直ぐ多賀城から出て行け！」

　登任は怒鳴り散らした。中加まで侮辱され、永衡は怒りに打ち震えている。

「お待ち下され！」堪《たま》らず割って入ったのは経清であった。

「登任様のお言葉は如何《いか》にも正論。しかし安倍は手強《てごわ》いですぞ。手前が把握している分だけでも、安倍の兵力は三万と五千を超えるとか。盟友の金《きん》氏の兵力も二千は下りませぬ。ばかりか頼良殿の北の方は出羽の清原の出。もし清原軍も参戦するとなると、敵の総数は五万を裕に超えましょう。それだけの数を相手にどうして勝てましょうや？」

「なに?!」登任は目を瞬かせて驚いた。

「我らは勝てぬと申すか？　内裏は十万の兵を持っておろうに」登任は口を尖らせて反駁《はんばく》する。

「多賀城に常駐する国府軍は多くて三千。この数では三日と持ちますまい。都に援軍を請うた所で直ぐには兵は罷《まか》り申さぬ。援軍がこの地に着いた頃には戦は終わっておりましょう」

経清は必死の説得を続けた。登任の額から汗が流れ出す。

「各郡の兵力は如何程《いかほど》か？」その汗を拭いながら登任が郡司に尋ねた。

「手前には五百の私兵が居りまする」伊治《いじ》の郡司、紀高俊《きのたかとし》が答える。

その姓が示す様に、紀伊国《きのくに》の国造《くにのみやつこ》の出自とされる紀一族は元々は大和朝廷に仕える役人の家系であったが、陸奥に派遣された祖先が伊治の地に土着し、以降、子孫代々歴代の陸奥守に仕えて来た。その血は阿座麻呂《あざまろ》の乱で討たれた紀広純《きのひろずみ》や征東大使紀古佐美に遡り、古今和歌集や土佐日記で知られる紀貫之もその筋である。そんな高俊は多賀城に近い伊治城を本拠としており、経清と永衡とも親しい間柄であった。義の人としての信頼も厚い。

「それがしの兵力は三百にござります」そう返答したのは玉造《たまつくり》の郡司、鳴子丹取《なるこのにとり》であった。

丹取の声に経清は思わず眉を顰《ひそ》めた。常日頃から登任に犬の如く媚《こび》を売る丹取は他の郡司からも評判が悪く、尚且つ武芸の心得も無い。経清もこの虎の威を借る狐がどうしても好きになれなかった。

「手前の預かる伊具も三百。その他亘理、桃生《ものう》、名取《なとり》、刈田《かった》、信夫《しのぶ》などの郡も、事情は似たようなものにございましょう。全て合わせても六千が関の山かと」

永衡の進言に登任の顔が曇った。

「坂東武者は頼れませぬか？　彼の地《か》なれば陸奥にも近い」丹取が為《し》たり顔で意見した。

『坂』とは当時の相模国《さがみのくに》（現在の神奈川県）と駿河国《するがのくに》（静岡県）との境界を指し、読んで字の如く坂東はその坂の東、即ち相模《さがみ》、武蔵《むさし》、上総《かずさ》、下総《しもうさ》、安房《あわ》、常陸《ひたち》、上野《こうづけ》、下野《しもつけ》の八国（現在の関東地方）を指す。その北部は陸奥と白河関《しらかわのせき》で国境を接していた。

登任の顔が俄かに晴れる――。

「坂東武者は飽《あ》く迄余所者《までよそもの》。彼らを呼ぶからには恩賞が必要となりましょう。そのためには帝より安倍追討の詔《みことのり》を授からねばなりませぬ。詔を得るには義父上殿が先に動かねばならぬ理屈。登任様が先に立たれては先程経清殿が申された如く、国府軍は三日と持ちませぬ」

下総の出で坂東の事情を良く知る永衡の説得に、登任の顔は再び曇った。


その日の夜、永衡は経清と共に北梅庵に向かった。

出迎えた徳助は二人の表情を見て事情を察し、直ぐに店の暖簾《のれん》を下ろした。店内に客は居ない。

「登任様はよほど戦がしたいと見える。それも今直ぐにでも…」下戸《げこ》の永衡が盃を舐めながら嘆息した。

「登任様は戦を知らぬお方。兵を将棋の駒とでも思っておられるのだろう。兵は血の通った人間ぞ。親も子もあろう。一度《ひとたび》戦となれば、夥《おびただ》しい数の人命が失われる…」経清も溜め息混じりに吐き捨てた。

「宗任殿の話では義父上殿も暫《しばら》くは静観するとの事。様子見は何でも貞任殿の策とか」

「ほう…」永衡の話に経清が軽く驚きの声を上げる。

―貞の若様は宗の若様にも負けねくらい利口な方だべさ―

経清の脳裏に衣川の百姓衆の言葉が甦った。

「貞任殿、喧嘩好きの荒くれ者との噂だが、なかなかの器量とお見受けした」

腰に佩《は》いた蕨手刀を撫でながら、経清が頷いた。貞任から譲り受けた太刀である。

「登任様はこれで戦を諦めるとお思いか？」永衡が不安そうに呟いた。

「否。あの欲深い登任様のことだ。何としても内裏に朝廷軍の出陣を要請するだろう」

「それとて安倍さえ動かねば、内裏も容易には討伐の詔勅《しょうちょく》を出せますまい」

「だと良いが…。登任様の任期はあと一年。それまでに何としても手柄を立てんと必死でござろう。しかも安倍を倒せば莫大な財がその懐に転がり込んで来る。今はまだ余裕もあろうが、任期が迫れば焦って愚策をお企みになるやも」

経清は虚《うつ》ろな目をして再び酒を煽った。飲んでも飲んでも酔いが回らない。

「手前は登任様に拾って頂いた身。されど今では安倍の婿にござる。手前は中加を心から愛してござる…」

永衡は悶えながら心境を吐露した。戦となれば永衡は安倍と闘わねばならない。それどころか、国府にあって常に敵軍の婿という目で見られる事になる。

「永衡殿。この先御貴殿は多賀城で最もお辛い立場に立たされましょう。重々お覚悟召されよ」

経清は、永衡の目を真っ直ぐに見据えて言った。永衡は天を仰ぐ―。

「兎に角、我らは戦を食い止めるしかない。登任様が不穏な動きを見せたら、すぐに衣川の頼良殿に連絡いたそう」

経清の凛とした声が北梅庵に響いた。奥の間では永衡と中加を不憫に想う徳助が肩を震わせている。

永衡は経清の手を取って何度も頷いた。


燕《つばめ》の雛の巣立ちと共に新緑の季節が終わりを告げ、井戸の水増す梅雨が訪れた。干魃《かんばつ》続きの西国とは異なり、この年、神は陸奥に恵みの雨を齎《もたら》した。夏になると太陽は陸奥の大地に燦々と輝き、青々とした稲穂が大地を覆った。例年、陸奥の百姓衆を悩ます山背《やませ》も、この年はそれ程の猛威は振るわなかった。そして徐々に山々が赤く染まり、遂に陸奥は実りの秋を迎えた。

その年、西国では例年以上の凶作であったが、果たして陸奥の大地は金色の稲穂に覆われていた。稲穂は風そよぐ度に揺れ、陸奥の稲田は宛《さなが》ら黄金の綿津見《わだつみ》であった。

登任からの再三の挑発をかわし、頼良は全く動かなかった。そして約束通り、例年の三倍もの米を見事に税として納めたのである。これには他の郡司ばかりか、民も喝采を贈った。奥六郡の民は皆頼良を誇りとした。

毎年の事ながら、この年も貞任は不来方《こずかた》の地で毎日稲田に出向き、百姓衆に混ざって汗水流していた。体の大きな貞任は、米作りでも大きな戦力となる。日照りが続けば百姓衆と共に涙を流し、山背が吹けばおろおろ歩いた。貞任だけではない。重任も太刀を鍬《くわ》に持ち替え、泥に塗《まみ》れながら大地と格闘した。宗任と正任も忙しい政務の間を縫い、それぞれの領地の農家に酒を持って激励に奔走した。そんな安倍の兄弟らに、奥六郡の民は厚い信頼を寄せていた。反面、民は増税を申し付けた陸奥守に反感を抱いていた。

期せずして民に悪者扱いされる事となった登任は機嫌を大いに損ねていた。政庁では郡司らが次々とその登任に挨拶に訪れている。この年の徴税が全て終わり、郡司らはそれぞれの領地に帰って行く。

ほっとした表情で暇請《いとまご》いの挨拶に来た永衡に、登任は憮然とした顔で応じた。

〈奴は安倍の婿であったな…〉

永衡が政庁を後にすると、不意に登任の目が暗く光った。

翌日、久しぶりに伊具に帰れるとあって、永衡の心は朝から弾《はず》んでいた。愛する妻の笑顔が眼裏《まなうら》に浮ぶ。城下の店で買った銀の櫛《くし》と簪《かんざし》を土産に、永衡は逸《はや》る気持ちを抑えて郎党らと東山道を南下した。

多賀城から伊具までは馬で一日と掛からない。速駆けなら半日で到着する。昼前に栃栗毛《とちくりげ》の愛馬で出立した永衡らは、黄昏《たそがれ》時に伊具に到着した。

「今帰った！」永衡は笑顔で居城の八竜城に入った。しかし中加は怪訝そうな表情で永衡を出迎えた。

「如何《いかが》いたした？　俺の顔に何か付いているとでも申すか？」不審に思った永衡が問う。

「今朝早くに多賀城から使いのお方が参られまして、徴税の業務が長引いたので暫《しばら》くは戻られぬと。それで替えの衣が必要と申されました。それに…」

「それに?」

「気合をお入れになられたいと、永衡様が襷《たすき》もご所望と…」

「衣と襷?」中加の答えに永衡に悪い予感が走る—。

暫《しばら》くの思案の末、永衡は小声で中加に囁《ささや》いた。

「ここは危ない。郎党どもと衣川《ころもがわ》に向かってくれ」

笑顔の消えた永衡の言葉に中加の顔が強張《こわば》った。

「現に政務は終わって俺は今ここに居る。衣と襷を持ち出したは、何者かが何か良からぬ事に使うためやも知れぬ」

永衡にはその何者かが誰かおおよその見当が付いた。敢えて中加には言わなかったが、無論それは登任である。

「永衡様は如何《いかが》なされますか?」不安げな顔で中加が問う。

「俺は多賀城に引き返す。何やら胸騒ぎが致す…。経清殿に伝えなければ!」

中加は同行を望んだが、永衡はそれを何とか説得して再び馬上の人となった。勢いそのままに東山道を引き返す。

その僅か四半刻(約三十分)後、支度を整えた中加は郎党と共に八竜城を出た。しかし一行は衣川の方角ではなく、一旦南へと下った。永衡の授けた策であった。後で知る事になるが、中加はこの策に窮地を救われる。

一方の永衡は暗闇の中、真っ直ぐに多賀城目指して北上していた。永衡の胸中を現すかのように、道中には深い霧が立ち込めている。不安を掻き消すように、永衡は必死に栃栗毛に鞭をくれた。

途中、国分原《こくぶがはら》(現在の仙台市)で弾正台《だんじょうだい》の検問に掛かった。

「何かござったか?」永衡が兵に問う。

「失礼ながら、平永衡様にございませぬか?」兵は恐縮しながら永衡に質した。

「如何《いか》にも拙者は永衡であるが…」

そう答えた刹那、兵の顔付きが豹変し、永衡は馬から引きずり落とされた!

「逆賊永衡召し捕ったり!」永衡に馬乗りとなった兵が嬉々として叫んだ。周囲の兵も永衡を抑え付ける。

「無礼な！　手前は伊具の郡司にして公文所《くもんどころ》の別当ぞ！」

永衡は叫んだ。手足をもがいて必死に脱出を試みるが、数人掛りで取り押さえられては流石《さすが》の永衡も対抗出来ない。遂に永衡は後ろ手に縛り上げられ、猿轡《さるぐつわ》を咬まされた。

「謀叛を企てし疑いで貴様を拘束いたす！」

兵の声に永衡は目を剥《む》き、首を懸命に横に振り続けた。

永衡は兵らに多賀城まで連行され、いきなり地下牢に入れられた。謀叛など全く身に覚えがない。牢の天井には蝙蝠《こうもり》が不気味にぶら下がり、外からは梟《ふくろう》の鳴き声が微かに聞こえる。永衡は、不安で眠れぬ一夜を過ごした。唯一の安堵は中加に南下を命じた事である。多賀城方面に北上していれば、永衡と同じように検問で捉えられた筈である。

〈無事に衣川に辿《たど》り着いてくれ…〉

心から祈る永衡の頰に、秋雨の到来を告げる冷たい風が吹き付けた。


翌日。小雨が降り頻《しき》る中、縄を掛けられた永衡は正殿前の庭に放り出された。ざあっと玉砂利が周囲に弾き飛ぶ。そこに見覚えのある役人が現れた。永衡の部下である。役人は咳払いをすると声高らかに叫んだ。

「陸奥守様のお成りである！　頭《ず》が高い！　控えよ！」

屈辱に打ち震えながらも、永衡は平伏した。やがて正殿の妻戸が開くと、丸々と肥えた登任と思しき人物が倚子《いし》に座っている様子が見えた。しかしその顔は御簾《みす》の奥に隠れて外からは見えない。

「登任様！　これはどう言う事にござりますか！」

「控えよ！　直答は許さん！」登任の傍に控えた永衡の部下が一喝した。

〈これでは、まるで俺は罪人ではないか…〉永衡の心に細波が立つ。

御簾の中の登任が側近を呼び付けひそひそと囁いた。その後、側近がその言葉を代弁する。

「貴様、昨夜恐れ多くも陸奥守様に刺客を放ったな？」永衡は驚いた。全く身に覚えが無い。

「登任様！一体何の事にござ…」

「直答は許さん！」反論しようとした永衡を側近が容赦無く遮った。

永衡は、腹を括《くく》った。

「お側の方に申し上げます。この永衡、昨日は夕暮れ時には伊具に居りますれば、天に誓ってその様な事は致しておりませぬ。」

側近が登任にそれを伝えた。登任が再び側近に言葉を託す。

「刺客を送った張本人はこそこそと己《おのれ》の領地に逃げたか。武者の風上にもおけぬ卑怯者め！恥を知れ‼」

「お、お側の方に再び申し上げます。何を証拠にその様なことを申されまするか？何卒ご詮議の程を…」

永衡が必死に言い募ると、側近は表情一つ変えずに手を叩いた。すると役人らが重そうな筵《むしろ》を三つ運んで現れ、玉砂利の上に乱暴に投げ捨てた。一方の中から黒い忍び装束の男が転がり出る。既に息の根は止まっていた。

「こ奴は貴様の配下だな？」側近は蛇のように冷酷な目で永衡を見据えた。

「お側の方に三度《みたび》申し上げます。手前はこの様な男は存じ上げませぬ！」

永衡は必死に弁解した。しかし御簾の中の登任はぴくりとも動かない。

側近が目配せすると、役人は死体の装束を乱暴に剥いだ。

「こ、これは…！」

永衡は驚愕した。男は丸に揚羽蝶の家紋が記された襷《たすき》を掛けている。もう一つの筵にも骸《むくろ》と化した男が入っていた。こちらは狩衣《かりぎぬ》を纏っていたが、よく見るとその狩衣にも襷と同じ印が配《あしら》われている。

「丸に揚羽蝶は平家の紋！知らぬ存ぜぬとは言わせぬぞ！」

役人の言葉に永衡の顔が見る見る青褪めた。それは紛れも無く永衡の狩衣である。

役人は三つ目の筵を乱暴に剥いだ。中にはまたもや絶命した覆面姿の男が横たわっている。その衣には見覚えがある印が縫い込まれていた。金一族の家紋であった。

「こ奴が息絶える直前に全てを吐いたわ！　貴様、気仙の金為時と組んで儂《わし》を亡き者にしようと企んだな！」御簾の奥の登任が遂に言葉を発した。

〈為時殿は登任様と通じている。嵌《は》められたか…〉永衡の顔から血の気が引いた。

「うぬの舅は安倍頼良！　金為時も安倍の姻戚！　貴様らは頼良の命で儂に刃を向けた！　これ即《すなわ》ち国家への叛逆ぞ！　これを以って我内裏に安倍討伐の宣旨を希《こいねが》わん！」

右手に握った象牙の笏《こつ》で床を激しく打ち鳴らし、登任が声高らかに宣言する――。

必死に眩暈《めまい》と闘っていた永衡は、やがてがっくりと肩を落とした。


永衡束縛の報せは経清から直ぐに徳助に齎《もたら》された。北梅庵の跳ね上げの窓から白い鳩が飛び立つ。多賀からの一報を受け、奥六郡の空に狼煙《のろし》が上がった。

並木御所に安倍の一族が馳せ参じた。金為行も部屋の隅に控えている。

そこへ気仙の郡司、金為時が現れた。

「為時！　この状況で陸奥守を襲うとは貴様何を考えておる！　返答次第ではその首をこの場で刎《は》ね落とす！」

兄の為行が怒りの形相で為時の襟首を掴んだ。

「兄者、待ってくれ！　俺は何も知らぬ。信じてくれ！」

為時はぶるぶると震えながら叫んだかと思うといきなり皆の前に土下座した。

「皆々様方、なにとぞ身共《みども》の言葉を信じて下さりませ！」

額を床に擦り付け、為時は涙ながらに訴えた。

「文によれば件《くだん》の刺客は臨終の際《きわ》に全てを語ったとの事。死人に口無しと申しまするが、真の刺客なれば素性は墓場まで持って参るもの。暗殺に態々《わざわざ》主人の家紋が印された狩衣や襷《たすき》を纏うも余りにお粗末。為時殿は嵌《は》められたのでございましょう」

宗任が助け舟を出した。しかし宗任を始め皆の為時を見る目は険しい。為時は平伏したままである。宗任は続けた。

「無論永衡殿とて同じ。永衡殿は安倍の婿。多賀城にあって誰よりも戦を阻止せんと苦心されていたお方。今、登任を討つ理由は皆無」

「しかし永衡殿と為時殿を陥れるとは…。あの狸爺め、汚い手を使いおって！」

上座の頼良の隣に控える良照が拳で床を叩き付けた。

「登任は余程我らと戦いたいと見える。恐らく既に安倍の謀叛と内裏に早馬を送っておりましょう」

正任の見立てに皆が顔を強張らせる。

「偽りの証拠と言えど、陸奥守からの書状と共に証拠の品が提出されれば、内裏も我らが謀叛と認めざるを得ぬ。遅かれ早かれ、安倍討伐の詔《みことのり》が出されましょう」都の情勢に詳しい宗任が唇を噛んだ。

「こうなってはもう後戻り出来ぬ！兄者、覚悟召され！」青筋を立てて怒鳴る良照に、頼良は静かに頷《うなず》いた。

「まずは宗任の意見を聞きたい」

惣領に促され、宗任が口を開いた。頼良は聡明かつ冷静沈着な宗任を高く評価している。

「多賀城からの早馬が都に着くまで速くて十日。内裏も詮議に暫《しばら》く時間を要しましょう。勅令が出てから多賀城に朝廷の兵が到着するまで一月近くは掛かり申す。現時点での国府軍は三千。ならば今直ぐにでも戦を仕掛けるが上策」

都には安倍に味方する貴族も少なくはない。宗任が時に金売吉次《かねうりきちじ》として献上する駿馬や黄金のお陰である。詮議も難航すると見て、宗任は援軍到着を一月《ひとつき》半後と読んでいた。

「やはり今直ぐ出陣すべきか…」頼良はじっと目を瞑りながら呟いた。

「—親父殿、その前に…」場に低い声が響いた。声の主は、貞任であった。

「本格的に多賀城を攻める前に、先《ま》ずは隠密に根回しをすべきかと」

「根回しとな？」

「人質を捕られていては何かと不都合。急ぐべきは十郎《ながひら》の救出。そして…」

淡々と語る貞任に、皆の視線が集まった。先日の合議以来、一族の者どもの貞任を見る目が明らかに変わっている。

「そして何と申す？」貞任の言葉を待ち切れない良照が身を乗り出して口を挟んだ。

「――経清との接触…」一呼吸置いて発された貞任の言葉に、場に響《どよめ》きが生じた。

「やはり経清殿か…」貞任をじっと見据えながら、頼良が大きく頷く。

「登任は公家の出故《ゆえ》、戦は素人にござる。今の多賀城で兵を纏めるは、経清以外におりますまい。多賀城の兵など恐るるに足りぬが、経清は名門秀郷流の武人。あ奴が指揮を取れば烏合《うごう》の衆と言えども侮れぬ。或《ある》いは足許を掬《すく》われる事もあるやも知れぬ。されど三郎《むねとう》によれば経清は義の人。今回の騒動、誰の目にも正義が我らに有るのは明らか。経清の説得は不可能では無い」

貞任は断言した。宗任の話からそう思っただけではない。嘗《かつ》て実際に刀を交えた貞任自身がそう感じていた。

「経清殿を味方に付けると申すか」良照が貞任に問う。

「否。簡単に主君を裏切るは武士に非ず。あの男、そのような小物ではござらぬ」

言って貞任は部屋の隅に居る為時を睥睨《へいげい》した。為時は慌てて目を逸らす。

貞任は、ゆっくりと続けた。

「尤《もっと》も経清に味方になれと申したところで、安倍と縁《えにし》がある訳でも無し。中加を娶った十郎《ながひら》とは事情が違い申す。経清には大戦《おおいくさ》を避けるよう説得した後、小競《こぜ》り合《あ》いで登任に軽く灸を据え…」

一同、固唾を飲んで次の言葉を待つ。貞任の左眼が蒼く光った。

「落とす所は和議」

ぬー！と頼良が唸った。琥珀の勾玉も呼応して光る――。

「如何《いか》にもあの経清殿なら和議を勧めようが、果たして登任が応じましょうか？」

経清と付き合いが長い宗任が汗を拭い、顎に手を当てた。

「あの登任なれば、応じぬだろうな、簡単には。その時は…」

一瞬の間の後、再び貞任の左眼が光った。

「多賀城を、攻める！」

おお！と場から歓声が上がった。

「流石《さすが》は我らが兄者ぞ！乱世の奸雄《かんゆう》登任の首、この俺が持ち帰って見せようぞ！」血の気の多い重任が叫んだ。

「馬鹿を申すでない。いくら大義は我らにあるとて、現職の陸奥守を討ったとあれば我らは完全に逆賊となる。朝廷との果てしない戦が子々孫々の代まで続く事となろう。六郎《しげとう》、うぬはそれでも良いと申すか？」

貞任がぎろりと睨むと、重任は首を振って素直に己の浅慮を認めた。

「貞任の申す通り、登任に我らの強さを知らしめるだけで良い。蝦夷は彼奴《きゃつ》の奴隷ではない事を教えてやれ」

頼良は満足そうに頷いた。

「では、その根回しとやらは誰がやる？」良照が貞任を見据えた。

「余りに大勢だと目立つ上、小回りも利き申さぬ。ここは精鋭で参るが良策。勿論手前も参りまするが、多賀の地理に明るい三郎《むねとう》と、若い五郎《まさとう》と六郎《しげとう》が適任かと」貞任の推挙に、正任と重任の顔が輝いた。

「良かろう。して、何時《いつ》動く？」

「中加が無事に衣川に戻れば直ぐにでも」

「あいわかった」頼良は即決した。

中加が伊具を抜け出た事は皆も耳にしていた。しかしその消息は未だ掴めていない…。

皆が中加の無事を荒覇吐《アラハバキ》の神に祈り、合議は閉じられた。

その直後、そそくさと並木御所を出る人影があった。為時である。疑念が晴れた安堵の表情の裏に、歪んだ笑みを浮かべている。

「為時の義叔父上《おじうえ》殿、お話が…」背後からの声に為時はぎくりとした。

振り返ると宗任と、その隣に腕組みをした貞任がいた。

「手前の館にてしばしお話を」

宗任は為時を私邸へと誘った。毎年春には庭に梅が咲き誇る宗任の館《やかた》は梅屋敷と呼ばれている。尤《もっと》も宗任は鳥海柵《とりみのさく》を拠点としており、それ以外にも多賀城や京の都へ、時には北海（日本海）航路で博多津まで商いに出掛けている。よって梅屋敷にはほとんど立ち寄らないが、主不在でもその屋敷は手入れが行き届いていた。

「俺への疑念なら晴れた筈。そなたもそう申しておったではないか？」

部屋で宗任らと相対した為時は、開き直って嘯《うそぶ》いた。

「気仙と多賀城は目と鼻の先。気仙の輩が国府に頻繁に出入りしておるとの噂を小耳に挟み申した。義叔父上殿、お気を付け召され」

宗任の言葉に為時は青くなった。

「知らん！　俺は何も知らんぞ！」

取り乱す為時に、貞任は無言で睨み付けた。それは貞任からの警告であった。

〈こ奴ら、俺の策略に気付いていると申すか…？〉

為時の背中に冷たい汗が流れ落ちた。


六日後、衣川に歓喜の渦が沸き上がった。中加が無事に衣川に辿り着いたのである。薄汚れたその衣は、悪路の踏破を物語っていた。着の身着のままで伊具を抜け出た中加らはその夜に逢隈川《おおくまがわ》（現在の阿武隈川）沿いの寺で宿泊し、翌日、川を舟で遡上した。郡山に出ると陸路に切り替え、進路を北に取り奥大道《おくだいどう》（奥州街道）を目指した。その後、只管《ひたすら》北上して国見峠を越え、一路衣川へ向かったのである。実に七日間に渡る大迂回であった。因《ちな》みに国見峠は百年の後、安倍の血を引く奥州藤原氏三代当主秀衡《ひでひら》の長男西木戸冠者国衡《にしきどのかじゃくにひら》が、源二位《げんにい》頼朝率いる鎌倉軍と戦い見事に散った場所でもある。

「無事で何よりであった！」

頼良は窶《やつ》れた娘を抱き締めた。母の友梨、姉の有加、妹の一加も頼良の後ろで落涙している。

「お父様、兄様方、どうか永衡様を…」

「わかっておる。俺達に任せるが良い」

貞任が力強く誓うと、宗任、正任、重任も無言でそれに頷いた。

「兄者！こ奴も連れて参って良いか？」

喧嘩の腕は貞任と肩を並べる重任が、左手で右肩の鷹を指差した。重任に懐いたその鷹の名は熊若《くまわか》と言う。野兎《のうさぎ》などの食料を狩るばかりでなく、弓矢も届かぬ遠敵を撃ち、槍も使えぬ接近戦では太刀にも勝る武器となる。

「良かろう。白兵戦では力となる」貞任も熊若の力を知っていた。

「中加、親父殿、行って参る」

その日の夜、貞任ら一行は馬の背に跨り、闇に乗じて衣川を後にした。もう一頭、鞍を着けた空馬も引いている。永衡のための馬である。中加は髪から銀の櫛と簪《かんざし》を抜くと、それを胸の位置で握り締め、兄達の背中を見送った。

貞任らは夜通し馬を走らせた。磐井は中山の大風沢《おおかざさわ》から松山道を南下し、栗原駅家《くりはらのうまや》を抜け屯岡《たむろがおか》に出る。奇しくもこの道順を遡《さかのぼ》り、十二年後の康平《こうへい》五年（一〇六二）に時の陸奥守、源頼義《みなもとのよりよし》は衣川に攻め入るのであった。

四人は翌朝には多賀城の見える近隣の村に到着した。神社の軒下で四人は中加が握ってくれた握り飯を頬張る。赤《あか》蜻蛉《とんぼ》の群れを眺めながら、一行は束の間の仮眠を取った。

一刻半後、孟仲《もうちゅう》叔《しゅく》季《き》の四兄弟は貞任を中心に策を練った。

「まずは今宵、暗闇に紛れて城下に入る。乗って来た馬を献馬と偽れば門衛の目も欺《あざむ》けよう。場合によっては砂金を掴ませる」貞任の策に皆は首肯《しゅこう》した。

「問題は兄者だな。その体躯と容姿ではいくら夜とて目立ち過ぎよう」重任が貞任を見て苦笑した。

「村から荷車を調達しよう。藁《わら》でも敷いて兄者はその中でゆっくりと夢でも見ておれば良い。熊若も一緒にな」

「俺は積荷か」貞任が重任にそう答えると、皆は爆笑した。

「三郎《むねとう》、経清と接触出来るか？」真顔に戻った貞任が宗任に聞く。

「経清殿の館は無論承知しておる。日中は政庁勤めにござろうが、朝晩なら」

「わかった。五郎《まさとう》と六郎《しげとう》を連れ、一緒に館に向かってくれ。どうやら俺は目立つらしい。北梅庵で鳩を相手に酒でも飲んでのんびりと待つさ」

貞任の言葉に弟達は笑顔で頷いた。


やがて日没となった。秋も深まり陸奥の大地に吹く風は冷たい。暖を取りたい所だが、流石《さすが》に火は目立ち過ぎる。何せここは敵地の真ん前なのである。台掌や巡察弾正にでも見咎《みとが》められては一大事となる。凡庸の者なら緊張の余り吐き気を催す所だが、そこは安倍の精鋭。四人は腹が減っては戦は出来ぬとばかりに悠然と干し飯を齧《かじ》っていた。熊若は自らが捕らえた野鼠を美味そうに啄《つい》ばんでいる。食後に貞任はごろりと寝転ぶと、鼾《いびき》を掻《か》いて寝始めた。

子《ね》の刻（午前零時頃）になると貞任がむくりと起き上がった。他の兄弟達も目を覚ます。時折鵜鵤《みみずく》の鳴き声が聞こえる以外、辺りは静寂に包まれている。天も味方しているのか、今夜は明かりの無い新月であった。

昼間に練った手筈に従い、藁《わら》の積まれた荷車に貞任が潜り込んだ。その上に筵《むしろ》をかけて荷台を隠す。五頭の馬は手綱を繋げて一列にし、宗任が引いた。正任が荷車を引き、重任が後ろからそれを押す。三人は手拭いで顔を隠し、ゆっくりと歩き出した。

野田玉川《のだのたまかわ》に掛かる思惑橋《おもわくのはし》を渡り、一行は西の入り口、裏門に当たる白虎門《びゃっこもん》に向かった。東側に正門たる青龍門《せいりゅうもん》があり、そこから侵入した方が北梅庵には近い。しかし多賀に詳しい宗任は、青龍門より白虎門の方が門衛の数が少ない事を知っていた。町は寝静まっているとは言え、ここは陸奥守のお膝元である。見咎《みとが》められれば命は無い。宗任は慎重に慎重を重ねながら弟達を先導した。

白虎門には一人の門衛が待ち構えていた。荷車を引いていた正任が愛想笑いを浮べながら近付いて行く。

「亘理《わたり》から参りました馬商人の炭焼藤太《すみやきとうた》と、その下男どもでございます。権大夫《ごんのたいふ》様に馬を届けに参りました」

正任が笑顔で挨拶した。

宗任は衣川の金売吉次《かねうりきちじ》として何度も多賀の地に出入りしている。門衛に顔を知られていないとも限らない。そこで正任の出番となった。それにここで馬鹿正直に衣川の名を出す訳には行かない。亘理からの商人と言っておけば面倒な事になったとしても経清が察してくれる筈である。

宗任は手拭いで顔を深く覆い、俯いてやり過ごそうとした。

「こんな夜更けにか？」

「この者が道中で腹を下してしまいまして、それでこのような時間に…」

正任が重任を指差した。重任は一瞬憮然としたが、なかなかの機転である。

「その積荷は何だ？」門衛が怪訝そうな表情で正任に迫った。

「我らが店の主人より陸奥守への贈り物でございます。絹など少しばかり」

正任は言うと革の小袋を懐から取り出し門衛に差し出した。

「そう言う事であるか…」わざとらしい咳払いの後、門衛は口許を歪めると正任らを通した。荷台の貞任もほっと胸を撫で下ろす。

北梅庵に到着すると荷車を店の裏手に着けた。貞任が素早く裏口から店内に入る。三人の弟もこれに続いた。

「皆々様、お待ち致しておりました」徳助が安堵の表情で一行を出迎えた。

「徳助、久しぶりだな」貞任が笑みを浮かべた。

宗任はしばしば多賀に入るが、貞任は数年ぶりである。正任と重任に至っては初めてであった。

奥の鳥小屋には鳩が目を閉じている。寝ているのだろう。徳助は重任の右肩に止まる熊若を見てぎょっとなった。

「徳助とやら、心配召されるな。熊若は身共《みども》の下知《げち》無しには鼠も襲わぬ」察した重任が涼しい顔で答えた。

　ささやかな酒宴の後、四人は褥《しとね》に横たわる――。

　誰先と無く、四人は深い眠りへと落ちて行った。


　翌朝早く、宗任と正任は虚無僧《こむそう》に装し、経清の館へと向かった。夜明け直後の町は肌寒く、吐く息が白い。

　武家の朝は早い。厨《くりや》からは朝餉支度《あさげじたく》の煙が寒々とした白い空に立ち登っていた。数奇屋門《すきやもん》の前では雑色《ぞうしき》が箒《ほうき》で落ち葉を掃き清め、軒下には銀杏や楓、紅葉など、色鮮やかな葉が整然と詰まれている。

　書斎では経清が朝の写経に没頭していた。平素からこれを日課としている経清であったが、永衡束縛以来、無罪放免を祈願して無心で筆を動かしている。

　館の外の宗任が正任に合図すると、正任は懐から徐《おもむろ》に尺八を取り出し、館の前で朗々とした音色を奏でた。正任は笛の名手でもある。

　一心不乱に筆を執っていた経清の手が一瞬止まった。

〈この旋律は…〉

　永衡と中加の婚儀の席で正任が篠笛で奏でた旋律であった。


　察した経清が館から出て来た。虚無僧姿の二人にゆっくりと近付く。正任らは笠を上げ、僅かに顔を除かせた。

　経清は無言で二人を館に招き入れた。質実剛健《しつじつごうけん》な経清らしく、意外な程質素な館である。

「経清殿、お人払いを…」書斎に通された宗任が小声で囁くと、承知と経清が返答した。

「昨夜遅くに亘理からの馬商人が参ったと聞き、もしやと思っており申した」

　郎党の気配が消えた事を確認すると、経清は円座《わろうだ》に二人を誘った。一礼し、宗任らが胡坐を掻く。

「無実の罪に問われし永衡殿を救いに参上仕《つかまつ》った。永衡殿は何処《いずこ》に？」

暫《しば》しの熟慮の後、経清は重い口を開いた。

「手前が永衡殿と親しいと知って登任様は教えてくれぬが、町の艮《うしとら》(東北)の方角に六角獄舎《ろっかくごくしゃ》と呼ばれる牢獄がござる。名前の通り六角柱の建物が目印。京の都の獄舎に因《ちな》んで名付けられたその地下牢には大罪人が収監され申す。永衡殿は恐らくはそこに…」

経清は俯《うつむ》くと永衡を想って唇を噛んだ。

「しかし永衡殿は明らかに冤罪。登任様が戦の口実欲しさに永衡殿を嵌《は》めたに相違無し」

顔を上げた経清は拳を握り締めた。

「手前どももそう見立てており申す。しかも恥ずかしながら我が義叔父、金為時もこの一件に絡んでおる様子…」

宗任が暗い目で跳ね上げの窓の外を見据えた。

「為時殿は昨秋も年貢の件で登任様と通じておった…」経清も外に目をやった。

「手前どもは日中、六角獄舎とやらの様子を探って参り申す。隙あらば深夜か明日の未明にも…」

宗任の言葉に経清は頷いた。経清も正義がどちらにあるか十分承知している。

「経清殿にもう一つお願いが…」一つ目の案件が済んだと見て、次に正任が切り出した。

「兄貞任が北梅庵にて経清殿をお待ち申し上げており申す。亥《い》の刻(午後十時頃)にご足労願いたい」

「貞任殿が来ておられるのか!」経清の胸の鼓動がどくりと高鳴る—。

衣川で初めて逢って以来、経清は何かと貞任の事が気になっていた。断わる理由は何もない。

館を後にする二人に経清は必ず行くと約束した。


午後になると多賀の町に小雨が降り出した。番傘は顔を隠す格好の道具となる。宗任は正任と重任を伴って六角獄舎の下見に向かった。二人の弟に城下の地理を叩き込む狙いもある。

「貞任兄者は来なくて良いのか?」

「兄者は目立ち過ぎる。そう申したのはそなたであろう」重任の問いに宗任が苦笑しながら答えた。

「確かに。あの赤毛の巨体で町を練り歩いては直ぐに登任の耳にも入ろう」重任も大笑する。

「兄上は今頃のんびりと酒でも飲んでおろう。今夜は牢を破ると言うに、流石《さすが》は我らが兄上ぞ。どんと構えておる」

正任も誇らしげな顔で笑った。

「あの建物がそのようだな」

六角形の建物を遠巻きに見据え、宗任が二人に耳打ちした。思ったより小さいが、経清の話では地下は広い筈である。獄舎の前には甲冑姿の二人の兵が控えていた。

「あの程度の装備の者なら熊若一羽で十分ぞ」重任が不敵な笑みを浮かべた。

「問題は建物内に入ってからだな。中に何人看守がいるか？　まさか十人はおらぬと思うが…」

正任は経清が描いた獄舎の絵図を頭に浮かべた。長い廊下に牢が六つある。図面では手前三つが雑居房、奥の三室が独居房となっていた。雑居房には十人ほどの罪人が収監されていると言う。

「だとしたら看守は五、六人程度であろう」正任の見立てに宗任も頷いた。

「永衡殿はどの牢にいると思う？」

「わからんが、流石《さすが》に雑居房にはおらんだろうな」

「だとすると奥か」

「他の囚人に騒がれるのも面倒よ」重任と正任があれこれ考えを巡らせた。

「いや、どの道我らが地下に入ればそれなりの騒動となろう。むしろ片っ端から囚人を解放し、町を大混乱に陥れる方が良策と見た」

「なるほど、その混乱に乗じて永衡殿を衣川に逃がすのだな」

宗任の策に正任と重任は同意した。

昼過ぎから降り出した小雨は夕方から本降りとなった。寒空のせいか城下には人通りも少ない。雨雲で細い二日月《ふつかづき》もすっかり隠され、外からは降り頻《しき》る雨の音しか聞こえない。

時は亥の刻。暖簾《のれん》を降ろした北梅庵の板戸がすっと開いた。経清である。

暗い店内を軽く見渡した後、経清が中に入った。

燭台《しょくだい》の置かれた奥の卓には貞任が一人座していた。経清はその席に着き、貞任と対峙した。

「久しぶりだな。従七位下の位階を賜る公家殿の態々《わざわざ》のお越しに感謝致す」

紙燭《しそく》の炎が暗く揺らめく中、先に口を開いたのは貞任であった。

従七位下は、およそ三十ある内裏の位階の中でも下から数えた方が圧倒的に早い。お前程の男がその程度の位階で満足かという貞任なりの皮肉である。

「衣川でお目に掛って以来およそ一月《ひとつき》。以外と早い再会にござるな」経清は苦笑しながら挨拶に応じた。

衣川で刀を交え、互いの器量を把握している両者ではあったが、膝を合わせて語るのは松屋敷以来二回目である。

些《いささ》かの緊張の中、しばしの沈黙が訪れる——。

「——おぬし有加の事、どう思う？」

唐突に投げ掛けられた貞任の一言に、経清は面食らった。

「どうと申されましても…」

「あれは…、おぬしに惚れておる」

暗がりの中、貞任の顔に僅かに笑みが浮んだ。貞任は経清の顔が軽く赤らんだのを見逃さなかった。

「あれは俺とは腹が違うでな。うつけの俺には似つかわぬ、自慢の可憐な妹だ」

「…」

「この時代、女はしばしば政略の道具に使われるが、俺は有加を道具とは思っておらぬ。俺はあれの幸せを心から願っておる」

貞任は鳥篭の中の番《つがい》の鳩に目をやりながら淡々とした口調で続けた。貞任の言葉に経清は無言で頷く。不意に鳩を見ていた貞任の蒼い左眼が経清を見据えた。経清もじっと貞任の目を見詰める。

やや置いて、貞任の低い声が暗い店内に静かに木霊《こだま》した。

「俺はおぬしに有加を娶《めと》って欲しいと思っている」

貞任の言葉に経清の心の臓が早鐘の如く打ち鳴らされた。額から汗がどっと吹き出る——。

「無論おぬしがあれを気に入ればの話だがな。尤《もっと》もおぬしの家柄は都の貴族どもにも通じる。蝦夷の女子《おなご》などお断りと申すなら諦めるが…」

貞任は経清の目をじっと見つめながら続けた。紙燭の炎にゆらゆらと揺れる貞任の蒼い瞳に、経清は吸い込まれそうになる——。

「決してその様な事は…。有り難きお言葉なれど、こう言う事に慣れてござらぬ故《ゆえ》、暫《しば》しの猶予を頂きたい」

経清は額の汗を拭いながら貞任に頭を下げた。

「さて、話は変わるが…」僅かの間を置いて貞任が切り出した。経清も真顔に戻る。

「おぬしも知っての通り、我が義弟の十郎《ながひら》が嵌《は》められた。こうなれば我ら一族は直ぐにでも逆賊の汚名を着せられよう。もはや戦は避けられぬ…」

貞任の言葉に経清はごくりと唾を飲んだ。貞任は低い声で続ける。

「おぬしは国府の役人。だが役人である前に一人の武者。しかもただの武者ではない。藤原秀郷を祖とする由緒正しき武家の出ぞ。武者なれば主君に礼を尽くすのが本懐。よってこの戦、おぬしが国府軍に与《くみ》するは道理。然《さ》れど…」

「然れど？」

「おぬしほどの器量なら、この戦、どちらが正義かわからぬ筈がない」貞任の正論に、経清の言葉が詰まる。

「我ら安倍が登任に何をした？　諸々と命に従い、無理難題にも歯を食い縛って耐えて参った。それを自らの欲に溺れ、我らの財に目が眩み、猿芝居を打ってまで仕掛けんとする大義無き戦…。我らとしては最早引くに引けぬ！」

貞任は拳で机を撃ち付けた。紙燭の炎が大きく揺れる。

「―手前にどうしろと？」経清がじろりと貞任を睨んだ。

「登任は戦に疎《うと》い。奴はおぬしに戦の指揮を任せるであろう。違うか？」貞任の問いに経清は頷いた。

「安倍の味方になってくれとは言わぬ。こちらの欲するところは登任の首ではない」

「では何を？」

貞任は、一瞬の間を置いて答えた。

「―我らの望みは、和議」

「おお！和議にござるか！」

経清の顔がぱっと輝いた。無論、経清も無駄な血は一滴も流したくない。一流の武者《もののふ》は戦の怖さも承知している。

「如何《いか》にも。我らはこの理不尽に全力で立ち向かい、和議を勝ち取る。おぬしに手を抜けと申す訳ではない。ただ、和議を念頭に指揮を執ってくれと申すのみ」

「それは、身共《みども》の望む所にもございまするが…」経清は目を瞑って熟考した。再び長い沈黙が場を支配する―。

やがて息を大きく吐いて目を開けると、経清は腰の蕨手刀に手を掛けた。

「何をなさるか!?」店の奥に控えていた重任が慌てて立ち上がった。正任も腰の物に手を伸ばす。

経清は仁王立ちになり、素早く蕨手刀を抜いた。北梅庵が一気に緊張に包まれる―。

「皆様方、御安心召され！」店内に経清の叫び声が響いた。

次の瞬間！

ざくっ！と肉を切り裂く音が響いた。

経清が自らの右足に刀を振り落としたのである。傷口から鮮血が飛び散った。

「経清殿！」宗任が慌てて近寄った。正任が経清に肩を貸して身を起こす。

「これで手前は此の度の戦に出陣出来ぬ身。斯《か》くなる上は登任様の参謀として、間違いなく和議を目指しましょう」

相当な苦痛の筈だが、経清は涼しい顔でそう答えた。

「それと、貞任殿…」正義に燃える赫《あか》い目で経清が言った。蒼い目で貞任は経清を見据える。

「自惚《うぬぼ》れる訳ではござらぬが、この経清、並みの武者にはこの様な手負いは受け申さぬ。手前にこれだけの傷を負わせられるのは、貞任殿、御貴殿だけにござる。この蕨手刀も御貴殿より譲られしもの。御貴殿がこの多賀におられるも天命。斯《か》くなる上は、経清襲撃の汚名を着ては頂けぬか？」

「かたじけない…」全てを理解した貞任は素直に頭を下げた。宗任たちも深々と頭を垂れる。

〈藤原経清、やはり俺が見込んだ通りの漢《おとこ》であったか〉

貞任の胸に熱いものが込み上げて来る。三人の弟達も同じ想いであった。


酒で消毒した馬の毛で川村徳助が経清の傷口を縫った。宋から取り寄せた化膿止めの漢方薬を患部に塗る。

「一月《ひとつき》もすれば傷口は完全に塞がれましょう。然《さ》れど普段通りに歩けるようになるまでに二月《ふたつき》は掛りまするな」

徳助は傷口に丁寧に晒《さらし》を巻いた。

「それにしても一瞬肝を冷やしたぞ。おぬしも無茶な真似をするものよな。俺の蕨手刀は良く切れる」

打ち解けた雰囲気で、貞任が言った。

「お気に召されるな。寸での所で手は抜いた」

経清が笑いを浮かべて答える。

二人はがっちりと握手した。

外からは雨音に混ざって時折激しい雷鳴が聞こえて来る—。

貞任の体からは妖しく闘気が湧き上がっていた。

徳助に経清を館まで送らせると、いよいよ安倍の四兄弟は六角獄舎を目指して闇夜に消えた。

四人は商人を装い、五頭の馬を引いてゆっくりと歩を進める。町も寝静まった鶏鳴《けいめい》の頃、雨も味方し人気は全く無い。しかし万が一に備え、宗任だけは顔を手拭いで覆い隠した。宗任は今後も金売吉次として多賀の町に潜入する機会がある。何処に誰の目があるかわからない。

途中、一行は高さ五尺の石碑を目にした。その石面には大きく『日本中央《ひのもとちゅうおう》』の文字が刻まれている。壺《つぼ》の碑《いしぶみ》である。後の世の数々の和歌に詠《うた》われる壺の碑は『遥か遠くにあるもの』『行方の知れぬもの』を表す枕詞で、松尾芭蕉はこの碑に遂に辿り着いた万感の思いを、『奥の細道』の中で次のように記している。

『むかしより、よみ置ける歌枕、多くかたり伝ふといへども、山崩れ、川流れて道あらたまり、石は埋もれて土にかくれ、木は老いて若木に変れば、時移り、代変じて、その跡たしかならぬ事のみ。ここに至りて、うたがひなき、千歳の記念、今眼前に、古人の心を閲す。行脚の一徳、存命の悦び、羈旅の労をわすれて、泪も落つるばかりなり。』

しかし貞任の左眼は、この碑を忌々しげに睨み付けていた。それには理由がある。

「蝦夷にとっては屈辱の碑に他ならぬ」

隣で宗任が貞任の思いを代弁した。

十二世紀の末の歌僧、藤原顕昭《ふじわらのけんしょう》によって編纂《へんさん》された『袖中抄《しょうちゅうしょう》』第十九巻には、『いしぶみとはみちのくの奥につものいしぶみあり、日本のはてといへり。但し、田村将軍征夷の時、弓のはずにて、石の面に日本の中央のよしをかきつけたれば、石文といふといへり。』と記されている。つまり壺の碑は、征夷大将軍坂上田村麻呂がこの地の蝦夷を平らげたことを記念して造られたものである。

「誇りを胸に戦われし阿弖流為《あてるい》公よ、見ていて下され」

貞任はぽつりと呟くと、壺の碑を後にした。

やがて遠くに六角獄舎が見えて来た。煌々と松明が灯される中、警護の兵の影が二つ揺れる。油断もあるのか、兵は時折欠伸《あくび》をしていた。

ゆっくりと近付く蹄の音に気が付いた兵が、暗闇に目を凝らす。

「五郎《まさとう》、六郎《しげとう》、頼んだぞ」貞任の囁《ささや》きに、二人は目で合図した。

「貴様ら、何者だ？」兵が二人に声を掛ける。

「亘理の馬商人、炭焼藤太《すみやきとうた》と申しまする。今宵、陸奥守様より馬を獄舎へお届けするよう命じられておりまする」

正任が軽く会釈をしながら言った。重任も頭を下げる。

「はて、そのようなことは聞いておらぬが…？」

そう口にした直後、二人の兵はどっと地面に倒れ落ちた。正任と重任が同時に手刀を首筋に見舞ったのである。

貞任が無言で目配せすると、宗任一人を残して貞任らは獄舎内に侵入した。

宗任は五頭の馬を預かると、繋ぎ場に轡《くつわ》を素早く結び、追っ手の出現に備えて辺りの警戒に当たる。

獄舎に潜入した貞任ら三人は長い階段を下り、やがて長さ三十間ほどの地下通路に出た。三人は素早く物陰に隠れる。通路には三箇所の燭台に蝋燭が灯《とも》されていた。その先に人影が五つ揺れている。看守である。

「ここまで来たら派手にやるか」貞任は不適な笑みを浮かべた。

「六郎《しげとう》、やれ」貞任の合図に応え、重任が素早く通路に熊若を放つ。

ばさばさばさ！と羽音が響く中、熊若が長い通路を飛翔して三本の蝋燭を次々と消し去った。獄舎は一瞬にして暗闇に包まれる。熊若はそのまま一人の看守に突っ込み、直前で羽ばたくと顔面に爪を突き立てた。

「ぎゃー！」看守が叫ぶ中、三人は猛然と残りの看守に襲い掛かった。夜目が利く上に安倍の精鋭とあって、看守の敵では無い。あっという間に看守が吹っ飛ぶ。寝静まっていた囚人も異変に気が付き、騒ぎ出した。

「鍵は何処だ⁉」貞任が看守に凄む。

「賊には渡さぬ！」口から血を流した看守はその口に鍵を投げ込むと、ごくりと咽喉を鳴らして飲み込んだ。

「おのれ！」貞任が怒れる一撃を鳩尾《みぞおち》に見舞うと、看守はその場に崩れ落ちた。

「五郎《まさとう》！三郎《むねとう》を呼べ！」貞任の下知《げち》に応じ、正任が蝉折の篠笛を吹く――。

すると直ぐに馬の嘶《いなな》きと蹄の爆音が地下に轟《とどろ》いた。宗任の見事な手綱捌《さば》きに導かれ、尾花栗毛《おばなくりげ》が狭い階段を駆け下りて来る。暗がりの中巨大な馬が出現し、囚人たちも騒然となった。

「静まれ静まれ！　我らは奥六郡の安倍の者。陸奥守の理不尽に立ち向かうべく多賀城に参上した！　これよりそなたらを解放する！」

貞任がそう叫ぶと、宗任が素早く綱で格子と馬を結び、一鞭馬の尻に入れた。めりめり！　という鈍い音と共に鉄の格子が崩れる。大歓声の中、雑居牢から大勢の囚人が飛び出して来た。

「伊具十郎《いぐのじゅうろう》、何処にいる！」貞任が我先にと外へ逃げる囚人を避けながら通路を駆け抜ける。

「五郎《まさとう》と六郎《しげとう》は地上で追っ手に備えろ！　馬も逃がすな！」貞任の命に正任と重任が階段を駆け上った。

「永衡殿！　何処ぞ！」馬を操る宗任も力の限り叫ぶ。

その時、一番奥の独居牢から永衡の声が上がった。

宗任は狭い通路の中巧みに馬を操ると、永衡の牢の格子戸を後ろ脚で蹴破らせた。

「永衡殿！　ご無事か！」頷く永衡を尾花栗毛に乗せ、宗任は二人駆けで地下通路を一気に駆け抜けた。

「兄者！　永衡殿を奪還したぞ！」

永衡の姿を確認すると、貞任は懐から火打石《ひうちいし》を取り出し、熊若が消した蝋燭《ろうそく》に再び火を着けた。それを破れた格子戸に投げ付ける——。

宗任の後を追って貞任は地上に出た。追っ手は未だ来ていない。永衡も無事である。

潜入から四半刻も経過していない。まさに電光石火の救出劇であった。

「これより点睛開眼《てんせいかいがん》に参るぞ！」

正任から馬を受け取ると、貞任はそれに飛び乗って多賀城目指して一気に坂を駆け上がる。

間も無く六角獄舎から火の手が上がり、周囲は解放された囚人と野次馬で大混乱となった。

未明の喧騒は多賀城の寝殿にも聞こえていた。

「何事じゃ！」登任は褥《しとね》から飛び起き、郎党に叫んだ。

「艮《うしとら》の方角から火の手が！」

言われて御簾を上げ外を見ると、暗闇の中に紅蓮の炎が舞い上がっている。

そこにどどどどっと大地を蹴る蹄の音が聞こえて来た。その音は見る見るこちらに近付いて来る。

突然、馬上から太鼓がどんどんと打ち鳴らされた。大声で喚きながら、五騎はぐるりと政庁を一周する。その背には、亀甲に違い鷹の羽の旗印が靡《なび》いていた。

「なんと！賊の襲撃じゃ！怖ろしや怖ろしや…」登任は真っ青になり、ただぷるぷると震えている。

「我らは安倍の一族ぞ！陸奥守の理不尽に敢然と立ち上がった！正義は我に有り！」

貞任らは太鼓を打ち鳴らし、大音声《だいおんじょう》で町中に触れ回った。白虎門に続く坂道を一気に下る。

門衛が槍を手に門を封鎖していた。

重任が熊若を放つ。

漆黒の空高く舞い上がった熊若は、次の瞬間真っ逆さまに門衛目掛けて急降下した。

「ぎゃー!!」顔面を鋭い爪で掻き毟《むし》られ、門衛は悶絶した。

その隙に正任が素早く閂《かんぬき》を外す。そこへ貞任が馬ごと門に体当たりし、白虎門を難無く突破した。

「追っ手は未だ来ぬようだな。国府軍め、やはり経清が指揮を執らねば有象無象《うぞうむぞう》よ」

貞任は、馬上でにやりと笑った。


その後、兄弟たちは離散し、それぞれ単独で山に入って衣川を目指した。単騎なれば追っ手からもそう簡単には見付からない。しかも安倍の精鋭とくれば滅多な事では不覚を取らぬ。唯一、これまで拘束されていた永衡には宗任が付いた。二人は以前より馬が合う。

漸《よう》く東の空が僅かに白んで来た。気が付くと雨も上がっている。

峠を幾つも越えて一昼夜走り続け、貞任、正任、重任の三人はほぼ同時刻に衣川に辿り着いた。同じ日の夕方、宗任が永衡と共に並木御所の四脚門《よつあしもん》を潜る。永衡は窶《やつ》れてはいたものの、怪我は無い。

頼良、貞任ら兄弟が出迎えた。

「永衡様!」歓喜の声を上げ、中加が永衡に駆け寄った。その美しい黒髪に銀の櫛と簪が映えている。永衡は人目も憚《はばか》らず、最愛の妻を抱き締めた。中加の頬に一雫の涙が伝わる。夕日がその頬を優しく照らした。

「貞任殿、義兄弟殿、そして義父上殿。此《こ》の度《たび》は感謝申し上げます。この永衡、卑しくも国府の役人なれど、此の度の陸奥守の立ち振る舞いにはほとほと愛想を尽かし申した。己の欲に溺れて無実の身共《みども》を陥《おとし》れるとは情け無き事この上なし。本日を持ってこの永衡は蝦夷にござる。よって平《たいら》の姓を捨て、以後安倍永衡《あべのながひら》を名乗る事をお許し頂きたい」

永衡は涙ながらに訴えた。握り締めた拳がぷるぷると震えている。

頼良は純銀で作られた南蛮形《なんばんなり》の兜を永衡に与え、快く永衡を安倍に迎え入れた。

「安倍十郎永衡よ」貞任が温もりのある声で永衡に語り掛ける。

「これまで我ら兄弟は九郎まで。十郎の字《あざな》を持つそなたは安倍に加わる宿命だったのだ。これからも宜しく頼むぞ!」

二人はがっちりと手を取り合った。

晩秋の夕日が二人の頬を眩しく照らす―。

西の空に宵《よい》の明星《みょうじょう》が輝く中、夕焼けに染まった束稲山が美しく浮かび上がった。

寅の章　暗躍

多賀の町は騒然となっていた。六角獄舎《ろっかくごくしゃ》が破られた上、陸奥守《むつのかみ》が理不尽極まりない理由で安倍を討とうとしていた事が白日の下に曝されたからである。面白くないのは陸奥守藤原登任《ふじわらのなりとう》である。朝から城下の至る所に『賊の戯言を信ずるべからず』との触れ書きを出した。しかし町の民は貞任らを義の安倍四天王として褒め讃えている。登任は益々不機嫌になった。

「経清《つねきよ》もやられたとは…。永衡《ながひら》の婚儀の際、俘囚どもを殺めておくべきだったわ！」

貞任らの襲撃に恐れ慄《おのの》き、未明から一睡も出来なかった登任が、多賀城の正殿で苦虫を噛み砕きながら吐き捨てた。下座には杖を携えた経清が平伏している。御簾《みす》からは仄《ほの》かに初冬の光が差し込んでいた。

「して、それが貞任の刀とな。低俗な蝦夷が好みそうな刀じゃ。装飾などまるで施されておらぬ。無骨じゃ」

憎しげに登任は蕨手刀《わらびてとう》を一瞥《べつ》した。

「この経清、一生の不覚にござります。何とか小手を突き刀を払い落としましたが、この傷なれば戦には出られませぬ。畏《おそ》れ多くも軍師として、陸奥守様のお傍でお役に立てればと存じます」

経清は、心の中で続けた。〈そして必ずや和議に導かん〉と…。

そこへ都からの早馬が来た。使者によると、永衡の謀反を受け、内裏は正式に登任に安倍討伐の節刀を授けることにしたと言う。援軍の派遣も決まった。使者の言葉に登任は小躍りした。

しかし戦の大将を命じる心算《つもり》だった経清が貞任との戦闘で負傷している。無論、文官上がり且つ高齢の登任に戦の下知など出来ない。経清に代わる新たな指揮官が必要であった。

うーむと唸りながら腕組みをしていた登任が、ふと呟《つぶや》いた。

「目には目を、平《たいら》には平《たいら》をじゃ。あの男を呼んでみるかの…」

「あの男とは?」「平重成《たいらのしげなり》じゃ」

「あの重成様でございますか!」知った人物の名が挙がり、経清は頓狂《とんきょう》の声を上げた。右足の傷がずきりと疼く——。

その時代、武門の名声は一時的に源氏に偏りつつあったが、平重成は桓武平氏の流れを汲む武将、余吾君《よごのきみ》こと平維茂《たいらのこれもち》の三男で、斜陽の平家にあっては荒くれ者とその名を知られた人物であった。都にあっては源氏の後塵を拝し、齢五十に差し掛かっても検非違使《けびいし》の少尉に甘んじていたが、実戦での強さは折り紙付きである。しかも何を隠そう、重成は長元の乱で経清の父と戦った因縁の相手でもあった。

登任にとっても重成には縁《えにし》がある。登任は重成の伯母を妻としていた。

「ほう、重成を知っておるのか?」

「戦上手とのお噂を…」

登任の問いに経清は曖昧に答えた。重成が父の仇《かたき》と知れれば、何かと面倒なことになり兼ねない。

〈平重成に白羽の矢を立てるとは、この御仁、ただの狸ではなかったか…〉

経清は聞きたくもない名前を聞き、吐き気を覚えた。


それから三日後。一羽の鳩が衣川の並木御所《なみきのごしょ》に降り立った。その足には都の情勢を記した書簡が結わえ付けられている。都に放たれた間者《かんじゃ》が認《したた》めた文である。細雪《ささめゆき》もちらつき始めた永承五年(一〇五〇)の神無月の出来事である。束稲山《たばしねやま》から狼煙が上がり、並木御所で早速合議が開かれた。ただし気仙の金為時には知らせなかった。登任との繋がりを危惧した宗任の計らいである。

既に白銀の世界と化していた厨川から貞任が駆け付け、全員が揃った。

惣領の頼良が書状を読み上げる。そこには平重成が出羽守に準ずる秋田城介《あきたじょうのすけ》に任命され、三千の兵を引き連れて都を出たと記されていた。秋田城介は戦時における要職であったが、陸奥に安泰が続くここ暫《しばら》くの間は空職となっていた。登任が出羽守を唆《そそのか》し、出羽沿岸に満州女真族《じょしん》来襲の兆《きざ》しありと吹き込んだのである。この頃の朝廷は大陸からの異民族の侵略に頭を悩まされていた。実際、寛仁《かんにん》三年（一〇一九）に女真族《じょしん》が北海を越えて壱岐と対馬を襲い、さらには筑前にまで侵攻した、所謂刀伊《いわゆるとい》の入寇《にゅうこう》が起きている。内裏が秋田城介を任命しても何ら不思議は無い。

「平重成の名前は多賀城からも聞こえて来たが、内裏が我らと一戦交える気であれば陸奥鎮守府《ちんじゅふ》将軍に就くべき所。これが秋田城介とは解せぬ」

頼良の弟、座頭《ざがしら》格の良照が剃り上げた頭を撫でながら首を捻《ひね》った。

「内裏も討伐の宣旨を下したとは言え、本気で我らと戦う心算《つもり》は無いと言う事にござりましょう」

宗任の言葉に場から安堵の溜め息が漏れた。都の情勢に明るい宗任がさらに続ける。

「鎮守府将軍は飽《あ》く迄《まで》有事の際に設けられる職。平時は空席でござる。陸奥に戦乱ありと世に広く知らしめれば、遠く鎮西《ちんぜい》（九州）の熊襲《くまそ》や隼人《はやと》ら西戎《せいじゅう》も乗じて蜂起しないとも限りますまい。国の東西で同時に戦が勃発すれば内裏は厄介。朝廷軍がわずか三千と言うのもそう考えれば頷け申す」

「しかし宗任殿、秋田城介は出羽が管轄。秋田城に入城すれば、多賀城の登任との連携もままなりませぬぞ」

安倍に改姓した永衡の疑問である。永衡も国府勤めは長い。

「確かに妙じゃな。登任め、何を企んでおる？」良照が唸った。

「貞任はどう思う？」頼良が貞任に問うた。頼良は永衡救出劇以来、貞任に一目置くようになってる。

皆の視線を一身に集め、貞任が口を開いた。

「わかり申さぬ」

貞任の思い掛けぬ一言に、皆は拍子抜けとなった。

「何？　わからぬとな？」頼良も思わず呆れた。

「左様。今は何もわかり申さぬ。しかし時が来ればいずれわかりましょう。都から重成軍が出羽に入るまでは一月《ひとつき》半は掛かり申す。その頃には陸奥は白銀の世界。寒さに慣れぬ重成軍は戦をしたくても出来ぬ理屈。登任も任期ぎりぎりの春まで戦を待ちましょう」

ふむ、と頼良が顎に手を添えて頷いた。

「ただし」「ただし？」

「奥大道《おくだいどう》沿いに物見を放ち、重成軍の動向を逐一報告させられよ。無論、多賀の徳助にもこれまで以上に登任の動きに目を光らせるよう命じられませ」

貞任の提案に頼良は成る程と頷き、勾玉を胸元に仕舞うと合議を閉じた。


迫り来る重成軍に備え、貞任ら安倍の兄弟達は暫《しばら》く衣川に留まる事にした。

貞任の逗留する松屋敷に、妹の有加の姿があった。有加は幼い頃から大きな貞任が大好きだった。

「どうしても戦になりますか？」有加が憂い顔で貞任に問う。

「こちらが仕掛ける訳ではない。受けて立つ戦いだ。仕方あるまい」悟ったような顔で、貞任は答えた。

「なぜ殿方は皆戦がお好きなのでしょう？ 戦は何千という人を殺します。有加にはわかりませぬ…」

有加は今にも泣きそうな表情で呟いた。貞任はそれには答えず、庭に下りて松の大木に寄りかかった。

〈ここで経清とやり合ったのが懐かしい…〉貞任は多賀城の経清に想いを巡らせる—。

「—有加…」貞任はふと妹に呼び掛けた。

「お前、経清の事、どう思う？」思いもしない言葉に、有加はどぎまぎした。

「世の男全てが戦を好む訳ではない。経清は今、多賀城にあって唯一平和を望んでおる。倭人と蝦夷が分け隔てなく共存できる平和な陸奥を夢見てな…」

「…」

「俺は奴が気に入った。あ奴こそ武者の中の武者。此の度の戦でも和議を目指して奮闘してくれよう。そう言う男だ」

貞任は遠く多賀城に蒼い眼を向ける—。

黄昏《たそがれ》の中、有加は俯《うつむ》きながら頬を赤く染めた。

翌日、有加は永衡邸に妹の中加を訪ねた。国府を見限った永衡は、有加の住まう並木御所の北の対に近い丘の上に新たに館を構え、中加と共棲みしている。二歳違いの二人の姉妹は昔から仲が良い。

美しい姉妹は濡れ縁に腰掛け、頂《いただき》に僅かに雪を被った束稲山を眺めた。

「中加は幸せですか？」不意に有加が尋ねた。

「有加姉様、何を急に？」驚いた中加は姉の顔を除き込んだ。有加の瞳は澄んでいる。

「そうですね、永衡様はいつも私のことを守って下さる。それにとても優しいお方ですわ。陸奥のお生まれではございませぬが、心は蝦夷とおっしゃって下さる。私はとても幸せですわ」

照れながら中加はにっこりと微笑んだ。

有加は自分の胸にじっと手を当て、多賀城に想いを馳せる──。

これまで盲目の兄井殿《いどの》に尽くして来た有加は、他の男に目を向けた事が無かった。唯一、貞任を除いて…。

それが今では心の中で経清の存在が日増しに大きくなって行く。経清の事を想う度に辛く切ない気持ちになる。有加にとってそれは初めての感覚であった。

想い起こせば並木御所で初めて経清に会った際、雷に撃たれような衝撃を受けた。永衡と中加の婚儀で再会した時、その衝撃は確信に変わった。女は親の定めし男の許に嫁ぐもの、と幼い頃から母に教わって来た有加であったが、今、経清以外の男に嫁げと父に言われても、果たして素直にはいと答えられるだろうか？有加は自問自答を繰り返す──。

この時代、政略結婚は当たり前であった。同盟は戦国の世に生き残るための重要な戦略である。輿入れは娘を人質として与えてまで相手に忠誠を尽くすと言う意思の現われでもある。一方で、場合によっては逆に同盟を装って敵対国に娘を嫁がせ、敵国の情勢を親に漏らす事すらあった。有加と中加の父母、頼良と友梨の契りも、安倍と清原、両家の先代の惣領同士が決めた事である。その裏には隣接する両国間における不可侵条約的な意味があった。尤《もっと》も頼良は友梨を心から愛していた。無論、友梨も同じである。友梨は頼良と出会う前に好きな男は居なかった。だから父に嫁いだ後も母は幸せなのだろう。しかし有加は気付いてしまった。紛れも無く、自分は経清が好きだと言う事を…。

〈経清様…、今は敵同士《かたき》ですが、どうかご無事で〉

有加は胸の位置で小さく手を合わせた。吐く息が白く変わる──。

有加は吸い込んだ空気に冬の匂いを感じていた。


それから半月後、衣川に蔵王の物見から報告が入った。重成軍は彼《か》の地を通過し、奥大道を真っ直ぐ北に向かったと言う。それを聞いて貞任が首を捻った。

「妙だな。出羽に向かうには蔵王から西に折れ、北海（日本海）側に抜けて海沿いに北上するのが常套だ。蔵王さえ越えれば平野続きで険しい山も無い。それにも関わらず、重成軍は真っ直ぐ北上したとなると、狙いは…？」

「兄者、重成は多賀城に立ち寄るのではあるまいか？」顎に右手を当て、宗任が答えた。

「そう見て間違いなかろう。重成が登任と接触するとなれば、必ず戦の合議となる。暫《しばら》く重成から目が離せぬな」

貞任の言葉に宗任は暗い目をして首肯《しゅこう》した。

更に五日後。場所は多賀城。国府の正殿では朱色の甲冑姿の重成が床机《しょうぎ》にどっかりと座り、登任と談笑していた。並み居る郡司らは歴戦の勇者の貫禄にすっかり圧倒されている。そのためか、正殿は普段にも増して騒《ざわ》付いていた。

そこへ亘理より到着したばかりの経清が右足を引き摺《ず》りながら現れた。経清は登任と重成の前に進み出て一礼すると、郡司の控える下段に座した。

皆が揃ったと見て、登任は咳払いをした。正殿がしんと静まり返る──。

勿体《もったい》振《ぶ》る様に一呼吸置いた後、登任が歪んだ笑みを浮かべながら口を開いた。

「秋田城介平重成殿、遠路遥々多賀城への下向、誠に感謝申し上げる」

郡司らは一斉に頭を下げた。経清も従う。

「これはこれは、陸奥守様直々のお言葉にこの重成、恐縮至極に存じます。今回の俘囚どもの謀叛、本《もと》を正せば恥ずかしながら我が同族の平永衡めが俘囚の女子《おなご》に誑《たぶら》かされたのが発端。この重成、平家の威信に懸けてでも俘囚どもを討ち取る所存にございますれば、陸奥守様、どうぞ大船に乗ったお心算《つもり》に召され！」

熊の様に生えた口鬚を撫でながら、重成は多弁であった。源氏に傾き掛けた流れを平家に引き戻そうと躍起なのである。何時《いつ》の世も武士は戦が無ければその名を高める事が出来ない。重成は登任の誘いを渡りに舟と受け止めていた。

「玉造《たまつくり》の郡司鳴子丹取《なるこのにとり》殿に命じて鬼切部《おにきりべ》（宮城県大崎市鳴子温泉郷）の地に休み所を拵《こしら》えさせた。重成殿、是非ともご活用頂きたい」

登任の言葉に丹取は媚びた笑いで答えた。対照的に経清は首を捻っている。

玉造郡は多賀城から見て北西、衣川の直ぐ南に位置しており、鬼切部はそのほぼ中央にある、四方を山々に囲まれた辺境の盆地であった。鬼切部への出入り口と言えば多賀城から秋田へ抜ける狭い鳴子街道しかない。衣川までの直線距離は然程《さほど》でもないが、その間には栗駒山が屏風の如く立ち塞がっていた。雪が無ければ栗駒山を越えて衣川に出られるが、冬の栗駒山は地元の叉鬼《マタギ》さえも滅多に入らぬ難路である。

「畏《おそ》れながら、重成様は直ぐには秋田城に入られませぬので？」経清が床に座したまま尋ねた。

「経清、そちは何もわかっておらんのう。重成殿が秋田城に入られては、安倍と戦が出来ぬではないか」

登任の言葉に、経清は怪訝な顔をした。登任の言葉の意図を掴み切れなかったのである。

思案顔の経清に目をやり、重成はにやりと笑った。

「ほほう、貴様が藤原頼遠の一粒種か」

威圧的な重成の声に、経清は寒気を感じた。それを知ってか知らずか、重成は続ける。

「儂《わし》は冬の間鬼切部に逗留し、彼《か》の地に堅牢な柵を築くのじゃ…」

重成の『柵』と言う言葉を耳にし、経清は眩暈《めまい》を覚えた。

登任にとっても、鬼切部柵《おにきりべのさく》は喉から手が出るほど欲しい柵であった。伊具を治める永衡が安倍に寝返った今、国府側から見れば多賀城は敵軍に南北から挟まれる形となっている。兵法三十六計の第二十三計に『遠きに交はり近きを攻む』と記されているように、遠交近攻は極めて有効な戦略である。頼良は何《いず》れ勢力を南に拡大し、伊具との連携を深めると登任は見ていた。鬼切部は衣川と伊具との中間に位置する。頼良が動く前に鬼切部に国府の拠点が出来れば、安倍の南下政策を強力に抑止する事となる。

「しかし畏《おそ》れながら秋田城介様の上司は出羽守様。春まで秋田城に入らず、しかも出羽守様のお許し無く柵まで作るとなれば、些《いささ》か筋が通らぬかと…」

経清が必死に言い募った。正論である。

「わかっとらんな…」忌々しげに登任が吐き捨てた。

「鬼切部から出羽への抜け道は豪雪地帯。この時期ではどう足掻《あが》いても重成殿は秋田に入れぬ。雪で下向が遅れるは世の常じゃ。重成殿は陸奥の不穏を案じて態々《わざわざ》多賀城にまで脚を運び、そのせいで雪に阻まれるのじゃ。出羽守には儂から事情を伝えておく」

登任は誇らしげな笑みを浮かべた。それを見て経清は吐き気を催《もよお》す――。

そんな経清に目もくれず、登任は弁舌巧《べんぜつたく》みに居並ぶ郡司に策を明かし始めた。

「玉造には出湯《いでゆ》もある。重成殿はのんびりと湯に浸かりながら陸奥と出羽の平和を願うのじゃ。然《しか》るに…」

登任は敢えて間を設けた。経清がごくりと唾を飲み込む。遠くの森で時鳥《ほととぎす》が不安げに鳴いた。

登任はにやりと笑うと、年甲斐も無く拳を振り上げた。

「春になると俘囚どもが不穏な動きを見せるのじゃ。なればそれを重成殿が討つは大義！　柵は異変を察した後に築いたことにすれば良い!!」

場から歓声が沸き上がる。丹取などは露骨に立ち上がって拍手を送っていた。

〈まさか、登任様がここまでの切れ者とは…。それともこれは重成の策か？〉

「安倍の兵力は三万を超えるとか。畏《おそ》れながら重成様の兵は三千。多賀城と陸奥の郡兵、全て合わせても一万に届きませぬ。今一度ご熟慮なされませ！」

額に脂汗を滲ませた経清が必死に食い下がる。

「戦を仕掛けるには敵と対等の兵力がいり申す。まして必勝を期すなら倍は必要。今の状況では国府に余りに不利とは思いませぬか？」

伊治の紀高俊《きのたかとし》が経清に助け舟を出した。高俊は陸奥国にあって経清らと志《こころざし》を同じくする数少ない郡司であった。また、経清が一目置く武士でもある。

「冬に大軍を引き連れては雪で身動きも取れぬ。三千は飽《あ》く迄《まで》先発隊。雪解けに間に合うよう内裏に援軍を要請すれば問題あるまい」

重成は自信たっぷりに不適な笑みを浮かべた。

「そうよの、来月にでも安倍を唆《けしか》け小競り合いを起こし、これを内裏に報告いたせばまさに春には援軍が着こう」

登任が顎に手を当て、醜く口許を歪めた。

「安倍が挑発に応じなければ如何《いかが》いたします？」無駄と知りつつ経清が質した。

「そこまで愚かとは…」登任は大袈裟に溜め息を吐くと、重成と目を合わせて嗤《わら》った。

「挑発に乗らねば偽りの書状を書くだけの事よ」

登任に代わって重成が低い声を発すると、経清はがっくりと項垂《うなだ》れた。任期が切れる春までに安倍の財を得たい登任と、戦でお家の名を馳せたい重成の思惑が、見事に合致したのである。最早戦は不可避であった。

「それにしても経清とやら、貴様は先程より戦に消極的だの。臆病風に吹かれたか？」

重成が経清を嘲り笑う。

「貞任にやられたのも腕が落ちた証拠。どうやら儂はそちを買い被っておったようじゃの」

登任も経清を横目で眺め、呵呵大笑《かかたいしょう》した。

平伏した経清は拳を握り締め、屈辱に耐えた。掌に爪が突き刺さり、血が滲む。

〈やはり戦となるか…〉

再びの眩暈が経清を襲う中、登任と重成は正殿を後にした。郡司らも興奮気味に立ち去る中、高俊だけが経清の肩を軽く叩く―。

経清は最早立ち上がる気力も失い、最後まで正殿に残り蹲《うずくま》っていた。


数日後、多賀の川村徳助《かわむらとくすけ》から頼良に国府の動向が伝えられ、並木御所では再び合議が持たれていた。否、最早《もはや》軍議と言って良い。

今回も金為時《きんのためとき》の姿は無かった。それどころか為時は、気仙《けせん》は中立を保つと一方的に書状で頼良に伝えて来たのである。私兵を出陣させるか否かの権限は、建て前上は郡司にある。器量こそ天と地ほどの開きがあるが、為時は身分の上では頼良と同格であった。尤《もっと》も為時の采配など高《たか》が知れている。頼良にとっては気仙郡の中立は痛くも痒くもない。登任との内通を疑っていた貞任や宗任にとっても神経を磨り減らさずに済むだけに、為時の非協力はむしろ渡りに船であった。

一方で、戦が近い事を受け、軍議に新たな顔が加わった。衣川関《ころもがわのせき》を守る琵琶柵《びわのさく》の主《あるじ》、大藤内業近《おおとうないなりちか》である。業近は頼良の乳母子《めのとご》で、安倍の古くからの腹心でもある。嘗《かつ》ては幼い宗任の守り役を務め、今は元服したばかりの家丸改め七朗家任《いえとう》の後見人を担っている。その業近の横に、十三歳になったばかりの若い家任が緊張気味に座っていた。

「都の兵は雪には不慣れ。一方の我らは雪国産まれの雪国育ち。今直ぐにでも鬼切部を攻めるが良策と存じます」

自《おの》ずと軍議の主導権は年配者に握られる。まずは頼良と同い年の業近が口火を切った。

「しかし鬼切部に攻め入るには、国衙領《こくがりょう》を通るか栗駒山を越えねばなるまい」

良照が床に広げられた絵図を睨みながら腕を組んだ。平野を行くには盟友金為行《きんのためゆき》の治める磐井を抜けた後、伊治と鳴子を通らなければならない。伊治と鳴子は嘗ては俘囚の英雄伊治公阿座麻呂《これはるのきみあざまろ》が納めていた土地であったが、今では国府に牛耳られている。

「我が領地より先は敵地の上、見晴らしの良い平地にござる。我らが大軍で攻め上がれば、必ずや敵兵に見咎《みとが》められましょう。ましてや多賀城から鳴子までは狭い一本道。首尾良く鳴子に出たとしても、直ちに重成軍と多賀城の兵とで挟み撃ちにされましょう」

為行が首を大きく横に振った。

「かと申して栗駒山は天下の剣。裾野を迂回すれば然程《さほど》の高さではあるまいが、しかしそこは伊治の地。彼《か》の地を納める紀高俊《きのたかとし》殿は武士の誉れ高かれど、古くから陸奥守に忠誠を誓っており申す。伊治を踏まずして衣川から直接の山頂越えは夏でも難儀な上、地形を熟知する叉鬼《マタギ》さえも冬には断じて立ち入らぬとか」

宗任の言葉に皆が暗い目で首を縦に振った。

「軍を三つに分けては如何か？　壱の軍が伊治城を、弐の軍が多賀城を包囲し、その隙に参の軍が鳴子街道より鬼切部を一気に攻める！」

業近の言葉になるほどと皆が頷いた。伊治城は高俊が城主を務める平城《ひらじろ》で、多賀城からは目と鼻の先だが、国府に靡《なび》く郡司の拠点としては、金為時を除けば奥六郡に最も近い。謂わば国府軍の前線基地でもある。広大な平野に囲まれた平城《ひらじろ》で包囲は容易だが、眺望が良過ぎて逆に敵に見咎められ易い。

「して、如何程《いかほど》の兵力が必要じゃ？」

目を輝かせた良照が質した。頼良の弟である良照も、業近とは乳兄弟の間柄である。

「永衡殿、伊治城と多賀城の兵力は如何《いか》に？」頼良が国府の内情を知る永衡に話を振る。

「伊治城はせいぜい五百、多賀城は三千と見ております」宗任の隣に控える永衡が答えた。

「これらの城を落とすとなれば難儀でござるが、目的は飽《あ》く迄《まで》包囲。指揮を執る将には失礼ながら、謂わば鬼切部攻めの囮《おとり》にござる。なればそれ程の兵も不要。大事をとって倍を投じ、伊治城に千、多賀城に六千で如何《いかが》か？」

業近が身振り手振りを混ぜて力説した。

「ならば必勝を期す鬼切部には三倍の九千か。三千なら儂《わし》の柵より何時でも投入出切るぞ」

良照が賛同した。良照は戦に備えて既に小松柵《こまつのさく》に入っている。この柵は安倍の柵の中で鳴子と鬼切部に最も近い。

「鳴子からの道は狭い。九千の兵が通るには数刻の時間を要しましょう」鳴子の地を知る為行が難色を示した。

「鬼切部もまた狭い。狭い場所に大軍を投じては同士討ちが起きないとも限りませぬ」宗任も為行に同調する。

「重成が三千の援軍を率いたとて、実際に衣川を攻め入るは春にござる。冬の間は拠点作り、即《すなわ》ち柵の建設が主な仕事でございましょう。なれば狭い鬼切部に兵は三千も不要。恐らく本隊は多賀城に留まり、五百程の兵が交代で逗留するかと」国府を熟知している永衡が待ったを掛けた。実際、永衡の読みは正しかった。雪深い鬼切部では兵の鍛錬も儘《まま》ならない。果たして重成は多くの兵を多賀城に配し、春に備えて弓の稽古を命じていた。

「なれば倍の千で十分」業近の一声で場が纏まったかに見えた。

しかし、一人の男がそれを制した。貞任である。

「如何《いか》にも業近の策は良策ではござるが、皆様方、一つ大事なことをお忘れではござらぬか？」

貞任は皆の顔を順に見渡しながら続けた。

「我らの真の狙いは和議。多賀城を包囲して悪戯に登任を刺激すれば、この戦、泥沼に嵌《はま》るのではござらぬか？」

貞任の言に皆がうっと詰まった。

「確かに兄者の言う通りでござる。窮鼠猫《きゅうそ》を噛むと申しますが、こちらは包囲が目的でも、登任からすれば我らが城に攻めて来ると考えましょう。そうなれば一か八かで多賀城から撃って出ぬとも限りませぬ」

正任が震える声で貞任に賛同した。

「それに安倍の兵は登任の顔を知らぬ。混乱の中、兵が登任を殺めれば…」

続けて発せられた重任の声に貞任以外の皆が顔色を失った。鳴子からの進軍を雄弁していた業近も己の浅慮を恥じている。

「貞任、おぬしの策を聞こうか」

じっと腕を組んでいた頼良が、この軍議で初めて口を開いた。

「栗駒の山頂を越えるだと⁉」貞任の策に頼良が目を丸くした。

「馬鹿な！　この豪雪の中、大軍が山のてっぺんを越えると申すか！」良照も甲高い声を上げる。

「伊治に出て裾野を迂回するのではござりませぬか？」業近の問いにも貞任は首を横に振った。

「衣川から直接栗駒山を越えるとなると、夏でも獣道しか無い上馬も使えぬ。無論冬は道なき道ぞ！」

土地勘がある為行も貞任の策に異を唱えた。磐井《いわい》は栗駒山にも面している。

「冬の山越えはまさに天下の奇策。凡人は無理と諦めましょう。なればこそ重成も鬼切部を選んだ筈。そこに必ず油断があり申す」誰もが無理と諦める中、涼しい顔で貞任が言い放った。

「それが無理故《ゆえ》堂々巡りが続いているのではないか。やはりおぬしはうつけじゃったか…」溜め息混じりに良照が嘆《なげ》く。

「失礼ながら皆様方は凡庸の方々か？」貞任は不敵な笑みを浮かべて続けた。

「奇策なれば精鋭でも成就し申す。冬の間の敵は五百。しかも鬼切部は狭い盆地。なれば小回りの利く百で十分。手前の策では馬も不要。なればそれほどの道幅も必要なし。しかも一日や二日で道なき道を進むとは申しておらぬ」

「では、何とする？」頼良がじっと貞任の蒼い左眼を見据えた。

「重成が戦を仕掛けるは春。まだ三月《みつき》以上あり申す。その間に千の兵で栗駒の山頂まで道を通す」

おお！と皆が声を上げた。

「しかし…、山に籠もれば寝床も必要。千の兵は何処で寝ると申すのじゃ？　それに飯を炊くにも暖を取るにも火が必要。いくら敵から見れば山の向こうとて、冬の雪山に火は余りに目立つ」良照が案じた。

「まずは栗駒山の麓《ふもと》に休み所を作り申す。千もの兵があれば三日と掛らず作れましょう。その後、兵を三群に分け、交互に一勤二休と致します。仕事が終われば半日かけて山を下り、丸々一日休んで英気を養う。その後、再び半日かけて道作りに向かい申す。されば寝床も火も必要ありますまい。それに休養十分で疲労も溜まらず、また山の上り下りは足腰の良き鍛錬にもなりましょう」

「良くぞ申した！」

惣領の鶴の一声を待つまでもなく、その場に居た全ての者が貞任の策に賛同した。

その日の夜、頼良は寝所で褥《しとね》に横たわり、ぼんやりと天井を見詰めて考え事をしていた。戦の事ではない。安倍の世継ぎの事である―。

頼良は、太平の世なら宗任に家督を継がせようと考えていた。それは周囲の誰しもが同意する処である。しかしこへ来て、貞任の洞察力と決断力には目を見張るものがあった。当の宗任でさえ、貞任の器量を認めている。群雄《ぐんゆう》割拠《かっきょ》の乱世では、両雄はしばしば並び立たない。しかし宗任は貞任を立て、貞任も宗任を信頼している。頼良は二人の倅を誇らしく思った。安倍は常に一枚岩であった。

〈そなたは良き子を産んでくれた…〉

頼良は天井に今は亡き貞任の母の顔を思い描いていた。


翌日、貞任は一人忍《しの》びで釜石《かまいし》を目指した。彼《か》の地を流れる鵜住居《うのすまい》川では良質の砂鉄が採れ、そこには物部《もののべ》の末裔が住み着いている。邇芸速日命《にぎはやひのみこと》を祖とする物部氏は元々は大和国《やまとのくに》（現在の奈良県）を本拠地としていた大豪族で、神武朝以来、朝廷における鉄器の鋳造《ちゅうぞう》を管掌《かんしょう》していた。しかし大化の改新で力を付けた蘇我《そが》氏との権力争いに敗れ、東日流《つがる》の地に逃れる事となる。やがてその子孫は陸奥の津々浦々にまで広がった。

貞任は、川沿いにひっそりと佇《たたず》む古い踏鞴《たたら》小屋へと向かった。板戸を開けた貞任を熱気が襲う。冬空を三刻近くも駆け続け、冷え切っていた筈の貞任の体から瞬く間に汗が吹き出る。小屋の中では鍛冶師《かぬち》らが砂鉄を炉に入れ、炭と共に燃やしていた。鞴《ふいご》で風を送るとごうごうと炎が立ち込める。鍛冶師が溶けた鉄を鍛え上げると、砂鉄は見事な太刀や鏃《やじり》に生まれ変わった。

「御曹司一人か？」

「郎党を従えては半日では来れませぬ故《ゆえ》」額の汗を拭いながら、貞任は頭《かしら》と思しき翁に答えた。

「二月《ふたつき》で鏃二千、太刀百振りをお願いしたい」貞任は翁に頭を下げた。

「遂に立つのか？」翁の問いに貞任は小さな頷きで答える。

「我ら物部は大和の出なれど心は蝦夷。物部の物とは物造りの物。我ら一族の誇りに懸《か》けて間に合わせよう」

貞任は物部の翁に深々と頭を垂れた。

「して、勝算はあるか？」

「無ければ此処《ここ》には参りませぬ」

「そうじゃろうのう…」貞任の言葉に物部の翁は口許を緩め、白い顎鬚に手をやった。

貞任は懐から革袋を三つ取り出した。土間に置くとずしりと響く。

「御曹司よ、それは無用じゃ。我らも朝廷に恨みを抱いておる。物部と蝦夷は一蓮托生《いちれんたくしょう》。共に戦おう」

「かたじけない」礼を言うと貞任は革袋を一つだけ懐に納め、踏鞴《たたら》小屋を出た。

〈体に似合わず律儀な男よの…〉

貞任の背中を見送りながら微笑むと、翁は再び灼熱の炉に向き合った。


並木御所での軍議から三日後の朝、宗任らも動いた。宗任、正任、重任に永衡を含めた四人が、叉鬼《マタギ》の装いで衣川を出立したのである。鬼切部の物見《ものみ》がその目的であった。重任の右肩にはいつものように熊若が止まっている。

少人数なれば磐井から伊冶に抜け、栗駒山の麓に沿って迂回すれば鬼切部に入れる。しかしそれは夏の話であり、厳寒期にはそう簡単にはいかない。並みの人物なれば直ぐに音を上げる行程ではあるが、雪と共に育った屈強な安倍の兄弟にとってはそれ程の苦行でもない。しかし問題は坂東育ちの永衡である。

当初は永衡を除く三人に、宗任の忠臣である松本兄弟を従えた五人で偵察する予定であったが、永衡はどうしても行くと言って聞かなかった。理由は三つある。一つ目は自分が五百と主張した敵兵の数を見極めるためである。もしこの数が誤りなら軍議は白紙に戻る。永衡は、是が非でも己の目で確かめたかった。二つ目の理由は、現地の下見である。日頃から鍛えてはいるが、文官の身で必ずしも戦闘向きとは言えぬ永衡は、己の役目を知っていた。その役目とは、将に策略を授ける軍師である。戦場において的確な策を講じるには事前の準備が不可欠である。まして今回の行程は、万が一冬の鬼切部討ちが不発となった際、春に敵軍が逆に進む道でもある。それをこの目で見ておいて損は無い。そして三つ目にして最大の理由は、永衡が安倍の真の一員となるためであった。いくら安倍の娘を娶り、平《たいら》から安倍に姓を改めたと言っても、その血は安倍とは繋がらない。しかもつい先日まで自分は国府側の人間だったのである。その後ろめたさからか、永衡は軍議での意見に躊躇していた。一方で、安倍側の人間に、未だ永衡に懐疑的な目を向ける者もいる事も事実である。現に業近や為行などは永衡に厳しい目を向けている。永衡は、この過酷な斥候役を買って出る事で、あらぬ疑いを払拭したかったのである。

叉鬼《マタギ》を装っている手前、馬は使えない。しかも時は師走。陸奥は一面白銀の世界と化していた。

初日は晴天に恵まれた。澄み渡る青空に吐く息が白く対比する。磐井までの道は平坦で踏み固められていた。しかもここは金為行の領地である。極めて順調な行軍であった。

夜は為行が用意した町外れの寺で暖を取った。夕餉も為行の配下が世話をする。永衡の顔にも未だ余裕が見られた。

翌朝早くに髭面の男が寺を訪ねて来た。アイヌと蝦夷との混血だというその人物は為行に仕える山師で、この辺りの地理に明るい。鬼切部までの案内人として四人に随行する手筈となっていた。

蹻《かんじき》に履き替え、いよいよ山に入ろうという頃から雲行きが怪しくなった。灰色の雲は低く、吹き降ろす山風は身を凍えさせた。熊の毛皮を纏っているとは言え、寒さが骨の髄まで沁《し》み渡る。

五人は鬱蒼《うっそう》と生い茂る林の中を黙々と登った。時折枝からどさっと垂雪《しずりゆき》が落ちる。永衡の額からは大粒の汗が滴り、その背中からは湯気がもうもうと立ち込めていた。

「そろそろ休息といたそう」見兼ねた宗任が気を使った。永衡は既に肩で息をしている。

「この道はこの山の中でも楽な方じゃ」山師は涼しい顔で言うと、白樺の樹皮を小刀で削った。

四半刻ほどの休息の後、再び山を登る。幼い頃から雪に慣れ親しんで来た宗任ら兄弟はそれほど苦もなく雪山を登った。しかし永衡は下総《しもうさ》の出である。そこでは雪は滅多に降らない。時折足を滑らせながらも、永衡は懸命に宗任らに喰らい付いて行った。

さらに一刻ほど山に分け入った所で、山師が言った。

「この辺りに地元の叉鬼《マタギ》衆が使う山小屋がある。粗末な小屋だが雪と風は防げる」

陽も大分西に傾いて来た。いくら案内人がいるとは言え、闇の中の雪中行軍は危険である。

「小屋があるとは有り難い。それでは今夜はそこに泊まるとしよう」宗任の一言に永衡は笑顔を取り戻した。

小屋は薄暗く狭かったが、古い囲炉裏も備え付けられていた。多くはないが薪木も積まれている。叉鬼が蓄えたものだろう。聞けばこの辺りにはこの様な猟師小屋がいくつも点在していると言う。神棚には火の神が祀られている。

「火を使っては、敵に見咎められぬか？」宗任が不安を口にした。

「何も心配はない。ここの叉鬼衆は皆あちこちの小屋で暖を取る。もう少しすれば山々から煙が立とう」

山師は手馴れた様子で囲炉裏に薪を組み、その下に細かく削った白樺の樹皮を敷いて火打石を打った。途端に樹皮に引火し、小屋の中がぱっと明るくなる。白樺は火着きが良い。山に生きる者の知恵である。

「若様方よ、すまぬが生木を取って来てはくれぬか。焚いた分だけ小屋の中に入れて干さねばならぬ。生木は燃えぬからの。この山の掟《おきて》じゃ」

そう言われ、蹻《かんじき》を解こうとしていた正任と重任が、再び小屋の外に消えて行った。

薄暗い雪山で手頃な木を見つけた正任は、舞草刀《もくさとう》で枝を切り落とした。蕨手刀と並ぶ蝦夷独特の刀である。

山師が言ったとおり、西側の山から煙が見えた。他にも叉鬼が居るのであろう。

重任は熊若を放った。鋭い羽音を響かせ上空高く舞い上がった熊若は、重任らの遥《はる》か頭上を暫《しばら》くの間旋回しかと思うと、突然急降下を始めた。その後、一直線に重任の許に戻ってきた熊若の鋭い足爪には、白い野兎が刺さっていた。

やがて漆黒の夜が来た。小屋の中にぱちぱちと囲炉裏の炎が鳴る。外からは時折風の音が聞こえるが、小屋の中は意外に静かである。重任が器用に兎を捌き、串に刺して火に掛けた。肉が焼ける美味そうな匂いに皆の腹が鳴る。熊若は重任の隣で誇らしげに兎の生肉を啄《つい》ばんでいた。

「皆様方、今日は手前が荷物となり、誠に申し訳ない」突然、永衡がすまなそうに頭を下げた。

「永衡殿、何を申されますか。そなたは立派に我らに付いて来られましたぞ」

正任は懐から握り飯を取り出し、笑顔で永衡に勧めた。干した笹の葉に包まれたそれは正任の体温で仄《ほの》かに温かい。

重任も焼けた兎の肉を永衡に差し出した。

〈どこまでも謙虚な永衡殿なれば心配ない。我ら安倍の一族と必ず上手くやって行ける〉

心地良い疲労感に見舞われながら、宗任は目を細めて義弟と実弟とのやり取りを見詰めていた。


同じ日の朝。貞任と良照、業近の三人は千の兵を引き連れ、一路栗駒山を目指していた。兵を百の班に分け、班の頭《かしら》には馬を与えた。良照と業近は自分の馬に跨っている。それ以外の兵は徒歩《かち》での行軍であった。無論、安倍の財力を持ってすれば、全ての兵に馬を与えるくらい朝飯前である。しかし馬は踏み固められた道でこそ使うもの。新雪では脚を取られ、難渋する。

「貞任は乗らんのか？」叔父の良照が隣を歩く貞任に声を掛けた。

「手前はこの任務の将にござる。将が馬に乗り苦も無くば、徒歩の兵に不満が生じましょう」

平然と答える貞任に、良照と業近は慌てて馬を下りた。

その貞任は二十頭の犬の群れを率いていた。その犬は並みの犬の三倍はあろうかと言う長い毛を持ち、大きさは猪ほどもある。北蝦夷《えぞ》ヶ島のアイヌから取り寄せた樺太犬である。犬の隊列に橇《そり》を引かせた。その橇には食料や資材が積まれている。樺太犬は雪に滅法《めっぽう》強い。それに犬は吹雪いた時の暖にもなる。これも貞任の策である。

歩くこと半日、遂に貞任らは屏風の如き山に突き当たった。その頂は雲に隠れ、仰ぎ見ることはできない。麓から眺めるとまるで垂直に切り立っている様な錯覚に陥る——。

「これが難攻不落の栗駒山か…」

不安そうに眺める良照と業近を尻目に、貞任は妖しい闘気を浮かべていた。

「この辺で良いだろう。何も豪勢な砦《とりで》を築く必要はない。風と雪が凌げればそれでいい。皆の者、頼むぞ！」

貞任の号令と共に、男達のおおという雄叫びが栗駒山に木霊した。

兵らは黙々と休み所を作り始める。もちろん、貞任もその輪に加わった。

黄昏が栗駒山を赤く染め始めた頃、貞任は班の頭《かしら》を呼んだ。

「今日はここまでだ。休み所が出来るまでは、すまぬがかまくらで寝泊りしてもらう。各班五人ずつの小隊に分かれ、それぞれかまくらを作れ。寒さに弱い者には犬を与える。これを抱いて何とか凌いでくれ」

貞任の下知に頭はなるほどと唸った。貞任は続けててきぱきと命じる。

「馬なればここから衣川に一刻（約二時間）で着こう。そなたらに預けた馬を今日より班で順番に使い、五人のうち一人を自宅に帰せ。家族こそ疲労回復の一番の良薬だでな」

これには頭の顔も綻んだ。良照と業近は貞任の采配に舌を巻く。

貞任の周囲には見る見るうちに二百ものかまくらが作られた。その中は意外と温かい。雪の壁が外の冷気を遮断するばかりか、これが断熱材となり、中に篭った体温を逃がさないのである。ましてや中には男が五人も居る。その熱気だけで十分暖かい。入り口を狭くし、中を広くするのも雪国育ちの知恵であった。

「叔父上殿は衣川にお帰り下され。業近もな」貞任は二人に頭を下げた。

「貞任様はお帰りにならぬので？」業近が目を瞬《しばた》く。

「将の俺が帰れるか」半ば呆《あき》れ顔で笑う貞任の、その赫《あか》い頭髪は既に固く凍結していた。


翌日。所変わって伊治の雪山。宗任は山小屋の中で朝を迎えていた。正任と永衡も程無くして目を覚ます。正任が隣で高鼾《たかいびき》を掻《か》いている重任を揺すって起こした。

外に出ると天候は回復していた。宗任らは熊の毛皮を纏い、蹻《かんじき》を履く。

順調に行けば今日の夕方には山の向こう側、即《すなわ》ち鳴子の地に着く。五人は黙々と山を登った。一刻程歩いた所で、急に風が北向きに変わった。

「吹雪《ふぶ》くかも知れぬな…」無口な山師が顔を曇らせた。山の天気は変わり易い。

案の定、その四半刻後には辺りは卍殴りの雪に見舞われた。地面に積もっていた雪も風で舞い上がり、見る見る視界が奪われる。

「吹雪が止むまで穴を掘って休むしかあるまい」

山師は腰の革袋から杓《ひしゃく》のような形の木篦《きべら》を取り出し、慣れた手付きで素早く穴を拵《こしらえ》た。

五人が中に潜り込む。外ではごうごうと風が吹いているのに、中は不思議なほど静かである。

「山の天気には勝てぬ。今夜はここで明かすとしよう」山師は良くあることだという表情で眼を閉じた。

温かさと静けさと暗さ、そして疲労が一同を眠りに誘う――。

程無くして鼾《いびき》の音が定期的に聞こえ出した。

丑《うし》の刻（午前二時頃）頃だろうか。宗任はふと眼を覚ました。隣を見ると永衡が胡坐を掻いて座っている。

「―眠れないのですか？」宗任が永衡に小声で言った。他の三人は熟睡している。

「身共《みども》は…、戦が怖い」永衡は、俯《うつむ》いたまま答えた。

「手前もです。弟らも、いや貞任兄者も、皆そう思ってござろう」

「貞任殿程のお方もか？」永衡は目を丸くした。

「過去に我ら安倍の方から国府に喧嘩を売った事は一度もござらぬ。此の度も登任と重成が、私利私欲を以《も》って戦を仕掛けて参り申した」

「如何《いか》にも…」

「然《さ》れど実際に戦うのは兵。登任は温かい城にぬくぬくと籠もり、酒でも喰らいながら物見遊山《ものみゆさん》でござりましょう。

重成とて戦場《いくさば》には立つものの、倭人の兵法なれば先頭には立ちますまい」宗任が暗い顔で言う。

「左様。いつの世も犠牲になるは最前線の兵。彼らにも家族がおりましょう」永衡は天を仰いだ。

「手前は…、人を殺すのが、怖い」宗任は、正直に言った。この義弟になら素直になれる。

永衡は頷きながらじっと宗任の目を見据えた。

「なればこそこの戦、短期決戦で犠牲を最小限に抑え、和議を結ばねばなりませぬな」

「その後こそ、我らの手で平和な陸奥を創りましょうぞ」

二人の想いは同じだった。それを知り、宗任は安堵した。

「経清殿も多賀城でそう想っておられよう…」

二人は外に出た。いつの間にか吹雪は止んでいた。漆黒の夜空には天を覆い尽くさんばかりの星が瞬《またた》いている。

二人の頬を撫でる寒風が火照った魂に心地良かった。


こちらは栗駒山の裾野。同じ日の出来事である。

貞任は兵に混ざって黙々と汗を流していた。丸太を軽々と肩に担ぎ、一度に二本も三本も運ぶ。巨漢の貞任の働きぶりは、難工事を志願した安倍軍の精鋭からも一目置かれていた。そんな兵達に、貞任は気さくに接する。

「ここは戦場《いくさば》ぞ。俺を貞任だと思うな。俺が怠けたら叱ってくれ」

笑って汗を拭う姿に、兵らも貞任に負けじと奮闘した。

「これは予想よりも早く休み所ができますぞ」

衣川に帰るに帰れなかった業近が、良照に向かって白い歯を覗かせた。

弱々しい真冬の太陽が貞任らの真上に達した頃、衣川の方角から根雪を蹴散らし数頭の馬が近付いて来た。先頭の馬に跨っていたのは、十三歳の家任である。

「兄上、兵らの中食《ちゅうじき》をお持ちいたしました！　陣中見舞いの酒もあります！」

家任の言葉に男達は喜色満面に溢れた。

貞任も家任から握り飯を受け取り、美味そうに頬張った。それは衣川の女舘《めのたち》の厨《くりや》で女子《おなご》らが心を込めて作った昼餉であった。連日に渡り千もの兵の胃袋を満たすのは大変な労力である。衣川では女衆も和衷協同《わちゅうきょうどう》で戦っていた。

貞任は中食を運ぶ役目を弟の家任に命じていた。家任は当初貞任らと共に工事に参加すると言って聞かなかったが、十三歳には明らかに荷が重い。そこで後方支援の重要性を滔々《とうとう》と説《と》いた上で、家任をその纏《まと》めに命じたのである。これも貞任なりの配慮である。

「七朗《いえとう》、大儀であった」貞任の労《ねぎら》いに、家任は満更《まんざら》でもないと言う表情を浮かべた。

兵らはあっという間に握り飯を平らげた。衣川の女子《おなご》らに想いを馳せつつ、作業を再開する。さぼった奴には酒はやらんぞと言う貞任に、兵達はどっと呵《わら》った。

やがて日が落ち、焚き火を囲んで宴《うたげ》が始まる。

仲間と盃を交わす者、一気に酒を飲み干す者、陽気に踊りだす者、犬と戯れる者。兵らは、皆笑顔であった。笑い声があちこちから聞こえて来る。その輪の中心には、いつも豪快に笑う貞任が居た。

〈兄上は兵の心を掴んでおられる〉

家任は、飲めない酒の代わりに白湯を啜《すす》りながら、巨漢の兄を誇らしげに見詰めていた。


翌日。貞任らがいる栗駒山の向こう側は朝から晴天であった。宗任は雪に反射した朝日で目を覚ました。

起床した正任と永衡も朝日の眩しさに目を細めた。重任は今日も最後まで寝ている。図太い男だと三人は哂《わら》った。

一行は懐に入れて温めておいた握り飯を頬張った。並木御所の厨で、有加と中加が握ってくれたものである。まだ幼い一加も張り切って手伝っている姿を思い浮かべ、宗任は微笑んだ。

朝餉を終えると一行は早速山道を登り始めた。昨日は視界が悪くて気付かなかったが、僅か半刻も歩くと遠巻きに里が見えて来た。玉造の町である。彼方には鳴子の集落も微かに見えている。

「ここに来るまでに実に三日を要した。しかし、もしこれが雪解けの季節ならば、敵はこの道を使って二日と掛らずに衣川に押し寄せるであろう。いや、馬が使えれば一日やも知れぬ」

極寒の中、宗任の額から冷や汗が流れ出る。

「やはり、何が何でも雪解け前に鬼切部を落とさねばなりませぬな」永衡も、同じ思いであった。

山師に謝礼の革袋を手渡して別れると、四人は尾根伝いに鬼切部を目指した。

一刻半程歩くと、遥《はる》か遠くに小さな人影を認めた。

「─どうやら重成の軍の者のようだな…」正任の言葉に皆に緊張が走る。

「我らはどう見ても叉鬼《またぎ》じゃ。見咎《みとが》められる事はあるまい」

重任がにやりと笑った。重任は兄弟の中で最も肝が座っている。

「我らが偵察に来ている事が万が一にも敵に漏れれば一大事。貞任兄者の申した策にも響くやも知れぬ。これより先は重成の勢力範囲。決して油断はならぬぞ」

宗任は自らに言い聞かせるように念を押した。

それから一刻もの間、尾根伝いに腰まで埋まる雪を漕ぎ続けると、やがて狭い盆地に達した。目を凝らすと盆地の周辺は家紋を配《あしら》った幾本もの旗で囲まれている。

「丸に揚羽蝶は平家の家紋。重成の旗印に相違ござらぬ！」

今は安倍を名乗る永衡が断言した。果たして一行は遂に鬼切部の地に到達したのである。

四人は山の中腹に身を潜め、鬼切部の様子を伺った。目を凝らすと、蟻の如く黒く小さな物体が蠢《うごめ》いているのが見えた。敵兵である。その数、永衡の読み通り五百。いや、それより僅かに少ない。

〈これならば、いける〉永衡は、ほっと安堵の溜め息を漏らした。

盆地の南側には真新しい建物があった。登任が秋のうちに用意していた重成の休み所である。東側には厩《うまや》があり、二百頭程の馬が繋がれていた。

目の良い重任は、休み所の周囲に幾つもの小屋を認めた。その中には地面を掘って屋根で塞いだだけの粗末なものもある。その数、およそ百。恐らく兵らの寝泊りの場所だろう。

鬼切部では重成の配下が柵の建造にあたっていた。しかし彼らの動きは鈍い。半月働けば多賀城に帰り、他の兵と交代出来るとは言え、雪に慣れぬ都の兵には疲労の色が濃く映っている。疲労は不平不満を産む。鬼切部ではあちこちから不満の声が漏れ聞こえていた。

「我らはこの冬空の下、汗水垂らして働いているというに、重成の殿様はご立派な休み所から一歩も外に出て参らぬ」

資材を運ぶ兵が苦虫を噛み潰したような顔で呟《つぶや》く。

「俺達は粗末な小屋に雑魚寝だと言うのにのう」

傍らの兵が気晴らしに周囲の山々に目をやった。この兵の視線は、実は中腹に潜む宗任らを僅かに捉えていた。無論、この距離では胡麻粒程度にしか見えず、兵が気付く筈もない。実際に間近に宗任らが潜んでいると言うのに、鬼切部には見回りの兵すらいなかった。ここが国衙領という油断と、まさか雪山を越えて敵が攻め込む筈がないという先入観が、重成軍を支配していた。

偵察を追え、宗任らは帰路に就く事にした。

「兄者、鳴子に出湯《いでゆ》があると聞いたが、立ち寄らぬか?」重任が悴《かじか》む手に息を吹きかけながら言う。

鬼切部から二十里（当時の一里は約五三三・五メートル）程東へ向かった鳴子の地には、天長三年（八二六）に起きた鳥屋ヶ森山の噴火以来、滾々《こんこん》と温泉が湧いている。因《ちな》みに何の因果か、この地は後に安倍の血を引く奥州藤原氏を破滅に追い込む元凶となった源九朗義経《みなもとくろうよしつね》と、その正室郷御前《さとごぜん》との間に産まれた亀若丸《かめわかまる》が産湯を使った場所でもある。鬼切部からは十分離れており、尚且つ今宗任らは叉鬼《マタギ》の装いである。雪焼けした肌と薄《うっす》らと伸びた無精髭に、安倍一族の面影はない。仮に重成軍の兵に遭遇したところで、彼らは宗任らの顔を知らない。

「凍て付いた体が生き返ろう。それも良い。」

宗任が頷くと、皆の顔が綻んだ。

山の尾根伝いに進むこと約一刻、湯煙が霞《かす》む出湯の集落が見えて来た。山を下り、細く曲がり拗《く》ねった雪道を進むと、湯煙が立ち上る大きな湯場が現れた。その周辺には茅葺《かやぶき》屋根の家が数軒立ち並んでいる。湯治《とうじ》客用の宿場である。厳寒期のせいか、宿の中に人の気配は感じない。

その東側に一段と豪華な館が見えた。玉造の郡司、鳴子《なるこの》丹取《にとり》の別邸である。その館の中庭にも湯煙が棚引《たなび》いていた。出湯を庭に引いているのであろう。館の前に門衛が二人、寒そうにじっと佇《たたず》んでいる。

湯場の脇には小屋が立てられていた。宗任らはさり気なく周囲を警戒しつつ、小屋に立ち入った。中は無人だった。熊の毛皮を脱ぎ捨てたが、万が一に備えて懐刀だけは握り締めている。板戸を開け、掛け湯で身を清め、湯に足を入れる。二十畳はあろうかと言う湯溜まりに足を伸ばして肩まで浸かると、体が見る見る生き返った。見渡せば辺りは一面の銀世界で、時折山の彼方に羚《かもしか》が楽しげに顔を覗かせる。

「戦が無ければ極楽ぞ…」誰となく声が漏れた。気が緩むと強行軍の疲れがどっと四人を襲う。意識が遠のき、瞼《まぶた》が重くなる…。

「！」

最初に異変に気が付いたのは重任であった。微かな馬の脚音を聞き取ったのである。その音はゆっくりとこちらに向かって来る。しかし湯煙と時折舞い散る風花《かざばな》のせいでその姿は見えない。皆緊張の面持ちで互いの顔を見渡した。

蹄の音からして三騎の様である。

〈上がるか？〉

重任が宗任に視線を投げ掛ける。

〈いや、今からでは遅い。仮に重成の兵だとしても我らの素性は割れておらぬ。このままやり過ごそう。万が一でも相手は三人。何とかなる〉

宗任は目で合図を送った。正任と永衡も小さく頷く――。

「若、丹取様の別邸ではござらぬので?」

小屋の方から男の声が聞こえて来た。郎党らしい。

「気を使う。それ程の仲でもない」

別の男の声が聞こえた。会話の内容から、男は国府の役人の可能性が高い。宗任らに緊張が走る――。

「先客がいるようですな」

「叉鬼衆《マタギ》であろう。気にならぬ」

小屋から男の声がした。やがて湯煙の向こうから、三人の男たちが姿を現す。

「御免」そう一礼して掛け湯所に向かう男は、右足を引きずっていた。

その男の顔を見て、永衡は驚愕した。

〈連れの男は郎党か? ならば奴らは俺の顔を知っている!〉

永衡は下を向き、さりげなく顔を背けた。平静を装いつつ、宗任らも顔を伏せる――。

宗任らの額から吹き出る汗は、湯の熱さのせいではなかった。


時は二刻(四時間)程前に遡る。所は多賀城下の経清邸。

東海(太平洋)に近い多賀の町は黒潮の恵みで内陸の奥六郡に比べれば暖かく、雪も少ない。とは言え、冬の多賀は都とは比べ物にならないほど厳しい。寒さに疼《うず》く右足を摩《さす》る経清の心は沈んでいた。貞任らとの密会で己の右足を傷付け、戦場に立つ事だけは回避したものの、重成は春の衣川攻めに向け着々と準備を進めている。避けられぬ戦を想うと経清は憂鬱な気分となった。

経清の心を沈める理由はもう一つあった。それは戦の相手である。親交のあった宗任との連絡も経清は絶っていた。北梅庵にも暫《しばら》く足を運んでいない。自分は国府の人間であり、内裏は安倍討伐の宣旨を下しているのである。今の経清にとって、安倍は倒すべき相手であった。

〈然《さ》れど…〉

目を閉じると瞼の裏に、有加の可憐な笑顔が浮んだ。北梅庵での貞任との談合以来、以前から心の奥底に仕舞っていた有加への想いが泉のように溢れ出し、経清の胸を締め付ける。

〈どうやら惚れているらしい…〉

有加の事を忘却の彼方に葬ることが出来ればどんなに楽だろうか？　しかし無論そんな事は不可能である。しかも敵となった有加には恋文を送る事さえ出来ない。そうした事実が益々経清の心を沈めて行った。

「今日の合議は酉六ツ《とりむっ》（午後六時頃）であったな」経清はぽつりと呟いた。

「登任様は辰《たつ》の刻（午前八時）にご出立されたご様子」郎党が頷く。

「ならばまだ早いが出立しよう。途中、気晴らしに鳴子の出湯で傷を癒す」

鳴子までは細い裏道を使えば馬で一刻半で着く。綿衣《わたぎぬ》の上に棕櫚製蓑《しゅろせいみの》を羽織り、郎党二人を誘うと、経清は不自由な右足で何とか黒鹿毛《くろかげ》に跨り、蓑笠《みのがさ》の紐を顎に結んだ。

道中は順調であった。速駆けすると振動が右足に響いたが、館の中で悶々としているよりは気も晴れる。乾いた風が頬に心地良かった。

雪山を眺めながら馬に揺られ、経清らは鳴子の出湯に到着した。

小屋へ続く雪道には足跡が残されていた。中に入ると熊の毛皮の衣が入った籠が四つある。

「先客がいるようですな」

「又鬼《マタギ》衆であろう。気にならぬ」郎党を制し、経清は湯場へと向かう。

「御免」先客に一礼し、駆け湯を浴びる。痛めた右足からゆっくりと湯に浸かり、先客を一瞥した。

その時、経清の呼吸が一瞬止まった。経清の視線に気付き、先客が顔を背ける—。

〈俺の郎党どもはあのお方を知っておる。ここで騒ぎ立てられては厄介…〉

経清は然《さ》りげ無く郎党と先客の間に入り込み、己の背で先客を隠した。湯煙も立ち上り、郎党からは先客がよく見えない。背後の気配から、経清は先客が己《おのれ》の意図を理解した事を知った。

「登任様が多賀城よりこちらに向かったのは何時《いつ》であったか？」

経清は、態《わざ》と周囲に聞こえるような大声で郎党に尋ねた。その声を聞き先客はぎょっとなった。

「はて、辰の刻にと申し上げませんでしたか…？」郎党の一人が怪訝そうな顔で答える。

「そうであった。ではあと半刻で鳴子にご到着なさるの。それまではゆっくりと寛《くつろ》ぐとしよう」経清は笑った。

郎党の一人はのんびりと雪の山々を眺めている。もう一人は気持ち良さげに鼻歌混じりに目を瞑っていた。

〈行かれよ！〉

経清は、背中越しに宗任らに念じた。

〈かたじけない！〉

宗任らは心の中で頭を下げ、然《さ》りげ無く出湯を後にした。


「危ない所にござった！」素早く着替え、出湯から足早に離れながら永衡が汗を拭う。

「経清殿は登任がこちらに来ることを我らに教えて下された」宗任は経清の計《はか》らいに感謝した。

登任は半刻後に目の前の道を通ってここに到着する。当然護衛の兵も五十や百は付くであろう。多賀城の兵は永衡の顔を知っている上、登任は衣川で宗任ら兄弟の顔を見ている。

「あのままのんびり湯に浸かり、登任軍と鉢合わせしていたら…」

正任の言葉に皆の顔が青褪め、湯上りの体が急激に冷えた。

「待てよ？」不意に重任が歩みを止める。

「この時間に出湯に立ち寄るなら、その後登任は鬼切部に向かうやも知れぬな…」重任が顎に手を当てて呟《つぶや》いた。

「如何《いか》にも。今から多賀城に戻っては夜更けとなる。鳴子殿の館に泊る可能性も無くは無いが…」永衡も頷いた。

「重成が戦の準備をしている最中、ここまで足を運びながら鬼切部を訪ねぬ方が奇妙。手前が登任なら必ず重成と戦について合議致す」正任も全く同じ考えであった。

「ならば、後を追うか？」宗任と重任が同時に叫んだ。


半刻後。宗任らは出湯を見下ろせる山中に作ったかまくらをの中に居た。暖を取りつつ、登任の到着を待つ。

「経清殿の罠ではあるまいな」重任が、あれだけの男がそんな小賢《こざか》しい真似をする筈はないと知りつつ呟いた。

その時、多賀城の方角から蹄の音が聞こえて来た。宗任らが固唾を飲んで見守ると、甲冑姿の騎馬隊約五十に囲まれ、都風の雅な牛車《ぎっしゃ》が現れた。車体は見事に漆で塗り固められ、金箔の縁取りが施されている。その御簾《みす》からは、微かに湯気が漂っていた。炭櫃《すびつ》か手炉《てあぶり》が中に置かれているのだろう。一方、馬上の兵は寒さに震え、甲冑がかちかちと音を立てている。速駆けすれば汗も掻こうが、馬を牛車の速度に合わせなければならない。牛の足並みでは多賀城からここまで半日は掛かる。登任が温かい牛車の中で寛《くつろ》いでいる間、兵はずっと凍えていたのである。

登任の一団は鳴子丹取《なるこのにとり》の別邸前で止まった。経清と丹取と思しき人影が出迎える中、牛車から登任が降りる。鎧武者が別邸の周囲をぐるりと囲むと、登任は屋敷の奥へと消えて行った。

半刻が過ぎ、辺りが冬の早い闇に包まれ始めた頃、登任が屋敷から出て来た。登任が再び牛車に乗り込むと、来た時と同じように兵がその周囲を取り囲んだ。経清もその輪に加わる。

松明を灯した隊列は果して鬼切部の方角に向かった。宗任らはかまくらを出て後を追う。夕闇の中なれば街道に降りても見咎められない。

後を追うこと半刻、やがて鬼切部の地に到着した。平身低頭する重成軍の門衛を尻目に、登任一行は悠然と進んで行く。宗任らは街道から脇道に逸《そ》れて山に身を隠した。

目を凝らすと、暗闇の中にぼんやりと巨大な柵が浮かび上がった。周囲は高い木塀と土塁で囲まれているが、山からはそれらを越えて内部が見える。そこには本丸と思《おぼ》しき正殿が建てられていた。まだ所々工事中だが、八割方完成していると見て良かった。安倍との戦の後は衣川の南側の守りとする腹心算《はらづもり》か、なかなかの規模を誇っている。

「ここに千もの兵が籠もられては、落とすのは難儀だな。何としても雪解け前にここを討たねば」

宗任の言葉に皆が首を縦に振った。

牛車は柵の門を潜り、正殿前に止まった。松明が灯されているお陰で登任が降りたのが見える。大柄な朱の鎧姿の男が登任を出迎えた。重成である。やがて二人は妻戸の奥に消えて行った。やや遅れて足を引き摺る経清も中に入る。

「兄上、我らは重成の兵に顔を知られておらぬ。門衛に接触して良いか？」正任が咄嗟に策を思い付いた。

宗任はこれを認めた。やがて叉鬼《マタギ》姿の正任がゆっくりと山を下り、門に近付いて行く。

「今晩は《おばんでがんす》──」声色《こわいろ》を変え、正任が門衛に声を掛けた。

「さっきのあんたな立派なお車のお方はどっから来なすったお方で？」

「なんだ貴様、この辺の叉鬼か？」

「はあ、年がら年中山におるもので、どんな《どんたな》殿様かと驚き《おったまげ》ましてな《やんしてな》」正任はわざと訛《なま》って喋った。

「あのお方こそ陸奥守様だ」

「じゃじゃじゃ！畏れ多くも陸奥守様でござんしたか！それはそれはありがたやありがたや…」

正任は大袈裟に手を合わせて拝み出した。それを見た門衛は、田舎者と見下したのか、誇らしげに続けた。

「あの城柵には我が殿、秋田城介の平重成様もおわす。わが殿は雪解けを待って衣川の蝦夷どもを成敗なさるのだ。今まさに陸奥守様と戦についての合議をしておる」

「そうでした《だすけよ》か。でもお侍様、雪解けはまだまだ先ですけども《だべんけども》、この先も何回か寄り合いを？」

「陸奥守様は鳴子の出湯を気に入られてな。湯治をかねて半月に一度は合議をなさっておる。殿との宴もたいそう楽しみにしておられるそうじゃ」門衛は笑顔で答えた。

〈愚か者めが、べらべらとしゃべりおって…〉

心の中で舌を出し、正任は礼を述べて門から立ち去った。

宗任らが衣川に帰ると、旅支度を解く間もなく並木御所で合議が始まった。行燈《あんどん》に火が灯る。栗駒山で山道作りに従事していた貞任も急遽衣川に戻っていた。

「ご苦労であった！」まずは頼良が宗任らの労《ねぎら》った。

次に永衡が和紙に描いた絵図を床に広げ、鬼切部の状況を説明する。

「多賀城からの狭き道に門衛が控え、盆地の南側に本丸と思しき柵がございまする。その周囲に小屋が百ほど。おそらく五人程の兵がここで寝泊りしているものと」

「手前が得た情報では、登任は半月に一度は鬼切部に出向き、重成と合議しておるとか。戦も春を待って仕掛けると定まり申した」正任が補足した。

「貞任が申したように、時間は十分にあるな…」顔を輝かせて良照が頷く。

「栗駒山の道は如何《いかが》か？」頼良が工事を取り仕切る貞任に目を向けた。

「兵らは団結して仕事に当たっており申す。既に休み所は完成し、道作りにも着手しておりまする」

貞任は自信に満ちた顔で答えた。

「道はいつ山頂に達する？」

「天候次第でございましょう。なれど雪解け前には必ず。梃子《てこ》摺《ず》るようなら六郎《しげとう》の兵も借り申そう」

良照の問いに貞任が答えた。重任も承知と応じる。

「手前は京の都に向かおうと存じます」宗任の言葉に、頼良と貞任は即座に首肯《しゅこう》した。

「宗任様、都にて何を？」長年宗任の後目付《あとめつ》けを務めていた業近が首を傾げる。

「次の陸奥守選びのために、参議どもに黄金を配るのよ」

宗任の代わりに答えた貞任に、あ！と場から声が上がった。宗任と貞任は戦に勝った後の事も既に見据えている。

「登任を倒した所で、次も野心家が陸奥守に就けば状況は変わりますまい。今のうちに手を打つ所存。一月《ひとつき》程陸奥を留守にする事になるやも知れませぬが、宜しいか？」宗任が頼良に願い出た。

「良かろう。それに正任も連れて行け」

頼良は宗任に命じた。正任は宗任と母が同じで頭が切れるが、未だ都を知らない。頼良は宗任の万が一に備え、正任にも経験を積ませる算段であった。勿論、正任は即座にこれを承知した。

「畏《おそ》れながら申し上げます」声の主は永衡だった。皆の目が一斉に永衡に注がれる。

「手前どもが通った磐井、伊治、玉造の迂回路は、冬も通れなくはござりませぬ。万が一、重成軍が雪解けを待たずに攻めて来た時に備え、細工を施したく存じます」

これまで合議で積極的に意見して来なかった永衡の発言に、皆、内心驚いた。雪の行軍が永衡を変えていた。

「流石《さすが》は安倍十郎殿。その役目、是非とも我らにお申し付けあれ！」

磐井を預かる金為行が快《こころよ》く応じた。頼良も満足そうにこれに頷く。

安倍の一族は今、盤石《ばんじゃく》の構《かま》えを誇っていた。

翌日、早速宗任と正任は陸奥の商人金売吉次《あきんどかねうりきちじ》と炭焼藤太《すみやきとうた》と化し、都へ向かった。長い旅路には宗任の家臣である松本秀則と秀元が随行する。宗任はこの兄弟に全幅の信頼を置いていた。

都までは陸路で行けば一月《ひとつき》は掛かるが、船を使えば遥《はる》かに早い。日高見川を使って牡鹿《おしか》に向かい、船で東海(太平洋)に出て親潮に乗れば伊勢まで五日で着く。しかしそのためには多賀城の目の前の海を通過しなければならない。宗任は衣川から一旦北に進み、胆沢から西へ出羽に抜け、秋田湊から敦賀《つるが》へ向かう北海(日本海)航路を選択した。

宗任が北海航路を選んだ理由はもう一つあった。出羽の仙北《せんぼく》三郡を治め、三万もの兵力を擁する清原家の総帥、清原光頼《きよはらのみつより》との談合のためである。登任と連《つる》んでいるとは言え、秋田城介である平重成は本来は出羽が管轄である。重成の上司に当たる出羽守《でわのかみ》を通じて清原一族に安倍討伐令が出されない保証は無い。その際、清原一族に中立を保つよう要請するのが、頼良が二人に与えたもう一つの任務であった。宗任と正任の母は光頼の娘であり、従って光頼にとって宗任と正任は実の孫に当たる。正任に同行を命じた頼良の狙いがここにも垣間見えた。

胆沢には宗任の本拠である鳥海柵《とりみのさく》がある。衣川より奥大道《おくだいどう》を馬で駆ければ柵まで一刻の距離であった。宗任らは鳥海柵に馬を預け、徒歩《かち》にて出羽に向かった。出羽は陸奥よりも雪深く、馬は機能しない。無論、この時期の徒歩は難儀ではあるが、先日の鬼切部までの雪中行軍が二人に自信を与えていた。

夜は奥羽山脈の山中をかまくらで野営し、翌日、秋田湊までの道中にある大鳥井山《おおとりいやま》（秋田県横手市）に立ち寄った。この地に光頼の住まう屋敷がある。

清原家の総帥光頼は朝廷より八色《やくさ》の姓《かばね》の一つ、真人《まひと》を名乗る事を許された由緒正しき豪族で、山本、平鹿《ひらか》、雄勝《おがち》の三郡を支配する出羽の俘囚長であった。その屋敷はしかし、実に質素なものである。高齢の光頼は今は政《まつりごと》の第一線を退き、半ば隠居生活を送っている。本来ならば後を継ぐ筈の嫡男光方《みつかた》は十年程前に三十一の若さで病に没し、その子頼遠《よりとお》は未だ十九と若い。そのため、今や出羽の纏めは実質的に光頼の異母弟である武則《たけのり》に委ねられていた。その武則は好戦的且つ野心家で、国府と組んで安倍を討たんと企んでいるとの噂もある。しかし光頼の総帥としての影響力は未だ健在で、光頼が武則の頭を何とか抑え付けているのが実情であった。

鈍色《にびいろ》の空の中、腰まで届こうかという雪を掻き分けながら、秀元を先頭に宗任らは大鳥井山の屋敷を目指した。

屋敷の檜皮葺《ひわだぶき》の屋根には雪が渦高く積もり、漆喰《しっくい》の塗り固められた蔵の軒《のき》には人の背丈程の氷柱《つらら》がいくつも垂れ下がっていた。重厚な薬医門《やくいもん》に配《あしら》われた七五《しちご》の桐《きり》が一行を出迎える。清原宗家にのみ許された家紋である。

秀元が門衛に宗任の名を告げると、門衛は慌てて低頭し、屋敷の中に消えて行った。その後、直ぐに白い鬢髪《びんぱつ》の老人が姿を現した。

「おう、宗任殿と正任殿か、久しゅうのう…」光頼は目を細めて孫たちの手を取った。

「清原の御爺上《おじいうえ》、御無沙汰致しております」

「堅苦しい挨拶など無用じゃ。ささ、中に上がられよ」

平伏そうとした孫を制し、光頼は暖かい屋敷へと一行を招き入れた。

「急ぎの用事故《ゆえ》、事前の連絡も無しにお訪ね申した無礼をお許し下さい」宗任と正任は揃って恐縮した。

「ここはそなたらの爺の家じゃ。昔の様に何時でも遠慮無く訪ねられるが良い」

突然の孫の訪問に、光頼は上機嫌であった。

部屋に通されると宗任は事の顛末《てんまつ》を手短に光頼に伝えた。襖の外では松本兄弟が畏《かしこ》まっている。

「ふむ、重成の件なら儂《わし》も風の噂に聞いておる。本来なら即座に秋田城に入城すべき所、豪雪を理由に鬼切部に逗留しておるとか。しかもそれも茶番。裏では登任と組んで安倍を討たんと頼良殿を虎視眈々と狙っているそうな…」

光頼の眼が鋭く光った。老齢とは言え、その眼には流石《さすが》に力がある。

「だが心配は無用。清原と安倍は古くからの縁《えにし》。出羽守や武則が何と言おうと、儂の目が黒い内は清原は動かぬ！」

光頼が老齢とは思えぬ大声を発した。屋根から根雪がどさりと庭に落ちる—。

光頼の力強い言葉に、宗任と正任は秋眉《しゅうび》を開いた。


その夜、光頼の屋敷では酒宴が開かれた。その席には秀則、秀元も招かれ、宗任の傍らで恐縮している。郎党を酒宴に招くのは異例であるが、光頼は孫のために甲斐甲斐しく働く二人の労を労《ねぎら》いたかったのである。光頼にはそうした心の温かさがあった。無論、それは宗任と正任にも遺伝している。

熊肉と鰰《はたはた》のしょっつる鍋は冷えた体を芯から暖めた。囲炉裏に翳《かざ》されたきりたんぽからは味噌の焼けた香ばしい香りが漂っている。秋田杜氏の作る酒は辛口で、郷土料理に実に合った。知らせを受けて、光頼の孫の頼遠も駆け付けている。大鳥井太郎《おおとりい》の別称を持つ頼遠は宗任と正任の実の従兄弟でもあり、歳の近い二人とは昔から馬が合う。

「有加と中加は息災か？」

盃を重ねた光頼が上機嫌で尋ねた。有加と中加は宗任らと腹が同じ。即《すなわ》ちこの二人の娘もまた光頼の孫でもある。

光頼は、幼い頃から有加と中加を我が子のように可愛がっていた。

「中加は永衡殿と衣川で幸せに暮らしております」正任の答えに光頼は目尻を下げる。

「有加には良い相手はおらぬのか？」

「どうやら想いを寄せるお方がおるようで…」

「左様か。して、相手は誰じゃ？　この爺の知る者か？」

独り者の姉を不憫に思っていたのだろう。光頼は身を乗り出して宗任に問うた。

「それは…、亘理権大夫《わたりのごんのたいふ》、藤原経清殿にございます」

宗任は、僅かな逡巡の後、経清の名を口にした。この事は頼良にも言っていない。

「おお、中加の婚儀で陸奥守の隣に座しておった若者よな」光頼の顔が綻んだ。

「多賀城でもその武勇が轟いていると手前も耳に」頼遠も笑顔を見せる。

「しかし、今は敵ではないか」真顔に戻った光頼は白い顎髭を右手で撫《な》でた。

「経清殿も向こう側で和議の道を模索しておられます。ご自分の脚を太刀で切り付けてまで我々には刃を向けぬとお誓い下さいました」

「そのような男が国府におるとは…。如何《いか》にも有加に相応しい。何としても和議を頼んだぞ」

光頼は二人の孫の顔をしっかりと見据えた。


翌朝。一面の銀世界を朝日が眩しく照らす中、別館に通されていた秀則らは既に門の前で主君を待ち構えていた。本館では光頼と頼遠が出立する宗任らを見送ろうとしている。

「—貞任殿は達者か？」光頼がふと口にした。

「今頃栗駒山で奮闘していることでしょう」蹻《かんじき》を履きながら宗任が答える。

「そなたらは、頼良殿の跡を継ぐ気か？」

「…」不意な光頼の言葉に、宗任と正任は沈黙した。

「そなたら二人は優秀じゃ。武芸の腕も立つ。惣領としの資質を十分に備えておる。然《さ》れど…」

「貞任兄者は手前以上の器量。手前は兄者を支え申す」

光頼の胸中を察し、宗任がそう答えた。正任も首を大きく縦に振る。

光頼は二人を交互に見据えると満足げに笑った。その目は、これで次の代《よ》も安倍は安泰と語っている。

〈血の繋がらぬお爺上にもその器を認められるとは…。貞任兄者は、やはり凄い〉

正任の隣で旅支度をしていた宗任は、心の中で呟いた。

朝日を浴びて僅かに溶けた檜皮葺《ひわだぶき》屋根の垂雪《しずりゆき》が落ち、それが出立の合図であったかのように四人は光頼の館を後にした。


同じ頃、永衡は為行の手勢を二十ばかり引き連れ、磐井から山に分け入っていた。厳寒期にしてここは磐井の領地なれば敵が潜む心配は皆無と言って良い。それでも永衡は慎重を期し、兵には自分と同じく山師の装いをさせていた。

絵図を広げながら、永衡は兵にてきぱきと指示を送る。先《ま》ずは地面に巨大な穴を掘らせた。穴の中には逆さに太刀を刺し、鉄菱《てつびし》をふんだんに撒いた。その上に薄い板を敷き、雪を掛けてそれを隠す。半刻もすれば、忽《たちま》ち二十もの落とし穴が出来上がった。

「叉鬼《マタギ》衆が落ちぬかの?」心配そうに為行が問う。

「山に生きる者どもは神経が研ぎ澄まされてござる。こんな子供騙《だま》しに嵌《はま》る叉鬼なぞおりますまい。戦が終われば迷惑料として黄金でも支払いまする」

自らが山師らと共に冬の雪山を彷徨《さまよ》った経験から、永衡は断言した。

次に永衡は、敵の通り道となりそうな場所をいくつか選び、雪の下に綱を張らせた。その綱を最寄の山小屋の中にまで伸ばし、その先に鈴を結わえ付ける。敵が縄に懸かれば夜でも小屋に鈴が鳴り響く。小屋には為行の兵が交代で控え、昼夜を問わず敵の進軍に備える算段となっていた。有事の際は小屋に備えた狼煙が知らせる。

「これで抜かりはありませぬな」為行は永衡の手を取り、労を労った。永衡も笑みで返す――。

「むしろ向こうから攻め入ってくれれば、我が軍が先陣の誉れに預る事となる。敵は雪を知らぬ都の兵。磐井の力を見せてくれようぞ」

　為行の言葉に磐井の兵らは皆おお！と気勢を上げた。


　その頃、貞任の姿は栗駒山の山中にあった。天下の剣と聳《そび》え立つ栗駒山への道作りは、困難を極めた。それでも兵の顔は明るい。三交代制で一日働けば二日休めるとあって、疲労は溜まらない。休み所も暖かかった。中には下山が面倒だと犬を抱いてかまくらに籠もり、酒を飲んで直ぐに寝る強者《つわもの》も現れた。

　七合目まで道が通じた頃、事件が起きた。その日、未明の栗駒山に轟音が鳴り響いた。大規模な雪崩である。

　多くの兵は麓の休み所で寝ていた。雪崩はそこまでは達しなかった。しかし、山中のかまくらで寝ていた兵が不幸にも巻き込まれた。

　貞任もかまくらで寝ていた。突然、轟音と共に物凄い衝撃が貞任を襲った。急に体が宙に投げ出されたかと思うと、後は濁流の如き雪崩に身を委《ゆだ》ねるしかなかった。岩場に叩き付けられたが、そのお陰で貞任は何とか止まった。強靭な肉体を誇る貞任でなければ全身の骨が砕かれていたかも知れない。覆い被さる雪を跳ね除け、貞任は何とか自力で脱出した。大音声《だいおんじょう》で仲間を呼ぶ。しかし返事は無い。貞任の声が未明の栗駒に虚しく響く中、一頭の樺太犬が雪の中から顔を出した。貞任は駆けつけて掘り起こし、その犬を抱き上げた。

　直ちに休み所から兵が駆け付けた。数えると四人が足りない。全員で行方不明者の捜索が行われた。しかし残念ながら、三人の兵は遺体で見付かった。一頭の犬も犠牲となった。残り一人は結局見付からなかった。

　亡骸《なきがら》は荷車に乗せられ、貞任自らが引いて衣川に運ばれた。家族の許に遺体を届け、その度に貞任はすまぬと涙を流した。行方不明の兵の家も訪ね、年老いた母の手を取り腰を折って低頭した。貞任は松屋敷の庭に墓穴を掘り、亡くなった樺太犬を丁寧に埋葬した。

「犠牲になった者らのためにも、何としても道を通す！」

兵を前にして、貞任は涙ながらに叫んだ。兵達も、泣きながら拳を天に振り上げた。


清原光頼との合議を終えた宗任と正任は、秋田沖で日本海の荒波に揉まれていた。二人の乗る船はまるで木の葉のように波間を儚《はかな》く漂っている。船先に容赦なくぶち当たる高波は瞬く間に氷の飛沫《しぶき》となって甲板に立つ宗任を襲った。鉛色の雲は低く、空に舞う海猫は冷たい北風に流されて行く——。

顔に付いた飛沫を拭うと、宗任は暗い船倉に潜り込んだ。

「飲め。酔いが紛れる」

揺れる船内にあって宗任は器用に盃に酒を注ぎ、初めての船旅で顔色が悪い正任に勧めた。その隣には秀則と秀元が心配そうに控えている。宗任に従って何度か冬の海に出た事がある松本兄弟にしても、相当に堪える揺れであった。

三人に対峙する形で宗任も盃を煽る。冷えた体が温まった。

「清原は動かぬ。となれば安倍の勝利は定まった」酒を喰らいながら独り言のように宗任が呟いた。

「となれば我らの任務がますます重要となりますな…」青い顔の正任が答える。盃にはほとんど口を付けていない。

例年、内裏の人事発令は春と秋の二回行われる。現職の陸奥守、藤原登任の任期はあと数ヶ月で終わる。登任は齢《よわい》六十五を迎えようとしていた。留任はまずありえない。

人事は参議、いわゆる殿上人《てんじょうびと》によって決められる。安倍一族は代々、都に人脈を有していた。無論、黄金の力の成せる技である。貞観《じょうがん》八年（八六六）に藤原良房《ふじわらのよしふさ》が摂政の職に就いて以来、都では藤原北家による摂関政治が続いていた。先の関白藤原道長《ふじわらのみちなが》は四人の娘を次々と天皇家に嫁がせ、自らは太政大臣《だじょうだいじん》として確固たる地位を築き上げた。今関白の頼道《よりみち》は父道長よりその職を世襲し、都にあって藤原氏は全盛を迎えている。その頼道は、平忠常《たいらのただつね》の乱や刀伊《とい》の入寇《にゅうこう》によって台頭し始めた武家を殊更に警戒していた。安倍は流石《さすが》に現職の関白との繋がりこそ持たないものの、この状況を上手く利用すれば公家の穏健派を次期陸奥守に擁立出来なくもない。

「陸奥の平和のためなら、いくらでも黄金をばら撒くさ」

そう言って宗任はごろりと寝転び目を閉じた。やがて静かな寝息が聞こえて来る。

〈俺の働きが次の陸奥守を決める…〉

正任は事の重要さを改めて認識した。途端に重圧が正任を襲う――。

正任は徐《おもむろ》に立ち上がると船倉を抜け、船先で激しく嘔吐した。

船に揺られること三日、宗任ら一行は若狭国《わかさのくに》（現在の福井県）の小浜湊《おばまみなと》に到着した。狭い湾や入り江が複雑に入り組み、山々が切り立つ小浜の地は、三陸の海を彷彿とさせた。しかし気候は断然暖かい。北海に面しているため雪はあったが、熊の毛皮は不要である。

下船した宗任ら一行は若狭街道を徒歩で南下し、京を目指した。この街道は若狭湾で獲れた鯖や鰺などの海の幸を平安京へと運ぶために整備された道で、行き交う多くの商人でいつも賑わっている
二刻程歩くと、左手に巨大な海が見えてき来た。柔らかな冬の日光を浴び、その水面《みなも》は燦燦《さんさん》と輝いている。

「兄上、また海でござるか？」

「これは淡海之海《おうみのうみ》（琵琶湖）と申してな。海の字を宛てているが、実は真水。湖ぞ」

「これが湖と申されるか！　細波も立ち、船も浮かんでいるではありませぬか…」

正任は狐に摘まれたような顔をしている。無理もない。奥六郡にはそれ程大きな湖はない。

「出羽の八竜湖《はちりゅうのみずうみ》（八郎潟）や東日流《つがる》の十湾沼《とわだのぬま》（十和田湖）よりも大きいぞ」

宗任の言葉に正任はさらに目を丸くした。

湖を眺めながら進むと、不意に正任の腹の虫が鳴った。思えばひどい船酔いで正任は暫《しばら》く胃に物を入れていない。

「やっと回復したようだな。ではそなたに面白き物を食わせてやろう」

宗任は悪戯っぽく笑うと、湖の畔《ほとり》の茶屋に正任を誘った。察した松本兄弟も意味ありげな笑みを浮かべている。

程無くして、店の娘が膳を運んで来た。

「兄上、これは何ぞ？」その匂いを嗅いだ正任は鼻を摘んで閉口した。

「鮒寿司《ふなずし》と申す。鮒の腑《はらわた》を取り除いて中に飯を詰め、塩と共に寝かさせたものだ。いけるぞ」

宗任は旨そうに寿司を摘んだ。何度か食した事のある秀則と秀元も躊躇《ちゅうちょ》無く口に入れる。

対照的に初めて鮒寿司を食した正任は、複雑な表情を浮かべていた。

それを見た松本兄弟は、笑いを堪えるのに必死であった。


その日の夜、一行は淡海之海を一望する旅籠屋《はたごや》で体を休めた。翌朝早くに宿を出ると、近江国《おうみのくに》（現在の滋賀県）から順調に逢坂関《おうさかのせき》を越え、いよいよ山城国《やましろのくに》（現在の京都府）に入る。

京の都に到着したのは薄暮の頃であった。

宗任らは朱色に輝く巨大な門に近付いた。言わずと知れた平安京の表玄関、羅城門《らじょうもん》である。重層で入母屋造《いりもやづく》りのこの門は、幅十丈六尺（約三五メートル）、奥行二丈六尺（約九メートル）、高さ約七十尺（約二一メートル）を誇り、正面柱間が七間で、そのうち中央五間に重厚な扉が組み込まれている。頭上に目をやると瓦屋根には見事な鴟尾《しび》が飾られていた。多賀城の青龍門とは比べ物にならない大きさと荘厳さに、正任は思わず身震いした。

都は人々の行き来も激しく、この時間でも羅城門に人影は絶えない。門衛も逐一往来者を検《あらた》めはしない。否、あまりの人波にしたくても出来ないのである。

宗任と正任は五段の石段を踏み、遂に羅城門を跨いだ。予想通り、門衛の咎めは無い。

〈目の前を通る商人が安倍の者とは夢にも思うまい…〉

都に何度も脚を運んでいる宗任は、心の中で北叟笑《ほくそえ》んだ。

宗任らは難無く羅城門を潜った。初めての平安京に正任の気持ちが高揚する。

門の先には遥か彼方の大内裏まで通じる朱雀大路《すざくおおじ》が一直線に伸びていた。その眺めに正任は息を飲んだ。その幅は五十間を超え、並木に柳の木が整然と植えられている。その道幅全てを人々が埋め尽くしていた。正任は、その賑わいに圧倒されていた。

朱雀大路の西と東は右京と左京に分けられ、それぞれに天下の台所と言われる市場がある。七条《しちじょう》にある東市《ひがしのいち》に市姫乃社《いちひめのやしろ》と呼ばれる神社があった。その鳥居の前の長屋、橘屋《たちばなや》と書かれた店に宗任らは入った。店には異国の骨董品が所狭しと並べられている。そこは貴族相手の骨董商であった。

土間で旅支度を解いていると、奥から白髪の翁が現れ、宗任に深々と頭を下げた。土間には鳩が飼われている。

宗任は松本兄弟を控えの間に下がらせると、正任と共に奥の間に上がり、翁と膝を合わせた。

「橘次《きちじ》、春の援軍派遣はありそうか？」

「書状次第でございましょうが、登任は公卿の方々に煙たがられてはります。内裏は安倍征伐の宣旨こそ出しはりましたが、援軍を三千しか出さぬのがその証拠やと」

宗任の問いに、橘次と呼ばれた翁、橘次信高《きちじのぶたか》は独特の上方訛《かみがた》りで答えた。

「参議との取次ぎは？」

「お任せを。五名の方々に既にお取次ぎしとりやす」

橘次の答えに宗任の顔が晴れた。朝議に参画する参議は八人。上手く行けば過半数を抑える事が出来る。

「万が一、雪の栗駒越えが叶わぬ場合に備え、援軍の派遣も阻止せねばな。正任、明日から忙しくなるぞ」

夕餉を胃袋に納めた後、二人は奥の板間の褥《しとね》に横になった。犬の遠吠えが次第に遠退《とおの》く――。

旅の疲れか、二人は直ぐに深い眠りへと落ちた。


翌朝、二人は松本兄弟を従えて早速町へと繰り出した。正任にとって初めての都だが、ここは敵の大本営である。最早正任に浮かれた気配は無い。

「店は沢山見えますが、品揃えはそれほどではござりませせぬな」想像と異なると言った表情で正任は呟いた。

東市に並ぶ食材は、稗《ひえ》や粟《あわ》などの雑穀や鰯の干物、若布《わかめ》の塩漬け、胡瓜や大根の香の物ぐらいで、衣川の民の食とは雲泥の差であった。西市《にしのいち》も大差は無い。人々も数こそ多いが、その顔は一様に暗かった。

市場の裏通りにある一軒の店の前で、正任は驚きのあまり立ち止まった。そこでは人が売られていたのである。

「西国は日照り続きで米が穫《と》れぬ。我らが陸奥守に納めた米も、本来なれば都に廻される筈だが…」

「登任が横領するのですな…」暗い顔で言った宗任の言葉に、正任は吐き気を催した。

「如何《いか》に陸奥が豊かかわかったであろう。それでも都人は我ら蝦夷を鬼だ獣だと蔑《さげす》む。同じ顔かたちで、同じ言葉を使うと申すに…」

宗任の美しい横顔は歪み、小刻みに震えていた。

宗任らは都の右手を流れる鴨川沿いを歩いた。後に牛若丸と弁慶が出会う事となる五条大橋の袂《たもと》に、一際目に付く広大な屋敷があった。時の中納言、藤原俊家《ふじわらのとしいえ》邸である。当時絶大な権力を誇った関白藤原頼道の甥に当たる俊家は歌人として知られ、武士を野蛮と嫌っていた。

秀則と秀元を五条大橋に待たせ、二人は屋敷に向かった。

「金売吉次とその弟の炭焼藤太めにござります。俊家様にお取次ぎを」

宗任と正任は門衛に傅《かしず》いた。橘次信高の手引きのお陰か、直ぐに二人は庭に通された。

二人が平伏して待つと、寝殿に俊家らしき人影が現れた。御簾《みす》は降りたままである。

「直答を許す。態々《わざわざ》の陸奥からの上洛、大儀じゃの」庭園に甲高い声が響いた。

「中納言様におかれましては、益々ご健勝の事とお慶び申し上げまする」

宗任は恭しく挨拶を述べると、正任が懐から取り出した革袋を頭上に掲げた。中には一貫(三・八キログラム)もの金塊が入っている。側近がそれを受け取り、御簾の向こうの俊家に渡した。

「悪いようにはせん。麻呂《まろ》に任せよ」

俊家は満足そうに頷くと、そそくさと部屋の奥に消えていった。

その後、二人は五条大橋で松本兄弟と合流し、六条河原に向かった。時の左中将藤原能長《ふじわらのよしなが》に謁見するためである。しかし能長《よしなが》との面会は叶わず、宗任は仕方が無しに家人《けにん》に金塊を渡した。受け取った家人は顔色一つ変えず、主人は多忙だと言わんばかりに一行を無下に追い返した。

〈公卿どもは黄金さえ手に入ればそれで良し。蝦夷の顔など見たくもないと言う事か…〉

正任は夕焼けに染まった五重塔《ごじゅうのとう》を遠くに眺め、重たい足取りで帰路に就いた。並び歩く宗任とその後に続く秀則らの表情も、一様に暗かった。

翌日、宗任らは嵐山まで遥々《はるばる》足を伸ばした。彼《か》の地は都の北西に位置し、賑《にぎ》やかな町中に比べ風流と呼べば聞こえは良いが、実際は随分と辺鄙《へんぴ》な場所である。しかしここには時の大納言、藤原信家《ふじわらののぶいえ》の別邸がある。信家がこの地を選んだのは何も山を愛でるためではない。幾多の女との逢瀬《おうせ》がその目的である。

橘屋を出た一行は二条大路を東へと進んだ。やがて大路は朱雀大路にぶつかり、右手に朱雀門が見えた。その向こうに内裏の中枢たる紫宸殿《ししんでん》が見える。宗任らは平静を装いながらも、額から汗を流した。口の中も乾く——。

四人は朱雀大路を足早に横切り、更に東へと向かった。

一刻ほど歩き、町の外れに近付くと、俄《にわ》かに異臭が鼻を突いた。

「都には家無き者も多い。町を外れれば骸《むくろ》が野晒しにされておる」宗任は顔を顰《しか》めて吐き捨てた。

「貧しき民から目を逸らし、貴族どもは贅沢三昧なのですな。こういう輩《やから》が国を滅ぼす。しかしその貴族に黄金を配るのが今の我らの役目…」正任が視線を落とす。

「これも陸奥のためぞ。登任の如き阿呆が陸奥守になれば戦で陸奥を奪おうとするが、徳を積んだ御仁なれば陸奥は一層栄え、都からも民が流れて来よう。同じ人間だ。我らは拒まぬ」宗任は自らに言い聞かせるように呟いた。

ふと道端に目をやると、そこには烏《からす》に腑《はらわた》を啄《つい》ばまれ、犬に手足を噛み千切られた亡骸《なきがら》が転がっている——。

一行は歩みを止め、亡骸にそっと手を合わせた。

上洛して十日が過ぎ、橘次信高が手引きしてくれた五人の参議全員に黄金を配り終えた。草鞋《わらじ》の裏が綻《ほころ》んでいる。やるべきことを全て終え、宗任は音羽山《おとわやま》に正任を誘った。秀則らには暇《いとま》を与えたので、今日は兄弟二人である。

「これは？」

五条坂を登った所で朱色の巨大な門が姿を現した。門の左右には阿形《あぎょう》と吽形《うんぎょう》の仁王像が睨みを利かせている。仁王門である。

その奥には同じく朱色が眩しい三重塔が聳《そび》えていた。一礼して門を潜った正任は、思わず息を飲んだ。都を見下ろす高さ七間（約一三メートル）の断崖に七十八本もの柱が格子状に組まれ、その上に荘厳な寺院が芹《せ》り出している。懸造《かけづくり》も見事なその寺は、清水寺であった。

「——何処となく達谷窟毘沙門堂《たっこくのいわやびしゃもんどう》を彷彿とさせますな…」正任は平泉にある磨崖仏《まがいぶつ》を祀《まつ》った岩窟を連想した。

さもありなんと宗任は思った。なぜなら清水寺も達谷窟毘沙門堂も、建立者は同じだからである。

三重塔に祀《まつ》られた龍の鬼瓦の鋭い眼力を感じながら、二人は寺へと向かった。草鞋を脱ぎ、本堂に上がる。静寂の中、微かに音羽の滝の音が聞こえた。本尊の十一面千手観音像《じゅういちめんせんじゅかんのんぞう》に向き合うと、それまで無言だった宗任が口を開く。

「この寺で坂上田村麻呂は阿弖流為《あてるい》公を追悼したと言う」

「——あの阿弖流為公の！」兄の言葉に正任は絶句した。

「阿弖流為公は陸奥のために全力で朝廷と戦い、そして散った。征夷大将軍であった田村麻呂は都に於いて唯一蝦夷に心を開いたお方と言われている。田村麻呂のような御仁が世に増えれば、陸奥も都も平和となる…」

〈阿弖流為公よ、見ていて下され…〉

二人は静かに手を合わせた。

祈りを終えた二人は清水寺の舞台に出た。京の都が一望となる。

頬を撫でる北風は冷たかったが、陸奥の大地を駆け抜けて来た風と想うと不思議と温《ぬく》もりすら感じられた。檜《ひのき》板が張られた舞台に柔らかな晩冬の夕日が差し込む――。

「人事は尽くした」

「後は天命を待つばかりですな」

二人は宋の儒学者胡寅《こいん》が記した『読史管見《とくしかんけん》』の一説を引用し、艮《うしとら》の方角を見据えて遥かなる祖国に思いを馳せた。

卯の章　鉄槌の鬼切部《おにきりべ》

上洛していた宗任と正任が衣川に戻って間もなく、栗駒山の頂までの道が遂に通じた。それは貞任ら安倍の兵の、百折不撓《ひゃくせつふとう》の精神の賜物《たまもの》である。その日は天も開通を祝ってか、朝から快晴であった。

当初は文字通り雲をも掴むような果てしない難工事に思えたが、予定よりも半月も早く完成した。その裏には無論、兵らの奮闘がある。貞任は連日兵の先頭に立って馬車馬の如く働いた。休み所と現場の往復時間すら惜しみ、夜は犬を抱いてかまくらで寝起きしたものである。雲海を見下ろす山の頂に立った貞任は、竹筒の水を飲み干した。冷えた水が火照った体に滲み込んで行く。口許を袖で拭うと、貞任はゆっくりと後ろを振り返った。眼下には見渡す限りの白銀の世界が虚空《こくう》の如く広がり、右手には陸奥の大動脈たる日高見の大河が蛇行している。遥か前方には金鶏山《きんけいざん》と束稲山《たばしねやま》が僅かに霞み、その手前には衣川の家々が米粒の様に犇《ひし》めいていた。その衣川の町から南に伸びる一筋の道を目で追うと、それは確かに貞任の足許に通じているのである。

「これでこの戦、勝てる！」

積もった雪からの照り返しを受け、貞任の左眼が蒼く輝いた。

貞任が戻ると並木御所《なみきのごしょ》では早速軍議が持たれた。朝から開かれた軍議は、既に一刻以上が経過している。その間に鬼切部《おにきりべ》攻めは百の精鋭で行われる手筈と定まっていた。

「大筋の策はそれで良いとして、問題は決行日じゃの。いつ仕掛ける？」

いつものように頼良の隣に座していた良照《りょうしょう》が皆の顔を見渡して言った。

「五郎《まさとう》、登任《なりとう》は半月に一度は鬼切部に出向くと申したな」貞任の問いに正任は如何《いか》にもと頷いた。

「ならば決行は登任が多賀城を出た当日。その日の正午に鬼切部に攻め入る」

「して貞任様、その意図は？」白髪頭に白い鉢巻を締め気合十分の業近が問う。

「夕刻の談合に合わせ、登任は朝に多賀城を出立する。道中、鳴子の湯に立ち寄るは申《さる》の刻（午後四時頃）辺りとなろう。狭い鬼切部に奇襲を掛ければ一刻で蹴りが付く。その後重成の首を持って鳴子に向かい、のうのうと湯に浸かる登任にくれてやるのだ。登任め、腰を抜かすぞ」貞任がにやりと笑った。

「登任が出湯に立ち寄らぬ場合は？」永衡の指摘も尤《もっと》もである。

「五十も兵を引き連れては裏道は無理だ。登任は必ず鳴子街道を通る。なれば我らが同じ道を東に進めば、奴が湯に入らずとも必ず鉢合わせになる理屈。こちらは百。出会い頭《がしら》でも滅多に負けぬ」貞任はさらりと答えた。

「朝から仕掛けた方が確実ではないか？」良照の言い分も一理ある。寝起きを襲った方が有利に違いない。

「朝では登任はまだ多賀城に近い。戦を逃れた重成の兵が馬で知らせに走れば、登任は直ぐに城に戻りましょう」

「なるほど。それでは登任に重成の首を渡せぬの。どうせなら登任に一泡吹かせたいものよ」

良照は貞任の反論をあっさりと受け入れた。

「兄者、後々の和議を考えれば、重成も生け捕りの方が宜しいのでは？」

正任と共に都を奔走し、穏健派の陸奥守の擁立や援軍派遣の阻止のために暗躍していた宗任が言った。現職の秋田城介を殺めれば、流石《さすが》に鷹派の参議が黙っていない。

「登任と内裏に貸しを作るか。それも悪くない」貞任は素直に宗任の案を飲んだ。貞任は聞く耳を持っている。

「貞任殿、栗駒山の山頂から鬼切部までの道は大丈夫にござるか？」土地勘のある為行が不安を口にした。

山頂までは兵が通れる道を作ったものの、そこから鬼切部までは尾根を沿って東へ六里（約三キロ）ほど進まねばならない。そこは雪が腰まで達する道無き道である。

「又鬼衆《マタギ》に頼んで木々に道標《みちしるべ》の印を付けさせ申した。寒さも峠は超えており申す。迷う事はありますまい」

貞任は自信たっぷりに答えた。

「いくら峠を超えたと言えど冬は冬。山の天気は変わり易い。万が一、季節外れの吹雪にでもなれば…」

珍しく重任が貞任の策に難色を示した。重任は宗任らと共に真冬の山に入り、その怖さを肌で知っている。

うーむと場に重苦しい空気が漂う中、耳慣れぬ声がそれを払拭《ふっしょく》した。

「私が行こう」

声の主《ぬし》は、井殿であった。井殿は中尊寺から衣川の琵琶舘《びわのたち》に身を寄せて来たばかりである。

「私は盲目故《ゆえ》、風の音をよく捕らえる。私も一人の蝦夷として戦おう」

目を閉じて語る井殿からは静かな闘気が漂っていた。


翌日、鬼切部攻めの総大将貞任は軍を編成した。副将には宗任、正任、重任といった安倍の猛者《もさ》が名を連ねる。熊若も立派な戦力として重任の右肩に控えていた。永衡は軍師として貞任を支える事と相成った。戦上手《いくさじょうず》の良照や業近は万が一の反撃に備えて安倍の柵を固める。金為行も磐井《いわい》で迎撃に備えていた。

兵たちは我も我もと皆名乗りを上げたが、奇襲を仕掛ける兵は百と決められている。選ばれし兵には亀甲に違い鷹の羽の紋が彫られた甲冑が配られた。それを纏った兵らは鉄の匂いに武者震いした。

「兄上は怖くないのですか?」

若い家任が貞任に聞く。十三歳の家任は、当初は鬼切部攻めからは外されていた。しかし家任は執拗に食い下がった。その結果、道造りに貢献した報いとして後方支援部隊として特別に帯同が許されたのである。

「なに、喧嘩には慣れておる」

貞任にとっても戦は初めてだったが、余裕綽々《しゃくしゃく》であった。将が恐れれば兵も怯える。貞任はまさに将の器である。

それから数日後、北梅庵の徳助《とくすけ》から登任出立の兆しありとの知らせが届いた。

その日の夜、貞任は衣川の馬場に、百の精鋭と栗駒山の工事に携わった全ての兵を集めた。篝火《かがりび》が煌々《こうこう》と灯る中、居並ぶ兵達に酒が振舞われる。馬場には戦を間近に控えた兵らの昂《たか》ぶりが充満していた。

異様な雰囲気の中、物見櫓《やぐら》に貞任が姿を現した。碧糸威《あおいとおどし》の大鎧を纏い、青龍の前立てに紺碧《こんぺき》の錣《しころ》、吹き返しに桐の花を染め抜いた漆黒の突盔形兜《とっぱいなりかぶと》には三日月形の前立《まえだて》が金色に光り輝いている。右袖には銀の糸で九曜菊《くようぎく》の刺繍。毘沙門天《もんてん》の如き貞任は蕨手刀を月夜に翳《かざ》し、大声で兵に叫んだ。

「全ての始まりは登任の欲。我らはこれまで陸奥守の命に諾々と従って来た。そこへきて此の度の登任の茶番。いつまでも蝦夷と蔑まされる訳にはいかぬ！　これは陸奥守との命を賭けた喧嘩ぞ。喧嘩なら俺は誰にも負けぬ！　皆の者、共に登任に目に物見せてくれようぞ！」

貞任の叫びに呼応し、兵らは拳を天高く突き上げて雄叫びを発した。高揚の余り慟哭《どうこく》する兵もいる。蝦夷の怒りはここに頂点に達した。

〈兄者は兵を一つにする。不思議な力をお持ちだ…〉

天空に輝く北斗七星を見上げながら、宗任は心の中で頷いた。

程無くして貞任は兵を引き連れ、栗駒山の休み所に向かった。馬なれば半刻も掛からぬ距離である。馬の嘶《いなな》きも山の向こうには聞こえまい。

兵らに振る舞い酒を飲ませたのは、実は貞任なりの計算だった。戦の前はただでさえ気が昂《たか》ぶる。頼良の代には隣接する豪族との小競り合いで安倍はしばしば軍を派遣していたが、それも今は昔。多くの若い兵にとってはこの戦が初陣である。酒は興奮を解く。休み所に着いた途端、兵らは高鼾《いびき》を掻き始めた。

〈これで良い。明日は山を登るばかりではない。命のやり取りをするのだからな〉

豪快に鼾を掻く百の精鋭を眺めながら、貞任は満足そうに頷いた。

翌朝、貞任を先頭に、精鋭は太刀、弓、盾を備え、未だ暗い山道を登り始めた。兵の左袖には白地に黒の五本線が引かれた布が結ばれている。雪崩で犠牲になった四人の兵と一頭の樺太犬を弔《とむら》う喪章である。

仲間の亡霊が導いてくれたのか、当日は晴天に恵まれた。進軍も順調である。

黙々と山を登る一団の最後尾に、一際小さな鎧武者が紛れていた。家任である。家任は永衡と共に目の悪い井殿を支えながら殿《しんがり》を喰らい付いていていた。

一団は山の中腹に達した。登り始めた頃は寒さに震えていた兵も、中腹を過ぎた辺りから大粒の汗を滴《したた》らせ始めた。かちかちとぶつかり合う甲冑の隙間からは、湯気がもうもうと吹き出ている。しかし十分な睡眠を取った兵は、意気《いき》軒昂《けんこう》であった。

八合目に差し掛かった所で、束稲山に細い煙が上がった。登任が鬼切部に向かった事を告げる合図である。川村徳助《かわむらとくすけ》からの知らせが入ったのであろう。山道を登る足に一段と力が漲《みなぎ》る。

巳四ツ刻《みよどき》（午前十時頃）に貞任の軍は遂に栗駒の山頂に到達した。早めの中食《ちゅうじき》を取り、来《きた》るべき戦に備える。時間的にも十分余裕があった。眼下に広がる郷土に士気が嫌でも上がる。

中食を終え、いざ鬼切部の地へ向かわんとしたまさにその時、突如風向きが変わった。山の天気は変わり易い。先程までの晴天が嘘の様に、栗駒山は見る見る厚い雲に覆われた。そして遂に粉雪が散ら付き始め、半刻後にはいよいよ勢いを増していた。

「誰ぞ斥候《せっこう》に参れ！」

貞任の命に応じたのは、宗任の郎党の松本秀則と秀元の兄弟であった。

「鬼切部の真上までは木々に赤い布が結ばれている。それを頼りに軍を先導しろ」

松本兄弟は頷くと雪の簾《すだれ》の中を走り出した。その後を無言で兵が進む。見る見る小さくなる二人の背中を見詰めながら、貞任は、雪よ止んでくれと心の中で祈った。

しかし…。

無常にも雪は激しさを増した。豪雪が容赦なく貞任らを襲う。猛吹雪に視界を奪われ、半刻で着く筈の道程《みちのり》に難渋している。既にその倍近くの時間が経過していた。

真っ白い壁の向こうから、二つの白い塊が近付いて来た。先程斥候に放った松本兄弟である。その陣笠の上には雪が三寸以上も積もっていた。

「申し上げます！　目印を見失いました！」秀元が青い顔で叫んだ。

そこからは地獄だった。猛吹雪の中、何とか前に進んでも、そこは前に見た景色のようにも見える。同じ場所を巡っているのである。悪戯《いたずら》に彷徨《さまよ》っても目印の赤い布は見付からない。後ろに続く兵からも苛立ちの声が漏れ始めた。

貞任は唇を噛んだ。予定の時刻までに鬼切部に達しなかった場合は攻撃を中止すれば良い。しかし冬山での遭難は死を意味する。容赦なく襲い掛かる横殴りの吹雪は、兵の体温を見る見る奪って行った。

「太郎兄者《いどの》をここへ！」

貞任の命を兵らが伝言し、殿《しんがり》に位置していた井殿に達した。家任の肩に手を当て、井殿が最前線に進む。

「申し訳ござらぬ。兄者の力をお借りしたい」暴風雪の向こうから現れた井殿に、貞任は希《こいねが》った。

井殿は目を閉じると念仏を唱え、風の声を聞いた。びゅーびゅーと風が切り裂く中、山に井殿の念仏が木霊《こだま》する──。

その声は時に大きく、時に静かに貞任の胸に響き渡った。

どの位時間が経過しただろうか？　不意に念仏が途切れた。井殿が見えない目を開く──。

「こっちだ。微かに布がはためく音を捉《とら》えた」

貞任は即座に井殿が指差す方角に秀則と秀元を向かわせた。

斥候を放っている間、貞任は兵を密着させ、絶えず足踏みを命じた。体を動かせば少しは暖まる。さらには風に対して兵を横に二列にし、風上の兵が風除けとなって風下の兵を休ませた。暫《しばら》くするとその列を入れ替え、順繰りに兵を暖める。これを繰り返し、貞任らは松本兄弟の帰りを待った。

やがて二人が雪を漕ぎ、歓喜の表情で戻って来た。

「目印がありましたぞ！」秀則の甲高い声に兵らが歓声を上げる。

貞任は井殿の両の手を取って深々と頭を下げた。

小柄な兄は大柄な弟の肩をぽんと叩いて頷き、柔和な笑みを浮かべた。

予定より半刻程時間は掛かったものの、貞任ら精鋭百人は鬼切部を真下に望む北側の山頂に到達した。幸か不幸か猛烈な吹雪きで視界が遮られ、敵に見咎められる心配も無い。それどころか、重成軍も僅かな見張りを除いて皆小屋に籠もっている。重成は休み所で酒盛りでもしているのだろう。

安倍の精鋭たちは極寒の中にあって全身から汗を噴出していた。戦を目前に控え、体が熱く滾《たぎ》っている。

貞任は弟達を呼んだ。

「大まかには軍議の通りだ。五郎《まさとう》に四十の兵を与える。采配はおぬしに任せた。三郎《さぶろう》は十の兵と共に五郎の援護に回ってくれ。終わったら遊撃を頼む。六郎《しげとう》は小屋の兵だ。十郎《ながひら》と七朗《いえとう》は秘策を仕掛けた後、太郎兄者《いどの》を頼む」

矢継ぎ早に出される貞任の指示に兄弟らは無言で頷く。

算段を確認した後、貞任は兵を集めた。

「この悪天候こそ雪崩《なだれ》で逝《い》った仲間が我らに与えし僥倖《ぎょうこう》ぞ！　猛吹雪の中、敵は我らが攻め込むとは夢にも思うまい。鎧も纏わず、今頃のんびりと飯でも喰らっておろう。これで我らが勝てぬ理由はない」

敵に悟られぬよう貞任は小声で激を飛ばしたが、その言葉は兵の胸に突き刺さった。兵にとってもこれが初めての戦である。相手が無防備だと信じさせれば随分と余裕が生まれる。これから命のやり取りをするとは思えぬほど、兵も冷静さを取り戻していた。

「いざ、参らん」貞任は鎧の上帯《うわおび》を短刀で切って不退転の決意を示し、永衡に蒼い左眼で目配せした。

永衡は懐から炭壷を取り出し、仕掛けの導線に赤々と灯る炭を押し付けた。しゅーしゅーという音が周囲の山々に木霊《こだま》する──。

次の瞬間、どどーんと言う凄まじい爆音が鬼切部に鳴り響いた！

爆音は四方の山々に跳ね返り、終わりのない山精《やまびこ》となる──。

すると積もった雪が荒れ狂う津波となって谷を襲った。

永衡が仕掛けた秘策とは、火薬である。正史によればこの時代、未だ日本に火薬は伝わっていない。安倍一族は交易を通じ、朝廷より先んじて宋より火薬の技術を取り入れていた。火薬は硝石に炭と硫黄を混ぜて作る。貞任の治める不来方《こずかた》の山々には硫黄も硝石も多く眠っている。

雪崩は白い大蛇の如く波を打ち、重成軍の小屋と言う小屋を次々と飲み込んで行った。重成が潜む本丸にも雪崩が容赦なく襲う。周囲を囲む木塀の一部が衝撃で決壊した。

貞任はいの一番に駆け出した。兵らがそれに続く。やがて貞任らは持っていた盾を雪に置いてその上に飛び乗り、恰《あたか》も橇《そり》を扱うかの如く、一直線に滑り降りた。これも軍師永衡の策である。

「今だ！　行くぞ‼」

貞任率いる兵達は、あっという間に麓に達した。重任の隊も続く。

小屋にいた重成の兵は小屋ごと雪に押し潰された。雪は重く圧《の》し掛かり、また容赦無く兵の口と鼻を塞ぐ。こうして敵兵の多くが瞬く間に圧死または窒息死した。何とか雪の中から這い出た者は、重任の隊の餌食となる。雪が見る見る赤く染まった。

宗任と正任の隊は厩《うまや》を目掛けて真っ直ぐ滑り落りた。二人の後ろにぴたりと付けたのは、松本秀則と秀元である。見張りの敵兵が三人程いたが、迫り来る安倍の精鋭の姿を目にすると一目散に逃げ出した。宗任らは、たちまち敵の馬を抑えた。百の馬を確保したと見るや否や宗任は十の兵と共に奪った馬に跨る。その手には倭弓よりもはるかに小振りな弓が握られている。『陸奥国風土記』に「猪鹿弓《さつゆみ》」と記載される蝦夷の狩猟用の弓である。馬の腹を蹴り、逃げた見張りの兵を追う。宗任は直ぐにこれに追い付き、難無く三人を仕留めた。宗任隊十騎は反転すると、重任の隊と合流した。

「一人も逃がすでないぞ！　登任に知られてはならぬ！」

宗任の号令と共に十人の騎馬隊が馬上から矢を放ち、逃走する敵兵を掃討した。秀則と秀元の矢が的確に兵を狩る。重任が放った熊若も上空高く舞い、逃げる敵兵目掛けて急降下した。鋭い爪に顔面を掻き毟《むし》られた兵が悲鳴を上げて雪原に転がる。

馬を奪った正任の隊は右手で自分の馬の手綱を、左手で空馬の手綱を操り、重任隊に合流した。馬を得た重任の隊は勢いを増し、重成の兵らを完全に制圧した。


その頃、本丸は阿鼻叫喚《あびきょうかん》の巷《ちまた》と化していた。

「安倍貞任、参る！」

雪崩で破壊された木塀を突破し、貞任は先陣を切って本丸内に乱入した。三十を越す兵も我先にと貞任に続く。勢い良く妻戸を蹴破った貞任は巨大な蕨手刀を振り回し、重成の側近を次々と薙《な》ぎ倒して行った。

不意に右から矢が貞任を襲う。貞任は素早く身を翻し、右手で迫り来る矢を掴んだかと思うと、即座にそれを相手に投げ返した。矢は敵兵の額に突き刺さり、矢を番《つが》えたまま絶命した。

左から直刀《ちょくとう》を持った三人の男が現れた。一番左の敵に蕨手刀を振り下ろし、返す刀で二人目を切る。次の瞬間には右端の敵兵の首が胴体から切り離されていた。

「重成は殺してはならぬ！　必ず生かして捕らえよ！」

叫びながら貞任は襖《ふすま》を蹴り倒し、奥の間に重成を探した。後ろから槍が飛び出す。敵兵が襖の陰に隠れていたのである。難なくこれをかわすと貞任は槍の柄を左手で掴み、逆の手で力任せに蕨手刀を払った。敵の首が吹っ飛ぶ。返り血を浴びた貞任は、まさに因陀羅《インドラ》の化身《けしん》であった。

「平重成は何処《いずこ》ぞ！　大将なら潔く名乗り出よ!!」

障子戸をぶち破ると、朱色の豪華な鎧兜が飾られ、丸に揚羽蝶《あげはちょう》の陣幕が張り巡らされた広間に出た。重成の部屋であるのは間違いない。

貞任の蒼い左眼に部屋の中央に座る大柄な男が飛び込んで来た。男の目は閉じられ、右手には小柄《こづか》が握られている。小袖は左前で、北を向いて座っていた。部屋の外は罵詈雑言が飛び交っているが、内はしんと静まり返っている――。

「自害したか！」貞任は思わず舌打ちをした。貞任の声を頼りに宗任が部屋に駆け付ける。

「遅かったか…」宗任も重成を見て唇を噛んだ。

「戦に敗して自ら命を絶つとは正《まさ》しく武者。敵ながら天晴れであった」

貞任は肩を落としつつも重成の亡骸に近寄り、目を閉じて手を合わせた。宗任と兵らも黙祷する――。

その刹那、重成の目がかっと開いた！　次の瞬間、握り締めていた小柄で貞任を襲う！

貞任はとっさに反転して小柄をかわし、憤怒《ふんぬ》の形相で蕨手刀を振り被った。

「兄者！　斬るな！」宗任が叫んだ。しかし無情にも貞任の右手が振り下ろされる――。

がん！という鈍い音と共に、重成が崩れ去った。

「安心しろ。峰打ちだ」

床に這《は》う重成に背を向け、貞任は不機嫌そうに吐き捨てた。


戦闘開始から僅か半刻で重成軍は壊滅した。貞任軍が挙げた首級実に百八。深手を負わせた者は裕に三百を超えている。一方安倍の兵は死者僅かに三名、重傷者七名、軽症者も二十名程度に過ぎない。安倍軍の圧勝であった。

それでも貞任は兵を三名死なせたことを悔やんだ。鬼神の如き形相から一転し、貞任は慈愛に満ちた孔雀明王の顔となって涙した。亡骸は兵に命じて衣川に運ばせ、敵兵の遺体も一箇所に集めて埋葬し、永衡らと共に下山してきた井殿に経を唱えさせて供養した。負傷者は敵味方に係らず、手厚く介抱する。

全ての処理を済ませると、貞任は再び鬼神と化した。

「よし、画竜点睛《がりょうてんせい》と参ろうか！」

貞任の号令に、安倍の兵は皆馬上の人となった。その馬は宗任らが敵の厩《うまや》から奪ったものである。乗り慣れた南部駒に比べると、都の馬はあまりに粗末であった。尤《もっと》も戦の大勢が決した今、無理に速度を出す必要もない。

先頭の兵には平家の旗印を背負わせた。ここから暫《しばら》くは民家も無く、登任に通報される心配はまず無いが、念には念を入れ、重成軍の行軍に見せ掛けたのである。

家任には一番の大馬を与え、盲目の井殿と共駆けさせた。家任も安倍の男。馬の腕は確かである。その上小柄な家任なら、共駆けでも馬が潰れる心配はない。

「兄者、あの悪足掻《わるあがき》きを見るに、あ奴は影武者ではあるまいか？」

後ろ手に縛られ、猿轡《さるぐつわ》を噛まされた重成を一瞥し、重任が呟いた。重成はそのまま裸馬の背に括り付けられる。

「登任の顔を見ればわかるさ」

そう言って笑うと貞任は馬の腹を蹴った。


その頃、登任は牛車の中でのんびりと寛《くつろ》いでいた。適度な揺れと手炙《てあぶ》りの温《ぬく》もりが眠気を誘う。睡魔に負けた登任は、出湯に癒され重成と酒宴を愉《たの》しむ夢を見ていた。多賀城を出る頃には晴天だった空が、吹雪に変わったのも気付かずに…。


「陸奥守様の御成りである！」

兵の大声で登任が目を覚ました。どうやら着いたようである。御簾《みす》を開けると小太りの男が駆け寄って来た。

〈あれは確か玉造の郡司じゃの…〉寝惚け眼《まなこ》の登任は僅かに顔を顰《しか》めた。

「今日も遥々《はるばる》起こし下さりまして、恐悦至極に存じまする」

登任の気も知らず、玉造の郡司鳴子丹取《なるこのにとり》は薄笑いを浮かべて畏《かしこ》まった。

〈あ奴は好かぬ。出湯を持っておらなんだら相手にもせぬが…〉

蹲踞《そんきょ》する丹取を一瞥すると、登任は無言で丹取の別邸へと土足で上がり込んだ。

館の周囲に兵が配置されたことを確認し、登任は一人湯煙の奥へと消えて行く。

〈極楽じゃ…〉檜張りの湯船に浸かった登任は大きく溜め息を吐いた。

〈陸奥は田舎で性に合わんが、陸奥守は良い職じゃ。今宵も重成の歓待じゃて…〉

しんしんと降る暮雪《ぼせつ》を眺めながら、登任は夢心地であった。

〈後は春に安倍を倒せば、莫大な財を手土産に都へ帰れる…〉

登任は醜い顔を一層歪めて心の中で高笑いした。


その頃、館の周囲を固める兵の纏《まと》めは、ある異変を感じていた。遥《はる》か西、鬼切部の方角から蹄《ひづめ》の音が聞こえた様な気がしたのである。

〈気のせいか…〉そう思って正面を向いた時、今度は確かに蹄の音を耳にした。

〈重成の兵か?〉

纏めの男は二名の配下を斥候に放った。程無くして斥候は戻り、男に告げる。

「重成様の軍と見受けます。その数約百」

「妙だな。これから我らが鬼切部に向かうと申すに…」

「丸に揚羽蝶の旗印を背負っておりました故《ゆえ》、間違いございませぬ」

訝《いぶか》しがる纏めの男にもう一人の斥候が説明した。

〈出迎えにしてもここまで来るとは思えんが…〉

そう考えているうちに、やがて軍勢の姿が見えた。ゆっくりと馬を歩かせている。男の目にも旗印が見えた。

「やはり出迎えの兵か」

纏めの男が独り言を呟いた刹那、軍勢は突如駆け出し、吶喊の声を上げて押し寄せて来た!

その軍勢の中に一際《ひときわ》大きな赤毛の偉丈夫《いじょうふ》を認め、纏めの男ははっと息を飲む。

「あれは安倍の軍勢ぞ!」纏めの男は寒さに疼《うず》く右足を引き擦《ず》りながら、丹取の館に駆け込んだ。

板張りの廊下を走りながら、纏めの男は混乱していた。

〈なぜあのお方が西から来る? なぜあのお方が登任様を襲う? あの方の狙いは和議ではなかったのか?〉

右足の痛みを堪えて、纏めの男は叫んだ。

「登任様！　異変にございます！」

〈なんだ騒がしい。儂《わし》が気持ちよく湯を楽しんでおるというのに、無粋な奴じゃ。恥を知れ〉

登任は湯に浸かり目を閉じながら舌打ちした。次の瞬間、湯殿に通じる引き戸が乱暴に開く。

「経清！　湯殿に無断で上がるとは何たる無礼！」登任は仰天して叫んだ。

「お叱りは後で！　安倍の軍勢が迫っております！」「なに!!」

経清の声に、登任は飛び上がらんばかりに驚いた。慌てて湯から上がり、衣を着る。が、焦って上手く袖が通らない。やがて馬の嘶きが鳴り響いたと思うと、陣太鼓と法螺《ほら》貝の音が辺り一面を包囲した。

「経清！　何をしておる！　敵を打ちのめせ！」

「相手は百！　護衛は五十しかおりませぬ！」経清の言葉に登任の顔は見る見る青褪めた。

「し、死にとうない！　儂《わし》はまだ死にとうない!!」

どろろ、どろろと不気味に轟《とどろ》く陣太鼓の音に、登任はますます取り乱した。

「登任様、落ち着かれませ。丹取殿の館に籠もれば二日は持ち申す。それに明日の夜に登任様が戻らねば、多賀城の兵が探りに参りましょう。異変を耳にすれば伊冶城の紀高俊《きのたかとし》殿とて様子を見に来られましょう」

「嫌じゃ！　死ぬのは嫌じゃ！」経清の説得も耳に入らぬ登任は、幼子《おさなご》が駄々を捏《こ》ねるように泣き喚いた。

その時、突然太鼓の音が鳴り止んだ。一瞬の静寂の後、野太い男の声が聞こえた。重成の声であった。

「我らは敗れた！　然《さ》れど安倍の軍は我らを解放すると言う！　兵を引き、使者を遣わせ給え！」

経清は全てを察した。

〈貞任殿の狙いはこれか！　重成を人質として和議を模索する気ぞ！〉

経清の顔に見る見る生気が漲《みなぎ》る——。

「登任様、安倍は重成様を引き渡すと申しております！　早急に兵を撤退させ、使いの者を！」

「いいや、罠じゃ！　開放すると見せかけて我らを油断させ、兵を引けば攻め込む腹じゃ！」

経清の言に耳も貸さず、登任は狼狽した。

「兵を引かねば重成様が殺されますぞ！」

「負けたあ奴が悪いのじゃ！　儂《わし》は知らん！　儂は無関係じゃ！」

部屋の隅で頭から衣を被った登任は、遂に泣き叫んだ。

〈こんな男が我らの主君とは…〉あまりの情けなさに、経清は唾を吐きかけたい衝動に駆られる。

「それでも国府軍の大将か！　そなたが命じぬなら手前一人で行き申す！」

経清は痛む右脚で湯殿の板戸を蹴飛ばした。


外では館を中心に、護衛の兵を内側、安倍軍を外側にして二重の囲いが出来ていた。両軍の距離、およそ四町半（約五百メートル）。暫《しばら》く両軍睨み合いが続く。が、護衛の兵が引く気配も、使者が現れる気配も無い。

「陸奥守は、おぬしを見殺しにする気のようだな」

貞任の言葉に、重成はがっくりと肩を落とした。拳をぐっと握り締め、その両肩は屈辱でぶるぶると震えている。

その時、貞任の蒼い左眼は、館から飛び出す一人の男を捉えていた。男は護衛の兵に武器を捨てさせ、たった一人で足を引き摺りながらこちらへ向かって来る。その背には下がり藤の家紋が描かれた旗印が掲げられていた。

「これで重成は本物と定まった」貞任は確信した。

男が三分の一ほど歩を進めると、登任の皺《しわ》枯れた声が響き渡った。

「武器を持て！　全員今すぐ突撃せよ‼」

その声を聞き、国府の兵は我が耳を疑った。混乱と動揺が場を支配する。

「奴は経清を見殺しにする気か！」重成は愕然《がくぜん》とし、登任と組んだ己を呪った。

「何をしておる！　早く敵を討たぬか！　儂《わし》は陸奥守ぞ！　儂の下知が聞こえぬか!!」

半狂乱と化した登任は兵に喚き散らした。しかしその命に従う者は誰一人いない。

経清は無言で歩を進めた。貞任も重成を引き連れて歩み出る。やがて両軍の中間地点で、貞任は経清と対峙した。

「たった一人、しかも丸腰で来るとは大した者だの。罠とは思わなかったのか？」

「貞任殿なればこそ信じ申した」経清の言葉に貞任は苦笑した。経清は続ける。

「仮に貞任殿に非ずとて、この距離なら矢も届く。その気になれば火矢も使えよう。それをせぬから信じた」

経清は事も無げにさらりと答えた。

「火矢か…」貞任が鼻で嗤《わら》う。

「火が燃やすのは柵ばかりではない。田畑や山々を、時には民の家をも燃やす。安倍の男は戦に火矢は使わぬ」

貞任が経清をじろりと睨んだ。

「安倍の軍がなぜ西から？　まさか栗駒山を越えたと申すか？」経清が話の矛先を変えた。

「その通りだ。二月《ふたつき》掛けて道を通した」平然と言ってのける貞任に、経清は一瞬目を丸くした。

「兎《と》に角《かく》重成様の引渡し、僭越《せんえつ》ながらこの経清、陸奥守様に代わって感謝申し上げる」経清は深々と頭を下げた。

「しかし貞任殿、陸奥守様を襲うとは最早そなたは朝敵ぞ。和議は諦めなされたか？」

「ほう、こ奴の名は重成と申すか。して、陸奥守との戦とは何の戯言《ざれごと》ぞ？　我らは亘理の権大夫《ごんのたいふ》殿が御怪我と伺い、見舞いに参る途中にござる」貞任は涼しい顔で答えた。

「あの山を越えて来たと申されるか！」

「どの道を通ろうと我らの勝手だ」貞任は勝ち誇ったように続ける。

「その道中、鬼切部にて怪しき柵を見付けた。私的に柵を作るは御法度。さては国府へ弓引く者と見て我らはこれを討ったまで」

「儂《わし》は秋田城介ぞ！　国府側の人間じゃ！　柵を作って何が悪い！」重成が口を挟んだ。

「これはしたり。出羽国なれば許されようが、ここは陸奥守が納める陸奥国にござる。何故御貴殿《ゆえ》がここに柵を？」

貞任は重成を睨み付けた。正論である。重成は何も言い返せず、切歯扼腕《せっしやくわん》した。

「して、我らが陸奥守に戦を仕掛けたとは？　我らはこ奴を捕らえ、多賀城に連れ行く途中にござった。そこへ来てこの湯治場。少しばかり柵で暴れてたでな、ついでに汗を流そうとここの出湯に立ち寄り申した。然《しか》るに先客を目にし、館の外で待っていたに過ぎぬ。兵を引け、使者を寄越せと叫んだはこの御仁。我らは何も知らぬ」

貞任は顎で重成を指した。

「ではあの威嚇は何と説明する？」

「太鼓や法螺貝の事か？　あれはただの暇潰しだ。それ以上でもそれ以下でも無い」

貞任は不敵に笑った。確かに貞任らは館を取り囲んだだけで、国府軍には一切手を出していない。

〈これほどの切れ者とは…〉

流石《さすが》の経清も貞任の器量に圧倒されていた。

気が付けば吹雪は収まっていた。夜の帳《とばり》が落ち始める中、貞任は重成を開放した。重成はよろよろと経清の許に歩み寄った。経清は、深々と頭を下げた。

踵《きびす》を返した経清の背に、貞任の言葉が刺さった。

「和議が成れば、有加を連れて多賀に参る」

不意に有加の名を聞き、経清は少なからず動揺した。国府が安倍と対立して以来、胸の奥底に封印していた名前である。体中の毛穴から汗が吹き出る—。

「有加殿がお望みとあれば、吝《やぶさ》かでは無い」

経清は精一杯の平静を装った。

先頭の兵が松明を高々と掲げ、安倍の軍団は悠然と帰路に就いた。一方の経清は、国府軍の歓声に迎えられていた。しかし経清の顔に笑みは無い。むしろ憤懣《ふんまんや》遣る方《かたな》無い形相であった。無論、その怒りの矛先は自分を見捨てた登任に向けられている。重成も、敗者の屈辱と登任への怒りが入り混じった複雑な表情であった。

丹取の館に上がると、二人は真っ直ぐ登任の許に向かった。広間では登任が丹取らを従え、床机に踏ん反り返って腕を組んでいた。安倍軍に取り囲まれ、怯え震えていたあの登任はどこにもいない。

「このたわけめが！ 俘囚ごときに鬼切部を攻め落とされるとは、なんたる醜態《ざま》じゃ！」

安倍軍への怒りは重成に向けられた。重成は歯をぎりぎりと食い縛り、屈辱に耐えている。

「この怒りは頼良の首を見るまで収まらぬ！ 今すぐ衣川に出向いて奴の首を獲って参れ！」

登任はつかつかと重成に近付くと、重成の額を太刀の柄で打ち付けた。額が割れ、重成の顔に鮮血が滴る。

「経清！ 貴様もあれほど安倍の懐まで近付きながら、なぜ不意を付かぬ！ さては敵と通じておるか！」

登任は目をひん剥いて経清に詰め寄った。

「御言葉ではございますが、貞任殿は武者の礼儀を尽くし申した。手前があの場で貞任殿を殺めれば、国府の軍はそこまで卑劣かと末代まで世の笑いものとなりましょう」経清は登任を睥睨《へいげい》する。

「うぬまで何じゃその目は！ 儂《わし》に物を申すと言うか！ 儂は陸奥守ぞ！ 陸奥では儂より偉い者はおらぬ！」

「国府の恥は朝廷の恥。御貴殿は帝の御尊顔に泥を塗ると申されるか！」経清は登任を一喝した。

「如何《いか》にも敗戦の責は我にあるが、そもそもこの戦は貴様が発端！ 全ては道中安倍より聞いたぞ！」

流血した重成が鬼の形相で登任に掴み掛かった。兵が慌ててこれを制す。

「ふ、俘囚の戯言《ざれごと》を信じると申すか！ 儂は何も悪事はしとらん」重成のあまりの剣幕に登任は及び腰となった。

「それに貴様は経清殿を見捨ておった！ 敗軍の将たる儂《わし》は兎も角、儂を奪還しに一人向かった経清殿を、捨て駒の如く切り捨ておったわ！ 武士の命をなんと心得る！」額に青筋を立てて重成は怒鳴った。

「あれは策じゃ。敵を油断させるための策じゃ」

亀のように首を竦《すく》める登任に、経清はもう怒る気力も萎えていた。

「もう良い！　貴様らには頼まぬ！」捨て台詞を吐き、よろよろと床机に戻ると、登任は横に控える丹取に命じた。

「丹取！　そちの兵で逃げ去った安倍の軍勢を今すぐ追え！　伊治の紀高俊《きのたかとし》にも追っ手を出させよ！」

高俊は陸奥に名立たる剛の者であったが、伊治の郡司として登任に恭順の意を示している。登任の命とあらば直ちに挙兵しよう。

「馬鹿な！」経清は呆れた。

玉造と伊治の兵を併せても精々五百を超える程度である。これで奥六郡に踏み込めば、犬死には目に見えている。

「恩賞はいくらでもやる！　位階も授ける！　兎に角行くのじゃ！」

欲に目が眩んだのか登任に逆らえぬのか、丹取は郎党と共に貞任らを追った。急を告げる馬も伊治に走る。

がらんとした広間に、経清ら三人だけが残された。


経清の予想通り、玉造と伊治の軍は安倍の前に敢え無く沈んだ。いくら高俊が武芸に秀でているとはいえ、僅か五百では焼け石に水である。安倍を追って入った伊治の山道には、永衡が仕掛けた罠が待っていた。ただでさえ日が暮れ、視界が悪い。松明を手に進んでいた先頭の兵が忽然と闇夜に消えた。次の瞬間、後続の兵が馬ごと巨大な落とし穴に飲み込まれた。その中には刃が逆向きに立てられている。忽《たちま》ち半数以上の人馬が犠牲となった。

辛うじて仕掛けを突破した高俊らは、磐井の領地に入って死を悟った。智将と名高い金為行《きんのためゆき》を先頭に、磐井の軍勢およそ三千が待ち受けていたのである。山小屋に潜んでいた物見から、半刻前に報せの花火が夜空に打ち上げられていた。

「最早これまでか…」高俊は自らの首と引き換えに兵の命の保証を請う覚悟を決めた。

降参を告げる母袋《ほろ》衆を敵陣に遣わす。使者が口上を述べると、為行が返答した。

「我らの敵は登任唯一人《ただひとり》。武士の情けじゃ。無益な殺生はせぬ。高俊殿には兵を率いて伊治城に御帰還頂こう」

使者から為行の言葉を聞いた高俊は涙した。

〈この御恩は、いずれ…〉

為行の陣に深々と一礼し、高俊軍は伊治城へと撤退した。


その日の夜遅く、貞任軍は衣川に凱旋した。頼良自らが出迎え、並木御所の広大な庭に兵を招く。負傷兵の手当て、戦没者への黙祷を済ませ、頼良から兵に勝利の美酒が振舞われた。兵らの陽気な笑い声が衣川に木霊する。

貞任は宴から一人外れ、今日の戦を省《かえり》みていた。兵は皆自分の役割を全うしてくれた。宗任ら弟達も貞任の指示に従い、よく戦ってくれた。それればかりではない。今振り返ると、この日の天候も貞任に味方した。もしも朝から吹雪いていたら、登任は鬼切部行きを延期したかも知れぬ。多賀城出立後、直ぐに天候が悪化したなら、登任は城に引き返していたかも知れぬ。安倍軍にとっても、山越えの際は晴天で疲労を最小限に留め、突撃の際は吹雪に身を隠す事が出来た。戦の神は登任の理不尽を見通していたのかも知れない。貞任は、そう思った。

やがて宗任に促され、貞任は宴席に戻った。忽《たちま》ち兵らに囲まれ、宴の中心となる。貞任は、酌を取りに来る兵に気さくに応じ、時には笑顔で兵と肩を組んだ。その顔に、鬼切部での鬼神の面影は全く無い。

篝火で囲まれた庭の中央には祭壇が設けられ、巫女に扮した三人の美しい女子《おなご》が優雅に舞った。有加、中加、一加三姉妹による鎮魂の舞である。弔《とむら》うのは戦死した安倍の兵ばかりではない。登任に誑《たぶら》かされ、大義のない戦に借り出され、虚しく散った敵兵の魂を鎮めるための、美しくも哀しい舞であった。

舞が終わると、杉の丸太と檜の葉を積み重ねて組まれた護摩壇に火が放たれた。めらめらと天高く舞い上がる火柱に、誰もが陸奥の平和を祈る。酒を喰らいながら貞任は、ぼんやりと青白い月を眺めた。その蒼い瞳には、陸奥の平和が映っていた。


同じ頃、経清も主を失った丹取の別邸で一人月を見ていた。護衛を引き連れて多賀城に戻った登任に同行する気は更々無かった。どうせ直ぐに任期満了で都に戻る定めである。もう二度と顔を会わせることもないだろう。

あの程度の男が戦の陣頭指揮を執れば、兵は混乱する。貞任を追った兵らは気の毒だが助からなかっただろう。そもそもこの戦を仕掛けたのは登任である。登任が私利私欲のために安倍に喧嘩を売り、自らはのうのうと生きながらえながらも、幾多の兵が命を落とした。

しかし、戦は終わった。

ごろりと板間に横になると、天井にふと有加の笑顔が浮んだ。障子から差し込む居待月《いまちづき》の明かりが、有加の笑顔をさらに輝かせる──。

〈陸奥に平和が訪れれば、有加殿にまた逢える…〉

経清は胸の高鳴りを感じながら、その場で静かにその目を閉じた。

辰の章　新たなる刺客

秋田城介平重成《あきたじょうのすけたいらのしげなり》が鬼切部の戦いで貞任率いる安倍の精鋭に破れ、陸奥守藤原登任《むつのかみふじわらのなりとう》が任期満了に伴い都へと戻った永承六年（一〇五一）、陸奥にしばしの平穏が訪れた。戦に勝った安倍軍の惣領頼良《よりよし》の和議の申し出に対し、正式な答えを出さずに都に逃げ帰った登任は、朝議で蛇に睨《にら》まれた蛙と化していた。と言うのも登任が内裏に提出した報告が、合戦の当事者である重成によって悉《ことごと》く偽りであると暴かれてしまったからである。今となっては参議の皆が戦が登任の私欲から始まった事を承知している。表向きこそ任期満了による退任とされたが、事実上の罷免《ひめん》であった。

そうなると、次なる問題は陸奥守の後任人事と今後の蝦夷への政策方針である。登任が陸奥から退いたからと言って、陸奥への不安が完全に払拭された訳でもない。僅《わず》か百人程度ではあるが、安倍の軍勢が国府軍を打ち破ったのは紛れもない事実である。無論、都の民にはこの事は伏せてある。都から陸奥はあまりに遠い。なれば逆に、よもや都にまで攻め込んでは来るまい、よって蝦夷など放り置け、と論じる楽観論者も現れた。彼らは登任の後任に、公家の穏健派を擁立した。一方で、出る杭は早めに打てという武闘派も鼻息が荒い。強行論者は後任に強力な武家を推薦し、即刻朝廷軍十万を投入して事態が埋《うず》み火のうちに制圧すべしと主張した。こうした衝突が内裏では日々続き、都に蝉《せみ》時雨《しぐれ》が響く頃まで陸奥守不在の異常事態が続いていた。

水無月《みなづき》に入って数日が経過した。照り付ける陽差しが日に日に強さを増し、じりじりと肌を焦がす。

多賀城では、経清《つねきよ》が陸奥守代理として政務を取り仕切っていた。とは言え、安倍に動く気配は無く、地方の情勢もそれぞれの郡司に委ねられている。納税の時期にも未だ早い。仕事と言えば城下の見回りと、たまに起こる民の喧嘩の仲裁くらいである。

右脚の傷もすっかり癒えた経清は、憂さ晴らしに郎党を遠駆けに誘った。多賀の町の西側にある白虎門を抜け、ぐるりと右廻りに城下を半周する。照り付ける真夏の太陽の下、青々と育った稲穂が夏の風に吹かれ、まるで海神《わだつみ》のようにに波打っている。全身から吹き出る汗が心地良い。

やがて経清らは東に進路を取り、遥か東海（太平洋）を眼下に見下ろす小高い丘の上に立った。火照った顔に潮風が当たる。叢《くさむら》の上に、経清はごろりと横になった。

「穏健派の陸奥守が多賀城に下向すれば…」

経清は独り言を呟《つぶや》いた。その先は口には出さなかったが、眼裏《まなうら》には平和な城下で有加《ゆうか》と寄り添い、共歩きする姿が浮んでいた。

衣川では頼良が並木御所《なみきのごしょ》の正殿で渦高く積まれた書物にいそいそと目を通していた。その胸元には琥珀の勾玉が輝いている。

並木御所は安倍一族の総本山であるばかりでなく、奥六郡の政《まつりごと》を取り仕切る政所《まんどころ》でもあった。長く国府の文官を務めた娘婿、永衡《ながひら》の支えを借り、忙しく公務にあたる頼良の顔は、しかし余裕と自信に満ち溢れていた。鬼切部《おにきりべ》合戦の勝者は紛れもなく安倍である。戦闘の規模は小さいものの、蝦夷が朝廷軍に勝利するのは阿弖流為らによる巣伏《すぶせ》の戦い以来、実に二百五十年ぶりの快挙であった。大義が安倍にあるだけに、内裏が強攻策を取る筈が無い、という読みもある。一方で、再び宗任と正任を都に使わし参議の買収に奔走させるなど、和議の締結に向け抜かりは無かった。

その正殿の西の対《たい》では、有加が琴を奏でていた。濡れ縁には仲の良い妹の中加《なか》が小袖姿で寛《くつろ》いでいる。普段は別邸で永衡と暮らしているが、日中はよく有加を慕って西の対を訪れていた。南部風鈴が涼しげに風を受け、琴の音と心地よく交わる。

「姉様、今の曲は誰を想って？」中加が悪戯っぽい笑みを湛えて言った。その旋律は、淡い恋心を表したものである。

一瞬有加の指が止まったが、答えずに琴を続けた。

「姉様、貞任兄様は、必ず和議が成るとおっしゃっております。その日が来たら、一緒に多賀に参りましょう」

有加は多賀を知らなかった。その多賀には経清がいる。多賀と聞いただけで、胸の奥が締め付けられた。引っ込み思案な性格の有加は、思わぬ妹の一言に顔を真っ赤にして俯《うつむ》いている。

「姉様って、貞任兄様とそっくりですわね。不器用な所が」

天真爛漫な中加は、有加を見てくすくすと笑った。


その頃、不来方《こずかた》の地で貞任は大きな嚔《くしゃみ》をしていた。鬼切部合戦一の功労者である貞任は、不来方の稲田で百姓衆に交ざり汗を流していた。入道雲が立ち昇る青い空の下、大きな体をくの字に折り曲げ、泥だらけになりながら黙々と雑草を取り除く。陽が真上に来ると、百姓衆と共に握り飯を頬張り、胡瓜《きゅうり》を齧《かじ》った。昼飯を終えると、貞任は再び稲田へと向かう。

「兄者、やはりここだったか」

陽が西に傾き、姫神山が夕焼けに染まり始めた頃、狩衣《かりぎぬ》姿の逞《たくま》しい若者が白い歯を覗かせ、自慢の黒鹿毛《くろかげ》の馬上から貞任に声を掛けた。重任である。

重任が守る北浦柵《きたうらのさく》は不来方の直ぐ西に位置し、貞任が預かる厨川柵とは雫石水系で結ばれている。馬を飛ばせば半刻も掛からぬ距離であった。体こそ貞任より幾分小さいが、重任も腕っ節は滅法《めっぽう》強い。母は違うが、五つ異なるこの兄弟は幼い頃から馬が合った。戦が終わっても弟はしばしば貞任を訪ねて来る。この日、誇らしげに差し出した重任の右手には、熊若が仕留めたのだろう、立派な雄の雉《きじ》が握られていた。

その晩、厨川柵では、兄弟二人が水入らずで冷えた酒を喰らっていた。厨《くりや》からは雉肉を焼く香ばしい匂いが漂っている。夏の盛りだが日高見川のせせらぎが涼を呼ぶ。

「六朗《しげとう》、戦は好きか?」

不意に貞任が浮かぬ顔で重任に聞いた。重任は、怪訝そうな顔をして貞任を除き込む。

「兄者、どうされた？　我らは勝者ぞ。再び国府が我らに楯突く事があれば、完膚無きまでに叩きのめすのみ」

重任は笑い飛ばした。如何《いか》にも豪放磊落《ごうほうらいらく》な重任らしい。

貞任は戦を憎んでいた。鬼切部ではこちらが攻め込む側で、しかも戦場は里から遠く離れていた。よって巻き込まれた民はいない。しかし万が一、不来方や衣川が戦場となれば、必ず民にも犠牲者が出る。女子供も巻き込まれる。それだけは絶対に避けねばならない。

「陸奥の平和の鍵は次の陸奥守が握っている…」

野良仕事で汗を掻いている時は全てを忘れる。しかし夜になると、陸奥の平和を脅かし兼ねぬ内裏の挙動が気になるのである。これまで都の情勢に疎い貞任であったが、やはり次の陸奥守は誰か、そして和議が成るのか、頭から離れなかった。

貞任は障子の戸を開けた。眼下の日高見川には蛍が優雅に舞っている。

「せっかくおぬしが参ってくれたのだ。今宵は全てを忘れて飲むか」

貞任は笑みを浮かべると、一気に盃を干した。重任もこれに続く―。

兄弟二人。不来方の夏の夜はゆっくりと更けて行った。


衣川に二つの大きな知らせが飛び込んで来たのは、蝉の声も消魂《けたたま》しい、ある夏の朝であった。従者に叩き起こされた頼良は、都の宗任からの書状に目を通し、相好《そうごう》を崩した。

書状には、長く空席となっていた陸奥守に高階経重《たかしなのつねしげ》が内定したと記されていた。経重は前の大和守《やまとのかみ》で、新古今和歌集にも一首採録されている高名な歌人でもある。無論、武者ではない。内裏が安倍一族を滅ぼそうと目論むならば絶対にあり得ない人事である。

「黄金が役に立ったか…」

温厚な経重となら和議は必ず成る。確信した頼良は深く頷いた。

もう一つの知らせ—こちらの方が安倍一族にとって遥かに重大なものであったが—を目にしたとき、頼良は一瞬我が目を疑った。そこには非常大赦《ひじょうたいしゃ》の文字が記されていたのである。

「なんと言う事じゃ！」

普段は鷹揚自若《おうようじじゃく》な安倍の惣領も、この知らせには流石《さすが》に腰を抜かさんばかりに驚愕した。まさに晴天の霹靂《へきれき》であった。

大赦とは恩赦の中で最上位に位置するもので、要はこの世の全ての罪を不問に処すという意味である。書状には上東門院《じょうとうもんいん》が大病を患い、その平癒《へいゆ》を祈願して発令されたと記されていた。大女院《おおにょいん》とも称された上東門院とは先の関白藤原道長の娘、彰子《しょうし》の事で、現関白である頼道の姉であるばかりでなく、四代前の帝の一条天皇の皇后にして、二代前の後一条天皇、先代の後朱雀天皇の実の母に当たる。さらには当代の後冷泉天皇にとっては祖母に当たり、国母とも称される女性であった。因《ちな》みに従えた女房には、源氏物語の作者、紫式部も名を連ねている。

書状には大赦以外にも、以後数年はあらゆる争い事を禁ずるとも記されていた。頼良は、黄金の威力をまざまざと思い知り、その額からは大粒の汗が流れ落ちた。


本来ならば陸奥守は秋の県召除目《あがためじもく》で任命されるが、今回は特例で夏の就任となった。そこには陸奥への政策を早く世に示したいという内裏の焦りも垣間見られる。それを知ってか知らずか、経重は各地でのんびりと和歌を詠《よ》みながら多賀城に下向した。結局経重一行が到着したのは、陸奥の山々が朱に染まり始めた初秋の夜であった。

陸奥守入城の知らせは早馬により瞬く間に陸奥国中の郡司に伝えられた。新任の陸奥守が赴任した際には郡司らが政庁に馳せ参じ、各郡の特産品を献上する慣わしとなっている。無論、頼良も参加を即決した。大赦が発令され、罪を許された—と言うのは戦に勝利した側の安倍から見れば笑止千万ではあったが—今となっては、安倍は最早《もはや》朝敵ではない。そもそも戦そのものが無かった事になったのである。頼良の多賀城詣《もうで》に何ら支障は無い。

新陸奥守就任の祝いの席は五日後と定まった。安倍一族からは、頼良と貞任、そして多賀城と都の情勢に明るい宗任が列席することになった。当然永衡も罪が不問とされ、伊具の領地を再び手にし、郡司として式典に参加する。妻の中加は永衡に同行して多賀城下の館に滞在した後、そのまま伊具に向かう事となった。非常大赦とは言え、一度は国府に反旗を翻した永衡が、再び伊具に戻る事に頼良は一抹の不安を覚えたが、奥六郡に領地を持たぬ永衡は居候《いそうろう》の身。穀潰《ごくつぶ》しは気が退《ひ》けるとの理由から、永衡は中加と共に再度伊具の地を踏む決断を下していた。

中加は勿論、有加を誘った。日頃有加が世話をする兄の井殿《いどの》もこれに快く賛同した。これを受け、内気な有加も勇気を振り絞って多賀に向かう決心をした。宗任、永衡、中加、そして有加の四人は日高見川に設けた川湊《かわみなと》の波止場《はとば》から水路多賀へと向かう。護衛には無論、宗任の片腕たる松本秀則、秀元兄弟が付いた。秋は流れも穏やかで、しかも舟なれば僅か一日で着く。舟に弱い中加も川面に映る紅葉に機嫌を良くしていた。そんな中、一人そわそわと落ち着かない人物がいた。有加である。水面《みなも》に映る顔を見詰め、しきりに髪を気にしている。大丈夫よと微笑む中加の方が大人に見えて、姉の有加は赤面した。普段は物静かで大人びて見える有加もまだ十七の娘なのである。二人の妹の微笑ましいやり取りに、宗任の顔も綻《ほころ》んだ。

一方、惣領の頼良は貞任と共に、郎党を従えて陸路多賀城へ向かった。貢物を積んだ荷車の列もそれに続く。荷台には、宋渡りの陶磁器、漆塗りの調度品、経典、硯《すずり》、香木など、如何《いか》にも公家の経重が好みそうなものが山と積まれていた。奥六郡の領地内は問題ないが、一歩外に出ると何処に盗賊が潜んでいるかわからない。しかし頼良が貞任を引き連れたのは、単なる用心棒としてではなかった。鬼切部の戦を期に、貞任に家督を継がせると定めたのである。宗任は確かに頭脳明晰で、武芸にも秀でている。しかし人を纏め上げる器は、貞任の方が圧倒的に大きい。貞任なれば宗任も喜んで支えよう。そして貞任の人柄なれば、民も喜んで従おう。

沿道に落ちた毬栗《いがぐり》が秋を知らせ、芒《すすき》が風に綿津見《わだつみ》の如く靡《なび》いている―。

白の狩衣に黒の立烏帽子を纏った頼良は馬に揺られ、先導を務める倅の大きな背中を頼もしそうに見詰めていた。

宗任らは順調に川を下り、昼には牡鹿《おしか》（宮城県石巻市）の地に到着した。日高見川の河口は広大で、海との境がはっきりとしない。やがて波が高くなり、宗任らは海に出たことを知った。有加にとっては産まれて初めての海であった。

穏やかな初秋の風を受け、舟は南へと進む。右手に松島が見え始めた頃、有加は猫のように鳴く白い海鳥を見て目を見張った。一行を歓迎するかの如く、船縁には入鹿魚《いるか》が楽しげに並走する。やがて夕凪の時刻となり、藍色に染まる水平線に有加は圧倒された。そしてこの後間も無く着くであろう未だ見ぬ多賀の町と、直ぐに逢うであろう凛とした若武者の姿を想い描き、有加の心はときめいた。

夜の帳《とばり》が落ち始め、沖に漁火《いさりび》が灯《とも》り始めた頃、舟は鹽竈《しおがま》の湊に入った。舟頭が縄を投げ、器用に岸壁の柱に舫《もやい》を結ぶ。永衡がひらりと舟から舞い降り、優しく中加に手を差し伸べた。宗任も後に続く。最後に有加が恐る恐る舟べりに立った時、舟が波に大きく揺れた。慌てて差し出す有加の手を取ったのは、しかし宗任ではなかった。

「つ、経清様！」有加が暗闇に目を凝らすと、そこには笑顔の経清が佇《たたず》んでいた。


鹽竈の湊で、一行は経清の郎党が用意した馬に乗り換えた。中加は馬も達者だったが、有加は馬に乗れない。仕方なく宗任の馬に横座りした。鐙《あぶみ》を踏んだ宗任は、経清の視線を感じた。慌てて経清が視線を逸らす。

思惑橋《おもわくのはし》を渡って城下に入った。経清は一行を城下の私邸に招待した。供の松本兄弟は流石《さすが》に恐縮して辞退したが、経清の計らいで城下の旅籠屋を手配された。

経清の館は質素だったが、隅々まで手入れが行き届いていた。掃き清められた庭には楓《かえで》が朱に染まっている。永衡は勿論、昔から親交のある宗任も何度か経清邸を訪れていたが、無論有加は初めてである。旅支度を解き、有加は遠慮気味にぽつんと下座に正座した。宴に女子《おなご》が同席するのは当時の武家では異例である。

程無くして雑仕女《ぞうしめ》が酒と料理を運んで来た。膳には牡鹿や鹽竈の海で取れた牡蠣の蒸し物や鯖の塩焼き、焼き松藻の吸い物など、海の幸がずらりと並んでいる。少量ではあったが、鯨《いさな》の塩漬けも見えた。多賀城の御膝元、鹽竈の湊には鯨が上がる。

有加の許に年増の雑仕女が膳を運んだ。

「あらお美しいお姫様ですこと。今夜は特別なお客様がいらっしゃるからと、若が念入りに準備させたのですよ」

雑仕女は有加に意味ありげに微笑んだ。宗任は、経清の顔が赤くなったのを見逃さなかった。

やがて酒も入り、場も少しずつ和んで行った。思えば経清が自らの右足を傷付ける男気を見せなければ、宗任や永衡らと、鬼切部の地で命のやり取りをしていたかも知れない。戦が終わり、恩赦も成った。新しい陸奥守も穏健派と聞いている。平和な世が長く続くと、その場の誰しもが確信していた。

「有加殿は多賀は初めてでござるか？」

酒の勢いを借り、経清が有加に話し掛けた。心無しかその声は上擦っているように聞こえる。

「はい…」伏し目勝ちに有加は答えた。これが精一杯の答えだった。その後の会話が続かない。

「経清様、それでは姉に多賀の町をご案内しては頂けませんか？」

痺れを切らしたのは中加であった。有加は俯いたままである。

「手前も明日、父上と兄者を出迎えねばならぬ。永衡殿も中加も久しぶりの多賀で何かと忙しかろう。経清殿、引き受けては下さらぬか？」宗任も援護した。永衡も頷く。

「有加殿さえ宜しければ、身共《みども》に異存は…」

またしても上擦った経清の言葉に、有加は耳の先を真っ赤にしてこくりと頷いた。

障子の影から雑仕女のくすくすという笑い声が聞こえる。

いつの間にか外からは鈴虫の鳴き声が心地良く響いていた。

翌朝は秋らしく清々しい青空が広がっていた。経清は、永衡の別邸に泊った有加を迎えに上がった。艶やかな鴇色《ときいろ》の袿《うちき》に白絹の小袖を羽織って含羞《はにか》む有加に、経清は一瞬で心を奪われた。あまりの可憐さに抱き締めたい衝動に駆られる。気仙名産の椿油《つばきあぶら》の甘い香りが心地よく経清の鼻腔を擽《くすぐ》った。

「今日は有加の守りに付かずとも良い」二人を見送ると宗任は笑顔で郎党の松本兄弟に命じた。
「手前どももその様な野暮《やぼ》な真似は致しませぬ故《ゆえ》、ご安心を」弟の秀元が笑みを浮かべて答える。
「尤《もっと》も、経清様に勝る護衛の方なぞこの陸奥にはおられませぬが」兄の秀則の言葉に、宗任は大きく頷いた。

有加と共に町に出た経清は天にも昇る気分であった。その日一日、何処をどう巡ったか、何を話したのかほとんど覚えていない。女子《おなご》にはつまらぬ無粋な話題だったろうかと、その夜経清は一人悶々と案じた。昼餉も共に食した筈だが、緊張のあまりその味も覚えていない。唯一覚えているのは、明日もまた逢う約束を交わした事である。

今日一日を夢見心地で過ごしたのは、有加も同じであった。思えば経清とは、衣川で二度顔を合わせたに過ぎない。その時は言葉もまともに交わしていなかった。それ以来、二年以上の歳月が流れている。逢えない気持ちが焦りに繋がり、心の中に育《はぐく》んだ経清像が実際の経清とは異なるのではないのかと、ずっと不安で仕方がなかった。しかし…。今日逢った経清は、二年間想い続けて来た経清と全く同じ人物であった。兄貞任のように優しく頼りになる。明日の約束も、有加の方から持ち掛けたのだった。

その日の夜、有加は永衡邸で、子供の頃のように中加と枕を並べていた。有加は先に眠りに落ちた。今日の出来事をあれこれと詮索したかった中加であったが、恥ずかしがり屋の姉は殆《ほとん》ど何も打ち明けなかった。しかし、時に幸せそうに笑みを浮かべる有加の寝顔を見て、中加は安堵した。

中加は自分まで幸せな気分になり、微笑みながら紙燭《しそく》の炎を消した。

翌朝も経清は有加を迎えに行った。二日目で余裕が出たのか、有加は弾けんばかりの笑顔で経清に手を振った。
「今日は遠駆けに参りましょう」
眩しい笑顔に目を細め、経清は有加の手を取った。後ろに座る有加を気使い、経清は黒鹿毛《くろかげ》の愛馬を優しく進める。腰に回された有加の白く細い二の腕に、経清の心の臓は高鳴った。有加の甘い髪の匂いが経清を満たす。一方の有加は、経清にもたれ掛かることに安らぎを感じていた。市女傘《いちめかさ》に虫の垂衣《たれぎぬ》から時折除く笑顔が光り輝いている。柔らかな秋の日を浴びながら、二人は思惑橋を越えてゆっくりと東に向かった。海を見ながら他愛もない話をする。頬をなでる潮風が心地よい。有加は少女のように砂浜を遊んだ。ひらひらと領巾《ひれ》が揺れる様はまるで天女を思わせる。邪気の無い有加の笑顔に経清は夢中であった。そして有加も幸せだった。

陽が西に傾いたころ、二人は小高い山の前で馬から降りた。目の前には大きな鳥居が構え、その向こうには山頂まで続く石段が延びている。そしてその頂には荘厳な社《やしろ》が佇《たたず》んでいた。後の世に奥州藤原氏や伊達政宗も崇拝したという陸奥国一宮《むつのくにのいちのみや》、鹽竈《しおがま》神社である。

若い二人は同じ歩調で石段を黙々と登って行く。二百二段の石段を登り切り、唐門を潜ると正面左宮に建御雷神《たけみかづち》、右宮に経津主神《ふつぬしのかみ》を祀る社殿に着いた。その右手には主祭神塩土老翁神《しほつちのをじ》を祀る別宮が見える。手水舎《ちょうずしゃ》で身を清め、二人は四度拍手を打って別宮に願を掛けた。この時荒覇吐《アラハバキ》の神は、二人の願いが同じであることを知る。

参拝後、経清は有加を境内の巨木に案内した。鹽竈桜と呼ばれる見事な桜である。今は秋。その枝に花は無い。

「有加殿、次の春には身共《みども》と共に、この木の花を愛でてはくれませぬか?」思い切って経清は有加に告白した。

有加はしっかりと『はい』と答えた。

燃え盛る秋の夕暮れの中、境内から西に目を向ければ、遥か多賀の町並みが見える。そして東には、夕日を浴びて黄金色に棚引く大海原が一望された。

見詰め合う二人の間に最早《もはや》言葉は必要ない――。

どちらから求めるともなく、二人はそっと口付けを交わした。

新陸奥守就任式典の日となった。多賀城の正殿に国中の郡司が勢揃いしている。有加と契りを交わした経清は、亘理の郡司兼従七位下の公家として中央に列席している。参列者の中には、無論奥六郡を預かる安倍頼良の顔もあった。その左右には貞任と宗任が控えている。嘗《かつ》て国府と袂《たもと》を分けた永衡も、伊具の郡司として参列していた。

頼良の許に磐井の金為行《きんのためゆき》が挨拶に訪れた。為行が座に戻ると、入れ替わりで気仙の金為時《きんのためとき》が媚びるような笑顔で頼良の許に向かう。

〈風見鶏め…〉

鬼切部合戦の前には国府に怯えて中立を表明した癖に、その国府軍を破った途端、安倍に尻尾を振ってすり寄って来た為時に、貞任は腹の中で毒突いた。

それ以外の郡司は頼良らに見向きもしない。むしろ安倍一族に対する他の郡司らの視線は厳しかった。予想した事ではあったが、大赦が発令されたとて、安倍が国府に逆らったのは紛れもない事実である。尤《もっと》もその原因は前陸奥守《さきのむつのかみ》、藤原登任の身勝手にある。頼良、貞任、宗任、そして永衡は、胸を張って堂々と場に控えていた。

どんどんどん！という太鼓の音と共に、やがて新任の陸奥守、高階経重が登場した。一堂、恭《うやうや》しく場に平伏す。貞任も珍しくそれに従っていた。戦を願わぬ陸奥守は、貞任にとっても抗《あらが》うべき相手ではない。

経重は如何《いか》にも公家という風貌で、年の頃六十過ぎ、小柄で色も白く、戦には無縁のひ弱な風姿であった。慣例に従い、南方の郡司から順に着任の祝辞が述べられた。頼良の番になると、流石《さすが》に場に緊張が走る。

「そちが噂の頼良殿か。麻呂に欲は無い。世が平らかで歌が詠めればそれでよい。奥六郡はそちに任せたぞよ」

場の緊張とは裏腹に、経重はのんびりと拍子抜けした声を発した。

やがて気仙の金為時に口上が回って来た。すると為時は満面の笑みを湛え、白い陶器を恭しく経重に差し出した。

「これは気仙の酒にござります。田舎酒故《ゆえ》都の銘酒には勝《まさ》りませぬが、陸奥守様の御口に合えば、この為時、この上なき喜びにござりまする」

為時の大袈裟な言い回しに、兄の為行は辟易としていた。

その奥で貞任の左の蒼玉《せいぎょく》は、為時の目が暗く光ったのを見逃さなかった。

その日の夜、経重は為時が奏上した酒を嗜《たしな》んだ。直後に眠気を感じ、褥《しとね》に横になる――。

「明日は秋保《あきう》の山に紅葉を愛でに参るぞよ」障子戸の奥の家人《けにん》にそう告げ、経重は行燈《あんどん》の火を消した。

これが家人が聞いた経重の最期の言葉となった。

翌日、多賀の町は騒然となった。着任して日も浅い経重の訃報が流れたのである。政庁からは病死との発表があった。しかし巷では、鬼切部に散った亡霊の呪いと実《まこと》しやかに囁かれた。何せ老齢とは言え、経重は昨夜までぴんぴんしていたのである。国府に楯突いた安倍の仕業との噂も流れた。無理もない。が、迷惑千万なのは安倍の方である。安倍は和議を望んでいた。なれば温厚な歌人、経重は和議を結ぶ相手としては打って付けである。安倍が経重を手に掛ける理由は何処にも無い。

しかし多賀城に詣でていた頼良は即座に衣川に戻った。城下に居住地を持たない郡司には休み所が与えられていたが、万が一という可能性が無い訳ではない。北梅庵《ほくばいあん》に潜むという手もあったが、そこが安倍の店である事は絶対的な秘密である。惣領が頻繁に出入りしては何かと疑われよう。

一方で、貞任は経重の葬儀まで、頼良の名代《みょうだい》として多賀に留まる事となった。貞任まで衣川に帰っては安倍への疑念が深まり兼ねない。尤も大赦が出た今、貞任は最早咎人《とがびと》ではなかった。貞任は風を切って城下を闊歩した。

そんな中、貞任は町中で金為時《きんのためとき》とばったり出会《でくわ》した。為時は慌てて視線を逸らし、人々の喧騒を掻き分けてそそくさと白虎門に通じる道へと消えて行く……。

その背中を無言で睨み付けながら、貞任は何やら胸騒ぎを感じていた。

遡ること一月《ひとつき》余り、京の都では頭を丸めた登任が、一人苛々《いらいら》と寺に籠もっていた。鬼切部での敗戦の責任を取らされ、登任は出家していた。しかし大人しく御仏に祈りを奉げる登任ではない。念仏の代わりに、安倍への恨み辛《つら》みを唱える毎日であった。安倍ばかりではない。あ奴が戦に負けたのが悪いと平重成にも腹を立てていた。内裏への偽りの報告を悉《ことごと》く否定したのも重成である。

阿弥陀如来像に向かって左手を翳《かざ》していた登任の木魚を叩く右手が、ふと止まった。

「敵の敵は味方じゃの…」登任の目が妖しく光った。

その日の夜、登任は六条堀川の武家屋敷を訪ねた。笹竜胆《ささりんどう》の家紋瓦が飾られたその屋敷の主の名は源頼義《みなもとのよりよし》。清和《せいわ》天皇の第六皇子、貞純親王《さだすみしんのう》の流れを汲む河内源氏の二代目棟梁にして、都では誰しもがその名を知る武将であった。重成が平家の猛者なら、頼義は今をときめく源氏の旗頭である。頼義は父頼信《よりのぶ》と共に平常忠《たいらのつねただ》の乱に出陣し、瞬く間にこれを平定したばかりでなく、その戦で弓の腕を武門の名家平直方《たいらのなおかた》に認められ、直方の娘を正室として与えられている。狩りを好んだ小一条院《こいちじょういん》（三条帝の第一皇子敦明《あつあきら》親王）の判官代《ほうがんだい》を務めたのも、その弓の腕前を院に見込まれたためであった。大江山の酒呑童子《しゅてんどうじ》の首を見事に刎ねて源氏の基礎を築いた源頼光《みなもとのよりみつ》は頼義の伯父に当たり、後の世に鎌倉幕府を開く事となる源頼朝《みなもとのよりとも》とその弟の判官九郎義経《はんがんくろうよしつね》は五代末裔に該当する。姓こそ違うが室町幕府の開祖足利尊氏《あしかがたかうじ》や戦国の世に甲斐の虎と恐れられた武田信玄も頼義の血を引いており、真意の程は定かでは無いが、彼《か》の徳川家康も河内源氏の嫡流を自称したと言う。

登任は頼義が次期陸奥守の座を虎視眈々と狙い、高階経重と最後までその座を争ったことを知っていた。一方の頼義も陸奥守となって安倍を討たんという野望を抱いている。武士は戦い続けなければ地位が向上しない。平和に甘んじている時代は武士を必要としないのである。かと言って単に弱い敵を討っても意味は無い。都の公卿が恐れ慄《おのの》く強敵に勝ってこそ、武士は出世が叶《かな》うのである。そういう意味では安倍は頼義にとって恨みこそなけれど絶好の戦相手であった。この武家社会独特の好戦的思考は、後に関ヶ原の戦いに家康が勝利するまで続く。

他にも頼義には戦で河内源氏の名を馳せねばならない理由があった。源氏は何も河内流だけではない。嵯峨天皇を祖とする嵯峨源氏、河内源氏と同じく清和天皇に遡る清和源氏など、実に二十一の流派があった。しかも源氏は血で血を洗う一族でもある。例えば後の世に保元の乱に勝利した左馬頭源義朝《さまのかみみなもとのよしとも》は実父の為義《ためよし》を始め、同族の頼仲《よりなか》、為成《ためなり》を処刑している。また、鎌倉幕府の初代将軍頼朝は、源平合戦の功労者である弟の義経を討ったばかりでなく、やはり弟の範頼《のりより》、従兄弟の木曽義仲《きそのよしなか》も滅ぼしている。その頼朝と北条政子の子で二代将軍頼家《よりいえ》は沐浴中を襲撃され、その弟の実朝《さねとも》は鶴岡《つるがおか》八幡宮で甥の公暁《くぎょう》に暗殺された。こうして鎌倉幕府は三代で終焉を迎える事となる。

そんな呪われた血を受け継ぐ頼義は、久しく子宝に恵まれなかった。当代五十四を迎えるが、嫡男は弱冠十三歳。七歳にして石清水《いわしみず》八幡宮で元服を済ませた八幡太郎義家《よしいえ》その人であった。

「未だ幼い義家のためにも、戦で名を馳せて河内源氏の土台を磐石なものにしなければならぬ！」

居間にどっかりと胡坐を掻いた頼義は、拳で床を殴り付けた。登任がびくりとして身構える。

「頼義殿、儂《わし》は安倍が憎いのじゃ。儂の恨みを晴らしてくりゃれ」

「しかし陸奥守は高階経重殿と定まった。あと五年も待たねばならぬ！」

苛々と頼義が吐き捨てた。裏で宗任と正任の暗躍があった事までは知る由《よし》もないが、頼義は武士の台頭を恐れた軟弱な貴族どもが経重に靡《なび》いたと見ていた。

「しかも中宮におわす大女院様を慮《おもんぱか》って大赦が発令されたとあっては、最早《もはや》戦も儘《まま》ならん！　腹癒《はらい》せに公卿の屋敷でも襲ってやるかの！」

憤懣《ふんまん》遣る方無《かたな》い頼義は、口にした盃を土間に投げ付けた。盃は木っ端微塵《こっぱみじん》に砕け散る――。

頼義が陸奥守に拘《こだわ》る理由はまだあった。房総三カ国で繰り広げられた平常忠の乱を平定して以来、頼義は彼《か》の地を東国における拠点としていた。その後相模守《さがみのかみ》を歴任したことで、その支配力はより強固なものとなって行った。事実、坂東の多くの武者が頼義と主従関係を結んでいる。坂東は、白河関《しらかわのせき》の直ぐ南に位置する。即《すなわ》ち都からの援軍に頼らずとも、頼義挙兵の際は坂東の荒くれ武者が馳せ参じるとの読みがあった。そして頼義をして陸奥守の座を望ましめる最後の理由は、河内源氏の祖である父頼信を越える事にあった。頼信は登任の五代前の陸奥守を務めており、頼義は僅かの期間ながら幼少期を多賀で過ごしている。頼義は、自然豊かな陸奥への憧れにも似た感情を抱いていた。この境遇は坂上田村麻呂に酷似していたが、田村麻呂が蝦夷との調和を願っていたのに対し、頼義の陸奥への歪んだ憧れは、彼《か》の地を我が手に収めんとする野望へと転化していた。

「五年待たずとも手があるわい。それに陸奥は遠国《おんごく》。いくらでも理由を付けて戦が出来よう」

登任の目が暗く輝く。

「なに?」頼義が直ぐに食い付いた。

「陸奥守高階経重殿が多賀城に下向した直後、急な病で亡くなれば良い…」

事も無げに言い放った登任の言葉に、頼義は唖然となった。

「陸奥に気仙《けせん》という郡《こおり》がある。そこを預かる金為時は儂《わし》と通じておる」

登任は頼義の耳元で囁くとにやりと笑った。頼義も目を妖しく光らせる――。

屋敷の外では不穏な雲が湧き上り、六条河原の町は俄《にわ》かに雨に祟《たた》られた。

内裏では役人らが慌てふためいていた。藤原登任の後任人事が決まったのは僅か二月《ふたつき》前の事である。それが高階経重の急逝により、再びの人選を強いられたのである。参議らによる喧々諤々《けんけんがくがく》の議論の裏には、それぞれの利益と欲望が複雑に絡み合っていた。陸奥の平和を第一に考える貴族は誰もいない。しかし皮肉な事に、それ故《ゆえ》黄金が役に立つ。頼良は宗任と正任を再び都に向かわせた。

次期陸奥守の座を狙い、都では源頼義が息巻いていた。頼義は家来衆を使って私設警護団なる武装集団を結成し、夜な夜な都を練り歩いている。頼義の腰には二尺七寸の太刀が誇らしげに佩かれていた。千人もの敵の首を髭ごと斬り落としたとされる河内源氏の伝家の宝刀、髭切《ひげきり》である。

当時の都における公的な警察機関としては検非違使《けびいし》が存在するが、頼義は飽《あ》く迄《まで》私的に都を守ると主張していた。となると公家にはそれを拒むだけの理由と実力は無い。この頃になると公家の力は次第に衰え、相対的に武家の力が強まって行った。その武家の第一人者、頼義の勢いは留まる事を知らない。無論、頼義の私設警護団は建前上はひ弱な公卿どもを狼藉者から守るという事になっていたが、公的機関とは異なり、頼義の気分次第で公卿の屋敷に討ち入らない保証はどこにも無い。公卿らは密かに頼義に怯えていた。このような乱暴者は望み通り、遠く陸奥国へ追い出してしまえと主張する公卿も少なくなかった。

それでも急逝した経重の後任には公家の藤原良経《ふじわらのよしつね》が選出された。宗任らの黄金を受け取った参議五人のうち一人が寝返ったが、武家推進派の参議の一人が急病で朝議を欠席したため、四対三とぎりぎりの票を得ての選出であった。

宗任からの書状を目にし、衣川の頼良は安堵の溜息を漏らした。しかしここで意外な事態が生じた。新陸奥守に選出された藤原良経が、あろう事か辞退を申し出たのである。都では前陸奥守の死因について、戦で死んだ兵の祟りと囁《ささや》かれていた。蝦夷は獣と同じで人の言葉が通じず、倭人を捕らえてはその肉を喰らう、公家上がりの軟弱な陸奥守は簡単に餌食になるなど、耳を覆いたくなるような酷い噂も流れていた。勿論、これも頼義が吹聴したものである。陸奥を知らぬ良経が下向を躊躇するのも無理はなかった。推薦を受けた他の公家らも軒並み難色を示している。

二度までも公家の擁立が頓挫したとなると、最早武家に頼らざるを得ない。獣を野放しにするべからずとの世論も後押しし、内裏は遂に源頼義を次期陸奥守に任命した。時に永承六年（一〇五一）の秋であった。

喜び勇んで多賀城に即刻下向するかと思われた頼義であったが、意外な事に暫《しば》く都に待機して動かなかった。尤《もっと》も非常大赦が発令されたため、下向して即安倍討伐とはいかない。加えて陸奥にはこれから本格的に冬将軍が到来する。慌てて多賀城に赴任しても、直《す》ぐ様《さま》雪に閉ざされる。幼い頃に陸奥を知る頼義は春の訪れを待って陸奥に下向する腹《はら》心算《づもり》と、名の訓《よ》みを同じくする衣川の頼良は見ていた。

翌、永承七年（一〇五二）の正月。本来ならば酒を酌み交わして新年の到来を慶ぶ日であったが、今年に限っては人々の顔は暗かった。なぜならばこの年を堺に、遂に末法《まっぽう》の世に突入したからである。この時期はあれだけの栄華を極めた摂関家が衰えを見せ始め、上皇による院政へと向かう過渡期であった。不安定な政治は治安の乱れを生む。また仏教界も天台宗の腐敗や僧兵の蜂起により荒廃を極めて行った。釈迦の予言は誠であったと世の人々は口々に嘆《なげ》く。

衣川の並木御所でも安倍の面々が一堂に会していた。こちらも正月だと言うのに一様に表情は暗い。この先五年間、源頼義という当代一の武将が多賀城に常駐する事になるのである。無理も無い。経清と有加の結納が春に執り行われると言う慶事もあったが、一族の話題はどうしても戦に向けられた。

「よりによって河内源氏とは…。河内は阿弖流為《あてるい》公処刑の地。我ら蝦夷にとっては禁忌《きんき》の癖地《くせち》ぞ」

盃を乾した惣領の頼良が忌々しそうに呟いた。

「頼義は、それほど強いか？」弟の良照もやはり戦の事が頭から離れない。

「都では泣く子も黙る鬼武者と恐れられておりまする」宗任と共に何度か都に足を運んだ正任が答えた。

「平重成も猛者《もさ》ではあるが、上には上がおり申す。今の都では最強の武者にございましょう」

国府に長年勤めた永衡が補足した。

「頼義は和議に応じようか？」良照が眉を顰《ひそ》める。

「和議も何も、大赦で先の戦自体が無かった事になり申した。なれば頼義も簡単には我らに手を出せぬ理屈」

宗任は落ち着き払って盃を重ねた。

「だと良いが…、登任のように無理難題を押し付け、我らを挑発するのではあるまいか？」

磐井から新年の挨拶に訪れた金為行の言葉に、誰もが顔を曇らせる。

「いっそ先手必勝で下向直後の頼義を叩いては如何《いかが》か？　禄《ろく》に土地勘も無かろう」酒の入った良照が息巻いた。

「如何《いか》にもその戦は我らが勝とうが、問題はその後でござろう。鬼切部で勝ちを収めた我らからすれば迷惑な話だが、内裏は我らを赦《ゆる》した。それでも我らから先に戦を挑めば、今度こそ安倍は逆賊となりましょう。さすれば内裏は威信を賭けて何万という援軍を送りまする。それこそ頼義の望む所。如何《いか》にも都は陸奥から遠けれど、聞けば頼義は坂東にも拠点を持つとか。なれば兵糧ばかりか兵の補給も容易。二十年先をお考えになられよ！」

貞任は叔父の良照を一喝した。貞任の言う通り、今挙兵すれば泥沼の戦が二十年も続く。広大な奥六郡とは言え、兵や資源は限られている。一方、都は遠いが陸続きである。その気になれば湯水の如く兵が湧いて来よう。良照は己の浅慮を恥じた。

「むしろ大赦など出ぬ方が良かったのかも知れぬ。鬼切部での勝者は紛れも無く我らぞ。勝者の側から和議を申し出れば向こうは喜んでこれに従ったであろう」重任が顔を顰《しか》めながら酒を煽った。

「黄金が仇《あだ》となったと申すか…」正任が肩を落とす。

「正任よ、そう沈むでない。物は考えようぞ。我らに一度押された朝敵の烙印が露と消えたのだからな」

宗任の気遣いに正任は寂しげな笑みで答えた。

「しかし頼義の下向は最早《もはや》避けられぬ。あ奴が我らを敵視しておるは火を見るより明らか。直ぐに戦を仕掛けて来るとは思えぬが、増税などの嫌がらせは覚悟しておかねばならぬな…」箸を休め、良照が深い溜め息を吐いた。

「なれば如何《いかが》致します？　諾々と増税に従うとでも申されますか？　その様な理不尽、突っぱねれば宜しい」

安倍の重臣、大藤内業近《おおとうないなりちか》が目を吊り上げる。

「そなたの気持ちもわからぬでもないが、それを拒めばまたもや謀叛と見做されよう。陸奥守の任期は五年。その程度なれば今の蓄えと我らの財を持ってすれば耐えられる。よもや頼義も税を十倍にするとは申さぬ筈。この五年を耐え忍べば、内裏も考えを改めよう」

宗任が業近を諫《いさ》めた。宗任と業近は親子程も年が離れているが、古くから頼良の側近を務める業近は元服前の宗任の守役も務めていた。二人は共に鳥海柵《とりみのさく》の基礎を築いた仲でもある。

「永い五年となりましょうが、親父殿、耐えて下され」

貞任の言葉に頼良は静かに目を閉じて首肯《しゅこう》した。


一方、都にあって源頼義は、着々と武力を蓄えていた。金に糸目を付けず、都中の駿馬と言う駿馬を買い集めた。安倍にとって皮肉な事に、都で手に入る駿馬は自らが奥六郡の牧場《まきば》で生産したものである。頼義は武具《もののぐ》も買い漁り、甲冑や弓矢も匠に競って作らせた。そこには朝廷軍の援護を待たずとも私兵と坂東武者のみで安倍を討つという、自信と決意が垣間見られた。

月日が流れ、やがて都に桜咲く春が訪れた。しかし釈迦入滅から千五百年目の節目に当たる末法元年を反映し、都の治安は益々悪化していた。当然民の不満も募《つの》る。そうなると為政者が仮想敵国を求め民の眼をそちらへ向けようと画策するのは世の常である。斯《か》くして内裏は頼義に陸奥鎮守府将軍の重任を命じた。陸奥守が陸奥国《むつのくに》の政《まつりごと》を担うのに対し、鎮守府将軍は戦《いくさ》の専門職である。しかも鎮守府将軍は出羽国《でわのくに》に駐屯する国府兵の指揮権も併せ持っていた。これで頼義はまんまと陸奥国における政治と軍事の全権を掌握したことになる。頼義が敢えて陸奥への下向を末法突入まで先伸ばしにした理由がここにもあった。頼義は老獪さにおいても登任より一枚も二枚も上手であった。

「機は熟した！」鎮守府将軍就任を伝える使者が六条河原の屋敷を去ると、頼義は天に向かって吠えた。

斯《か》くして源氏の棟梁頼義は手勢と朝廷軍併せて二千の兵を従え、末法の世の最初の春に多賀城を目指したのである。

桜の蕾《つぼみ》が綻《ほころ》び始めた多賀城の正殿には、国府の官人《つかさびと》らが続々と集結していた。その中には経清と永衡の姿も見える。時を同じくして、城下では青龍門から政庁に至る多賀城大路の両脇にびっしりと人集《ひとだか》りが出来ていた。昨日、頼義率いる一団が名取《なとり》に入ったとの一報を受け、出迎えの兵が整然と並んでいたのである。加えて、百戦錬磨の源氏の棟梁を一目見ようと、五万の野次馬がそこに押し寄せていた。その数は多賀の人口より多い。周辺の町からも人々が集まり、押すな押すなの大騒ぎとなっている。

政庁では、前任者の高階経重の急死以来、陸奥守の代理を務めていた藤原経清が頼義の到着を待っていた。その出で立ちは浅緑の闕腋《けってき》の袍《ほう》に立烏帽子。七位の位階を叙せられた公家の位袍《いほう》である。煌びやかな公家装束とは裏腹に、経清の表情は暗かった。頼義が戦の準備を進めている事を経清は既に耳にしている。

やがて思惑橋の辺りからわっと歓声が沸き上がった。頼義一行が到着したのである。その歓声が遠く経清の耳にまで及んだ事でも人々の興奮が伝わる。都を出た当初頼義の兵は二千余りであったが、道中で坂東武者が合流し、その数は三千にまで膨れ上がっていた。しかも全員が甲冑姿の騎馬兵である。これには野次馬のみならず、出迎えの兵も度肝を抜かれた。城門から政庁までの長い坂道を頼義の軍勢が堂々と進んで行く。頼義の隣には、未だあどけなさが残るも眼光鋭い若武者が寄り添っていた。頼義の嫡男にして後の世に武士として初めて昇殿を許さる事となる、源義家《みなもとのよしいえ》その人であった。当時、弱冠十三歳。その背には白地に笹竜胆の旗印が誇らしげに掲げられている。

頼義は、是が非でも安倍と一戦交える心算《つもり》であった。頼義がまだ幼い義家を陸奥に従えたのは、武功を積ませ確固たる地位を築かせんがためである。そうなれば河内源氏は安泰である。登任が私腹を肥やさんと戦を仕掛けたのに対し、頼義は我が子のため、延《ひ》いては一族のために戦を望んでいる。しかし蝦夷の側に言わせれば、どちらも私欲で大差は無い。

半刻以上の時間を要し、遂に三千の武者が正殿の庭に入った。

主殿には国府の役人が緊張の面持ちで新陸奥守の登場を待ち構えていた。従七位の公家である経清は、その最前列の円座《わろうだ》に腰を下ろしている。後方には永衡も控えていた。

主殿はざわざわと落ち着かない空気に支配されていた。初対面となる頼義がどのような人物か、誰もが不安に駆られているのである。都で育った経清でさえ、頼義は雲の上の存在であった。庭から伝わる三千の兵の気配も場に緊張を齎《もたら》している。

そこにどんどんどんと太鼓の音が轟《とどろ》いた。やがて聞きなれぬ声が響く。「新陸奥守源頼義様、お成り！」

頼義の側近の声である。一転、場が静寂に包まれた。

そこへ朱色の鎧に金の鍬形《くわがた》の兜を纏った頼義が大股で荒々しく床を踏み鳴らして現れた。堂々とした体躯は五十五に迫る年齢を感じさせない。

その後ろに五尺足らずの小柄な若武者が現れた。まだ子供と場がざわついた刹那、その若武者はきっと皆を睨んだ。

「河内源氏次期棟梁の八幡太郎義家である！　皆の者、見知りおけ！」

義家は甲高い声で一喝した。余りの剣幕に場がしんと静まり返る――。

義家は幼い頃から棟梁の薫陶《くんとう》を受けて育ってきた。まだ若いが気は強く、武芸も達者である。その腰には伯耆国《ほうきのくに》の名匠、大原安綱《おおはらやすつな》が鍛えし名刀天光丸《てんこうまる》が誇らしげに佩かれていた。

続いて源氏の六将と呼ばれる家臣らが登場した。三十年の永きに渡り頼義に仕える鎮守府軍監《ぐんけん》（第三等官）佐伯経範《さえきのつねのり》を始め、頼義の知恵袋と噂される重臣の藤原茂頼《ふじわらのしげより》、その隣に控えるは嘗《かつ》て加賀介《かがのすけ》も務めた修理少進《しゅりしょうしん》の藤原景通《かげみち》、さらには景通の嫡子の景季《かげすえ》と、年の頃同じく二十代と思しき二人の若武者、和気致輔《わけのけいすけ》と紀為清《きのためきよ》が続いた。いずれの面々も堂々とした甲冑姿である。役人は完全に圧倒されていた。

「此の度の御着任、謹んでお慶び申し上げまする」国府の役人を代表して経清が挨拶の口上を述べた。

「そなたが藤原経清殿か。その武名は都にも知られておるぞ」

頼義の言葉に経清は平伏して恐縮した。その経清から義家は視線を外さない。

「親の儂《わし》が言うのも烏滸《おこ》がましいが、倅《せがれ》も弓はなかなかやりおる。今度競《くら》べ弓を挑むと申しておるが、宜しいかの？」

頼義は義家にちらりと目をやり、その目を細めた。身に余る光栄なればと経清も応じる。

直ぐに頼義は真顔に戻り、居並ぶ役人を見渡した。その目には力が宿っている。

「先代は病死、先々代は俘囚の反乱と、これまでの陸奥は乱れに乱れたが、儂が参ったからには陸奥は安泰。これ以上、俘囚の勝手にはさせぬ。場合によっては戦も辞さぬ故《ゆえ》、各々方《おのおのかた》も御覚悟召され！」

頼義は仰々しく訓戒を垂れた。居並ぶ役人はその雰囲気に完全に飲み込まれている。

〈大赦が発令されたと言うに、これでは明日にでも戦を始める勢いぞ…〉経清は悪寒を感じた。

経清がちらりと場に目をやると、同じように顔を曇らせた永衡と目が合った。

陸奥国の郡司を集めての新陸奥守就任式典は十日後に執り行われる運びとなった。無論、頼良の許にも召集の通達が届いている。それを受け、並木御所では安倍の主立った者が合議のため集まっていた。中には多賀城から駆け付けた永衡の姿もある。大赦後、妻の実家を訪れる分には何の足枷も無い上、既に永衡は安倍の姓を名乗っている。

御所の周囲を取り囲む桜もいよいよ色鮮やかに綻び始め、陸奥にも遅い春の息吹が感じられる。しかし合議に参加する者の顔は晴れない。

「頼義様のご様子では、いずれ安倍と一戦交える気でおられるのは間違いないかと…」

永衡が暗い顔で合議の口火を切った。赦《ゆる》されて多賀城に再び仕える永衡にとって、頼義は今や主君に当る。

「やはり親父殿の多賀城詣では取り止め、様子見に回った方が良いのではないか？」重任が渋い顔で言った。

「かと申して、兄者が慶賀の参加を拒めば、それこそ鬼の首を取ったかの如く難癖を付けて来よう。陸奥守の命に背いたとして、戦の口実になり兼ねん」良照が困ったとばかりに剃り上げた頭を手で叩いた。

「しかし頼良殿が慶賀に参列したとして、命の保証はありませぬぞ」

盟友の金為行も気が気では無かった。磐井の郡司でもある為行にも勿論式典の通達が来ている。為行は鬼切部の戦いには参加していないが、登任が放った追っ手を磐井で討ったのは為行なのである。そう言う意味では為行も同じ穴の狢《むじな》であった。

「鬼切部合戦に加勢しなかった為時は、今頃気仙で涼しい顔をしておる…」忌々しげに為行は付け加えた。

「軟弱な高階経重が赴任した時は安倍に擦り寄り、屈強な頼義が来れば安倍の合議には現れぬ。何処《どこ》までも風に靡《なび》く男よ。捨て置け」良照が渋面《じゅうめん》を作って吐き捨てた。

「いずれ戦を起こす気でも、大赦が出た今なれば流石《さすが》の頼義様とて迂闊には手を出しますまい。実際、手前には何の沙汰もございませぬ」

「それは失礼ながら永衡殿を泳がせて、安倍を一網打尽にする腹やも知れませぬぞ？」

大藤内業近《おおとうないなりちか》の言葉に、永衡はうっと詰まった。

「手前は頼義が父上に手を出すことは無いと見ております」宗任が自信たっぷりに口を開いた。

「ほう、その心《こ》は？」惣領の頼良がこれに興味を示す。

「もし仮に此の度《たび》の慶賀で頼義が父上を手に掛ければ、即座に戦となりましょう。しかし頼義は陸奥に下向したばかり。武器を集めているとの噂は耳にしておりますが、今の頼義軍には土地勘も兵糧もござらぬ。共に下向した兵も永衡殿の話しでは僅かに三千。それに多賀城の常駐兵三千、各郡に郡司の私兵を併せても一万にもなりませぬ。それに対して我らは即座に三万の軍勢を動かせまする。さすれば頼義軍は圧倒的に不利。都はもとより、坂東からの援軍も間に合いますまい。着任早々大敗を喫するとなると、源氏の威光は地に堕ちまする」

「成る程。頼義様はお家の名を一番に考えるお方とか。今は手を出しますまい」永衡も宗任の考えに同調した。

「手前が同行し、父上を命に代えてもお守りいたします」宗任が頼良を見据えて言う。

「ふむ。三郎《むねとう》の読み、面白し」貞任がにやりと笑って続けた。

「なれば逆に俺も列席せねばなるまい。俺がその場で頼義を殺す。自惚《うぬぼ》れる訳ではないが、俺を止められるのは経清くらいだ。後から戦で頼義の首を獲るのは面倒」

「そんな事を致せば我らは今度こそ逆賊ぞ。戦は子や孫の代まで続こう。儂《わし》に二十年先を見据えよと申したはおぬしではないか！　やはりおぬしはうつけであったか！」良照が額に青筋を立てて貞任を怒鳴り付けた。

「あの時と今とでは事情が違い申す。頼義は老いたれど当代切っての剛の者とか。なればその次の陸奥守は頼義以下となる理屈。嫡男の義家とてまだ十三とか。なれば逆に今こそ勝機！」

貞任は蒼い左眼を妖しく光らせて皆に凄んだ。場の誰もが息を飲む。惣領の頼良もじっと貞任の目を見据えている。

すると貞任は突如呵々大笑した。

「如何《いかが》された！」業近がぎょっとして叫ぶ。

「今のは冗談でござる。いくら頼義の次が続かぬとて、都には十万の兵がおり申す。ばかりか西国、東国、はたまた伊予島《いよのしま》（四国）や鎮西《ちんぜい》（九州）から掻き集めれば、無尽蔵に兵が湧いて来ましょう。なれば戦は二十年では済みませぬ。それこそ地獄が五十年も百年も続きましょう。そうなれば陸奥は荒廃し、民が迷う。それを忘れて戦に挑むはうつけにござる。もし手前の案に賛同される方がおられれば、厳しく諭す心算《つもり》にござった」

貞任は悪怯《び》れもせずに再び笑った。

〈貞任め、そこまで考えておったか…〉

頼良は苦笑しながらも唸った。

「よし、では慶賀の式典には参加する事に致す。貞任もその覚悟なら滅多な真似はするまい。宗任と共に参れ」

「兄上らが付いておれば安心でござる。しかし万が一との事もあり申す。他にも何か策を練るべきかと…」

慎重派の正任が不安を口にした。

「ならば儂《わし》に考えがある」

頼良は二つの策を披露した。一同、惣領の策に驚愕の後、誰もが頼良の無事を確信した。


それから十日後。麗《うら》らかな春の日差しを浴びて咲き誇る満開の桜の下、多賀城では頼良が他の郡司らと共に正殿に控えていた。その左には貞任、右には宗任を従えている。無論、腰に太刀は佩《は》いていない。有加も経清に会いに多賀に行くと言って聞かなかったが、万が一を思い、頼良はそれを認めなかった。

思い起こせば昨年も頼良はこの場で今と同じように新任の陸奥守、高階経重《たかしなのつねしげ》と謁見していた。当時は当然、今後の陸奥は天下泰平と頼良は見ていた。しかし経重の急死で局面が大きく変わった。そして新陸奥守兼鎮守府将軍に源頼義が就任した今、またしても何時《いつ》戦が勃発するかわからぬ状況に陥っている。戦勝、そして穏健派の陸奥守就任と、頼良に追い風が吹いていたと思われたが、好事魔多し、一寸先は闇とはまさにこの事である。

大赦では全ての罪が流されたばかりで無く、病に伏せる上東門院《じょうとうもんいん》の回復を祈願する名目上、殺生も御法度とされていた。しかし陸奥は都から遠く離れている。ましてや新陸奥守は鎮守府将軍も兼任していた。頼義の心次第でその気になればいくらでも偽《いつわり》の書状を送ることが出来る。偽でも帝が信ずれば大義となる。些細な事態から安倍に謀叛の兆しありと発展し兼ねないのである。あるいは安倍が先に攻めて来たと頼義が訴えれば、内裏は吟味のしようも無い。

〈永き五年となりそうじゃの…〉

春の陽気とは裏腹に、頼良の顔は曇っていた。


「陸奥守、源頼義様のお出ましにござる！郡司の皆様方、頭を下げられませ！」

主殿に頼義の入場を告げる凛とした声が鳴り響いた。その声は頼良には聞き覚えがあった。経清の声である。

一堂が平伏する。やがて上座に頼義が姿を現した。

「儂《わし》が源頼義である！　皆の者、面《おもて》を上げよ！」

頼義の威厳に満ちた声に、頼良らは静かに顔を上げた。引き締まった体躯、浅黒く日に灼《や》けた肌、盛り上がった肩の筋肉。五十半ばを過ぎたとは思えない若々しい体躯は、日頃の鍛錬の賜物と見受けられた。その隣には左折《ひだりおれ》の烏帽子《えぼし》を被った義家が誇らしげに胸を張っている。源氏が好む装束である。

前回と同じように、陸奥国で最も南に位置する白河の郡司から着任の祝辞が述べられた。他の郡司が順に口上を述べる中、遂に頼良に順番が巡った。大広間に緊張が走る──。

「奥六郡の安倍頼良めにござりまする。左右に控えしは愚息の貞任、宗任めにござりまする。陸奥守様との拝謁の栄誉に浴し、この頼良、恐悦至極に存じまする」大広間に頼良の声が朗々と響いた。

「ほう、そちが登任殿に刃向かったという俘囚の首魁《しゆかい》か。おぬしも運が良いのう。大赦が無ければ今頃儂《わし》が貴様の首を刎ねておろう」頼義はじろりと睨んだ。場の空気が凍り付く──。

頼良は頼義を見据えた後、ゆっくりと額を床に付けた。

「とは言え、我ら源氏は武士。武士なれば主君の命は絶対。我らの主君は帝である。内裏の命は帝の命。よって内裏より発令された大赦たれば、そちを許さぬ訳には参らぬ」頼義は無表情に、抑揚の無い声で言った。

「有り難きお言葉。これより我が主君は頼義様。お許し頂けたからには安倍一族、一丸となって陸奥守様のために尽力いたす所存にござりまする」

頼良は毅然とした態度で言うと、その額を再び床に擦り付けた。左右に控える貞任と宗任もこれに従う。

その時、大広間に甲高い声が響いた。

「うぬが貞任か！」

まだ子供の声である。貞任はゆっくりと顔を上げた。声の主は、義家であった。

「帝や父上が許そうとも、この義家は断じて許さぬ！　藤原登任殿に弓を引いたは紛れも無き事実。うぬも武士なればここで潔《いさぎよ》く腹を切れ！」

子供のものとは思えぬ言葉に再び場が凍り付いた。頼良と宗任にも戦慄が走る――。

そんな中唯一人《ただひとり》、当の貞任だけが余裕の笑みを浮かべていた。

「面白し！　陸奥守も良き御曹司をお持ちになられた。手前の命で陸奥が平らかになると申すならお安いもの。着任の祝いにこの貞任めの首、陸奥守に奉りましょう。脇差《わきさし》を頂戴したい」

平然と言ってのけた貞任は背筋を伸ばし、直垂《ひたたれ》の袂《たもと》を開いた。

慌てたは頼義の方である。頼義は戦を望んでいるが、陸奥守就任の晴れの席を血で汚す気は更々無かった。

「義家、落ち着け。もう終わった事ぞ！」

「貞任めは心を入れ替えると荒覇吐《アラハバキ》の神に誓いました故《ゆえ》、何卒ご勘弁を…」頼良も宗任と共に許しを請う。

「…」

父に諫《いさ》められた義家は、憮然とした表情で貞任から視線を外した。それを見て、貞任は何事も無かったかのように衣を正す。場に安堵の溜息が漏れた。

「畏《おそ》れながらこの頼良、陸奥守様に申し上げます」頼良は話を変えた。琥珀の勾玉が光を放つ。

「我が名、陸奥守様と字こそ違えど同じ訓《よ》みなれば畏《おそ》れ多き事この上無し。従いまして只今をもって我が名を改めとう存じまする」

「ほう、それは殊勝な心掛けじゃ。で、名を何とする？」

「お許し頂ければ陸奥守様の御名前から一文字を頂戴し、この時を以って安倍頼時《あべのよりとき》と名乗りたく存じます」

奥州の王とも呼ばれた頼良の改名に、並み居る郡司も呆気に取られた。

「頼の字は元々そなたが持つもの。何も遠慮することは無い。頼時、気に入ったぞ」

頼義は上機嫌に笑った。奥州の覇者が己の名を変えてまで忠誠を尽くすというのである。面白く無い訳がない。

「聞けばそなたは見事な武具《もののぐ》に百もの駿馬を献上されたそうな。先程の貞任とやらの振る舞いも見事なもの。安倍は見上げた武士である。助力を宜しく頼むぞ」

平伏しながら頼良、いや頼時は北叟笑《ほくそえ》んだ。頼時の攻勢は続く。

「陸奥守様、我らを忠臣とお認め下されれば、その証しに何卒もう一つ厚かましきお願いを…」

「ふむ、申してみよ」

「そちらに控えし亘理権大夫《わたりのごんのたいふ》、従七位下の御位階を賜る藤原経清様は、我が娘と将来を約束されたお方。陸奥守様には是非とも仲人《なこうど》を」

突然の頼時の申し出に経清は目を丸めた。

「それは誠か？」頼義の問いに経清は目礼で答える。

「これは目出度《めでた》い！経清殿は国府の星。この頼義、喜んで仲介をお引き受けいたそう」

頼義の声に場からは万雷の拍手が送られた。

跳ね上げの窓から心地良い春風が経清の髪を揺らす——。

頼時の隣で、宗任はほっと胸を撫で下ろしていた。


その日の夜、休み所で衣をやつした頼時らは隠密に北梅庵《ほくばいあん》に足を運んだ。宗任が板戸を開けると徳助《とくすけ》が恭しく一行を迎え入れる。奥の間には先客が二人。笑顔の経清と永衡である。二人は立ち上がり、頼時に一礼した。

上座の円座《わろうだ》に頼時が腰掛けたのを合図に、女中が膳を運んで来た。宗任の音頭で盃が干され、宴が始まる。

「経清殿。有加を頼みますぞ」

頼時が経清に酒を注いだ。経清は盃で酒を受け止めながら、神妙な面持ちで深く頷く。

「それにしても義父上《ちちうえ》殿。お名前を改め、頼義様に婚礼のご仲介を頼まれるとは、驚きましたぞ」

「実はあれは策でしてな。ああまでした我らを頼義が討てば武士の面目が立たぬ。これで我らが多賀城にあっても命は安泰。なれば有加を呼び寄せても危険はない」

笑顔の永衡に頼時は満足そうに頷き、徳助に鳩を飛ばさせた。経清の頬が赤く染まる。

「酔ったと見える」それを見て貞任が揶揄《からか》った。

「こちらは貞任殿の切腹騒ぎに泡を喰いましたぞ」負けずに経清が切り返す。

「兄者、誠に腹を切る心算《つもり》だったか？」宗任が笑いながら話に乗った。

「馬鹿な。死ぬのは恐れぬが、今は未だ死に時ではない。俺が死ぬのは戦場《いくさば》ぞ」

貞任は盃を一気に乾《ほ》した。

「それにしてもあの義家とか言う御曹司、あの歳であの立ち振る舞い。五年も経てば末恐ろしき敵として我らに立ち開《はだ》かるやも知れませぬな…」

宗任が複雑な表情で口を挟んだ。

「今は子供故《ゆえ》の一本気。謂《い》わば戦と武士道に憧れておるに過ぎぬ。だがあの器なれば、いずれは戦の愚かさを悟るやも知れぬ。見るべきは戦しか頭にない親父に非ず。あの餓鬼《がき》こそ見所がある…」

僅かなやり取りではあったが、貞任は義家に天賦の才を感じていた。

「まあそう憂《うれ》いなされますな。頼義様は心からお喜びのご様子。これで戦をお諦めになるかも知れませぬぞ」

「十郎《ながひら》は文官上がりだからな。気楽で羨ましい」

貞任は皮肉交じりに永衡に返し、笑った。しかし貞任も本心ではそうなって欲しいと想っている。

その場にいる皆がそう願いつつ、宴の時間はゆっくりと過ぎて行った。


二日後、衣川から正任が有加を引き連れて多賀に現れた。思惑橋《おもわくのはし》の向こう側、満開の桜の木の下で出迎えた経清を見付けると、有加は小走りに駆け出し、経清の胸に飛び込んだ。経清は有加をしっかりと受け止めると、きつく抱き締めた。笑顔の有加の頬に一雫の涙が流れる――。

その日、二人は遠掛けに出掛けた。麗《うら》らかな春の陽射しの中、黒鹿毛《くろかげ》はゆっくりと東へ進む。やがて二人は小高い山に辿り着いた。見覚えのあるその山には、麓に鳥居が設けられ、山頂まで長い石段が続いている。半年前に見たその山は朱や山吹に染まっていたが、今は新緑と桜色の見事な対比を呈していた。

二人は手を繋ぎ、歩みを合わせて二百二段の石段を登る。やがて山頂の唐門をゆっくりと潜《くぐ》り、右手に見える三間社流造《さんげんしゃながれづくり》の別宮へと歩を進めた。手水舎《ちょうずしゃ》で身を清めた二人は賽銭を投げ、同じ鈴紐を揺らした。二礼四拍手の後、目を閉じて願を掛ける。経清はこっそりと片目を開け、有加を見た。必死に祈りを奉げる有加の美しい横顔に、経清の心は満たされた。最後に深々と一礼すると、二人は顔を見合わせて微笑んだ。

やがて二人は境内の桜の木を訪れた。仲睦まじく花を愛でる。

「良かった」有加が経清に微笑んだ。

「何か?」

「これで経清様とのお約束が果せましたわ」

そう言うと有加は背伸びをし、そっと眼を閉じた。

〈手前がそなたを一生お守り致す〉

経清は有加を抱き締め、激しく唇を重ねる──。

塩竈桜の社紋を配った提灯が、松島湾からそよぐ潮風を受けて静かに揺れた。

その頃。多賀城の政庁では頼義が家臣らを集め、合議を開いていた。筋から言えば経清も頼義の家臣となろうが、多賀城で初めて会って以来未だ日が浅い。合議は必然的に頼義と共に都から下向した子飼いの家臣に限られた。しかし合議の席に義家の姿は無い。義家は近習の藤原景季《ふじわらのかげすえ》と共に遠駆けに出掛けて留守であった。まだ若く純真無垢な義家に、どろどろとした大人の事情を知られたくないとの思いから、頼義は敢えて義家の不在を見計らって合議を開いたのである。その大人の事情とは、無論開戦に向けての駆け引きであった。

「殿はまだ赴任したばかりにござります。時間はたっぷりござりまする故、ごゆるりと構えられませ」

修理少進《しゅりしょうしん》の職に就く藤原景通《ふじわらのかげみち》の言葉で合議は始まった。景通の嫡男で十八歳の景季《かげすえ》は義家の乳母子《めのとご》であり、近習でもある。従って、景通は義家の乳母父《めのと》に当たる。

「とは申せ、頼時はなかなか強《したた》かな男ぞ。黙っていては五年などあっという間に過ぎ去るわ！」

頼義の父頼信《よりのぶ》の代から源氏に仕える佐伯経範《さえきのつねのり》が白髪を振り乱し、口角泡を飛ばした。老齢のせいか、経範は近頃直ぐに怒り出す。

「検田と見せ掛け、安倍の領地を徹底的に実地検分されては如何《いかが》か？ 国府に届出無くして柵を築くは御法度。新たな柵や武器庫が見つかれば、謀叛の証しとなりましょう」

そう提案したのは頼義の右腕とも称される藤原茂頼《ふじわらのしげより》。これには気難しい経範も膝を叩いた。

「殿は鎮守府将軍も兼ねておられる」茂頼は続ける。

「奥六郡には胆沢城と言う名の鎮守府があるとか。元々は卑しくも蝦夷の柵であったものを、坂上田村麻呂公が蝦夷どもを平定した後、国府の城として改められた由《よし》にございます。尤も今は形骸と化しておるようですがの…」

「茂頼殿、何が言いたい？」短気な経範が先を急《せ》かした。

「鎮守府に鎮守府将軍が赴《おもむ》いても何ら不思議はござりませぬ。殿、軍を率いて胆沢城に籠もりなされませ」

茂頼の策に頼義はうーむと唸った。如何《いか》にも名目上は奥六郡のど真中に堂々と兵を連れて入り込めるのである。頼時も神経を使うだろう。思わぬ所で綻《ほころ》びを出すやも知れぬ。あるいは鎮守府将軍がこの眼でしかと見たと書き添えれば、内裏は偽りの書状を信じて安倍討伐の宣旨を下すやも知れぬ。

「よし、茂頼の策、乗った。まずは千の役人を検田使として奥六郡に派遣し、謀叛の種を徹底的に探す。頃合を見計らって儂《わし》は胆沢城に入る！」頼義は高らかに宣言した。

「殿が留守の間に安倍が多賀城を攻める可能性はござらぬか？ こちらが落とされれば、殿は敵地の真っ只中で孤立いたしますぞ」

景通の指摘に皆があっと口を開けた。確かにその通りである。

「致輔《けいすけ》と為清《ためきよ》を多賀城に残す」

和気致輔《わけのけいすけ》と紀為清《きのためきよ》は共に二十代の今が盛りの若武者で、いずれも武芸に秀でている。その腕前には頼義も全幅の信頼を寄せていた。

「藤原経清殿にも多賀城の守りに就いて頂いては如何《いかが》で？」景通が意見した。経清の武勇は都にも轟いている。

「しかし…、経清殿はやがて安倍の婿となる男にございますぞ。となればお立場は伊具の永衡めと同じ。永衡は先の戦で国府を裏切り安倍に寝返ったとか…。二の舞になりますまいか？」白髪頭の経範が眉を顰《ひそ》める。

「決まった縁組は覆るまい。むしろ経清殿と永衡は、安倍の内情を探る繋ぎ役として使えるやも知れませぬぞ」

「なるほど、それも一理ある」茂頼の言葉に頼義も頷いた。

「いずれ万が一その二人が安倍に走っては厄介。となれば二人を何としても多賀城に留め、我らの監視下に置かねばなりませぬな。さすれば人質にもなり一挙両得。身内がこちらに居れば、安倍も滅多に多賀城に攻め込めぬ理屈」

経範も乗り気になった。問題は、どうやって二人を多賀城に引き留めるかである。

突如、景通が膝を叩いて立ち上がった。

「殿、内裏に経清殿の昇進をご進言なさりませ。流石《さすが》に無位無階で裏切りの前科を持つ永衡は無理なれど、経清殿は従七位下の立派な公家。これまで陸奥守不在時に立派に代理を果したとあれば昇進の理由となりましょう。して正式に鎮守府副将軍にご任命あそばれませ。その上で殿が不在となれば、流石に多賀城を空にして亘理の領地には戻れぬ理屈。ついでに頼時の娘と多賀城下の館に共棲みしてもらいましょう。その上で館には護衛と称して兵を配す。さすれば経清殿の妻は我らの人質も同然。これで滅多な真似は出来ますまい」

「昇進を餌に子飼いと致すか！　出来《でか》した！」頼義は傍らの経範と顔を見合わせ、破顔した。

早速頼義は右筆《ゆうひつ》を呼び、都の同族源隆国《みなもとのたかくに》への書状を認《したた》めさせた。隆国は正二位の大物で、その上左衛門督《さえもんのかみ》、即《すなわ》ち朝廷軍を預かる職に就いている。頼義は隆国に南部の駿馬も献上した。皮肉な事に、その馬は頼時が頼義着任の祝いの品として奉ったものである。

その見返りとして頼義は、まんまと隆国から有事の際の援軍派遣の確約を取り付けたのである。程無くして、都から経清昇進の知らせも届いた。頼義は一度に二つの利を得たのである。

正殿に高々と頼義の笑い声が響き渡った。

葉桜の季節も過ぎ、多賀城では川面に長く枝垂れた柳の葉が風を受け、水鏡に美しく映し出されていた。正殿の大広間は南は白河、北は東日流《つがる》から訪れた二百名を越す祝い客で溢れ返っている。亘理権大夫《わたりのごんのたいふ》にして従七位下の位階を授かる藤原経清と、奥州の覇者と謳《うた》われる安倍頼時の長女、有加一乃末陪《ゆうかいちのまえ》との婚儀は、この日の夕刻から執り行われる運びとなっていた。

高砂《たかさご》には四つの席が設けられ、向かって左端に源頼義、その隣に正装の経清が緊張気味に座していた。右側二つの空席は花嫁とその父親のための席である。大広間の右側には、良照、貞任、宗任といった安倍の身内が控えていた。中央には磐井の金為行ら、各郡の郡司や豪族が陽気に酒を酌み交わしている。永衡は伊具の郡司としてではなく、安倍の身内として列席していた。陸奥守の代理も務めた経清の婚礼の儀とあって、出羽守の姿も上座に見られる。その隣には鬢髪《びんぱつ》の初老、出羽の豪族清原光頼《きよはらのみつより》と、その異母弟武則《たけのり》が肩を並べていた。向かって左側、国府側の上座には義家を筆頭に、佐伯経範、藤原茂頼、藤原景通ら、源氏の重臣が控えている。義家の後ろには景通の子で近習の景季の姿も見えた。居並ぶのは頼義の配下だけでは無い。在庁官人を代表し、陸奥権守《むつのごんのかみ》の藤原説貞《ふじわらのときさだ》とその嫡男の光貞《みつさだ》の姿もあった。権守は守（国司）に次ぐ国府の要職で、説貞は遠縁に当たる藤原登任の代から多賀城に務めている。先の合戦で中立を貫いた気仙の金為時は、一般の郡司として中央の席に座っていた。

「経清は余程緊張していると見える」

酒を煽りながら貞任は宗任と永衡に白い歯を見せた。そう言いながら、貞任は不思議な気分に浸っていた。郡司の中には登任を始めとする歴代の陸奥守に仕《つか》えた伊治の紀高俊《きのたかとし》の姿もある。つい先日、刃を交えた相手が同じ場ににこやかに据わって居るのである。まさに昨日の敵は今日の友である。

経清も同じであった。

〈頼義さえ挑発しなければ、こうした平和が永く続く〉

奥六郡の民のためにも、何としてでも戦は回避しなければならない。その思いは宗任も永衡も、無論高砂に控える経清も同じであった。

やがて夕刻となり、祝宴が始まった。大広間の襖が開く。安倍の惣領頼時に導かれ、十二単衣も艶やかな有加が姿を現した。麝香《じゃこう》の香りが仄《ほの》かに漂う。俯《うつむ》き加減に静々と歩を進める有加の美しさに、祝い客から感嘆の溜息が漏れた。新婦の後ろに続く二人の妹、中加と一加も場に華を添えた。内心では蝦夷の女子《おなご》どもと見下していた頼義の重臣らも、三姉妹の美貌に驚愕している。義家の目も歳の近い一加に釘付けとなっていた。

頼時と有加が宴席の中央をゆっくりと歩く。高砂の前で衣擦れの音が止まると、二人は頼義の前に平伏した。

「安倍頼時の長女、有加めにございます。陸奥守様の御仲介の下、只今より畏《おそ》れ多くも従七位下、藤原経清様にお預けいたしますれば、末永きお付き合いの程、何卒宜しくお願い申し上げまする」

頼時の口上の後、頼義が返答する。

「本日は誠に目出たし！　今しがた頼時殿は新郎を従七位下と称したが、この頼義、経清殿を従五位とする正式な通達を昨日内裏より受領しておる。重ねてお祝い申し上げる！」

頼義の言葉に客から喝采の拍手が贈られた。経清は目を丸くしている。当の本人は何も聞いていない。

「て、手前が従五位とは…」

経清は額に汗を浮かべた。無理も無い。従七位下からは大幅な昇進であり、従五位といえば陸奥守を任命されてもおかしくない位階である。現に正五位下の頼義と一つしか身分が変わらなくなる。有加は改めて尊敬の眼差しで経清を見詰めた。

主役の有加と頼時が席に着き、本格的に宴が始まった。出羽守が夜久貝《やくがい》の杯を高々と掲げ、乾杯の音頭を取る。和やかに歓談が進み、酒も手伝って笑い声があちこちから響いて来た。

貞任が宗任らと談笑していると、鋭い視線を感じた。義家である。

「御曹司殿にご挨拶と参ろう」

貞任は宗任を連れて義家の許に向かった。源氏の家臣らに緊張が走る。方膝《かたひざ》を上げようとした景季と経範を義家が目で制した。

「飲めるか？」笑みを浮かべ、貞任が義家に瓶子《へいし》を伸ばす。

「酒は口に合わぬ！」

元服を済ませたとは言え、義家は未だ十四である。酒の味はわからない。子供に見られたと思い、義家は貞任をきっと睨み付けた。

「兄者、義家殿にご無礼であろう。ささ、義家殿。何卒ご機嫌をお直し下され」宗任が優しく語りかけた。

「何も機嫌など損ねておらぬ！」義家は頬を膨らませた。それを見て貞任は苦笑する。

「貴様は俺と戦がしたいか？」笑顔のまま、貞任は単刀直入に質した。

「主君の命に従うのが武士。我ら源氏の主君は帝ぞ。宣旨さえ受ければ誰とでも戦う！」

毅然とした態度で義家は言い放った。

「だがな、御曹司よ…」余裕の笑みを浮かべながら貞任は続ける。

「陸奥は俺の故郷だ。そして俺の代々の先祖が継往開来《けいおうかいらい》を重ね守った土地でもある。そこに理不尽な理由で攻め込む輩《やから》は絶対に許さん。河内国で同じことが起これば、貴様どう思う？」

「…」

「それに戦となれば民を巻き込む。幸い鬼切部は辺境の地。兵しかおらなんだ」宗任も悟すように口を開いた。

「しかし先に仕掛けたのはそなたであろう！」義家が必死で言い返した。

「若いな…」貞任は哀しい目をして笑った。

「おぬしには次の世の源氏の棟梁が約束されておる。その器量も十分と見た。ただし将が見誤れば徒《いたずら》に死ぬのは兵ぞ。

俺はおぬしと戦いたくない」

「臆したか！」義家は向きになった。侍たるもの主君に従い、敵を薙《な》ぎ倒して武功を挙げよと父に教わっている。

「おぬしならいずれわかるさ」貞任と宗任は御免と一礼し、義家に背を向けた。義家はその背中を睨み続ける。

「あの餓鬼《がき》め、なぜか憎めぬ…」

貞任は自席に戻ると苦笑しながら独り言を呟《つぶや》いた。


高砂には引っ切り無しに祝い客が挨拶に来ている。頃合を見て、出羽守が頼義の許に一人の屈強な男を引き連れて現れた。戦か喧嘩で負ったのか、右の頬にざっくりと切られた傷跡が残っている。その男、歳の頃四十半ばにして働き盛りと見えた。頼義の隣では経清と頼時が他の客と談笑している。

「頼義殿。こちらは仙北三郡を治める清原武則《きよはらのたけのり》殿じゃ。なかなかの男での。恥ずかしながら出羽の国府軍よりも遥かに多くの手勢をお持ちでおられる」

「おお、清原殿の噂はこの頼義の耳にも届いておるぞ。失礼ながら出羽守殿は公家。出羽国が安泰なのは清原一族のお陰とか」

「武則めにござります。お目に掛かれて恐縮にござります」武則は頼義に一礼した。

「しかし、清原殿は御高齢と伺っておったが…」頼義は首を傾《かし》げた。

「如何《いか》にも清原の総帥は宗家にして異母兄の光頼《みつより》にござりますが、今は半ば隠居の身。手前は光頼より二十歳若き故、清原の殆《ほとん》どの兵は今では手前に従っており申す。お手助け致せる事がございますれば、この武則、陸奥守様のためなら何時何時《いつなんどき》でも喜んで兵を挙げましょう」

黒髭に覆われた分厚い唇の中から白い歯を覗かせ、武則は哄笑《こうしょう》した。

「頼もしき言葉じゃ。今後もよしなに頼むぞ」

〈こ奴は使えるやも…〉

頼義は野獣の如き武則の目の奥底に潜む野心を感じ取っていた。

頼時の前には先程まで頼義に媚を売っていた気仙の金為時が現れた。笑顔で頼時に瓶子を突き出す。頼時にとっては好かぬ相手ではあったが、金氏と安倍氏は古くから姻戚関係にあり、拒む訳にも行かない。頼時は曖昧な笑みを浮かべ、その場を取り繕った。

安倍の惣領に酌を取らせて満足したのか、為時は一礼すると立ち去って行った。頼時は何気なく為時を目で追う。するると為時はある男と挨拶を交わし、にこやかに談笑し始めた。

〈あの男も来ておったか！〉

一瞬頼時の目が輝いた。頼時の同族、安倍富忠《あべのとみただ》である。頼時にとっては懐かしい人物である。

富忠は奥六郡のさらに北方を領した豪族で、その勢力は東日流《つがる》の奥地にまで及んでいた。奥六郡が緩衝材の役割を果しているお陰で、朝廷の支配は東日流までは及んでいない。尤《もっと》も東日流の地は寒冷で、当時の品種では米は育たなかった。米が採れなければ税も取れない。これが朝廷が東日流に興味を示さないもう一つの理由でもある。

しかし米が取れぬから不毛の地というのは朝廷側の理屈であった。富忠の領地は仁土呂志《にとろし》（青森県八戸市）や十三湊《とさみなと》（青森県五所川原市）などの天然の良港に恵まれ、豊かな海の幸を産出していた。十三湊には頼時の命を受けた宋への交易船が往来し、富忠に支払われる莫大な通行税で東日流も潤った。渡島《わたりしま》（北海道）や北蝦夷《えぞ》ヶ島（樺太）との富忠独自の交易も、頼時程では無いにしろ、東日流に十分な富を齎《もたら》している。

金為時が治める気仙も東海（太平洋）に面し、良港を幾つも抱えていた。海の恵を享受する者同志、為時と富忠が親しく交わるのは自然の成り行きである。

頼時が瓶子を片手に富忠の許へ近寄ると、それに気付いた富忠と目が合った。頼時が微笑み掛ける——。

しかし富忠は直ぐに目を逸らし、為時に黙礼すると広間の外へと姿を消した。

〈未だあの頃の蟠《わだかま》りが消えぬと見える…〉

頼時は苦笑した。だがその笑みには幾ばくかの哀しみが含まれていた。

時が流れ、酔った祝い客らが順に帰路に就いた。頼義が中座した高砂に真っ先に足を運んだのは、貞任であった。流石に鬼切部合戦の首謀者だけあって、頼義がいるうちに高砂に近づく事は憚《はばか》られたのである。

「従五位の弟を持って俺は嬉しい。妹を宜しく頼む」

経清の盃に酒を満たし、貞任は深々と頭を下げた。経清は飲み干すと、貞任に酌を取った。貞任も一気に飲み干す。二人はがっちりと手を合わせた。去り際に貞任は、隣の有加に微笑んだ。

「綺麗だ。幸せにな」

幼き頃から大好きだった兄の一言に、有加の瞳から涙が溢れた。

婚儀は無事終了したが、安倍一族は酒に強い。身内だけの宴へと流れるのは必然であった。しかし今宵の宿は国府が用意した休み所で、どこの障子と壁に目と耳があるかわからない。暗闇に紛れ、一族の男たちは北梅庵に向かった。

「経清殿が従五位となったとなれば、やがて有加との間に産まれ来る赤子には安倍と貴族の血が流れる事となる」

頼時は手放しで喜んだ。公家の中でも五位以上の者を特に貴族と呼ぶ。

「さすれば安倍も安泰！　さしもの頼義もこれでは戦を仕掛けられまい。経清殿は勿論、有加の産む赤子が男子《おのこ》なら、陸奥守も務まる血筋ぞ！」

良照も上機嫌であった。陸奥守の格は五位が相場で、現に頼義は正五位下、登任は正五位を賜っていた。現職の出羽守に至っては経清より下の従五位下である。公家社会は親の位階がものを言う。頼時の孫、良照にとっては姪の子に、陸奥守の芽があるのである。

浮かれる一族にあって、貞任と宗任だけが暗い目をしていた。

「如何《いかが》した？　嬉しくないのか？」良照が怪訝な顔をした。

「無論、経清殿の御昇進は手前も嬉しゅうございますが…」宗任が口籠る。

「どうした？ 続けよ」頼時の声に、宗任を制して発言したのは貞任であった。

「昇進を内裏に推挙したは頼義とか。この陸奥に五位以上は頼義と経清以外におり申さぬ。となると、いざ戦となれば経清は国府軍の副将に命じられましょう。奴の一本気な気性からして、安倍の許には走り申さぬ。有加も多賀にて人質となる理屈」

貞任の言葉に皆は静まり返った。確かにその通りである。

「頼義はそこまで読んで内裏に昇進を訴えたと？」まさか、という表情の重任に、頼時が唸った。

「あの頼義なれば、さもありなん。登任なぞとは格が違う。一同、覚悟いたせ！」

惣領の一言に、祝いの雰囲気は吹き飛んだ。

「宴の席であれだけ大々的に公にされれば、経清はもう後戻りできぬ。宴までも利用するとはな…」

そう言って貞任は苦笑した。自分も宴の席で義家に武士の道を説いたのである。滅多な事では義家と膝を突き合わす事が出来ない。つまり宴を利用して戦の回避を狙ったとも言える。貞任は老齢の頼義よりも、未だ幼い義家こそが真の敵と睨んでいた。理由は上手く説明出来ない。それは本能が教えてくれた事であった。

〈いつか奴と飲みたいものよ…〉

貞任は盃に満ちた酒の水面《みなも》に勝気な義家の顔を思い浮かべた。

巳の章　裏切りの阿久利川《あくりがわ》

紫陽花《あじさい》が雨に映える季節も過ぎ、多賀城は夏の盛りを迎えようとしていた。その日、浅縹《あさはなだ》色の狩衣《かりぎぬ》姿も涼しげな義家の心は弾んでいた。隣では肩肌《かたはだ》を脱いだ経清が三人張りの剛弓を構えている。筋肉が逞《たくま》しく盛り上がる。きりきりと引き絞られた弦から指が離れると、ひゅん！という小気味良い音を残して矢が放たれた。矢は的の中央を正確に射抜く。次の矢を番《つが》えても、その次の矢を番えても、結果は全く同じであった。経清の矢は寸分の狂いも無く的のど真中を射抜いて行く。先に打った矢に次の矢を重ねるのである。義家は、経清の雄姿に見惚《みと》れていた。夏空の下、滴《したた》り落ちる汗もそのままに的を見つめる凛とした姿は、実に美しかった。

義家は弓には絶対の自信を持っていた。都では公卿にもその腕前が広まり、『八幡太郎は恐ろしや』と専《もっぱ》らの評判である。父頼義も弓に掛けては日本一《ひのもといち》と謳《うた》われている。その父から、自分は幼き頃から弓を仕込まれているのである。弓ばかりでない。剣術も学んだ。雨にも負けず風にも負けず、来る日も来る日も稽古に明け暮れた。なぜ？それは自分が将来源氏の棟梁になる男だからである。

しかし義家の天狗の鼻はここ多賀城でぽきりと折られた。経清に出会い、上には上がいる事を知った。しかし不思議と悔しさは無い。近頃は毎日のように経清と競《くら》べ弓を行っている。より高い新たな目標を得て、若い義家は活き活きとしていた。

「経清殿は何を想って矢を放たれるか？やはり敵兵にござりますか？」

義家は問うた。弓などの武具《もののぐ》は全て戦のためにあると信じてきた義家にとって、経清の答えは衝撃的であった。

「平和を想って射ております る」

経清に言わせれば、武芸は飽《あ》く迄《まで》主君をお守りするためのものに過ぎない。己の欲で敵を討つは武士の恥。世の武士全てが私欲を捨て、守りに徹すれば戦は起きぬ。戦は民を殺す。民が死ねば国は滅びる。

「武士とは世の理不尽を正す時のみ立ち上がるもの。民を巻き込んではなりませぬ」

経清の言葉に、義家は頭を殴られたような衝撃を覚えた。

「貞任殿も全く同じ事を申しておりました…」

義家は混乱していた。父からは武士は力こそが全てと教わって来た。力で相手を捻じ伏せよと習って来た。経清と貞任は、逆の事を説く。まだ十四の義家には、どちらの言い分が正しいのかわからなかった。

「あと二年もすればわかりましょう。義家殿はそれだけの器量をお持ちにござる」

経清は微笑みながら、不安げに左折《ひだりおれ》の烏帽子《えぼし》を正す義家の目を見据えて言った。


多賀城の永衡から衣川に書状が届いたのは、経清と有加の婚儀から半月が過ぎた頃であった。それは安倍の身内としての書状ではなく、国府の文官としての正式な書状であった。

頼時は、戦に備えて各自の柵の改修工事に当たっていた面々を、直《す》ぐ様《さま》並木御所に集めた。奥六郡には安倍十二柵と呼ばれる柵がある。

「書状には何と？」先日養子に迎えたばかりの家任と共に小松柵《こまつのさく》（岩手県一関市萩荘上黒沢地内）を預かる良照が兄頼時に問うた。良照には娘が三人いたが、男児に恵まれていない。

小松柵は安倍十二柵の中で最も南に位置し、日高見《ひたかみ》川の西岸に築かれている。その対岸には河崎柵《かわさきのさく》（岩手県一関市川崎町）が設けられ、これら二柵は双頭の壁とも呼ばれていた。特に小松柵は国府伊治城と馬で一刻半の距離に位置し、安倍軍の対国府最前線基地として極めて重要な意味を有している。

「頼義は奥六郡を隈無《くまな》く検田すると申して来た。その検田の責任者に永衡殿が就くとの事。前任者の登任時代に過剰徴収した疑いが生じ、税量を吟味するとの理由だが…」

「検田と見せかけて柵や武器蔵を探すのですな？」

大藤内業近《おおとうないなりちか》を引き連れ、鳥海柵《とりみのさく》の拡張工事に当たっていた宗任が先読みした。

柵の建造や改築には国府の許可が必要だが、無論、安倍十二柵の内の幾つかは極秘裏に築かれている。白鳥柵《しらとりのさく》や河崎柵などがそうである。宗任の治める鳥海柵は一応は国府の許可を得ていた。

『一応は』と言うのは、改修に次ぐ改修を重ねた結果、国府に提出した図面と実物が異なるからである。鳥海柵は衣川に近い。万が一衣川関《ころもがわのせき》が破られた際、安倍の重要拠点となる。事実、胆沢川の北岸、金ケ崎段丘に築かれた鳥海柵は本丸、二の丸、三の丸から構成されており、十二柵の中でも貞任の居城厨川柵《くりやがわのさく》と並ぶ規模を誇っている。このうち二の丸と三の丸は国府に提出した図面には描かれていない。それに奥六郡のいたる所に存在する寺坊や稲田小屋には、密かに武器が貯蔵されていた。

「今頃登任の非を持ち出して一応の筋を通すとは、流石《さすが》は頼義。手強《てごわ》いですな…」

普段は黒沢尻柵《くろさわじりのさく》を固める正任が唸った。黒沢尻の地は鳥海柵のさらに北側に位置し、その柵は日高見川の西側の切り立った崖の上にある。

「永衡殿が責任者とはどう見られる?」宗任の隣に胡坐を掻ている業近が質した。

「頼義は当然我らが柵を極秘で築いていると見ておろう。ならば永衡殿を試しているのかも知れぬな」

「となると、永衡殿が奥六郡に不穏なしと多賀城に伝えると…」

宗任の考えに北浦柵の主《きたうらのさくあるじ》重任が顔を曇らせた。北浦柵は雫石《しずくいし》川を望む出羽街道沿いに位置しており、嘗《かつ》ては清原氏との争いに備えて作られた柵である。尤《もっと》も、安倍と清原が縁戚関係を構築してからはその心配は無い。

「十郎《ながひら》には国府に背いた前科がある。柵や武器庫を敢えて見逃したとして、頼義は十郎を執拗に責めよう。あ奴にとっては踏み絵となろうな…」

安倍一族の北の砦《とりで》、厨川柵《くりやがわのさく》を守る貞任の低い声に、場は静まり返った。日高見川と雫石川、さらには中津《なかつ》川の合流地点に築かれたこの柵は、その地形の独特の複雑さから、難攻不落の要塞と謳《うた》われている。いざとなれば数万の兵が一年も籠もる事が出来た。

「もう一つ厄介な事がある」しばしの沈黙を破った惣領に、皆の目が向けられる。

「頼義が胆沢城《いさわじょう》に入る…」

「胆沢城!?」その場の皆が口を揃えた。

胆沢と言えば嘗《かつ》て坂上田村麻呂《さかのうえのたむらまろ》率いる朝廷軍と戦った大墓公阿弖流為《たものきみあてるい》の本貫地《ほんがんち》である。蝦夷軍を平定した田村麻呂は阿弖流為の居城を改修し、当時の国府最北の拠点として胆沢城を築いた。その後田村麻呂は更に北上し、不来方《こずかた》の近くに志和城《しわじょう》と徳丹城《とくたんじょう》を築城したが、これら三城は水害などの理由で徐々に衰退し、今では有名無実化している。宗任の鳥海柵の本丸からは南方に荒れ果てた胆沢城が目視出来る距離であった。

「むしろこれは千載一遇《せんざいいちぐう》の好機ではないか?」僧侶ながら好戦的な良照が口を挟む。

「胆沢城は奥六郡の臍《へそ》に当る。我らが領地のど真中にのこのこと頼義の方から乗り込んで来るのじゃ。護衛の兵を連れて来ようが、高《たか》が知れている。簡単に四方八方から討てようぞ。まさに飛んで火に入る夏の虫ではないか!」

興奮で火照った顔を扇で扇《あお》ぎながら、良照が気炎を吐く。

「いや、あの頼義の事だ。必ずや裏がありましょう」慎重な正任が即座に遮った。

「我らが手を出すのを待つは火を見るより明らか。頼義自らが囮《おとり》になるのは解せませぬが…」

「あるいは影武者を寄越すやも知れぬぞ?」顎に手を当てた重任が割って入った。

「そこに我らが手を出せば、喜び勇んで内裏に戦の大義を求めるのだな?」冷静さを取り戻した良照が頷いた。

「我らが手を出さぬとも、奇襲を自作自演するやも知れぬ。入城後に城に火でも点けられれば一巻の終わりぞ」

宗任の言葉に皆の顔が青褪めた。如何《いか》にもその通りである。

「検田使も頼義も奥六郡の地を踏ませてはならぬな…」貞任が決意の滲んだ顔で言った。

「何か良策でもあると申すか?」額の汗を拭いながら、良照が貞任を促す。

「親父殿は安倍の後継者に三郎《むねとう》を指名されよ。それを受けて手前は厨川に籠もり申す。これぞ如何《いか》にもうつけが採《と》りそうな策」

貞任がにやりと笑った。状況が飲み込めない良照は目を瞬かせている。

「なるほど、手前は兄者と兄弟喧嘩を致すのですな」貞任の策を瞬時に見抜いて宗任が首肯《しゅこう》した。

「左様。親父殿の決定に不服な俺は厨川から兵を出し、衣川の親父殿、鳥海の三郎《むねとう》の軍勢に偽りの戦を仕掛ける。胆沢は衣川と厨川の中間地点。そんな危険な地に陸奥守は来られぬ理屈。戦が奥六郡各地に飛び火すれば、最早検田など不可能。これで二年は持ち耐えられよう。兵の良き鍛錬ともなる」

「お見事!」感服した業近が叫んだ。

「しかし頼義が戦の平定と称して兄者や宗任に助太刀《すけだち》致したら何とする? 頼義軍が加われば偽りの戦は出来ぬぞ」

うーむと唸って良照が腕を組み直した。

「長く国府に務めた永衡殿から伺い申したが、私闘に国司が介入するは御法度とか。たとえ勝っても手柄にならぬ上に恩賞にもあり付けられぬ。頼義に従う兵の多くは恩賞目当てに働く坂東武者。罰せられる恐れがある上恩賞も出ぬとなれば、頼義軍の出陣は断じてござらぬ」宗任の言葉に場に安堵の溜息が重なった。

頼時の勾玉が光る——。

「決まりじゃ!」

惣領の鶴の一声で合議は終わった。

貞任は宗任を見据えて頼もし気に頷くと、急ぎ並木御所を後にした。


翌日、頼時の名代《みょうだい》として、弟の良照と養子の家任が多賀城に向かった。僧形の良照とまだ十四歳の家任なれば道中敵に見咎められる心配は無い。大赦後の今は安倍は逆賊ではないが、明白《あからさま》に安倍一族として国府の地を歩けばどう難癖を付けられるかわからない。念には念を入れての良照らの派遣である。

家任を随行させたのは経験を積ませる意図もあるが、もう一つ狙いがあった。家任は義家と歳が同じ。安倍の次世代を担う家任と義家との面会が叶えば、将来の繋ぎにならなくもない。

二日後、良照と家任は多賀城に姿を現した。ちょうどその頃、頼義は家臣と胆沢城入城に関する合議を開いていた。

「申し上げます！　奥六郡の安倍頼時殿の使者が参りました！」

伝令の声に頼義は家臣らと顔を見合わせた。

「何人で参った？」

「二人にございます。中尊寺に暮らす良照とその養子の家任と名乗ってございます」

「良照なれば頼時の弟ではないか！　別の間に通せ！」頼義は伝令に命じた。

「刺客ではござらぬか？」頼義の懐刀《ふところがたな》、藤原茂頼《ふじわらのしげより》の顔に不安が過《よ》ぎる。

「義家に命じて部屋の外を密かに固めよ！」

そう命じると頼義は茂頼と佐伯経範《さえきのつねのり》と共に良照らが控える部屋に向かった。途中、騒ぎを聞きつけた経清と簀《す》の子で鉢合わせた。経清の顔にも困惑の色が見て取れる。

「良照殿が参られたとか。何事でございましょう？」

「わかり申さぬ。経清殿も同席して下さらぬか？」

経清が従五位に昇進してから、頼義は言葉使いを改めていた。経清は恐縮して同意する。

頼義が襖を開けると、良照と家任が平伏していた。

「先日の婚礼の席では大変お世話になり申した」頼義らの気配を察し、良照が頭を下げたまま大仰に挨拶を述べた。

「聞けば頼時殿の使者として参ったとか。顔を上げ口上を述べるが良い」

頼義の言葉に答えたのは、意外にも良照ではなく、家任であった。

「良照の養子、家任にござりまする。何やら部屋の外がお騒がしい様子にございますが、まさか頼時の使者として参った我らをお疑いではござりますまいな？」

「…」

頼義は無言で家任を凝視した。家任は頼義の視線を両の目で受け止める。鬼切部《おにきりべ》での経験が家任を強くしていた。

「家任とやら、歳は幾つじゃ？」

「十四にございます」頼義の問いに家任は毅然とした態度で答えた。

「十四にして物怖じせぬその態度こそ天晴れ。御貴殿らの疑念は晴れた。義家、もう良い。出て参れ！」

遣戸《やりど》が静かに開くと、父から譲り受けた名弓、二引両滋籐弓《にひきりょうしげとうゆみ》を手にした義家が現れた。近習の藤原景季《ふじわらのかげすえ》も控えている。義家は家任を睨み付けた。

頼義は義家を部屋に招き入れると、景季を下がらせた。

「して、良照殿、使者の口上を述べられよ」頼義は改めて良照を促した。経清はじっと良照を見詰めている。

「お恥ずかしき話しなれど、我が甥、貞任と宗任が袂《たもと》を分かち、奥六郡にて内乱が勃発いたし申した。この良照、惣領頼時の名代《みょうだい》として、陸奥守様にご報告に参上仕《つかまつ》り申した次第」

「貞任殿と宗任殿が！」驚愕の声を上げたのは、経清であった。

「はい。頼時は家督を宗任に譲ると定めましたが、これに腹を立てた貞任が厨川柵に籠もり申した」

「愚かな…。安倍貞任、その程度の男であったか」

義家の顔に失望の色が濃く見られた。その義家に家任が鋭い視線をぶつける。

「頼時殿に抗《あらが》ったと申すのだな？」茂頼は思わず膝を打った。

「流石《さすが》はうつけと評判の貞任じゃな。貞任は奥六郡の郡司頼時殿に叛旗を翻した！頼時殿に郡《こおり》を預けしは朝廷。なれば貞任は朝敵ぞ！今すぐ内裏に貞任討伐の詔《みことのり》を願い出るのじゃ！」頼義が嬉々として叫んだ。経清が青褪める——。

「お待ち下さいませ。お言葉にございますが貞任が朝敵ならば我ら安倍一族も皆朝敵となる理屈。然《しか》るに頼時に抗ったは貞任め一人にござりまする。これでどうして安倍が逆賊になりましょうや。これは我ら一族の問題にございます」

良照の主張は、まさに正論であった。これでは誰もが良照に異を唱えられない。

「ならば我らが頼時殿の軍に加担致しましょう」老齢の割りに血の気が多い経範が頼義に進言した。

「それでは国府軍の干渉となりましょう。私闘に国府が介入するは内裏より厳しく禁じられており申す」

慌てて遮《さえぎ》ったのは経清である。

〈流石《さすが》は経清殿、わかっておられる〉良照は心で経清に礼を述べた。

「これでは国府は手も足も出せぬ…」茂頼が無念そうに吐き捨てる。

「なれど喧嘩は両成敗と決まっておる！　内乱が終われば必ずや頼時と貞任の首をここに運べ！」

策が悉《ことごと》く絵に描いた餅となった頼義は、憤怒の表情で良照に怒鳴り散らした。

国府への使いを終え、政庁の西門を潜った良照は、後方に人の気配を感じた。振り返った良照が目にした者は、左折《ひだりおれ》の烏帽子を被った義家であった。

「家任殿と話がしたい」

言われて家任は無言で義家の前に進み出る。

「貴殿は先の戦に出陣されたか？」

義家の問いに家任は無言で頷いた。

「そなたのその落ち着きはそのためか。羨ましい。俺も早く戦がしたいものよ…」義家が腰の天光丸を見る。

「お言葉ではあるが、戦は良き物には非ず。そのお考えは改められよ！」家任は義家を一喝した。

「貞任は父君の命に背いたとか。主人に従わぬ者は武士とは言えぬ。痴《し》れ者じゃ！」負けずに義家もやり返す。

「兄者は二十年先を見据えておられる。安倍の男を見損なうでない」

家任は目で義家を牽制すると、御免と一言発して踵《きびす》を返した。その小さな背中を義家が見据える。

〈源氏の御曹司相手に物怖じせぬとは、家任、ここまで大きゅうなったか…〉

同い年の二人のやり取りを黙って見守っていた良照は、夕日の下、細い目を更に細めた。

多賀の城下に観音寺の鐘が酉《とり》の刻を告げる—。

二つの長い影がやがて義家の視界からゆっくりと消えて行った。

その日の夜。義家は、一人居室で混乱していた。家任も貞任や経清と同じく戦をするなと言う。しかし自分はやがて源氏の棟梁になる男である。戦って源氏の名を世に高めなければならない。謂《い》わば戦を宿命付けられた男なのである。幼名の不動丸《ふどうまる》を名乗っていた頃からそう父に教わって来た。一方で平和を願う気持ちもわからなくはない。経清の言う通り、民が滅べば国が滅びる。戦と平和、自分はどちらの道を進むべきなのか…。

〈俺には学ばねばならぬ事がまだまだある…〉

左折《ひだりおれ》の烏帽子を被り直すと、義家は都に戻る決意を固めた。

貞任が演じた偽りの内紛が功を奏し、奥六郡の地はその後二年半に渡って国府の検分を撥ね退けていた。無論、頼義の胆沢行きも叶わない。その間、安倍一族は秘密の柵を徹底的に隠した。剥き出しの石垣には土を被せて木の葉で覆い、築地塀《ついじべい》には蔦葛《つたかずら》を絡め、周囲には橅《ぶな》木を植えて自然に溶け込ませた。元々極秘の柵故《ゆえ》、山奥や断崖に築かれている。絵図が無ければ味方も見落とす有様であった。

定期的に行われた合戦は兵の良き鍛錬となった。偽りの戦とは言え、それでも貞任は常に先頭に立って戦った。兵も貞任の背中を追う。自然と兵と貞任の距離が縮まり、確固たる信頼関係が築かれた。この二年半という月日は貞任の財産となった。貞任は兵を大切にする。兵の母が病に倒れたと知れば、兵と共に見舞いに向かった。兵に子供が産まれたと聞けば、我が事のように喜んだ。兵はそんな貞任に惚れた。戦場《いくさば》では誰もが喜んで貞任の為に死ぬと誓った。尤《もっと》も貞任にこちらから戦を挑む気は毛頭ない。飽《あ》く迄《まで》侵略者の迎撃が目的で、その侵略自体をも出来る事なら回避したい。貞任はそう願っていた。

天喜三年（一〇五五）、安倍の内紛は和解という形で終焉を迎える。喧嘩のまま終われば両成敗であるが、和解となれば国府も手が出せない。頼義は政《まつりごと》を妨げた罪として、貞任の首を国司の特権として要求したが、内紛の間も頼時から登任時代と同じ量の税を納められてはどうすることも出来ない。元々、登任時代の過剰な徴税を改めるための検分と言うのが大義だったからである。

　頼義が陸奥守に就任して既に四年が経過していた。頼義にとっては何の成果も得られないまま、陸奥に三年を暮らしている計算になる。勿論この三年間、色々と策を尽くした。再三再四、出羽の清原武則《きよはらのたけのり》に帰順を迫ったが、武則の異母兄、宗家の光頼《みつより》が頑としてこれに頷かない。光頼は清原が尽くすは出羽守との主張を曲げなかった。正論だけに、頼義もこれ以上手が出せない。東日流《つがる》の安倍富忠《あべのとみただ》にも使者を送ったが、色良い返事は貰えなかった。こうなると末法突入まで多賀城下向を遅らせた一年が惜しまれる。今から奥六郡を検分しても一年は掛かる。しかも六十歳に差し掛かろうという頼義はこの年、流行り病を拗《こじ》らせ、病床に臥《ふ》していた。よって将軍自らが鎮守府胆沢城に向かうのは不可能である。安倍はここまで見越した上で偽りの内乱を終結させたのである。


　この年、多賀城から衣川に嬉しい知らせが舞い込んだ。経清と共棲みして三年を迎えた有加が、遂に第一子を懐妊したのである。この子には従五位の貴族の血が流れている。ならばもう蝦夷の俘囚のと蔑《さげす》まれることはない。有加の腹の子は安倍一族の希望の星であった。出産のための里帰りと言えば有加も経清も堂々と衣川に入れる。これが安倍が内乱を終えたもう一つの理由でもある。

　翌年の啓蟄《けいちつ》を過ぎた頃、経清は峠の残雪を物ともせず、多賀城から単騎衣川に向かっていた。昨年末に衣川に入った有加が臨月を迎えていたのである。逸《はや》る気持ちを抑えて衣川関《ころもがわのせき》を越えた経清を、貞任が真っ先に出迎えた。

「これはこれは従五位殿。お待ち申し上げたぞ」

「有加は？」茶化す貞任に経清は真顔で返す。

「案ずるな。安定しておる。薬師《くすし》の話しでは産まれは明日か明後日とな」

　それを聞いて経清はゆっくりと旅装を解いた。

　翌朝早く、休み所の経清の許に侍女《じじょ》が血相を変えて飛び込んで来た。

「経清様、たった今有加様が産気付かれました！」

その声に経清は飛び起きた。並木御所に向かうと、庭に産屋《うぶや》が設けられている。その周りには塩が撒かれ、清められていた。この時代の乳児の死亡率は現代の比にならない程高い。また、子が無事に産まれて来ても母が命を落とす事も非常に多い。現に貞任はこの世に生を受けて間もなくに母親を失っている。その貞任らも既に産屋の前に駆け付けていた。生と死が隣り合わせとなる産屋は古来より神聖な場とされ、男の立ち入りは固く禁じられている。経清らは外で祈るしか術《すべ》は無かった。貞任は、経清の肩にそっと手を当てた。

並木御所の仏間では僧らが経を唱えている。その中には良照や井殿《いどの》、家任の姿もあった。読経が続く中、時折獣のような呻《うめ》き声や耳を劈《つんざ》く叫び声が聞こえて来る。人の声とは思えない戦慄的なその声は、有加が発したものであった。産屋では、几帳を五芒星《ごぼうせい》に配置し、結界が張られていた。その中では白装束で身を清めた侍女達に励まされ、有加が闘っていた。額には玉の様な汗が浮んでいる。固く瞳を閉じ、悪夢に魘《うなさ》れるかの如く喚《わめ》き散らしていた。昼が過ぎ、夜が訪れても喚き声は収まらない。何時《いつ》の間にか降り始めた春霖《しゅんりん》が経清の体を冷たく濡らす。

翌日は春の嵐となった。絶《あか》い稲妻が恐ろしく光る。有加の悲痛な叫び声は昨夜から続いていた。経清と貞任は一睡もせず、激しい雷雨に打たれている。

中尊寺の別院梅際寺《ばいさいじ》（後の雲際寺《うんさいじ》）の鐘が九回打ち鳴らされた。正午を告げる梵鐘《ぼんしょう》である。しかし依然として赤子が産まれる気配はない。居《い》た堪《たま》れ無くなった経清は侍女に手桶を用意させ、池に向かって走り出した。手桶に池の水を汲み、頭から被る。弥生とは言え、陸奥の水は氷の様に冷たかった。貞任も駆け付け、共に一心不乱に水垢離《みずごり》をする。

夜になって天候が悪化した。有加は最早《もはや》言葉を発しなかった。既に丸一日半も戦っている。体力の限界であった。有加が気を失いかけた瞬間、経清の声が聞こえ、未だ見ぬ我が子の笑顔が目に浮んだ。最後の力を振り絞り、有加は天井から吊るされた白い組み紐にしがみ付き、全身全霊で息んだ。その刹那、激しい雷鳴が夜空に轟く――。

それと同時に、赤子の鳴き声が産屋から消魂《けたたま》しく響いた。

「産まれたか！」

経清と貞任が同時に叫んだ。やがて産屋の板戸が静かに開き、産婆が白絹の襁褓《むつき》に包まれた赤子を胸に抱いて現れた。さっきまで泣いていた赤子は、今はすやすやと眠っている。

「お目出とうございまする。元気な男《おのこ》のお子にござります」

産婆から手渡され、経清は初めて我が子を抱いた。小さな温もりが冷えた経清の体に伝わる。

「有加は如何《いか》に⁉」

「ご安心召されませ。ご無事にございます。ただし相当お疲れにございましょう。お子を手にして微笑みなされ、直ぐに眠りに落ちてございます」

経清は天を仰ぎ、神に感謝した。激しい雨粒が経清の顔を叩く。今はそれすらも心地良い。

貞任が微笑んで経清の肩を軽く叩いた。知らせを聞き、並木御所から頼時も飛び出して来る。

「この赤子こそ我らの希望の星ぞ！」

安倍の惣領が初孫を天に掲げ、男泣きに泣いた。

時に天喜四年（一〇五六）。春の嵐の夜の出来事であった。


この年、安倍の一族には慶事が相次いだ。有加出産から一月《ひとつき》後、宗任も男児を授かったのである。名を梅丸《うめまる》と言う。前年に娶った宗任の妻は常陸国《ひたちのくに》に勢力を誇る平惟時《たいらのこれとき》の娘で、その姓からもわかる通り、永衡の縁者である。ほぼ同時に二人の孫を得た頼時は、思えばこの時、人生の絶頂にあったと言える。

霞草《かすみそう》の香りがそよ風に乗って運ばれて来る中、頼時は梅丸を膝に抱き、目を細めていた。傍らには宗任とその妻、そして梅丸の祖母の友梨が微笑んでいる。梅丸が愚図ると、頼時は梅丸を頭の上に掲げ、よしよしと背中を叩いた。

「父上、落とさぬようご注意くだされ」

「わかっておる。わかっておる」

微笑ましいやり取りの中、妻戸が開き、赤子を抱いた有加が部屋に入って来た。

「準備が整いましたれば、これにて失礼いたします」有加は赤子を静かに床に置き、三つ指を突いて畏《かしこま》った。

「どうしても行くか？」止めても無駄と承知の上で、頼時が言う。

「わたくしは経清様の妻にござりまする。妻なれば夫に尽くすのが本懐」

経清は一月《ひとつき》前に多賀城に戻っていた。いくら子が産まれたとて、従五位の身では自由は長くは続かない。

「安倍は決して戦は起こさぬ。また清丸《きよまる》殿を連れて衣川に遊びに来るが良い」

抱いていた梅丸を宗任に渡し、頼時は清丸と呼んだもう一人の孫の許に進み、抱き上げた。

「泣き声一つ上げずにすやすやと寝ておる。清丸殿は大物になるぞ。枡掛《ますかけ》の掌《たなごころ》と重瞳《ちょうどう》の双眼。どちらも貴人の相じゃ」

枡掛とは感情線と知能線が繋がった横一文字の手相であり、重瞳とは一つの目に二つの瞳孔を宿すものを言う。それぞれ家康と秀吉の相と今に伝わる。

赤子の頬に指を立てて微笑むと、頼時は清丸を有加にそっと渡した。

〈孫らのためにも戦は出来ぬ。この頼時、何が起ころうと耐えて見せようぞ…〉

去り行く有加を見送りながら、頼時は心に誓った。


有加が多賀に戻ってから数日後、頼時の平穏は虚しく終わりを告げた。多賀城から使者が突然現れたのである。使者は陸奥権守《むつのごんのかみ》、藤原説貞《ふじわらのときさだ》であった。説貞は登任の時代から陸奥守に従う在庁官人《ざいちょうかんじん》で、頼時とも面識がある。説貞は頼義の子飼いではなかったが、公家の出で教養があり、陸奥の情勢にも詳しいことから頼義も一目置く存在である。

何の前触れもなく突然現れた説貞に訝《いぶか》りながらも、頼時は説貞を並木御所に招き入れた。

「陸奥守様に次ぐ要職にあられる陸奥権守様の直々のお越しとは、畏れ多き事にございまする…」

茶でもてなしながら、頼時が笑顔を浮かべて訊《たず》ねた。南部鉄器で沸かした湯はまろやかである。

「して、陸奥守様は、手前に何と？」

「お話は三つございますが、一つ目は身共《みども》の私的なお願いにございますれば、我が殿は関係無き事」

恰幅の良い説貞が笑顔で答えた。

「と、申されますと？」

「実は経清殿と有加殿の婚礼の席で、我が嫡子光貞《みつさだ》が、御貴殿の御息女、一加《いちか》殿を見初め申してござる。是非とも一加殿を光貞の花嫁にお迎えいたしたくお願いに参上仕《つかまつ》った」

頼時は返答を躊躇《ためら》った。陸奥権守との間に縁《えにし》が出来れば国府軍との戦は回避できるかもしれない。一方で末娘の一加を光貞に嫁がせる事は、国府に人質として差し出すのと同義でもある。

「有り難きお言葉なれど、まずはあの者の意も聞きとうござります故《ゆえ》、返事は暫《しば》しお待ち頂きたい」

頼時は説貞に向かって深々と腰を折った。

「して、二つ目とは？」

「これは陸奥守様のお言葉にござります」

それを聞いて頼時はごくりと唾を飲み込んだ。

「ご承知の通り、我が殿の陸奥守兼鎮守府将軍の任期はこの夏で終わり。秋の県召除目《あがためじもく》で遠国《おんごく》へ異動となりましょう。鎮守府将軍と言えば武士の名誉職。如何《いか》にも陸奥守が務めるべき国府は多賀城なれど、本来鎮守府は胆沢の地に置かれており申す。それ故《ゆえ》、殿は異動前に胆沢城での公務を望んでおられる。正式な書面は後ほど早馬でお届けする事となろうが、御貴殿には胆沢城外の警護をお願い致したい」

この言葉を聞いて、頼時は安堵した。永衡からの書状を読んだ日から、いずれはと覚悟を決めていたのである。

「承知致し申した。その件、この頼時、喜んでお引き受け申し上げる」頼時は、恭しく低頭した。

「して、三つ目のご要望とは？」

「これが一番重要なのでござるが…」言うと説貞は茶を啜って間を置いた。頼時はじっと説貞の目を見据える。

その後、説貞の口から出た言葉は、頼時の想像の斜め上を遥かに超えたものであった。

「我が殿は貞任殿と、殿の御息女、多喜《たき》様との縁組をお望みにござりまする」

「なんと！」頼時は腰を抜かさんばかりに驚愕した。頼義が安倍と源氏の縁戚を望んでいると言うのである。

〈あの頼義が安倍と組むと申すか。解《げ》せぬ…。頼義め、何か仕掛けて来おったか…？〉

「なんとも有り難きお言葉なれど、何故《ゆえ》畏れ多き事なれば、何卒お時間を頂戴《ちょうだい》したく…」

平静を装いながら、頼時は背中に冷たい汗が流れ落ちるのを感じていた。

「無理もござるまい。吉報をお待ちしておりますぞ」

説貞は笑顔を見せて席を立った。


遡ること五日前。場所は多賀の頼義私邸。格子戸の隙間から吹き込む風で紙燭《しそく》の炎が揺れている。

「では、その手筈で参ります」薄暗い部屋の中で藤原説貞が頼義に一礼した。

「待て、それだけでは心許無《こころもとな》い。何か他に良き策は無いか？」頼義は暫《しば》くの間顎に手を当てて目を閉じた。

「経範、多喜《たき》は幾つになったかの？」急に目を開いた頼義は、隣に控える側近の佐伯経範に質した。

「多喜様とは、下野《しもつげ》におわします多喜様にございますか？」

「そうじゃ。下野の多喜じゃ」

多喜とは頼義が若かりし頃、父頼信と共に長元の乱に出陣した際、海道平氏の流れを汲む多気権守《たけのごんのかみ》、平宗基《たいらのむねもと》の端女《はしため》に産ませた娘で、義家の腹違いの姉にあたる。当年二十七歳を迎えていた。

「ならば貞任と釣り合うの」頼義はにやりと笑った。

「貞任とでございますか？」経範は頼義の意図が掴めず、目を瞬かせている。

「貞任の嫁にくれてやるのだ」頼義の一言に、皆大口を開けて驚いた。

「殿の御息女を卑《いや》しくも蝦夷のうつけめに嫁がせると申されますか！」そう言った藤原茂頼の声は上擦っている。

「実の娘といっても所詮は端女の子。蝦夷の嫁には相応しい。しかも碌《ろく》に会ってもおらぬ故《ゆえ》、親子の情も通わぬ」

頼義の非情な声が部屋に響いた。

「して、貞任に娶らせるお心は？」

「奴から貞任に戦を嗾《けしか》けさせるのじゃ。あるいは間者《かんじゃ》としても使えよう。それに…」頼義の顔が醜く歪む。

「いくら端女の子と申せ、貞任の朝餉に毒を盛るくらいの事は出来よう」頼義は冷淡な笑いを見せた。

「殿！　誠にお見事な策にございまする！」

　その場にいた三人の家臣は、大袈裟に目を丸め、その場に平伏した。


　並木御所では合議が持たれていた。無論、説貞の求めに対する返答の吟味である。急な来客だったため、偶々《たまたま》衣川を訪れていた貞任以外、近場に住まう者しか居間にはいない。

「諾《うべな》えぬ！」部屋に荒ぶる声が響いた。その声の主は、貞任である。

「そなたの気持ちもわからなくはないが、相手は頼義の娘ぞ。我が子が安倍に嫁げば頼義とて戦は出来ぬ理屈。子を持たぬそなたにはわかるまいが、親とはそう言うもの。そなたが頷けば戦は起きぬ」叔父の良照が力説した。

「血筋も申し分ござらぬ。それどころか都の貴族でさえもなかなか娶うに叶わぬお相手。経清殿の藤原家、宗任様と永衡殿の平家に加え、源氏の血も入るとなれば安倍は安泰ですぞ。誰も蝦夷だ俘囚だとあい申さぬ」

　業近も一気呵成《いっきかせい》に捲《まく》し立てた。

「叔父上殿と業近の申す事もわからなくもないが…」貞任は眉間に皺を寄せて場を見渡した。更に続ける。

「有加と経清、中加と永衡は互いに惹《ひ》かれ合って夫婦《めおと》となり申した。然《しか》るに戦さの回避を餌に申し込まれた縁談に応じるは恥。孫の代まで笑われましょうぞ」

「とは言え政略結婚は世の常ぞ」頼時が貞任を一喝した。

「なれば親父殿は渡島《わたりしま》が欲しくて手前の母を抱いたと申されるか？」貞任の左眼が鋭さを増す。

「貴様、親を愚弄《ぐろう》する心算《つもり》か！　控えよ！」頼時は怒りに目を剥き出して怒鳴った。良照も貞任を睨み付ける。

「お止め下され！　この期《ご》に及んで親子喧嘩とは見苦しい」呆れて業近が仲裁に入る。

「それにしても、あの頼義が只で娘をくれるとは考えられぬ。何か裏があると手前は見ました」

「裏とな？」宗任の言葉に頼時がぴくりと眉根を吊り上げた。

「毒を盛る、寝所に火を放つぐらいは女子でも出来ましょう」宗任の一言に場が凍る。

「その仇討《あだう》ちとして我らが挙兵するのを手薬煉《てぐすね》引いて待っているかも知れんな」うーむと唸ったのは良照である。

「よし、ここは突っぱねよう」頼時は決断した。

「しかし断りの理由は如何いたしましょう？無碍《むげ》に断れば災いの種になりませぬか？」業近が不安そうに尋ねる。

「乳母《うば》でも死んだ事にすれば良い」憮然としながら貞任が鼻を鳴らした。貞任の乳母は疾《と》うの昔に亡くなっていたが、架空の乳母の喪に服すとすれば、一応の言い訳になる。

「それにしてもそこまで向きになるとは、おぬし、好きな女子《おなご》でもおるのか？」

良照がにやにやしながら貞任を見据えた。

「叔父上殿、お揶揄《からか》い召されるな」貞任は良照を睨み付けた。その視線の鋭さに、良照は思わず肩を竦《すく》める。

「一加の縁談は如何《いかが》いたす？」真顔に戻った良照が話題を変えた。

頼時の末娘、一加も既に十五を迎えようとしていた。嫁入りしてもおかしくない年頃である。

「本人の意思も問わねば始まりますまい」

貞任に促されて頼時は、簀子《すのこ》に控えた郎党に命じ、一加を呼んだ。

やがて西の対《たい》から衣擦れの音が近付き、部屋の前で止まる。

「構わぬ。入れ」頼時の一声で遣戸《やりど》が開くと、そこには一加が平伏していた。

「事情は既に耳にしておろう。率直に申す。この縁談、如何《いかが》致す？」父の問いに一加は無言を貫いた。

「光貞殿のお父君の説貞殿は陸奥権守を務めるお方。都の摂関家の遠縁にもあたるとか。お血筋は見事ぞ」

そう言ったのは良照だった。貞任が縁組を断った以上、こちらを拒むのは憚《はばか》られる。しかし頼時は末娘を溺愛している。頼時は内心では一加を手放したくはなかった。何より最悪国府の人質となる恐れもある。

「とは言え、その光貞殿とやらの良い噂、手前の耳には届いておりませぬ。どころか小耳に挟むのは悪評ばかり。光貞殿は虎の威を借る狐とな」宗任が眉を顰《ひそ》めた。

「どう言う事じゃ？」

「なんでもあの光貞殿、義家殿に忠誠を尽くし、義家殿も重用されておるとか。然《しか》るに光貞殿はそれを鼻に掛け、あろう事かあのお歳で郡司の皆様方にも横柄な態度を取っておるそうな」

「武士の風上にも置けぬ男よ」貞任は反吐《へど》が出そうになった。光貞は未だ十八の小倅《こせがれ》である。歳の近い義家に上手く取り入ったのであろう。それを聞いて頼時の顔が見る見る曇った。

「好きな男《おのこ》でもおるのか？」良照が再び同じような台詞を吐いた。

一加は無言だった。しかしその頬が僅かに赤く染まったのを貞任は見逃さなかった。

「親父殿。三郎《むねとう》が申したとおり、光貞は藤原と言えども小者に過ぎぬ。加えて一加は二人の姉を見ており申す。親父殿は道具とお考えかも知れませぬが、三人の姉妹の中で一加一人を道具とするはあまりに不憫。好きな男がおるならば、その者と結ばれる事を切に願うが親心ではありませぬか？」貞任が頼時に凄んだ。

「子もおらぬそちに言われるまでもない。その様な男に一加はやらぬ。一加の縁談も断る。それで良いな？」

父の一言に、一加の顔が俄《にわ》かに輝いた。

「胆沢城の件は如何《いかが》いたそう？」一加を下がらせた後、良照が口を開いた。

「委曲求全《いきょくきゅうぜん》。こればかりは応じねばならぬな。警備もせずに我らの領地で茶番でも演じられたらそれこそ戦に発展しよう。奴らが不穏な動きを見せぬよう、我らの方から目を光らせるのじゃ」

頼時の言葉に異を唱える者はいなかった。胆沢城は奥六郡のど真中に位置する。そこで頼義が自ら城に矢でも放てば、内裏は必ず安倍の叛逆と見る。

「かと申して大軍を派遣すれば、それはそれで取り囲まれたと取られませぬか？」

宗任の言葉に、皆がうーむと唸った。まさにその通りである。

「儂《わし》が胆沢城に入り頼義の傍らにぴたりと付こう。これで安倍軍は手を出せぬ理屈」頼時が淡々と述べた。

「親父殿、それはあまりにも危険ではあるまいか？　親父殿を人質に差し出す様なものぞ」貞任が顔を強張らせる。

「それはそれで構わぬ。儂の身に何かあっても手出しは無用。この首で陸奥に平和が訪れようものなら安いものよ。儂も歳を取った。清丸殿や梅丸の人柱となれば本望」頼時は悟ったような表情で遠くを見詰めた。

「弱気になりなさるな！　親父殿らしくもない」貞任が声を荒げる。

「胆沢城は手前が守る鳥海柵から目と鼻の先。父上お独りで行かせたとあればこの鳥海三郎が笑われましょう。身共《みども》も共に参ります」

「如何《いか》にも宗任ならば弁《わきま》えよう。貞任は儂の代わりに衣川を守ってくれ」

頼時の言葉に貞任は渋々ながら頷いた。


「親父殿《おやじどの》！」透渡殿《すきわたどの》を歩く頼時の背に貞任が声を掛けた。

「先程は無礼な口を利き申した…」貞任が神妙な顔で頭を下げた。

「貞任、参れ」頼時は持仏堂《じぶつどう》に貞任を誘った。ここは普段、頼時が写経の場として使っている場所で、頼時以外の人物が入る事は堅く禁じられていた。貞任もここに入るのは初めてである。

中には日光菩薩と月光菩薩を従えた一体の薬師如来像と、一柱《ひとはしら》の位牌が祀《まつ》られていた。

「―これだけは伝えておく…」

薄暗い堂の中で頼時は貞任と面と向き合い、じっと目を見据えて言った。やがて静かな口調で語り始める。

「あれは儂《わし》が今のお前程の頃の話。十三湊《とさみなと》から渡島《わたりしま》に渡った儂は、仲間を引き連れ山に入った。今思えば若気の至りよ。しかし慣れぬ土地故《ゆえ》迷ってな。暫《しばら》く彷徨《さまよ》っていたところを羆《ひぐま》に襲われた―。その時の傷がこれよ」

頼時は衣を開いた。左肩から右脇腹にかけて、五本の爪痕が痛々しく残されている。

「儂は何とか一命を取り留めたが、仲間は殆《ほとん》どやられた。地べたを這いずり回り、何とか山を下りた所で儂は力尽きた。生を諦め目を閉じた時、里のアイヌの娘が儂を助けてくれた…」

「まさか、それが手前の!?」

頼時は静かに頷くと、棚から位牌を取り出し、慈しみの目で見詰めた。

「お前の母の名はアベナンカ。アイヌ語で火の神という意味だ」

「アベですと!」

「左様。今思えばあれは安倍の家に嫁ぐ宿命だったのかも知れぬ。おぬしの火のような気性は母親譲りであろう。美しい蒼い瞳と艶やかな赫《あか》い髪は、お前に瓜二つであった…」

淡々とした口調で語る頼時の瞳が哀しく揺らめく——。

「アベナンカは三日三晩、死の淵を彷徨《さまよ》っていた儂に尽くしてくれた。惚れたのは儂の方だった。北の大地で愛を語り、やがて二人は結ばれた。儂はお前の母を心から愛していた。お前を授かった時、儂らはどんなに喜んだ事か…」

頼時の肩が小刻みに震える。

父の言葉に、貞任には込み上げて来るものがあった。幼き頃より貞任は、兄弟と顔付きが違う事に心を痛めていた。自分は異端の子だと思った。安倍の家に自分の居場所は無いと思った。頼時と母との婚儀さえも、交易拡大の手段と決め付けていた。父にも愛されていないと思った。固く閉ざされ続けて来た貞任の心が、今、氷解する——。

頼時は微笑むと位牌を貞任にそっと手渡した。琥珀の勾玉が熱を帯びる。

貞任の蒼い瞳から、一筋の涙が流れ落ちた。


藤原説貞が息子の光貞を引き連れて衣川を再び訪れたのは、黒南風《くろはえ》が吹いてから暫《しばら》く経った梅雨の頃であった。この日もどんよりとした雲が空を覆い、蕭蕭《しょうしょう》と小雨が降っている。それでいて気温は高く、不快な汗が止まらない。

「この蒸し暑き中、態々《わざわざ》の御足労、誠に有り難う御座いまする」頼時が蹲踞《そんきょ》して二人を並木御所に迎え入れた。貞任もその横に控えている。説貞はおくびれもせずに上座に進んだ。光貞もずかずかとそれに続く。

「して、胆沢城外の警護は請け負って頂けようか？」円座《わろうだ》に腰掛けた説貞が出された茶を啜《すす》りながら切り出した。

「陸奥守様の警護の大役を仰せつかり、身の引き締まる思いにございまする。城外は安倍の軍勢が昼夜を問わず固め申す。手前も宗任と共に頼義様のお傍に従え、命に代えてでも頼義様をお守りいたす所存にござりまする」

それを聞き、説貞の表情が一瞬曇った。

「安倍の惣領殿にそこまでさせては申し訳が立たぬ。それに御貴殿は衣川を守る身。城内の警備は無用でござる」

〈やはり城の中から仕掛ける気だな？〉説貞の慌て振りを見て頼時は確信した。

「衣川はこの貞任めに任せまする。頼義様の任期もあと僅か。想い起こせば二年半前、全力で頼義様をお支え致すと多賀城で誓い申したが、お恥ずかしき内輪の醜態でその願いも叶わぬまま。この頼時、最後の御奉公と頼義様に従い申しますれば、何卒お情けを…」頼時は大仰に平伏した。渋々貞任もそれに続く。

「うーむ、何たる殊勝なお心構え。そのお心意気、しかと殿にお伝え申す」

頼時の熱意に圧されたのか、説貞はあっさりと折れた。

「では次に貞任殿と多喜様の縁組についての返事をお聞かせ願いましょう」

「それにつきましては…」

「まさか断るわけではござりますまいな？」渋る頼時に説貞が睨みを利かせる。

「否。そうではございませぬが、今は貞任の乳母の喪中につき、正式な婚儀は翌年の春までお待ち頂きたい」

「それはそれは…。しかし来春といえば殿は都におわす。多喜様も吉報をお心待ちとか。困り申したの…」

説貞は弱ったとばかりに額の汗を拭い去った。

「大したものにはござりませぬが、契りの証しとして、手前の扇《おうぎ》など姫君にお渡し頂けませぬか？」

貞任は懐から扇を取り出した。表面は臙脂《えんじ》に金の日の丸、裏面には菊の九曜紋《くようもん》が記されている。

「分かり申した。これで多喜様もご安心召されましょう」

〈多喜とやら、済まぬな…〉扇を手渡すと貞任は心の中で詫びた。頼義さえいなくなれば、縁組も御破算である。

「手前と一加殿の縁組の件は如何《いかが》か？」横柄な態度で光貞が口を挟んだ。

「有り難きお話しなれど…」

「頼時殿、まさか断ると申されるか⁉」説貞が語気を荒げる。

「父頼時が申し上げ難い様子にて、代わって手前がご説明いたす。我が妹、一加には意中の相手がおり申す。如何《いか》に光貞殿が遠く摂関家の血をお引きと言えど、人の心は血で買え申さぬ。失礼ながら光貞殿は未だお若い。申し訳ござらぬが、他に良きお相手をお探し願いたい」

貞任がぴしゃりと言い放った。俯いた光貞は拳を握り締め、ぷるぷると小刻みに震えている。

やがて光貞は顔を上げ、憤怒の形相で貞任を睨み付けた。

「それが答えか！　あいわかった！　貴様と血を分けた卑しき蝦夷の娘などいらぬわ！」

光貞は立ち上がると、床板を踏み鳴らして外に消えた。慌てて説貞も後を追う。

〈この屈辱、生涯忘れぬ！〉追って来た説貞の手から貞任の扇を奪い取ると、地べたに叩きつけて踏み付けた。

「これでは多喜様にお渡し出来ぬ！」

「ならば俺が預かろう！　この恨みを忘れぬよう、せいぜい大事に致すわ！」

扇を拾い上げると光貞は馬の腹を蹴って走り去った。その方角にはどす黒い雨雲が立ち込めている──。

後にこの扇が戦の炎を煽ることになろうとは、この時点では誰も知る由《よし》が無かった。


朽ち果てた外郭南門《がいかくみなみもん》を潜り、頼義が門前雀羅《もんぜんじゃくら》の胆沢城に入ったのはそれから十日後の事であった。頼時にとって誤算だったのは、頼義が千もの兵を引き連れて来た事である。無論、形の上では恭順の意を示しているものの、僅かな手勢では安倍に攻め込まれる危険がある。百程度の護衛は付くものと頼時は読んでいたが、まさかその十倍もの兵を率いるとは夢にも思わなかったのである。これだけの兵がいれば、その気になれば容易に衣川に攻め入れる。しかも頼時と宗任は、半ば人質として頼義と行動を共にする事となる。頼義の任期はあと二月《ふたつき》もない。五年間を耐えた頼時にとって、高《たか》が二月、然《さ》れど二月である。これだけの兵に囲まれては、生きた心地のしない久遠《くおん》の時に感じられた。

それでも頼時と宗任は、朝から晩まで影の様に頼義の傍に仕えた。無論、頼義を監視するためである。予想通り、頼義は無理難題を押し付けて来た。だが頼時は決してその挑発に乗らなかった。食料を寄越せと迫れば連日連夜の宴席を設ける。しかも頼義軍の兵らにまで酒と馳走を鱈腹《たらふく》与えた。こうなると、頼時に心酔する国府の兵も出て来る。痺れを切らし、頼義の方から衣川を攻めようにも、あるいは頼時を討とうにも、城の外では五百の安倍軍が昼夜を問わず屯《たむろ》しているのである。これでは流石の頼義も迂闊に手を出せない。何の種火も撒けぬまま、悪戯に時間を浪費する。頼義の焦りは限界に達していた。

任期も終わりに近付いたある朝、頼義はいつものように朝餉に付いた。苛苛《いらいら》と台盤に向き合うと、膳の下に小さく折り畳まれた書き付けが隠されていた。隣に座る説貞が何やら目配せする。察した頼義は然《さ》りげ無く書き付けを懐に収めた。向かいに控える頼時と宗任は気付いていない。

朝餉を終えると、頼義は厠《かわや》に向かった。流石《さすが》に頼時もここまでは付いて来ない。周囲を見渡し、人の気配が無い事を確かめると、頼義は徐《おもむろ》に書き付けを取り出した。書き付けを見ると頼義はにやりと笑った。厠から戻ると、頼義は説貞に耳打ちした。

「この策、義家には内密にせよ。あの一本気な気性では必ず抗《あらが》おう」

「御意《ぎょい》にございます」

頼義は満足そうに頷くと、満面の笑みを浮かべ頼時と宗任を呼び付けた。

「頼時殿、宗任殿、お手助けご苦労であった。我らは明後日に多賀城に引き上げよう」

頼義の言葉を聞き、頼時と宗任は顔を見合わせた。予定ではあと十日は胆沢城にいる筈である。

「退任の手伝いに都から義家が来ておってな。十八にあいなった」

「義家様が！それはさぞかしお懐かしゅうございましょう」

義家は四年前に都に戻り、文武の腕を磨いていた。式部少丞《しきぶしょうじょう》の藤原明衡《ふじわらのあきひら》に師事し、彼《か》の文章得業生《もんしょうとくぎょうしょう》、大江匡房《おおえのまさふさ》とも文机《ふづくえ》を並べた。その成果か、十六歳で近衛府《このえふ》の左近将監《さこんのしょうげん》に就任したのを皮切りに、瞬く間に左馬《さま》権守《のごんのかみ》、兵部大輔《ひょうぶのたゆう》を歴任していた。

「それに此《こ》の度《たび》胆沢の地を踏み、改めて陸奥は平和と知り申した。頼時殿、今後も陸奥を宜しく頼みますぞ」

頼義は笑顔を浮かべ、頼時の手を取った。

「何とも勿体無いお言葉を…」頼時と宗任は恭しく平伏した。

〈遂に諦めたか…〉

頼時は、心の中で胸を撫で下ろした。

頼義と共に胆沢城に入って四十九日目の出来事であった。

翌日、頼義は頼時の労を労《ねぎら》う宴を催した。頼時に従った宗任に加え、貞任を含めた主だった安倍の者どもも宴に招かれている。胆沢は奥六郡の中心に位置しており、安倍のどの柵からも馬で半日あれば着く。衣川からは任期を終える頼義への贈呈品を山と積んだ荷車が届いた。宴には多賀城から義家も駆け付けると言う。

頼義の頼時への労いの言葉で酒宴は始まった。頼時も頼義への惜別の言葉を返す。

貞任らは頼義の家臣らと対峙する形で広間に座していた。

その貞任に憎悪の眼差しを向ける者がいた。藤原光貞である。

〈あの小倅《こせがれ》め。俺が一加への求婚を断ったことを未だ根に持っていると見える〉

挑発するような光貞の視線を貞任は無視し、黙々と酒を煽った。

半刻が過ぎた頃、広間に杜若《かきつばた》色の狩衣姿の若者が入って来た。源氏の家臣らが色めき立つ。

「父上、遅くなり申した」烏帽子を左に折ったその若者は、義家であった。

「御曹司！見違えたぞ！立派になったたな」貞任が笑顔で義家に声を掛ける。

「貞任殿、お久しゅうござる」義家は、既に青年の域に達していた。声は低く、幼い頃の面影は殆《ほとん》ど無い。

「背丈も一尺は伸びたのではござらぬか?」白い歯を零《こぼ》しながら、宗任も話しに加わった。

「十四が十八なれば、さもあろう」貞任がしみじみと語る。

義家は二人の酌を取った。盃を干した宗任が、義家に酒を注ぐ。

「今は酒の味もわかると見える」貞任の揶揄《からか》いにも、義家は余裕を持って返した。

「昔の手前とは違い申す。武芸ばかりか学問も修め申した。今では嘗《かつ》てお二方が申された事がよくわかり申す」

「俺達が申した事とな?」貞任が首を捻る。

「覚えておらぬとは、相変わらず貞任殿はうつけにございますな」

義家の笑顔が弾けた。貞任は苦笑いを浮かべている。

「武者とは戦を厭《いと》う者。救うべきは民と…」

貞任の顔を真っ直ぐと見据えて、義家が言った。貞任と宗任は笑顔で頷く。

三人は時を忘れて話し合った。義家と同い年の家任もその輪に加わる。何時の間にか盃を持った正任と重任の顔も見えた。御簾の隙間から吹き込む涼風《すずかぜ》に当たりながら、貞任は盃を重ねる―。

その耳には南部風鈴の音がいつまでも心地良く響いていた。


翌日。胆沢城から南に向かって長く伸びた隊列の先頭に、貞任の姿があった。多賀城への帰還の警備として、頼義は貞任に随行を命じたのである。仮に頼義からの命令が無かったとしても、貞任は父に代わって警護に当たる心算《つもり》であった。五十日を臥薪嘗胆《がしんしょうたん》した頼時を、一刻も早く開放してやりたかったのである。その頼時は充実の笑顔を浮かべ、一足先に衣川への帰路に就いていた。

入道雲が盛夏の勢いを誇るかのように天高く湧き上がっている。燦燦《さんさん》と降り注ぐ夏の太陽の下、馬の背に揺られる貞任は、しばしば立ち止まっては幾度となく後ろを振り返った。

「兄者、如何《いかが》致した？」隣で黒鹿毛《くろかげ》に跨《また》がる重任が汗を拭きつつ貞任に問う。

「遅過ぎる。これでは日が暮れてしまうぞ」

貞任を苛立たせたのは照り付ける真夏の太陽だけではなかった。後方では数十台もの荷車がのろのろと進んでいる。積荷は頼時が献上した土産であった。鷲や鷹の羽を使った矢、太刀、槍、甲冑など、武士なら誰もが喜ぶ武具から、宋の陶磁器や琉球の硝子細工などの異国の珍物が荷台に山と積まれている。高麗の朝鮮人参酒を入れた甕は十を数えた。しかも頼時は昨夜、国府の全ての兵に別れの酒を振舞っている。お陰で二日酔いの兵も少なくない。これでは隊列がなかなか進まないのも無理は無かった。

「しかし親父殿も大盤振る舞いしたものよ」

「それだけ嬉しかったのだろう。長き五十日をよう耐えられた。頼義が都へ帰れば全てが終わる。五年間何も起こらなかったのだ。内裏も次の陸奥守には公家を起用しよう」

貞任が笑顔で答えた。実際、正式な任官は未だであったが、内裏では次期陸奥守に藤原明衡《ふじわらのあきひら》が内定していた。明衡は高名な儒学者で、義家の学問の師でもある。

陽が頭上高くに達した頃、遠く束稲山《たばしねやま》が見えて来た。途端に巨大な流れ雲が太陽を覆い、俄かに大地が暗む──。

〈頼義は衣川に立ち寄るまいか？〉突如、不安が貞任を襲った。

〈父殿は全てが終わったと見て油断しておろう。その隙を突いて頼義が衣川を急襲したら…!?〉

暑い中、貞任の背中に冷たい嫌な汗が伝う。

〈いや、それはない。衣川には五千以上の兵がいる。国府の兵は高々《たかだか》千。いくらなんでも昼に奇襲は無い〉

貞任は額の汗を拭い、恨めしそうに太陽を睨み付けた。直ぐに次の不安が貞任を襲う。

〈磐井と伊治の境に国府の大軍が控えてはおらぬか？　暑さ凌ぎを理由に頼義が衣川に入れば、兵が関を内側から開けられる。それに呼応して大軍が攻めて来ればどうなる？〉

「どうした兄者？　さっきから上の空ぞ？」重任が貞任の顔を覗き込む。

「六郎《しげとう》、護衛は俺が引き受ける。おぬしは今から衣川の南に向かってくれ」

「何故《なにゆえ》に？」

「国府の軍が潜んではおらぬか確かめるだけで良い」

「まさか？　兄者の考え過ぎぞ。いくら頼義とて、そこまでやるとは思えん」重任は苦笑を浮かべた。

「あの頼義が予定を早めて胆沢城を出たのが解《げ》せぬ。必ず最後に策を使って来る筈。国府軍がいなければそれで良い。念には念をだ。ここで事が起きてしまっては、五年間の我らの忍耐が水泡と化す。頼む六郎《しげとう》、物見に出てくれ」

　貞任の表情は真剣そのものであった。

「承知した。兄者がそこまで言うのなら、見て参ろう」

「すまぬな。ただし敵兵を認めても決して一人で挑むでないぞ」

「俺はそこまで阿呆《あほう》ではない。夕刻には戻る」

　鼻で笑うと重任は黒鹿毛《くろかげ》の腹を蹴って駆け出した。


　それから三刻ほどが経過した。真夏の太陽が漸《ようや》く奥羽山脈に隠れようとしている。北からは涼風が吹き出した。

　隊列が衣川に差し掛かった。貞任の額に脂汗が滲む。

　しかし頼義は衣川には寄らず、真っ直ぐ南下して通り過ぎた。

〈どうやら俺の杞憂に終わったようだな〉馬上で貞任は安堵の表情を浮かべた。

　その直後、前方から一頭の黒鹿毛が土埃をもうもうと上げこちらに向かって来た。重任の馬である。

「兄者！　大軍など何処にもおらぬぞ！」重任が白い歯を見せると、貞任もほっと息を吐いた。

「それにしても、日が暮れると言うに漸《ようや》く磐井に入ったばかりとは…。これは夜営になりそうだの」

　重任が相変わらずのろのろと進む後列を一瞥し、渋面《じゅうめん》を作った。

　半刻後、隊列は漸《ようや》く松山道に入った。更に一刻ほど進み、志波姫の地に差し掛かった頃には、夜の帳《とばり》がすっかり降りていた。東の空に十六夜月《いざよいづき》が浮かぶ中、梟《ふくろう》の鳴き声に重任の右肩の熊若が妖しく反応する。

後方から馬の足音が近付いて来た。陸奥権守《むつごんのかみ》、藤原説貞であった。

「殿より野営せよとの下知が出申した。貞任殿も陣を敷かれよ」

〈妙だな？〉貞任は頷きながらも左手で顎《あご》を捻った。

ここから紀高俊《きのたかとし》の住まう伊治城《いじじょう》までは目と鼻の先である。高俊は伊治の郡司として歴代の陸奥守に恭順していた。頼義が求めれば快くもてなす筈である。それにここからは栗原駅家《くりはらのうまや》も十里（当時の一里は約五三三・五メートル）の距離である。全ての兵は無理としても、駅家なれば頼義とその家臣らは旅籠屋《はたごや》に泊まれよう。

〈伊治の兵を守りに宿営を決めたか？〉

その可能性もある。駅家は近いとは言え、襲撃されれば高俊の兵が駆け付けるまでには流石に四半刻は掛かる。野営も、深更故《ゆえ》に伊治城への入城を遠慮したと考えれば領ける。貞任は良い方へ解釈し、無理やり不安を掻き消した。

貞任の手勢は僅か二十に過ぎなかった。流石《さすが》の貞任も千もの頼義軍の側に陣を張っては枕を高くして眠れない。貞任らは暫《しばら》く進み、二つの小川、一の迫川《はさま》と阿久利川《あくり》に挟まれた場所に目を付けた。配下に陣張りを命じる。

陣を張り終えた兵を労うと貞任は、重任と共に違い鷹の羽の家紋が染め抜かれた陣幕を潜った。


満天の星空の下、貞任の陣の前には篝火が焚《た》かれていた。万が一に備え、二人の兵が見張りに付いている。貞任の郎従、文治保高《ぶんじやすたか》と山田定矩《さだのり》である。

生来の一匹狼で人と群れる事を好まなかった貞任であったが、次期惣領としての自覚が芽生えて以来、この二人を常に側に従えていた。

そのうちの一人、定矩が暗闇に二つの影を見付け、誰ぞと叫んだ。

「案ずるでない。源義家とその家臣の藤原景季《ふじわらのかげすえ》である。貞任殿にお会いしたい」

その声に定矩は慌てて平伏《ひれふ》した。保高が貞任の居る陣内に報告に走る。

「なに！　義家となな！　直ぐに通せ！　丁重にな」

戻った保高の案内で、義家らは陣に入った。その腰に愛刀天光丸は無い。

「夜分に申し訳ござらぬ。貞任殿と会えるのも今宵が最後と思うと名残が惜しくなり申してな」

笑顔を浮かべる義家に貞任は自らの隣に床机を勧めた。定矩に酒を運ばせる。

「こちらは手前の守役で景季と申します。以後お見知り置き下さりませ」

義家に紹介され、景季は黙礼した。年の頃は義家より三つほど兄だろうか。貞任らは胆沢城や多賀城で顔を合わせた事はあったが、親しく口を利いた事はなかった。同じ年頃の重任が酒を注いで景季に渡す。

「思えば不思議なものよの。おぬしと交わった時間はそれ程長くはない。然《さ》れどこの四年間、俺もおぬしが気になっておったわ」

盃を重ね、貞任がしんみりと語った。

「手前もでござる。面と向かって口にするのは照れますが、貞任殿がなぜか兄のように思えてなりませぬ…」

含羞《はにか》む義家に貞任の顔も綻《ほころ》んだ。

「手前は父と共に都に戻り申すが、何時《いつ》の日か必ずや陸奥に帰って参ります」

「陸奥に？」

「手前は誓い申した。いずれ陸奥守となって再びこの地に降り立ち、貞任殿らと手を携えて平和な国を創り申す」

義家は、きっぱりと言った。

「そうよの。共に創ろうぞ、倭人と蝦夷が共に暮らす天壌無窮《てんじょうむきゅう》の楽土をな」貞任も満足そうに頷く。

「ただし、手前には一つ心配事がありましてな」

「なに？」

「貞任殿は喧嘩っ早いうつけと評判にござる。小物相手に戦でも起こし、流れ矢にでも当たるまいかと心配で…」

「うつけは余計だ」

悪戯っぽく笑う義家に、貞任が苦笑して頭を軽く小突いた。隣に居る重任も大爆笑する。景季も笑いを堪《こら》えていた。

その後も和やかに酒宴は続いた。

「では夜更け故《ゆえ》、そろそろお暇《いとま》致す」

半刻後、義家は貞任らに丁寧に一礼し、本陣へと戻っていった。実に愉しい酒であった。

〈四年前に会った時は生意気な餓鬼《がき》めと思ったが、誠に立派な漢《おとこ》となったものよ…〉

暗闇に消える義家の後姿を見送りながら、貞任は蒼《あお》い左目を細めた。


寝苦しい夜も丑三《うしみ》ツ刻《どき》を過ぎた頃、貞任は人の気配に目を覚ました。陣内に現れたのは山田定矩であった。

「申し上げます。陸奥権守、藤原説貞様の御子息、光貞様が参られました。火急の御用との事でございます」

「あの光貞がか？」

貞任は怪訝そうな顔で定矩を見やった。光貞とは衣川で会って以来、口も利《き》いていない。それどころか昨夜の酒宴では貞任を憎しげに見詰めていた男である。重任も解《げ》せぬと言う表情を浮かべているが、通すしかない。

やがて光貞が訪れ、思い詰めた様子で二人を見詰めた。

「いくら頼義殿の家臣と言えど、斯様《かよう》な時刻に参るとは些《いささ》かご無礼にはござらぬか？」重任が光貞を睨み付ける。

「急を要する事なれば何卒お許しを。父の託《ことづけ》を伝えに参り申した」

昨夜とは打って変わっての神妙な面持ちに、貞任は妙な胸騒ぎを覚えた。

「して、その託とは？」

貞任の問いに、大きな溜息を一つ吐いてから、光貞は口を開いた。

「我が殿を裏切るのは断腸の思いにござるが、これも武士の情け…」

「どう言う意味だ？」

「これより半刻もせぬうちに、殿がこの陣を襲いまする」

「なに！」光貞の衝撃の告白に、貞任と重任は同時に同じ言葉を口にした。

「何故《ゆえ》に頼義は我らを襲う!?」

「貞任殿が本陣を襲った罪への報復…」光貞が暗い声で答えると、貞任と重任は呆然となった。

「この夜更けなれば誰が何をしようと真相は文字通り闇の中。御貴殿が本陣に奇襲を掛けた故《ゆえ》に殿が天誅を下したと報告すれば、内裏もそなたの罪と信じざるを得ぬ理屈…」

「そのために兄者を先導役に…」重任が唾を吐き捨てた。

「謀《はか》ったな頼義！」貞任が額に青筋を立てて叫ぶ。

「謀《はかりごと》を巡《めぐ》らすは武士の道に非ず。殿の策を耳にし、父は斯《か》く思い申した。このまま御貴殿らを殺《あや》めれば源氏の名は地に落ち申す。それ故《ゆえ》手前に託《ことづ》けを…」光貞ははらはらと涙を流した。

「貞任殿、時間がござらぬ！今すぐ陣を捨て衣川へとお逃げ下され」

「かたじけない。御父君にも宜しくお伝え下され」

貞任と重任は深々と一礼すると、素早く身支度を整えた。

定矩らにも急を告げ、貞任らは闇夜の中を山に逃れた。志波姫からなれば衣川は馬で一刻半で着く。土地勘もあるだけに、頼義の兵に追い付かれる事もない。

「先程の義家は、我らを油断させるために訪れたのか？」

重任が苦虫を噛み潰したような顔で吐き捨てた。併走する貞任はそれには答えずに真正面を見据えている。

〈義家よ、俺と陸奥に楽土を創るというあの言葉は戯言《ざれごと》だったのか…?〉

信じたい。貞任はそう思った。あの義家が裏切るとは思えない。貞任を兄のように思うという言葉は嘘とは思えなかった。一方で、自分を嵌《は》めた頼義に改めて怒りを覚えた。その反面、これが大戦の引き金にもなり兼ねないという不安が頭を過《よ》ぎる——。

「おのれ頼義め！こうまでして我らに喧嘩を売る気か！そこまで安倍が憎いのか！」

貞任の絶叫が暗闇の山々を木霊《こだま》した。

「なに！　何者かが説貞殿の陣に夜襲を掛けたと⁉」

同じ頃、頼義の本陣に佐伯経範《さえきのつねのり》の叫び声が響いた。その経範の前には、憔悴《しょうすい》し切った説貞と光貞の姿がある。騒ぎを聞き付け、頼義と義家、他の側近たちも慌《あわただ》しくその場に駆け付けていた。

「誠にござる！　五名の兵が殺傷され、馬も殺され申した！」説貞の言葉に、場が騒然となった。

「賊に心当たりはないか！」藤原茂範《ふじわらのしげのり》が怒りに打ち震えながら叫んだ。

「下手人は頭髪赤毛にして背の丈七尺程の偉丈夫《いじょうふ》にございました。我らが寝ていると突如重そうな太刀を振り回して陣幕を切り裂き、陣中に乱入して参ったのでござる。化鳥《けちょう》の神楽面《かぐらめん》で顔の下半分を隠しておった故《ゆえ》、はっきりと顔まではわかり申さぬが…」光貞の言葉に、皆がはっとなった。

「赤毛の大男で重い太刀を振り回すとは…、さては貞任か⁉」頼義が大声を張り上げる。

「まさか、あの貞任殿が…⁉」義家が目を丸くした。

「そう言えば心当たりがございまする。あ奴は先頃、どこで見初《みそ》めたか我が娘を嫁に寄越せと申して参りました。勿論、あ奴は卑しき身分なれば即座に断り申したが…」

説貞が忌々しげに口を開いた。光貞もそれに大きく頷く。

「それで我が娘、多喜《たき》との縁組も断ったか！」

頼義がわなわなと怒りに打ち震えながら叫んだ。皆の目が頼義に向けられた隙に、光貞がにやりと笑う。

「殺傷現場にこの様な物が落ちておりました。おそらく下手人の物と思われます」

即座に真顔に戻した光貞は、懐から扇を取り出した。泥に汚れていたが、臙脂《えんじ》色の扇面には九曜菊《くようぎく》が描かれている。

「九曜菊は貞任の替え紋にござります！」説貞の低い声が本陣に響く。

「登任殿の代から多賀城に詰める説貞の言なら誠であろう！　貞任を詮議《せんぎ》致す！　誰ぞ奴を捕らえて参れ！」

頼義の一声に、義家が厩《うまや》に走った。光貞と景季も後に続いた。

静けさを取り戻した本陣には、頼義とその重臣らが残っていた。頼義は説貞に顔を向けると、醜く顔を歪めて笑う。

「負傷した兵は深手か？」

「感付かれては困ります故《ゆえ》、全力で襲わせてございます。何《いず》れも助かりますまい」

「御自身の郎党どもで騙し討ちを演じなさるとは、説貞殿もなかなかですの」

説貞の返答に、同じ姓を持つ藤原茂頼《ふじわらのしげより》がちくりと皮肉の針を刺した。

「我が陣を攻めたのは光貞の郎党。陣に居た光貞は何の躊躇《ためら》いもなくその者を手に掛け申した…」

凄惨な現場を想像し、一瞬場が沈んだ。察した茂頼が即座に話題を変える。

「今回の件で頼時を糾弾すれば、彼奴《きゃっ》はもう言い逃れが出来申さぬ。これで目出たく戦となりましょう」

「しかし若は何故か貞任をお気に召しておられるご様子。疑念をお持ちにならねば宜しいが…」

三十年も源氏に使え、義家を孫のように思う佐伯経範《さえきのつねのり》が不安を口にした。

「景季《かげすえ》が同行いたしました故《ゆえ》、上手く誤魔化しましょう」

景季の父で義家の乳母夫《めのとぶ》でもある藤原景通《ふじわらのかげみち》が自信ありげに答える。

「死んだ兵の遺族には殿のお名前で禄《ろく》をお出し下さりませ。兵の士気も上がりましょう」

「そちも悪知恵が働くの」

景通の提案に頼義が苦笑で応じると、重臣らは大袈裟に肩を揺らして笑った。

貞任の陣を目指して疾走する光貞の馬に、背後から一騎が迫って来た。義家の乗る鹿毛馬《かげうま》である。

「貞任殿がそちの妹を求めたとは誠か？」

「父の申した通りにござります」光貞は義家に目を合わせず、乾いた声で即答した。

「あの貞任殿が色事で人を恨み、この様な大事を起こす筈がない。そちは確かに大柄の男を見たと申すか？」

「御無体な！　若は手前を疑うと申されますか？　いくら陸奥に起こしになってからのご縁とは申せ、歳も近い手前は若を乳母子《めのとご》の様にお慕い申しておりまする…」

光貞は馬を操りながらはらはらと涙を流した。流石《さすが》の義家も言葉に詰まる。

「景季、そちは如何《いかが》思う？　先程の貞任殿の様子から見て、この様な大事を起こすとは断じて思えぬ」

「策を悟られまいと、態《わざ》とあの様な態度を示したとも考えられ申す。先《ま》ずは貞任殿の詮議こそ肝要かと」

景季は冷静な顔で言った。

やがて貞任の陣が見えて来た。先頭の兵が叫び声を上げる。

「陣は蛻《もぬけ》の殻です！　貞任めは逃亡致しました！」

〈これは、何かの間違いだ。何かの…〉

心の中で譫言《うわごと》のように繰り返す義家を、激しい動悸《どうき》と眩暈《めまい》が襲った。

伊具の八竜城に早馬が到着したのは阿久利川の事件から二日後の事であった。

「永衡様、悪い報せでございましょうか？」

訝《いぶか》しげな表情の永衡を見て、中加が不安を口にした。

「多賀城へ参る事になった。戦支度を整えて参集せよとの事だが…」

中加は黙って聞いている。永衡は続けた。

「頼義様が胆沢城を出たとは聞いていたが、退任に伴う送別の儀なれば鎧兜は必要あるまい。もしや義父上《ちちうえ》殿が…」

そこまで言って永衡は慌てて口を噤《つぐ》んだ。憶測で物を言って中加を不安にさせたくはない。

「兎に角多賀城へ行って参る。経清殿なれば何か掴んでおるやも知れぬ」

陸奥守、陸奥権守の二人が胆沢の地にいる間、経清は代理として多賀城務めを命じられていた。

永衡は郎党に戦支度を命じた。半刻後、慣れない甲冑を身に纏い、永衡が行く。

「中加、行って参る」

「永衡様、暫《しば》しお待ち下されませ」

中加は奥の間に戻ると、やがて銀の兜を持って現れた。

「これをお召しなされませ」

「これは義父上殿から頂いた大切な兜ではないか」

「頼義様が戦支度をお命じなさるは、安倍と戦が始まるに違いありませぬ」

「…」

「この兜を召されれば、安倍の者も永衡様と気付きましょう。矢は放ちませぬ」

中加の声が八竜城に凛然《りんぜん》と響き渡った。

「中加、衣川へ逃げよ」

永衡は中加を抱き締めると、周囲に聞こえぬように耳元で囁いた。

「わたくしは永衡様の妻にございます。主人《あるじ》の留守を守るは妻の役目。覚悟は決めてございます…」

永衡をじっと見つめる中加の美しい瞳から、一筋の涙が零れ落ちる—。

「戦にはならぬ。安心しておれ。頼義様は武士なれば、その正装は甲冑ぞ。如何《いか》にも俺は文官なれど、最後は鎧兜で見送れとの事であろう。直ぐに戻る故《ゆえ》、留守を頼むぞ」

永衡は最愛の妻に唇を重ねた。

やがて銀の兜を被ると、栃栗毛《とちくりげ》に跨り北に向かった。

〈永衡様、どうかご無事で…〉

遠ざかる永衡の背が地平線の向こうに消えるまで、中加は夫をじっと見詰めた。

多賀城の正殿で経清の姿を見つけると、永衡は駆け寄った。経清も甲冑を纏っている。経清だけではない。参集した郡司らは皆甲冑姿だった。正殿内に充満する鉄の匂いが血を連想させ、異様な雰囲気を醸《かも》し出している。同じ郡司でありながら、頼時の姿はどこにも見えない。

「頼義様から何か伺っておられるか？」永衡が不安そうに口火を切った。

「頼義様は昨日胆沢城より御帰還されたが、手前はおろか、他の郡司や役人にも何も…」

頼義は胆沢に赴《おもむ》く暫く前から、都から率いて来た子飼いの家臣以外を露骨に遠避ける様になっていた。従五位の経清さえも、何も聞かされていない。

そこに太鼓の音が鳴り響き、どかどかと足を踏み鳴らして頼義が現れた。皆裂髪指《しれつはっし》の頼義は上座の床机にどっかりと腰を下ろす。その両脇を茂頼、景通、説貞ら重臣が固める。経範に至っては白い鉢巻を締め長槍を手にして場を威圧していた。向かって右端には義家が沈痛な面持《おもも》ちで佇《たたず》んでいる。その隣で胸を張り、眼光鋭く正面を見据える光貞とは実に対照的であった。

郡司らが平伏し、固唾を飲んで見守る中、経範が口を開いた。

「奥六郡の郡司安倍頼時の嫡男、貞任めが我らに叛旗《はんき》を翻《ひるがえ》した！」

その一言に、広間は騒然となった。経範が皆に貞任の謀叛、所謂《いわゆる》阿久利川事件の詳細を説明した。郎党を失った説貞と光貞の親子は涙を流している。それを目にした郡司の中には怒りを明白《あからさま》にする者もいた。その中で見る見る青褪める人物が二人いる。無論、経清と永衡である。

〈あの貞任殿が、まさか…〉経清を悪寒が襲った。永衡も額に脂汗を浮かべている。

「頼時の預かり知らぬ所で痴《し》れ者の貞任が、後先考えずにその場の感情に流されたのやも知れぬ。然《さ》れどその父頼時はこれまで実に良く我らに尽くした。我が殿は貞任めの首を差し出せば、それ以上事は荒立たせぬと約束された！これを武士の情けと言わずして何と申す!!」

経範は続けた。場からは頼義を讃える拍手が巻き起こる。

「然《しか》るに！」

今まで口を閉ざしていた頼義がかっと目を見開き、腹の底から響く低い声を発した。場がしんと静まり返る——。

一呼吸置いて頼義は続けた。

「頼時がそれに異を唱えたれば容赦はせぬ！　陸奥守の命に背くは国家への叛逆！　国府軍は安倍が滅びるまで一丸となって戦うのみ!!　各々方！　助力を頼み申したぞ！」

場は頼義への歓声と頼時への罵声で騒然となった。経清と永衡を除く全ての郡司らが頼義に心酔している。奥六郡の財への嫉妬も手伝い、頼時憎しの声が場の趨勢《すうせい》を占めた。

〈あの頼義様が貞任殿一人の首で満足する筈がない。必ず戦を始める。情けを掛けるとして郡司の心を惹《ひ》き付け、私兵を出させる腹か…〉

経清は、永衡をちらりと見た。直ぐに苦渋に満ちた表情の永衡と目が合った。


その夜、経清は永衡を館に誘った。永衡を出迎えた有加の胸には、清丸がしっかりと抱かれている。

「厳しい状況になりましたな…」

永衡に円座《わろうだ》を勧めると、経清が溜息混じりに呟いた。有加の顔も沈んでいる。

「あの貞任殿が説貞殿の兵を襲うとは…」

「それはあり得ぬ。説貞殿はかなりの策士。手前は説貞殿の讒言《ざんげん》と見ました」

「経清殿もそうお考えか」永衡も頷く。それを見て有加も少しは安堵した。

「それにしても恐るべきは頼義様の統率力…」経清が苦虫を噛み潰す。

「有加殿には申し上げ難いが、これで他の郡司の皆様方は安倍憎しに靡《なび》かれよう」

永衡も暗い目をしながら声を絞り出した。

「そうなると、我らは辛い立場となり申す。お覚悟召されい」

経清は溜息を吐いた。経清と永衡は、この広い多賀においてたった二人だけの安倍の婿なのである。風当たりが強くなるのは間違いない。

「手前は明日にでも中加と共に衣川に向かおうと思い申す。経清殿は如何《いか》に？」

永衡が経清に迫った。目は共に安倍に付けと訴えている。

経清は逡巡《しゅんじゅん》した。じっと目を閉じる。暫《しばら》くの熟考の後、経清の口がゆっくりと開いた。

「未だ戦とは決まっておりませぬ。暫《しば》しの様子見が肝要かと。それにこの状況で永衡殿が舅《しゅうと》殿の下に走れば、頼義様にとってはまさに渡りに舟。舅殿に難癖を付ける口実がまた一つ増える事となり申そう」

経清の言葉に、永衡ははっとなった。如何《いか》にも経清の言う通りである。

「そうであった。お恥ずかしき事なれど、中加を想えば目も曇り申した」永衡は素直に頭を下げた。

経清は有加をちらりと見た。実の兄に無実の罪が着せられ、それが原因で戦が勃発するかも知れぬのだ。このまま有加と清丸が多賀に居れば、頼義の格好の人質となる。

「私は清丸と共に経清様に従います」先を読んだ有加がぴしゃりと言った。

「経清様は内裏より従五位を賜った国府の要にございます。なれば経清様の職務は陸奥守様に従う事。それに未だ戦と決まった訳ではござりませぬ。戦と決まらぬうちに経清様をおいて尻尾を巻いて衣川に逃げ帰るは、安倍の女として恥ずべき振舞い。私は多賀に残ります」

有加の声が凛と響いた。経清は何も言わなかった。否、言えなかった。それだけの覚悟が有加から滲み出ている。

〈血を分けた姉妹だけあって、有加殿もお強い……〉

永衡は心の中で有加に頭を下げた。

永衡が帰った後、経清の心には一抹の不安が頭を擡《もた》げていた。今なら有加と清丸を衣川に逃がす事が出来る。いや、その二人だけではない。永衡と中加を引き連れ、自らも衣川に走り安倍の傘下に入ることも出来よう。しかし永衡には多賀城に残ることを勧めた。それは果たして真に永衡らの身を案じた上での決断だったのであろうか？　それとも武士たる者、何時《なんどき》も主君に尽くすべし、という理想論に酔って口から出た台詞だったのか…？

〈どうすれば良いのだ…〉

経清は自問自答を繰り返した。もし戦となったら、このままでは愛する妻の親兄弟に刃を突き突けねばならなくなる。しかもその戦は明らかに頼義が吹っかけたものである。鬼切部の時と同じく、正義は安倍にある。

〈ならば俺は貞任殿を助けたい。貞任殿と共に安倍軍の一員として国府軍と戦いたい…〉

しかし、有加も言ったように、自分は従五位の身である。広い陸奥で頼義に次ぐ位なのである。国府を裏切るは武士道に反す。武士として自分は多賀城に残るのか？　否、違う。心の奥底に巣喰った真意では、裏切り者と誹《そし》られることを恐れているのだ。理想論を振りかざし、清廉潔白な君子面《づら》しながら、自分は何と器の小さな男なのだろう…。

雑仕女《ぞうしめ》に酒を運ばせ、経清は盃を煽ると、従五位の正装たる皀《くり》の羅《ら》の頭巾《ときん》を荒々しく床に叩き付けた。

同じ夜。衣川の並木御所では合議が紛糾していた。多賀城から貞任の罪状を記した書状と証拠の扇が届いてから既に二刻が過ぎようとしている。書状には貞任の首を差し出せとも記されていた。無論、扇は貞任が事件現場に落としたものではない。頼義の娘、多喜との縁組を断った際に説貞に手渡したものである。貞任にとっては全くの濡れ衣であった。冤罪である事は火を見るより明らかである。

「兄者が悪いのではない！　あの状況なれば誰もが陣を捨てて逃げる！」事件の一部始終を知る重任が叫んだ。

「しかも兄者が光貞の妹に求婚して断られただと？　ふざけるな！　逆ではないか！　光貞が一加に振られたのだぞ！」

目を血走らせた重任は解き髪を振り乱し、一気に捲し立てた。

「とは言え陣を抜けたのは俺の失態だ。そもそも脱陣は古来より重大な軍規違反。あの場で堂々と受けて立っておれば、この様な事にはならなかった筈。光貞の策に嵌《はま》った俺が阿呆であった」

拳を握る手を震わせ、貞任は続ける。

「俺の首一つで戦が回避出来るなら、この首、喜んで頼義にくれてやろう」

「いや、奴の事だ。おぬしの首だけで満足はしまい。次はおぬしを匿《かくま》った罪と称して兄者の首を求めよう」

良照が拳で床を叩いた。皆がそれに如何《いか》にもと頷く。

「どうせ戦になるなら、貞任兄者の身代わりに俺が陣を捨てた罪で多賀城に出頭し、腹を切ると見せかけて頼義と刺し違える。地獄への道連れぞ！」

「よせ六郎《しげとう》！お前をみすみす死なせたとあってはこの俺が笑い物となる。死ぬのは俺一人でいい」

「しかし兄上か重任の首を差し出しても、頼義は必ず難癖を付けて来る！それでは只の犬死ぞ！」

普段は冷静な正任も珍しく感情的になっていた。

「頼義は何故《なにゆえ》我らを目の敵にする？我らが頼義に何をしたと言うのじゃ？諸々と税を払い、貢物も与え、惣領の名まで変えて恭順した。そこまでしてこの仕打ちとは、おのれ頼義め…」良照が肩を怒らせ天を仰ぐ──。

その後の議論は堂々巡りであった。いつまで経っても結論は出ない。しかし明日を期限に多賀城に返答をしなければならなかった。苛々《いらいら》と時間だけが過ぎて行く。

束稲山に夜鷹の鳴き声が響いた時、それまで沈黙を破っていた宗任が言葉を発した。

「斯《か》くなる上は戦わねばなりませぬ。父上、御決断を！」

皆の目が惣領に向けられた。鹿威《ししおど》しの音が庭に響く──。

頼時は真正面を見据え、遂に重い口を開いた。

「確かに陣を捨てた貞任にも落ち度はあるが…」

俯《うつむ》き目を閉じていた頼時は、そこまで言うと胸元の琥珀の勾玉を握り締め、すっと顔を上げた。その表情には悟りが見られる。場をゆっくりと見渡すと、淡々とした口調で言葉を繋《つな》いだ。

「人倫ノ世ニ在ルハ皆妻子ノ為成。貞任愚カト雖《イヘド》モ父子ノ愛、棄テ忘スルルコト能《タガ》ハズ。一旦、誅ニ伏サバ、吾何ヲカ忍バンヤ…」（『陸奥和記』より）

言い終えた頼時の顔は瞬時に阿修羅と化し、かっと見開いた目から血の涙が流れた。頬を幾筋もの血潮が伝う。

「親が子を愛するは森羅万象《しんらばんしょう》の理《ことわり》なり！　頼義に貞任の首は渡さぬ！　儂《わし》は覚悟を定めた！　国府の理不尽に対して安倍は再び立ち上がる！　敵は朝廷なれば、恐らく生きては戻れまい。皆の者、儂のために死んでくれ!!」

立ち上がった頼時は腹の底から叫んだ。貞任が号泣する。並木御所に安倍の男達の慟哭《どうこく》が響き渡る──。

「この地は我らが祖先から代々受け継いだ国。然《しか》れども何時《いつ》の世も倭人の侵略を受け続けて来た。大和の神話では日本武尊《やまとたけるのみこと》が天叢雲剣《あめのむらくものつるぎ》、所謂草薙剣《いわゆるくさなぎのつるぎ》を以《も》って蝦夷を討伐し、朝廷の苛政《かせい》に立ち上がった阿座麻呂《あざまろ》公とその盟友宇漢迷公宇屈波宇《うかんめのきみうくつはう》公は共に賊中の首魁《しゅかい》とされ、自ら命を絶った。周知の通り、阿弖流為公と母禮公が蜂起したのも祖国を守らんとしての事。然《しか》れどこれも田村麻呂率いる五万の兵に屈し、志半ばに散った。以降、我ら蝦夷は俘囚として諾々と内裏に従い、豊饒の地に産する米を献上し続けて来た。我らは倭人を影で養いながらも、倭人は我らの祖先を人に非ず、蝦夷は穴に暮らして人肉を喰らう鬼ぞ獣ぞと蔑んで来た。その無念、その屈辱…。今こそ我らの手で晴らす時ぞ！」

惣領の言葉に皆がおお！　と気勢を上げる。

「我らは負けぬ！　今度こそ国府を打ちのめし、陸奥に蝦夷の国を創る！　朝廷の支配の及ばぬ蝦夷の楽土を!!」

貞任も立ち上がり、天に叫んだ。

「衣川関《ころもがわのせき》を閉じよ！」

安倍頼時のこの一声が国府軍への宣戦布告となる──。

臥待月《ふしまちづき》が妖しげに世を照らす中、関の石門が轟音と共に堅く閉ざされた。


並木御所は黎明《れいめい》まで男たちの熱気に満ち溢れていた。国府からの書状に対する協議として始まった合議は、今や軍議と化していた。一番鶏の時刻を疾《と》うに過ぎ、東の空が白々と明らみ始める。皆一睡もしていない。疲労はあるが、誰もが戦を控えて血潮昂《たか》ぶっている。

軍議の最初の争点は、将の配置と兵力の分配であった。奥六郡には五万もの兵がいる。しかし兵はそれぞれの柵に散っていた。奥六郡は広い。衣川に集結させるには十日程度は必要である。

「当面は近隣の兵で賄《まかな》うしかないの」

小松柵《こまつのさく》を預かる良照が呻《うめ》くような声で言った。小松柵には養子の家任をはじめ、二千もの兵が常駐している。

「都から援軍が来るのは一月《ひとつき》以上も先にござろう。頼義の手勢が三千に、多賀城の国府軍が三千。なれば慌てる事もございますまい」

大藤内業近《おおとうないなりちか》が兵力を分析した。業近は頼時に四十年も従えており、若い頃に共に近隣の敵対勢力とやり合っている。戦況の読みは鋭い。

「為行殿には二千の兵を預け申す。河崎柵《かわさきのさく》をお願いしたい」

「手前に最前線をお任せ下さると申されるか！」

思わぬ頼時の言葉に磐井の金為行は胸が熱くなった。安倍と長い盟友関係を結んでいる金氏であったが、所詮《しょせん》は外様。良くて背後の守り程度かと半ば諦めていたのである。

「河崎柵は良照殿の小松柵と連動してこそ機能する、謂《い》わば迎撃の双璧。磐井の兵も喜んで従いましょう！」

為行の目には生気が漲《みなぎ》っていた。

「為行殿、かたじけなのうござる。智将と名高い為行殿なれば、頼義とて柵は落とせぬ。しかも申し上げ難いが御貴殿の弟君、気仙の為時殿の挙動が掴み切れぬ。河崎は気仙からの玄関口でもあり申す。そこに為行殿が籠もっておれば、為時殿も万が一にも衣川に攻め込むまい」

為時は先の鬼切部の戦いでは中立を保っていた。今回もどちらに付くか、その動向が読めないだけに、腹違いとは言え実の兄を河崎の地に置いたのである。頼時の策は冴えに冴えた。

「北から攻め込まれる心配は無用なれば、手前と六郎は衣川を守りましょう」

貞任が守る厨川柵《くりやがわのさく》は重任率いる北浦柵《きたうらのさく》と並んで最北に位置し、且つ衣川から最も遠い。元々日東流《つがる》や出羽への守りを想定しているだけに、頼義との一戦には無用の長物であった。

「富忠《とみただ》殿と清原殿は寝返らぬか？」

良照の不安も尤《もっと》もであった。仁土呂志《にとろし》を本貫とする富忠は同族だが、ここ暫《しばら》くは衣川に出向いて来ない。出羽の清原も宗家の光頼《みつより》こそ頼時の正室友梨《ゆり》の実父だが、最近は異母弟の武則《たけのり》が実権を握っている。武則は経清と有加の婚儀の席でも頼義に接触していた。

「富忠なればば心配はいらぬ。されど武則殿は油断がならぬな…」頼時の顔が俄《にわ》かに曇った。

「手前が御爺上に訴えて参りましょう」

正任の声に頼時は頷いた。正任は友梨の実子で出羽にも人脈がある。宗家の頼遠《よりとお》とは実の従兄弟で古くから交流があった。しかも正任の住む黒沢尻柵《くろさわじりのさく》（北上市）から真っ直ぐ西へ進むと光頼の拠点の大鳥井山《だいとりいやま》（横手市）に到達する。

「仙人峠や笛吹《ふえふき》峠を越えて背後から襲う可能性も無きにしも非ず。宗任は業近と共に鳥海柵《とりみのさく》を固めよ。正任も出羽から帰り次第、黒沢尻柵に入れ。留守の間は重任を黒沢尻柵に配す」

頼時は次々に下知を飛ばした。仙人峠と笛吹峠は共に釜石と遠野の境に位置する。国府軍が東から峠を越えれば鳥海柵か黒沢尻柵が迎撃の拠点となる。業近は永く宗任の守役を務めており、宗任とは気心が知れている。

「峠越えなれば少数精鋭となりましょう。なれば鳥海柵に多くは要りますまい。五千の兵のうち、半数は遊軍として良照叔父上と為行殿に加勢致す」

「承知。その際は手前が宗任様に代わって柵を守りまする」宗任の策に業近が応じた。

「これで決まった。各々の柵に三千から五千、衣川に三千の兵とあっては蓋世不抜《がいせいふばつ》の頼義と言えども歯が立たぬ！正義と勝利は我らに有り！」

全ての策を纏めた惣領が叫ぶ──。

それに呼応し、安倍の男たちの雄叫びが早朝の衣川に鳴り響いた。

「――次にだ…」溜息を吐いた頼時が打って変わって沈痛な面持《おもも》ちで続けた。

「多賀城に居る経清殿と永衡殿に安倍の心を伝えねばならぬ」

安倍と国府が戦となれば、真っ先に窮地に立たされるのが経清と永衡である。経清は従五位。国府を裏切る訳にはいかない。また、経清は昇進時に亘理郡を正式に荘園として受領していたが、永衡が治める伊具郡は国衙領《こくがりょう》である。そう言う意味では永衡も国府に負い目があった。そして何より、亘理と伊具には彼らを主人《あるじ》と慕う民がいる。

「経清殿と永衡殿が国府の一員として我らと干戈《かんか》を交えるのは偲《しの》びないが、戦をするは安倍の意志。あのお二人には与《あずか》り知らぬ事と諦めて頂く他にない。ならば儂《わし》の方から縁切りを申し出よう」頼時は九腸寸断《きゅうちょうすんだん》の思いであった。

「あの方々は身内にござりまするぞ！　いくら何でもあんまりな仕打ちでは…」業近が顔面蒼白となる。

「そうしなければ二人が危ない。俺が惣領でも同じ事を致す」そう言って業近を遮《さえぎ》ったのは貞任であった。

「安倍と繋がったまま多賀城におれば、何かとあらぬ疑いが掛けられよう。あの二人を守るためには止むを得ん」

貞任がじろりと業近を睥睨《へいげい》すると、業近も己の浅慮を認めた。

「だがせめて有加と中加は衣川に呼び寄せられぬか？」

「あれも安倍の娘なれば疾《と》うに覚悟は定めておろう。来いと申しても頷くまい。それに…」

姪を案じた良照に、頼時が訴える目で続けた。

「衣川には宗任の子、梅丸が居る。多賀には清丸殿がおられる。どちらかが滅んでも、安倍の血は残る」

惣領の声に、皆の心が沈んだ。安倍が勝つという事は、つまりそういう事である。

「それで良いな？」頼時の問いに、誰もが無言で頷いた。

頼時も無言のまま書を二通認《したた》めた。経清と永衡への絶縁状である。そしてそれは同時に有加、中加、そして清丸との縁《えにし》を絶つ証しでもあった。悲哀の瞳で花押《かおう》を記す。

襖の陰に控えている郎党、文治保高《ぶんじやすたか》に書状を託そうとした頼時を、意外な人物が制した。

「私が国府に持参しましょう」言葉の主は井殿《いどの》であった。

「私は僧侶なれば道中も怪しまれまい。それに曲がりなりにも安倍の長兄、安東太郎良宗《あんどうたろうよしむね》にございます。父上の名代《みょうだい》にはなろうかと」

頼時は静かに頷いた。如何《いか》にも井殿なれば安倍の心を伝えてくれよう。

「それでは拙僧《せっそう》がお供を致しましょう」

七男の家任が随行を買って出た。良照の養子となった家任もまた出家している。嘗《かつ》て良照と共に多賀城に向かった経験がある家任なれば、不安もない。

異論の無い気配を察すると、井殿は静かに円座《わろうだ》から腰を上げた。

家任も立ち上がって黙礼すると、井殿と共にその場から立ち去った。


夏の盛りも過ぎようかと言うその日、多賀城の正殿では源頼義が四人の側近、佐伯経範《さえきのつねのり》、藤原茂頼《ふじわらのしげより》、藤原説貞《ときさだ》、藤原景通《かげみち》を集めて合議を開いていた。無論、戦の準備である。

「頼時めがあっさりと貞任の首を差し出した場合は如何《いかが》致します？」

長年に渡って源氏の屋台骨を支え続ける経範が頼義に質した。

「重任とか申す弟も阿久利《あくり》川の陣にいた筈。次は弟の首を求める」頼義がさも当然という口調で応じた。

「それにも応じた場合は如何いたしましょう？」阿久利川事件を仕掛けた張本人の説貞が問う。

「子の責任は親が取るもの。倅《せがれ》を匿《かくま》った罪は重い。詮議と称して頼時を呼び付け、切腹を申し付ける」

頼義が冷たく言い放った。

「仮に奴が潔く腹を切ったとしても、その場にいるのは我らだけじゃ。最期の悪足掻《わるあが》きでこの儂に刃を向けたとでも内裏に報告すれば…」

「殿！お見事にございます！頼時を亡き者に出来る上、必ずや安倍討伐の宣旨が出されましょう」

頼義の策に、茂頼が膝を叩いた。

その時、安倍の使者の来庁を告げる伝令が部屋に慌《あわただ》しく現れた。

「来たか！」頼義が飛び上がって小躍りした。

「して、何人で参った？」経範が伝令に尋ねる。

「托鉢《たくはつ》の僧が二名にございます。頼時の長男井殿と、七男の家任と名乗っております」

「托鉢僧とな？　さては貞任の死を弔《とむら》っての装いか？」景通がにたりと口許を緩めた。

「それが、首桶は持っておりませぬ」

「儂《わし》の命に背いたか？　ならばそれも良し。その者らを通せ！」

伝令に命じる頼義の目は爛々と輝いていた。


「平泉は関山の僧侶、井殿とその弟の家任にござる。父、安倍頼時の名代として参上仕《つかまつ》った」

中尊寺の寺紋、宝相華鎹山《ほうそうげかすがいやま》を配《あしら》う法衣を纏《まと》った井殿が静かながら心に響く声で頼義に一礼した。家任もそれに続く。

安倍の使者が参ったと聞き、広間には多くの武者が駆け付けていた。その中には義家と経清、永衡の姿も見える。

「戦となるやも知れぬと言うに、たった二人で参るとは見上げたものよ。して、貞任の首は如何《いか》が《が》した？」

「謀《はかりごと》を巡らして濡れ衣を着せし者どもに大事な弟の首はやらぬ。陸奥守が勝手を通すなら、我ら安倍は最後の一人となるまで戦おう。これが安倍の答えだ」

頼義の問いに井殿は凄みのある声で応じた。宣戦布告とも取れる口上に、場が騒然となる――。

「あの事件、我らが仕組んだと申すか！」

源氏六将の一人、紀為清《きのためきよ》が額に青筋を立て怒鳴りつけた。為清は頼義が胆沢にいる間多賀城の守りに就いていたため、阿久利川事件の経緯を知らない。

「我らを愚弄するとは生きては返さぬ！」

同じく多賀城に籠もっていた和気致輔《わけのけいすけ》も声を荒げて腰の物に手を掛けた。家任が兄の前に素早く立ち、身構える。

「待て！　その者らを手に掛けてはならぬ！」二人の若武者を制したのは義家であった。

「丸腰の相手二人、しかも一人は盲目。そなたらが手に掛けたとなれば源氏は天下の笑いものとなろう。控えよ！」

義家の一喝に、為清と致輔も渋々と頷き腰を下ろした。

「義家の言う通りじゃ。敵に囲まれながらもその態度たるや天晴れ！　何人《なんぴと》も手出しはならぬ」

頼義がぎろりと場を見渡した。正殿に静寂が広がる。その静寂の中、井殿は懐から書状を取り出した。

「我が父頼時が認《したた》めた、経清殿と永衡殿への縁切り状にございまする」

井殿の言葉に経清と永衡に衝撃が走った。井殿は淡々と続ける。

「安倍とお二人は金輪際《こんりんざい》赤の他人。ばかりか今日より敵と味方に別れ申した。戦場《いくさば》で相対しても容赦は致さぬ所存故《ゆえ》、御両名とも重々お覚悟召されませ」

言うと井殿は書状を家任に手渡した。家任は立ち上がると、朗々と書を代読する。

〈この俺が舅《しゅうと》殿や貞任殿らと刃を交えるのか…〉

経清には、家任の声が遥か遠くから響く念仏のように聞こえた。隣の永衡も放心し、ぴくりとも動かない――。

経清は前日まで、戦は起きぬ、貞任なれば戦はしないと信じていた。いや、それは経清の希望的推測だったのである。今、運命の歯車は回り始めた。安倍と国府軍の戦は宿命以外の何物でもなかったのである。

〈こうなる前に、有加を連れて衣川に向かうべきだったのかも知れぬ…〉

激しい後悔に苛《さいな》まれた経清の額からは、大粒の汗が滴り落ちていた。


多賀城からの帰路、井殿と家任は思惑橋の中程で蹄の音に振り返った。家任は素早く身構え、懐刀を手に握る。

「馬は一頭だ。追っ手ではあるまい」

盲目の井殿は耳が利く。家任が黄昏《たそがれ》の空に目を凝らすと、確かに一頭の鹿毛馬がこちらに向かってやって来る。烏帽子を左に折った馬上の武者は、義家であった。家任は立ったまま黙礼する。

「家任殿、貞任殿は誠に説貞の陣を襲ったと申すか？」

義家は馬から降りて家任に問うた。同じ目線の高さなれば、失礼は無い。

「天地神明に誓って、兄者は夜襲などしておらぬ」義家と同い年の家任がきっぱりと答える。

「手前はあの晩、貞任殿の陣を訪ね申した。あのご様子なれば、決して貞任殿は夜襲など企てられまい…」

義家の顔は曇った。貞任でなければ、誰が夜襲を仕掛けたのか―。答えは一目瞭然であった。

「証拠の扇とやらも、貞任が多喜《たき》殿との縁組を断った際に説貞殿に渡したもの。また貞任が説貞殿の姫君に求婚したとは全くの出鱈目《でたらめ》。説貞殿の嫡子光貞殿こそ、逆に我らが妹一加を嫁にと申された」

井殿の言葉に義家は崩れ落ちた。もう身内の誰もが信用出来ない。絶望が義家を襲う―。

「光貞の企《たくら》みで戦となったは火を見るより明らか。何と侘びを申せば良いのか…」

うな垂れる義家に、家任が声を掛けた。

「我らが源氏と戦うは運命《さだめ》にござれば、義家殿もお気に召されるな。武運長久を祈る」

そう言うと家任は歩き出した。井殿も静かに後に続く。

もう時は戻せない。今夜にも多賀城で軍議が始まり、明日にも安倍との戦が始まる―。

〈安倍の皆様方も、御武運を…〉

苦渋に満ちた表情で義家は、沈み行く夕日を受けて長く伸びた二人の影を見送った。

午の章　盟友散る

本来なれば源頼義《みなもとのよりよし》の陸奥守兼鎮守府将軍の任期が満る筈であった天喜四年（一〇五六）、その夏を過ぎても頼義の姿は多賀城にあった。安倍との戦を理由に陸奥に居座ったのである。その間、頼義は内裏に安倍頼時《あべのよりとき》の謀叛を知らせる国解《こくげ》を送ると共に、自らの陸奥守と鎮守府将軍の再任を迫った。戦が起こった以上、威信を懸けてでも内裏はこれを平定しなければならない。程無くして、遂に安倍頼時討伐の詔勅《しょうちょく》が発令された。頼義にとっての朗報はそればかりではない。詔勅発令から遅れる事僅《わず》か廿日《はつか》、頼義の鎮守府将軍再任を命じる勅書を携えた使者が多賀城に到着したのである。一方、勅書に陸奥守についての記載はない。実は次期陸奥守に関しては既に藤原明衡《ふじわらのあきひら》が内定していた。明衡は義家の学問の師である儒学者であったが、戦の経験は無い。よって陸奥守の後任人事は白紙に戻された。しかし再び頼義に白羽の矢が立つのは時間の問題だと言える。何せ頼義には五年もの間陸奥を治めた実績があるのだ。

「内裏も遂に重い腰を上げたの。これで源氏の強さを存分に世に知らしめられるわ」

節刀を受け取った頼義は満面の笑みを浮かべた。陸奥守の座はまだでも、有時には鎮守府将軍の肩書きの方が重い。

「大義も殿の許に転がって参りましたな」阿久利《あくり》川で貞任を嵌《は》めた藤原説貞《ふじわらのときさだ》が胡麻を擂《す》った。

「どちらが仕掛けたかは最早《もはや》どうでも良い。内裏が頼時を敵と認めれば怖いものはござりませぬ。存分に御采配を」

源氏の知恵袋と呼ばれる藤原茂頼《ふじわらのしげより》の言葉に頼義は満足そうに頷いた。

「しかし、少しばかり心配事が…」そう言って口を噤《つぐ》んだのは藤原景通《かげみち》である。

「何を辛気臭い顔をしておる。申してみよ」

「頼時討伐の詔《みことのり》が発令されたにも関わらず、都からの援軍は未定とは、これは如何《いか》に？」

確かに内裏からの書状にはそう記されている。

「五万もの大軍の派遣となれば準備に一月《ひとつき》、都からの行軍に二月《ふたつき》は掛かろう。着いた頃に陸奥が冬では戦は叶わぬ」

頼義が一蹴した。確かに一理ある。

「都の兵は来年としても、坂東武者は直ぐに駆け付けましょう。内裏が認めし戦なれば必ずや恩賞にありつける理屈」

茂頼の言葉に頼義はにやりと笑みを浮かべながら、大きく何度も首肯した。


しかし頼義の顔は直ぐに曇る事となる。二万は確実と思われていた坂東武者が、蓋を開けてみれば僅か二千という有様だったのである。と言うのもこの年、坂東は稀に見る不作であった。坂東武者にも即座に戦に出る余裕が無い。余裕が無いのは多賀城も同じであった。坂東から多数の武者が殺到すれば、それだけ多賀城の台所事情も厳しくなる。豊饒の地、奥六郡からの年貢を受け取る前に戦となっただけに、多賀城の米蔵は逼迫《ひっぱく》していた。二千の坂東武者は、今年を乗り切るぎりぎりの数である。そう考えれば、頼義の憂鬱《ゆううつ》も少しは晴れた。

一方、奥六郡には広大な田園地帯が広がっている。不作ながらもそれなりの収穫が見込める上に、戦を見据えて数年は柵に籠もれるだけの米は蓄えてある。

「頼時め。我らの挑発に乗り、直ぐにでも攻め入って来ると踏んでいたに…」

頼義は腕を組みながら居室で一人苦虫を噛み潰していた。地の利があり、山を熟知する安倍に勝つには平地に誘い出すのが一番の良策である。頼義は、築館《つきだて》丘陵の裾野に位置する伊治城や仙臺《せんだい》平野に築かれた多賀城での戦を想定していた。しかし宣戦布告から半月が過ぎようとしているが、安倍軍は柵に籠もったままで一向に動かない。何時《いつ》の間にか御簾《みす》に落ちる日が翳《かげ》り、蜩《ひぐらし》の哀しげな鳴き声が夏の終わりを告げている。

「お呼びでございましょうか？」そこへ畏《かしこ》まった表情の経清が現れた。

頼義は笑顔を浮かべて手招きし、経清を円座《わろうだ》に誘った。部屋にはこの二人しかいない。

「経清殿もご存知の通り、今年は飢饉で蔵の蓄えも少ない。その上、坂東武者が二千も増え申した。しかし兵は増えども戦は始まる気配もない。このまま膠着状態が続けば、米蔵が直ぐに空となるは火を見るより明らか。その前に、我らの方から攻め込むしかなさそうでしてな」

頼義の言う通りであった。現に多賀城の米番は兵糧のやり繰りに悲鳴を上げている。戦が出来ぬ冬に計五千もの兵が多賀城に籠もれば、逆に命取りであった。安倍が敢えて撃って出ないのは、実はそれを見据えての事である。上手く行けば無血で冬を越すことが出来る。

頼義は苦い顔で図面を広げた。それを見て経清は軽い衝撃を覚えた。奥六郡の柵の全てが記されていたのである。

「この図面は何処《いずこ》から？」

「蛇の道は蛇と申してな。儂《わし》もこの五年を無駄に遊んでおった訳ではござらぬ」

平静を装った経清の問いに、頼義はにやりと笑って答えた。

「衣川は山と川に囲まれた天然の要塞。古《いにしえ》の戦で彼《か》の坂上田村麻呂《さかのうえのたむらまろ》公がそうしたように、我らも日高見《ひたかみ》川に沿って攻め込むしかないと思ってござる。然《しか》るに、その両岸を小松柵《こまつのさく》と河崎柵《かわさきのさく》が固めており、間者《かんじゃ》の話ではそれぞれの柵に二千の兵がおるとか」頼義は恨めしそうに天井を見詰め、更に続けた。

「古来より攻める側は守る側の三倍の兵が必要とされ申す。ならば二つ併せて四千の籠もる柵を落とすには一万二千の兵が必要。さらには多賀城の守りにも三千は残さねばならぬが…、兵が足りぬ」

都から率いてきた手勢が三千、国府の常駐兵が同じく三千、坂東武者が二千。頼義の手駒は併せて八千に過ぎない。伊治や玉造など、周辺の郡司の私兵を併せても一万には程遠かった。

「斯《か》くなる上は二兎を追わず、どちらか一方の柵から攻めようと思いましての。幸い、伊治の紀高俊殿が五百の手勢を提供して下された。それに五千を足し、先《ま》ずはこの柵を落とそうと思い申す」

そう言って頼義が指差したのは、図面上に記された河崎柵であった。

「しかし、直ぐに対岸の小松柵より援軍が出るのではござりませぬか？」

「如何《いか》にもそうなれば我が軍は挟み撃ちとなる…」頼義は目を閉じて腕を組んだ。一呼吸置いて頼義は続ける。

「そこで経清殿にお願いがござる。精鋭を率いて小松柵近くの山に潜み、援護に出た敵軍を撃って頂きたい」

言葉使いこそ従五位の面子を立てて丁寧であったが、頼義の口調は威圧的であった。

「あいや、何も敵を全滅させよと申している訳ではござらぬ。兵が外に出て手薄になった小松柵を攻める策と思わせるだけで結構。兵さえ小松に戻れば、必ずや本隊が河崎を落とし申す。戦況が不利と見られた時は直ちに山にお逃げ下され。本隊も即座に援護に駆け付けよう」自信たっぷりに頼義が策を明かした。

「小松の兵が柵を捨て、河崎柵に逃げた場合は如何《いかが》致します？ 本隊は河崎に籠もる兵と併せて四千を相手にする事になりますぞ？」

奇襲を受ける小松の兵からしてみれば、経清の兵が少数か大軍かは瞬時には判断できない。大軍と読んだ場合は考えられる策である。

「その際は小松柵に火を放って下され。帰る場を失った小松の兵はいよいよ河崎柵に籠もるしかござらぬ。狭い河崎に四千も籠もれば、いずれ兵糧が尽きる。小松柵を燃やし、河崎の落城も早まるとなれば、まさに一石二鳥」

頼義は誇らしげに策を講じた。確かに机上の理屈ではそうなる。経清は、いよいよ観念した。

「して、手前には如何程《いかほど》の兵を？」

「経清殿に万が一の事があってはと、千もお預けしたいのは山々でござるが…、それだけの数が近付けば直ぐに小松の兵に悟られよう。申し訳ござらぬが百でお願い致したい」

頼義は断腸の表情だが、その言葉は冷たかった。

〈有り得ぬ…〉

いくら奇襲とは言え、二十倍もの敵を相手にするのである。包囲されれば一溜《ひとた》まりも無い。経清の腋下から冷たい汗が流れ落ちる―。

「今後の戦を左右する重要な局面にござる。ここは信用できるお人にお任せ致したい。経清殿は誠の武士。何卒お引き受け願いたく…」

頼義は深々と頭を下げた。鎮守府将軍にここまで言われると経清も断る訳にもいかない。

「おお、お引き受け下さるか！」頼義は破顔一笑し、渋々と頷く経清の両手を取った。

〈――負けた…〉

経清は、あらためて頼義の老獪さに打ちのめされた。一対一での談合も断らせぬ為の策略であろう。そして最後はこの危険な任務を信頼出来る人物にと、自分を持ち上げるのである。流石《さすが》の経清も最早《もはや》後戻りが出来なかった。

〈僅か百の兵で良照殿率いる小松の軍とやり合う事になろうとは…〉

いくら奇襲とは言え、戦に想定外の事態は付き物である。良照が半数を柵に残し、残り半数で討って出て来れば、経清軍は百で千を相手にする事になる。その場合は退却しかない。逆に良照が沈黙を守る可能性もある。そうなると経清に、小松柵を挑発せよとの下知《げぢ》が出兼ねない。戦場では作戦は流動的に変化する。

経清は頼義に見えぬように顔を背《そむ》けて嘆息した。

その日の夜。頼義は部屋に子飼いの家臣らを集めていた。そこに義家の姿は無い。阿久利《あくり》川事件以来、義家は疑心暗鬼に陥り、会合を露骨に拒否するようになっていた。

「御無体な！小松攻めの大役を我ら源氏の忠臣ではなく、経清に任せたと仰せられますか！」

先代から源氏に仕える筆頭家臣、佐伯経範《さえきのつねのり》は納得がいかなかった。先陣の手柄をみすみす経清に譲る事になる。

「あ奴の嫁は安倍の娘。頼時と通じておるかもしれませぬぞ！」源氏の知恵袋、藤原茂頼《ふじわらのしげより》も頼義に詰め寄る。

「案ずるでない。経清はただの捨石じゃ」白い物が増えた髭に右手を当て、頼義はにやりと笑った。

「二千に百で挑むのじゃ。やられて当たり前。もしも無傷で帰ろうものなら、いよいよ内通と定まるまで。小松攻めの兵には軍目付《いくさめつけ》を忍ばせ、経清の動きを監視させる。無傷と言わぬまでも、妙な動きがあれば、奴を尋問する」

頼義は蛇のような冷たい目をした。

「永衡も安倍の女子を娶っておりまするぞ。しかも彼奴《きゃつ》は登任殿に背いて安倍に味方した前科がありまする」

「無論、知っておる。永衡も副将として小松攻めに加える。表向きは抜擢と称しての。安倍の身内なれば小松の土地にも明るかろう」

永衡は文官である。戦闘に不向きな永衡とは言え、鎮守府将軍の命とあれば流石《さすが》に背くことは出来ない。

「永衡めには歩兵の指揮を執らせては如何《いかが》で？」策士説貞の目が妖しく光った。

「大将の経清に騎馬を預ければ、如何にも副将は歩兵の纏めとなろう。永衡如《ごと》きの采配で安倍に勝てる筈がない。これでもし敵を打ち破ったとすると、いよいよ永衡も怪しくなる」頼義が満足そうに頷いた。

「逆に永衡らが窮地に陥った際は？」景通が問う。頼義の家臣は皆影では永衡と経清を呼び捨てにしている。

「勿論、援軍など出さぬ」当たり前だと言わんばかりに頼義は答えた。

「では、内通が疑われし場合は如何《いかが》致します？」茂頼の問いに、頼義は冷たい笑みを湛えながら言った。

「安倍永衡、国衙領《こくがりょう》を預かる身ながら先の戦では安倍に与《くみ》し男。再犯となれば、殺すしかないの…」

頼義が永衡を小松攻めの副将に抜擢する狙いはこれであった。実はこの時点では、頼義は初戦の勝利に拘《こだわ》っていなかった。安倍の強さを見極める目的もあったが、内裏に戦をした証しを伝える方が頼義にとっては大事であった。その上であらためて援軍を要請する腹心算《はらづもり》である。事実、河崎攻めにも伊治の兵と坂東武者を当て、源氏の私兵は投入していない。国府軍の中でも出陣の命が下ったのは、先代の陸奥守藤原登任《ふじわらのなりとう》時代から多賀城に常駐する古参の兵ばかりである。義家は勿論、源氏最強と呼び声高い紀為清《きのためきよ》や和気致輔《わけのけいすけ》、藤原景季《かげすえ》と言った頼義の寵愛を受ける若武者は、皆多賀城に温存している。

「ならば河崎攻めも敢えて負けると仰せられまするか？」経範が大口を開けて質した。

「未だわからぬと見えるの。弱い敵にいくら勝とうと源氏の株は上がらぬ。強敵を打ち破ってこそ我らの名声が世に広まるのじゃ。外様《とざま》が死のうと痛くも痒くもない。むしろ死んでくれた方が食い扶持《ぶち》が減る上、内裏も安倍を恐れて直ちに援軍を派遣しよう。米俵の土産付きでな」

頼義の言葉に皆は感服した後、腹を抱えて笑い転げた。

遂に出陣の前夜となった。経清は永衡と中加を屋敷に誘った。無論、有加と清丸の姿もある。経清は別れの盃にならねば良いがと案じながら、雑仕女《ぞうしめ》に命じて酒を運ばせた。

「縁切り状を受け取って以来、この日が来るのを覚悟しており申したが、いざとなるとやはり複雑ですな…」

中加から酌を受けた永衡が酒を煽りながら呟いた。最近は目に見えて酒量が増えている。

「頼義様の真の狙いは我ら二人をお試しになる事ではあるまいか。多賀城にあって一番疑わしき者は、安倍の女子を娶った我ら以外に居りますまい」

経清も盃を重ねたが、いくら飲んでも酔いが回らない。有加と中加も青い顔でそれぞれの夫の横に控えている。何せ実際に身内と刃を交えるのである。誰もが気が重い。

「川村殿の鳩を使って我らが小松攻めに加わることを舅殿《しゅうと》に伝えることは出来ようが…」

そう言って経清は口を噤んだ。

「良照殿がそれを知って我らに忖度《そんたく》致せば必ずや頼義様の耳に入ろう。そうすれば逆に命取りとなり申す」

暗い顔で永衡が応じる。ここで有加が初めて口を開いた。

「わたくしと中加は今では安倍の者ではございませぬ。皆様方が安倍と戦うは神が定めた宿命にございます。武士の本懐は主君に尽くす事と父や兄らも常々申しておりました。皆様方の主君は頼義様。全力で頼義様に従われませ」

有加は目を潤ませながら経清と永衡に訴えた。中加も憂いのある顔で二人をじっと見詰める。

「俺は…、舅殿や貞任殿らと戦いたくない」経清は俯《うつむ》きながら続けた。

「如何《いか》にも主君に従えるは武士の本懐なれど、此《こ》の度《たび》の戦は全て頼義様が仕組んだもの。阿久利《あくり》川で無実の罪を着せられし貞任殿こそ憐れ。偽りの罪で大義を得るとは勝手も過ぎると言う物ぞ！」

経清は杯を荒々しく膳に置いた。弾みで杯が粉々に砕ける。

「経清様は、貞任兄様を信じて下さいますか！安倍が正しいと仰せられまするか！」

黒曜石の如く美しい有加の目からはらはらと涙が零《こぼ》れ落ちた。

「手前も経清殿と同じ考えにござる。状況は先の登任様の時と全く同じ。頼義様が私欲に溺れて戦を起こしたは紛れもなき事実。正義は常に安倍にある！」永衡は泣き崩れそうになる中加を抱き締めて叫んだ。

「頼義様はこの先何度も我ら二人を最前線へと送り出すであろう。下手をすれば死線を彷徨《さまよ》う事にもなり兼ねぬ。現に今回は百の兵で二千を相手にしろと言うのだ。何とか安倍軍の攻撃をやり過ごしたとしても、我らが無傷なら内通を疑われよう。失礼ながら永衡殿には安倍に寝返った前例もある。かと申して我らが勝てば、無実の安倍の兵を葬る事となる。鬼切部の時と同様、手前は多賀城にて国府の側から和議の道を模索する心算《つもり》にござったが、この状況が幾度も繰り返されるようならば…」

　ここまで言って経清は大きく息を吐いた。

「今後の展開次第では、国府を捨て、家族と共に衣川に走る」

　経清の言葉に、有加と中加の顔がぱっと輝いた。

「如何《いか》にも！　正義の為ならこの永衡、命など惜しくもないが、捨て駒として死するは本望に非ず！　どうせ手前には登任様を裏切った前科がござる。義父上殿、貞任殿らと正義の為に戦いたい」永衡が早口で捲《まく》し立てた。

「中加、有加殿。義父上殿は我らの為を思って絶縁状をお送り下された。そのお心に背く事になるやも知れぬが、我らに従ってくれような？」

「中加は、嬉しゅうございまする…」

　永衡の言葉に中加は嗚咽を漏らしながら答えた。有加も啜り泣きながら大きく頷く。

〈子を生《な》したとは言え有加も未だ二十二。顔には出さずとも俺と安倍の板挟みにさぞや苦しんだであろう。許せ…〉

　経清は、心の中で有加に詫びた。


　降りしきる秋雨の中、経清を大将とする百の兵は日高見川の畔《ほとり》の橅《ぶな》林に身を潜《ひそ》めていた。見上げると断崖に漆黒の小松柵が不気味に聳《そび》え立っている。その右斜め後方には鈍色《にびいろ》に光る河崎柵がはっきりと認められた。

経清の直ぐ横には長雨を湛えた大河が轟々《ごうごう》と畝《うね》りを上げている。足を取られれば一巻の終わりである。

「これだけ濁流の音がすれば馬の嘶《いなな》きも聞こえまいが、柵がこれほど近いと流石《さすが》に気が気ではありませぬな」

頼時より授かった銀の兜を被った永衡が声を潜めて経清に囁いた。

永衡が不安になるのも無理はない。騎馬隊と言っても僅か二十騎に過ぎず、残りは全て歩兵である。あまりにも心許無《こころもとな》い。経清も不安を抱いていたが、将がそれを態度に示せば不安が兵に伝播する。

「紀高俊《きのたかとし》殿率いる本隊は半刻前に対岸を北上したとか。なればそろそろ河崎柵で騒ぎが起きよう。いよいよ始まる」

頭形兜《ずなりかぶと》の眉庇《まひさし》から滴り落ちる雨粒を払いながら、経清は自らに言い聞かせるように呟いた。

「者ども、そろそろ参るぞ。弓はいつでも準備しておけ」

経清は鐙《あぶみ》に足を掛けると、黒鹿毛《くろかげ》を操り山の斜面を駆け上った。後続も林の中に姿を消す。

経清の部隊は小松柵を俯瞰《ふかん》する小高い山の中腹に陣を張った。ここなれば、小松の兵の動きが手に取るように分かる。しかも近すぎず遠からず、絶妙の陣取りである。

息を潜めてから四半刻後、遂に物見の伝令が経清の許に駆け込んで来た。

「申し上げます！　河崎柵で戦が始まりました！」兵の報せに緊張が走り、皆が武者震いする。

「二千の柵に五千五百の国府軍だ。いずれ小松より援護の兵が飛び出す！　その時まで動く出ないぞ！」

経清が念を押す。兵は皆、無言で頷いた。秋雨が激しさを増す中、昂《たか》ぶりが最高潮に達する。しかし…。

直ぐにでも援軍が出るかと思われた小松柵は、不気味な程に静まり返っていた。河崎で戦が始まってから、既に一刻は過ぎている。その僅か一刻が、経清には久遠《くおん》の時間に感じられた。

〈小松柵に兵はいないと申すか？〉

〈いや、それはない。いつ国府軍が現れるかわからぬのだ。ならば兵は必ず常駐している〉経清は自問自答する。

〈もし、このまま良照殿が柵から出なければ…〉

永衡にも焦りの表情が見て取れた。そうなればいよいよ安倍との内通が疑われる。

〈こちらはあくまでも囮。安倍の兵に危害を加える気はござらぬ。頼む、出て来て下され…〉

永衡は無情に降り続く雨に打たれながら、天を見上げて神に祈った。


その頃、小松柵では良照と宗任が対峙していた。鳥海柵を預かる宗任が、数日前から運良く遊軍として良照の許を訪れていたのである。

「為行殿が苦戦しておるに、指を咥えて見ておれと申すか！」

良照が長槍の石突《いしづき》を床に叩き付け、宗任に迫った。良照と為行は歳も近く、付き合いも長い。

「叔父上殿、落ち着いて下され。相手は百戦錬磨の頼義軍ですぞ。目と鼻の先に小松柵があると知りながら、河崎柵だけを攻めるとは解せませぬ。何か必ず裏がありましょう」

宗任は勤めて冷静を装った。周囲には兵の耳がある。悪戯に不安を煽りたくない。宗任は諭すように良照に訴えた。

「我らが河崎に援護に駆け付ければ、小松は手薄になりましょう。山に伏兵を配置し、我らの出撃を待って小松を攻める策やも知れませぬ」

ぬー、と良照は唸った。ここ暫《しばら》くは秋の長雨が続いている。見通しが悪く、物見の兵も役に立たない。

「ならば何と致す？　我らが愚図愚図しておれば、為行殿が益々危なくなろうぞ！」

確かに良照の言う通りでもあった。三倍近い兵に取り囲まれては、あるいは敗北も有り得る。

「手前が千の兵を率いて河崎に向かいます故《ゆえ》、叔父上殿は家任と共に残りの兵で柵をお守り下され」

「いや、待て、儂《わし》が行く。そちが残って柵を守れ」

逡巡《しゅんじゅん》の末、良照が宗任の策を変えた。自らの手で為行を守りたいとの思いもあったが、ここで若い甥に万が一の事があっては一大事という思いが強かった。結局、良照が出撃する事となり、千の兵が素早く戦支度を整える。

「小松より敵兵、出陣！」経清の陣で物見の兵の声が鳴り響いた。経清は永衡を見る。

「来ましたぞ！」覚悟を定めた永衡が呼応した。

「では、永衡殿、歩兵は任せましたぞ！」経清は永衡の手を取った後、騎馬兵に下知《げち》を飛ばした。

「良いか、皆の者！　我らは馬で敵軍をここまで誘い出す。敵がここに来た後は散り散りに山に逃げ込め。我らは飽《あ》く迄《まで》も敵を小松柵に留まらせる為の囮《おとり》ぞ！　決して敵を撃とうと思うな！」

配下に命じながら、経清は葛藤《かっとう》していた。武士なれば敵と清々堂々と刃を交えるべしと言うのが経清の美学である。しかし、正義が安倍にあるだけに、敵兵を殺めるのは心が引ける。やはり逃げる策しか取れない。経清は苛立《いらだ》ちを覚えた。加えて、経清にはもう一つの心配事があった。戦場に出た以上、将は兵を守らねばならぬ。そう分かっていても、実際の敵は妻の身内なのである。配下が敵に襲われた際、果たして自分は敵を撃てるか？　経清の心は揺れた。この心の揺れが下知の迷いとして現れまいか、経清は密かに恐れていた。

〈将の迷いに従う兵ほど憐れな者はない。ここは心を捨て、目の前の一戦に挑むのみ。さもなくば命を賭けて撃って出る良照殿にも失礼と言うもの〉

経清は、腹を括《くく》ると鬼の形相となった。

「来たぞ！　遅れを取るな！　騎馬隊は俺に続け！」

遥か前方に見付けた良照軍目掛け、吶喊《とっかん》の声を上げて二十騎が突っ込んで行く。

「皆一斉に矢を放て！」

経清の下知を受けて兵が空穂《うつぼ》から素早く矢を抜き倭弓に番《つが》えた。次の瞬間、遠矢の雨が弧を描いて良照軍の前に突き刺さる。河崎方面へ進軍していた良照軍は、騎馬兵に気付いて進路を変え、経清の方へ向かって来た。

〈しめた！〉それを見た経清は雀躍《じゃくやく》した。

「良いか！　敵兵を十分引き付けよ！　あまり早くに逃げると相手に囮と気取られる！　俺の合図と共に後退いたせ！」

経清の命に従い、騎馬兵は良照軍を迎え撃つ。敵軍からも無数の矢が放たれた。やがてその射程圏内に入る。

「今だ！　引け！　陣まで全速で後退しろ！」経清が兵の背負う陣鐘を鳴らし、撤退を命じた。

〈頼む、良照殿。我らを追って来てくれ！〉

経清は必死に天に祈った。小競り合い程度の戦闘が無ければ今度は内通を疑われる。

良照は、一瞬迷った。勿論、この時点では良照は敵が経清であることを知らない。

〈見た所騎馬の数は少ない。ならばこ奴らは誘いか？〉

良照は敵兵が逃げる先に本陣が控えている危険性を汲み取っていた。

「如何《いかが》なされます⁉」堪らず配下が下知を求める。

「森の中に大軍が潜んでいれば小松柵も危うくなる！　先《ま》ずは敵陣を見定めるが肝要ぞ！　我に続け！」

見た目こそ僧形なれど、この良照、気性は激しい。売られた喧嘩は買うしかない。

こちらに向かって来る敵軍を見て、経清は心の中でよしと叫んだ。先頭には長槍を持つ良照の姿が僅かに見える。

「者ども！　相手に勘付かれぬよう、距離を保ちながら陣まで戻れ！」

時折立ち止まっては振り向き、挑発を繰り返しながら撤退する。その時、経清の頭形兜《ずなりかぶと》を矢が掠めた。良照軍から矢が雨霰《あられ》の如く射抜かれる。必死で逃げる経清の右後方を走っていた兵が、突如悲鳴を上げた。振り返ると、矢が兵の首筋を射抜いている。疾駆する馬から兵が真後ろにゆっくりと転げ落ちた。

〈流石《さすが》は良照殿の隊。思ったよりも遥かに脚が速い！〉

経清は慌てた。馬の性能と日頃の兵の鍛錬が、安倍軍と国府軍では雲泥の差であることを痛感した。

「敵は近いぞ！　全速力で逃げろ！」

経清が命じた傍から別の兵が倒れた。その後ろの兵ももんどり打って馬から転げ落ちる。泥にもがく兵に、安倍の騎馬が猛然と襲いかかった。こうなると経清には手の施《ほどこ》し様が無い。

〈すまぬ。許せ！〉経清は、兵に念じた。

怒涛の勢いで迫り来る騎馬に蹴散らされれば即死は免れない。助けようにも戻れば自分がやられる。戦場は、命のやり取りをする場である。

突然、経清の左手を走っていた馬が雨に抜かるんだ山の斜面に脚を取られ、兵もろとも谷底に滑落した。助けようと無意識に左手を伸ばした刹那、経清は激痛を覚えた。籠手《こて》と袖の繋ぎ目、具足の隙間に矢が突き刺さったのである。

「大丈夫にござりますか！」後方の兵が経清に近付き、馬上から左手の矢を抜こうとした。

「俺の事は心配無用ぞ。自身の身を守れ！」経清は兵を制した。無理に矢を抜けば大出血にもなり兼ねない。

やがて永衡らが待つ山の中腹へと到達した。

「来たぞ！ 出会え！」

副将永衡の合図で歩兵が茂みからわっと躍り出た。さらに歩兵は携えて来た農耕用の牛を放った。その数およそ百。その背には、三体もの兵を模した人形《ひとがた》が結わえ付けられている。秋雨が降りしきる山中では見通しが悪く、のろのろと歩く牛の群れは、傍目からは三百もの歩兵の行軍に見えた。少ない兵を多く見せる永衡の策である。

「永衡殿、後は任せ申した！ 御武運を！」

経清は腹の底から大声で叫んだ。無意識に良照に自分らの存在を知らせたたかったのかも知れない。

「後は山に逃げ込み、各自多賀城を目指せ！ これ以上、誰一人として死んではならぬ！ 生きて多賀城で会おうぞ！」

経清の下知に、兵は山に雲散霧消《うんさんむしょう》した。

騎馬兵が撤退したのを見届けると、経清は立ち止まった。やはり永衡の安否が気になる。永衡は策にこそ長《た》けるが、武芸は経清に劣る。それでも歩兵を永衡に預けよと命じたのは頼義なのである。

〈永衡殿、今参りますぞ！ どうか御無事で！〉

経清は意を決すると一人隊列を離脱し、黒鹿毛《くろかげ》の首を谷側に向けた。


「止まれ！ 止まるのじゃ！」

山間に突如として現れた敵の歩兵を目にし、良照は一旦味方の兵を制した。良照には、牛の背にある人形を含め、三百近くの歩兵と見えた。山の中腹にも敵兵が隠れている可能性もある。千もの兵に囲まれれば、勝負は時の運となる。追撃か撤退か、良照に決断が迫られた。額から汗が吹き出る——。

その時、かんかんかん！　と甲高い陣鐘が三つ、小松柵から打ち鳴らされた。かんかんかん！　とまた三つ鳴り、一瞬の間を置いてまたもや鐘が三度打ち鳴らされる。それを耳にした兵がざわついた。

「鐘三つだな！　よし！　深追いは不要ぞ！　者ども、速やかに小松柵に戻れ！」

良照は余裕を取り戻し、兵らに下知を飛ばした。

撤退する良照軍を目の当たりにして、永衡は拍子抜けした。てっきり良照軍が深追いして来ると思っていたのである。そうして牛を残したまま歩兵も山に逃げる算段であった。

「永衡殿！　ご無事であったか！」

山肌から現れた経清が息を切らして声を掛ける。無事と知って安堵の表情を浮かべた。

「無事も何も、良照殿の方から退いて行かれましたぞ！　余程の大軍と見えたのでしょうな」

死の恐怖から解き放たれた永衡は白い歯を見せた。しかしその顔は直ぐに曇った。

「左手を負傷しておられる！」

そう言われて経清は再び痛みを覚えた。興奮状態でこれまで痛みを忘れていたのである。

「不覚を取り申した。しかしこれしきの傷、何ともござらぬ」

後ろからの流れ矢は剛の者と言えども防ぎきれない。永衡に心配させまいと、経清は笑顔を見せた。

「敵が山狩りをするやも知れぬ！　歩兵も出来る限り単独で山に入り、多賀城を目指せ！」

経清の下知に、歩兵は山に散って行く。永衡も栃栗毛《とちくりげ》に跨ると、経清と共に山に消えた。

いつの間にか雨は上がり、西の空が茜色に染まっている──。

東の空には鮮やかな虹が掛かっていた。


その虹の彼方、河崎柵では国府軍の撤退と言う形で戦の幕が閉じられていた。無理もない。紀高俊《きのたかとし》が必死に采配を振るったが、伊治の兵と寄せ集めの坂東武者から成る急造の混成軍では統率も取れない。五千五百という数に物を言わせ、一刻程は奮戦したものの、智将と名高い為行と、鍛えられし安倍の兵の敵ではなかった。結局、国府軍は五百の兵を失う事となった。それに対して安倍軍の犠牲者は僅か二十余名。小松柵で鳴り響いた鐘は良照に、河崎での国府軍の撤退を知らせる合図であった。

小松柵では宗任が良照の帰還を労い、自ら馬の轡《くつわ》を取った。二人は家任に残党狩りの指揮を命じると、敵の気配を確かめに物見櫓《ものみやぐら》に登った。その時、南の山の中腹に、きらりと光る物体を認めた。多賀城に逃げる永衡の純銀の南蛮形兜《なんばんなりのかぶと》が雨上がりの夕日を浴びて光り輝いたのである。

「頼義はやはり永衡殿を先鋒に起用したようですな…」宗任が暗い顔で呟いた。

「なれば経清殿も出陣されたに相違ない…」一人の兵も失わずに帰還した良照から、笑顔が消える—。

〈ご無事に多賀城までお逃げ下され〉

宗任はじっと目を閉じ、虹の向こう側に消える銀の兜に向かって念じた。

経清と永衡が多賀城に辿り着いたのは、翌日の昼過ぎであった。雨で抜かるんだ山道を夜通し馬で駆け抜けた二人は、泥だらけであった。疲労困憊の経清と永衡を頼義が笑顔で出迎える。

「おお！　経清殿！　永衡殿！　難儀であった」

頼義とは対照的に、経清は憮然としていた。軍議では河崎から援軍が来る手筈となっている。

「河崎攻めの高俊殿も余裕が無かったとの事。どうやら儂《わし》は安倍の力を見縊《みくび》っていたようじゃ。申し訳ござらぬ。この通りじゃ！」

実に済まなそうな顔をして頼義が大仰に頭を下げる。

経清は心の中で怒髪天を衝いた。河崎攻めが失敗する事は陣立てを見れば火を見るより明らかである。その上で頼義は敢えて自分と永衡に少数での小松攻めを命じたのだ。小松柵から合図の陣鐘が無かったならば、永衡率いる歩兵軍は全滅の恐れさえあったのである。

「殿！　斯《か》くなる上は内裏に援軍と兵糧の要請をなされませ！　陸路なれば一月《ひとつき》半は掛かりましょうが、船で黒潮に乗れば半月と掛かりませぬ！」黒い狩衣に襷《たすき》掛け姿の経範が頼義に進言した。

「あいわかった！　改めて内裏に国解《こくげ》を送る！」正殿に頼義の野太い声が響く。

その後、一転して頼義は猫撫で声で経清と永衡に媚びたような笑顔を向けた。

「今までは内裏も安倍の強さを知らなかったのじゃ。此度の戦で内裏も陸奥の実情を理解しよう。これも全てはお二方のお陰ぞ。暫《しばら》くは御ゆるりとお休み下され。次の戦も我ら源氏の為に、是非ともお力添えをお頼みしますぞ」

経清と永衡は平伏した。いや、頼義から顔を背けたと言う方が正しい。頼義は今、『源氏の為に』と言った。『国府の為に』ではない。自分の望み通りの展開に、思わず本音を漏らしたのである。

〈今の発言こそ、私欲で戦を仕掛けた証拠ぞ…〉

二人は平伏したまま辟易《へきえき》としていた。

「ほう、経清は配下の六名を失ったと申すか」

経清らを下がらせた後、政殿では頼義が密かに紛《まぎ》れさせていた軍目付《いくさめつけ》に戦況を報告させていた。経清が率いた騎馬隊二十騎のうち、実に三分の一を失った計算になる。

「御自身も左腕に矢を受け、負傷しておりまする」蹲踞《そんきょ》したまま軍目付が説明を続けた。

「殿、これで経清の疑いは晴れ申したな。第一、安倍と通じていれば、刀を捨てて小松柵に逃げ込みましょう」

「如何《いか》にも茂頼殿の申される通り。味方となれば奴は一騎当千にございます！」経範も諸手《もろて》を挙げて喜んだ。

「いや、完全に信じるのは早かろう。女房が多賀に居るのじゃ。人質が取られていれば裏切ろうにも裏切れまい」

「成る程…、手前の浅薄にございました」頼義がじろりと睨むと経範は畏《かしこ》まった。

「して、永衡の様子は如何《いかが》であった？」

軍目付は永衡が指揮した歩兵軍に一人の負傷者も出なかった事を伝えた。

「経清の隊があれだけの修羅場を潜ったと言うに、永衡の隊は無傷とは、妙じゃの…」

頼義の顔色が変わった。一般に騎馬より歩兵の方が犠牲は多い。更に良照軍が永衡の歩兵部隊と対峙して直ぐに柵に戻った事を耳にすると、頼義の顔は見る見る引き吊った。

「敵は誠に永衡を追わなかったと申すのだな?」

良照軍が深追いしなかったのは河崎柵での戦闘が終わった合図を聞いたからであったが、良照が永衡の部隊の数を読み違えたせいでもある。この時点では国府軍に永衡がいる事を、良照は知らなかった。しかも小松攻めの当初の目的は柵から討って出た良照軍を柵に戻すことである。その意味では永衡は見事に目的を果している。しかし、良照撤退の折が悪すぎた。永衡には、運が無かった。

「怪しいの…」頼義の目が暗く光る。

「確か永衡は平《たいら》から安倍に改姓した筈にございます。国府の役人が国賊の姓を名乗るとは不届千万《ふとどきせんばん》!」

経範が眉を吊り上げて怒りを露《あらわ》にした。確かに永衡は鬼切部の戦いを境に平から安倍に姓を改めている。姓で呼ぶ事が少ないため、永衡自身も気にしていなかったが、如何《いか》にも戦には相応しくない。

「永衡のあの兜も目立ち過ぎると思われませぬか?」眉を顰《ひそ》め、説貞も永衡侵害に加勢した。

「あの銀の南蛮形兜、噂では頼時が授けたものとか。敵の惣領から貰った兜を堂々と纏いて戦に出る武者など聞いた事もない! 味方を愚弄するにも程がある!」

再び経範が語気を強めた。

「小松柵の纏めは良照と聞いております。良照は頼時の弟。ならば必ずあの銀の兜に気付きましょう。やはりあの男、安倍と通じておるのではござりませぬか?」茂頼の言葉に皆も頷《うなず》きで応じる。

「こうなるとやはり経清も怪しいですな。奴らは義兄弟ですぞ」景通も小声で囁《ささや》いた。

「よし、もう一度奴らを試そう。偶然が二度重なるか、見物じゃの…」

頼義は残忍な笑みを湛えて顎髭を手で撫でた。

頼義は安倍軍との初戦の結果を早速内裏に報告した。事実上、国府軍側の完敗であったが、無論そうは伝えない。書状には奮闘の末、あと一歩と言う所で力尽き、泣く泣く撤退したと記されていた。頼義は同時に坂東にも使者を送り、多大な恩賞を餌に兵を募った。加えて出羽守　源《みなもとの》兼長《かねなが》にも秋田城兵の出陣を要請した。

一方で、先の小松、河崎攻めから三日と経たないうちに、再び国府の兵を召喚した。この矢継ぎ早の動きの裏には、頼義の焦りがあった。本格的な冬将軍が来る前に戦に蹴りを付けたい。それが頼義の本心であった。当初は翌年の決戦も視野に入れていたが、飢饉による兵糧不足が頼義の気を急がせた。それだけではない。内裏が安倍の強さを認めたとなれば、その安倍を即座に討ってこそ源氏の名はいよいよ高まる。そうした上で頼義は、家督を嫡男の義家に譲る腹であった。この時、頼義は既に六十を過ぎている。当時としては決して若くはない。老いが頼義を焦らせた。

次の戦支度を整えている頼義の許に吉報が飛び込んで来たのは、久方ぶりに雨の上がった秋晴れの日であった。以前より嘆願していた頼義の陸奥守再任が正式に認められたのである。また、坂東から武者が続々と多賀城に向かっているとの知らせも届いた。しかし兵が増えれば兵糧も増える。内裏に米と援軍を請うてはいるものの、都は遠い。

一方で出羽守の懐柔策は不発に終わった。秋田城兵出陣を拒否する正式な書状が兼長から届けられたのである。兼長は醍醐《だいご》源氏の流れを汲んでいた。源氏は共喰いの一族。流派が違えば敵である。兼長の非協力的な態度はまた、頼義をして河内源氏の基盤を磐石なものとならしめんとする原動力ともなった。それには安倍との戦に勝つしかない。

戦支度に慌しい多賀の町中で、義家は一人経清邸を訪ねた。経清は、次の戦に備えて左腕の手当てをしていた。

「丁寧に部屋にお通し致せ」

郎党が義家の訪問を知らせると、手当てを止めて経清は義家を部屋に招き入れた。

「これはこれは義家殿、暫《しばら》く振りにござりますな」

義家の挨拶に、経清は白い歯を見せて答えた。部屋には二人しか居ない。

「父から伺い申した。初戦では僅かな手勢で小松攻めを指揮されたとか。経清殿ほどのお方を囮《おとり》として使うとは…。

手前は父の考えがわかりませぬ」義家は、そう言って頭を下げる。

「いやいや、頼義様は手前を信頼して先鋒をお任せ下さりました。手前は安倍の女子を娶っております。本来なれば後方待機を命じられてもおかしくない身分。永衡殿共々、頼義様には感謝しており申す」

穏やかな表情で経清は答えた。無論、本心ではない。

「次の戦に手前も赴く事となりました。尤《もっと》も、後陣にございますが…」

義家は少し暗い顔をして言った。義家にとっては初陣となる。

「不安にございますか？」義家の顔色を覗《うかが》い、経清が尋ねる。

「戦が怖いのではございませぬ。ですが、些《いささ》か迷いがございます…」

「迷いと申されると？」

暫《しば》しの沈黙の後、左折の烏帽子を正して義家は口を開いた。

「父が戦に拘《こだわ》るのは、河内源氏の名を高めて次の棟梁、すなわち手前の基盤を固めんがため。全ては手前への親心と理解しており申す。幼き頃より父の期待に応えんと武芸に励んで参りましたが、此の度の戦、誠に大義は源氏にありと申せましょうか？」

「…」

「この戦の発端は阿久利《あくり》川での貞任殿のご乱心。然《さ》れど手前は事件の直前に貞任殿にお会いしており申す。その時の様子からして、あの貞任殿が説貞、光貞の陣を襲うとは到底思えませぬ。然《さ》れど…」

「然《さ》れど？」再び沈黙した義家に、経清が促した。

「光貞が貞任殿を目撃したと申しております。光貞は手前を乳母子《めのとご》のように慕ってくれ申す。その光貞の言葉を信じられぬ手前は…」

ここまで言って三度《みたび》義家は口を噤《つぐ》んだ。義家は、説貞光貞親子の裏に頼義がいる事を知らない。純粋に光貞らの讒言《ざんげん》を父が信じて戦となったと考えていた。無論、経清も真相を知る由《よし》もない。

「義家殿…」経清の呼び掛けに、義家は真っ直ぐ目を見て応じた。

「御貴殿はいずれ源氏の棟梁となるお方ですぞ。配下を信じ、纏める事こそ将の務め。その上で配下が道を誤れば正すのが武士の生き様にござろう」経清は、優しく諭した。

しかし経清にとって、これも本心ではなかった。経清も、阿久利川事件は冤罪だと信じている。しかし確証は無い。事件の当事者である説貞と光貞が真実を語らない限り、真実は永久に闇の中となろう。事の発端はどうであれ、既に戦が起きている現状は変えられない。戦場での迷いは死を招く。経清は、義家に死んで欲しくなかった。

〈俺は義家殿が好きなのかも知れぬな…〉

思えば不思議な感覚だった。体は国府軍の一員として安倍と戦っているのに対し、心は完全に安倍側にある。その安倍にとって義家は、憎き頼義の嫡男なのである。

〈貞任殿も俺と同じ思いであろう…〉

そう思うと経清に笑みが毀《こぼ》れた。義家は不思議そうな表情で暫《しばら》く経清を見詰めていたが、やがて笑顔になった。

「お陰で心が晴れ申した。礼を申し上げまする」そう言って一礼すると、義家は席を立った。

義家が去った後、経清は考えた。自分は何故義家が好きなのだろう？　義家も、経清が好きだった。そうでなければ態々《わざわざ》戦の前に経清を訪ねたりはしない。そして義家は、貞任の事も好きだった。

〈結局、三人とも平和を望んでいるという事か…〉

経清は得心して頷いた。


多賀城の政庁には続々と鎧を纏った武者が集まっていた。勿論、経清も徴集されている。初戦の後にゆっくり休めと労《ねぎら》いの言葉を掛けた頼義の舌の根も乾かぬうちにである。兵らが平伏す中、頼義と源氏の家臣が登場し、戦の陣取りが発表された。経清は従五位の身分にも係らず、腕の傷の治療を優先すると言う配慮から、事前の軍議に呼ばれていなかった。尤《もっと》も、前回の戦でも経清は軍議に参加していない。

〈源氏の家臣だけで戦を進めたいのだろう〉

自分の思い通りに戦をしたいとの思いが頼義にある事は確かだが、それ以外にも頼義は戦勝後の恩賞を見据えていた。外様が軍議に加わり大勝すれば、手柄も分散する。頼義は何としても手柄を独り占めしたかったのである。

〈結局は登任様が頼義様に取って代わっただけだったか…〉経清は頼義の器を見限りつつあった。

今回も小松と河崎の柵を標的とする点では変わりはないが、またしても経清と永衡は最前線に配置された。しかし初戦と異なるのは、経清が伊治の高俊と組んで小松攻めを命じられたのに対し、永衡は意外な人物と共に河崎攻めを務める点である。その人物とは、藤原光貞と藤原景季であった。二人は共に義家の側近で、光貞は阿久利川事件の当事者でもある。一方、義家は二人の若武者、和気致輔《わけのけいすけ》と紀為清《きのためきよ》を引き連れ、三千の兵と共に後陣に控える事となった。

策の概要を聞いて、経清は胸騒ぎを覚えた。夜のうちに小松と河崎の柵をそれぞれ五百の兵で同時に襲い、柵に侵入して内側から門を抉《こ》じ開ける。その後、後方に控える義家軍三千が二手に分かれ、一気に柵に雪崩れ込む手筈となっていた。

〈如何《いか》にも夜襲なれば少数でも歯が立とうが…〉

経清の顔は曇った。不安の種は、永衡の部隊に光貞と景季が加わる事である。この若武者二人は、本来ならば義家を支える立場にある。

〈闇に乗じて永衡殿を襲う心算《つもり》か…?〉

同士討ちを避けるため、戦場では揃《そろ》いの笠印《かさじるし》を付けるのが慣わしであったが、無論、夜では役に立たない。その上、銀の兜も安倍の兵には闇で見えない。

〈安倍に襲われねば内通の疑いが深まる。襲われたら襲われたで、安倍軍は夜故《ゆえ》に永衡殿と判らぬ理屈。いずれにせよ永衡殿の命が危ない。光貞殿と景季殿は、果して永衡殿を守られようか…〉

経清は、広間に控える永衡を目で探した。あらぬ疑いを避ける為、初戦以降は永衡と行動を共にしていない。

永衡は、広間の末席に座していた。その姿は、心なしか以前より小さく見える。登任時代は公文所別当にまで登り詰めた男が、今では味方からは疑いの目で見られる上、戦場では捨石同様に扱われている。

〈やはり戦が始まる前に、永衡殿と共に衣川に向かうべきであったか…〉

激しい後悔が経清を襲っていた。


その頃、貞任の姿は日高見川を見下ろす断崖に聳《そび》える河崎柵にあった。日高見川左岸と砂鉄川の合流地点に築かれたこの柵は、敵の侵入を拒む天然の要塞でもある。

普段貞任が守る厨川柵《くりやがわのさく》は奥六郡の北方に位置し、出羽や日東流《つがる》からの攻撃を想定して建てられたものである。出羽守源兼長《みなもとのかねなが》が頼義からの出陣要請を断った事実は既に貞任の耳にも入っていた。安倍の擁護こそしないものの、出羽の清原一族も中立を守ると宗家の光頼《みつより》が孫の正任に約束している。日東流《つがる》の安倍富忠《あべのとみただ》も今の所全く動きを見せていない。こうした事情から貞任は北浦柵《きたうらのさく》の主《あるじ》、重任と共に衣川に逗留していたが、国府軍との再戦に備え、前日に河崎に応援に駆け付けていたのである。小松柵には宗任が初戦以来常駐している。

「貞任兄様、国府軍は直ぐにでも攻めて参りましょうか？」

十五になった八男の則任《のりとう》が不安そうに貞任に問う。則任は大藤内業近《おおとうないなりちか》を後見人として鳥海に程近い白鳥柵《しらとりのさく》に籠もっていたが、初陣として河崎に配置されたのである。河崎柵の主、金為行からすれば、則任は実の甥に当る。幼い頃から可愛がって来た甥を預かるとあって、為行も張り切っていた。全ては頼時の配慮である。

「八郎《のりとう》、怖いか？」貞任が優しい兄の表情で逆に聞いた。則任はしっかりと首を横に振る。

「一旦退却すれば、体制の立て直しに時間がかかるものだが、今回はどうかな？ 人員を見れば、頼義は初戦を様子見と定めていたに相違なし。ならば直ぐにでも戦が可能ぞ。次の一戦までは間があるとの油断を突いて、俺なら今夜にでも奇襲を仕掛ける。あの頼義ならそれくらいの事はやり兼ねん。戦場では用心が肝要と心得よ」

貞任の教えに則任はしっかりと頷いた。

　貞任の推測は、その日の夜に現実の事となった。闇夜に包まれた河崎柵を、永衡率いる五百の兵が密かに包囲したのである。安倍の物見は敵に気付いていない。

　暗闇の中、隙を見て陣から離れる人影があった。藤原光貞である。光貞は懐から書状を出し、矢に番えると長弓を遠矢前《とおやまえ》に構え、柵に向けて解き放った。

　矢は柵壁に突き刺さった。柵内を巡回していた郎従、山田定矩《さだのり》が気付き、直ちに貞任の控える部屋に駆け込んだ。

「申し上げます！　たった今柵の外より矢文《やぶみ》が届きました！」

　子《ね》の刻を疾《と》うに過ぎた深更であったが、貞任は起きていた。何故か胸騒ぎを覚えて眠れなかったのである。貞任が素早く定矩から文を受け取る。

「為行殿と八郎《のりとう》をここへ！」

　一読の後、貞任は定矩に命じた。直ぐに為行と則任が現れる。二人もこの時間まで起きていた。

「奇襲を知らせる矢文が届き申した」貞任は床に書を広げた。書には確かに
―此レヨリ四半刻後、国府軍攻撃ス。要用心。永衡―

と記されている。

「これは！」為行が思わず頓狂の声を発した。

「永衡義兄上《あにうえ》が我らの為に奇襲をお知らせ下されましたか！」則任も顔を輝かせる。

　しかし貞任は眉間《みけん》に深い皺を寄せていた。

「貞任殿、如何《いかが》致した？」気付いた為行が貞任に問う。

「妙だとは思いませぬか？　十郎《ながひら》がこのような真似をすれば自分の立場が危うくなり申す。それに隊の纏めともなれば常に脇に守りの兵が付きましょう。いくら夜更けとは言え、敵の柵に一人で近付けましょうや？」

　言われて為行も如何《いか》にもと唸った。

「そう言われてみれば、義兄上の字とも異なるように存じます」

則任も首を捻った。則任は嘗《かつ》て衣川で永衡に書の手解《てほど》きを受けている。

「この書が偽物だとすると…、奇襲自体が偽りで、河崎に我らの気を引き付けておいて小松を攻める策か？」

智将と呼ばれる為行の頭が目まぐるしく回転した。

「兎《と》に角《かく》ここは奇襲に備えるが良策。しかし十郎《ながひら》が出陣している可能性もあります故《ゆえ》、柵からの攻撃は極力お控え下され。それに八郎《のりとう》、事の次第を一刻も早く小松に知らせよ！」

貞任の言葉に頷き、為行は有事に備えて兵に臨戦態勢を取らせた。則任は仔細を書に記し、犬の首に結び付ける。

「白夜丸《びゃくやまる》、頼んだぞ」

則任に白夜丸と呼ばれた白い子犬は、良照と宗任が守る小松柵へと放たれた。この犬、鬼切部の戦いで貞任が栗駒山に道を通した際、雪崩に巻き込まれてこの世を去った樺太犬の血を引いている。

その白夜丸が抜けた道の反対側、河崎柵の南側では攻撃の時が刻一刻と迫っていた。景季が永衡に近寄る。

「永衡殿の奥方様は安倍のお出。いくら絶縁されたと申しても、奥方様のお身内に矢を放つのは嘸《さぞ》かしお辛くございましょう。僭越《せんえつ》ではございますが、ここは手前にお任せ頂けませぬか？」

景季の言葉に、それまで憂鬱だった永衡の顔が晴れる。

「かたじけない。如何《いか》にも手前は安倍の婿にござる。その上、恥ずかしながら武芸は不得手。是非とも御貴殿に指揮をお任せ致したい」永衡は、渡りに舟とばかりに景季の申し出に応じた。

景季の影で、光貞は薄笑いを浮かべてそれを見届けた。


やがて矢文に記された時刻となった。

「弓隊は火矢を打て！」

炭壷から矢先に火が灯され、宛《さなが》ら秋の夜を舞う季節外れの蛍の如く、瞬く間に数十本の火矢が弧を描いて柵に射られた。同時に日高見川の対岸でも火矢が乱れ飛ぶ。やがて小松柵からは火柱が上がった。屋根に引火したのである。

河崎でも火が柵に燃え移るかと思われたが、火は直ぐに消し止められた。火矢を射ても射ても直ぐに鎮火される。河崎柵では為行の下知で既に兵が総出となっていた。その手には水桶が握られている。

「歩兵は崖を登れ！　最初に柵に達した者には褒美を取らせる！」

火矢が効かぬと見た景季は、歩兵に下知を飛ばした。褒美に目が眩《くら》んだ兵が家守宛《やもりさなが》らに断崖絶壁を攀《よ》じ登って行く。

「やはり来たな！　今じゃ！　煮え湯を落とせ！」

為行が兵に命じた。すると大鍋にぐらぐらと茹《ゆだ》った湯が二人の兵によって運び出され、柵の淵から崖下に向かって放たれた。熱湯を浴びた敵兵が悲鳴を上げて次々と谷底に転落する。

「弓隊！　遠矢を放て！」

景季は再び策を変え、後方に控えていた弓隊に下知を下した。何百と言う矢が闇夜に放たれる。どすどすという鈍い音を立て、矢の雨は敵兵を貫いた。

「矢を絶やすな！　柵からの矢に備えて頭上に盾を構えよ！」

光貞の命に従い、次々に矢が射られた。面白いように矢は柵に吸い込まれて行く。しかし様子がおかしい。柵は水を打ったように静まり返っており、反撃の兆《きざ》しもない。罵詈雑言《ばりぞうごん》が飛び交う対岸とは対照的である。

「歩兵隊！　再び柵を目指せ！　急ぐのだ！」

弓による反撃が来ないと見るや、景季は再び兵に登崖を命じた。しかし崖の中程まで攀《よ》じ登ると、先程と同様に熱湯が兵を襲う。景季は、首を捻った。

「奇襲を読まれておる様でござるな」光貞は顔を歪めながら景季に駆け寄る。

「やむを得ぬ。しばし様子見だ！」

景季の声と共に、戦闘は膠着状態となった。柵は落とせそうにもないが、矢は確実に敵兵を射た手応えがあった。相当な死傷者が出た筈である。

戦の最後方では永衡がただ呆然と柵を見詰め立ち尽くしていた。

その頃、対岸は修羅場と化していた。則任からの知らせを受けて奇襲に備えていた宗任らは、鬨《とき》の声を上げて柵外に撃って出ていた。万が一に備え良照が柵を守っていたが、奇襲に大軍はないと踏んだ宗任の読みは的中した。宗任の郎党である松本兄弟を従え、若い家任も両手に太刀を持って奮闘している。安倍の男らは、強い。

小松攻めの指揮を任された経清と紀高俊は苦境に立たされていた。初戦同様、坂東武者と伊治兵の混成軍では意思の伝達も儘《まま》ならない。特に坂東武者は恩賞欲しさに下知に従わず、我先にと突撃を繰り返していた。加えて、彼らは山の戦に慣れていない。陸奥の山々に囲まれて育った安倍軍に太刀打ち出来る筈がなかった。

「高俊殿、ここは撤退しかござらぬかと。ご決断を！」

経清は高俊に進言した。従五位の経清の方が遥かに身分は高かったが、経清は独断を避け、伊治を預かる高俊の顔を立てたのである。高俊の下知と共に、国府軍は一斉に伊治城へと退却した。最後尾を守る殿《しんがり》は経清自らが務めた。

敗走しながら経清の心は複雑だった。国府軍として戦いながらも、やはり心は安倍側にある。早めに退いて安倍の犠牲者を最小限に食い止めたい。そうすれば逆に自分を信じて命を賭ける国府の兵も無傷で済む。撤退の進言にはそういう想いがあったのも事実である。しかし武士ならば戦場では全力で敵と対峙するもの。武家に産まれ、幼い頃からそう信じてきた自らの信念を曲げざるを得ない状況に、経清は失望していた。加えて、今後の戦を考えると、経清は尚更《なおさら》苦しくなった。頼義は次もその次も経清を最前線に立たせ続けるであろう。

〈この戦いが最後だ…〉

経清は、いよいよ国府軍を捨てる覚悟を定めた。

〈このまま殿《しんがり》を密かに離れ、小松柵に逃げ込むか？〉

そう思った刹那、経清の脳裏に有加と清丸の笑顔が浮かんだ。

〈それは…、やはり出来ぬ…〉

経清は唇を噛み締めた。口許から血が滴る。国府を捨てたいが今は出来ない。自分が安倍に寝返えれば多賀に残る家族が確実に殺される。有加と清丸だけではない。永衡と中加の命も危ない──。

敗走する経清を絶望の波が襲った。


無言の睨み合いが続いていた河崎柵に、東の空から朝日が差し込んだ。姿を現した柵に、景季と光貞は愕然とした。柵に向かって放った何百という矢が突き刺さっていたのは、全て兵に見立てた藁人形だったのである。

「敵に矢をくれてやっただけであったか…」

失った矢は、次の戦で自軍に向かって射られる事となるだろう。景季は歯軋《はぎし》りして悔しさを露《あらわ》にした。しかしその横で、光貞は薄笑いを浮かべている。

永衡も心の中で笑っていた。両軍共に被害が殆《ほとん》ど無かったからである。断崖を登る兵が熱湯を浴び、数名が転落死したものの、弓隊は全員が健在であった。無論、永衡も掠《かす》り傷一つ負っていない。

〈何とかこの戦もやり過ごしたか…〉永衡の口から安堵の溜め息が漏れる──。

やがて義家率いる後陣から伝令が訪れ、河崎からの退却が命じられた。


同じ頃、経清軍の生存者は何とか伊治城に逃げ込んでいた。城に入り切らなかった兵の中には地面に筵《むしろ》を広げ、疲れ切って寝入る者もいる。経清の姿は高俊の居室にあった。格子窓は閉じられ、朝だが室内は薄暗い。

「経清殿、この先も頼義様は我らに何度でも先鋒を命じられましょう」

「如何《いか》にも…」高俊の言葉に経清も重い口を開けた。

紀氏は都からこの地に移り、以後代々陸奥守に恭順の意を示してきた一族で、高俊は藤原登任の代から国府の為に尽くしている。歴代の陸奥守も紀氏には一目置いていた。公家上がりで私兵を殆《ほとん》ど持たなかった登任も、何かと高俊を頼りにしていた。鬼切部合戦にも、高俊は一役絡んでいる。しかし頼義の代になると、状況は急変した。合議は源氏の家臣のみで取り仕切られ、高俊にはしばしば無理難題が押し付けられた。安倍との戦となってからも最前線での攻めを命じられ、しかも我《が》が強い坂東の兵を宛《あて》がわれている。冷遇に次ぐ冷遇。所詮、高俊は頼義にとっては外様に過ぎないのである。その境遇は経清に似ていた。

「手前は時の陸奥守への服従を代々の運命《さだめ》とする一族の出故《ゆえ》仕方がありませぬが、経清殿はお立場が違い申す。曲がりなりにもこの高俊は国府に従える身。従五位のお方を犬死させる訳には参りませぬ。衣川にお逃げ下さりませ」

「何を申されますか！」真っ直ぐ経清の目を見る高俊に、経清は叫んだ。国府側の人間で、永衡以外にそう考える者がいる事に驚愕したのである。一瞬罠かとも疑ったが、高俊は誠の武士である。経清は己の短慮を直ぐに恥じた。

「尤《もっと》もその国府でも、頼義様が来られてからは都より引き連れし家臣らが我が物顔に振舞っておられる。我ら地元の郡司など最早《もはや》何の権限もあり申さぬ。頼義様怖さに顔色を伺うばかり…」

高俊は天を仰いだ。その目からは悔し涙が流れ落ちる。

「御貴殿の北の方は安倍のお人。頼時殿も喜んで受け入れられましょう。永衡殿と衣川へ向かわれませ」

高俊の目は、まるで頼義を討ってくれと言わんばかりであった。

縁を切ったとは言え、当時と今は状況が違う。敵に縁のある者は後陣に配されるのが常套であり、頼時も経清がよもや先鋒を命じられるとは夢にも思っていなかった。如何《いか》にも今なら頼時も喜んで経清を迎え入れよう。

「しかし、手前が寝返れば、身内が…」

共に修羅場を切り抜けて来た経清は、高俊に本心を打ち明けた。

「御貴殿の御家族と永衡殿の妻女は、手前の配下が命に代えてでもお連れ致し申す。ご案じ召されるな」

「高俊殿は何故に手前にそこまで…」経清は目を潤ませながら言った。

「以前より、磐井の金為行殿に借りがございましてな。それに此の度の戦も頼義様の身勝手より始まったもの。結局は頼義様も登任様と同じという事にございましょう。正義は安倍にござる」

鬼切部の戦いで登任の命によって磐井に向かった高俊とその配下は、為行の情けによって一命を取り留めている。

「―高俊殿！　かたじけない…」

高俊の言葉に、経清は手を取って頭を下げた。その両の目から涙が床に落ちる――。

高俊もまた、見事な武士であった。


多賀城では、景季と光貞が頼義に戦況を報告していた。河崎攻めに二人を起用した意図は、ここにあった。頼義は、信頼の置ける子飼いの家臣から戦の様子を聞きたかったのである。河崎では殆《ほとん》どの時間を睨み合いに費やしていたため、景季と光貞に疲労の色は無い。

「なに？ 柵からは一本の矢も降って来なかったとな？」頼義はにやりと笑った。

「殿！ 偶然が二度も起こりましたな！」茂頼が思わず立ち上がる。

「それどころか、我らが放った矢は悉《ことごと》く兵に見立てた人形《ひとがた》に刺さる事態に。あれだけの数の人形を配置するなど、我らの奇襲を知っていたとしか考えられませぬ」光貞が大袈裟に身振り手振りを交えて訴えた。

「やはり永衡は安倍と繋がっておったか…」

頼義の目が暗く光った。その言葉を耳にして醜く口許を緩める者がいた。藤原説貞《ときさだ》である。

息子の光貞に矢文を放たせたのは、実はこの説貞であった。頼義はこの事を知らない。

「小松柵でも火矢を射た直後に敵軍が雪崩れ込んで来たとか。奇襲を仕掛けた方が被害が大きいとは前代未聞。事前に我らの動きを把握していたとしか思えませぬ。やはり永衡から策が漏れたのでございましょう」

説貞がここぞとばかりに畳み掛けた。実際、伊治と坂東の混成軍は、僅か一刻の間に半数を超える死傷者を出している。尤《もっと》も、説貞が策を講じなければ、小松攻めの兵にここまでの被害は出ていなかった筈である。にも関わらず、説貞に臆びれる様子は微塵も感じられない。我が子光貞の無事を祈って策を講じたが、仮に発覚しても永衡の罪となる。小松攻めで犠牲となった兵も説貞とは縁が無い。ならばそれほど心も痛まなかった。

「経清の様子は如何《いかが》であった？」経範の問いに軍目付は経清の獅子奮迅の働きを報じた。

「どうやら経清は信頼できそうじゃな」頼義は満足そうに頷いた。

「して、殿。永衡めは如何《いかが》致します？」茂頼が詰め寄る。

頼義は床机《しょうぎ》から勢い良く立ち上がると、威厳に満ちた声を発した。

「裏切り者に情けは無用！　即刻永衡の首を刎ねよ！」

「御意！」

頼義の命に異を唱える者は誰一人として居なかった。

説貞は光貞に目配せすると、密かに親子で冷笑を浮かべた。


翌日、永衡の館には一人の来客の姿があった。

「永衡様、藤原光貞様がおいでになりました」「光貞殿が？」

不審な表情を浮かべながら、永衡は郎党に応じた。光貞とは河崎攻めに共に出陣する以前に付き合いは殆《ほとん》どなく、館に訪ねられる程親しくもない。

首を傾げながら永衡が門まで出ると、そこに笑顔の光貞が待っていた。

「永衡殿、お疲れの所誠に申し訳ござらぬ。実は我が父説貞が、河崎攻めでお世話になった御貴殿を是非とももてなしたいと申しましてな。今宵、父の屋敷にて景季殿を招き、ささやかな慰労の宴を開きます故《ゆえ》、永衡殿にも何卒御足労願いたい」光貞は笑顔を崩さずに言うと、頭を下げた。

「手前は後陣にて景季殿の采配を眺めていたに過ぎぬが…」

永衡は恐縮したが、特段断る理由も見当たらない。結局、押し切られて酒宴に参加する約束を交わした。

光貞が満足そうに帰ったのを見届け、永衡が館に戻ると、中加が不安げな様子で佇んでいた。

「光貞様と説貞様は阿久利川で貞任兄様に襲われたと証言されたお方とか。その様なお方のお屋敷に永衡様が参られますのは…」

「大丈夫だ。今回の戦、俺は後ろで眺めていただけだ。何も咎《とが》められる事など無い。光貞殿のお言葉通り、単なる戦後の慰労であろう。心配は無用ぞ」中加の不安を取り除こうと、永衡は殊更《ことさら》に笑顔で答えた。

「ならば良いのですが…」

少しは安心したのか、中加の顔に優しさが戻った。両手を腹に当て、中加は続ける。

「中加はややを宿しました」

「な、何と？　今何と申した⁉」

「中加は永衡様のややを宿しました」

中加は含羞《はにか》みながらはっきりと繰り返した。その顔には、愛する夫の子を身籠った女の幸せが溢れている。

「誠か！」永衡は叫ぶと目を輝かせて中加を抱き締めた。

「俺の子を…、中加は俺の子を宿してくれたか…」

夫婦《めおと》となってから既に七年の歳月が過ぎ去っていた。それだけに、子を授かった喜びは一入《ひとしお》である。二人は抱き合いながら、涙を流して喜びを分かち合った。

「子を授かったとなればもう迷いはせぬ。俺と一緒に義父上《ちちうえ》殿の許に参ろう」

「誠にござりますか…」中加の顔が益々輝く。

「俺が中加を娶る際に、義父上殿に約束した言葉を覚えておるか？」

「勿論にございます。『中加を全力で守る』と…」永衡の問いに、中加は目頭を押さえながら頷いた。

「我ら安倍と縁《えにし》を持つ者が多賀城にあっては立場は危うい。序盤なれば未だ耐えられたが、この先戦が佳境を迎えれば、我らに対する風当たりも強まろう。そのような場所にこれ以上そなたを曝す訳にはいかぬ。経清殿とも相談致したが、近く隙を見て必ずや衣川に向かう。有加殿と清丸殿も勿論一緒だ」

そう言うと永衡は中加を抱く腕に更に力を込めた。永衡の指が優しく中加の黒髪を撫でる――。

中加は天にも昇る気持ちで身を永衡に預けていた。

「永衡殿、よくぞ参られた。ささ、入られよ。奥の間で父と景季殿がお待ちですぞ」

陽が山陰に落ちかけた頃、政庁から程近い多賀城下東側の説貞邸で、光貞は永衡を笑顔で出迎えた。

光貞に案内され、浅沓《あさぐつ》を解《と》いた永衡は屋敷の中へと入った。襖戸を開け中に入ると永衡はぎょっとした。説貞と景季に加え、源氏の重鎮、佐伯経範と藤原茂頼が場に控えていたのである。一瞬、永衡の顔から笑みが消える。

光貞も急に厳しい表情となった。経範と茂頼も眼光鋭く永衡を睨み付けている。暫《しばら》く場を沈黙が支配した。

「これは一体…」沈黙に耐え切れずに永衡が口を開くと、経範が次のように切り出した。

「御貴殿が戦で使われておる銀の兜についてお伺い致したい」

その声は、低く、重く、そして冷たかった。その声を合図に、居間に説貞の郎党が五人上がり込んで来た。皆武装している。

「御貴殿の兜は舅《しゅうと》の頼時から贈られたものとか。誠か？」

経範の威圧的な声が居間に響いた。無言で頷く永衡の額には、脂汗が滴っている。

「国府軍に加わりながら敵将から貰った兜を纏うとは、何か余程の旨意《しい》でもお有りか？」

経範の隣にいる茂頼の低い声が永衡に突き刺さる。

「何も旨意など…。純銀の兜で気に入った故《ゆえ》、此の度の戦に用いただけに過ぎませぬ。言われてみれば如何《いか》にも浅慮にござりました。今後は倉に仕舞いて使わぬように致しまする」

永衡は顔面蒼白となり、慌てて額を床に擦り付けた。

「あの兜は目立ち過ぎる。あれは敵軍に己の居場所を知らしめるためのものではござらぬか？」

実際に共に出陣した若い景季が凄んだ。

「あいや、その様なことは決して…」平伏しながら永衡は懸命に首を横に振る。

「然《さ》れどこの二戦とも御貴殿は掠り傷一つ負っておらぬ。どころか敵が矢すら射らぬ上、初戦などは御貴殿の顔を見るなり敵の方から撤退されたとか。これを如何《いかが》説明される？」経範が畳み掛けると、永衡は返答に窮した。

「無論、我らは永衡殿の御忠誠を心の底から信じておるが…」説貞が暗い顔で口を開いた。

「国府では、この二戦の大敗を御貴殿のせいと噂する者が後を絶たぬ。聞けば先の河崎攻めでも、火矢は射た傍から消され、矢は全て人形《ひとがた》に吸い込まれたとか。策が事前に敵軍に知れていたとしか考えられぬ…」

蛇の様に冷たい説貞の目がじろりと永衡を睨んだ。

「手前が敵に内通したと？　否、そのような事は決して…」蛇に睨まれた蛙となった永衡が必死で言い縋《すが》る。

「然《さ》れどそなたには登任殿のご恩を忘れて安倍に靡《なび》いた前歴がある。加えて妻女は安倍の娘。安倍永衡！　最早《もはや》言い逃れは出来ぬぞ！」

床をどんと踏み鳴らして経範が声を荒げた。

「なれば、手前は如何《いかが》致せば…」がっくりと肩を落とし、永衡は蚊の鳴くような声を発した。

「切腹の作法くらいは知っておろう！　貴様も武士なればこの場で潔《いさぎよ》く腹を切れ！」

経範が額に青筋を立てて怒鳴った。

「!!」永衡は雷に打たれた様な衝撃を覚えた。意識が朦朧《もうろう》とし、その場にへなへなとへたり込む—。

「殿からは問答無用に首を刎ねよとの命を受けたが、首が胴と離れていては北の方が悲しもう。武士の情けじゃ。うぬも武士の端くれなれば見事にここで果てて見せよ！」

茂頼の北の方という言葉に永衡は我に返った。

—永衡様のややを宿しました—

そう言って微笑む中加の美しい顔が脳裏に浮かんだ。それと同時に絶望の波が永衡を襲う。多賀城にあって頼義が死を命じたとあれば、万事は窮す。

「切腹の前に、せめて妻と別れの盃を交わさせては下さらぬか」

永衡の低い声が屋敷に木霊《こだま》した。永衡は、覚悟を定めた。

「北の方のお顔を見れば心も乱れよう。なりませぬ」無情にも顔色一つ変えずに説貞が拒む。

「ならば何卒《なにとぞ》多賀城にお連れ下されませ。せめて頼義様に弁解をしとうございまする」永衡の頬を悔し涙が伝う。

「何と女々《めめ》しい男じゃ！　殿の面前で命乞いをする気か！」経範が再びどんと床を踏みつけながら絶叫した。

「違い申す！」

永衡は敢然と立ち上がると、経範の顔に自らの顔がぶつからんばかりに詰め寄った。経範が一瞬怯む。

「如何《いか》にも銀の兜で誤解を招いたのは手前の責め。李下《りか》に冠を正さぬべきにござった。然《しか》るに天地神明に誓ってこの永衡、安倍に通じてなどおらぬ！　死ぬ前にせめてその旨、頼義様にお伝えしたい！」

「ここで死ぬのも同じであろうに！　往生際が悪いわ！」経範が苛立ちの声を上げる。

「同じではござらぬ！」永衡も負けてはいない。

「ここで手前が死ねば敵への内通を認めた事になり申す。そうなれば妻の命も無い。手前に残された最後の望みは、敵に通じたとの疑いを恥じての自害。頼義様の御前にて疑いを晴らした後、潔く果てとうございます」

毅然とした態度でぴしゃりと言い放つと、永衡は静かに脇差《わきさし》を抜いた。ぎろりと場を睨みつける。

「狂うたか！」説貞が悲鳴を上げた。

「何をしておる！　あ奴を捕らえよ！」

茂頼が叫ぶと五人の郎党が慌てて永衡の前に立ち塞がった。皆が太刀を抜いて構える。

「案ずるでない。御貴殿らを襲う心算《つもり》は毛頭ござらぬ」

永衡は片膝を床に立てて静かに目を閉じたと思うと、次の瞬間素早く脇差を反転させ、自らの腹にぶすりと刺した！　場に紅の血飛沫《しぶき》が舞う——。

一瞬の出来事に皆が唖然となった。

「これで頼義様に弁明させて頂けましょうな…」

床に蹲《うずくま》りながら見上げた永衡の顔は、鬼の形相であった。あまりの迫力に流石《さすが》の経範らも押し黙る——。

「陰腹《かげはら》を切るとはお見事な覚悟！　こうまでされて殿の許にお連れせぬとあれば源氏の家臣の名が廃《すた》る。お望み通り殿にお取次ぎ致そう。永衡殿に晒《さらし》を巻いてやれ」

経範は郎党に命じた。

永衡は哀しい笑みを浮かべると、力を振り絞って立ち上がった。


多賀城の正殿に伝令の足音が鳴り響いた。伝令は頼義に永衡の来城を告げる。

「なに？まだ生きておるとな？」

頼義が中庭に降りると、説貞の郎党に肩を借りた永衡が蹌踉《よろめ》きながらこちらに向かって来る。その顔からは血の気が失せ、死人の様に真っ白であった。永衡の口からは時折呻《うめ》き声も漏れる。

頼義の姿を認めると、永衡は玉砂利の上に正座し、背筋を伸ばして頼義の目を真っ直ぐに見据えた。

「裏切り者が何をしに参った？」頼義がぎろりと永衡を睨んだ。負けじと永衡も睨み返す。

「手前はこれまで国府の役人として五年に渡り頼義様に尽くし、頼義様の命に従い安倍との戦にも挑んで参り申した。然《さ》れど安倍との内通を疑われるとは情け無き事この上無し！如何《いか》にも手前は安倍の女子《おなご》を娶り申したが、御仏《みほとけ》に誓って安倍とは通じており申さぬ！」永衡はきっぱりと言い放った。晒《さらし》から血が滲む。

「ほう、陰腹を切ったか。見上げた覚悟じゃ」それを見た頼義は頷いた。

「おわかり頂け申したか？」紫に変色した永衡の口許が、僅かに緩む。

「うぬが安倍に通じて居るか否かはどうでも良い…」

「？」永衡は虚ろな目を頼義に向けた。

「内裏に援軍を請うには敵は強くなければならぬ。然《しか》れどそれでは源氏が弱いと申している様なもの…」

頼義の言葉の意味が、永衡には理解出来なかった。

「未だわからぬようじゃの」頼義に代わって経範が口を開く。

「強い源氏が負けるには理由がなければならぬと言う事よ。例えば…」

家の出である。

「内通か！」

永衡は、全てを悟った。頼義は、始めから負け戦の罪を永衡に着せる心算《つもり》だったのである。元々永衡は登任に抜擢された群司であり、源氏とは縁も所縁《ゆかり》も無い。そればかりか永衡は、後の世に壇之浦の戦いまで源氏と覇権を争う平家の出である。

永衡はがっくりと肩を落とした。

「儂《わし》に忠誠を尽くすと申すなら、儂の為に死ぬがよい！　死してあの世で源氏を守れ！　裏切り者の首を刎ねよ！」

残忍な笑みを浮かべ、頼義が叫んだ。

兵が二人がかりで永衡を立たせた。永衡には、抗《あらが》う体力も気力も既に残されていなかった。

殆《ほとん》ど見えなくなった永衡の目に、兵の姿が映った。顔はぼんやりとしか見えない。

兵の姿が縦に伸びた気がした。上段に太刀を構えたのである。

〈いよいよ最期か…〉

太刀が振り下ろされる直前、一瞬意識を失った永衡は、夢を見た。

柔らかな風が吹く野原に、鳥の囀《さえず》りが聞こえる。

暖かい陽の光を浴び、永衡は幼子《おさなご》を愛おしそうに抱き上げていた。

隣には中加が穏やかな笑みを浮かべている。

幼子と目があった。

幼子が無邪気に永衡に笑う。

永衡も微笑んだ。

永衡は、幸せであった。

味わった事のない幸福感が、永衡を包み込む――。

その刹那、永衡の首がごろりと落ちた。

永衡自害の一報は瞬く間に経清が詰めていた伊治城に伝えられた。知らせを聞き、経清は暫《しば》し絶句した。呆然と立ち尽くす経清の隣に、沈痛な面持ちで高俊が寄り添った。経清の目から涙が溢れる—。

「内通を認め、詫びながら果てただと？」経清が声を荒げた。

「そんな筈は断じて無い！永衡殿は中加殿を心より愛していた。中加殿を乱世に残して自ら旅立つ筈がない！」

経清は目を血走らせ、早口に捲《まく》し立てた。

「詰め腹を切らされ申したな…」高俊は南に向かい、そっと目を閉じ一礼した。

「永衡殿！さぞかし無念にござろう…」

経清の体がぶるぶると震えた。怒りが沸々と湧き上がる。同時に、罪の意識が頭を擡《もた》げた。もっと早くに永衡と共に衣川に逃げ込むべきであった。永衡を留めたのは、他ならぬ経清自身である。

「経清殿…」高俊の暗く低い声が部屋に響いた。二人以外に誰も居ない。

「前車《ぜんしゃ》の覆《くつがえ》るは後車《こうしゃ》の戒《いまし》めと言う諺《ことわざ》があり申す。また、秦《しん》朝末期に韓信《かんしん》と彭越《ほうえつ》が漢の高祖《こうそ》に誅《ちゅう》されし時、黥布《げいふ》は次は我が身と悟ったと云《い》う。頼義様は次は必ずや御貴殿の命を狙いますぞ…」

高俊の言葉に、経清は無言で首を縦に振った。

経清と高俊は多賀城の方角を向き、永衡鎮魂のための黙祷を奉げた。祈りを終えると、経清は目をかっと見開いた。

〈この仇は、必ず討つ！〉

経清は、いよいよ国府軍を捨てる決意を固めた。

その翌日、騎馬の一団が伊治城に入った。その纏《まと》めは義家であった。

「これはこれは、義家様直々のお越しとは…」

城主高俊は恐縮した。奥の間で経清も義家を出迎えた。烏帽子を左に折った義家が深々と一礼する。

「手前が参った理由は二つございます。一つ目は次の戦の通達」

そう言うと義家は懐から頼義の花押《かおう》が記された書状を取り出した。先の戦同様、経清と高俊には河崎攻めが命じられている。二人は無言で書状を眺めた。

「父もここが勝負所と踏んだようです」

「と、申されると？」経清が重い口を開いた。

「父も出陣いたしまする。手前も父に従うことになり申した」

「とうとう頼義様が…」

経清は高俊と顔を見合わせた。頼義にとっては、いよいよここからが正念場であった。初戦、二戦と大敗を喫したが、その敗因は全て永衡の裏切りにあると内裏に報告している。次も負ければ、最早言い逃れは出来ない。

「して、もう一つの理由とは？」

高俊に促されると、義家は郎党に目で合図した。郎党は一旦中座すると、何かを抱えて再び部屋に現れた。

郎党が手にしていたものは、首桶であった。

「―これはもしや永衡殿の…」経清の顔色が変わる。

「御家族に手渡そうかとも思い申したが、首だけの御遺体では奥方様もさぞかしお哀しみになられましょう。経清殿は永衡殿の義兄弟なれば、この首を弔《とむら》うに相応しいお方。お受け取り下さりませ」

義家は両膝を床に付け、経清ににじり寄った。経清はじっと義家の目を見据える。

〈―知っておるな…〉

経清は悟った。義家は自分が衣川に逃れようとしている事を知っている。その上で永衡の首を経清に託したのである。衣川には何れ《いず》中加も向かう。そうすれば、永衡は心から愛した中加の許に還れるのである。義家が直々に出向いたのは、経清に別れの挨拶をするためでもあった。

「かたじけない」経清は、義家に深々と頭を下げた。

「何《いず》れ戦場《いくさば》でお会いする事となりましょう。御武運を」

義家は一礼すると部屋を後にした。経清は義家に覚悟を感じた。

〈義家殿は源氏の御曹司。心の中でいくら平和を望もうとも、その血が戦に駆り立たせるのだろう…〉

義家の後ろ姿を目で追いながら、経清もいよいよ覚悟を決めた。

二日後、多賀城より三千の鎧武者が出陣した。前軍の将には和気致輔《わけのけいすけ》と紀為清《きのためきよ》が命じられている。誇らしげに胸を張った二人の若武者は、じっと前だけを見据えて馬の歩を進めている。後軍は老獪な佐伯経範と藤原茂頼が纏めていた。中軍には義家の言葉通り、大鎧を身に纏った頼義の姿が馬上に見える。その腰には妖刀髭切《ひげきり》が佩《は》かれ、右手には軍配がしっかりと握られていた。その隣には黒韋威胴丸《くろかわおどしのどうまる》姿で二引両滋籐弓《にひきりょうしげとうゆみ》を背負う義家をはじめ、藤原景通、景季父子ら、源氏が誇る歴戦の勇者らが控えている。この布陣から見ても、頼義の並々ならぬ決意が感じられた。

同じ頃、伊治城にも続々と兵が集結していた。翌日、経清と高俊は千の軍勢を率いて出立し、頼義率いる本陣と日高見川の畔《ほとり》で合流する手筈となっている。

「三千の兵で出陣とは、いよいよ頼義様も本気にござるな」高俊は居室に経清を招いていた。無言で経清が頷く。

「源氏の家臣の皆様方も殆《ほとん》どが出陣されたとか。なれば好機は今しかござらぬ」

「好機とは？」小首を傾げて経清が問う。

「未だおわかりにございませぬか？」笑みを湛えながら高俊が小声で続けた。

「三千の兵が出陣したとなれば多賀城は蛻《もぬけ》の殻も同然。これを知って安倍の軍勢が多賀城に攻め入れば、頼義様は如何《いかが》致す？」

言われて経清ははっとなった。安倍なら山道にも明るい。頼義軍の進行を横目に、容易に多賀城に到達出来よう。

「そうなれば頼義様は慌てて多賀城に引き返す！」思わず経清は叫んだ。

「頼義様と合流した後、手前は安倍の軍勢が多賀城に向かったとの流言《りゅうげん》を広めまする。さすれば必ずや頼義様は陣を畳んで多賀城に戻られよう。御貴殿はその隙に河崎柵にお逃げ下され。御家族の事は心配御無用。手前の配下を直ちに御家族の許へ遣《つか》わせ申す」

高俊は穏やかな笑みを湛えながら策を講じた。

「何から何までかたじけのうござる。この経清、御恩は一生忘れませぬ…」

高俊の配慮に経清は胸が詰まり、それ以上言葉を発することが出来なかった。

翌日、河崎柵を見上げる川岸に陣を張った頼義軍は大混乱に陥っていた。高俊の策が見事に嵌《はま》ったのである。多賀に家族を残した国府の兵は下知を待たずに我先にと多賀城へ走り始めた。こうなると流石《さすが》の頼義も収拾がつかない。

「経範！　茂頼！　兵を落ち着かせよ！」苛々《いらいら》と軍配を振り回しながら、頼義が大声で叫んだ。

「兵の家族らばかりではござりませぬぞ！　国府多賀城を落とされたとなれば、陸奥守様の面目は丸潰れにございまする！」

高俊の言葉に頼義が青褪めた。ここが勝負所と睨んで全勢力を進軍させたのである。考えてみれば本拠を空にする程愚かな策は無い。しかし安倍がこれまで一度も攻めて来なかったため、今度もないとの先入観と、武功への焦りが頼義の目を曇らせていた。如何《いか》にも多賀城陥落となれば、伊治公阿座麻呂《これはるのきみあざまろ》が多賀城を燃やした宝亀《ほうき》の乱（七八〇年）、名も無き蝦狄《いてき》ら（平安時代初期には羽州の蝦夷はそう呼ばれていた）が秋田城を制圧した元慶《がんぎょう》の乱（八七八年）以来の大失態となる。そうなれば内裏からの責めは免れない。

「全軍を率いたのが裏目と出たか！」頼義は大汗を掻きながら狼狽《うろた》えた。

「手前と経清殿も事態の収拾に向かいまする！」

高俊は頼義に一礼すると、経清を誘って頼義の陣を抜けた。素早く馬に跨ると、高俊が経清の耳元で囁いた。

「さ、行かれよ。金為行殿に宜しくお伝え下され」

経清は無言で頷き、暫《しばし》し高俊の両手を取った。やがて深々と一礼すると、黒鹿毛《くろかげ》に跨《またが》り単騎山へと消えて行った。

時を同じくして多賀城にも安倍襲撃の噂が流れ、城下は上へ下への大騒ぎとなっていた。武器を持たぬ民は先を争って町の外へと向かう。国府の兵でさえ恐れをなして逃げ出す始末である。その人の流れに逆らい、武者の一団が経清と永衡の館を目指して走った。無論、高俊の放った精鋭である。一団は混乱に乗じ、まんまと有加、中加、そして清丸を国府より奪還した。

「貞任兄上、誰ぞこちらに向かっております！」

河崎柵で物見の兵と共に櫓《やぐら》の上で警戒に当たっていた則任が、階《きざはし》を駆け下りて貞任の前に転がり込んで来た。貞任は外に飛び出し、物見櫓に登った。則任の指差す方角に目を凝らすと、確かに騎馬がこちらに迫っている。

「敵兵でしょうか？」則任が不安を口にした。

「いや、一騎で何が出来よう？　敵ではなさそうだ」貞任の言葉にいつの間にか隣にいた為行も頷く。

馬上の武者は背に旗指物《はたさしもの》を携えていた。柵に近付くに連れ、白い乳付旗《ちつきばた》に描かれた向かい合う二房《ふたふさ》の藤の紋が次第に明らかになって行く……。

「あの紋は――！」為行が息を飲む。

「間違いない。秀郷《ひでさと》流藤原一族の家紋、下がり藤ぞ！」

歓喜の貞任は叫ぶと櫓の階《きざはし》を素早く駆け下りた。則任も後に続く。

「跳ね橋を下ろして門を開けよ！」

貞任が叫ぶと、柵の周りに築かれた堀に橋が架かり、ゆっくりと門が開いた。貞任は仁王立ちとなり、迫り来る黒《くろ》鹿毛《かげ》を待ち受ける。土煙を上げて近付く騎馬武者の顔には喜色が見られた。

「経清！　よくぞ参った！　この日が来るのを待ち侘びていたぞ！」

貞任は、笑顔で経清を迎えた。隣の為行も顔を綻ばせている。則任が轡《くつわ》を取ると、経清は馬から飛び降りて叫んだ。

「貞任殿、皆様方。今日より手前は蝦夷となりまする！」

頷くと貞任は経清に左手を差し出した。二人が堅い握手を交わすと、柵の兵から地鳴りのような歓声が沸き上がる。万雷の拍手の中、遂に経清は柵へと入った。

跳ね橋が再び上げられ、堅牢な門が鈍い音を残して閉じられる。

〈これで何の迷いもなく命を燃やすことが出来よう。今日から俺は蝦夷ぞ〉

経清の心は、故郷に帰って来たかのように安らかであった。

兵に笑顔で迎えられ、経清は柵内の広間に足を踏み入れた。貞任はどっかりと胡坐《あぐら》を斯《か》くと、経清に円座《わろうだ》を勧めた。為行も笑顔で輪に加わると、家来に酒を命じた。

「久方ぶりの義兄弟の盃と参ろう」貞任が白い歯を覗かせ、経清の酌を取る。

「国府軍は今頃大慌てで多賀城へ向かっておろう」盃を交わすと、経清はこれまでの経緯《いきさつ》を話し始めた。

「そうか。ならば暫《しばら》くは戦はあるまい。明日にでも衣川に戻るとしよう。おぬしが戻ったと知ると、親父殿も腰を抜かすぞ」貞任が呵呵大笑《かかたいしょう》した。酒の飲めない則任にも笑顔が見られる。

「一騎当千の経清殿が加わったとなれば、安倍軍も安泰ぞ！　目出度い！」為行も陽気に笑った。

しかし、経清の膝元に置かれた白い包みに気付くと、貞任の顔から笑いが消えた。

「それはもしや…？」

「—如何《いか》にも。義家殿から預かり申した…」

経清は貞任に包みを差し出した。包みを解いた貞任は察した。中身は首桶だった。北梅庵の徳助により、永衡の死は既に安倍にも伝えられている。

「—そうか、十郎《ながひら》も帰って来たか…」

貞任は、丁寧に蓋を開け、労《いた》わる様に両手で永衡の首を抱え上げた。その首には微かな笑みが残っている。

「笑って果てたとは、優男《やさおとこ》の十郎《ながひら》らしいの…」

貞任は、自らの額に永衡の額を擦り合わせた。貞任の蒼い左眼から止めどなく涙が溢れる──。

「そなたの策無くして鬼切部は落とせなかった。心より感謝する」

貞任が搾り出すようにして永衡の首に語り掛けた。為行と則任からも歔欷《きょき》が漏れる。

「手前の失態にござる。もっと早くに永衡殿を舅《しゅうと》殿の許に走らせるべきであった…」

経清は肩を震わせ、唇を噛んだ。その口許から血が滴り落ちる。

「この仇《かたき》は我らが必ず討つ！　十郎《ながひら》よ、先にあの世で待っていてくれ！」

阿修羅の如き形相で、貞任は永衡に復讐を誓った。


数日後、貞任は経清を連れて衣川に向かった。勿論、経清の右手には永衡の首桶が抱えられている。念には念を入れて為行と則任を河崎柵に残したが、恐らくそれも杞憂に終わるだろう。二人は久しぶりに戦を忘れ、のんびりと景色を楽しみながら馬の歩を進めた。昨日までは生きるか死ぬかで気付かなかったが、見渡せば山には鬼灯《ほおずき》が鈴なりに実り、椚《くぬぎ》の枝では撓《たわわ》に実った旱《どんぐり》を栗鼠《りす》が口いっぱいに頬張っている。やがて橅《ぶな》の葉が色鮮やかに燃ゆる束稲山《たばしねやま》が経清を出迎えた。衣川はもう直ぐである。

「衣川はいつ以来だ？」伯牙絶弦《はくがぜつげん》を払拭しようと、貞任は敢えて明るい口調で言った。

「清丸が産まれた時以来故《ゆえ》、一年半振りにござる」

「もうそんなになるか。一《ひと》つ半ともなれば可愛《めんこ》い盛りであろう。清丸と会うのが楽しみぞ」

貞任の言葉に目を細めながら、経清は懐から書状を取り出した。

──清丸殿、有加殿、無事多賀ヲ抜ケ出テ候《そうろう》──

高俊から密かに届けられた書状にはそう記されていた。早ければ明日にでも有加らも衣川に到着する。

「経清殿！　よくぞ参られた！　待っておったぞ！」

事前に知らせを受けていた頼時が並木御所の四脚門《よつあしもん》で満面の笑みを浮かべて経清を出迎えた。宗任、正任、重任、業近ら、安倍の主立った面々も御所に駆け付けている。やがて日が暮れると、経清歓迎の宴が催された。

「ささ、経清殿はこちらに」

頼時に上座を勧められ、流石《さすが》に経清は遠慮した。

「親父殿などよりも従五位殿こそ上座に相応しい。遠慮召されるな」

貞任が囃《はや》し立てると、皆が大笑いした。経清も苦笑いし、恐縮しながら上座に腰を下ろした。その隣には、小さな佛膳《ぶつぜん》が置かれている。その上には椀と箸が逆向きに配されていた。永衡の陰膳である。

〈ここまでのお心使い、有り難し。永衡殿もあの世で喜んでおられよう…〉

経清は、安倍の気遣いに素直に感謝した。

「沈んだ酒では十郎《ながひら》も面白くなかろう。あ奴のためにも今宵は楽しく飲め」

貞任は、敢えて陽気に振舞った。その言葉を合図に酒宴が始まる。久しぶりに飲む南部の酒が五臓六腑に沁《し》み渡る。笑い声が絶えぬ中、気が付けば経清は安倍の男達に取り囲まれていた。そこに惣領が口を挟む。

「酔う前に言うておくがの、経清殿には是非とも江刺《えさし》を守って頂きたい」

「手前にあの江刺の地をお任せ下さると申されますか！」

江刺（岩手県奥州市江刺区）は衣川の北に隣接する土地であり、日高見川から供給される肥沃な土壌の恩恵を受けた奥六郡屈指の穀倉地帯である。その日高見川の対岸には胆沢城がある。宗任が預かる鳥海柵や、白鳥、琵琶、黒沢尻の柵にも近い。謂《い》わば奥六郡における経済と防衛の扇の要である。それればかりではない。江刺は阿弖流為《あてるい》公生誕の地とされる跡呂井《あとろい》にも目と鼻の先である。その地を経清に任せると言う事は、安倍が経清を心から信頼している事を意味する。

「手前で宜しければ、喜んで」

経清は、意気に感じた。頼時に深々と頭を下げる。貞任と宗任も満足そうに頷いた。

実は経清には、微かな不安があった。自分はつい先日まで国府側に居た人間である。頼義から安倍との内通を疑われたのと同じ様に、安倍からも国府軍の間者《かんじゃ》と怪しまれぬか、密かに気を揉んでいたのである。しかし江刺を預けられた事により、経清の心の朦《もや》は晴れた。経清は、漸《ようや》く自分の居場所を見付けた気がした。


翌日、高俊の郎党に守られ、有加、中加、そして清丸が衣川に着いた。経清が有加と清丸を抱き締める——。

中加は永衡の首を受け取ると、髪に挿《さ》していた銀の櫛《くし》で永衡の髪を丁寧に梳《けず》った。

丹念に死化粧を施すと、中加は静かに永衡に接吻する——。

最期の別れを終え、永衡の首が塚に埋葬された。

安倍の男達が塚を左回りに三周し、順に一握《いちあく》の砂を撒く。それは志半ばで散った盟友への惜別の標《しるし》であった。

その日、天が永衡を惜しむかのように、冷たい秋雨《あきさめ》がいつまでも降り続いていた。

未の章　戦慄の黄海《きのみ》

安倍軍による多賀城襲撃が流言《りゅうげん》と知り、頼義《よりよし》は激憤慷慨《げきふんこうがい》であった。鎮守府将軍直々の出陣が一度も干戈《かんか》を交える事無く終結したとあって、頼義の面子《めんつ》は丸潰れである。その上、従五位の位階を授かる経清が、あろう事か安倍側に寝返ったのである。人質と目論んでいた有加《ゆうか》ら安倍の女子供も、混乱の最中、何者かにまんまと連れ出されていた。頼時《よりとき》（と頼義は思っていたが、実際には紀高俊である）の掌の上で踊らされた頼義は、怒髪天を衝いた。

「総攻撃を仕掛けよと申したはうぬではないか！　この落とし前はどう付けてくれるのじゃ！」

頼義は源氏の筆頭家臣の佐伯経範《さえきのつねのり》を叱責した。

「誠に申し訳ございませぬ。この機を逃せば冬となりますれば、焦りが策を誤らせ申した」

経範は額から大汗を掻き、ひたすら平身低頭して頼義に詫びた。

「うぬの策に乗った儂《わし》が愚かであった！　せめて義家を多賀城の守りに残すべきであったわ！」

怒りのあまり、頼義は立ち上がると床机《しょうぎ》を派手に蹴散らした。

「次の手は既に打ってございます…」経範は平伏したまま蚊の鳴く様な声を発した。

「次の手とな？」「気仙に使者を…」

「金為時《こんのためとき》の許にか？」「左様にござりまする」

「して、返答は？」「未だ明確な答えはござりませぬが、早ければ明日にでも…」

しどろもどろになりながら経範が答える。

「何を愚図愚図しておる！　気仙は要所ぞ！　戦を有利に進めるには何としても必要じゃ！　もっと圧力を掛けよ！」

頼義は目を吊り上げて経範を怒鳴り付けた。

「畏《おそ》れながら父上に物申す」そこへ喧騒を聞きつけて現れた義家が口を挟んだ。

「そもそも父上は安倍との戦を何とお心得か？」

「なに？　申しておる意味が分からぬ」頼義は首を傾げて義家を見遣った。

「これまで安倍が衣川関《ころもがわのせき》を越えて国府に攻め入った事は一度もござりませぬ。三度《みたび》の戦ともこちらから仕掛けたもの。前陸奥守藤原登任《さきのむつのかみふじわらのなりとう》殿の任期中も然り。となれば我らさえ手を出さねば、陸奥は平穏ではござりませぬか？」

　義家は眼光鋭く頼義を睨《ね》め付けた。

「戦をするなと申すか？」

「そうは申しておりませぬが、戦にはそれなりの大義が必要。父上にとっての大義とは何かをお答え頂きたい」

「何を血迷うておる。武士の本懐は主君への忠誠ぞ。源氏の主君は帝。儂《わし》は帝より安倍討伐の節刀を賜っておる。これ以上の大義は無い！」頼義は声を荒げた。

「その節刀も父上が内裏に再三再四　希《こいねが》って得しもの。本来、宣旨とは内裏が自発的に出されるものと心得ます」

　義家も負けてはいない。左折の烏帽子を目深に被る。

「おぬし、何が言いたい？」憮然とした表情で頼義は義家を見据えた。

「陸奥守とは、陸奥の平穏の為に尽くす者。然《さ》れど父上は逆に陸奥を乱しており申す。今でこそ柵を攻めておる故《ゆえ》民に被害は及びませぬが、何《いず》れ衣川に攻め入るお心算《つもり》にございましょう。衣川には五万の民が暮らすとか。その民を脅威に曝すは父上にござる。それでは父上と頼時殿、どちらが陸奥守かわかりませぬ！」

　義家のこの言葉は流石《さすが》に頼義の心の火に油を注いだ。頼義の額に血管が見る見る浮かび上がる。

「頼時の方が陸奥守に相応《ふさわ》しいと申すか！　俘囚に陸奥守など務まらぬ！　陸奥守はこの儂《わし》ぞ！　儂を愚弄するは、倅《せがれ》と言えど容赦はせぬ！」完全に取り乱した頼義は義家の胸倉を掴んだ。経範が慌てて仲裁に入る。

「あの経清殿が衣川に走ったは父上を見限ったが故《ゆえ》にござる！」

「若！　お控えなされ！」義家の歯に衣着せぬ言い様に、堪《たま》らず経範が諌《いさ》めた。義家は怯《ひる》まず続ける。

「そもそも戦の発端となった貞任殿の夜襲についても、父上は禄《ろく》に詮議もせずに下手人を貞任殿と断定された。貞任殿は経清殿と同じく誠の武士。色事で人を恨み、ましてや無関係な兵や馬を殺すなど武士道に反する事。手前は貞任殿は無実と信じており申す。なぜ貞任殿を詮議なされなかった？」

「終わった事を今更蒸し返しても仕方がないわ！」再び頼義は物凄い剣幕で義家に飛び掛った。

「何故《なにゆえ》父上は戦を仕掛ける？　天下一の武者としてその名を世に知らしめ、陸奥守の座にも就き申した。陸奥の平穏を脅かすは父上の名を貶《おとし》めますぞ！　これ以上何をお望みか！」

「この痴《し》れ者めが！　貴様の如き若造に何が分かると申す！」

　ぴしゃりという音が部屋に鳴り響いた。遂に頼義が義家の頬を平手で張ったのである。義家の頬が赤く腫れ上がる。それでも義家は毅然として頼義を見据えた。

「若！　殿が戦に拘《こだわ》るは全て若の為を想っての事にござりまするぞ！」両手を広げ、経範が父子の間に割り込んだ。

「手前の為とな？」義家の右の眉毛がぴくりと吊り上がる。

「如何《いか》にもその通りじゃ…。儂《わし》が戦に執着するは全てそなたの為ぞ。河内源氏の基盤を揺るぎなきものにし、棟梁の座をそなたに譲るためじゃ。戦がなければ源氏の名も上がらぬ理屈…」

　親の顔に戻った頼義が、それまでとは打って変わって寂しげな口調で語った。

「手前も武士なれば自分の基盤は自らの手で固め申す」

「自らの手でだと？　青二才がよくぞ申したものよ。少しばかり腕が立つからと自惚《うぬぼ》れるでないわ！　世の中はうぬが思っておる程甘くはない！　この儂《わし》とて亡き父頼信の基盤を受け継いだればこそ今があるのじゃ。儂の親心がなぜわからぬ！」憤怒の表情の頼義の目から、突然涙が零れ落ちた。

　義家は、少なからず動揺した。頼義の涙を見たのは、これが初めてである。

　正室の平直方《たいらのなおかた》の娘との間に長く子宝に恵まれなかった頼義にとって、義家は四十を過ぎてから漸《よう》く授かった嫡男で、幼い頃は目に入れても痛くない程の溺愛ぶりであった。一方で、源氏の次代を担う御曹司として、幼少期から帝王学を学ばせて来た。義家にとって、源氏の棟梁にして国一番の武者として知られる父頼義は帝をも凌ぐ偉大な存在であり、憧れでもあった。その頼義も老齢に達し、近頃は体も一回り小さくなった。頭には白い物が増え、顔には深い皺が刻まれている。数年前は病にも倒れていた。

〈父との時間は案外短いのかも知れぬ…〉

そう思うと、義家は急に頼義が不憫に思えてきた。老体に鞭打ち、重い鎧を纏って、他ならぬ自分の為を想って戦っている。その心中は痛いほど理解出来た。

しかし、その戦に大義は無い。

「既に戦は始まり申した。若のお心が定まらずして戦に臨まれれば、当然下知《げち》も迷われましょう。その下知に従う兵こそ憐れ。若の配下にも父母や妻子がありまする。若は源氏の御曹司。若には兵を守る義務がござりますぞ！」

経範も義家に涙ながらに訴えた。義家の心が揺れに揺れる——。

「手前が…、間違っており申した」

がっくりと肩を落とした義家の頭上から、左折の烏帽子が床にぽとりと落ちた。

並木御所《なみきのごしょ》の居室で頼時は独り座禅を組んでいた。御簾《みす》から差し込む秋の陽射しが胸元の勾玉《まがたま》に反射する。

永衡の通夜と葬儀を滞《とどこお》りなく済ませ、衣川は少しずつ落ち着きを取り戻していた。経清を得た安倍軍は、いよいよ磐石の体勢を築きつつある。それればかりではない。迫り来る冬も頼時に余裕を与えていた。陸奥の豪雪では、それこそ貞任の如き鬼神でなければ戦は出来ない。まして源氏は雪に不慣れである。次の戦は嫌でも来春以降となる。勿論、次の戦に向けての準備に抜かりはない。三度の戦闘を経験した小松と河崎の柵を補修し、兵の鍛錬にも余念がなかった。頼時の顔には自信が漲《みなぎ》っていた。

その安倍の惣領頼時の許に、経清に引き続いて、この秋もう一人の人物が訪ねて来た。

金為時《きんのためとき》である。

気仙《けせん》を預かる為時は鬼切部の戦い以来中立の立場を貫いて来たが、いよいよ頼義による徴兵の圧力が強まったと頼時に訴えた。元々金氏は安倍の姻戚であり、嘗《かつ》ては為時も安倍の談合に参加している。異母兄の為行は頼時の信頼も厚く、現に河崎柵を任されている。経清が頼時の麾下《きか》に馳せた噂を耳にし、これを機に自らも蝦夷として誇り高く生きたいと、安倍軍への加勢を志願して来たのである。

貞任と宗任も頼時に呼ばれ、共に為時と対峙していた。

「為時殿のお申し出、感謝申し上げる」

一応はそう言ったものの、頼時は浮かぬ顔だった。と言うのも為時には前陸奥守藤原登任《さきのむつのかみふじわらのなりとう》と通じていた疑念があるからである。宗任も顔こそ笑っていたが、為時に向ける視線は厳しかった。貞任に至っては明白《あからさま》に不機嫌である。

「有り難し。この為時、皆様のために身を粉《こ》にして尽くす所存にござる」

為時は上機嫌で郎党に命じ、土産の包みを解かせた。

「これは気仙が誇る銘酒にござる。仙人も酔う酒とか。ささ、飲まれよ」

為時は笑顔で酒を注いだ。頼時らは毒でも盛られてはと逡巡《しゅんじゅん》したが、察した為時が自ら先に盃を煽った。それを見て三人も酒を嗜《たしな》む。確かに蕩《とろ》けるような美味さである。それでも三人の表情は硬い。

「如何《いかが》致した？　酒がお口に合わなんだか？」

「否、左様な事は…」宗任が場を取り繕う。

「もしや手前を怪しんでおられるか？」郎党に酌を取らせながら為時が言った。頼時は無言である。

「ならば取って置きの報らせをお耳に」

「報らせとな？」ぴくりと眉を動かしながら、頼時は盃を膳に戻した。

為時はもったいぶる様に間を置いてから、頼時ににじり寄ると声を潜めて耳元に囁いた。

「安倍富忠《あべのとみただ》殿が頼義と手を組んだ様子…」

「なに！　あの富忠が寝返ったと申されるか！」頼時が驚きの声を上げた。

富忠は頼時の従兄弟であり、仁土呂志《にとろし》を拠点として鉋屋《かなや》、宇曽利《うそり》などの東日流《つがる》地方を実効支配する豪族である。嘗《かつ》ては頼時と親しく交わっていたが、最近はめっきりと疎遠になっていた。

渡島《わたりしま》との交易で勢力を拡大し、現在では馬淵《まべち》川から北、都母《つも》に掛けての広大な範囲を領土としている。嘗《かつ》ては頼時と親しく交わっていたが、最近はめっきりと疎遠になっていた。


「富忠殿が国府と組むとなると、奥六郡は南北から挟み撃ちにされ申す…」

宗任の顔が曇った。遠交近攻《えんこうきんこう》は戦の常套手段である。

富忠の軍はそれ程強くはなかったが、多賀城から仁土呂志までは真っ直ぐ北上すれば三日の距離である。国府軍が兵を派遣する事も出来よう。気仙は多賀城の真北に位置する。為時が安倍に付けば国府軍の進行を防ぐ逆茂木《さかもぎ》となる上、気仙の水軍は海路も絶つ。

安倍にとって、為時の治める気仙は俄《にわ》かに重要拠点と化した。


「富忠がこの儂《わし》を裏切るとは…」

為時が気仙に戻ると、貞任と宗任を前に頼時は深く溜め息を吐いた。その顔には失望の色が濃い。

「為時殿が我らの傘下に加わるは幸いでしたな。気仙が安倍の手に有るのと無いのでは戦の趨勢《すうせい》に関わり申す」

宗任がほっとした表情で答えた。結局頼時は為時と同盟を結んだのである。

「どうかな? 俺は未だ為時を信用出来ぬ。あ奴は日和見《ひよりみ》ぞ。三度の戦に我らが勝ったのを見て、今は我らに付くが得と踏んだのだろう。戦況次第では国府に靡《なび》くやも知れぬ。金為時、所詮その程度の男よ…」

貞任が眉間に皺を寄せた。

「為時の采配など高が知れておる」一瞬口許を緩めた頼時だったが、直ぐに真顔に戻して話を続ける。

「しかし富忠の離反は痛い。例え向こうから攻めて来ずとも、我らは北を睨み続けねばならなくなる…」

「常に戦力を分散せねばならぬと言う事ですな。兄者も厨川から動けぬ理屈…」

宗任が暗い目で頷いた。如何《いか》にも富忠が国府側に付けば厨川は俄かに北の防衛線となる。

「今でこそ縁遠くなったが、富忠とは幼き頃より交わった仲。儂《わし》が直々に出向いて奴を説得致そう」

「親父殿が自らか？」貞任がじろりと頼時を見据えた。

「儂以外に翻意は出来ぬ。まあ任せておれ。儂とあれはそう言う仲じゃ」

珍しく不安げな貞任に、頼時は自信たっぷりに答えた。

翌日、貞任は郎従文治保高《ぶんじやすたか》と山田定矩《やまださだのり》を引き連れ、一足先に厨川へと向かった。仁土呂志へは厨川の方が遥かに近い。そこで頼時は厨川の兵を従軍させる事にしたのである。その準備のための貞任の厨川帰還であった。

その五日後、衣川の守りを宗任に任せ、頼時は満を持して北へ向かった。厨川までは安倍の領地である。よってそれほど多くの兵も必要ない。

「旅は良い。衣川を離れるはいつ以来かの…」

跡呂井《あとろい》の村を過ぎた頃、黒の狩衣に黒の立烏帽子を纏った頼時は、秋の奥州路を北上しながら独り言を呟いた。馬上で背筋を伸ばした細身の頼時は、齢《よわい》四十半ばを過ぎたとは思えないほど若々しい。

「こうして頼良様と遠出するとは…。昔を思い出しますな」

隣で大藤内業近《おおとうないなりちか》がしみじみと語った。業近は頼時が仁土呂志に向かうと聞き、即座に同行を志願した。業近は頼時の乳兄弟で、幼い頃からの付き合いである。当然、絆は深い。今も頼時を旧名で呼ぶのはその現われでもある。

「それに頼良様が直々に説得なされば、富忠様もお考えを改められましょう」

頼時の従兄弟にあたる富忠とも、業近は勿論交流がある。

「あの件以降、どうもあれには蟠《わだかま》りがあるようじゃ。良き和解の機会となろう」

そう言って頼時は遠い目をした。その眼差しは時空を超え、巖鷲山《がんじゅさん》（岩手山）の遥か向こうを見据えている。

東和《とうわ》の里を抜け、一行は丹内山《たんないさん》の緩やかな斜面を登った。鬱蒼《うっそう》と茂った森を進むと、やがて朱の鳥居の奥に絶句するほどの巨大な磐座《いわくら》が見えてきた。視野の全てを埋める磐座には注連縄《しめなわ》が張られ、昼なお暗い中、苔生《こけむ》した巨石からは常盤色《ときわいろ》の光と熱が発せられている。荒覇吐《アラハバキ》の神を祀る丹内山神社である。

社殿に向かって柏手を打つと、頼時と業近は並び立って陸奥の堯年舜日《ぎょうねんしゅんじつ》を祈願した。

願を懸け終えた頼時は悪戯っぽく笑って業近を見据えた。

「この社《やしろ》には摩訶不思議な七つの伝承があると言う。試しにあの障子の唐獅子《からじし》を舐めてみよ。そちの居眠り癖も直ぐに治ろう」

頼時の言葉に業近は一瞬口を尖らせながらも、やがて破顔一笑した。

貞任の待つ厨川柵で一泊した後、厨川の軍勢二千を引き連れ、頼時は仁土呂志に向かった。惣領の横には業近と、自慢の愛馬石桜《せきおう》に跨る貞任の姿がある。

石桜は鬼切部での功績に対する恩賞として頼時が貞任に与えた青鹿毛《あおかげ》で、体高実に五尺九寸。他の馬より二周りは大きく、巨漢の貞任が乗っても涼しい顔をしている。左の瞳が蒼い魚目《さめ》と呼ばれる神秘的な顔立ちで、額に模《かたど》られた菱型の白斑が印象深い。気性が荒いこの馬は、貞任以外の者を決してその背に乗せようとはしなかった。

馬上から真正面を見据えれば、雄大な巖鷲山は既に雪化粧を施していた。奥六郡より北は、早くも初冬を思わせる寒さである。

「この歳では寒さも堪える。帰りは久しぶりに繋《つなぎ》の出湯《いでゆ》にでも浸かりたいの」

敵と手を組んだ者の許に出向くと言うのに、頼時には不思議な余裕が見られた。その余裕が何処《どこ》から来るものか、貞任は測りかねていた。衣川から引き連れて来た荷車に富忠への土産が積まれている事を知り、貞任は内心呆れた。富忠軍の迎撃に備え二千の兵を派遣すべきとの貞任の主張にも、頼時はなかなか頷かなかった。厨川より先の地で頼時の身に万が一のことがあれば面目が立たぬと貞任が必死に訴え、何とか二千の兵の随行が認められたのである。

早朝に厨川柵を出た一行は、昼過ぎには売井坂《うりいさか》に差し掛かった。遥か乙《おつ》の方角（西北西）には巖鬼山《いわきやま》（岩木山）が微かに見える。この峠を越えれば仁土呂志は近い。

「そろそろ休憩と致そう。兵に中食《ちゅうじき》を取らせよ」峠の頂《いただき》で頼時は兵に休息を命じた。

峠からの眺めは美しかった。北の大地では紅葉が最後の輝きを放ち、秋晴れの空には鰯雲《いわしぐも》が棚引いている。坂を登り続けて火照った体に晩秋の冷気が心地良い。

鵯《ひよどり》の囀《さえず》りを楽しみながら、頼時も業近と談笑して握り飯を頬張った。


その頃、衣川では井殿《いどの》の暮らす琵琶館《びわのたち》に中加《なか》の姿があった。永衡《ながひら》を失った中加は兄の許に身を寄せ、僧である兄と共に毎日薬師如来像に向き合っていた。無論、永衡の菩提を弔うためである。日毎大きさを増す中加の腹が哀しい。有加《ゆうか》と清丸が経清の待つ江刺の豊田館《とよだのたち》に移り住んで以来、中加の心の支えは井殿であった。

「兄様、お腹のややは元気に産まれましょうか?」

腹を撫でながら中加が呟いた。穏やかなその目は遠くを見詰めている。

「案ずるな。私には見える。そなたの腹の子は無事に産まれ、やがて美しい姫君となる――」

目を閉じたままの兄は口許を優しく緩めた。

「永衡様のお子は女子《おなご》なのですね」井殿に微笑み返した中加の顔は、既に母のそれとなっていた。

「清丸殿が藤原と安倍の血を繋ぎ、そなたの娘が平家と安倍の架け橋となる。安倍の末は安泰ぞ」

そう語った井殿に異変が起きたのは、その直後であった。急に呻き声を上げ床に崩れ落ちると、がたがたと震え出したのである。

慌てて中加が駆け寄り、井殿を抱《だ》き抱《かか》えた。兄の顔は死人のように青白く、秋だと言うのに玉のような汗を額から滲ませている。

「兄様!　如何《いかが》なされましたか?　もし?　もし!?」

中加が問い掛けている間、井殿は幻の中に居た。それが幻だと直ぐにわかった。物心付く前に光を失ったにも関わらず、色鮮やかに染まる山々が目に飛び込んで来たからである。鵯《ひよどり》が囀《さえず》り、青い空には鱗雲が広がっている。

井殿の周囲には、何千もの兵がいた。自分の直ぐ隣には、黒い狩衣姿の細身の男の姿が見える。首には琥珀の勾玉が光っている。現実の顔は勿論知らないが、井殿はそれが父であることを直感した。

不意に大木の陰に息を潜める兵の姿が目に入った。その兵は異様に短い弓に矢を番《つが》え、背後から頼時を狙っている。不思議とその名も知っていた。平定親《たいらのさだちか》である。その腰には、見た事もないような棍棒が佩《は》かれていた。

〈—危ない！〉

声を発しようとしたが、声が出ない。井殿は父に駆け寄り、手を伸ばしたが、その手はするりと父を突き抜けた。父は定親に気付いていない。

やがて狙いを定めた定親は矢を放った。矢は信じられぬくらいゆっくりと飛んだ。気が遠くなる程の長い時を経て、その矢は父の背中を掠《かす》った。急所は外れたように見える—。

〈助かった！〉

そう安堵した瞬間、井殿の身体は矢に討たれた頼時に置き換わっていた。掠り傷だと言うのに、雷に打たれたかの如く激烈な痛みが井殿を襲う。痛みに加えて焼かれる様な異様な熱さを感じていた。

髪を掻き毟《むし》り、井殿は悶絶した。

「臨《りん》、兵《ぴょう》、闘《とう》、者《しゃ》、皆《かい》、陣《じん》、烈《れつ》、在《ざい》、前《ぜん》！」

井殿は両手の指を絡めて印を結び、必死に九字を切った。それでも灼熱地獄は収まらない。やがて地面がぐらぐらと揺れ始めた。井殿は踏ん張ろうとしたが、両脚に力が入らない—。

やがて井殿はゆっくりと崩れ落ちた。

「兄様！お気を確かに！」必死に中加が井殿に呼び掛ける。

幻覚の中で地面に頭を打ち付けそうになった瞬間、井殿は現《うつつ》に戻った。光を失ったまま、ただがくがくと体を震わせている。

やがて井殿の呼吸が整った。漸《ようや》く中加の顔に安堵の表情が浮ぶ—。

その中加の腕の中で、井殿は叫んだ。

「荒覇吐《アラハバキ》の神が降りた！　父上が危ない！」

　衣川で井殿が叫んだまさにその時刻、井殿が目にした幻が売井坂で現実となっていた。

「親父殿！」貞任は崩れ落ちた頼時を抱き抱える。

「大した傷では…」そう言いながら頼時は傷口を右手で撫でた。指先にぬるりとした感触が残る。己の血だと頼時は思った。しかし指に付着していたものは、青緑色の液体であった。

〈―これは、鳥兜《とりかぶと》の毒ぞ…〉

　そう気付いた瞬間、頼時の意識は深く冷たい闇の中へと堕《お》ちて行った。


　頼時を助けたのは貞任であった。小刀で傷口を素早く切り開くと口を付け、毒を血ごと吸い出す。地面にそれを吐き出すと、貞任は鬼の形相で立ち上がった。僅かに毒が回り一瞬蹌踉《よろ》ける。それでも貞任は踏ん張り、近くにいた文治保高から長槍を奪うと矢が放たれた方角に投げ付けた。槍は唸《うな》りを上げて風を切り裂き、逃げる定親《さだちか》の背中を貫通する。そのまま槍は地面に突き刺さり、定親は立ったまま絶命した。

「親父殿の手当を急げ！」

　貞任は保高に命じた。必死に応急処置を施すが、頼時の意識は戻らない。業近が心配そうに頼時の顔を除き込む。

「親父殿！」貞任が頼時の肩を揺さぶった。頼時は口から泡を吐き、激しく痙攣している。

「毒矢にござるか!?」漸《よう》く気付いた業近が悲鳴を上げた。

「積荷を捨てよ！　車に親父殿を乗せて厨川柵まで運ぶのだ！」

　売井坂の森に貞任の下知が木霊した。慌しく保高と山田定矩が荷車を準備し、動かぬ頼時を慎重に乗せる。

〈今は奥六郡の大事の時。親父殿をまだ呼ばないでくれ！〉

　厨川に向かう道中、貞任は必死で荒覇吐《アラハバキ》の神に祈り続けた。

貞任らが瀕死の頼時を厨川柵まで運ぶのに、丸二日を要した。頼時の体に障《さわ》らぬよう、慎重に歩を進めたからである。貞任らの到着とほぼ同時刻に、急を報らされた宗任が衣川から駆け付けた。

二人の息子に見守られた頼時は、臥所《ふしど》の上で寒さに震えていた。時折意識が戻るものの、予断は許されない状況に変わりはない。貞任が毒を吸い出さなければ即死だったかもしれない。厨川柵には安倍の菩提寺、天晶寺（現在の天昌寺）より九名の僧が招かれ、頼時の平癒を祈る読経が続けられている。

「毒矢にござるな？」頼時を一目見て、宗任の顔が曇った。

「俺が傍にいながらこの醜態《ざま》だ。すまぬ」

貞任は弟に詫びた。無論、宗任も兄の心境を慮《おもんぱか》り、貞任を責めたりはしない。

兄弟は夜を徹して頼時の介抱に当たったたが、病状は一向に回復しない。業近も一睡もせずに枕元にへばり付いている。やがて遅い秋の朝が訪れた。

「父上の体に障るやも知れぬが、ここは一刻も早く衣川へ」

宗任の助言を受け、貞任は頼時の移送を決意した。厨川は柵なれば傷薬は充実しているが、病を診る薬師《くずし》に乏しい。衣川なれば中尊寺の僧が医術に明るく、宋から取り寄せた漢方薬もある。

松本兄弟ら郎党に命じて手筈を整えている最中、宗任が意外な言葉を口にした。

「兄者、父上を襲った刺客は、誠に富忠殿の配下で相違ないか？」

「何を抜かす。富忠の兵に決まっておるではないか！　証拠もある」

貞任は山田定矩に命じ、刺客が所持していた弓と棍棒を持って来させた。その弓は蝦夷の小振りな猪鹿弓《さつゆみ》よりもさらに二回りほど短い。棍棒も、ところどころ瘤《こぶ》状に彫られた奇怪な形状をしている。

「アイヌの武器にござるな…」宗任は一瞬で見抜いた。交易で何度か宗任も渡島《わたりしま》に渡っている。

「左様。アイヌの民は狩猟の際に小振りの弓と附子《ぶす》（鳥兜《とりかぶと》）の毒矢を使うと言う」

「如何《いか》にも。その棍棒もストゥに相違なし」

ストゥとはアイヌ民族が接近戦や処刑に用いる独特の武器である。宗任は言葉を継いだ。

「東日流《つがる》にはアイヌの人々も多く暮らすとか。それに富忠殿は渡島と古くから交わっておられる…」

「これで決まりだ。この武器こそ富忠が親父殿を襲わせた動かぬ証拠！」貞任の赫《あか》い頭髪が天を衝く。

その時、病床の頼時が静かに口を開いた。

「富忠はそのような男ではない…」

「親父殿！目を覚まされたか！」意識が戻った父に、貞任が駆け寄る。

「あ奴が国府と組んだ話も、儂《わし》は信じておらぬ…」

熱に顔を歪めながら、頼時は首を横に振った。その直後、頼時はまたもや昏睡状態に陥った。

「兄者―」宗任は、貞任を人気の無い場所に誘った。

「井殿兄者は為時殿の配下こそ下手人と申しておる。その名も平定親と申す者…」

「為時の配下が？」眉を顰《ひそ》め、貞任が小声で応じる。井殿が見た幻と聞き、貞任も得心した。貞任も井殿の霊力には畏敬《いけい》の念を抱いている。

「富忠が頼義と同盟を結んだ話も為時より齎《もたら》されしもの。何やら匂うの…」

貞任は腕組みをし、目を閉じて沈思黙考《ちんしもっこう》した。

「よし、ここは俺が富忠の許に出向き真意を確かめよう。おぬしには親父殿を頼む」

「秀元を従わせます故、何卒ご無事で…」宗任は即座に頷いた。定矩と文治保高は貞任の命で厨川柵を堅めている。

急ぎ戦支度を整えた貞任は、再び臥所に戻り、眠れる頼時に念じた。

〈俺が戻るまで、旅立たれるでありませぬぞ〉

頼時に黙礼すると貞任は秀元ら二百の精鋭を引き連れ、石桜に跨《また》がった。

つい先程まで澄んでいた秋の青空が、俄かに鉛色の雲に覆われ始める―。

「霙《みぞれ》となるやも知れぬな…」

貞任を見送った宗任がぽつりと呟いた。


貞任は馬を飛ばして仁土呂志へと急いだ。売井坂に達すると、貞任の心に波が立つ。〈親父殿、無事でいてくれ!〉心の中で祈りつつ、貞任は更に石桜の脚を速めた。愛馬も貞任の想いに応える。富忠軍との戦闘も視野に入れて重い甲冑を纏った貞任を背に、石桜は必死に大地を蹴った。

一昼夜を走り続け、貞任らは翌日の夕刻前に馬淵《まべち》川を渡った。川は既に凍っている。北の大地は厚い雪に埋もれていた。雪を被った巖鬼山が遥か彼方に佇《たたず》んでいる。

「ここから先は富忠の領地ぞ!何処に敵兵が潜んで居るか知れぬ!十分に注意せよ!」

貞任の言葉に秀元らは無言で頷いた。

しかし…。それから一刻後、何事も無く貞任らは仁土呂志に到着した。貞任が些《いささ》か拍子抜けしていると、秀元が彼方に二つの影を見付けた。影はゆっくりとこちらに近付いて来る。兵に緊張が走った。

「亀甲に違い鷹の羽。その旗印は奥六郡の安倍のお方とお見受け致す」二人のうちの一人が低い声で言った。濃紺と朱色の幾何学模様を施した異国の衣を纏っている。その手にはストゥが握られていた。もう一方の人物は、女であった。唇と腕に刺青が彫られている。女の両の眼は貞任の左眼と同じく、蒼玉に輝いていた。

「如何《いか》にも。安倍貞任と申す。富忠殿にお目に掛かりたい」

二人の目に敵意がない事を知り、貞任は蕨手刀《わらびてとう》を捨てて二人に応じた。秀元らも貞任に倣い、武器を捨てる。

貞任の意図を組み、異形《いぎょう》の男女は森の奥の獣道に貞任らを誘った。石桜の手綱を木に繋ぎ、貞任は後を追う。秀元らも後に続いた。蝦夷《えぞ》梟《ふくろう》の声が不気味に木霊《こだま》する中、斧を知らぬ原生林を半刻程歩くと、やがて開けた場所に出た。奥に館が見える。

「貞任殿とか申したな。ここから先は御貴殿のみで参られよ」

男は低い声で言うと館に消えた。頷いて貞任が後を追う。案じた秀元が貞任に駆け寄った。

「一人で来いと言われて兵を連れれば俺の名が廃《すた》る。案ずるな」

秀元を制すると、貞任は館に脚を踏み入れた。暗い室内には掘立柱《ほりたてばしら》が見える。目が慣れてくると、宝棚に鍬先《くわさき》が飾られているのが見えた。

「キララ・ウシ・トミ神《カムイ》と申す。我らの誇りだ」

男はそう言うと、貞任を奥の間に招き入れた。寝所のようである。中には老人が床に臥せっていた。

「我らがお頭《かしら》、安倍富忠様だ」

男は貞任にそう告げた。女が老人の枕元に歩み寄り、耳元で異国の言葉を囁《ささや》く──。

「──貞任殿か。久しぶりだの。流石に面影がある…」

刺青を施した女に肩を借り、富忠は半身を起こすと穏やかな表情で、貞任の蒼い左眼をじっと見詰めた。

貞任は首を捻った。経清と有加の婚儀に富忠の姿があった事は聞いていたが、面識は全くない。

「そろそろ来る頃じゃと思っておった。死期が近いと勘が冴えよる…」

老齢に見えた富忠の声は、思いのほか若かった。病が富忠を老けさせていたのである。

「父頼時が毒矢を受け、死線を彷徨《さまよ》っており申す…」女に促され枕元に座した貞任は、低い声で切り出した。

「ほう、頼良も直に逝くか。生者必滅《しょうじゃひつめつ》。生きとし生ける物には必ず死が訪れる。あの世で逢うのが楽しみぞ。また羆《ひぐま》狩りにでも参ろう」

改名後の名ではなく、慣れ親しんだ嘗ての名前を口にし、富忠は弱々しく笑った。

「単刀直入に申し上げる。父を討ったのは、御貴殿の配下にはござらぬか？」貞任は富忠を睨み付けた。

「否」富忠がきっぱりと首を横に振る。

「儂《わし》がそなたの母の夫を手に掛ける筈がなかろう。老い耄《ぼ》れと見損なうな。笑止千万じゃ」

遠い目をしながら富忠は笑った。

「母者をご存知か？」貞任の眉がぴくりと動く。

富忠は手下の男女を寝所から下がらせると、ゆっくりと語り始めた。

「幼き頃、儂と頼良は実の兄弟のように育てられたものじゃ。無論、良照《りょうしょう》や奴の乳兄弟の業近とも竹馬の友での…」

富忠の話は、貞任には初耳だった。

「やがて時は流れ代が変わり、奴が奥六郡を、儂《わし》が東日流外三郡を治めるようになった。それでも儂らは交わった。狩りにも良く出掛けたものよ」

「…」

「ある日、頼良が渡島《わたりしま》に向かうと言い出してな。羆《ひぐま》を仕留めたいと言う。今でこそ奥六郡も渡島に舟を出しているが、当時は東日流が唯一の交易相手じゃった」富忠は、時折咳き込みながらも話を続ける。

「あの頃の儂らは若かった。禄《ろく》に郎党を従えずに渡島に渡り、山に入った。そして背後から、羆に—」

「襲われたのですな」

「左様…」暗い目をして富忠が言葉を紡《つむ》いだ。

「手下は皆羆に喰われ、儂と頼良だけが何とか助かった。必死の思いで山を降りたが、そこで儂らは力尽きた…」

「…」

「何日眠っていたかわからぬが、儂は目を覚ました。あの世かと思ったが、隣で寝ている頼良を見て、命が助かった事を知った。アイヌの女子《おなご》に助けられたのじゃ…」

「もしや、その女子は…！」

「そうじゃ、そなたの母、アベナンカじゃ—」

富忠の言葉に貞任は絶句した。

「アベナンカは儂らを必死に看病してくれた。やがて傷が癒えると、儂ら二人は共にアベナンカに心を奪われた。アベナンカは、そなたに似て美しい顔立ちじゃった…」富忠は、昔を懐かしむように微笑んだ。

「そして儂らはアベナンカに求婚した。アベナンカは頼良を選んだ…」

「…」

「恋に破れた儂は、心から二人を祝福した。愛した女子が幸せならばそれで良い。そう自分に言い聞かせてな。勿論、頼良を憎む気など毛頭無かった」そう言って富忠は哀しく笑った。

「それから直ぐじゃった。―アベナンカの訃報が届いたのは…」富忠の顔から笑顔が消える。

「永久《とわ》の眠りに付いたアベナンカを目にし、儂は隣で咽《むせ》び泣く頼良に思わず詰め寄った。俺の愛した女子を何故守れなかったのかと…。今思えば若気の至りじゃがの。それ以来、気が付けば頼良とは疎遠となっていた。あ奴には悪い事をしたと思っておる…。帰ったら奴に詫びてくれ」

弱々しく語る富忠に、貞任は無言で頷いた。富忠は続ける。

「あの時、珠《たま》の様な白肌の赤子が泣いておっての。儂が愛した女子《おなご》の子じゃ。どうして愛おしく思わぬことがあろうか。儂はその赤子を抱き締めた。その子が悲しむような真似を、この儂がする訳がなかろう。コタンコロ神《カムイ》に誓う。頼良を襲わせたのは断じて儂ではない」

そう言った富忠の目は透き通っていた。


「くれぐれも御自愛下さりませ」

貞任は富忠に別れの挨拶をし、立ち去ろうとした。この病状では、生きて次に会う事もあるまい。

「―待たれよ…」富忠は貞任を制すると、暗い目をして話を続けた。

「金為時には気を付けられたし」

貞任は静かに振り向いた。

「先日、下毛野興重《しもつけののおきしげ》と名乗る輩《やから》と共に為時がここを訪れての。奥六郡の北三郡の支配権を餌に国府との同盟を求めて来た。勿論、儂も蝦夷の端くれなれば、頑として首は縦に振らなかったがの―」

そう言った富忠の顔は、都加留《つがる》の頭《かしら》としての誇りに満ちていた。

「親父殿は矢に倒れ申した。その矢には鳥兜《とりかぶと》の毒。そして刺客の弓はいと短し！」

「それはアイヌの狩猟道具ぞ。そして附子《ぶす》もアイヌの毒。ご覧の通り、この地にはアイヌも多い。一目でアイヌの仕業とわかるような間抜けな刺客を送る程、儂は耄碌《もうろく》してはおらぬわ」

富忠は柔和な笑みを浮かべた。その通りである。アイヌの武器を使えば黒幕は富忠と容易に疑われよう。頼時襲撃の罪を富忠に着せるため、為時が猿芝居を演じたのである。

「気仙からは渡島にも船で行ける。短弓や毒矢、ストゥも手に入ろう」

そう言うと富忠は静かに目を瞑《つむ》った。

〈──やはり為時が黒幕であったか…〉

貞任は、左の拳を握り締めた。赤毛が怒りで天を衝く──。

「我ら東日流の兵は動かぬ。安心して南に専念するが良い。行け」

貞任は深々と頭を下げ、富忠の館を後にした。


その頃、瀕死の頼時を舟に乗せ、宗任らは日高見川を下っていた。舟底から寒さがひしひしと伝わってくる中、業近が頼時の傍から片時も離れず見守っている。貞任の応急処置で何とか一命は取り止めたものの、頼時の様態は悪化の一途を辿っていた。鳥兜《とりかぶと》の毒は微量でも体に回れば危険である。この様子ではこれ以上の移動は厳しい。

宗任は業近と協議の上、予定を変えて自らが守る鳥海柵に頼時を運ぶ事とした。鳥海柵なれば日高見川の岸辺にある上、厨川柵からも半日で着く。

一族の主立った者に頼時危篤の知らせが発せられた。良照、正任、重任、家任、則任、そして九男の行任《ゆきとう》が到着し、やや遅れて経清と有加が姿を見せた。孫の清丸も有加の胸に眠っている。駕籠《かご》に乗って衣川から井殿と中加、正室の友梨《ゆり》と側室の綾乃《あやの》、末娘の一加《いちか》も駆け付けた。暗い隠処《くみど》には一箇所だけ紙燭が灯され、熱に魘《うな》されている頼時を照らし出している。その頼時を一族が取り囲んでいる。一加の目には既に涙が浮んでいた。

隠処では誰一人喋る者は居らず、永い静寂が続いていた。時折意識は戻るものの、時が経つに連れて目に見えて頼時の病状は悪化して行く――。

「今夜が峠かと思われまする…」

鳥海柵に運び込まれてから三日目の夜、衣川から呼び寄せた薬師《くずし》が暗い目で吐露《とろ》した。孤月《こげつ》の下、柵の外ではひょう、ひょうと鵺《ぬえ》が鳴く――。

〈兄者は間に合おうか…〉悪戯《いたずら》に時が過ぎて行く中、宗任は苛々と案じた。漏刻《ろうこく》が丑三《うしみ》ツ刻《どき》を告げた頃、大地を蹴る馬の足音を宗任の耳が捉《とら》えた。

「貞任様がお着きになられました！」出迎えた松本秀則が告げると、場に安堵の溜息が漏れた。

石桜《せきおう》から飛び降りた貞任が隠処へと急ぐ。

「親父殿！」隠処の戸が荒々しく開き、貞任が飛び込んで来た。部屋に冷気が流れ込み、紙燭の炎が妖しく揺らぐ。

「様態は如何《いかが》か？」貞任の問いに、誰もが無言で俯いた。

「親父殿…」

貞任が枕元に座ると、気配を察したのか、頼時が目を開いた。昏睡状態が続いていた頼時の意識が一時的に戻ったのである。

「――貞任か…」

「手前だけに非ず。皆親父殿のために控えておりまするぞ！」貞任が頼時の手を取ると、頼時は力無く笑った。

「皆が儂《わし》を看取ってくれると申すか。熟《つくづく》儂は果報者よの…」頼時はゆっくりと皆の顔を見渡すと、痩《こ》けた頬を緩めた。

「何を気弱な事を申される！」貞任は、頼時の肩を揺すった。

「富忠殿は頼義とは組んでおりませぬ。親父殿を案じておられましたぞ。しっかりなされませ！」

貞任の言葉に、頼時は満足そうに頷いた。

「陣中と言うに、皆には迷惑を掛けた。許せ…」弱々しい声で頼時が言うと、場に居る女達から嗚咽が漏れ始めた。

「何を申されますか！　陣中なればこそ父上のお力が必要にござります！　我らをお導き下さりませ！」

堪《たま》らず宗任が叫ぶ。

「—宗任、起こしてくれ…」頼時がその宗任に願った。察して宗任は父の右肩を抱く。

「良いか皆の者、これから申す事を儂《わし》の遺言と心得よ」そう言った頼時の声は、病人のそれとは思えぬ程に澄んでいた。

安倍の惣領の言葉を聞き逃すまいと、皆が黙って頼時を注視する—。

「次の安倍の惣領は貞任とする。皆の者、異論は無いな？」

頼時の言葉に、誰もが首を縦に振った。それを見届けると頼時は満足そうに頷いた。

「貞任、これを受け取ってくれ」頼時は震える手で琥珀の勾玉を外した。貞任にそれを手渡す。

「これは安倍家に代々伝わる惣領の証。儂も東夷酋長《とういしゅうちょう》と謳《うた》われし父忠良《ただよし》から受け継いだ。古くは伊治公《これはるのきみ》阿座麻呂《あざまろ》公まで遡ると言う—」

「阿座麻呂公に⁉」

貞任は目を見張った。阿座麻呂と言えば宝亀の乱で朝廷の理不尽に敢然と立ち向かった蝦夷の英雄である。

「阿座麻呂公の子は阿弖流為《あてるい》公。阿弖流為公の子は阿玖魯《あくろ》王。そしてその子は阿鹿頭《あかがしら》…。以来、我らは先祖代々、名前の一部に『阿』の字を受け継ぐようになった—」

「阿弖流為公も…」

自らの体に蝦夷の群雄の血が流れている事を知り、貞任は胸が熱くなった。

「そもそも、我ら安倍の祖は阿倍比羅夫《あべのひらふ》」

「何ですと！」

搾り出すようにして頼時の口から出た人物の名前に、場が騒然となった。日本書紀によれば越国守《こしのくにのかみ》を務めた阿倍比羅夫なる人物は水軍百八十隻を率いて蝦夷と粛慎《みしはせ》（北海道と樺太の先住民族）を討ち、さらには中大兄皇子《なかのおおえのおうじ》の命を受けて新羅《しらぎ》征伐軍の将軍として白村江《はくすきのえ》の戦いに出兵した大和朝廷切っての猛将とされている。その功績が認められ、比羅夫は帝から大錦上《たいきんじょう》の位階を授かっていた。大錦上と言えば当時の二十六階中、上から七位に該当する。

「それでは、我らの祖は倭人と申されますか？」宗任が震える声で頼時に聞く。

「否、そうではない」頼時はきっぱりと首を横に振り、静かに続けた。

「比羅夫が蝦夷討伐のために出羽の雄物《おもの》川河口に軍船を停泊させた時、粛慎の攻撃を受けた地元の蝦夷が比羅夫に助けを求めたと言う。おかしいとは思わぬか？　なぜ蝦夷が自分らを討ちに来た倭人になぞ助けを求める？」

頼時の言葉に皆、確かにと首を捻る。

その時、正任が右手の拳で軽く左の掌を叩いた。

「もしや比羅夫は蝦夷だったのでは？」

「その通りじゃ…」頼時の返答に場から響《どよめ》きが生じる。

「阿倍比羅夫は本名に非ず。実の名を阿比羅夫《あひらふ》公と申す。阿比羅夫公こそ古代蝦夷の王…」低い声で頼時は続けた。

「中大兄皇子と申せば後の天智天皇。左様な人物が蝦夷の王に頭を下げて異国討伐を希《こいねが》ったのじゃ。朝廷にとっては屈辱の事実。そこで後に自分らに都合が良い様に歴史を書き換えたのじゃ。名も大和風に改め、阿比羅夫公は大宮人《おおみやびと》とな…」

頼時の言葉は、皆に衝撃を与えた。誰もが頼時の次の言葉を待っている。

「阿比羅夫公以降、代々『阿』の字を受け継いだ我らの祖先も、やがて時が下ると都風の姓として阿部を名乗るようになった。だが阿比羅夫公に所縁《ゆかり》の姓とは言え、これは飽《あ》く迄《まで》朝廷が名付けしもの。それでは蝦夷の誇りが許さぬ。そこで陸奥の安泰を願う意味も込め、『安』の字を当てたのじゃ。大和文字は元々は唐《から》文字。我ら蝦夷にとっては所詮《しょせん》意味無きもの。それ故《ゆえ》儂も気軽に名を頼時に変えた。都風の名など我らにとっては何の価値も無い…」

そこまで言うと頼時は天を仰いだ。

「――宗任…」

「ここに」擦《かす》れた声で呼ぶ頼時に、宗任がしっかりとした口調で答えた。

「貞任は戦に強いが政《まつりごと》を軽んじる。宗任、そなたは賢《さか》しい。奥六郡を纏め、貞任を支えてやってくれ」

宗任は、力強く頷いた。その目には涙が溜まっている。

「—経清殿は居られるか?」

「ここにおりまする。有加と清丸もこちらに」

「おお、経清殿…。有加に清丸殿も…」

頼時は、清丸に弱々しく手を伸ばした。清丸はにこにこと笑顔で両手を広げる。その無邪気さが皆の涙を誘った。

「経清殿は従五位の歴《れっき》とした貴族。その様な高貴なお方が安倍の味方となって下された。清丸殿もその血を受け継いでおる。これで安倍は蝦夷の俘囚のと侮られはせぬ」

「舅《しゅうと》殿、何を申されますか。安倍の皆々様には蝦夷の英雄の血が流れており申す。蝦夷は古くからの祖国に暮らし、誇りに満ちたまつろわぬ民。手前は蝦夷の婿となれて幸せに存じます!」

経清の言葉は、本心であった。この場に永衡が居たら、同じ事を言ったに違いない。この国の歴史上、朝廷は常に己の欲から辺境の地を侵略して来た。先祖伝来の地を守る民が、なぜ侮られねばならぬのか?

「勿体無いお言葉ぞ。経清殿、貞任を助けて下され」頼時は満足そうな笑みを浮かべた。

「—最後に貞任に聞こう。お前にとって宝とは何ぞや? 黄金か? 馬か? 太刀か?」

そう語る頼時の視線は定まっていなかった。既に視力を失っている。額からは玉のような汗が吹き出していた。

「親父殿、体に障《さわ》る。もう良い。喋られるな!」

貞任は、いよいよ頼時の命の炎が短い事を悟った。頼時ににじり寄り、宗任の支える反対側の肩を抱く—。

頼時は最後の力を振り絞って言った。

「良いか、安倍にとって宝とは民ぞ。民の支えあっての安倍。その民に災いが及んではならぬ。安倍の血を受け継ぐ者、何時何時《いつなんどき》も民を想って奥州を纏めるべし。良いな…」

頼時は見えない目でゆっくりと皆の顔を見渡した。最後に貞任の蒼い左眼を見詰めると満足げな笑みを浮かべ、やがて静かに目を閉じた。

父を抱く貞任の腕がふっと軽くなる――。

「――親父殿…？」

異変に気付いた貞任が頼時の肩を揺さぶった。最初は静かに揺すったが、反応が無い。貞任は、頼時の肩を激しく揺さぶった。その場に居た誰もが凍り付く――。

最初に末娘の一加が悲鳴を上げた。それが合図だったかの様に女達から嗚咽《おえつ》が漏れる。やがて嗚咽は堤防が決壊したかの如く、哀哭《あいこく》となって場に連鎖した。経清も、宗任も、貞任も、泣いた。奥六郡を見事に纏め、歴代の陸奥守とも対等に渡り合った奥州の王は、安倍の次の世を担う貞任と宗任の腕に抱かれ、今ここに静かに旅立ったのである。


束稲山《たばしねやま》の麓《ふもと》に設けられた殯宮《もがりのみや》の中は、暗く静かだった。神無月《かんなづき》を迎え、陸奥に吹く風は身を切るように冷たい。仏教の普及に伴い、西国では姿を消しつつあった殯《もがり》の風習は、陸奥では未だ死者を送る神事として残されていた。死の直後、死せる者は己の死を直ぐには受け入れられない。特に頼時のように横難横死を遂げた者は尚更《なおさら》である。殯は、埋葬までの数ヶ月間に渡り死者を安置する儀式で、朽ち果てて髑髏《どくろ》となった己の姿を死者に見せる事でこの世との未練を断ち切らせると言う。

「この寒さでは、親父殿の魂は暫《しばら》く衣川に居られよう」

逆さ衣を着せられた頼時が安置された棺の横で、貞任と重任が哀しみに打ち震えていた。このところ、貞任は連日殯宮に籠もっている。胸元には頼時から受け継いだ琥珀の勾玉が暗い宮内に光を発していた。

「兄者、なぜ今直ぐに為時を討たぬ？親父殿の魂が未だこの世に居るうちに、為時の首を上げるのが何よりの供養ぞ」

重任が苛立たしげに口を開いた。人には分からぬ微かな死臭を察しているのか、重任の右肩に止まる熊若は、きょろきょろと首を左右に忙《せわ》しなく向けている。

「証拠が無い…」貞任は重任を一瞥すると、低い声を発した。

「為時は富忠殿の許を訪ねておるのだぞ？アイヌの弓も為時が用意したものに相違無し！」

重任は食い下がった。紙燭の炎が仄《ほの》かに揺らめく。

「為時は老獪ぞ。富忠とは会ったが親父殿は討ってはおらぬ、あの弓も見た事がないと言われればそれまでだ」

貞任は重任を一蹴した。そう言われると重任も言い返せない。

「それより、三郎《むねとう》とも相談したのだが…」視線を頼時の眠る棺に移して、貞任は続ける。

「今年は飢饉故《ゆえ》国府では兵糧が足りぬ。ならば冬戦も辞さずに早期の決着を狙っておろう。そこへ来て親父殿の横死の報せが頼義の耳に入ればどうなる？安倍の大黒柱が倒れ我らは浮き足立っていると見て、喜び勇んで攻め入って来よう」

「如何《いか》にも勝機と見ようが、果たして誠に冬に攻め入ろうか？陸奥の豪雪は我らでも怯《ひる》む…」

重任の考えも至極当然である。都や東国で育った敵兵が過酷な雪中行軍を敢行するとは思えない。

「そこに餌を撒くのよ」

「餌を？」不敵な笑みを湛える貞任の言葉に、重任は右手で顎を捻った。

「偽りの軍議に為時を呼び、俺が僅かな兵と共に河崎柵《かわさきのさく》に入ると告げる。来《きた》るべき春の決戦に備えて補修工事の指揮を執ると申せば為時も疑うまい。しかも河崎柵は奴にとって反りが合わぬ為行殿の柵。そして頼義の狙いは俺の首。これで頼義がまんまと河崎に攻め入れば…」

「為時の内通と定まる！」重任の絶叫が殯宮に鳴り響いた。

「無論、河崎柵の周囲には軍を控えさせておく。為時には内密にな」

貞任は自信に満ちた表情で付け加えた。その顔は、既に安倍の惣領のそれであった。

「俺は親父殿が逝ってから毎日ここに来ている。それは親父殿の魂から、惣領としての心構えを学ぶためだ。そして今、親父殿から全てを授かった！これより軍議を開く！」

貞任の声に反応し、熊若が両翼を大きく羽ばたかせる――。

巻き起こった風は紙燭の炎を消し、殯宮には熊若の闇を切り裂く鳴音《めいおん》が鳴り響いた。


頼時横死の第一報は下毛野興重《しもつけののおきしげ》によって頼義に齎《もたら》された。

「この日があるのを一日千秋《いちじつせんしゅう》の思いで待ち望んでおったわ！」

頼義は小躍りすると、上機嫌で藤原茂頼《ふじわらのしげより》を部屋に呼び付け、内裏への書状を書かせた。

「頼時を討ったのは為時の配下ではなく、義家と致せ。しかも背後から射たのではなく、堂々と真正面から対峙してとな」頼義は嬉々として茂頼に命じた。茂頼も頷きながら筆を動かす。

「しかも三日に渡る激戦の末、自慢の二引両滋籐弓《にひきりょうしげとうゆみ》で見事討ち取った事にせよ。無論毒矢など卑怯な手は使わずにな」

視線を右斜め上に向け、頼義が命じた。

「殿、お言葉でございますが、むしろ短時間で頼時を討った事にした方が、若の強さを際立たせられるかと…」

「そちも甘いのう。簡単に頼時を討ったとなれば、内裏は安倍弱しと安堵しよう。ならば我らを援助しようにも本気にならぬ。頼時が倒れても安倍の屋台骨はぴくりとも揺るがぬと記せ。義家の手柄を伝えると共に、貞任こそ真の強敵と内裏に印象付けるのじゃ」

茂頼は成る程と頷くと、頼義の命令通りに筆を動かした。嘘偽りを書こうとも、内裏は確かめようがない。

「嘘も方便と申すではないか。参議の皆様方に陸奥を脅威と思わせて初めて兵が調達出来るのだ。来春には五万は兵が欲しい。それにそれだけの兵を一年や二年食わせる兵糧も必要じゃ。太政官符《だいじょうかんぷ》を何としても発布させよ！」

頼義は檄を飛ばした。部屋に墨の香りが充満する。

ふと書状を記す茂頼の手が止まった。襖《ふすま》の向こうに伝令が現れたのである。

「申し上げます。気仙の金為時殿より使者が参りました」「よし、通せ！」

やがて使者が現れた。その烏帽子と狩衣の両肩には薄っすらと雪が積もっている。

使者は頼時の前に平伏すと、恭しく書状を両手に掲げた。受け取り一瞥《いちべつ》した頼義の顔が見る見る紅潮する。

「如何《いかが》なされました？」

茂頼が尋ねると、頼義が満面の笑みで口を開いた。

「貞任が河崎柵に入る。僅か二百の手勢でな…」

そう言った後、頼義は真顔に戻って腕を組み、天井を見上げ暫《しばら》く考え込んだ。

「殿、何をお考えで？」

「茂頼、戦は来春と先程申したが、あれは取り消す」

「冬戦をなさる気で？」茂頼が目を丸くする。

「敵は産まれながらに雪と親しみ育った者どもにございます。それに対して我ら源氏は河内育ち。坂東とて雪は殆《ほとん》ど降りませぬ。野田玉川《のだのたまかわ》も留ヶ谷《とめがや》辺りは既に薄氷が張っておるとか。このような状況で戦など…」

「だからこそ奴らは我らが冬には攻めぬと油断しよう。その裏を斯《か》くのじゃ」危ぶむ茂頼に頼義は自信を見せた。

「貞任は冬の栗駒山を越えた。如何《いか》に我らが南国育ちと言えど既に五年も陸奥に住めるのじゃ。体も寒さに慣れておろう。貞任に出来て我らに出来ぬ理屈は無い！」

あまりの剣幕に茂頼は呆気にとられた。勢い付いた頼義が続ける。

「僅かな手勢で河崎に向かう貞任こそ驕《おご》りの表れ。これぞ僥倖《ぎょうこう》と言う物ぞ。この機を逃して何時《いつ》起《た》つと申す！」

冬戦に乗り気でない茂頼に、頼義は声を荒げた。

「それに、雪は我らの身を隠す。先の戦の様に大軍を率いてこれ見よがしに攻め入るのではない。精鋭に奇襲を掛けさせるのじゃ。鎧を白く塗り吹雪の中を進軍する。陸奥の雪なれば敵の物見に見咎められずに容易に柵を取り囲めよう。虎口《こぐち》に長槍隊を潜ませた上で、柵目掛けて火矢を射るのじゃ。慌てた貞任が柵外に撃って出た所を槍が襲う。柵に籠もったとて、河崎柵を灰にしたとなればそれはそれで我らの手柄となる。どうじゃ？妙案とは思わぬか？」

「殿！恐れ入りましてござる」頼義の策に、茂頼も勝算を覚えた。二人は顔を見合わせて破顔する。

「五年も手を焼いた安倍もこれで漸《ようや》く滅びようぞ。この戦、儂《わし》が直々に出向いて采配を振るう！　それで良いな！」

頼義はそう叫ぶと、茂頼に軍議を開くよう命じた。

床机《しょうぎ》から立ち上がった頼義の表情は、自信に満ち溢れていた。


〈この分ではさぞかし永い夜となろう…〉

六華《りっか》渦巻く暗闇の中、義家は恨めしげに天を睨んだ。寒さが足許から義家を襲う。猛烈な吹雪は義家の顔を容赦なく打ち続け、一寸先も見えない。半首《はつぶり》では覆い切れない目を擦ると、睫毛《まつげ》に出来た小さな氷柱《つらら》が砕け落ちた。隣を進む景季《かげすえ》と光貞《みつさだ》も雪夜叉《やしゃ》と見間違う程に雪に塗《まみ》れている。天から降り続ける玉屑《ぎょくせつ》に加えて、轟々《ごうごう》と吹き荒れる風が地面に積もった雪を舞い上げ、地吹雪となって義家を襲った。纏った白塗りの鎧は氷のように冷たい。周囲の兵らの顔には疲労が色濃く見える。皆寒さで唇が青紫に変色していた。そんな中、義家の直ぐ後ろを進む頼義だけは、異様に昂《たか》ぶっていた。惣面《そうめん》の隙間から覗く目は暗闇の中に爛々と光り、甲冑からはもうもうと湯気が立ち昇っている。

「何をもたもたしておる！　明後日《みょうごにち》の朝までには黄海《きのみ》に達せねばならぬのだぞ！」

頼義は自慢の宝刀髭切《ひげきり》を振り翳《かざ》し、千八百もの兵に檄を飛ばした。頼義の隣には経範《つねのり》ら側近に加え、金為時と下毛《しもつけ》野興重《ののおきしげ》の姿も見える。

黄海は河崎柵に程近い平野で、アイヌ語で『鱒の棲む所』を意味する『ケネオマ』が語源とされる。また、日高見川の氾濫でこの地が黄色い濁流に没したのを目の当たりにした坂上田村麻呂が、それまでの呼称『黄金郷』を『黄海郷』と改めたとする言い伝えもある。何《いず》れにせよ頼義は陸奥には珍しいこの広大な平野に本陣を敷く算段であった。そこを拠点に柵に奇襲を仕掛ける。見晴らしの良い黄海は、平野での戦に長けた源氏の兵には打って付けの場所であった。

吹雪の中、千八百の兵は黙々と歩を進める。源氏の精鋭と言えば聞こえは良いが、実際は兵糧が底を突き、多くの国府兵は多賀城から逃げ出していた。加えて、頼みの綱の坂東武者も、冬戦は御免と出陣を拒む有様である。よって実情は源氏の兵を掻き集められるだけ掻き集めて、僅か千八百人だったのである。その自称精鋭軍は、朝からの慣れない雪中行軍で皆疲れ切っていた。

〈いくら吹雪の中の奇襲とは言え、僅か千八百の兵で貞任殿らとやりあうとは…〉

義家の足取りは重かった。金為時から齎《もたら》された情報では、貞任軍は僅かに二百。柵に常駐する金為行の兵と併せても精々五百である。数の上では源氏の敵ではない。しかし源氏にとって、真の敵は雪であった。時折腰まで嵌《はま》る雪を漕ぎながら、兵は河崎柵を目指す。多賀城出立時は義家をはじめとする将らは馬を用いていたが、ここまで雪が深くては馬は使えない。義家は、それを今日初めて知ったのである。

「父上、我らはやはり雪を知りませぬ。ご覧の通り兵も凍え、疲れが見えて参りました。冬戦は無謀と存じます。今直ぐ撤退の下知をお出し下さい」

義家は吹き荒れる暴風雪に苛《いら》立ちながら、頼義に撤退を進言した。

「次の棟梁ともあろう者が、臆したか！」惣面の下の頼義の顔が明白《あからさま》に不機嫌となる。

「貞任が柵に居るのだぞ。護衛の兵は僅かに五百。左様な好機は二度と訪れぬ。これを僥倖と言わずに何と申す！」

頼義は声を荒げて苛々と捲し立てた。

「良いか、いくら敵が雪に慣れておると申せ、ここまでの吹雪の中で戦をした事はなかろう。条件は敵も味方も同じ。なれば戦は時の勢いぞ！　数の上でも我らが有利！　加えて吹雪で油断している奴らと奇襲を掛ける我らでは、どちらに分が有るかは火を見るより明らか！　ここがこの戦の分かれ目ぞ！　それがわからぬとは我が倅ながら情け無し！」

頼義は、義家を一喝した。ここまで言われれば、流石《さすが》の義家も押し黙るしかない。

「然《しか》れど殿、若の仰る通り兵が疲れておるのは事実。ここで休息を取らせても、明後日には十分黄海に間に合いましょう。そろそろ野営といたすのが良策かと」

義家の乳母夫《めのとぶ》である景通が義家に助け舟を出した。周囲に居た経範と茂頼も、景通の案に同調する。

「年寄りにはこの寒さはよほど堪えるようじゃの」

頼義は機嫌を直し、野営の命を下した。側近らはほっと安堵の溜息を漏らした。

翌朝は前日の吹雪が嘘のような晴天であった。朝日が北上山地の切れ目から差し込み、白銀の世界は煌びやかに輝いている。神々しいまでに美しい景色とは裏腹に、義家の心は沈んでいた。硬く凍った干し飯を噛み砕き、ささやかな朝餉とする。食料を積んだ荷車は、深い雪に阻まれて出立直後に捨てるしかなかった。

対照的に頼義は上機嫌である。

「見よこの見事な雪原を。都に居っては帝でもこれほどの絶景を見れぬぞ」

深呼吸をして冷気を吸い込み、頼義は黄海の方角を見ながら言った。

「源氏の旗色は白にございます。雪は縁起が宜しいかと」

金為時《きんのためとき》が胡麻を擂《す》った。経範ら側近も皆白い歯を浮かべている。

「ただし晴れ過ぎるのも心配じゃの。適度な吹雪こそ我らの身を隠せて好都合」頼義の顔が僅かに曇る。

「杞憂にござります。晴れておってもこれだけの雪では敵も柵に籠もるしかございませぬ。すっかり油断して朝から酒盛りでもしておるに相違なし」

茂頼が笑顔で言った。尤《もっと》も、晴れた場合は夜襲を掛ける手筈となっている。

「雪見酒とは風流じゃの。田舎武者には似合わぬわ」

頼義が答えると、その場に居た家臣は皆肩を揺らせて笑った。

だが、その余裕も長くは続かなかった。進軍を開始して間もなく、目の痛みを訴える兵が続出したのである。中には目を真っ赤に腫れ上がらせている者も居る。照り返す日光が眩しい。

「これが雪目と言うものににござりますか…」景通が忌々しげに口を開いた。

「目など直ぐに慣れる。泣き言を申すな」

頼義は兵らを叱咤《しった》した。惣面を着けているお陰で頼義の目は守られている。その為頼義は兵の痛みがわからない。荷車を捨てたために兵糧も満足に支給されないことも相まって、兵らは徐々に頼義に不満を抱くようになっていた。

午後になり、軍は漸《ようや》く磐井との境界線を越えた。ここから先は金為行が治める地、即《すなわ》ち安倍の領土と言って良い。すると国府軍の侵入を拒むかの様に、この頃から天候が急変した。僅かに吹いていた穏やかな南風が、強い北風に変わったのである。前方からはどす黒い雪雲が見る見る近付き、瞬く間に一面どんよりとした灰色の世界と化した。

〈天は安倍に味方致すか…〉

義家の胸中は複雑だった。源氏は帝の命を受けた官軍とは言え、戦の大義は安倍にある。

やがて天は無情にも再び国府軍に試練を齎《もたら》した。強烈な向かい風が進軍を妨げ、兵の体温と共に気力と体力を奪っていく。半刻もしないうちに、前日同様、いや、前日を遥かに越える寒気凛冽《かんきりんれつ》の猛吹雪となった。

それから先は、正《まさ》に雪地獄であった。陸奥の大自然が容赦なく牙を剥く。この頃から凍傷に悩まされる者が出始めた。尿意を催した兵は用を足そうと隊列を離れたが、猛烈な寒さで手が悴《かじか》み、前褌《まえみつ》を解けずにそれを汚した。尿は瞬く間に鎧の中で氷と化す。前日からの寒さで熱に魘《うな》され、幽鬼の如くふらふらと歩む兵も現れた。それでも頼義は進軍を諦めない。経範ら家臣も何度か休息を促したが、頼義は頑として首を縦には振らなかった。

夜になり、状況は更に悪化した。激痛のあまり凍傷の指を自ら切り落とす者が続出する。寒さと空腹と疲労で気が触れた兵が甲冑を脱ぎ、全裸で奇声を発しながら雪原を駆け出し、やがて果てた。目を覆いたくなるような壮絶な死に様であった。

「父上！ これ以上の進軍は無理にございます！ 今すぐ野営の下知を！」

堪《たま》らず義家が叫んだ。もう頼義の暴走を止めることが出来るのは、義家しか居なかった。

流石《さすが》の頼義も限界だった。黄泉《よみ》の国から舞い戻った亡者のようにゆっくりと義家を振り返る——。

「そなたから全軍に野営を命じよ」頼義は虚ろな目で力無く呟いた。

—暗闇と吹雪でその時は気が付かなかったが、その野営の地こそ目指すべき黄海の雪原だったのである。

「兄上、やはり参ったようですな」則任の目が雪原にきらりと光る。

半刻前。黄海の地に白熊の毛皮を纏って息を潜める正任らの姿があった。雪避けの白い頭巾《ずきん》を纏った正任は、同行した則任の言葉に無言で頷く。正任はこの猛吹雪の中、二百の騎馬兵と共に自ら物見の役目を買って出ていたのである。馬は安倍直営の牧《むまき》から選りすぐった白毛《しろげ》ばかりであった。極寒の夜の物見とは言え、そこは陸奥の冬を熟知する安倍の精鋭。かまくらに籠もればこの吹雪きでも十分暖を取れる事を知っていた。林に留めた白毛の馬は雪に紛れ、その泥障《あおり》に握り飯を仕込めば馬の体温で何時までも暖かい。風の音は馬の嘶《いなな》きも消す。

「永衡殿と籠もった伊治の雪山が懐かしい…」正任はかまくらの中でぽつりと呟いた。

〈—永衡殿、天より見ていて下され…〉

拳を握り締めると、正任は則任に目配せした。則任は懐から矢立《やたて》を取り出す。

—国府軍、黄海ニ到達ス。其ノ数二千弱。殆ド歩兵ニシテ騎馬少ナシ—

「白夜丸《びゃくやまる》、頼んだぞ」

愛犬の首に書を括り着け、則任は小松柵へと白夜丸を放った。

息を潜める正任の目の前を、何も知らぬ国府軍がのろのろと通過して行った。

一刻後、白夜丸は無事任務を果たす事となる。

「この寒花《かんか》の中、ご苦労であった」

宗任は白夜丸を抱き上げて頭を撫でた。白夜丸はわんと一声誇らしげに鳴いて宗任に応える。

「よし、軍議通り、これより出陣する！」

万が一、頼義が矛先を小松柵に変えた場合に備え、良照と千の兵を柵に残して宗任は乳白色の毛並みも美しい月毛《つきげ》に跨《またが》った。従う千の騎馬もまた全て見事な白の芦毛《あしげ》馬であった。

「翌朝までに大河を渡り、黄海の西の林に潜むのだ！　敵は数が頼りの張子《はりこ》の虎。蝦夷の強さを見せ付けようぞ！」

暗闇に紛れ、白馬の軍団は密かに小松柵の虎口《こぐち》を抜けた。

翌朝、義家は轟々《ごうごう》と響く風の音に目を覚ました。外に出るとこの日も相変わらずの吹雪であった。鈍色《にび》の低い雲が義家の心を塞ぐ。暖かい粥でも食えれば気力も湧こうが、火を使えば敵に見咎められる可能性がある。尤《もっと》も、食料を積んだ荷車は疾《と》うに失っていた。僅かばかりの冷たい干し飯を噛み砕く。水で腹に流し込もうと竹筒を持つと、中身は硬く凍っていた。義家は恨めしそうに竹筒を見詰めて思った。

〈この天候で戦う兵こそ哀れ。雪の中の野営で疲弊もしておろう…〉

砕いた干し飯を吐き出すと、義家は頼義の陣に向かった。軍議の時間が迫っている。

「都の援助も無しに孤立無援の我らが極限状態で敵を破ってこそ源氏の名が上がるのじゃ。論功行賞《ろんこうこうしょう》が楽しみぞ」

陣の中では頼義が上機嫌で経範と談笑していた。朝になってここが黄海である事を知り、それが皆に余裕を与えている。その他にも茂頼、景通、説貞《ときさだ》といった重臣と、景季、光貞、和気致輔《わけのけいすけ》、紀為清《きのためきよ》らの若武者が既に顔を揃えていた。しかし金為時の姿はない。

「河崎柵までは半刻あまりの距離だったの」絵図を見ながら頼義が質した。陸奥に長く住む説貞が頷きで答える。

「道中、為時から目を離すでないぞ。犬猿の仲とは申せ柵の主の為行とは異母兄弟。まさかとは思うが我らを裏切る可能性も無くは無い。奴が妙な動きを見せたら容赦なく殺せ」頼義の命に、一同の目が暗く光る。

そこに義家が登場した。義家の陣からここまで僅か十間ほどの距離であったが、現れた義家の髪は既に凍り付いている。家臣らは皆黙礼して義家を迎えた。

当然と言わんばかりに頼義の隣に腰を降ろした義家は、開口一番、こう叫んだ。

「この吹雪で戦とは狂気の沙汰としか思えませぬ。今日の出撃はお取り辞め下さいませ！」

「未だその様な事を申すか！」

陣羽織《じんばおり》を纏い、上座に備えられた床机《しょうぎ》にどっかりと腰を下ろした頼義が、腹立たしげに義家を怒鳴り付けた。

「吹雪が我らの姿を隠してくれる。むしろ儂《わし》は晴天こそ恐れておった。天は我らに味方しておるぞ！」

「兵も疲弊しております。せめて明日まで待たれませ。何故この様な天候で戦を挑むか、手前にはわかりませぬ！」

義家も懸命に引き下がる。

「敵は目の前におるのだぞ。獲物を前に指を加えて見ておれと申すか？　それに兵の食料は如何《いかが》致す？　これ以上は待てぬ！　陰陽師《おんみょうじ》の占手《うらて》でも今日こそが吉日と出ておるのじゃ！　明日は道虚日《どうこにち》で出陣は禁忌《きんき》ぞ！」

決戦の根拠が占いによるものと知り、義家は呆れて二の句を継げなかった。しかし兵糧不足は義家とて如何《いかん》ともし難《がた》い。ここは引き下がるしかない。

「案ずるでない。柵が燃えれば暖も取れる。勝利の美酒を燗《かん》に点《つ》け、凍えた身体を温めようぞ」

頼義の冗談に義家以外の皆が笑った。

「では、軍議を始める！」

頼義の威厳に満ちた声が突如陣内に響いた。皆が真顔に戻ると、頼義は悪戯っぽく頬を緩め、言葉を続けた。

「とは申しても、細かい策は特には無い。この吹雪じゃ、敵の物見も我らには気付いて居るまい。貞任も油断して昼寝でもしておろう。そこに一斉に火矢の雨を降らせるのじゃ。慌てふためいた貞任は、鎧も纏わず外に逃げ出そう。虎口に槍隊と弓隊を潜ませ、そこを襲わせるのじゃ。貞任さえ亡き者にすれば勝ったも同然！　後は全軍で柵に雪崩れ込むのじゃ！」頼義は興奮気味に捲し立てた。

「そなたらには二百の兵を与える。どうせこの吹雪では下知も届かぬ。采配は任せる故《ゆえ》好き勝手に致せ。今こそ源氏の強さを見せ付ける時と心得よ！」

頼義の言葉に家臣らの勝鬨の声が響き渡る。皆の顔に高揚が見られた。唯一、義家だけが俯いている。

〈重要な局面を前に策が火矢での炙《あぶ》り出しだけとは呆れて物も言えぬ。柵への突入も采配は将任せとは…〉

それに貞任が必ずしも柵外に出るとは限らない。柵に籠もって迎撃されれば寒空の下窮地に立たされるのは自軍である。しかし頼義は貞任が油断し切っていると信じて疑わない。ならば何を言っても無駄であろう。義家は顔を伏したまま唇を噛んだ。しかし…。

〈やるからには全力を尽くさねば貞任殿に失礼と言うもの。しかも兵を生かすも死なすも、全てが俺の下知一つに掛かっておる。ならば俺はやらねばならぬ！〉

自らに言い聞かせた義家は遂に顔を上げ、床机から勢い良く立ち上がった。

やがて出陣の準備が整い、国府軍は進軍を開始した。外は相変わらずの吹雪である。黄海の地はどこまでも平坦で雪を遮るものが無い。猛烈な暴風雪が容赦なく兵を襲った。柵までは半刻も掛からぬ筈であったが、気が付けば陣を出てから既に二刻近く歩き続けている。雪に脚を取られてなかなか前に進めないばかりでなく、一面に広がる雪原には目印となるものが無いため、道に迷ったのである。

「これ以上の進軍は悪戯に兵の疲労を募《つの》らせるばかり。休息を取らせましょう」

堪《たま》らず義家が頼義に意見した。難色を示すかと思われた頼義もあっさりと折れた。それほど兵は疲弊している。僅《わず》かに連れて来た馬を風上に配し、それに二人並んで寄り掛かって頼義と義家は体を休めた。馬が吹雪を遮るばかりか、その体温が二人の体を温める。束の間の休息に、義家は暫《しばら》く目を瞑った。隣の頼義もうとうとと舟を漕《こ》ぎ始める。

〈―ん…？〉急に義家が目を開けて立ち上がった。

「如何《いかが》致した？」それに気付いた頼義が訝《いぶか》しげな目を義家に向ける。

「今何か聞こえませんでしたか？」義家は周囲を見渡した。

「風の音しか聞こえぬわ。案ずるな。体を休ませるのも戦の内ぞ」

のんびりと構える頼義に、義家は苛立った。

「しかしここは安倍の領地。何やら胸騒ぎが致します…」

「この吹雪ではどうせ敵も身動きが取れぬ。それに万が一に供えて物見の兵も立てておる。そちの考え過ぎじゃ」

頼義は鼻で嗤《わら》った。義家も渋々従い、再び馬を背にして足を伸ばす。やがて直ぐに義家の瞼が重くなる…。

それから四半刻が過ぎた頃、義家の耳は微かな異音を捉えた。今度は空耳などではない。

「何かが近付いております！」

飛び起きると義家は吹雪の中、四方に目を凝らした。確かに異音は次第に大きくなって来る。

「──!?」異変に気付いた頼義も顔を引き攣らせた。

「蹄の音ぞ！」地吹雪が吹き荒れる中、義家の悲鳴が雪原に木霊《こだま》した。俄《にわ》かに兵に緊張が走る。

「こっちだ！」義家が西を指差した。降り積もる雪を掻き揚げ、巨大な物体が国府軍に襲い掛かって来る──。

義家は瞬時にそれが敵の騎馬軍である事を悟った。

「敵襲ぞ！」義家の叫び声に兵は皆仰天した。隣に居る頼義も呆然として迫り来る白い塊を見詰めている。

「待ち伏せされておったか！」傍に控えていた景通がぎりぎりと歯噛みをしながら吐き捨てた。

「物見は何をしておった！」経範も額に青筋を立て怒り狂う。

若い和気致輔と紀為清が真っ先に刀を抜き、西の方角を睨み付けて身構える。しかし兵らはおろおろと左右を見渡すばかりである。その間にも吶喊《とっかん》の声を上げ、敵兵は見る見る近付いて来る。

「貴様ら、もしや敵が見えぬのか！」

茂頼が悲鳴に近い叫び声を上げげた。重臣は皆半首《はつぶり》や半頬《はんほお》などの面具《めんぐ》を着用していたが、兵らは陣笠か精々額当《ひたいあて》程度しか身に付けていなかった。そのため前日の晴天で雪目に冒《おか》されていたのである。物見も視野を失っていた。

「食い止めよ！　死んでも構わぬ！　何としても敵の攻撃を食い止めよ！」

半狂乱となった頼義の叫び声が黄海の雪原に響き渡った。


「国府軍は殆どが歩兵ぞ！　騎馬の敵ではない！　全力で蹴散らせ！」

突如として日高見川の方角から現れた安倍軍の纏めは、宗任であった。その両脇には郎党の松本秀則、秀元兄弟がぴたりと付いている。千の芦毛の騎馬兵は雄叫びを挙げ、逃げ惑う国府の歩兵どもに突っ込んだ。兵が雪崩のような白の軍団にあっという間に飲み込まれる。騎馬が通り過ぎた跡は雪が血で真っ赤に染まり、千切れた腕や腑《はらわた》が無残に散乱していた。一度目の攻撃を逃れた国府軍の兵は蜘蛛《くも》の子を散らした様に四方に逃げる。敵に背を向けた者に容赦なく宗任軍の槍が襲う。至る所から悲鳴と怒号が上がり、血飛沫《しぶき》が舞った。雪原は瞬く間に地獄絵図と化した。

「父上、御下知を！　ここは退却しかありませぬ！」

義家が頼義に叫んだ。しかし不意を付かれた頼義は完全に我を忘れ、おろおろと狼狽《うろた》えるばかりである。

〈あの父上が取り乱しておる…〉

義家が初めて見る父の醜態であった。

「引け！　退却だ！」

頼義に代わって義家が下知を飛ばした。国府軍は吹雪に喘《あえ》ぎながら必死に走る。

「馬に達者な者は父上をお守りして多賀城に逃げよ！」

腕に覚えのある兵が僅かに引き連れていた馬に跨り、頼義を取り囲むようにして南に向かった。義家も近くにあった鹿毛馬に飛び乗り、父の後を追う。経範ら重臣も巧みに馬を操った。

〈逃げ切れるか？〉

一瞬安堵した義家を、再び絶望が襲う。吹雪で視界が悪い中、前方から風に乗って法螺貝と陣太鼓の音が聞こえて来たのである。やがてまたしても白の軍団が雄叫びを上げて迫って来た。その纏めの者は白い頭巾を纏っている。密かに野営していた正任ら二百の騎馬隊であった。

〈我らの進軍が知られていたか！〉

馬上で義家は激しい眩暈《めまい》を覚えた。西から宗任軍、南から正任軍が迫って来る。このままでは挟み撃ちは必至である。逃れるには東か北しかない。しかし北には無論、貞任の籠もる河崎柵がある。

「止むを得ん！　東に向かえ！　東には山がある。父上を囲みながら山に逃れるのだ」

義家の下知に頼義を守る騎馬隊は直ぐさま反転した。今度は義家が先頭になる。

「若は手前がお守りいたす！」

近習の景季《かげすえ》が義家の右手に現れた。歳の近い光貞《みつさだ》も義家と並走する。向かい風が義家らを襲い、粗目雪《ざらめゆき》が目に入って前が見えない。義家らは闇雲に馬を操るしかなかった。

一瞬吹雪が弱まり僅かに視界が開けた。そこには歩兵の集団が立ち塞がっている。逃げ惑う味方の歩兵である。

「邪魔だ！　どけ！　どかぬか！」光貞は腰から太刀を抜き、衝突しそうになった兵の首を一撃で刎ねた。

「血迷うたか！　味方ぞ！」義家が馬上から光貞を睨み付ける。

「道を塞ぐ雑兵《ぞうひょう》など虫けら同然！　お気に召されるな！」

光貞は平然と言い放った。景季も長槍を構えて前方の味方を蹴散らしている。

〈これが戦と言うものか…〉

義家は戦慄を覚えた。実質的に、これが義家の初陣である。父の背中を見て育ち、幼名不動丸を名乗っていた頃に散々憧れを抱いた戦の現実に、義家は愕然《がくぜん》とした。

「始まったようだな」風が戦の騒乱を河崎柵まで伝えた。気配を察した貞任が経清に目を向ける。

「そろそろ参ろうか」既に甲冑を纏っていた経清が静かに口を開いた。

「敵は二千にも満たぬ！　しかも殆どが歩兵ぞ！　名のある者は馬を操っておる。その者の首を取って武功を上げよ！」

兵に激を飛ばすと、貞任は自ら上帯《うわおび》の端を短刀で切った。馬鎧《うまよろい》を纏った愛馬石桜《せきおう》に飛び乗り、真っ先に柵を飛び出す。白銀《しろがね》の大地に青鹿毛《あおかげ》の石桜と漆黒の鎧姿の貞任が見事に映える。その背には亀甲に違い鷹の羽の家紋が配《あしら》われた安倍の旗印が靡《なび》いていた。

「大将が先陣を切るなど聞いた事がない。貞任殿に万が一の事があれば一大事ぞ」

苦笑いを浮かべながら、黒鹿毛《くろかげ》を操り経清が後を追う。

「貞任殿の事だ、我ら小者が何を言っても聞き入れるまい」

柵の主である為行も、やれやれと言う表情で馬の腹を蹴って経清に続いた。

「見えた！」貞任が叫んだ。貞任率いる五百の騎馬兵は気炎万丈《きえんばんじょう》の声を上げる。その声は山精《やまびこ》となり、冥界からの呻吟《しんぎん》の如く義家らに聞こえた。

「まさか！」先頭を走る義家に三度《みたび》絶望が襲う。後方、西と南からは宗任、正任らの白の軍団が、左手前方からは貞任を先頭とする黒の軍団が迫って来る。実に三方が塞がれた。

「敵は平野での戦には長《た》けるが雪原での戦は不慣れ！一騎打ちばかりで策も禄に用いぬ！囲めば我らの大勝ぞ！」五年を共に多賀城で過ごし、頼義の戦法を熟知する経清が叫んだ。その下知に従い、白と黒の二つの軍団は瞬く間に混ざり合い、義家らを包囲した。義家は立ち止まるしかない。

「囲まれたと申すか！」異変を察した頼義は、百の騎馬に守られながら悲鳴を上げた。

「恩賞はいくらでも出す！誰ぞ敵将の首級を上げて参れ！」

頼義は声の限りに叫んだ。四面楚歌の国府の兵は、意を決して安倍軍に襲い掛かる。しかしこれまで三日に渡り雪原を歩き続けた国府軍は、体力を温存していた安倍軍の敵ではなかった。次々と飛び散る鮮血は悉《ことごと》く国府の兵のものであった。

「よし、我らも行くぞ！」貞任が経清に言った。

「武運長久を祈る！」経清の言葉に、貞任は笑顔で答える。

「安倍貞任、参る！」叫ぶと貞任は囲みの中に一人突進して行った。

「国府軍など恐れるに足らぬ！敵将を討って名を上げよ！」

貞任の檄に安倍の兵は雄叫びを上げて突撃した。

吹雪の中で乱戦は続く。視界が悪く、あちこちで同志討ちも生じている。

何時《いつ》の間にか義家と逸《はぐ》れた藤原景季《ふじわらのかげすえ》が一人死闘を繰り広げていた。右肩には矢が突き刺さり、頬にも傷を負っている。その顔には疲労が色濃く見えたが、目だけは爛々と輝いている。

「源氏の家臣では少しは名が知れた藤原景季である！　命が要らぬ者は掛かって参れ！」

相手が名のある武者と知り、安倍の兵が景季に襲い掛かった。

「その程度の腕では俺は倒せぬぞ！」

景季は馬上から太刀を振り落ろした。血飛沫と共に敵の首がごろごろと転げ落ちる。景季の太刀は次々と迫り来る敵兵を退け、あっという間に屍《しかばね》の山が出来上がった。

「待て！　俺が相手だ！」

景季の前に一人の武将が現れた。佐目毛《さめげ》の白馬に跨り、頭には白い頭巾を被っている。

「少しは腕に覚えがあるようだな。名を名乗れ！」

「今は亡き安倍頼時が五男、黒沢尻五郎正任である！」

「なんと！　貴様が正任か！」

景季は目を見開いた。両雄、互いに間合いを取り、暫《しば》し馬上で睨み合う——。

先に動いたのは景季であった。正任目掛け馬を進める。景季が太刀を振り上げた。正任が舞草刀《もくさとう》でそれを受け止める。両者の太刀が交わる音が吹雪の中に木霊した。

「なかなかやるな！」一旦引いた景季がにやりと笑った。

次に仕掛けたのは正任であった。太刀が交わる音が雅楽《ががく》を奏でる。以後、両者互角の戦いが続いた。

先に劣勢となったのは正任であった。馬が新雪に脚を取られ、体勢を崩した際に舞草刀を手放したのである。

「好機！」口許を緩ませて叫んだ景季が太刀を上段に構えた。閃光を放ってその太刀が振り降ろされる——。

次の瞬間、驚きの声を上げげたのもまた景季であった。間合いを見切り、正任が両の掌を合わせて景季の太刀を挟み、これを頭上すれすれで受け止めていたのである。俗に言う真剣白刃取《しんけんしらはど》りである。

唖然とする景季を尻目に、正任は両手首を一度右に傾けた後、素早くそれを左に捻った。景季の手から太刀がするりと逃げる。

刃先を取った正任は太刀を宙に放った。回転した太刀の柄《つか》を素早く握って身構える。

景季は絶句し、迫り来る死に恐怖した。しかし意外な事に正任はその太刀を雪原に捨てた。

「安倍の男は卑怯な手を使わぬ。敵が丸腰ならこちらも従おう。いざ、勝負！」

正任は鞍の上に腰を固め、佐目毛《さめげ》の白馬を飛ばした。すれ違いざまに景季の右肩に手を掛け、上半身を鋭く回す。

その刹那、景季の体が一瞬宙に浮いた。

「もらった！」

正任は更に景季の右手首を掴み、捻りを加えて鎧の袖を引き寄せた。景季の体は完全に馬から離れ、正任の馬の鞍に仰向けに押し付けられる。すかさず正任が景季の首に腕を回す──。

ごきっ！

次の瞬間、景季の首の骨が砕ける鈍い音がした。

口から血を吐いた景季は馬から転げ落ち、そして二度と立ち上がる事はなかった。


「まだまだ若い者には負けぬ！　掛かって参れ！」

佐伯経範《さえきのつねのり》は自慢の銀杏穂《いちょうほ》の槍を手に奮闘していた。馬上から繰り出す槍は的確に敵兵の咽喉笛《のどぶえ》を衝く。既に兜を失った経範の白髪は、返り血を浴びて真っ赤に染まっていた。頼義と共に三十年の修羅場を潜った経験は伊達では無い。その銀杏穂槍は既に二十人以上の兵を退けていた。

「！」

突然経範の乗る鹿毛《かげ》馬が棹《さお》立ちとなり、経範は後方に振り落とされた。流れ矢が馬の尻に突き刺さったのである。

「その馬印は源氏の重鎮、佐伯経範殿とお見受けする！」

槍を杖に立ち上がろうとした経範の背後から凛とした声が聞こえた。

「なんと、貴様か！」即座に振り向いた経範は思わず息を飲んだ。直ぐに怒りが込み上げて来る。

「従五位の位階を賜りながらも国府に刃向かう裏切り者め！帝に代わって成敗致す！」

経範が怒鳴った。凛とした声の主は経清であった。

「おのれ経清！馬上からでは卑怯であろう！馬を降りよ！」

「卑怯者はそなたらであろう！永衡殿を貶めし事をお忘れか！」

黒鹿毛から飛び降りた経清は腰から蕨手刀《わらびてとう》を抜いた。貞任から譲り受けた太刀である。

対する経範は右脚を内側に軽く曲げ、重心を低くして槍を構えた。仁王腰《におうごし》の構えである。

「でやー！」

気合と共に経範が渾身の衝きを放った。雑兵なれば簡単に討ち取れる衝きであったが、相手が悪過ぎた。経清は槍をひらりとかわすと左手で柄の胴金《どうがね》を掴み、右手の蕨手刀で蕪巻《かぶらまき》の部分からそれを真っ二つに叩き切った。

「おのれ経清！」経範は槍を投げ捨て、足許に横臥《おうが》する兵の亡骸《なきがら》から刀を奪い取り、身構えた。

「御老体なれば見逃したき所なれど永衡殿の仇である。往生召されよ！」

経清は周囲の雑兵に不覚を取らぬように足を広げて腰を落とすと、目を守るために眉庇を下げて上目使いに経範を見据えた。左斜め後ろに蕨手刀を構え、摺り足で経範ににじり寄る。

「介者剣法《かいじゃけんぽう》か！」

経範の額に血の汗が滲んだ。互いに甲冑を身に着けた者同士がやり合う際に有効とされる剣法である。

経清はじりじりと間合いを詰めた。両者は瞬きもせずに相手の隙を伺う。その時、風下に立つ経清の右目を水雪の礫《つぶて》が襲った。経範はそれを見逃さなかった。

「隙あり！」上段から振り下ろされた太刀が経清を襲う。経範ははっきりとした手応えを覚えた。

「!?」

勝ったと思った経範の顔が一瞬引き攣った。経清は、左手の籠手《こて》で経範の太刀を難なく受け止めていたのである。

次の瞬間、経清は素早く懐に潜り込み、右手に握った蕨手刀を左脇から経範の首筋目掛けて払い上げた。蕨手刀は咽喉輪《のどわ》を砕き、その刃が経範の頚動脈に達する──。

〈永衡殿、仇は討ちましたぞ!〉

経清は、天に念じた。

その背後で壮絶な血飛沫を上げ、老兵がゆっくりと崩れ落ちた。

経清から見て間逆の位置で逞《たくま》しい青鹿毛《あおかげ》に跨った大鎧の巨漢が暴れまくっていた。袖柄は菊の九曜紋《くようもん》。貞任である。

「うぬら雑魚《ざこ》に蕨手刀は無用ぞ!」

貞任は五尺は裕に超えようかと言う巨大な鉄砕棒《かなさいぼう》を軽々と振り回し、その一撃は敵兵の甲冑ごと骨を粉砕した。四半刻にも満たない戦闘で、既に三十もの敵を仕留めている。貞任は返り血こそ浴びているものの、何処《どこ》にも傷は負っていない。

「ならばその蕨手刀とやらを抜かせて見せよう!」一人の若武者が果敢にも貞任に挑んで来た。

「安倍貞任殿とお見受けする。手前は頼義様に命を預けし紀為清《きのためきよ》と申す者。いざ、尋常に勝負!」

「ほう、貴様が源氏一の太刀使いと噂の為清か。ならば俺もこれを使う他あるまい」

貞任は笑うと鉄砕棒を捨てて馬を降り、雪原に為清を誘った。為清もそれに応じると、自慢の太刀をぎらりと抜いた。貞任も、腰に佩いた蕨手刀に右手を掛ける。寒風が吹き荒《すさ》ぶ中、互いの視線が交差する──。

先に仕掛けたのは為清であった。下から貞任の右肩を狙って太刀を振り上げる。貞任は右に体を回転させてこれを避けた。為清は返す刀で上から袈裟懸けに太刀を振り下ろす。貞任は今度は右に飛び、為清の一撃をかわした。体勢を立て直した為清は、左側にいる貞任目掛けて衝きを放つ。貞任はこれもかわした。衝きを引いた為清は勢いそのまま上段に振り被り、貞任の頭目掛けて兜割を狙う。太刀はまたも空を切ったが、刃先が僅かに貞任の頬を掠《かす》った。

滴り落ちる血を指先で受けると、貞任はそれを舐め、不敵に笑う──。

次の瞬間、それが合図だったかのように貞任が一気に反撃に転じた。左手で鞘を捻り手首を反らせた右腕で素早く抜刀すると、下から振り上げた蕨手刀は波を打って斜め左上から為清の右肩を襲う。蕨手刀は桶側胴《おけがわどう》と袖の僅かな隙間を縫って為清の肉を抉《えぐ》った。苦痛に顔を歪めながらも何とか右に避けた為清に、今度は豪快な袈裟懸けが炸裂した。鎧を突き破り、蕨手刀は為清の左肩に深々と突き刺さる。

「ぎゃあああ！」

叫び声を上げる為清の胴に、深々と貞任の衝きが刺さった。引き抜くと貞任は、蕨手刀を頭上に高々と掲げる。

〈――これは…〉

薄れ行く意識の中、為清は察した。貞任の今の一連の動きは、先程の為清の動きを寸分の狂いも無く再現したものだったのである。

「冥土の土産に聞かせてやろう。俺の利き手は左だ」

〈――そんな、馬鹿な…〉

貞任の言葉に、為清は愕然とした。貞任は今の動きを軽々と右手でやってのけたのである。

絶望の淵の為清の頭部に、蕨手刀が振り落とされる――。

迫り来る刀をぼんやりと見詰めていると、やがて為清の視界は闇となり、そして虚空《こくう》が為清を支配した。

その頃、和気致輔《わけのけいすけ》は僅かな郎党を従え、右も左も見えない中、激闘を繰り広げていた。幾多の歩兵を馬で蹴散らし、槻弓《つきゆみ》で何人の騎馬兵を葬ったかも既に覚えていない。

「そこに居るのは敵か味方か⁉」

卍巴りの雪では相手が見えない。致輔は同志討ちを避ける合言葉を唱えた。答えた相手は味方であった。

「そのお声は致輔様！我らは為清様の配下にござりまする！」

「為清は無事か！」致輔の問いに兵は無言で俯《うつむ》いた。

仲である。

兵の言葉に馬上の和気致輔はがっくりと項垂《うなだ》れた。歳の近い為清とは、昔から太刀の腕を競い合い、切磋琢磨した

「為清様は…、討ち取られ申した—」

「まさか！」致輔が血相を変える。

〈おぬしが居《お》らねば最早《もはや》この世に未練無し。為清、直ぐにそちらに参るぞ〉覚悟を定めると致輔は郎党に叫んだ。

「雑兵《ぞうひょう》に用は無い！　誰ぞ敵将の首を手土産にあの世に参る！　馬印を探せ！」

死に場所を求めて致輔は馬を飛ばした。流れ矢が太腿を貫く。それでも怯《ひる》まず致輔は手綱を扱き続けた。

「あちらに馬印が見えます！」「承知！」

郎党の示す方向に馬を向け、尻に鞭を入れた。そこに居たのは戦場を縦横無尽に駆け巡る宗任の月毛《つきげ》馬であった。

「頼義様のお側に仕える和気致輔と申す！　名のある安倍の将とお見受けした！　尋常な勝負を所望する！」

「頼義の側近とな⁉」宗任が叫んだ。致輔はそれに深く頷く。

「将なれば名を名乗れ！　それとも名も無き雑兵か？」致輔が挑発する。

「そなたの噂は聞いておる。この勝負、受けて立とう。安倍宗任である！」

「なに！　宗任殿とな！」致輔の顔が見る見る昂揚《こうよう》する。

「冥土の土産が宗任殿の首とは上出来ぞ！　お覚悟召され！」

致輔は槻弓を捨て太刀を構えた。接近戦では長弓は邪魔となる。騎弓《うまゆみ》の名手である宗任も得意の猪鹿弓《さつゆみ》を捨てて

舞草刀《もくさとう》を抜いた。二人を乗せた馬は右周りにぐるりぐるりと旋回する—。

「喰らえ！」

叫びと共に致輔が動いた。逆水平に払った太刀が宗任の右脇腹を襲う。宗任は巧みな手綱捌きでこれをかわした。

再び致輔が太刀を横に払う。弧を描いた太刀は今度は宗任の胴を捕らえた—かに見えた。

「—⁉」

その瞬間、月毛《つきげ》の馬から宗任の姿が消えた。虚しく致輔の太刀が空を切る。体を左に捻って体勢を立て直した致輔の目の前には、再び宗任の姿があった。

「馬鹿な！」

宗任は体を沈めると馬の背面から腹に両手を回し、左脇から馬の腹下に潜り込んだのである。その反動を生かして今度は馬の右側から登って再び背に座った。その勢いそのままに、宗任も逆水平で舞草刀を払う。宗任の離れ業に、一瞬致輔の反応が遅れる――。

次の瞬間、致輔は脇腹に激痛を覚えた。ゆっくりと馬上から転げ落ちる。致輔の鮮血が雪原を染めた。信じられぬと言う顔のまま致輔は深い根雪に仰向けに体を預け、滾々《こんこん》と雪を降ろす天を見据えた。

「為清…、今から参る――」

致輔は静かに目を閉じると穏やかな笑みを浮かべて散った。

開戦から半刻を迎えた。頼義は既に千を超える兵を失っている。何の突破口も見出せず、頼義はただひたすら雪原を逃げ惑う他に術《すべ》は無かった。

「急がねば囲みの輪を狭められます！手前が援護いたします故《ゆえ》、父上は囲みを突破なされませ！」義家が叫んだ。

「おぬしを残して逃れられぬ！」頼義は顔を歪めて首を横に振る。

「父上を失っては源氏の再起は叶いませぬ！急がれませ！」

言うと義家は郎党から黒漆塗りの倭弓を受け取った。頼義から譲られた名弓、二引両滋籐弓《にひきりょうしげとうゆみ》である。義家は素早く構え、口早に南無八幡大菩薩《なむはちまんだいぼさつ》と唱えると瞬く間に五本の矢を放った。次の瞬間、五名の敵兵が馬から転げ落ちる。再び義家は弦《つる》を引き、矢を連射した。その矢は悉《ことごと》く敵の兵を射抜いて行った。

『驍勇絶倫ニシテ騎射ハ神ノ如シ。雷ノ如クニ奔リ風ノ如クニ飛ビテ、神武命世也』

陸奥話記にそう認《したた》められている義家の面目躍如である。

「矢が足りぬ！　そちの箙《えびら》を寄越せ！」

義家は隣に寄り添う藤原光貞《ふじわらのみつさだ》に命じた。渡された箙から素早く矢を抜くと、義家は敵兵目掛けて矢を放ち続けた。

その勢いに囲みに綻びが生じる。

「父上！　あの隙間からお逃げ下され！　直ぐに後を追いまする！」

義家は頼義の乗る馬の尻を弓で叩いた。驚いた馬は狂ったように走り出す。

「俺が行くまで父上を守り通せ！」郎党に命じると、義家は再び矢を弓に番《つが》えた。

「その腕前は義家か！」龍の馬面《ばめん》を付けた青鹿毛《あおかげ》に跨る赤毛の偉丈夫が天に叫んだ。

「そう言う御貴殿は貞任殿！」義家の顔が俄かに輝いた。貞任と知って周囲の郎党は震え上がる。

「八幡太郎は弓の名手と聞いておったが、まさかここまでの腕前とは思わなんだ。敵ながら天晴れぞ！」

貞任は石桜の上で微笑んだ。

「貞任殿こそ鬼神の如き働きと聞き及んでおりまする」義家も白い歯を見せ笑顔で応じる。

「最早《もはや》戦の趨勢《すうせい》は決した。我らの望みは飽《あ》く迄《まで》も和議。頼義は兎《と》も角《かく》、おぬしの首など要らぬ。早々に立ち去れ！」

「何を申されますか」義家は、笑顔を崩さず続けた。

「これ以上の長戦《ながいくさ》は無用。ここで会ったが百年目。大将同士の一騎打ちで戦に幕を下ろしましょう」

弓を捨て、義家は鹿毛馬を降りた。腰に帯びた打刀《うちがたな》に手を添える。

〈死ぬ気だな〉

貞任は直感した。この時代、敵の大将と対峙して死するは武士の最高の誉《ほまれ》とされている。義家はそれを見事に達成した事になる。

貞任は目を瞑り、暫《しば》し逡巡した。本心では義家を生かしたい。しかし死を決意した者に情けを掛けては武士の礼儀に反する。貞任は目を見開くと、覚悟を定めた。蕨手刀を左手に持ち替える。蒼い左眼で義家を睨んだ。

「手出しは無用ぞ！」

郎党に念を押し、義家は黄金作りの愛刀天光丸《てんこうまる》を抜いた。反りが浅く、長さ三尺幅一寸と適度に短いこの打刀は、小柄ながら速さに優れた義家のもう一つの武器である。

「いざ、勝負！」

義家は片手上段に天光丸を振り上げ、右斜め下に斬り下げた。貞任が左後ろに飛んで避けると、義家は直《す》ぐ様《さま》拳を返して天光丸を左肩に背負い、そのまま振り下ろした。これも貞任が間一髪の所で右後ろに逃れる。義家は今度は右から愛刀を振り上げた。流れるような見事な剣術である。

「なかなかやるな」

貞任は凄みのある笑みを浮かべると反撃に転じた。最上段から重い蕨手刀を振り下ろす。蕨手刀の丈六尺にして幅一寸五分。天光丸の実に倍の大きさである。義家は何とか天光丸で受け止め、懸命に後ろに逃れた。再び蕨手刀が義家を襲う。この一撃も何とか防いだ。

義家の苦戦は続いた。言うまでもなく、貞任は強い。体躯の差に加え、義家は左利きの強敵と戦った経験が無い。それはまるで鏡に映る己自身と戦っている感覚であった。

貞任はじりじりと義家を追い詰める。再び貞任の蕨手刀が最上段から力一杯振り下ろされた。

ぎいいいいん！

義家が再び貞任の一撃を天光丸で受け止めた。その衝撃で、愛刀が根元からぼきりと折れる——。

「しまった！」義家の顔が青褪めた。

実は生涯で貞任が相手の刀を折ったのは、この義家と、嘗て衣川の松屋敷で対峙した経清の二人だけである。相手が貞任の刃を真芯で受ける技術を有し、且つその衝撃に耐え得《う》る強靭な握力が無ければ刀は折れない。

「勝負あった。観念致せ」

貞任に諭され、義家は静かに首を縦に振った。僅かに残った柄を雪に投げ捨てると、胡坐を掻いて貞任を見上げる。その顔は実に晴れやかであった。

「貞任殿ほどの武者に葬られることこそ本望。さ、止《とど》めを刺されよ！」義家は首筋をすっと伸ばして目を瞑った。

「俺のために生きてはくれぬか？　そなたと共に新しい陸奥国《むつのくに》を創りたい…」

貞任は、周囲の兵に聞こえぬように小声で囁いた。

「郎党どもが見ており申す。これ以上手前に恥を掻かせると申されますか？」義家は笑顔で答えた。

「そうか…」貞任は一瞬天を仰いだ。

「では、許せ！」

言うと貞任は左手の蕨手刀に祈りを捧げた。義家は静かに目を閉じ、再び首筋をすっと差し出す。

この時、貞任は密かに刀を握り変えた。峰を下にして振り被る—。

「う…」

次の瞬間、貞任の呻《うめ》き声が聞こえた。不審に思った義家が目を開けると、苦痛に歪む貞任の顔が見える。

「若！ご無事で！」

光貞が郎党を従えて飛び込んで来た。貞任の背には矢が突き刺さっている。背後から光貞が矢を放ったのである。

「この隙に若を馬に乗せて逃げるのだ！」

郎党らは無理やり義家を馬に乗せ、一目散に逃げ出した。

「何をする！」

義家も抵抗したが、四方八方を二重三重に郎党の馬に囲まれては、義家の馬もそれに併せて走るしかない。

「手出し無用と申した筈だ！あの矢はうぬが射たものか！」義家は憤怒の表情で並走する光貞を睥睨《へいげい》した。

「手前には貞任に恨みがあり申す！」光貞の目が暗く光る。

「あの貞任めが俺と一加殿の仲を引き裂いたのじゃ！あの時、阿久利川《あくりがわ》で彼奴を殺《あや》めておくべきだったわ！」

光貞はぎりぎりと歯も砕けんばかりに噛み締めた。

「今、何と申した？」義家の顔色が変わった。光貞は慌てて口を押さえる。

「やはり阿久利川の夜襲事件はうぬが仕組んだものであったか！」

全てを悟った義家は怒りに我を忘れた。隣を走る郎党の腰から素早く打刀を奪うと、光貞に刃を向けて構える。

「若！　何を！」

「うぬさえ居らねば戦は起こらなかった！　うぬが千もの兵を殺したのじゃ！　この落とし前はどう付けてくれる！」

「手前は頼義様と…」

義家は血の涙を流しながら、馬上から閃光を放った。光貞の首が胴体から斜めにゆっくりと滑り落ちる―。

「―若の為を思って…」

雪原に転がった光貞の首は、そう発して力尽きた。


敗走する源氏の一行に矢の雨霰《あめあられ》が容赦なく降り注ぐ。皮肉にも安倍軍が放つ矢は、元々は国府軍の物であった。先の戦で、景季と光貞率いる国府軍が河崎柵の藁人形に打ち込んだ矢である。

安倍軍は有り余る矢を射捲くった。気が付けば義家の周りを取り囲んでいた郎党も全滅していた。

〈父上は無事か？〉

義家は不安に駆られた。頼義を失っては、源氏の再興は儘《まま》ならない。弱冠十八で初陣を済ませたばかりの義家を、棟梁と慕う武者は多くはなかろう。しかもその初陣は散々たる負け戦である。義家は父の言葉を想い出した。

―儂が戦に執着するはすべてそなたの為。河内源氏の基盤を揺るぎなき物にし、棟梁の座をそなたに譲る―

「俺が河内源氏を潰すと申すか！」

義家は天を仰いで叫んだ。両目から涙が零れ落ちる。戦には消極的な義家であったが、ここで河内源氏を絶やす訳にはいかない。義家にとって、やはり頼義はまだまだ大きな存在であった。

「父上、生きていて下され！」

義家は叫びながら半刻程馬を飛ばした。遠くで勝鬨《かちどき》が聞こえる。安倍軍は戦を終えたらしく、敵も追っては来なかった。

ふと吹雪が止んだ。視界が開けると雪道に蹄の跡を見付けた。

〈これは父上の馬の足跡か⁉〉

義家は空穂《うつぼ》に残っていた矢を鞭にして馬の尻を叩いた。馬は義家の意を汲んで力の限り走る。

—やがて義家の目は遥か前方を走る六騎の鹿毛《かげ》馬を捉えた。


敗戦の屈辱に耐えながら、頼義は狂ったように馬の尻に鞭を入れていた。周りに従える武者は僅かに五人。藤原景通《ふじわらのかげみち》、大宅光任《おおやのみつとう》、清原貞広《きよはらのさだひろ》、藤原範季《ふじわらののりすえ》、藤原則明《ふじわらののりあき》であった。

「これは夢か現《うつつ》か？　この儂《わし》が、源氏が負けたと申すか…」

悔し涙を流し、解き髪を振り乱して走る敗軍の将に、誰一人声を掛ける者はいない。

「蝦夷ごときにこの醜態《ざま》ぞ。これで内裏も儂を見限ろう。河内源氏も終わりじゃ…」

頼義に従う景通らも肩を震えさせて咽《むせ》び泣いている。

「すまぬ、そなたの倅《せがれ》の景季も死なせてしまった。許せ…」

「勿体無いお言葉にございます。景季とて、殿のために喜んで死んで行った事にござりましょう」

景通は搾り出すようにして礼を述べた。

その時、殿《しんがり》を務めていた光任が後ろを振り返り、上擦った声を上げた。

「後ろから一騎、こちらに向かっております！」

「敵か⁉」貞広の顔が見る見る青褪める。

「もう良い。敵なれば儂《わし》を殺せ」頼義が弱々しい声で呟いた。それはまるで病に魘《うな》されている様な口調である。

「何を申されますか！　今頃若も必死で戦っておられましょう！」

五人の中では一番の格である景通が諫めると、頼義ははっと我に返った。

「そうじゃ！　義家は無事か⁉」そう叫んだ頼義の耳に、聞き慣れた声が微かに届く──。

「父上！」義家は頼義を認めて大声で叫んだ。

「なんと！　あれは誠に義家か！」馬を止め、頼義は近付いて来る若武者を見据えた。

「間違いございませぬ！　義家様にございます！」貞広が叫んだ。皆歓声を上げ、義家を迎える。

「無事であったか！」頼義の顔に生気が戻った。

「父上こそご無事で何よりにございます！」義家も笑顔で応じた。父と子は熱い抱擁を交わす──。

「経範や茂頼《しげより》の安否は知っておるか？」落ち着きを取り戻した頼義が訪ねると、義家の笑顔が忽《たちま》ち消えた。

「茂頼は分かりませぬが、経範は討ち取られたと…。それに為清と致輔も恐らくは…」

義家の暗い目に、景通らは言葉を失う。

「源氏六将のうち、四人を失ったか…」頼義はがっくりと項垂《うなだ》れた。

「為清、致輔、そして景季──。これまで皆儂《わし》のために尽くしてくれた者達ぞ！　父の代から三十年も源氏の屋台骨を支えてくれた経範まで…。この分では茂頼も助かるまい」

頼義は男泣きに泣いた。皆がそれを貰い泣く。その涙も瞬時に凍った。

「間もなく落ち武者狩りが始まりましょう。ここで我らが命を落としてはあの世で経範らに叱られ申す。あの者らの為にも、多賀城に急ぎましょう！」

涙を振り拭い、義家が言った。その顔は、まさに次期棟梁のそれであった。


吹雪が止み、徐々に視界が開けるに連れ、戦の惨状が明らかとなった。黄海の雪原には夥しい数の屍《しかばね》が転がっている。その殆ど全てが白塗りの鎧を纏《まと》った国府軍の兵であった。大地は血に染まり、最早紅《くれない》の世界とも云うべき修羅場と化している。中には未だ息があり、苦痛に呻き声を上げている者もいた。しかし、恐らく助からない。夕暮れ時を迎え、死臭を嗅ぎ付け現れた烏《からす》の群れが忙《せわ》しなく騒いでいる。

「虫の息の者には止めを刺してやれ。敵の屍も丁寧に扱ってくれ」

偶々《たまたま》通りかかった遺体処理を司《つかさど》る黒鍬組《くろくわぐみ》に貞任が声を掛けた。光貞に喰らった背中の矢は、幸い急所を外している。

源氏に壊滅的な打撃を与えて大勝した貞任であったが、その表情は暗かった。その多くが敵兵とは言え、僅か半刻足らずの戦闘で二千近くもの兵が犠牲になったのである。

「為時を探せ！」

雪原に為行の声が響いた。為行は貞任、経清と共に二百の兵を従え、落ち武者狩りの指揮を執っていた。

「頼義も未だ見付からぬ」

「これだけの敗戦で逃げ延びたとは、どこまでも悪運の強い男よ…」経清の言葉に、貞任は苦笑いで答えた。

「義家殿は如何《いかが》致したかの？」経清が案じた。

「なんとか逃げ果せただろう。光貞に礼をしたいくらいだ」貞任は、背中の痛みを覚えつつも頬を緩めた。

「申し上げます！　平国妙《たいらのくにたえ》と名乗る者が投降して参りました。経清様にお目通しを望んでおります」

「何と！　国妙殿だと⁉」現れた兵の言葉に経清が目を丸めた。

「顔見知りか？」

「顔見知りも何も、手前の外伯父にござる。まさか国妙殿が国府軍に付いておったとは…」

経清は、身内が敵となっていた事実に愕然とした。

「申し訳ござらぬ…」経清は、貞任に詫びた。

「そなたには関わりの無き事よ。それに何か事情があるのかも知れぬな。会ってやれ」

貞任は落ち武者狩りの指揮を為行に任せ、経清と河崎柵近くに設けた牢獄に同行した。

国妙は戦上手と名の知れた出羽の武将で、経清の伯母を妻としていた。経清が亘理に来る前に都で会って以来の再会である。暗い牢内に国妙は禅を組み、背筋を伸ばして目を瞑っていた。

「儀伯父上《おじうえ》殿、これは一体…？」

経清の声に気付いた国妙は、目を開けて哀しい笑いを見せた。その顔には深い苦悩の皺が刻まれている。

「そなたが安倍の将とは、平不負《たいらのまけじ》と称された儂《わし》ともあろう者が不覚を取ったわ…」

苦渋に満ちた表情に変わると、国妙は続けた。

「多賀城務めのそなたなれば国府軍に居ると思ってな。頼義将軍が河崎を討つと聞きしに及び、そなたを手助け致そうと多賀城に馳せ参じた次第」

「手前を助けるために？」経清の声が暗い牢に響く。

「しかし結果的にそなたらを攻めたは事実。儂《わし》の首で許しを請う前に、儂の想いを知って欲しくてな。それで投降致した。これでこの世に未練は無し。誰ぞ介錯をお願いしたい」

「…」

ただ呆然と国妙を見詰める経清に代わり、貞任が口を開いた。

「平不負殿とはそなたの事であったか。その噂、某《それがし》の耳にも届いており申す。身内の情でご出陣とは見上げたお心掛け。経清が先の戦まで国府に身を置いていたは揺るぎ無き事実。そなたが国府に味方するはむしろ当然と申すもの。経清、許してやれ」

「しかし…」経清は逡巡した。己の身内故《ゆえ》許したと取られれば、兵に示しが付かない。かと言って、自分を助けようとした外伯父の気持ちは痛いほど理解出来る。

「おぬしの意でなく、惣領の俺が許した事にすれば問題あるまい」経清の心中を慮《おもんぱか》り、貞任が助け舟を出した。

「お言葉ではあるが、それでは恥の上塗り。どうか自刃《じじん》させて下され」国妙は死装束と短刀を所望した。

「国妙殿、手前は経清らと共に新しい陸奥国を創る心算《つもり》にござる。その前に、まだまだ困難が立ち塞がりましょう。あるいは内裏がまた攻めてくるやも知れぬ。その時に今日の貸しを返して頂きたい。我らの為に生きて下され」

〈この男のために、新しい陸奥のために生きるのも悪くは無い…〉

貞任の情けに国妙は万感の涙で答えた。

頼義らと逸《はぐ》れた藤原茂頼《ふじわらのしげより》は、一人呆然《ぼうぜん》と夕焼けの照らす黄海の戦場《いくさば》に佇《たたず》んでいた。自らが率いていた二百の兵は疾《と》うに失っている。長年苦楽を共にして来た経範を始め、自分の息子と同じ位の若さの景季、致輔、為清が討ち取られた事も、戦場に触れ回る敵兵の声で承知していた。

〈この分では、殿や若も…〉茂頼は、戦で踏み固められた雪原にがっくりと膝を突いた。

戦場に老兵が一人おめおめと生き残るは恥と自害を考え、懐から短刀を取り出した茂頼であったが、頼義らの亡骸《なきがら》を放置する訳にもいかない。かと言って戦場を彷徨《さまよ》えばいずれ落ち武者狩りに合うだろう。そこで茂頼は手にした短刀で頭を丸め始めた。この時代、僧なれば供養と称して戦場を巡り歩いても不思議は無い。

白いものが目立つ髪の束が足許に広がる。時折刀が頭を傷付け出血した。虚しさに、老兵はぽろぽろと涙を流す。

「亡骸は必ずや手前が見付けて差し上げまする。これより先は出家して、殿らの弔《とむら》いに余生を過ごしましょう」

茂頼は御仏に誓いを立てると立ち上がり、一人戦場へと舞い戻って行った。

同じ頃、金為行《きんのためゆき》は黄海の雪原で為時《ためとき》を捜索していた。

為時は生きていた。元来の臆病者で腕に覚えも無い為時は、安倍軍の急襲を知ると吹雪に身を隠しながら即座に戦場を離れ、かまくらに籠もって振り注ぐ戦火をやり過ごしていたのである。為時は混乱していた。なぜあの場に安倍の軍勢が控えていたのか？　国府軍の進撃は極秘の内に行われた筈である。内通無くして待ち伏せは有り得ない。だとすると、頼義に真っ先に疑われるのは自分である。気仙には当然追っ手が放たれているだろう。貞任が安倍富忠《あべのとみただ》の許に向かった事も為時の耳に入っていた。ならば頼時を討った事実も貞任に知られているかも知れない。となれば奥六郡にも自分の居場所は無い。為時は陸奥にあって、源氏と安倍の両者を敵に回した事実に震えた。

その為時に配下が告げる。

「為時様、こちらに兵が向かっております！」

「安倍の落ち武者狩りか？」為時は青褪め、おろおろとなった。

「雑兵《ぞうひょう》に身を窶《やつ》してこの場を切り抜けるしかござりませぬ。敵の死骸から陣笠と具足《ぐそく》を剥いで参ります」

「屍《しかばね》の武具を纏《まと》えと申すか！」

頼義の策により、国府の兵の鎧は白く塗られていた。無論、為時のそれも白い。配下の提案に露骨に眉を顰めた為時であったが、それ以外にやり過ごす方法は皆無である。甲冑を脱ぎ捨て、側近が携えてきた具足と陣笠を渋々着用した。その具足と陣笠は白く塗られてはいない。この戦で一番最後に戦場に出た為行の兵のものである。

「よし、これでどう見ても安倍の兵ぞ」

為時は安堵の溜息を吐いた。しかしその表情は、向かって来た安倍の将を目にすると一変した。

「まずい！　あれなるは為行ぞ！」

腹違いながら実の兄では顔を見られれば一巻の終わりである。反射的に脇道に逸《そ》れて平伏し、顔を隠した。配下も慌ててそれに続く。

〈―ん…？〉

長槍を手に二百の騎馬隊を率いて落ち武者狩りを指揮していた為行が、雪に額を擦り付ける兵の一団に違和感を覚えた。その格好は磐井の兵だが、では何故地に伏す必要があろうか？　それに腰の物も、具足や陣笠とは不釣合いな程立派に光り輝いている。その太刀には見覚えがあった。

〈為時だな？〉

智将と名高い為行の目が光る―。

「為時と申す者を見なんだか？」

無言を貫く為時の体がぴくりと動いた。

「この世でたった一人の儂の弟よ…」為行は低い声で語り続ける。

「そ奴はあろう事か蝦夷の誇りを失い国府軍に与《くみ》した。平定親なる配下に命じて頼時殿も騙まし討ちにしたと聞く。

何とも下衆《げす》な男よのう…」

それを聞いて平伏す為時の肩がぷるぷると震え出した。

「この罪は万死に値する。然《さ》れど血を分けた実の弟をこの手に掛けたくはない。武士の死に場所を用意してやる故、為時を探しておる」

長い沈黙が続く—。

為行は哀しい目をして為時に自害を迫った。返事は無い。

「おのれ！」

その沈黙を引き裂いて突然為時が叫んだかと思うと、太刀を抜いて為行に襲い掛かった。

勝負は一瞬で終わった。為行の槍が為時の胴を深々と貫いたのである。

「一族の者の不祥事には一族の者が差別《けじめ》を付けねばならぬ。これで良いな？」

為行が槍を抜くと、為時の腹から鮮血が吹き上がった。

為時の口が金魚の様にぱくぱくと動く。

それが為行に母の乳をねだる赤子の頃の為時を想い出させた。

—やがて為時の口の動きが止まると、為行の目から一滴《ひとしずく》の涙が零《こぼ》れ落ちた。


翌日、貞任は僧籍に入る良照、井殿、家任を黄海に呼び寄せ、供養の経を唱えさせた。中尊寺やその別院の梅際寺（現在の雲際寺）、遠くは不来方の天晶寺（現在の天昌寺）からも幾多の僧侶を招いて、敵味方の区別なく、手厚く菩提を弔わせた。安倍軍の圧倒的な勝利の下、こうして俗に言う黄海の戦いは幕を閉じた。頼時の死から四十九日目の出来事であった。

当時を知る天光丸は嘗《かつ》ての河内国、現在の大阪府羽曳野市の壺井八幡宮に、今もひっそりと残されている。

申の章　安らぎの日々

官軍敗れるの第一報は衝撃を持って内裏に伝えられた。無論、頼義は巧みに敗戦の責任を他人に転嫁《てんか》した。その槍玉に上げられたのは、兵と兵糧の提供を拒んだ出羽守、源兼長《みなもとのかねなが》であった。その兼長への批判の裏には、同じく援軍の派遣を拒んだ内裏への皮肉も込められている。

同じ源氏でも醍醐《だいご》源氏の流れを汲む兼長は、河内源氏の棟梁たる頼義とは昔から反りが合わない。そのせいか兼長は、頼義には兎《と》に角《かく》非協力的であった。兵不足に喘《あえ》いだ頼義は陸奥国中の農民らを徴兵しようと試みたが、それを拒否した多くの農民が出羽国に逃げ込んだ。頼義は書面を通じて兼長に農民を送り返すよう求めたが、兼長はこれを無視した。出羽守の陰謀のせいで、みすみす勝てる戦を失ったと、頼義は再三再四恨み節を内裏に送ったのである。

都と陸奥は遠く離れている。内裏も容易に都に攻め入って来れぬと安倍を侮っていたのは事実である。鎮守府将軍は天下に武勇を轟かせた名将頼義である。その頼義なれば手勢のみで安倍を討てると踏んでいたのかも知れない。しかし実際は頼義軍は本人を含めて僅か七騎にまでその数を減らす大敗を喫している。我が国の歴史上稀に見る大敗北と言っても過言ではなかった。

内裏も漸《ようや》く陸奥の脅威を実感したのか、頼義の抗議に即座に応じて兼長を罷免し、後任の出羽守に源斎頼《なりより》を任命した。この報せに頼義は小躍りして喜んだ。敗戦の責任をまんまと兼長に擦《なす》り付け、自身の更迭を辛うじて免れたのである。そればかりではない。頼義と斎頼は父同士が従兄弟に当たる縁者の間柄で、頼義は出羽国府軍の援護を大いに期待した。しかしそこは血で血を洗う源氏の宿命か、それも糠喜《ぬかよろこ》びに終わる。鷹飼いを嗜《たしな》む斎頼は出羽や陸奥の鷹に夢中で、貞任が出羽に攻め入らぬ事を理由に一向に軍を動かそうとしなかったのである。これには頼義も失望した。先の戦の大敗を受け、最早坂東武者の参戦も見込めない。東日流《つがる》の安倍富忠《あべのとみただ》の懐柔工作も失敗に終わっている。安倍の兵は実に五万。多賀城や伊治城の僅かな国府軍だけでは、貞任率いる強大な安倍軍に太刀打ち出来る筈が無かった。

頼義は黄海の戦いで九死に一生を得て以来、塞《ふさ》ぎ込む事が多くなっていた。夢枕には三十年を共に過ごした佐伯経範《さえきのつねのり》や、若くして討ち死にした藤原景季《ふじわらのかげすえ》、和気致輔《わけのけいすけ》、紀為清《きのためきよ》らが夜な夜な立つ。白髪や皺は見る見る増え、逞《たくま》しかった身体は一回りも二回りも小さくなっていた。病は気からの格言通り、近頃は病に伏せる事も多い。失意の上、御年六十を越えては無理もない。

他にも頼義の気鬱《きうつ》を増長させる出来事があった。経清の暗躍である。

「殿、お体は如何《いかが》で？」襖の向こうから声が聞こえた。

「相変わらずじゃ。良くも悪くも無い。入れ」

この日も頼義は寝所に籠もっていた。前日からの発熱で、褥《しとね》は寝汗で湿っている。

浮かぬ顔で寝所に現れたのは僧形の藤原茂頼《ふじわらのしげより》であった。黄海の戦いで頼義と逸《はぐ》れた後、頼義の討ち死にを早計した茂頼は剃髪《ていはつ》して戦場を弔《とむら》い歩いた。その後、多賀城へ向かう道筋で頼義の無事を知ったのである。

「何か良からぬ事でも起こったか？」茂頼の顔色を見て察した頼義が、床に横臥《おうが》しながら重い口を開いた。

「経清らの兵が桃生《ものう》に現れ、村々を回って年貢を取り立てた旨にございます」

「またか。聞きたくも無い」不機嫌そうに吐き出すと頼義は寝返りを打ち、茂頼に背を向けた。

先の戦に勝利して以来、経清はしばしば衣川関《ころもがわのせき》を越えて磐井郡より南方、すなわち国衙領《こくがりょう》に出没するようになっていた。本来官物となるべき租税を奪うためである。尤《もっと》も、これは国府側から見た表現で、現実は違った。安倍を慕う農民らが自ら率先して安倍に税を納め始めたのである。多賀城で国府の徴税の纏めを務めた経験を持つ経清は、今や貞任から安倍の財務を任されていた。経清は徴税のため、多賀城の近くは牡鹿《おしか》（宮城県石巻市）まで、遠くは信夫《しのぶ》（福島県信夫郡）や白河（福島県白河市）にまで遥々《はるばる》足を運んだ。

国府の発行する受領書には朱印が捺《お》されているため、赤符と呼ばれている。これに対し経清は、安倍への納税の証しとして村人に白符を渡していた。白符と言っても只の白い紙切れに非ず。宋渡りの上質の漉《す》き紙に経清の墨印が施されたものである。国府の役人が税の取立てに現れた際、これを見せて経清に強奪されたと訴えれば農民にも害は及ばない。安倍の政《まつりごと》を司る宗任の策であった。

無論、白符による租税の徴収は国府に対する明らかな叛逆行為であるが、それを抑止する力は今の頼義には無かった。陸奥国の民は全てが貞任を主人と見做《みな》していると言っても過言では無い。陸奥守としての権威も地に落ちていた。再起を心に誓いながらも、何も出来ずに月日ばかりが虚しく過ぎて行く。世に国士無双の鬼武者と知られた頼義にとって、まさに屈辱の数年間であった。

麗《うら》らかな春のある日、鳥海柵から出立した一頭の尾花栗毛《おばなくりげ》が江刺に向けてのんびりと歩を進めていた。白金の鬣《たてがみ》が陽に美しく煌《きらめ》く。馬の上には穏やかな笑みを浮かべる宗任の姿があった。その腕には嫡子の梅丸が抱かれている。頼時を継いで宗任が政《まつりごと》を取り仕切るようになってから、安倍の政庁は衣川から鳥海《とりみ》に移っていた。忙しい政務の合間を縫って、宗任は江刺の豊田館《とよだのたち》に経清を訪ねたのである。

宗任の後には郎党の松本秀則、秀元兄弟が漆塗りも豪華な女乗物《おんなのりもの》を担いで従っていた。中には髪に銀の簪《かんざし》を挿した中加が眠れる幼女を抱いている。永衡の忘れ形見、二歳を迎えた卯沙《うさ》である。

松本兄弟をはじめとする僅かな郎党のみを従え、宗任と中加は兄妹水入らずで千紫万紅《せんしばんこう》の奥州路を楽しんでいた。山々には枝垂桜《しだれざくら》が鮮やかに咲き誇り、楽しげな鶯《うぐいす》の鳴き声が耳に心地良く響く。いくら安倍の領地のど真ん中とは言え、先の戦の頃は考えられない和やかな光景である。

やがて山の向こうに大きな館が見えてきた。経清の住まう豊田舘である。柔らかな陽差しも大分西に傾いていた。

「うめまるどの！」

一行を見付け、笑顔弾ける幼子《おさなご》が館から飛び出して来た。梅丸と同い年の従兄弟、清丸である。梅丸も馬から飛び降りると一目散に清丸目掛けて駆け出した。夕日が作り出した子供の影は、本人の背丈より遥かに長い。

漆塗りの冠木門《かぶきもん》の前で経清と有加が宗任らを出迎えた。屋根の無い無骨な冠木門は如何にも剛健質朴《ごうけんしつぼく》な経清の館に相応しい。乗物から降りた中加は姉の有加に卯沙を手渡した。大事そうに有加が受け取る。皆の顔に笑いが見えた。

豊田館では夕餉を囲みながら、優しい時間が流れていた。宗任と経清は酒を酌み交わし、有加と中加は部屋を無邪気に走り回る子供たちに目を細める。

「子の成長は早いものだな。清丸と梅丸殿ももう四つか」経清がしみじみと語った。

「我らも歳をとり申した」宗任の言葉に皆が爆笑する。既に宗任も経清も三十路を歩んでいた。

「貞任殿は達者か？」

「兄者のことだ。今頃夜桜でも眺めながら独り酒でも食らっておろう」

「独り酒か…」

「安倍の世継ぎが三十を過ぎて独り者とは笑われます」

男二人の会話に有加が口を挟んだ。中加も頷く。この美しい姉妹は子供の頃から貞任を慕っている。

「実はその兄者に、為行殿から託《ことづ》けを預かっておってな…」

宗任は中加と顔を見合わせると、為行からの話を皆に手短に披露した。

「それは良いお話ですわ！」有加の顔がぱっと輝く。

「それで明日、厨川まで足を伸ばそうと思ってな。経清殿も暫《しばら》く兄者に会ってはおられぬ筈。留守は秀則と秀元に守らせます故《ゆえ》、手前と御同行願えませぬか？」

「それは吝《やぶさ》かではござらぬが、知らせも無しに急に訪ねては、貞任殿に御迷惑ではあらぬか？」

「案じ召されるな。兄者の事だ。暇を持て余して野良仕事でもしていよう。経清殿が参れば喜ぶ」

二の足を踏む経清に宗任は白い歯を見せた。

「経清様、わたくしが姉様と共に清丸殿のお世話を致します。清丸殿が寂しくないよう、梅丸殿と卯沙を連れて参りました」中加も経清の厨川詣でをせがむ。

「それも良いですね。経清様、たまには息抜きに宗任兄様と遠出なさいませ」有加も笑顔で応じた。

「そうか、ではそう致そう」経清は、笑顔で盃を煽った。

「貞任兄様の事ですから、最初は必ず拒みますわ。でも本心は違いますから、必ずお連れして下さいまし」

有加はくすくすと笑った。

「如何《いか》にも。『そこまで言われれば仕方がない』云々《うんぬん》と申して渋々従おう」

宗任が貞任の声色を真似ると、皆が大笑いした。

それにつられて、子供たちの笑い声が夜の豊田館に賑やかに響いた。


「昨夜《ゆうべ》は興奮して、三人ともなかなか寝付けなかったのですよ」

翌朝、有加と中加が笑顔で女館《めのたち》から現れた。子供たちは未だ川の字になって眠っている。

「中加、梅丸を頼んだぞ」

すやすやと眠る我が子の寝顔に眼を細め、宗任は旅支度を急いだ。梅丸の母方は平家の出で永衡と縁がある。それ故《ゆえ》中加も梅丸を我が子の様に可愛がっていた。

朝餉を済ませた宗任と経清は颯爽と馬に跨る。

手練《てだれ》の松本兄弟を豊田館の守りとして残し、二人は日高見川沿いを北上した。川縁《かわべり》の土手を速駆けすると、日に日に暖かさを増す風が頬に当たる。途中、展勝地《てんしょうち》で漸《ようや》く綻び始めた桜を愛でながら、茶屋で団子を頬張った。

「珍しき団子にござるな」経清が茶を啜りながら呟いた。経清は都風の御手洗《みたらし》団子しか知らない。

「陸奥の団子は醤油のみで味付け致す。お口に合いませぬか?」

「いやいや、素朴ながら実に味わい深い。気に入り申した」経清は本心から言った。

陸奥独特の団子を味わいながら、二人の心は弾んでいた。それは春の陽気のせいばかりではない。二人とも貞任に逢うのは一年振りなのである。

逸《は》やる気持ちを抑えながら、宗任は経清を道草に誘った。奥大道《おくだいどう》を東に逸《そ》れ、東和《とうわ》の山中に分け入る。深い森に経清はひんやりとした霊気を感じた。杉の幹から桐の木が生えている。

「こ、これは…」

やっとの思いで声を絞り出した経清の視線の先には、圧巻の磐座《いわくら》が鎮座していた。横幅が四間（約七ｍ）はあろうかと言う巨石である。

「丹内石《たんないせき》と申しましてな、荒覇吐《アラハバキ》の神を祀っており申す。古くは阿弖流為《あてるい》公も加護を受けたとか」

よく見るとその巨石には幾分小振りの岩が倒れ掛かり、僅かな隙間が生じている。

「この隙間を岩肌に触れる事無く潜り抜ければ大願が成就すると言われております」

「大人には無理そうですな」

「子供なら出来ましょう。次は清丸殿と梅丸を連れて参りましょうぞ」

「成程、陸奥の次代を担うあの二人に陸奥の安穏無事《あんのんぶじ》を願わせるのですな」

得心して経清が頷くと、如何なる干天でも枯れぬと伝わる手水鉢《ちょうずばち》が二人の笑顔を映し出した。

流石《さすが》は武芸に秀でた二人だけあって、不来方《こずかた》には夕刻前に到着した。物見の者から報せが入ったらしく、厨川柵では大柄な男が二人を待ち構えていた。無論、柵の主人《あるじ》、貞任である。

「久しぶりだな。よくぞ参った。ゆっくりして行け」貞任が笑顔で二人を迎える。

「不来方は江刺より大分寒いのだな」経清はこの地が初めてであった。

「俺の町だ。なかなか面白き町ぞ。明日よりゆっくりと案内しよう」

貞任は自慢の柵に二人を招き入れた。

日高見川の左岸断崖の上、狐森《きつねもり》と呼ばれる地に築かれた厨川柵は南北に長く、北から勾当館《こうとうのたて》、外館《とだて》、北館《きたのたて》、本丸、中館《なかのたて》、南館《みなみのたて》の六つの建物から成り立っている。その西側には帯曲輪《おびくるわ》が巡っていた。北東から流れ来る日高見川はこの柵の直下で断崖にぶつかり、進路を南東へと変えている。その規模は安倍十二柵でも最大で、宗任の守る鳥海柵にも引けを取らない。その気になれば数万の兵が籠もる事が出来よう。

柵に隣接する貞任の館に上がると腰元《こしもと》が酒を運んで来た。安倍の惣領が住まうこの館は、地元の民からは安倍館《あべたて》と呼ばれている。安倍館の門は欅《けやき》の一枚板で造られた腕木門《うできもん》で、一般的には正面の入り口は当主や貴人のみが利用し、身分の低い者は横の通用口を使うとされている。しかし貞任は身分に分け隔てなく、万人《ばんにん》に正面の欅の戸を潜らせた。現に腰元もこの門の正面入り口を使っている。

兄弟水入らずの宴が始まった。柵の下を流れる日高見川の水音と、男たちの笑い声が実に賑やかな夜となった。


翌朝、経清は日高見川から汲んだ清らかな水で顔を洗っていた。山々の雪解け水は身を切るように冷たいが、その分清々しい気分にさせてくれる。

「酒は残っておらぬようだな」

不意に背後から声がした。振り向くと貞任がにやにやしながら庭に立っている。

「そこまで弱くはない」経清は苦笑した。

「寒くはなかったか？」

「褥《しとね》を二重にしたからな。大丈夫だ」

歳が一つしか違わないこの義兄弟は、黄海の戦い以来すっかり打ち解けていた。

朝餉《あさげ》を済ませると、貞任は経清と宗任を朝駆けに誘った。貞任は愛馬石桜《せきおう》の額の星を撫でるとその背に飛び乗った。腹を蹴り、町へと向かう。尾花栗毛と黒鹿毛も後に続いた。

安倍館の腕木門を潜《くぐ》ると、目の前に雄大な巌鷲山《がんじゅさん》が迫っていた。

「噂には聞いていたが、これほど大きな山とは…」経清が感嘆の声を上げる。昨夜は暗くて見ていない。

「なぜ巌鷲山と申すか知っておるか？」貞任が経清に尋ねた。経清は首を横に振る。

「起伏の妙でな。雪解けが進むと頂の黒い山肌に翼を広げた大鷲が現れる。この時期にしか見えぬ幻の鷲ぞ」

言われて経清は山頂に目を凝らした。確かに山肌が飛翔する鷲の形に浮かび上がっている。

貞任らは左に旋回して巌鷲山を背にすると、なだらかに続く坂を一気に駆け抜下りた。安倍館から真っ直ぐに伸びるこの坂は館坂《たてさか》と呼ばれている。これを下ると日高見川に出た。川沿いを直進すると、やがて大きな太鼓橋が見えて来た。開運橋《かいうんばし》である。

「これをそなたらに見せたかった。ここから見る巌鷲山が一番見事ぞ」

橋を渡りながら、貞任は誇らしげに笑った。眼下を流れる日高見川と巌鷲山の対比が実に美しい。経清や宗任が住む中流域とは違って、源流に近いこの地では日高見川は川幅が狭く、その分流れが速い。経清は川の急流と山の雄大さに只々圧倒された。

不来方の町中を進み四《よ》ツ家《や》町に入ると、赤川の畔に五尺を超える大きな地蔵が鎮座していた。右手に錫杖《しゃくじょう》、左手には握り飯の様な宝珠《ほうじゅ》を持って微笑んでいる。その体形は異例とも言うべきで、実に膨《ふく》よかでどっしりとしている。

「これは？」経清が眼を丸めた。これ程の大きさの地蔵は都にも無い。

「大智田中地蔵尊《だいちたなかじぞうそん》と申してな。民には田中の地蔵さんと呼ばれて親しまれておる」

地蔵の横を流れる赤川の水を美味そうに口に含みながら、貞任が笑顔で答えた。

道行く民が貞任に気付いて笑顔で手を振る。貞任も民に気さくに応じる。

〈貞任殿も地蔵と同じく、民に愛されておるのだな〉

前を進む貞任の大きな背中を経清は笑顔で見詰めた。

やがて一行は細い川に出た。中津川《なかつがわ》である。

「この川は実に面白し。夏には鰻や鮎が、冬には鮭《あきあじ》が獲れる。今年の冬には腹子の塩漬けを贈ってやろう」

「何と！　不来方にまで鮭が遡《さかのぼ》って来ると申すか！」

海に面した亘理でも勿論鮭は遡上する。しかし河口から三百里近くも離れたこの地まで鮭が上るとは俄《にわ》かには信じ難い（当時の一里は五三三・五メートル）。

「この川は日高見川の支流。ここで産まれた鮭は本流に沿って大海に下る。育った川の匂いを頼りに、数年後には命を繋ぎに必ずここまで戻って来るとか」貞任の代わりに宗任が教えた。

三人は中津川に掛かる上《かみ》ノ橋を渡り、町中を目指した。欄干を飾る青銅の擬宝珠《ぎぼしゅ》が経清に都を想い出させる。

河南《かなん》側の中津川沿いを暫《しばら》く下り、下《しも》ノ橋を渡って再び河北《かほく》に戻った。そのまま進むと小高い丘の上に高さ四間（約七m）近い巨大な岩が見えて来た。その岩には注連縄《しめなわ》が飾られ、周囲を白い小石で囲まれている。

「環状列石《かんじょうれっせき》か？」

「左様《さよう》。烏帽子岩《えぼしいわ》と申してな。荒覇吐《アラハバキ》の神を祭っておる」

三人は馬を下り、烏帽子岩に手を合わせて陸奥の平和を祈った。この地は後に『三日月の丸くなるまで南部領』と詠まれる程の隆盛を極めた南部藩において、総鎮守として篤く信仰される櫻山神社《さくらやまじんじゃ》となる。

「そろそろ昼食《ちゅうじき》としよう」

貞任は、参道に構える白龍庵《はくりゅうあん》という名の店に二人を誘った。貞任を先頭に三人が暖簾《のれん》を潜る。馴染みの店のようで、店主は貞任と分かると笑顔を浮かべた。

狭い店内には卓が三つ並んでいる。三人は奥の卓に座った。

「普通を二つと大を一つ貰おうか」

貞任の注文に店主は軽い頷きで答えた。厨《くりや》の釜からもうもうと湯気が立ち昇っている。

やがて店主が運んで来た料理は、経清にとって見た事も無いものだった。平らな皿に平たく打たれた饂飩《うどん》のようなものが盛られ、その上に黒い肉味噌が乗っている。汁は無い。薬味には刻んだ葱《ねぎ》と胡瓜《きゅうり》、皿の端には紅生姜《しょうが》と擂《す》り下ろした黄色い生姜が置かれていた。貞任が頼んだ大には紅生姜が二枚、普通盛りにはそれが一枚配されている。

「じゃじゃ麺と申す。旨いぞ」

貞任は卓上の卸大蒜《おろしにんにく》と酢、それに唐辛子の入った胡麻《ごま》油を掛け、慣れた手付きで混ぜ合わせて豪快に頬張った。

「饂飩のようだが、兄者、饂飩は汁に浮くものではないのか？　博多津で食した事がある」

宗任もじゃじゃ麺は初めてであった。博多は承天寺《じょうてんじ》に饂飩蕎麦《うどんそば》発祥の地を標す碑がある。宗任は交易で何度も博多を訪れていた。

「これは渤海（旧満州）より直接この地に伝わりしもの。西国の食い物とは別物ぞ」

そう言いながらも貞任の箸は止まらない。二人も麺を口に運んだ。

「ふむ、なかなかいけるな」宗任が唸る。

「饂飩なら都で食した事があるが、葱《ねぎ》はあっても胡瓜《きゅうり》はあらず」

「それには面白い話があってな―」驚く経清に貞任が笑いながら説明する。

「店主曰《いわ》く、最初は葱しか乗せておらなんだが、ある日客が胡瓜を入れろと申したそうな。そしたらそれが絶品でな。お陰で店は繁盛した。暫《しばら》くするとその客が店をまた訪れてな。話しを聞くと遥々《はるばる》遠野からやって来たと言う。店主が礼を渡そうと店の奥に下がり、再び戻ると皿の上に勘定を残し、客の姿は消えていたと言う。何故かその席は濡れており、店外に続く足跡には大きな水掻《か》きがあったそうな」

そう言って貞任は、食い終わった皿に卵を落として掻き混ぜると店主に渡した。店主は皿に沸騰した麺の茹で汁を入れて貞任に差し出す。

「ち―たんたんと言う〆の汁ぞ。皿洗いも兼ねるがな」

貞任は笑うと塩と胡麻油で味を整え、美味そうに汁を啜《すす》った。

「不来方には不思議な食い物があるのだな」

「我ら安倍は大陸との独自の交易網を持っておる。よって色々な食物も入って参る」

貞任の言葉に経清はなるほどと頷いた。

「食導苑《しょくどうえん》や大洞園《だいどうえん》、跳《は》ね兎舎《としゃ》の冷麺も旨いぞ。片栗の粉で作りし白き麺を白の陶器で食すもの。これも高麗《こうらい》伝来の珍物《うずのもの》だ。ただし…」貞任は悪戯っぽい笑みを浮かべて続けた。

「麺に朝鮮漬けを絡めて食べる。辛いぞ。口から火を吹く」

笑顔で語る貞任に、そんな食べ物など聞いた事もないと呟《つぶや》き経清が目を丸めた。

白龍庵を出た三人を、咲き誇る見事な桜の老木が出迎えた。よく見るとそれは不思議な光景だった。その桜は、楕円形の巨大な花崗岩を割って幹を伸ばしている。

「石割桜《いしわりさくら》と申してな。昔、台座の巨石が落雷を受けて僅《わず》かに罅《ひび》が入り、その隙間に入り込んだ桜の種が石を割りながら育《おが》ったと言う。石割桜は不来方で一番先に咲く桜でな。こいつの名前の由来でもある」

そう言って貞任は石桜の額の星を撫でる。

不来方に遅い春の訪れを告げる石割桜を愛で、一行は再び馬を走らせた。

「もう一つ見せたい物がある」

貞任は二人をとある神社に案内した。鳥居の奥には苔生《こけむ》した三体の岩がひっそりと祭られている。その岩には、何やら手形のような模様が浮んでいた。

「これは鬼の手形と言われている」

伝承では、古《いにしえ》の昔に羅刹鬼《らせつき》という名の鬼がこの地に巣食い、度々村人に悪さをした。見かねた三《み》ツ石《いし》の神はこの鬼を捕らえて罰し、二度とこの地に現れぬ証しとして三つの岩に手形を押させたと言う。これが岩手の地名の起源とされている。盛岡の旧名である不来方も、『鬼が二度と来ない地方』に由来すると言う。

「だがな…」貞任の顔が俄《にわ》かに曇った。

「これは勝者、すなわち朝廷側の伝承ぞ。鬼は蝦夷を、神は坂上田村麻呂を指す」

貞任の言葉に、経清と宗任も心が沈んだ。

岩手だけではない。青森で有名なねぶたも鬼を鎮めた喜びの祭りと伝えられるが、その鬼は蝦夷とされ、それを討ち取った英雄はやはり田村麻呂である。祭りの跳人《はねと》は地中に埋めた蝦夷が二度と出て来れぬよう、朝廷軍が土を踏み固めたのに基づくと言う説もある。

「大和朝廷は何時の世も、陸奥を化外《けがい》の地と蔑視する…」貞任は岩肌に浮ぶ手形を哀しげに見詰めながら続けた。

「だが、それも俺達の代で終わらせる。俺はおぬしらと新しい陸奥国を創る。目指すは朝廷の治めし秋津洲六十余州《あきつしまろくじゅうよしゅう》からの独立ぞ！」

貞任の叫び声が境内の森に木霊した。二人は唖然として息を飲む—。

「独立国家か…」やや間を置いて、経清が搾り出すように声を発した。

〈この男なら、都に撃って出ても勝てるかも知れぬな…〉

まだ肌寒い不来方の春にも関わらず、経清は背中に汗を掻《か》いていた。

〈いや、それはあるまい〉

経清は心の中で独り言を呟いた。如何《いか》にも貞任率いる安倍軍なれば、朝廷軍とも互角の戦いが出来よう。しかしそうすれば夥《おびただ》しい数の犠牲が出る。それは貞任が最も嫌う事である。

「独立国家、良いではないか！」

厨川への帰路の途中、経清は馬上から並走する貞任の肩を叩いた。その顔は西日を浴びて輝いている。宗任の心の中でも、蝦夷の誇りが燃え滾《たぎ》っていた。

〈俺は生まれこそ都だが、心は今、完全に蝦夷ぞ！〉

血潮の昂《たか》ぶりを感じながら安倍館に戻った経清を、巌鷲山《がんじゅさん》に舞い降りた大鷲が遥か上空から出迎えた。


翌日も穏やかな日和であった。卯月《うづき》（旧暦四月）の最初の午《うま》の日に当たるこの日も、貞任は二人を遠駆けに誘った。

狐森を抜け館坂を下り、一行は日高見川に出た。昨日はこのまま川の畔《ほとり》を進んだが、今日は向こう岸に渡ると言う。しかし橋は無い。川幅はそれほど広くはないが、馬で渡るには流れが急過ぎる。

「この町では意図的に橋を少なくしておる。中津川ほど狭き川ならそうでもないが、日高見の川に架かる橋は昨日見せた開運橋のみ」

「何故《なにゆえ》に？」

「橋があれば渡りたくなろう」

貞任は笑った。経清はその意味が理解出来ないらしく、首を傾げる。貞任が続ける。

「万が一衣川関《ころもがわのせき》が破られれば、敵の軍勢が次に狙うは三郎《むねとう》が治める鳥海柵《とのみのさく》」

頼時亡き今、奥六郡の政《まつりごと》の中心は鳥海柵である。如何《いか》にもと宗任が頷く。

「縁起でもないが、もしも敵が鳥海柵を落とせば、必ず北上してこの地に至る。ここで敵の進軍を食い止められれば良いが、仮に厨川柵が陥落すれば、敵は東日流《つがる》や出羽、あるいは閉伊《へい》（岩手県宮古市）までと欲を出そう。川はそれを阻んでくれる」

「近隣の蝦夷の事まで考えているのと申すか！」経清は感服した。

「厨川柵で防げなければ、俺は開運橋を落として死ぬ」貞任は事も無げに言う。

「冗談を。今の世ならそれは無かろう」宗任が笑った。

「そうよの。間もなく争いの無い誠の蝦夷の世となろう。その頃には、むしろ蝦夷が行き来し易き様に、橋を増やさねばならぬな」

貞任も白い歯を見せて笑った。

「して、この川を如何《いか》にして渡る？」

経清の疑問に答える代わりに、貞任は川面に浮ぶ小舟の船頭に手を挙げ合図を送った。それに気付き、船頭が艫《とも》に備え付けられた鐘を打ち鳴らす。

かんかんかん、と小気味《こぎみ》好《よ》い音が響いたかと思うと、あれよあれよと数隻の小舟が川上から現れ、一列に並んだ。小舟の漕ぎ手は慣れた手付きで舟と舟の間に板を通し、こちら側と向こう側を直ちに繋ぐ。

「なるほど。これなら何処《どこ》でも川を渡れる理屈」貞任の後を進みながら、経清は唸った。

船頭に礼を言い、貞任らは川向こうを直進した。すると直ぐに広大な池に出た。高松池《たかまつのいけ》である。池の周囲には満開の桜が立ち並び、その向こうには頂きに雪を湛えた巌鷲山が聳《そび》え立っている。池の水面《みなも》には逆さに映る巌鷲山がゆらゆらと揺れていた。

「この池には冬になると大陸から雁や鶴が飛来する。ここで羽根を休めた後、年を越すと再び大陸に帰って行く――」

貞任は、蒼い瞳を輝かせて遥か北の大地に想いを馳せた。

「鳥は良い。鳥には国境も戦も無い。愚かに争うは人間のみぞ…」

硬く握り締められた貞任の左の拳は、僅かに震えていた。

「平和な世が訪れたら、俺と一緒に大陸に行かぬか？十三湊《とさみなと》から我らの船が出ておる」

じっと水面を見据えながら、貞任がぽつりと言った。

「大陸か。それも悪くないいな」

経清は微笑みながら、貞任の大きな背中に返答した。


池の向こうから、何やら賑やかな音が聞こえて来た。歓声に馬の蹄の音が混ざっている。

「向こうに馬場があってな。兵と軍馬の鍛錬を行っておる」

貞任は黄金馬場《こがねのばば》と名付けられた場所に経清らを案内した。

広大な芦の湿地帯をぐるりと囲む馬場の回りに、人集《ひとだか》りが出来ていた。格好からして兵ではない。一般の民である。

彼らは皆、白い歯を覗かせている。

「平和な世なれば兵も馬も稽古に身が入らぬ。そこで三郎《むねとう》と一計を案じた」

「競《くら》べ馬ですな」馬場に散る馬たちの返し馬を見ながら、宗任が答えた。

「月初めの午《うま》の日に草競馬を開いておる。勿論、我らが懸賞を出してな」貞任が胸を張った。

この日最後の競馬が始まった。馬場一周五里を走る長丁場の競技である。十二騎が発走地点に整列した。やがて合図が鳴り響き、一斉に馬達が駆け出した。

　南部の駿馬が風を切る。大和馬の十倍の値で取り引きされる南部駒は、惚れ惚れとするほど毛並みが良く、四肢の筋肉の盛り上がりも見事であった。その速度たるや大和馬の倍はあろうか？　その迫力に、経清は一瞬言葉を失った。

　一頭の鹿毛《かげ》馬が逃げ、後続をぐんぐん引き離す。観客から響《どよめ》きが生じた。向こう上面を回った頃には、先頭の馬は後続を十馬身以上引き離していた。民は歓声を上げ、それぞれの想いを込めた馬に叱咤激励の声を浴びせる。

「民にとっても野良仕事の合間の良き娯楽となる。見よ、あの者どもの生き生きとした顔を」

　貞任に言われ経清は民に目を移した。なるほど、拳を振り上げ必死に応援する者、笑顔で乗り手に声援を送る者。皆、実に生き生きとしている。

　やがて最後の直線に差し掛かった。貞任らの目の前を馬の集団が左から右へと駆け抜ける。それに合わせて皆の顔も左右に動く。黄金馬場にこの日一番の歓声が上がった。

　快調に先頭を走っていた逃げ馬の脚色が鈍った。後続が勢い良く先頭に襲い掛かる。その時、最後方に待機していた栗毛馬の乗り手が、愛馬の尻に一鞭入れた。するとその馬は弾かれた様に末脚を伸ばし、瞬く間に前方の馬群を牛蒡《ごぼう》抜きにする。先頭で粘る逃げ馬までの距離が見る見る詰まった。決勝線まであと一町──。

　栗毛馬は遂に逃げ馬を土壇場で差し切り、見事先頭で決勝線を駆け抜けた。

「見事！」

　経清は盛大な拍手で騎手を讃えた。騎手はその隣で満足そうに頷く貞任に気付き、慌てて馬を下りて平伏した。

「この国に身分の貴賤《きせん》は無き故《ゆえ》、その様な真似は無用ぞ。良きものを見せて貰った。その馬、名を何と言う？」

「は、雪乃美人《ゆきのびじん》と申す牝馬《ひんば》にございます」

「そうか、良き馬だ。今後も人馬共に精進致せ」

　貞任が乗り手の手を取って微笑んだ。それを見た観客から、再び大きな拍手と歓声が上がった。

午後になると、北風が強さを増した。

「春と言っても陸奥はまだまだ冷える。今宵は出湯《いでゆ》に逗留しよう」

「この地にも出湯があるのか。それは何よりの馳走《ちそう》ぞ」

三人は黄金馬場を後にすると、繋《つなぎ》の出湯に向かった。再び川を渡り、そのまま西に進むと、やがて厨川柵とは別の柵が見えて来た。安倍の菩提寺、巌鷲山天晶寺（現在の天昌寺）を守る嫗戸柵《うばとのさく》である。

「頼義軍の攻撃に備え新たな柵を造ったが、それも今では無駄となった」貞任が笑う。

「不来方には川が多い。今では水害の際の民の避難所となっておる」

貞任の言葉通り、一行は直ぐにまた川にぶつかった。昨日見た中津川より川幅が遥かに広い。奥羽山脈に端を発する雫石川《しずくいしがわ》である。先程目にした嫗戸柵は雫石川と日高見川が交わる地に作られており、これでは敵も攻め難い。経清は思わず唸った。厨川柵も曲りくねった日高見川が削り残した残丘突端に築かれている。他の柵も自然の地形を巧みに利用して作られたものばかりである。

雫石川沿いの道を馬で一刻ほど走った。雪解けの広大な緑の草原には無数の南部駒が春の到来を喜ぶかの様に駆け回っている。黄金馬場での草競馬で優勝した馬も、ここの産まれだと言う。安倍が営む牧《むまき》の中でも最大規模のこの地は、やがて明治に小岩井農場と名を改めて現在に至っている。草原を舞う色取り取りの紋白蝶《もんしろちょう》と一本桜を愛でながら、三人は残雪を舐めて咽喉《のど》を潤した。

更に一刻ほどのんびりと馬の歩を進めると、広大な湖が広がっていた。御所湖《ごしょのみずうみ》である。一向はそこで馬に水を飲ませた。その湖畔に、貞任の目指す宿がある。

周囲は既に薄暗くなり、宿の前に煌々と焚かれた篝火《かがりび》が一行を出迎えた。

「懐かしいの…」宗任が思わず声を上げる。

「子供の頃、親父殿によく連れられて来たものよ」貞任もしみじみと語った。

三人は早速湯に浸かった。不来方の名湯は一日中馬を操った三人の疲れを癒す。冷えた身体が見る見る温まった。

この出湯は実は阿弖流為《あてるい》と所縁《ゆかり》がある。その昔、朝廷軍との戦の後、この地に立ち寄った阿弖流為が出湯を見付け、戦闘で傷付いた愛馬の傷をこの湯で洗うと瞬く間に快癒《かいゆ》したと言う。また、阿弖流為自身も愛馬を穴の空いた石に繋げて出湯に浸かったとされ、この故事こそ繋の出湯の名の由来とされる。

「経清殿と湯に浸かるのは二度目にござるな…」意味ありげに微笑む宗任に、経清は首を捻った。覚えがない。

「お忘れか？　鳴子《なるこ》の出湯にござるよ」言われて経清も思い出した。

「あの時にござるか！　あの時は誠に肝を冷やし申したぞ。当時は敵同士。思えば不思議な呉越同舟《ごえつどうしゅう》でしたな…」

前《さきの》陸奥守、藤原登任《ふじわらのなりとう》との戦の前に宗任らが鬼切部を偵察した際、出湯で経清に出会《でくわ》している。当時経清は登任の接近をそれとなく伝え、宗任らは難を逃れていた。

「あの時は永衡殿も一緒であった」宗任が当時を振り返って感慨に耽《ふけ》る。

「それが今では男三人、見張りも就けずにのんびりと裸で寛《くつろ》いでおる。平和じゃの。十郎《ながひら》もあの世で喜んでおろう」

万感の思いで貞任が言った。経清も宗任も笑顔で頷く。

夜風が火照った顔を心地よく冷やした。三人が同時に夜空を見上げる──。

頭上には煌びやかに光輝く満天の星達を従え、大きな更待月《ふけまちづき》が浮かんでいた。

五日余りを不来方で過ごした経清と宗任は、貞任が住まう安倍館《あべたて》で最後の夜を楽しんでいた。無論、貞任も同席している。酒が回り宴も酣《たけなわ》となった頃、経清がにやにやしながら宗任に目配せした。宗任も笑顔で応じると徐《おもむろ》に貞任に切り出した。

「実は兄者、此《こ》の度《たび》我らは金為行《きんのためゆき》殿から託《ことづけ》を預かっておってな」

「為行殿の？」貞任が首を傾げた。

「単刀直入に申す。貞任殿、嫁を取る気はないか？」

「嫁となー！」経清の言葉に貞任は飲み掛けた酒を噴き出した。

「俺は無類の戦好き。何時死ぬかも知れぬ。そんな男が嫁なぞ取れるか」

　再び酒を煽りながら、貞任はそう嘯《うそぶ》いた。

「もう戦は起きませぬ。見張りも付けずに湯に浸かれる世の中ぞ。兄者も既に三十二。安倍の惣領が何時迄《いつまで》も独り身では我らが笑われよう」

　宗任が貞任ににじり寄る。

「貞任は嫁もとれぬうつけ者と思わせておけば良い」憮然とした表情で貞任が酒を煽った。

「為行殿が麻姫《あさひめ》殿を是非嫁にと申しておる。如何《いかが》かな？」

「あのちびをか！」経清の言葉に珍しく貞任の声が上擦った。

　麻姫は為行の末娘で、貞任とは干支《えと》が一回りも離れている。ちょうど二十歳と女の盛りを迎えているが、針や機織《はたおり》は丸で駄目。その上勝気で一言多いとあって、武家の娘としては些《いささ》か婚期が遅れていた。

「心配した為行殿が縁談を麻姫殿に持ちかけた所、姫殿は子供の頃から決めた相手がいると申して拒んだそうな。その相手こそ何を隠そう、兄者よ」

「俺にあのじゃじゃ馬を娶れと申すか？」貞任は鼻をひくつかせながらそっぽを向いた。

「うつけの兄者にお似合いではないか。いや、出来過ぎぞ」宗任の強烈な一言に経清は爆笑した。

「為行殿も黄海の戦でおぬしに惚れ直したと申しておる」

　経清もここぞとばかりに畳み掛けた。貞任と為行は河崎柵で共に頼義軍と戦っている。

「会うだけでも良いではないか。さもなくば為行殿の顔を潰す事になる」経清が諭すように言った。

「そこまで言われれば仕方がない…」

　喧々諤々《けんけんがくがく》の押し問答の末、ようやく貞任が折れると、経清と宗任はまるで勝ち戦の如く祝杯を挙げた。

　翌日、宗任と経清は善は急げとばかりに早速貞任を為行の住まう磐井へと従わせた。

「有加の言う通りになりましたな」道中、巌鷲山を背に宗任と経清は顔を見合わせて笑った。

「何の事だ？」後から貞任が憮然とした表情で口を挟む。

「有加も中加も、兄者が好きだと言う事ですよ」振り向いた宗任が笑顔で答えた。

その日の夜、一向は江刺に立ち寄った。

豊田館《とよだのたて》の冠木門《かぶきもん》の前では三人の子供らが貞任の到着を首を長くして待ち構えていた。

「さだとうのおじさま！」

先陣を切って駆け寄って来たのは清丸である。貞任は清丸を笑顔で迎えると頭上高く抱き抱えた。清丸は大喜びで手足をばたつかせている。

「きよまるどのばかり、ずるい！」

出遅れて剥《む》れた梅丸も貞任は軽々と抱え上げた。二人は貞任の腕の中で大はしゃぎしている。足許がまだ覚束《おぼつか》ない卯沙《うさ》もにこにこと貞任に歩み寄って来た。

「どうだ兄者。子供も良いものだろう」

「そうだな…」

卯沙も抱き上げた貞任は、蒼い左眼を細めて子供らを見据えた。


衣川に戻った貞任は叔父の良照《りょうしょう》に連れられ、渋々磐井の為行の屋敷に向かった。為行が笑顔で出迎える。広間には、躑躅色《つつじいろ》の単衣《ひとえ》に白絹の小袿《こうちき》を羽織った麻姫が三つ指を突いて控えていた。

「これはこれは美しい。このような姫を貰えるとは、貞任は果報者じゃの」

良照が笑顔で貞任の脇腹を小突いた。仏頂面《ぶっちょうづら》の貞任の頬が僅かに赤らむ。鼓動が速まるのが自分でも分かった。

「貞任殿、不束《ふつつか》な娘にござるが、何卒宜しくお頼み申し上げる」為行が蹲踞《そんきょ》して縁組の口上を述べる。

「手前は未だ麻姫殿を貰うとは…」

貞任は珍しく慌てたが、後の祭りだった。この時代、結婚は親同士が決めるもの。頼時に代わって叔父の良照が縁組みを申し受ければ、貞任も従うしかない。とんとん拍子に話しが進み、婚礼の儀は一月後に衣川でと定まった。

「兄者、良かったな！」衣川に戻ると宗任が待ち構えていた。経清と有加、中加の姿も見える。

「為行殿と叔父上殿が勝手に決めた事よ」

相変わらずの仏頂面で貞任が鼻をひくつかせながら吐き捨てた。その鼻を見て、有加がくすくすと笑う。

「何が可笑《おか》しい？」貞任が有加を睨む。

「いえ、相変わらず貞任兄様は不器用なのだなと思いまして。子供の頃からちっとも変わっておりませんわ」

そう言って再び笑う妹に目もくれず、貞任は一人松屋敷に消えて行った。

翌日、為行が郎党と共に麻姫を衣川に連れて来た。厨川は磐井から遠い。婚礼までの一月《ひとつき》の間、貞任と麻姫は松屋敷に共棲みする運びとなった。衣川なれば磐井から馬で半日と掛からない上、幼い頃から父為行に連れられ、麻姫もしばしばこの地を訪れている。遡る事十年前、中加と永衡の婚礼の宴でも、衣川で麻姫は貞任と会っていた。

麻姫と貞任が衣川で過ごす間、有加と中加は傍にいて二人を見守る事にした。父頼時の側室綾乃《あやの》は為行の実の妹である。従って二人は麻姫とは義理の従姉妹に当たる。そのため子供の頃から麻姫とは交わりがあり、麻姫も年上の姉妹を実の姉のように慕っていた。

有加と中加は清丸と卯沙を連れ、共に並木御所の西の対《つい》に移った。二人にとっては幼い頃を共に過ごした懐かしい部屋である。

貞任と共棲みを始めてから五日後の事、麻姫は西の対に有加と中加を訪ねた。その顔は心無しか沈んでいる。

「どうされましたか？」察して有加と中加が優しい声で話し掛けた。清丸も心配そうに覗き込む。

「貞任様は私の事がお嫌いなようで、無理矢理私を娶らされたと申されました。父も貞任様は私をお気に召されなかったかと、しきりに嘆いております」

そう言った麻姫は、今にも泣きそうである。

「兄様がその様な事を？」中加が麻姫の手を握った。

「その時兄様の鼻は、ひくひくと動いておりませんでしたか？」有加が微笑みながら麻姫の黒髪を優しく撫でた。

「そう言われればその様な気が…」

「ならば大丈夫です。兄様は子供の頃から嘘を吐《つ》くと…」

有加は麻姫の耳元で、子供達に聞こえぬようにごにょごにょと囁《ささや》いた。

「まあ！」それを聞いて麻姫の顔が綻ぶ。

「次からは、兄様の鼻を御覧なさい。兄様は、きっとあなたを大事に想っておりますわ」中加も優しく頷いた。

二人に励まされ、麻姫は礼を述べると安堵の表情で松屋敷へと帰って行った。


婚礼の儀が迫ったある日、松屋敷から貞任の怒鳴り声が聞こえて来た。

「何故《なにゆえ》俺がお前のようなちびを嫁に取らねばならぬのじゃ！　今すぐ衣川より出て行け！」

貞任は鼻をひくつかせて肩を怒らせている。

「ええ出て行きますとも！」

勝気な麻姫も泣きながら応じた。部屋に戻って荷を纏め、床を踏み鳴らして戸《と》に向かうと鼻高履《はなだかぐつ》が無い。隙を見て貞任が隠したのである。

〈さては貞任様が…〉麻姫の涙が一瞬止まった。それでも麻姫は裸足で外に飛び出した。

「待て！」慌てて貞任も後を追う。裸足で外に飛び出ると、麻姫の姿は消えていた。

〈…〉

放心した貞任の背後から、くすくすと笑い声が聞こえて来る。

振り返ると戸の裏に隠れた麻姫が、泣き笑いの表情で貞任を見詰めていた。次の瞬間、麻姫は貞任の厚い胸に飛び込んだ。貞任は麻姫をしっかりと抱き締める―。

「私は貞任様が好き」麻姫が甘い声で囁いた。貞任は真っ赤になって俯いている。

そこへ騒ぎを聞き付けた有加と中加が駆け付けた。貞任は慌てて麻姫を腕から放り出す。

「何だ彼《か》んだ言って、お二人はお似合いの夫婦《めおと》ですわね」中加は姉と顔を見合わせて微笑んだ。

「あの二人を見ていると、私もとても幸せな気分になります」有加もくすくすと笑う。

貞任は妹二人に背を向けると、如何《いか》にも不機嫌そうに眉間に皺を寄せ屋敷の中へと消えた。

麻姫は二人にぺこりとお辞儀をすると、弾けんばかりの笑顔を見せ、貞任を追って走り出した。


新緑の中、鮮やかに碧《あお》く映える菖蒲《あやめ》の花を薫風《くんぷう》が優しく戦《そよ》いでいる。釣殿《つりどの》から望む池には蓮《はす》の葉の緑が目に優しい。主人《あるじ》を失って暫《しばら》くの間静まり返っていた並木御所《なみきのごしょ》は、俄《にわ》かに賑わっていた。梅の間には安倍の主立《おもだ》った者が既に顔を揃えて談笑している。ここは嘗《かつ》て永衡と中加の婚儀が取り仕切られた場所でもある。感慨深げに佇《たたず》む中加の膝には、銀の簪《かんざし》を挿《さ》した卯沙がにこやかに笑顔を振り撒いていた。従兄弟の清丸と梅丸は庭で相撲に興じている。侍女《じじょ》が両者に声援を送る。有加と経清、宗任は微笑んで二人の幼子《おさなご》を見守っていた。

純金の屏風の前に、上座に貞任、下座に麻姫がやや斜めに対座している。七尺四寸の体躯を誇る貞任の隣に五尺に満たない麻姫が座ると大人と子供の様であった。二人とも三日厨《みっかくりや》の正装である白い衣服を纏っている。貞任は袖に九曜菊の衣柄を配《あし》らった白い狩衣《かりぎぬ》に白の烏帽子《えぼし》で、その胸元には琥珀の勾玉が輝いていた。麻姫は純白の袴《はかま》に純白の単衣《ひとえ》、その上に白絹の袿《うちき》と白の細長《ほそなが》を重ねている。頬を赤く染め、伏し目がちに微笑む麻姫の顔は、白い花嫁衣裳により美しく映えて見えた。それとは対照的に、貞任の顔は相変わらずの仏頂面である。そんな二人を見て、有加と中加は顔を見合わせて笑った。

「これより三日厨を始める！」

良照の声が鳴り響き、貞任と麻姫の婚礼の儀が始まった。

その日の夜。寝所には純白の褥《しとね》が整えられていた。香が焚《た》かれ、燈台《しょくだい》に灯《とも》された灯《あか》りが優しく揺れている。先に寝所に入り枕元に正座していた麻姫は、戸口に貞任の気配を感じて思わず立ち上がった。

「貞任様…」麻姫は憂い顔で貞任に小走りに駆け寄った。

「貞任様は、私がお嫌いですか？」

「何故《なぜ》その様な事を聞く？」

貞任はじっと麻姫の目を見据えながら言った。黒曜石の様な黒目勝ちの大きな美しい瞳であった。

「今日もずっと不機嫌そうなお顔をしておられました…」そう訴える麻姫の目には、涙が浮んでいる。

「それは…」貞任は、一瞬言葉を詰まらせた。

「人前で睦《むつ》み合うのは苦手でな…」目を逸らした貞任はすまなそうな顔をしていた。

「麻姫…」

真顔に戻った貞任は再び麻姫の目を見詰めた。麻姫の心の臓がどくんと高鳴る—。

「こんな俺で本当に良いのか？」寝所に貞任の低い声が静かに響く。

「初めて名前で呼んで下さいましたね。いつもはちびとばかり…」麻姫は涙を拭って満面の笑みを浮かべた。

「私は貞任様が好き。子供の頃から魅かれておりました」

麻姫は貞任の胸に飛び込んだ。お互いの胸の高鳴りが重なる。

「俺とて、以前より…」

貞任が静かに言うと、麻姫は瞳を閉じて、背伸びをした。

貞任が大きな身体を前に屈《かが》める—。

二人の震える唇が、やがてそっと触れ合った。

翌日も宴は続いた。この日も白の狩衣を纏った貞任が梅の間に姿を現すと、既に経清らの姿があった。皆にやにやと顔を綻ばせている。

「あのちびめ、調子に乗って酒を飲み過ぎたと見える。褥《しとね》に入ると既に鼾《いびき》を掻いて寝ておったわ」

皆から視線を逸らし、貞任はぶっきら棒に口にした。その鼻は、ひくひくと動いている。仏頂面でずかずかと間の中央を歩くと、貞任は金屏風の前にどっかりと胡坐を掻いた。

やや遅れて麻姫がやって来た。こちらも昨日と同じく純白の花嫁衣裳を纏っている。普段は勝気な麻姫が、この日は真っ赤になって伏し目勝ちに歩を進める。屏風に近付くと、貞任がさり気なく円座《わろうだ》を差し出した。麻姫は微笑んでそこに正座する。

「どうした新郎殿、顔が赤いぞ？ 昨日飲み過ぎたか？」

笑いながら経清が野次を飛ばした。膳を運んできた侍女達からも、くすくすと笑い声が漏れる。

「昨日は陽に当たり過ぎた。顔がひりひりするわ」ふんと鼻を鳴らし、貞任が吐き出すように応じた。

「はて、昨日は曇り空でしたが？」宗任の言葉に皆が腹を抱えて大爆笑した。

「兄様、お鼻がひくひくと動いておりますわ。兄様のお鼻が動く時は兄様が嘘を吐《つ》かれる時。兄様が麻姫殿をお好きな事は皆が承知にございます。つまらぬ嘘はお止めなされませ」

有加が笑顔で諌《いさ》めると、流石《さすが》の貞任もたじたじとなった。

微笑ましいやり取りに、兄弟姉妹は勿論のこと、家臣や郎党、延《ひ》いては雑色《ぞうしき》や侍女《じじょ》までもが笑っている。麻姫は固まる貞任を見詰め、貞任の左手を右手でそっと握った。

〈これが兄者の魅力ぞ。下男下女にまで慕われておる。そして彼らが窮地に立たされれば、躊躇なく我先に助けに行く。自分の危険も省《かえり》みずに…〉

宗任の目には、七尺四寸の貞任が一際大きく見えていた。

婚儀も三日目に入り、続々と祝い客が梅の間に訪れ始めた。そもそも三日厨とは豪族同士の同盟を近隣の有力者に知らしめる意味合いを持ち、三日に渡る長丁場で催される。最終日になると新郎新婦には色直しが許され、来客との対面も認められた。貞任はいつもの漆黒の狩衣と簡素な服装であったが、麻姫は色取り取りの十二単《じゅうにひとえ》が艶やかである。

安倍の惣領と金一族の愛娘の婚儀だけあって、遠方は今は亡き日東流《つがる》の安倍富忠《あべのとみただ》の後を継いだ養子の二戸九郎行任《にのへのくろうゆきとう》、黄海の戦いの際に貞任の力量で処刑を免れた出羽の平国妙《たいらのくにたえ》の姿も見えた。貞任の人柄か、釜石の鍛冶師《かぬち》衆や白龍庵《はくりゅうあん》の店主、不来方の百姓ら、町の民も続々と祝福に訪れた。民が武家の婚儀に参加するのは異例中の異例である。

賑わいの中、貞任の前に、宗任に連れられて一人の若武者が現れた。

「出羽の清原光頼《きよはらのみつより》の名代《みょうだい》として参りました、大鳥井太郎頼遠《おおとりいたろうよりとお》にございます」

仙北三郡《せんぼくさんぐん》を治める清原の総帥、光頼《みつより》の孫の頼遠である。頼遠は宗任らの実の従兄弟で、貞任とも交流がある。

「光頼殿は息災か？」名代として祝いの言葉を伝えた頼遠に、貞任が笑顔で声を掛けた。

「お陰様で七十を越えた今もぴんぴんしておりまする。然《しか》れども流石《さすが》に奥羽の山越えは無理なれば、本日欠席のご無礼をお許し頂きたい」

「家督を継いでから未だ光頼殿に挨拶もしておらなんだ。近々に参上仕る故、光頼殿に非礼を詫びてくれ」

貞任の言葉に頼遠は笑顔で応じた。


遡《さかのぼ》ること数日前、その光頼の屋敷には多賀城から源頼義の使者が訪れていた。広間には頼遠と、その隣に光頼の同母妹の子、橘貞頼《たちばなのさだより》、頼貞《よりさだ》兄弟の姿も見える。一段下がった下座には、弟の武則《たけのり》やその嫡男にして荒川（雄物川）太郎の字《あざな》を持つ武貞《たけさだ》、更には武貞の倅《せがれ》で弱冠十七歳の真衡《さねひら》、武則の甥で娘婿でもある吉彦秀武《きみこのひでたけ》など、一族の者がずらりと顔を揃えていた。その前に平伏している使者は修理少進《しゅりしょうしん》の藤原景通《ふじわらのかげみち》である。

「忌憚《きたん》無く使者の口上を述べられるが良い」

光頼の威厳に満ちた声が檜皮葺《ひわだぶき》の屋敷に響いた。出羽守からの使いなれば立場上丁重に扱わねばならないが、陸奥守からの使者となれば話は異なる。尤《もっと》も、光頼は老いたとは言え出羽守すら手玉に取る実力者である。

「我が殿は安倍追討のため、出羽守　源　斎頼《みなもとのなりより》様に軍の派遣を再三依頼しており申すが、未だに返事は梨の礫《つぶて》。斯《か》くなる上は是非とも清原殿に御助力頂きたい」

伏したまま顔だけを上げ、景通が口を開いた。清原は二万の軍勢を誇る。

「今の陸奥は至って平安。それを乱す必要が何処にある？　しかも我ら清原と安倍は古くから姻戚関係にある。事実、儂《わし》の娘が頼時殿に嫁ぎ、宗任殿と正任殿らは実の孫じゃ。どうして我らが安倍を裏切れよう」

光頼はぴしゃりと跳ね除けた。頼遠も静かに頷く。

今の言葉通り、光頼は貞任や宗任、経清と同じように、奥羽の平和を第一に考えていた。出羽守が頼義の出陣要請に応じないのは、実は裏で光頼が出羽守に圧力を掛けていたからである。出羽に磐石の地盤を持ち、斎頼とは親子ほど歳の離れた光頼に睨まれれば、外様の出羽守は従うしかない。

「然《さ》れど現《いま》の安倍の惣領は清原殿とは血縁無き貞任。戦好きの貞任なればいずれ必ずや陸奥は戦乱の渦《うず》に巻き込まれましょう」

それでも景通は必死に食い下がる。

「安倍貞任殿は左様な小物に非ず！　陸奥守さえ動かねば陸奥に戦は起こらぬ。陸奥を乱すは陸奥守の方ぞ！」

光頼は一蹴した。

「貞任が小物に非ずが故《ゆえ》、世が乱れるのでございます」

「どう言う意味じゃ？」光頼が首を捻る。

「いずれは都に撃って出ましょう」景通の一言に一族の者から響《どよ》めきの声が上がった。

「その前に貞任が狙うは…」

「出羽国と言う事じゃな？」

景通の言葉を右の頬に傷を持つ男が遮《さえぎ》った。武則である。

「左様。貞任めは必ずや出羽を平らげに参ります」景通の目が暗く光った。

「奥六郡の政《まつりごと》を取り仕切る宗任殿は聡明なお方。宗任殿がおれば貞任殿も滅多な事は起こしますまい」

宗任とは実の従兄弟で、兄と慕う頼遠が反論した。宗任の母の従兄弟に当る橘兄弟も頼遠に同調する。

「青いな」武則が頼遠らをじろりと睨む。

「末法の世は喰うか喰われるか。実の兄弟ですらいがみ合う世の中ぞ。宗任と貞任は母が違う。袂《たもと》を分かつ可能性も大いに有り得る」武則の言葉に場が一瞬凍り付いた。

この光頼と武則も兄弟なれど母が異なる。兄の光頼は朝廷より真人《まひと》の姓《かばね》を賜っているが、これは光頼の母が都の摂関家に繫がる事に起因する。それに対して武則は側室の子で、その母は蝦狄《いてき》の娘であった。家柄が違う上に歳も二十も離れているとあって、幼き頃から舎弟として扱われてきた武則は兄に鬱屈した思いを抱いていた。しかし今は違う。七十半ばに差し掛かった光頼に対し、武則は齢五十三。嫡男の武貞も三十半ばの男盛りである。それに対して光頼の息子は既に他界し、嫡流の頼遠も二十二と未だ若い。如何《いか》に宗家光頼の権力が絶大だとは言え、武則には余裕があった。舎弟の身ながら、次の清原の総帥の座を虎視眈々と狙っている。

「儂《わし》と頼時殿は付き合いが永い。清原と安倍は争わぬ！」光頼は武則を眼光鋭く睨み付けた。

「その頼時は死に申した。後を継いだ貞任は兄者に挨拶にも参らぬではないか。これぞあ奴が我ら清原を下に見ている証拠。昔とは事情が異なる。貞任が何時何時《いつなんどき》出羽に攻めて来るか分かり申さぬ！」

負けじと武則も捲《まく》し立てた。

「貞任殿が攻めて来たとしても、伯父上様は傍観なさるお心算《つもり》か？」武則の子の武貞も光頼に詰め寄った。

「清原も代替わりしては如何《いかが》か？　手前に清原軍二万を預けて頂ければ、貞任と対等に渡り合って見せましょうぞ」

武則は口許を覆う分厚い黒髭を撫でながら不敵に笑った。

「武則よ！　大概に致せ！」遂に光頼の堪忍袋の緒が切れた。

「清原の総帥は儂《わし》じゃ！　儂の目が黒いうちはうぬの好きにはさせぬ！」

光頼は右手に持った杖で床を叩くと憤怒の表情で床机《しょうぎ》から立ち上がった。

「合議はこれで終わりじゃ！　清原は陸奥守とは組まぬ！　景通殿も大人しく多賀城へ戻られるが良い！」

光頼は青筋を立ててそう吐き捨てると、頼遠に肩を借り広間を後にした。

光頼派の橘兄弟も武則に一礼すると直ぐにその後を追った。


居間には武則、武貞、秀武、真衡ら、武則派一門と景通のみが残った。

「身内の恥を曝し申した。兄者には弱気の虫が付いている様じゃの。老いて耄碌《もうろく》しておる…」

武則は苦笑いを浮かべながら景通に言った。

「憚《はばか》りながらこの真衡、皆様方にお話し致したき事が…」

「真衡、場を弁《わきま》えよ！」十七歳の真衡を父の武貞が制した。

「良い。真衡、そちの話しを聞こう」武則が頰の傷を撫でながら我が孫に目を細めた。

「ここ暫《しばら》く出羽は凶作続き。民も痩せ衰え、不憫な暮らしに喘《あえ》いでおります。然《しか》るに巷《ちまた》の噂では奥六郡の民は丸々と肥えておるとか。藤原経清とか申す御仁が白符で年貢を集めておられる事も御座いますが、交易を通じて日《ひ》の本《もと》の津々浦々、あるいは遠く宋からも米を買い集めておると耳にしております。その財源は、無論、奥六郡の山々に眠る黄金…」

「何が言いたい？」武則が眉根を寄せて真衡を見据えた。

「我ら清原も古来より野代《のしろ》(秋田県能代市の当時の呼称)の湊から交易船を出しておりますが、財は安倍より遥かに下。その根源は黄金の不足。出羽には金山がございませぬ」

身振り手振りを交えて雄弁に語る若い真衡に、場に居る猛者どもも引き込まれて行く。

「仮に貞任様に我らを討つ気が無かろうと、貞任様の目が国府に向いておるこの隙を付いて奥六郡を攻めれば、清原軍なれば容易に安倍を倒せましょう。さすれば…」

「奥六郡の金山は我らの物となると申すのだな？」真衡の言葉を遮《さえぎ》って、武則の目が妖しく光った。

「逆にこちらから撃って出ると申すか。面白い」気性の荒さで知られる吉彦秀武も高笑いを上げる。

「清原の兵は何度も死線を越えておる。勝負は時の運。いくら安倍が五万の兵力を誇ろうと、一騎打ちでは我らも滅多に引けを取らぬ！」

秀武は握り締めた拳を振り上げた。北海（日本海）に面する出羽は、しばしば渤海国《ぼっかいこく》より女真族《じょしんぞく》の襲来を受けている。その賊との戦闘の指揮を執るのがこの秀武であった。その秀武は出羽にあって傍流武則派の急先鋒である。

「伯父上もあの御歳では先はそう長くはない。やがて父上の代になる」武貞の含みのある言葉が広間に響いた。

「畏《おそ》れながらこの景通、我が殿の本心を推察致しますれば…」徐《おもむろ》に口を開いた景通に皆の目が集まる。

「殿が頼りにしておるのは光頼殿に非ず。殿は武則殿にこそ源氏の名簿《みょうぶ》を捧げたいと常々申しておられまする」

景通の言葉に場がおおと響動《どよ》めいた。この時代、名簿を捧げる事は臣下に降る事を意味する。

「たったそれだけにございますか？」場に真衡の若い声が響いた。今度は皆が真衡を注視する。

「天下の源氏が清原に臣下の礼を取ると申しておるのだぞ。これぞ武士の誉《ほまれ》。これ以上何を望む？」

武貞が真衡を諫《いさ》めた。

「お言葉ですが、今の国府軍は精々三千。清原軍二万が参戦致せば如何《いか》にも有利となりましょう。然《さ》れど命のやり取りをするのは大半が我らの兵。戦に勝利したとて兵の多くを失えば、即座に女真族が海を越えて攻めて参らぬとも限りませぬ。陸奥守はその補償をどうお考えか？誉など陶犬瓦鶏《とうけんがけい》。何の役にも立ちませぬ」

「では、何を望まれるか？」饒舌な真衡に、景通は圧され気味であった。

「御爺上に国府軍を動員出来る鎮守府将軍の座を。その為には従五位の位階もお約束願いたい」

「俘囚の分際で位階と将軍職を望むと申すか！」

そう叫んで景通は慌てて口を手で抑えた。清原を侮っている景通の心が今の言葉に如実に表れている。皆に睨まれ、景通は針の筵《むしろ》となった。

「何《いず》れにせよ、口約束ばかりでは清原は動きませぬ。頼義様の念書を頂きたい」

完全に場を支配した真衡の言葉に、景通は頷《うなず》く他に術《すべ》が無かった。

〈昔から切れ者と見ていたがここまでとは。我が孫ながら末恐ろしき男ぞ…〉

真衡の器量は父の武貞を完全に凌駕していた。武則は我が孫を誇りに思うと共に、畏敬《いけい》の念すら覚えていた。


「まだ清原は口説けぬか…」

景通が出羽から戻ると、多賀城の正殿で茂頼を相手に碁を打っていた頼義がぽつりと漏らした。その声は擦れていて聞き取り難い。逞《たくま》しかった体躯も痩せ細り、その窶《やつ》れた顔からは覇気が感じられなかった。近頃は外出もせず、政庁に籠もっている。その政庁でも、頼義は腹心以外とは会おうともしなかった。

「光頼は頑として首を縦に振りませぬ。貢ぎ物も一切受け取らぬ有様で…」すまなそうに景通が頭を下げた。

「弟の方はどうじゃ？」頼義が碁盤から目を離さずにぽつりと喋る。

「武則は乗り気の様ですが、やはり光頼が健在とあっては一族の同意も得られぬ様子。ただし…」

「ただし、何じゃ？」頼義の目が碁盤から景通へと動いた。

「真衡と申す武則の孫、弱冠十七なれど、かなりの切れ者にござります。野心も相当なものと…」

景通は頼義に大鳥井の館での詳細を告げた。頼義の顔が俄かに輝く。

「将を射んと欲すれば先ず馬を射よと申す。武則を落とすには、どうやらその真衡とやらを射た方が早そうじゃの」

すっかり白くなった顎鬚に手を当て、頼義は頬を緩めた。

「若者の心は若者が知るもの。若を出羽に派遣されては如何《いかが》にござりましょう？」茂頼も笑顔で頼義に意見した。

「それも良いな…」頼義の顔に見る見る生気が漲《みなぎ》って来る。

「よし、義家を呼べ！」頼義の活気に満ちた声が久しぶりに多賀城に鳴り響くと、やがて義家が現れた。

「そちには出羽に言ってもらう。清原を口説き落とすのじゃ」

上機嫌の頼義とは対照的に、義家は露骨に顔を曇らせた。

「父上は未だに戦を望んでおられるか？　我らは安倍に敗れ申した。それに今は陸奥も平穏。我らが出る幕にはござらぬ。平和裏に陸奥守の任期を終えられませ」

「俘囚などに負けたままでどの面下《つら》げて都へ帰れる!?」

頼義は激怒した。怒りに任せ頼義は碁盤を蹴飛ばす。部屋に碁石が散乱した。

「安倍は朝廷に弓を引いたのだぞ？　逆賊を討たずして帰れば源氏の名が廃る！　うぬは源氏を潰す気か!?」

怒り心頭の頼義は手にしていた扇子を義家目掛けて投げ付けた。それを額で受け取め義家が言う。

「その逆賊を作り上げたのは父上ではござらぬか？　言われ無き汚名を着せられては貞任殿が起《た》つのも道理」

「未だ申すか！」頼義は目を吊り上げ、遂に腰に佩いた髭切《ひげきり》を抜いた。茂頼と景通が慌てて頼義を止めに入る。

「うぬなど儂の倅《せがれ》ではない！　棟梁の座はうぬにはやらぬ！　次の棟梁は義綱《よしつな》じゃ！」

茂頼と景通に羽交い絞めにされながらも、頼義は大声で喚き続けた。

頼義の言う義綱とは義家の三歳違いの弟で、賀茂神社で元服した事から賀茂次郎《かものじろう》の通り名を持つ。義家とは同腹なれど、そこは同族殺しの源氏の血か、不仲で有名であった。因《ちな》みにこの義綱は、実弟にして真犯人の新羅三郎義光《しんらさぶろうよしみつ》の陰謀により甥の義忠《よしただ》暗殺の濡れ衣を着せられ、六人の息子は自害、自らは佐渡に流され、実にその二十年後に切腹に追い込まれると言う悲惨な末路を後に辿る。義忠暗殺の現場には義綱の三男、義明《よしあき》の太刀が残されていたと言う、阿久利川《あくりかわ》事件を彷彿とさせる陰謀劇である。余談であるが江戸時代に盛岡藩を治める南部氏は、何の因果かこの義光を祖とする甲斐源氏の流れを汲む。従って豊臣秀吉の奥州仕置《しおき》に抗《あらが》った北天の魁《ほし》、九戸政実《くのへまさざね》はこの血を引く。

「義綱は棟梁の器に非ず！」義家はきっと父を睨んだ。

「親に向かって何じゃその目は！　この痴《し》れ者が！」頼義の怒髪が天を衝く。

「うぬにはもう頼まぬ！　都より義綱を呼び寄せよ！」

再び頼義の怒声が多賀城の正殿に雷の如く轟いた。

一月後《ひとつき》、多賀城から出羽路を急ぐ馬の列があった。先頭では父の命を受け都より駆け付けた義綱が意気揚々と手綱を引いている。最後尾は浮かぬ顔の義家が務めていた。休息時も二人は口も利かず、目も合わせない有様である。

義家が渋々出羽行きを買って出たのは、やはり戦の回避が理由である。昔から自分を敵対視する弟一人を出羽に送れば、清原を味方に付けようと躍起になるに相違は無い。一方の義綱は戦を拒む兄を臆病者と内心で蔑《さげす》み、自らは戦で武功を上げようと鼻息が荒かった。父が愛屋及烏《あいおくきゅうう》する嫡男の義家には敵《かな》わぬと半ば諦めていた若い義綱にとって、俄かに巡ってきた家督相続の好機である。義綱は兄に敵対心を露《あらわ》にしていた。

安倍の領地を避け、多賀から鬼切部を抜けて奥羽山脈を越える。途中、鬼切部柵《おにきりべのさく》の残骸が見えた。この地で貞任率いる安倍軍が平重成《たいらのしげなり》を攻めてから、既に十年の月日が流れようとしている。

二日後、不仲の兄弟は大鳥井山の光頼邸に到着した。しかし薬医門《やくいもん》は堅く閉ざされ、二人を歓迎しなかった。光頼は安倍との同盟を理由に二人との面会を頑として拒んだのである。義家はこれ幸いと多賀城に帰還する腹であったが、弟の義綱が武則に会うと言って聞かない。仕方が無しに義家も武則の本拠である金沢柵《かねざわのさく》（秋田県横手市）に向かった。

広間に通された二人は下座に蹲踞《そんきょ》して武則を待った。陸奥守の御曹司が名代として参ったのである。しかも相手は清原の宗家ではなく傍流の武則とあれば、普通に考えれば義家らの方が立場は上である。しかし源氏は今や清原に援軍を請う立場であった。不満顔の義綱を諌《いさ》め、義家が場を弁《わきま》えたのである。

二人の耳に、どかどかと床を踏み鳴らす荒々しい音と、それとは対照的に、静々と衣が床を擦る音が聞こえて来た。

「良くぞ参られた。お顔を上げられよ」髭面《ひげづら》の武則が笑顔で上座の床机に腰を下ろす。

二人が顔を上げると、束帯《そくたい》の腰から後ろに長く伸びた下襲《したがさね》の裾を引きずり、白の襪《しとうず》を履いた華奢な若者の姿があった。その顔には引眉と歯黒が施され、冠を被っている。その格好は、まるで都の貴族であった。

〈これが清原真衡か…〉

初めて真衡を目の当たりにした義家は軽い衝撃を受けた。抱いていた印象とまるで違ったのである。景通《かげみち》より切れ者と聞いていた真衡の体躯は実に貧弱で、青白く面長な顔は義家に狡猾《こうかつ》な印象を与えた。隣にどっかりと座る武則の見事な体格と浅黒く日焼けした肌とはすこぶる対象的である。それでいて狐の様な切れ長の眼には油断のならない光が宿っていた。

「陸奥守様の名代《みょうだい》を追い返すとは何たる無礼。この武則、清原を代表して心よりお詫び申し上げまする」

武則は床机に腰を降ろしたまま、薄笑いを浮かべて軽く頭を下げた。真衡の顔は能面のように無表情である。その態度に義家はぴくりと眉を動かした。

「で、此《こ》の度《たび》の出羽へのお出ましの目的は？」武則が見下ろす様に二人に尋ねる。

「父頼義は清原軍の参戦を心待ちにしております」

先に口を開いたのは義綱の方であった。陸奥に長い義家は無論武則とは面識があったが、都から下向したばかりの義綱は武則とは初めて会う。

「老いたとは言え清原の総帥は兄者。手前一人で決められる程事は軽くはござらぬ。どうしたものかのう…」

大袈裟に溜息を付き、さぞかしすまなそうな顔で武則は言った。しかしその目は薄ら笑っている。

〈参戦を渋って餌を強請《ねだ》る気だな？〉

義家は腹の中で舌打ちした。無論、餌とは位階と鎮守府将軍の座である。

「念書は？」長い沈黙の後、甲高い声が上がった。真衡である。

「ここに…」義綱は懐から父頼義の認《したた》めた書状を取り出した。

「贋作ではないようですな」花押を一瞥《いちべつ》して真衡が受け取る。書状には確かに頼義が武則を鎮守府将軍に推挙するとある。

「──推挙だけにございますか。それだけならそれなりの身分のお方なら誰でも出来る理屈…」

真衡が無表情のまま反駁《はんばく》した。その声には体温が感じられない。

「どういう意味か？」義家が鋭い目付きで真衡を睥睨《へいげい》した。

「失礼ながら頼義様ら国府の軍は黄海の戦で安倍に完膚なきまでに打ちのめされた。その国府軍を勝たせるには我らもそれ相当な犠牲を強いられましょう。祖父の鎮守府将軍就任の確約がなければとてもとても…」

真衡は、蛙を睨み付ける蛇の様な冷酷な目で二人を見据えた。その表情は、義綱より一つ若いとは思えない凄みを湛えている。

「それと…」真衡がもったいぶるように咳払いをして続けた。

「安倍が滅びた後、清原にはどのような恩賞をお考えか?」

「父は奥六郡を清原家にお任せしたいと…」

義綱の言葉に武則は顔を綻ばせた。だが真衡は顔色一つ変えない。

「気仙は頂けませぬのか?」「気仙を?」土地勘の無い義綱が首を捻った。

「左様。気仙には黄金が眠っておる。我らの望みは金山の採掘権」

「金山の採掘権とな!?」義家は思わず叫んだ。義綱も武則も真衡の顔を凝視する。

「それが認められねば、このお話しは無かった事に…」涼しい顔で真衡が首を横に振った。場に再び沈黙が訪れる。

視線を床に落としたまま、義家はぷるぷると肩を震わせた。自分より若い男が今、目の前で堂々と自分と対等に渡り合っているのである。否、明らかに義家は劣勢に立たされている。

〈陸奥にこのような化け物が居たとは…〉

義家は唇を噛んだ。この日まで源氏の嫡男という名に守られて来た義家にとって、今日の出来事は屈辱以外の何物でも無い。体中の血液が逆流する―。

「ま、今直ぐにお答えを聞く心算《つもり》は毛頭ございませぬ。陸奥守様の任期はあと三年もございます故《ゆえ》…」

声高に言うと真衡は初めて笑った。それは氷の様に冷たい笑いであった。

〈三年の間にこ奴に何処《どこ》まで毟《むし》り取られると言うのだ…?〉

怒れる心とは裏腹に、義家の背中には冷たい汗が滴り落ちていた。

清原一族との交渉のために義家らが何度も出羽に足を運んでいる間に、気が付けば陸奥では平和裏に二年の月日が烏飛兎走《うひとそう》していた。陸奥に遅い新緑の季節が訪れたある日、貞任の姿は遠野《とおの》の地にあった。

明治四十三年に発表された柳田國男《やなぎたくにお》の『遠野物語』第六十八話には、『（遠野に）安倍氏という家ありて貞任の末なりと云う。昔は栄えたる家なり。今も屋敷の周囲には堀ありて水を通ず。刀剣、馬具あまたあり』と記されている。屯館《とんだて》と呼ばれるその屋敷（あるいは今では字を変えて『阿部屋敷』とも伝わる）には、経清と宗任の姿も見られた。そしてそれぞれの家族の笑い声が溢れている。中加も娘の卯沙の手を引き姿を見せた。屋敷の近くには足洗川が清流を湛え、早池峰山《はやちねさん》からの雪解け水が奏でるせせらぎが耳に心地よい。その足洗川から分かれた河童淵《かっぱぶち》が屋敷の直ぐ横を流れ、川獺《かわうそ》の親子が遊ぶその畔《ほとり》には木漏れ日を浴びて白く輝く山百合の群れが風にそよいでいる。

屋敷の主は先日妻を娶ったばかりの重任で、屯館は北浦柵《きたうらのさく》（岩手県雫石町）を守る重任の別邸としてこの地に建てられたものである。出羽や東日流《つがる》からの脅威が無い今、重任が北浦柵に籠もる理由は無い。

屯館の床の間には生前に父頼時から贈られた三条宗近銘刀《さんじょうむねちかめいとう》が飾られている。それを背にして貞任が、その隣には麻姫が笑顔で座り、その傍らにはもうすぐ二歳を迎える幼子が年長の従兄弟たちと戯れていた。貞任と麻姫の間に産まれた長男の千代童丸《ちよどうまる》である。麻姫の胸に抱かれてすやすやと寝息を立てている赤子は次男の高星丸《たかあきまる》で、間もなく生後三月《みつき》を迎えようとしていた。

庭には一匹の白い狸がのんびりと寛《くつろ》いでいる。千代童丸が産まれて直ぐに厨川柵に迷い込んで来たその狸は、尾に傷を負っていた。貞任が手厚く介抱してやると、その後貞任の屋敷に住み着き、白い狸は幸せを呼ぶとの言い伝えから、以来貞任家の一員として過ごしている。葛丸《かずらまる》と名付けられたその狸は、今回の旅路も時に二人の子供とじゃれ合いながら、貞任ら一行の殿《しんがり》を務めて来たのである。

共に六歳になった清丸と梅丸が、庭先に飛び降りて剣劇《ちゃんばら》を始めた。四歳の卯沙は二人の幼子を抱かせてと、しきりに麻姫にせがんでいる。厨《くりや》からは重任の同母妹である一加《いちか》が十八番《おはこ》料理の切山椒《きりせんしょ》を手に戻って来た。山椒《さんしょう》の文字こそ当てられているものの、切山椒は中に胡桃《くるみ》と黒蜜が入った甘い餅菓子である。切戦勝《きりせんしょ》と書かれる事もあり、奥六郡では陣中見舞いの縁起物としても食されて来た。尤《もっと》もこの平穏な時代にはこの漢字は似つかわしくない。

麻姫とは従姉妹にあたり、歳も近い一加が麻姫の隣に座った。二人は幼い頃から両家を行き来していた仲である。

「姫姉様、とてもお幸せそう」一加がほんの少し羨ましげな目で二つ年上の麻姫に微笑んだ。

「いちには好きなお方はおられませんか？」麻姫の言葉に一加は頬を染めて俯く。

「いらっしゃるのですね」一加は言葉に詰まったままである。

「いちと結ばれる殿方は果報者ですわ。私と違って器量も良いし、針も厨も得意ですもの」

「—でも、わたくしの想いはきっと成就いたしません…」

思い詰めた表情で一加が答えた。心無しかその声は麻姫には涙声に聞こえた。

麻姫は小首を傾げた。一加ほどの美貌を持つ若い娘の想いに背く男など、果たしてこの世に居るのだろうか？

「それではいちに恋のおまじないを教えて差し上げましょう」

「おまじないですか？」一計を案じた麻姫の言葉に一加の顔がぱっと輝く。

「眉根を掻《か》くのです」

「眉根を…ですか？」そんな事で恋愛が成就するのかと、一加は狐に摘まれたような顔をした。

「そう、眉根を掻くのです。簡単でしょう？」

「本当かしら…」一加の顔が僅かに曇る。

「本当よ。わたしもずっと貞任様を想って眉根を掻いておりました」

「まあ！」

一加は小娘のようにはしゃいで麻姫の両手を取った。そして直ぐに真顔に戻り、一生懸命両の眉根をかりかりと掻き始める—。

くすくすと笑いながら一加を見守る麻姫の耳に、貞任のくしゃみの音が聞こえた。

その貞任を始めとする男達は濡縁に陣取り、庭で遊ぶ子供らに目を細めながら酒を酌み交わしていた。遠く会下《えげ》の十王堂《じゅうおうどう》辺りから聞こえる水車の音が心地良い。

「こんな平和な世が来るとはな」二児の父となった貞任が、遥か早池峰山《はやちねさん》を遠目に見ながら笑った。

遠野は安倍の潜窟《せんくつ》の地であり、早池峰山の峰に連なる絶壁の上には巨石を利用して作られた貞任の隠れ家があった。安倍《あべ》ヶ城《がじょう》と呼ばれるこの隠れ家には、千人を相手に戦えるだけの武器と共に、貞任の母の位牌が祀《まつ》られている。この安倍ヶ城、麓《ふもと》から見上げれば容易に到達出来るように感じるが、実際は傾斜がきつく、秘密の小道を知らぬ者は絶対に辿り着けないと言う。尤《もっと》も、この泰平の世では安倍ヶ城も無用の長物と化し、稀に貞任が位牌に手を合わせに行く時以外は、城の石門は堅く閉ざされている。

『早池峯《はやちね》は、御影石《みかげいし》の山なり。此山の小国《おぐに》に向きたる側に安倍ヶ城と云ふ岩あり。険しき崖の中程にありて、人などはとても行き得べき処に非ず。こゝには今でも安倍貞任の母住めりと言伝ふ。雨の降るべき夕方など、岩屋の扉を鎖す音聞ゆと云ふ。小国《おぐに》、附馬牛《つきもうし》の人々は、安倍ヶ城の錠の音がする、明日は雨にならんなど云ふ。』(柳田國男『遠野物語』第六十五話より)

「この平和な世を、子供らの代まで続かせたい―」貞任から酌を受けた経清がしみじみと語った。

「頼義の任期はあと僅か。頼義さえ都に戻れば我らの天下ぞ。日之本《ひのもと》一の武将と謳《うた》われし頼義でさえ我らに勝てぬとなれば、内裏も必ずや和議を望もう。頼義も既に老齢。三期も陸奥守を務めるとは思えぬ。勝者は我らぞ！」

屋敷の主、重任が呵呵大笑《かかたいしょう》した。

「その分、我らも歳を取ったがな…」貞任が苦笑しながら言った。その言葉に皆が爆笑する。

翌年の夏に任期を満たす頼義は、既に六十五を越えていた。二期併せて実に十年近い歳月を陸奥の地に暮らしたことになる。貞任も三十三。藤原登任《ふじわらのなりとう》を倒した鬼切部の戦いから、丁度十年の月日が流れていた。

「その頼義が大人しく帰ろうか？何か事を起こすとすれば今年しかない」

奥六郡の政を取り仕切って早五年の宗任が、ふと憂いた。

「兄者、奴らがまた攻めて参ると申されるか？　面白い。受けて立とうではないか。奴らの戦法など百も承知よ」

血の気の多い重任がにやりと笑う。

「そうよの。源氏の戦法は平野での戦を想定したもの。一騎打ちには滅法強いが勢い任せの運任せ。策と言えばせいぜい火矢や夜襲などの奇襲しか無い」嘗《かつ》て国府軍の一員として頼義の下で戦った経験を持つ経清が苦笑した。

実際、その通りであった。東国での戦は互いに名乗りを上げた後の一騎打ちが主流で、それには個々の強さが求められる。一方で高い統率力や強固な指示系統が要求される集団戦術には劣っていた。山岳地帯や湿地、雪原など、集団戦が主となる陸奥の複雑な地形では、源氏は安倍軍の敵ではなかった。黄海の戦いでの大敗がそれを雄弁に物語っている。

「火矢ほど卑怯な戦法は無い。我らも厨《くりや》でこそ火を使うが、過ぎる火は何も産まぬ。山を焼き田畑を燃やし、民の家をも灰にする。そもそも蝦夷にとって火とは神。安倍の戦に火は無用ぞ」貞任が誇らしげに盃を煽った。

「親父殿の遺言にもある通り、我らは民を一番に考えてこの地を治めねばならぬ。そう信じて手前は政《まつりごと》に従事して参った。この政が広く世に知られれば、十年、二十年の後、多賀ばかりか遠く都からさえも、公卿どもの政に慷慨憤激《こうがいふんげき》した民らが陸奥を目指しましょう。さすれば陸奥は益々栄える」宗任も胸を張る。この当時、白符による徴税や寺院での子供の教育、民の戸籍管理や無償の医療制度など、既に奥六郡には独自の政治体制が確立されていた。その詳細は膨大な資料に纏められ、宗任の治める鳥海柵に保管されている。

「しかし三郎《むねとう》の懸念も一理ある。念には念をだ。防げる戦は防がねばならぬ。今年はこれまで以上に多賀の城下に間者《かんじゃ》を放つとしよう。子供らの未来のためにもな」

貞任はよちよちと庭を這い回る我が子千代童丸に目を細めながら言った。

〈安倍の男達は十年、二十年先の世を見ておる〉

経清は今更ながら身内を頼もしく、そして誇らしく思った。

その時、それまで晴天を誇っていた遠野の空が俄《にわ》かに暗んだ。何時《いつ》の間にか早池峰山は笠雲《かさぐも》を被り、石門が閉ざされたかのような天声が微かに谺《こだま》する――。

「明日は翠雨《すいう》となるか…」

そう呟いた刹那、経清は背後に人の気配を察した！　腰に佩《は》いた蕨手刀《わらびてとう》に手を伸ばす。貞任らも同時に腰の物に手を当てた。緊張と静寂が屯館《とんだて》を包み込む――。

しかし振り返るとそこには誰も居ない。

「酔いが回ったか…」経清の一言に皆が笑った。

その時、麻姫の胸に抱かれた高星丸が眠りから覚めた。にこにこと笑いながらしきりに気配がした方向を指差している。葛丸も急に顔を上げ、耳を欹《そばだ》てて部屋の中をじっと見詰める――。

「父上、今の女童《めのわらべ》、誰ぞ？」

庭から清丸が小首を傾げて経清に問うた。大人たちは皆不思議そうに顔を見合わせている。

『旧家にはザシキワラシといふ神の住みたまふ家少なからず。この神は多く一二～一三ばかりの童児なり。をりをり人に姿を見することあり。（中略）この神の宿りたまふ家は富貴自在なりといふことなり』（柳田國男『遠野物語』第十七話より）

それから二ヶ月が過ぎた。この年も冷夏であった。

大鳥井山の館では、清原光頼が床に伏せっていた。夏風邪を拗《こじ》らせ、三日程前から熱に魘《うな》され寝込んでいる。隣には孫の頼遠《よりとお》が心配そうに光頼を見詰めていた。

「金沢柵《かねざわのさく》より真衡様が御見舞いに参られました」郎党の声に頼遠が静かに頷くと、程無くして真衡が寝所に現れた。

「伯祖父《おおおじ》様の御様態は如何《いかが》にございますか？」

「おお、真衡殿。直々の御出まし、かたじけない」頼遠は笑顔で円座《わろうだ》を真衡に勧めた。

「御爺《おじい》も歳よな。そろそろ清原の纏めも武則殿に譲る時期かも知れぬ」頼遠は寂しそうに笑った。

「何を仰りますか。伯祖父様にはまだまだ清原を御指導して頂かねばなりませぬ。それに我らは傍流。次の纏めは宗家の頼遠様こそ相応しいかと…」しおらしく言うと真衡は懐から包みを取り出した。

「八峰《はっぽう》（秋田県山本郡八峰町）の薬草園より取り寄せました熱冷ましにございます。毎朝煎じて飲めば、直ぐに回復なさるでしょう」

「それは有り難い。御爺も喜ぶ」頼遠は素直に礼を述べた。ちょうどその時、光頼が目を覚ました。

「おお、真衡か。よう参った…」咳き込みながら、光頼が嗄《しわが》れた声で言った。

「伯祖父様、清原の皆が伯祖父様の快気を願っておりまする」真衡は光頼の手を取る。

「御爺、真衡殿が薬をお持ちになられた」言うと頼遠は雑仕女《ぞうしめ》に命じて薬草を煎じさせた。

「苦《にが》いの…」一口含み、光頼がぼそりと呟く。

「良薬は口に苦しと昔から申します。苦みは効く証しにござる」頼遠は光頼の痩せた背中を擦りながら笑った。

それを見て、それまで能面の様に無表情だった真衡が、にやりと笑う——。

帰り際、見送る頼遠に真衡が声を掛けた。

「次の鎮守府将軍に我が祖父武則が内定いたしました。やがて従五位の位階も授かることとなるでしょう」

「誠か！」頼遠は冷汗三斗《れいかんさんと》した。その顔は見る見る青褪めて行く。

「やはり戦となるか…？」不安げな表情で頼遠が問う。

「私も戦は望んでおりませぬ。ですが伯祖父様の御回復無しに戦は止められませぬ。伯祖父様には何としてでもお元気になって頂かねば。薬が効くことを祈っております故《ゆえ》、毎日お飲み下さいますよう…」

そう語る真衡の口許は、僅かに緩んでいる——。

冷たい雨の降りしきる中、真衡は大鳥井山の館を後にした。

翌、康平五年（一〇六二）の幕が明けた。頼義の陸奥守の任期もいよいよこの年の夏に切れる。思えば黄海の死闘から、早くも五年の歳月が流れていた。

　雪解けを待って宗任と正任は大鳥井山の館に向かった。前年の秋より光頼の看病に努める母友梨《ゆり》から、光頼の様態悪化の報せが届いたのである。友梨は光頼の実の娘でもある。

　いつものように随行して来た松本兄弟を外に待たせ、二人は館に入った。

「母上、御爺上《おじいうえ》の様態は…」

　挨拶もそこそこに隠処《くみど》に入った宗任は、久しぶりに再会する母に話しかけた途端、驚きのあまり次の言葉を失った。

「—これは…」正任も病床の光頼を見て表情を曇らせた。光頼の枕元には孫の頼遠が暗い顔で俯《うつむ》いている。

　宗任と正任が見た光頼は、数年前とは別人であった。痩せこけた体には至る所に黒斑と白斑が浮び、毛髪は殆ど抜け落ちている。掌から指先にかけては皮膚が石の様に固まり、爪はひどく萎縮していた。肉の無い右腕には大きな潰瘍が痛々しい。

「母が毎日薬を煎じておりまするが、日に日に衰えて行かれるばかり…」

　久しぶりに息子達の顔を見て気が緩んだのか、友梨は両手で顔を覆って声を詰まらせた。

「閉伊《へい》の龍泉洞《りゅうせんどう》より清水を取り寄せました。龍神も飲むと伝わる水なれば、御爺上も必ずや快方されましょう」

　そう言って宗任は母の手を取った。その目には微かな哀れみが宿る。

「—それにしても、ただの病とは思えませぬな…」正任が横たわる光頼を見詰めながら呟く。

「昨年の夏迄はぴんぴんしており申したが、この変わり様にござります。寄る歳波には勝てぬのでしょうか…」

　頼遠も落胆の溜め息を吐いた。

「正直、薬師《くずし》も匙《さじ》を投げております。今は分家の真衡殿から頂く薬草だけが頼り…」

　そう言うと、友梨ははらはらと涙を流した。その涙が光頼の頬を打った時、光頼の意識が僅かに戻った。

「宗任殿と正任殿が見舞いに参られましたぞ」光頼の耳元で頼遠が大声を上げた。耳も大分遠くなっている。

「おお、宗任殿と正任殿か…」光頼の表情が僅かに緩む。

「案ずるな。清原は安倍とは争わぬ。安倍とは…」魘《うな》されるように光頼は同じ言葉を繰り返した。

「お体に障《さわ》ります」正任が心配そうに光頼の顔を除き込む。

「御爺上にはまだまだ我らを導いて頂かねば」宗任も光頼の手を握った。

「宗任の言う通りにございます。御父様には早く元気になって頂かないと。ささ、薬を―」

友梨が努めて明るい声で言った。

「―飲みとうない…」光頼は力なく首を横に振った。

「お子の様な事を申されますな。お薬を御飲み下さいまし」友梨が優しく諭し、吸飲《すいの》みの先を光頼の口に当てる。

一口含んだ瞬間、光頼が激しく咳き込んで薬を吐き出した。慌てて友梨が背中を擦る。

〈この様子では…〉

長くは無い、宗任と正任はそう思った。同時に、吐き出された薬を見て、二人はある疑念を抱いた。しかしそれは、清原の男の前では口が裂けても言えない事であった。

暫《しばら》くすると光頼は再び眠りに就いた。それを見て、頼遠はさり気なく座を外した。久しぶりに会う母子を思いやったのである。頼遠はそう言う気配りの出来る男である。

「母上…」宗任が重い口を開いた。友梨が息子の視線をじっと受け止める。

「このまま我らと共に衣川にお帰り頂けませぬか?」宗任が単刀直入に言った。正任も同じ考えである。

「何を申される？ わらわはそなたらの御爺の娘。父の命が短い事は重々承知。わらわは父を看取ります」

友梨は凛とした声で申し出を拒んだ。

「御爺上にもしもの事があれば、清原は二つに割れ申す…」暗い目をして正任が重い口を開いた。

「頼義は武則殿にしばしば使いを送りおると耳に。万が一の事が起これば、母者は人質に…」

「それに気付かぬ愚かな母とお思いか?」案ずる宗任を友梨が強い口調で遮《さえぎ》った。

「武則殿のお心が遠ざかった今となっては、見ての通り、父には頼遠殿とわらわ以外に身内はおりませぬ。わらわが父を見送らねばあまりに不憫。母の事は心配無用です。武則殿の手に落ちたれば、死んだものと諦めなされ」

「し、しかし…」正任は食い下がった。

「この通りじゃ。母の願いを聞き入れてくりゃれ…」

二人の息子をじっと見詰める友梨の目から、一滴の涙が零れ落ちた。静寂が隠処を包み込む—。

長い沈黙の後、宗任と正任は母と祖父に一礼すると、大鳥井山の館を後にした。


衣川への道中、前後に秀則と秀元を配し、周囲に人の気配が無い事を確かめた上で、宗任が沈黙を破った。

「正任、御爺上のあの病状、そなた何と見る?」

「石の如く固まった手、縮んだ爪…。ただの病ではございませぬな…」

「そなたもそう思うか…」宗任が深い溜め息を吐き、次の言葉を続ける。

「あの病状は毒飼《どくが》いによるもの。それもただの毒ではない」

「如何《いか》にも。恐らく銀の毒にございましょう」正任も小さな頷きで答えた。銀の毒とは、現代で言う砒素《ひそ》である。

「母上は薬を飲まぬ日の方が御爺上の調子が良いと申しておりましたな」

「だとすると…」宗任が眉間に皺を寄せる。

「この裏には真衡殿、いや、武則殿が控えておりますな…」正任は、暗い顔で天を見上げた。

日増しに長くなる陽も北海に入りつつあり、二人の前方に長い影を作る—。

俄かに湧いた鉛色の雲がその影を消し、湿った南風が二人の頬を撫でた。

「夜半《よは》の嵐となるやも知れぬな…」

宗任は独り言を呟くと、重い足取りで衣川への歩みを速めた。

「伯祖父《おおおじ》の光頼が旅立ち申した」

半月後、光頼の訃報は真衡の突然の訪問によって衣川に齎《もたら》された。春霖《しゅんりん》が降り注ぐ中、真衡ら一行は衣川関《ころもがわのせき》を越え、嘗《かつ》ての頼時の本拠地であった並木御所を訪ねたのである。既に奥六郡の政庁は鳥海柵に移され、今は関山中尊寺から移った頼時の長男井殿《いどの》と、夫を失った中加とその娘の卯沙のみがひっそりと暮らしていた。本来なら安倍の惣領の貞任か、奥六郡の政《まつりごと》を司る宗任に第一報を送るべき所ではあるが、光頼と長年の付き合いがあった頼時の墓前にとの清原側の配慮で、真っ先に訃報が並木御所に届けられたのである。頼時は御所から程近い妙好山梅際寺（現在の雲際寺）に眠っていた。後の世に源義経と郷御前《さとごぜん》の位牌を護る寺である。

「此《こ》の度《たび》は誠に御愁傷様でございまする」

安倍の長兄、井殿が哀悼の意を述べた。静まり返った並木御所からは中加の啜り泣きが響く。疎遠にはなっていたが、この二人にとっても、光頼は血の繋がった実の祖父であった。

井殿が経を唱える中、近隣の琵琶柵《びわのさく》を守る安倍の重臣、大藤内業近《おおとうないなりちか》が駆け付けた。

「光頼様と縁《えにし》をお持ちの宗任様、正任様は生憎《あいにく》とそれぞれの柵をお守りで不在にございます。光頼様の件は手前からお伝えいたします故、いずれ出羽に焼香に参りましょう」

嫡流の頼遠ではなく、傍流の真衡が訪れた事に些《いささ》か首を捻りながら、業近が真衡ににじり寄って頭を下げた。これまで真衡が衣川を訪ねた事は無い。

「それは不要にございます。親しき方々には私から直々にお伝えせよとの光頼の遺言にござりますれば。それに先代の惣領、頼時様の弟君、良照様にもお取次ぎを」親子以上に歳の離れた業近に臆する事無く、真衡は無表情で答えた。

「左様にございますか。で、柵への道はご存知か？」

「生憎奥六郡は初めて故《ゆえ》、絵図など頂ければ在り難い」

真衡の求めに流石《さすが》に業近は逡巡した。真衡の祖父、武則の噂は何かと耳に入っている。

「頼遠様なればご存知かと…」業近は何とかやり過ごそうと試みた。

「頼遠殿は今は多忙な喪主の身。手前では何か不都合でも？」変わらず無表情のまま真衡が迫る。

「業近殿、もしや我らが清原軍を率いて国府に与《くみ》するとお疑いか？」それでも渋る業近に真衡の口調が強まった。

「左様な事は…」

「心配無用。祖父は動きませぬ。清原の男を信じ召され」

能面のような真衡が親以上に年配の業近を一喝した。業近の背中に冷や汗が流れる—。

「承知致した…」業近もこうまで言われれば従わない訳にはいかなかった。

業近が絵図を取りに中座した時、経を捧げていた井殿は不意に激しい悪寒《おかん》を覚えた。

翌日。真衡の姿は小松柵にあった。真衡の突然の来訪に戸惑いながらも、柵の主、安倍良照は光頼の死を悼み、養子の家任と共に経を上げた。この二人もまた共に僧籍にある。

〈出羽の清原殿の使いが何故我らに？〉経を唱えながら、良照は心の中で首を傾げた。

清原と安倍は古くからの姻戚であり、良照にもいくらかは清原の血が流れている。とは言え、光頼との直接的な血の繋がりは無い。宗家嫡流の頼遠とは親しかったが、分家庶流の真衡とは実は初見である。家任にしても、母は金一族の出で清原とは縁が無い。

「良照様と家任様は陸奥に名立たる名僧と頼遠殿に伺い申した。頼遠殿よりお二人に光頼の供養をお願い致すよう命じられております」

平伏して述べる真衡の言葉に良照は漸《よう》く納得した。

「これからも清原は安倍の皆様方と共に歩みまする」

経を読み上げた二人に、真衡は抑揚の無い声で告げた。その台詞は、まるで清原の世継ぎのそれである。

「して、失礼ながら清原の次の総帥は？」

「頼遠様以外に居られませぬ」

昨日と同様に、無表情のまま真衡が口を開く。その言葉が誠なら、清原が安倍に弓を引く事はない筈である。良照と家任は愁眉《しゅうび》を開いた。

「いずれ貞任と宗任を伴って頼遠殿に御挨拶に参ろう。宜しくお伝え願いたい」

「御意」と良照に答えると、真衡は怱々《そうそう》と小松柵を後にした。


その後、真衡は業近より得た絵図を頼りに日高見川沿いを北上し、鳥海柵で宗任と、黒沢尻柵で正任と相次いで面会した。この二つの柵は馬で半日の距離にある。二人にも真衡は国府と組まぬと明言した。

「もう外も暗い。今宵は客殿に泊まられよ」

「黒沢尻から金沢までは西に僅か百二十里（当時の一里は約五三三・五メートル）。馬でのんびりと歩いても三刻も掛かりませぬ故《ゆえ》…」

正任の申し出をやんわりと断り、真衡は出羽への帰路に着いた。正任がその後姿を見送る。振り返った真衡は、それまでの能面のような表情を崩し、冷たい笑みを湛えていた。その顔を見て、正任の肌が俄かに粟立《あわだ》つ。

「僅か百二十里…」正任は小さくなる一行の影を見詰めながら、真衡の言葉を反芻《はんすう》した。

金沢（秋田県横手市）から黒沢尻（岩手県北上市）までは東に一直線。ちょうど奥羽山脈の谷間に当たるため道も平坦である。馬を飛ばせば一刻半で着く。百二十里とは、つまりそう言う距離である。

〈清原が裏切れば…〉

正任の背中を冷たい汗が伝った。もしも清原がその気になれば、安倍は直ぐ隣に脅威を感じる事となる。今までは血の繋がりという強い同盟関係故《ゆえ》に考えた事も無かった。いや、考えたくなかったのである。蝦夷は血の結束を何よりも大事にする。東日流《つがる》の富忠然り、磐井の金氏然り、出羽の清原然り—。

「荒くれ者と噂の武則殿を、頼遠殿は抑えられようか…」

正任は、独り言を呟いた。義家、義綱兄弟が武則の許に何度も足を運んでいる事は正任も承知している。正任と頼遠は従兄弟同士で歳も近く、古くからの付き合いである。頼遠が総帥になれば、光頼の意思を必ず受け継ぐ。しかし二十代の頼遠に対して、野心家の叔祖父は齢五十五と貫禄十分で、その長男武貞にしても三十代の男盛りである。長年光頼の名代を務め、清原軍の実質的な纏めでもある武則に心酔する出羽の兵も多いと聞く。

「厨川に使いを！」

正任は安倍の惣領貞任に頼遠との関係強化を訴えた。貞任は即座にこれに応じ、大鳥井山に文治保高《ぶんじやすたか》と山田定矩《やまださだのり》を送った。嫌に霧の濃い日であった。


光頼の館で貞任の使者を出迎えたのは、意外な人物であった。武則の嫡男、武貞である。

薬医門《やくいもん》で保高と定矩は恐縮していた。と言うのも武貞が慇懃《いんぎん》な笑顔を浮かべて二人をもてなしたからである。いくら安倍の惣領からの使者とは言え、ここまでの待遇は異例と言っても良い。

戸惑いながらも二人は草鞋《わらじ》を解き、式台を上がった。先に立つ武貞に続いて長い板敷きを進むと、やがて広間に突き当たる。相変わらずの薄気味の悪い笑顔を浮かべ、武貞が襖を開けた。

広間には熊のようにがっしりとした体躯を誇る男が胡坐を掻き、脇息《きょうそく》にもたれ掛かって酒を飲んでいた。男の右横、手の届く位置には鮫鞘も見事な打刀《うちがたな》が飾られている。男の彫りの深い顔の右頬には生々しい傷跡が認められた。その貫禄に二人は圧倒される。

男は眼光鋭く二人を睨み付けると、向こうを見ろと言わんばかりに顎を右に振った。その方向、奥座敷に保高と定矩の視線が移る。その刹那、二人の顔色が変わった。

彼らがそこで見たものは、座敷牢に軟禁されている頼遠の姿であった。その隣には、宗任、正任らの母である友梨も捕らわれの身と化している。

「こ、これは…」

二人が同時に上擦った声を発した直後、男の右腕が打刀に伸びた。森に鵲《かささぎ》の不気味な声が鳴り響く――。

その後、文治保高と山田定矩が厨川に戻る事は、遂に無かった。

酉の章　衣の綻び

暦は康平五年（一〇六二）の水無月《みなづき》を迎えていた。遠田に蛙《かわず》の鳴き声が響いている。のどかな外界とは異なり、衣川の並木御所《なみきのごしょ》は喧騒に包まれていた。貞任をはじめとする安倍の一族が続々と集結していたのである。琵琶柵《びわのさく》から馳せ参じた大藤内業近《おおとうないなりちか》や、河崎柵《かわさきのさく》を守る金為行《きんのためゆき》の姿も見える。皆一様に表情が暗い。それもその筈、出羽の清原武則《きよはらのたけのり》が総帥の座を継いだ頼遠に叛旗《はんき》を翻《ひるがえ》し、源頼義と手を組んだとの情報が間者《かんじゃ》から齎《もたら》されたのである。

　この報せは貞任に少なからぬ衝撃を与えた。しかし貞任もこの平和な五年間にのうのうと胡坐を掻いていた訳ではない。頼義が武則に参戦を希《こいねが》い始めた頃より、貞任は鵜住居《うのすまい》の鍛冶衆に五百振の太刀造りを依頼し、有事に備えていた。東日流《つがる》との同盟もより強固なものとすべく、世継ぎの無いまま病に伏せっていた安倍富忠《あべのとみただ》の許に末弟の九男行任《ゆきとう》を養子に出している。その行任は家督を継ぎ、今では二戸《にのへ》（岩手県二戸市）の地を守っていた。

「遅れてすまぬ」

　最後の一人、経清が現れた。江刺の豊田館《とよだのたて》から馬を飛ばして来たらしく、狩衣《かりぎぬ》は汗で濡れている。経清も厳しい表情である。

「これより軍議を始める！」

　胸元に琥珀の勾玉を揺らし、上座に腰を下ろした貞任の声が並木御所に響き渡った。男たちの顔に緊張が走る。

「五郎《まさとう》、まずは知り得る限りの出羽の現状を伝えてくれ」

　貞任に促され、出羽に縁《ゆかり》のある正任が口を開いた。正任の守る黒沢尻柵は地理的にも出羽に近い。

「清原は安倍の盟友と申した真衡《さねひら》の言葉は、残念ながら戯言《ざれごと》にござった…」

　唇を噛みながら、正任が状況を説明する。

「頼遠《よりとお》殿は監禁され、武則一門が清原軍を牛耳っておるとか。それに母者も…」

正任と母を同じくする宗任も凱風寒泉《がいふうかんせん》の思いで顔を顰《しか》めた。

「然《しか》れども清原軍二万のうち、光頼殿に恩義を感じる半数の兵は参戦を拒んでおると聞いておる」良照が口を挟む。

「逆に申せば一万は戦に動くと言う事だな。経清、国府の軍勢は？」

「手前の見立てでは、その数三千」貞任の問いに経清が即答した。

「たったそれだけか」貞任と良照が顔を見合わせて苦笑する。

「都からの援軍や坂東武者の動向は如何《いかが》か？」

「頼義の任期は間もなく切れる。内裏は既に次期陸奥守の人事を決めておるとか。頼義の再々任が無いと定まった以上、援軍派遣は無い」都の情勢に詳しい宗任が断言した。

「頼義の権威は黄海の戦いで既に地に落ちておる。此の度の清原軍の参戦も、源氏が清原に臣下の礼を尽くしての事と東国にも知れ渡っているとか。頼義に味方する坂東武者は殆《ほとん》どおるまい」経清も自信たっぷりに頷いた。

「そうすると、国府軍にはこれまで通り、小松と河崎で対応できよう。問題は清原の出方だな…」

貞任は腕組みをしながら天井の一点を見詰めた。

「出羽は陸奥と地続き。しかも境界には奥羽山脈。山なれば一万の軍勢もその身を容易に隠せましょう。清原は源氏と違い、山道に詳しき者ばかり。奴らは十中八九、山越えで参りますぞ」

黒い狩衣に白い襷《たすき》を掛けた業近が力説した。皆もそれに頷く。

「ならば先読みすべきはどの柵を狙うかだ」惣領の問いも尤もだが、誰もがその答えに窮した。

国府軍とやり合う分には、奥六郡への玄関口である小松と河崎の両柵に兵を集中させれば良かった。しかし清原が相手となればそうは行かない。奥羽山脈は出羽と陸奥の国境に沿って南北に延々と連なっている。未だに斧を知らぬ山も多い。獣道も含めれば、道はそれこそ星の数にも達しよう。清原が何処を通って何処を攻めるかで人員配置がまるで異なる。読み違いは許されない。

「六郎《しげとう》、おぬしならどう構える？」太刀の腕を貞任と並び称される重任に、惣領は意見を求めた。

「何処から来るか判らぬ以上、それぞれの柵に兵を分散するしかあるまい。我らの兵力はおよそ二万。衣川と厨川に三千を残し、それぞれの柵に千でどうじゃ？」それまで聞き役に回っていた重任が算計する。安倍の柵は十二もある。

「重任の言う通り、兵の数、柵の規模、どれをとっても一つの柵に千が限度だ。厨川柵なれば一万も籠もれようが、そうすれば他の柵を守る兵が足りぬ」

正任も冷静に兵力を分析した。厨川柵を除く柵は堅牢だが広くはない。兵が二千も籠もれば手狭となる。

「然《さ》れどどれか一つの柵に全勢力をぶち当てられたら、千では到底持ち堪えられぬ。それに遊軍も必要であろう」

宗任が反駁《はんばく》した。確かに千の兵が守る柵に一万の兵が来られては一溜《ひとたま》りも無い。臨機応変に動ける遊軍も三千は欲しかった。

次の案を出したのは若い家任であった。

「小松と河崎、鳥海と琵琶、白鳥と黒沢尻、それに北浦と厨川は比較的近い。これら四つの中間地点に三千の兵を野営させるのは如何《いかが》か？」

「成る程、三千の遊軍で、複数の柵を守ると申すのだな？」

家任の義父でもある良照が補足した。戦の攻め手は守り手の三倍は必要と言う。家任の策なれば数字の上ではなんとか勝負になる上、四千もの兵の節約となる。

「なかなかの良策だがそう瞬時に近隣の柵に兵は着かぬぞ。援軍の到着に一刻も掛かったのでは六日の菖蒲《あやめ》に十日の菊。夜では狼煙も見えぬ上、伝令が撃たれぬ保証もない」

貞任は危ぶんだ。戦場では想定外のことが起こる。この策では指示系統に乱れが生じた場合、万事が窮す。

「何も敵が一塊となって来るとは限りませぬぞ。同時に数箇所の柵を攻める策も十分考えられる」

智将と謳《うた》われる為行が場を諌《いさ》めた。無論、それは貞任の頭にも入っている。

「五千の兵が二箇所を攻めたとなれば、家任の策で良いと思うが…」

「そうすると一万で来られた時は対応出来ぬ…」良照の言葉に今度は重任が反駁した。

その後、軍議は暫《しばら》く堂々巡りが続いた。皆の顔に疲労と苛立ちが見え始める。

「おぬしが敵なら如何《いかが》致す？」貞任の言葉を受け、皆の目が経清に向けられた。

「俺が敵か」経清は苦笑いした。現に経清は嘗《かつ》て国府軍の一員として安倍と対峙している。漸《ようや》く場から笑いが起きた。

気を取り直して経清が続ける。

「敵が来ぬ柵に兵を置くのは無駄と言うもの。俺なら絶対に厨川を攻めぬ。鳥海も無い。やるとすれば山を越えて一直線に衣川を狙う」

「ほう。何故《なぜ》だ？」

「考えても見られよ。厨川に攻め入るは、敵の領土の一番奥に入り込む事を意味する。退路を絶たれれば直ぐに孤立しよう。攻め手にとってこれ以上の恐怖は無い。同じ理屈で鳥海攻めも無いと見た。俺なら迷わず衣川を狙う。衣川は安倍の本貫地。ここを落とせば我らの士気が萎える上、国府軍と小松、河崎を挟撃できる」

経清の説明に、場からおおと言う声が上がった。確かに一理ある。

「武則が西から直接衣川を攻め、同時に頼義が正面を狙うか。策としては申し分無い…」

貞任は、深く頷いた。ここで言う正面とは、小松と河崎の柵である。

「如何《いか》にもその策も考えられましょうが…」口を挟んだのは宗任であった。

「山越えをすると見せ掛けて、裏を掻いて国府軍と合流し、正攻法で攻めては来ますまいか？」

「態々《わざわざ》迂回して小松か河崎を攻めると申すか？」良照が怪訝な顔をした。

「御尤《ごもっと》も」宗任は続ける。「手前が頼義の立場なら、必ず清原と行動を共に致しまする」

「三郎《むねとう》の話、詳しく聞きたい」貞任が先を促した。

「清原軍が暴走して勝利を収められては、清原の名こそ上がるが源氏の名は廃りましょう。しかも出羽の俘囚ごときが容易《たやす》く勝てた敵にこれまで何度も大敗を喫したとなれば、頼義の面子《めんつ》は丸潰れ。そうならぬよう上手く清原を手懐けつつ、手柄を自らのものとするのが頼義の望み。そうでなければ出世は出来まい」宗任の読みに皆が膝を打った。

「確かに我らの目が山に注がれている今、その策こそ妙案…」経清も宗任の策に同意する。

「逆に言えば経清殿の申した通り、厨川攻めや鳥海攻めは無いな。清原軍が単独で厨川や鳥海の柵を落とせば、武功は全て清原のものとなる」重任も断言した。

「即《すなわ》ち清原、国府両軍による衣川、正面の同時攻めか、あるいは両軍合流後の正攻法かの二択にござるな」

業近の言葉にも力が籠もった。

「ならば守るは衣川、小松、河崎の三点と定まった。この地に五千の兵を置く。柵内に二千、外に三千だ」

貞任の頭が目まぐるしく回転した。

「兄者、衣川は関であって柵に非ず。しかも五万もの民が暮らしておる。衣川に近い琵琶柵にも二千の兵を配し、残り三千を遊軍としては如何《いかが》か?」

琵琶柵を守る業近とは気心の知れた宗任が進言した。宗任の言葉通り、今、衣川は民で膨れ上がっている。安倍の良政の噂を聞いた人々が続々と衣川に押し寄せていたのである。苛政《かせい》に窮し、遠くは遥々《はるばる》京の都から逃げて来た者もいる。安倍はこうした人々を温かく迎え入れていた。

「良かろう。民を守るのが俺の使命だ。民を戦火に曝してはならぬ。業近、頼んだぞ」

貞任の言葉に業近はぐっと来たらしく、顔を伏せて目頭を押さえた。

「良照叔父上と為行殿には引き続き小松と河崎をお願いしたい。他の者は有事に備えて衣川に詰めていてくれ」

惣領の一言で軍議は纏まった。

「清原が山越えして衣川を攻めると同時に頼義が小松と河崎を攻めるか、合流の後に小松と河崎を攻めるか。いずれにせよ頼義は武則と連動策を採る。源氏の采配など取るに足らぬが、我らは清原の戦法を知らぬ。心して臨め！」

貞任の声が力強く並木御所に木霊する—。

〈保高《やすたか》、定矩《さだのり》…。そなたらの無念は必ず晴らす！〉

貞任が今は亡き郎従の名を心で唱えると、琥珀の勾玉が光を発した。

「殿！　吉報にござります！」

康平五年の七月二十四日、多賀城では藤原景通《ふじわらのかげみち》が渡殿を駆け抜け、正殿にある頼義の居室に飛び込んで来た。

「出羽の清原が動きましたぞ！」

「誠か！」息を切らせながら発した景通の言葉に、頼義は狂喜乱舞した。

「では直ぐにでも出陣ですな！」頼義の喜び様を目の当たりにし、側近の藤原茂頼《ふじはらのしげより》の顔も輝く。

「よし、国府の兵に触れを出せ！　明日にも出陣じゃ！」

「では伊治城の紀高俊《きのたかとし》殿にも早速連絡を！」茂頼が勇んで言った。軍議では伊治城を拠点として源氏が単独で小松柵を攻める策が定められている。衣川で宗任が危惧していた策であった。

「いや、待て…」顎に手を当て頼義が暫《しば》し考え込んだ。

「清原はどの道を使っておる？」「は？」

「どの道を通って陸奥に向かっておるかと聞いておる」意図が掴めなかった景通に、頼義が聞き返す。

「鳴子道《なるこみち》を抜けてこちらに向かっておる由にございます」慌てて景通が返答した。

「栗駒山の南側にござりますな」

傍《かたわ》らに居た陸奥権守《むつごんのかみ》、藤原説貞《ふじわらのときさだ》が口を挟んだ。前任者の藤原登任《ふじわらのなりとう》の時代から国府に務める説貞は、陸奥の地理に明るい。その頃武則率いる清原軍は、まさにその登任失脚の原因となった鬼切部の地に入ろうとしていた。

「鬼切部なれば栗駒山を越えて衣川に向かう事も出来まする。軍議では小松攻めと決まっておりまするが、我らも一度鬼切部に向かえば、貞任も迷いましょう。状況によっては小松を捨て、直接衣川を攻める手もありかと」

「儂《わし》も今それを考えておった所よ」

説貞の意見に頼義も満足そうに頷いた。先の鬼切部合戦では、貞任は真冬に栗駒山を越えている。今は晩夏。山越えはそれ程難儀ではない。

「貞任の辿《たど》った道を遡《さかのぼ》り、登任殿の無念を晴らすも一興よの」頼義は説貞に微笑みかけた。

「畏れながら、別働部隊を動かすのも手かと」景通が負けじと手を挙げる。

「本隊が清原軍と合流する間に囮を使い、小松と河崎の両柵に火矢を射させるは如何《いかが》か？　それだけでも十分敵を攪乱《かくらん》できましょう」

「ほう、それも面白いの」景通の策に頼義が興味を示した。

「では伊治の紀高俊に命じ、柵を攻めさせよ！」

「しかし我ら本隊が出陣した後では、高俊殿が危なくありませぬか？」

茂頼の心配も無理もない。伊治城の兵力は千にも満たなかった。二つの柵には少なくとも二千は敵が居よう。反撃されれば高俊の命が危ない。

「──構わぬ…」頼義は冷酷な笑いを浮かべると、茂頼を手招きした。

「どうせ高俊は外様。死んだところで痛くも痒くも無いわ」

同じ境遇の説貞に聞こえぬ様に、頼義は茂頼に耳打ちした。僧形の茂頼の目も暗く光る──。

薄暗い外には俄かに嘆きの霧が立ち込めていた。


その翌々日の旧暦七月二十六日、万感の思いを胸に頼義は三千の国府軍を率いて多賀城を出立した。僅か七騎で落ち延びた滴水成氷《てきすいせいひょう》の黄海から、実に千八百余日の歳月が流れていた。

衣川の並木御所でも軍議が開かれていた。上座に座る貞任の胸元には琥珀の勾玉が光を発している。こちらも間者からの報せを受け、清原軍が鬼切部方面へ向かっている事を把握していた。無論、国府軍の出陣も承知している。これで合流策と定まったが、新たな問題が生じていた。それは合流後の連合軍の進路である。

北梅庵《ほくばいあん》の川村徳助《かわむらとくすけ》が放った鳩による書状には、国府軍の進行方向が記されていた。

「乾《いぬい》（北西）とな？」書状を一瞥して、正任が首を捻った。

「乾と申せば、鬼切部か？」貞任の顔が見る見る曇る。

「多賀城を真っ直ぐ北上し、日高見川辺りで合流して小松か河崎の柵を攻めると見ておったが、鬼切部で合流となれば…、山越えも考えておかねばならぬな」経清も渋面《じゅうめん》で答えた。

「山とは、まさかあの栗駒山の事にござるか！」安倍の重臣、大藤内業近が頓狂な声を上げる。

「栗駒山には我らが築いた道もある。しかも今は秋。出来ぬことも無い…」貞任は舌打ちした。皮肉な事に、嘗《かつ》て安倍軍が四人もの死者を出してまで通した山道を敵が使う可能性があるのである。

「いくら清原が山が得意と言えど、国府軍に山越えは難儀。道を作ったと申してももう十年も前ぞ。既に木々で覆われていよう。それに一度南下した清原が態々《わざわざ》南から山を越えるとは思えぬ。やるなら西側から直接来る」

重任は、栗駒山越えを否定した。

「無いと思わせる策こそ良策。栗駒山にも守りが必要ぞ」慎重派の正任がそれに反論する。

「如何《いかが》致す？」経清が貞任に決断を迫った。

貞任は暫く目を瞑って考えた。やがて貞任の両目が開かれ、左の瞳が蒼い輝きを発する──。

「戦においては備えるべきに備える事こそ肝要。五郎《まさとう》、おぬしに千の兵を預ける。栗駒山の警備に当たってくれ」

貞任は栗駒山の守りを主張した正任に命じた。更に続ける。

「敵が動いた以上、我らも動かねばならぬ。愚図愚図してれば命取りぞ。三郎《むねとう》は小松柵に向かってくれ。俺は六郎《しげとう》と共に河崎柵に詰める。経清には衣川の守りを頼む」

宗任と小松柵を預かる良照は、共に惣領の直ぐ下の弟と言う境遇のせいか、何かと反りが合う。山の守りは不要との意見を退けられた重任には、自分との同行を命じ、その面目を保った。しかも重任の母は河崎柵に籠もる金為行の実の妹、即ち重任にとって為行は伯父に当たる。麻姫を娶った貞任にしても、為行は舅《しゅうと》であった。当然、為行にとって働き易い人選である。衣川の守りを任せた経清にしても、予《かね》てから敵は山を越えて衣川に攻め入ると睨んでいた人物である。全ては貞任の配慮であった。

夏の盛りも過ぎ、山々に蜩《ひぐらし》の声が哀しげに響いていたその日、清原一万の軍勢は鬼切部から程近く、栗原郡営崗《たむろがおか》に集結していた。ここで頼義率いる国府軍と合流する手筈となっている。この地は坂上田村麻呂が蝦夷討伐の際に陣張りを命じた場所と伝えられており、縁起を担いだ頼義が両軍の合流地点として指定したのである。

「源氏の棟梁が清原に臣下の礼を尽くすのじゃ。今日は清原にとって誇りの日となろう――」

岡の頂上で熊のような大男が頬の傷を撫でながら独り言を呟いた。国府軍の到着を首を長くして待っていた清原武則《きよはらのたけのり》である。大将旗を背負った武則の兜には、鬼の角を模した二つの突起が施されている。右頬の傷と相俟《あいま》って、武則は鬼神の様相を呈していた。

隣にいる嫡男の武貞と、その後ろに控える孫の真衡も笑顔でこれに頷いた。従五位下の位階と次期鎮守府将軍の座が確約され、気仙の金山の採掘権も手に届くとあって、皆は実に上機嫌である。

清原軍が出羽を出立してから、実に二十日以上が経過していた。これには理由がある。道中の邑《むら》々を巡り、兵糧を掻き集めながら進軍したのである。中には略奪に近いやり方もあったと聞く。一方で国府軍も玉造郡内をうろうろと彷徨《ほうこう》していた。合流場所を安倍軍に悟らせまいとする策である。半月以上の行軍で鎧も兵の体に馴染み、士気も高まっている。その間に、高俊率いる伊治軍が小松柵に矢を掛けては引き引いては掛けを繰り返していた。小松柵に籠もる良照と宗任は、その規模から囮《おとり》と見抜いてはいたものの、気分が良い筈が無い。

「参られたようですな」武貞が向けた視線の先に、ぞろぞろと一列に続く黒い塊が見えた。

「どのくらいおる？」「ざっと三千余りかと…」

武貞の答えを聞いて武則は苦笑した。たったこれだけの兵力で安倍に挑む心算《つもり》だったのかと、武則は内心呆れた。

「安倍に大敗を喫した官軍が、我ら清原の援助により漸《ようや》く勝利を収めるのじゃ。後世の者が見れば、源氏と清原、どちらが上かは一目瞭然!」

　眼下に広がる国府軍の列を眺めながら、武則は声高に笑った。

「どうやら先に着いたのは向こうの様にございますな」

　曲がりくねった坂道を登りながら、岡の頂上に清原の軍勢を認めた茂頼は思わず舌打ちをした。秋だと言うのに、剃り上げた頭からは玉のような汗が滲んでいる。

「まあ良いではないか。少しは清原に花を持たせよ」上機嫌に頼義は笑った。

「それにしても武則め、兵一万とは随分な気張り様にございますな。それ程俘囚は位階が欲しいらしい」

　景通の言葉に義家以外の家臣が大笑いした。義家だけは常に不機嫌そうな顔をしている。そもそも大義の無い戦に出る上、その戦も俘囚の軍勢に参戦を請うて漸《ようや》く迎えるものである。しかも清原との交渉役は自分と弟の義綱であった。源氏の次期棟梁として、目前の戦には全力で挑まねばならない。頭ではそう理解していたが、義家の心は塞《ふさ》いでいた。その表情は初陣を迎えて昂《たか》ぶる弟とは真逆である。

「父上、この軍勢では戦の主導権を清原に握られは致しませぬか?」

　その義綱が真顔に戻って頼義に言った。漸《ようや》く坂を登り切り、清原軍が目の前に迫っている。

「田舎武者なれば陸奥守が少し煽《おだ》てれば天にも昇ろう。案ずるな」

　そう答えると頼義は口許を僅かに歪め、馬を下りて武則の傍に駆け寄った。

「武則殿、此の度は良くぞ我らに手を御貸し下された。この頼義、心より感謝申し上げますぞ」

　頼義は武則の手を取ると、はらはらと涙を流し始めた。突然の父の涙に、義家と義綱は唖然としている。

　しかし頼義は、心の中では嘲《あざけ》り嗤《わら》っていた。

〈俘囚め。驕《おご》るでないぞ―〉

　一方の武則も笑顔で頼義を迎えた。武則は嘗《かつ》て経清の婚礼の席で頼義と一度だけ対面している。その頃とは打って変わって、今の頼義は年老いて見える。白髪と皺が増えたその顔は眼だけが爛々と妖しい輝きを放っていた。

「貞任の首を獲れば、将軍の髪も黒々と変わりましょう。この武則、全身全霊を傾け戦に望み申す」

大仰に語った武則も、頼義の両手を握って頭を下げた。

〈爺《じじい》め、態々《わざわざ》清原が力を貸してやるのだ。有り難く思え――〉

そう嘲笑《ちょうしょう》した武則の顔はしかし、頼義からは見えなかった。

源氏の名声、清原の地位。所詮は欲望が鎧を着て歩いているような両軍であったが、数奇な運命か、遂にここに手を取り合ったのである。頬を打つ風に秋の気配を感じる、康平五年八月九日の出来事であった。


翌日、営崗《たむろがおか》に設けられた陣では、国府、清原連合軍による軍議が行われていた。陣の中央を境に東西に源氏と清原の重鎮がずらりと顔を揃えている。それぞれの中央には勿論、頼義と武則の姿があった。

軍議はまず布陣決めから始まった。連合軍と言っても所詮は己の欲望のために組んだ頼義と武則である。東側の上座こそ頼義に譲ったものの、武功に逸《はや》る武則は自らの意見を激しくぶつけた。武則には、源氏を勝たせるために立ち上がってやったのだと言う自負がある。軍議は初日から紛糾した。

二日目になっても陣立ては決まらず、三日目を迎えて漸《よう》く頼義が折れる形で各部隊の押領使《おうりょうし》が次の通りに決まった。

第一陣、清原武貞。

第二陣、橘貞頼《たちばなのさだより》。

第三陣、吉彦秀武《きみこのひでたけ》。

第四陣、橘頼貞《たちばなのよりさだ》。

第五陣の壱、源頼義。第五陣の弐、清原武則、第五陣の参、紀高俊。

第六陣、吉美侯武忠《きみこのたけただ》。

第七陣、清原武道《たけみち》。

第五陣が更に三つの部隊に分かれている事は、即《すなわ》ちこれが本隊であることを意味する。義家は義綱と共に頼義の陣に従軍することが決まった。

七陣の内、名に『武』の字を持つ者が実に五人もいる。無論、武則に縁のある者である。第一陣の清原武貞は言うまでも無く武則の嫡男である。第三陣の吉彦秀武は武則の甥で娘婿、第七陣の清原武道は武貞の弟にしてまたの名を貝澤三郎、即《すなわ》ち武則の三男である。秀武と姓の読みが同じ第六陣の吉美侯武忠にしても、秀武の同族。つまり武則の縁者である。第二陣と第四陣の押領使、橘貞頼、頼貞兄弟にしても清原の血を引いていた。彼らは安倍との義を貫き続けた光頼の妹の子であったが、武則派に母を人質に取られ、已《や》む無く武則の軍門に降っていた。武則を纏めとする第五陣の弐には、武則の強い希望で孫の真衡が副将に就けられている。真衡、当時弱冠十九歳。それだけ武則に信頼されている証しである。

この布陣を見てもわかるように、連合軍とは名ばかりで、実質上武則の軍隊と言えた。それでも本隊である第五陣の壱を纏めていれば、頼義の体面は一応は保たれる。

その頼義が預かる第五陣の壱には、源氏の精鋭が集められた。義家、義綱は言うまでもなく、茂頼、景通、説貞ら頼義の腹心が配されている。第五陣の参は陸奥守に忠誠を誓う郡司の手勢の集まりで、押領使には皮肉な事に経清を奥六郡へと秘かに逃がした紀高俊《きのたかとし》が命じられた。頼義は、この部隊を捨石として使う腹算用《はらづもり》であった。

翌日からは戦術についての協議が続いた。策は二つ。貞任らが睨んでいた通り、正面突破の正攻法か栗駒山越えかの何《いづ》れかである。頼義は正攻法を主張した。その策は、あっさりと採用された。何と真衡がこれを推したのである。

〈てっきり得意の山越えを主張すると思っていたが…〉頼義は些《いささ》か拍子抜けした。

当の真衡は、頼義を見詰めて冷笑を浮かべている。頼義の隣に座った義家は、その真衡を一瞥した。

〈あの男、どうも好きになれぬ…〉

心の中で毒突くと、義家は不機嫌そうに真衡から目を逸らした。

霧の香《か》が立ち込める中、翌日も朝から軍議が続けられた。正攻法となれば、次の議題は小松と河崎、どちらの柵を攻めるかである。これはすんなりと小松柵に決定した。理由は二つある。一つ目は、小松柵は大河日高見の西岸に位置する。即《すなわ》ち、ここを落とせば川岸に沿って衣川に攻め入る事が可能である。一方、河崎柵から衣川に向うには、日高見川を渡河する必要があった。二つ目の理由は単純に縁起を担いだのである。先の黄海の戦いでは、国府軍は河崎柵を攻めて大敗していた。無論、高俊の部隊を囮《おとり》として河崎柵を襲撃させる手筈も固めている。

陰陽師《おんみょうじ》の占手《うらて》により、出陣の日取りは八月十六日と定まった。万事が上手く行くと言われる天一天上《てんいちてんじょう》の日である。

当日の朝は爽やかな秋晴れであった。

「実に良き日じゃ…」小松柵の方角に浮ぶ鰯雲を眺めながら、頼義は目を細めた。

「思えば長き日々でしたな…」隣に控える茂頼の目には薄っすらと涙が浮んでいる。

黄海の大敗から早五年、頼義が陸奥守に就いてから実に十年の月日が流れていた。

沐浴して身を清めた頼義は、小具足に笹竜胆《ささりんどう》の紋があしらわれた鎧直垂《よろいひたたれ》の出で立ちで現れ、同じく身支度を整えた武則と共に三献の儀を開いた。二人は共に表に日の丸、裏に月が描かれた金の軍扇を手にしている。ずらりと居並ぶ家臣一同を前に、頼義と武則は艮《うしとら》(北東)に向かって並んで床机に腰を下ろした。艮はこの日の吉方で、偶然にも目指す小松柵がある。やがて二人の元に打鮑《うちあわび》、搗栗《かちぐり》、昆布の三種の肴が並んだ膳が配された。古来より『敵を討ち取りて勝ちを喜ぶ』を意味する縁起物である。次に大中小に重ねられた盃に酒を注ぐ。初献は三度注ぎ、一気に仰いだ。中盃にはまず一度注いで飲み干した後、同じ盃に二度に分けて再度酒を注ぐ。それを飲み終えると大盃には残りの酒を三度に分けて注ぐ。二人は大盃を豪快に空けると、顔を見合わせて高らかに哂《わら》った。

軍盃の宴が終わると頼義は陣の外に出た。岡のいたる所に官軍の錦の御旗《みはた》が風に靡《なび》いている。その中に八幡大菩薩と記された幟《のぼり》が一際天高く掲げられていた。無論、源氏の御旗である。嘗《かつ》て頼義が石清水《いわしみず》八幡宮に参拝した夜に霊剣を賜った霊夢《れいむ》を見、その直後に義家が産まれたと言う。以来、源氏は八幡神を氏神として崇拝している。その石清水八幡宮で元服した義家は黒韋威胴丸壺袖付《くろかわおどしのどうまるつぼそでつき》を纏い、じっと幟を見据えていた。

〈ここまで来たら最早《もはや》後戻りは出来ぬ。むしろ全力で向かわねば、貞任殿、経清殿に無礼と言うもの――〉

義家は源氏の御曹司として、戦地に赴《おもむ》く覚悟を定めていた。


武則も真衡を伴って陣の外に出た。真衡の右手には卍の文字が記された軍配が握られている。これは真衡が清原軍の正式な軍師であることを意味していた。

真衡に促された武則は、徐《おもむろ》に遥か遠く都の方角に深々と拝礼すると、天地神明に誓って叫んだ。

「我、既に子弟を発し、将軍の命に応ず！　志節《こころざし》を立つるにあたり、我が身を殺すを顧みず！　八幡三所よ、我が心中を照らし給《たま》え！　若《も》し身命《いのち》を惜しみて死力を尽くさねば、必ずや神の鏑矢《かぶらや》に中《あた》りて先ず死せん！」

武則の叫びに、清原、国府の両兵は拳を天に高々と振り翳《かざ》して奮い立った。大地が揺れんばかりの雄叫びが上がる。

その時、一羽の白い鳩が軍勢の真上を飛翔した。

「見よ！　鳩は八幡神の使いぞ！」頼義は目を輝かせて飛び行く鳩を指差した。

陽の光を浴びて輝く鳩は、翼を力強くはためかせて艮《うしとら》の空に消えて行った。出陣に当たり、鳥が敵陣の方角へ飛び去れば吉、その逆は凶とされている。

「艮は安倍の方角。これは吉兆にござりまするぞ！」

武則は頼義と顔を見合わせて破顔した。兵は皆、この鳩に深々と拝礼した。

――しかしその鳩の足に、しっかりと文《ふみ》が巻かれていた事に気付いた者は、誰一人としていなかった。


「敵は正面より攻め入るぞ！　小松と河崎の両柵に至急知らせよ！」

白鳩が齎《もたら》した文を一読し、衣川で貞任の留守を守る経清が叫んだ。

「流石《さすが》は頼義、清原を味方に得た利を捨ててまで裏を掻《か》くと申すか…」

経清は軽い戦慄を覚えた。普通に考えれば誰しも清原は山から来ると読む。現に以前の軍議でも、宗任が案ずるまで安倍の目は山に向けられていた。

「清原も良く頷いたものだ。流石の武則も忖度《そんたく》したと申すか…」

いくら請われての出陣とは言え、相手は陸奥守。武則が頼義の命に単純に従っただけと受け取れなくも無い。

「待てよ…?」一瞬経清の顔が曇る。

「あるいは清原の方からこの策を?」独り言を呟いて経清は首を振った。

「地の利を捨ててまで正攻法に加担する程の軍師など出羽には居るまい…」

再び独り言を吐いた。いや、それは自らに語った言葉であった。もし清原にそのような軍師が居れば、この先の戦は一筋縄では行くまい。

〈そんな軍師など居らぬ…〉

経清は、今度は心の中で自らに言い聞かせた。言葉には魂が宿る。口に出せば現実のものとなり兼ねない―。

自らの不安を経清は必死に否定した。


経清の命を受け、直《す》ぐ様狼煙《さまのろし》が上げられた。経清は厳しい顔で立ち上る噴煙を見詰めている。やがて遥か向こうの山から繋ぎの狼煙が上がった。奥六郡の山々に配置された狼煙台を経由し、その報せは半刻も経たないうちに二つの柵に伝えられた。

「やはり正攻法で来るか!」河崎柵で貞任が、小松柵で宗任が、同時に叫んだ。

「問題はこちらと河崎、どちらの柵に来るかだな…」

小松柵で宗任と対峙していた叔父の良照が狼煙を見詰める目に力を込めた。営崗に放った間者も流石《さすが》にそこまでは掴めなかったらしく、衣川からの狼煙にも指示は無い。

「恐らく敵は先に囮を使って一方の柵を攻めましょう。その後、本隊は他方に攻め入るかと」

宗任も狼煙に目をやりながら答えた。宗任の読みが当たっていれば、仮に貞任が詰める河崎柵に先に火の手が上がっても、うかうかと援軍を派遣する訳には行かない。本隊到着前に柵の守りを薄める事になる。

「ならば後から火の手が上がったほうが本命という事に?」鎧を纏った家任が二人に問う。

「恐らくはそういう事になろうが…、裏の裏を掻《か》いて囮を装った本隊が直接参らぬとも限らぬぞ―」

良照が溜息混じりに呟いた。それを言えば切りが無い。

「何《いず》れにせよ、見極めが大切ですな…」

宗任の言葉に、良照と家任は無言で大きく頷いた。


「今日の出陣では戦は明日となろう。今宵は兵にゆっくりと休息を取らせよ」

河崎柵では貞任が胡坐を組み、重任と酒を酌み交わしていた。この二人は安倍の兄弟の中でも特に肝が据わっている。戦の前に、恐れはまるで感じられない。

「清原の戦がどのようなものか、今から楽しみぞ」

右肩に留まる熊若に肴の雉肉《きじ》を分け与えながら、重任が不敵な笑みを浮かべた。

「その清原という呼び名だが…」雉肉を齧《かじ》りながら、貞任が言葉を繋《つな》ぐ。

「これからは清原と呼ばずに武則と呼ばぬか？」

「何故じゃ?」思い掛けぬ貞任の言葉に、重任は首を捻った。

「我らは清原とは縁《えにし》が薄いが、三郎《むねとう》や五郎《まさとう》の母者は清原の出。我らが敵を清原と呼べば、あ奴らは何かと辛かろう」

貞任の言葉に重任は、あ！と声を上げた。宗任と正任ばかりではない。有加、中加、そして井殿も友梨《ゆり》の子である。

「あ奴らの母者は光頼殿のお子。光頼殿は最期まで安倍との同盟を重んじておられたと聞く。敵は清原に非ず。我らの敵は武則ぞ」貞任は諭すように言った。

「―如何《いか》にも。迂闊であった…」重任も素直に応じた。重任は、同い年の正任とは特に親しい。

「その母上殿は未だ捕らわれの身とか…」ふと思い出し、重任の顔が曇る。

貞任も暗い目で盃を煽った。

「ところで兄者、武則は河崎と小松、どちらを攻めようか？」貞任の盃に酒を注ぎながら、重任が話題を変えた。

「何とも言えぬな…」重苦しい表情で呟くと貞任は盃を乾す。

「おぬしはどう思う？」逆に貞任は重任に尋ねた。

「頼義は黄海の恨みを晴らす気でいよう。よってこちらを攻めるに相違無し」重任は自信満々に言った。

「確かにその可能性もあるが…」一瞬の間を空け、貞任は続けた。

「小松も河崎も飽《あ》く迄《まで》国境の防衛線。ここを落としただけでは戦は終わらぬ。次には親父殿の本貫を落とし、その次には今の安倍の本拠を獲る…」

「ここが破られ、衣川と鳥海が陥落すると？　馬鹿な…」重任が貞任を睨み付ける。

「飽《あ》く迄《まで》仮定の話だ」貞任は苦笑いしながら重任の盃に酒を注いだ。

「次に衣川を狙うとなれば、まずは小松柵を攻めよう。小松と衣川は目と鼻の先ぞ」

「衣川を落とせば、次は宗任兄者の鳥海柵か…」重任は暗い目を盃に落とし、言葉を紡《つむ》いだ。

「何を持って頼義は満足すると言うのだ？　何処までやれば戦は終わる？」

「俺の首を獲るまでよ―」地獄の底から聞こえるような低い声で貞任は言った。

「あ、兄者の首か…」盃を握る重任の手が微かに震える。

「この豊饒の大地は先祖が代々守って来た我らが故郷。その故郷を都の輩《やから》は何時も踏み躙《にじ》ろうとする。我らを鬼だ獣だと侮ってな」

言って貞任が嘆息した。重任は沸き上がる怒りを必死に抑えている―。

「一体我らが奴らに何をした？　諾々と内裏に従って来たではないか。内裏に言われ無き汚名を着せられるのは何時も蝦夷。そしてその内裏に手を貸すは出羽の武則。蝦夷の風上にも置けぬ奴ぞ！」

遂に重任の怒りが爆発した。持っていた盃を投げ付ける。床に当たって砕け散った。熊若が翼を大きく広げる―。

怒れる重任とは対照的に、貞任は哀しい瞳で砕けた盃の破片を見詰めていた。

営崗を出立した頼義らは松山道を進み、細小波《いさらなみ》立ち込める中磐井郡中山の大風沢《おおかざさわ》に軍を進めた。夕刻からぽつりぽつりと降り始めた雨は、夜には本降りとなっていた。夜営を張り、兵に束の間の休息を取らせる。

翌十七日の朝になっても雨脚は鈍らなかった。

「今日中に小松柵近くに到達せねばならぬぞ！」

頼義は兵を鼓舞し、自ら先頭に立って進軍した。占手《うらて》により、総攻撃は翌日の早朝と定まっている。

甲冑に雨が滲み込み、重みが増す。国府の兵は音を上げそうになったが、屈強な清原の兵は涼しい顔で歩みを進めている。武則は自軍の兵を誇らしげに見渡した。

それからおよそ二刻後、連合軍は萩馬場《はぎのばば》と呼ばれる地に潜入した。この場所、小松柵から僅かに五町余り。大胆にも頼義はこの地に本陣を張ったのである。

「当然敵も物見を放って我らの動向を探っていようが、ここなれば滅多に見咎められまい」

笹竜胆の家紋を背に、床机にどっかりと腰を下ろした頼義が不敵な笑みを湛えて言った。小松柵とは目と鼻の先ながら、萩馬場は生い茂る深い樹海に遮られている。

「柵を預かる良照も、よもや我らが咽喉元深くに潜んで居るとは夢にも思っておりますまい」

頼義の隣に座る武則も相好《そうごう》を崩した。

「外は昨夜からの雨で視界が悪うございます。ここは明日の戦に向け、偵察を放たれては如何《いかが》にございましょう？」

陸奥守に物怖じもせずに意見したのは、真衡であった。

「それも良かろう」天幕を打つ雨音を聞きながら、頼義が頷いた。

「ならば将軍、その役目、是非とも我が嫡男、武貞にお任せ頂きたい」

武則は勇んで願った。偵察とは言え、先陣の功には違いない。武則は、是が非でも清原の手勢で挑みたかった。

「連合軍とは名ばかりで殆《ほとん》どは武則殿の兵。御貴殿の思うように采配を振るわれよ」

頼義は即座に快諾した。戦は今始まったばかりである。出鼻から武則の機嫌を損ねては、何かと後が面倒になる。

「ならば手前もお供致す」同行の名乗りを上げたのは、何と義家であった。

〈武功に逸る清原は、必ずや暴走する〉

義家はそう見ていた。一番乗りの功績を清原の兵に奪われるのは、源氏としては屈辱である。嘗《かつ》ては大義無き戦に異を唱えた義家であったが、源氏の御曹司として、今は心を鬼にして戦に臨んでいる。

「たかが偵察に御曹司自ら御出陣される必要は無かろう。有り難きお言葉ながら、ここは武貞にお任せあれ」

武則は義家の申し出をやんわりと断った。頼義もそれに頷く。

「とは言え、武貞殿は大切な清原の跡取り。大事があっては取り返しが付かぬ。誰ぞ剛の者を従わせては如何《いかが》か？」

「ならば橘頼貞殿を遣わしましょう」真衡が進言した。

第四陣の押領使を務める新方二郎《にいがたじろう》頼貞は、元々は清原の宗家光頼の傘下に納まっていた人物である。本格的な戦闘を前に、真衡は頼貞の真意を見極めたかった。その意図は父武貞も重々承知している。もしも裏切るような真似をすれば、本陣に残した兄の貞頼の首を即座に刎ねる心算《つもり》であった。

「まさかとは思うが、敵と遭遇しても無理は致すなよ」

武則の下知に黙礼で応えると、降りしきる雨と薄暮に紛れ、武貞と頼貞の二つの隊は樹海に消えた。


小松柵では宗任らが物見櫓《やぐら》に登って兵と共に雨に打たれていた。真下には秋の長雨で水嵩《みずかさ》を増した大河が轟々《ごうごう》と荒れ狂っている。日高見川が削って出来た深い断崖の中腹に築かれた小松柵は、その東を深い淵に守られ、北と西には岩壁が立ち塞がっている。攻め込むとすれば南側しかない。その南側には弩弓《どきゅう》が幾《いく》つも設置されて遠くの敵に睨みを利かせ、岩肌の鼠返しは攀《よ》じ登る敵を翻弄する。小松柵は、まさに天然の要塞であった。

「敵の数は一万三千。六千五百ずつの二軍に分けてはどちらの柵も落とせぬ。本隊は必ず一方の柵に絞って攻め込む」

宗任は確信していた。しかしどちらを攻めるかは宗任も掴みかねていた。後の攻めを考えれば地理的に衣川に近い小松柵となろうが、黄海の雪辱を果すとなれば河崎柵である。

「この濁流では容易に川は渡れぬぞ。どちらが攻め込まれても、援軍は直ぐには着くまい」

良照は恨めしそうに天を睨んだ。

「もう既にこのどこかに敵軍が潜んで居るやも知れませぬな」眼下に広がる樹海を見渡しながら、家任が呟いた。

「源氏の戦法は奇襲。頼義が采配を振るうなら夜襲に火矢だ。今宵の戦も無くは無い」

顔に打ちつける雨を手で拭いながら、宗任が言った。

「武則が纏めなればどう出る？」

良照は、そう質して直ぐに後悔した。長い間同盟を築いていた清原とは、安倍は干戈《かんか》を交えた経験が無い。

「ここに居ても始まりませぬ。手前に斥候を命じられよ」家任が二人に訴えた。

「…」宗任は躊躇した。妙な胸騒ぎがする——。

「良かろう。百の兵を与える」心配する宗任を他所《よそ》に、良照は家任の願い出をあっさりと認めた。

「叔父上殿、暫《しば》しお待ちを」宗任は慌てて良照を諌《いさ》めた。

「如何《いかが》した？」

良照にそう聞かれ、宗任は口を噤《つぐ》んだ。胸騒ぎだけでは家任の出陣を止める理由にはならない。何と言っても、この柵の主は良照なのである。

「兄者、心配召されるな。僅かな手勢で戦を仕掛ける程手前も阿呆ではござりませぬぞ」

白い歯を覗《のぞ》かせ、家任は物見櫓の梯子を降りて行った。

夜の帳《とばり》が下りた頃、萩馬場では頼義と武則がそれぞれの家臣を引き連れ、翌朝の戦の策を練っていた。日の出と共に紀高俊率いる小隊が河崎柵に火を放つ。それを認め、残る本隊が小松柵に雪崩れ込む手筈となっている。

「小松の兵が河崎の助けに走ればしめたもの。流石《さすが》は将軍。小松柵を手薄にする策にござるな」

武則は胡麻を擦るような笑みを浮かべた。

「紀家は代々の陸奥守を支えた由緒ある御家柄。先陣の功は喜んで高俊殿にお譲り致そう」

そう言って笑う武則の高俊を見る目は、冷たいものだった。武則は高俊を捨石に用いる頼義の意図を酌《く》んでいる。

その時、伝令が慌しく本陣に飛び込んで来た。

「御注進申し上げます！武貞様、敵兵と御遭遇！只今交戦中！」

「なに！」頼義は血相を変えた。外を見ると柵周辺に生い茂った芦から火の手が上がっている。

「今日は往亡日《おうもうにち》ぞ！戦には日が悪い！武貞殿の軍を止めよ！」

慌てふためく頼義を尻目に、武則は真衡と顔を見合わせて僅かに口許を歪めた。これで清原が戦の先陣を切った事になる。武則は密かに武貞に柵への奇襲を命じていたのである。

尤《もっと》もこの時、武貞が相手にしていたのは柵に籠もる兵ではなく、武貞と同じく偵察に出ていた家任の手勢であった。偶然にも柵に向かう途中で両隊が出会《でくわ》し、慌てた武貞が無策で戦を仕掛けたのである。武貞は、凡庸の人であった。しかも上がった火柱も豪雨で湿った木々が炎上した訳ではない。実際には柵に火矢を放つために運んだ油壺に不手際で引火したのである。このあたりにも武貞の戦下手が見え隠れする。それでも萩馬場の本陣からは小松柵から火の手が上がったと見えた。

「これが狙いであったか！軍議で定めし物を何と心得る！」義家が目を吊り上げて武則に詰め寄った。

「将軍、戦には勢いというものが肝要ぞ。既に戦の賽《さい》は投げられ申した！今すぐ出陣の下知を!!」

義家の怒りには目もくれず、武則は頼義に訴えた。

「左様。宋の武帝も凶日を避けずに攻めて武功を上げたと伝わります。戦は好機を待つが良く、必ずしも日時を選ばぬもの。幸いにして今宵は新月でしかも豪雨。敵も今日の戦は無いと見て居りましょう。この機を逸して何時攻めると申されるか！」

軍配を振り上げて真衡が熱弁を振るった。この男、恐ろしいまでに弁が立つ。

頼義は目を閉じて暫《しば》しの間熟慮した。沈黙が陣を支配する。

その時、近くの山に稲妻が恐ろしく光った。直後に雷鳴が激しく轟く——。

頼義は、かっと目を見開いた。

「御貴殿の言う通りじゃ！　陰陽道《おんみょうどう》に頼らず、我らは自らの手で運を切り開くのみ！　全軍出陣じゃ！　目指すは断崖に聳《そび》えし小松柵ぞ！」

頼義の下知により、ここに遂に五年振りの戦いの火蓋が切って落とされたのである。


芦原から上った火柱は無論小松柵でも確認された。豪雨の中でも闇夜を真昼の如く照らす業火を目の当たりにし、流石《さすが》の安倍軍にも緊張が走る。

「家任が危ない！　まずは家任の救援を！」

宗任がすかさず兵に下知を飛ばした。兵が厩《うまや》に走り、搦手門《からめてもん》から即座に騎馬隊が出撃する。

「河崎柵に異変はないか？」次に宗任は櫓の物見に声を張り上げた。否、と即座に物見が答える。

「となると、これは囮《おとり》か？」良照が眉間に皺を寄せた。暗闇で敵の陣形が見えない。

「囮なれば柵に籠もれば負けは無い。家任が戻ったなら直ちに柵を固めよ！」宗任が兵に命じた。

「しかしそうなれば貞任達が危ない。河崎柵へ援護に向かうのなればば急がねばならぬぞ。この雨では吊り橋は流されていよう！」額に脂汗を浮かべ、良照が絶叫する。

「家任に状況を聞く。判断はそれからでも遅くはあるまい。叔父上殿、今暫《しばら》くお待ちを！」

宗任は自らに言い聞かせるように叫んだ。


その頃、貞任らが籠もる河崎柵でも対岸の異変を察知していた。貞任らも、先に囮が一方を攻めると読んでいた。

「向こうに先に火の手が上がった！　本隊は遅れて河崎に来る！」柵の主、金為行の声が闇夜に響いた。

不運にも、両軍の偵察隊による偶発的な戦闘が小松と河崎での判断を誤らせた。夜では狼煙《のろし》も使えない上、この豪雨では花火も儘《まま》ならない。普段なれば川を挟んで目と鼻の先にある二つの柵の、通信手段は悉《ことごと》く絶たれていた。

貞任はこの後、紀高俊率いる伊治城の兵二千と対峙する事となる。無論、それは本隊では無かったが、貞任らがそれを知る由《よし》も無かった。新月の暗闇では敵兵の数すら把握出来ない。結果、夜が明けるまで、貞任の軍は河崎柵に釘付けとなったのである。後から思えば安倍の方こそこの日は往亡日《おうもうにち》であった。

半刻後、小松柵に家任の部隊が戻った。家任は頼義率いる本隊とは遭遇せず、何とか難を逃れていた。

「無事であったか！」

宗任と良照が真っ先に駆け付け、家任の労を労《ねぎら》った。武貞、頼貞の小隊との戦闘で何人かの負傷者が出たが、幸い命を落とした者や重傷者はいない。小松柵に漸《ようや》く安堵の溜息が漏れた。

「樹海を抜けて芦原に出た所をいきなり襲われ申した。しかし敵の数はざっと二百。囮と見て間違いござらぬ！」

この時点では家任も、相手がまさか偵察隊だとは思ってもいなかった。二百の隊なれば囮と見誤っても無理は無い。ましてや深夜の雨で敵の様子も良く見えない上、不意を突かれたのである。源氏は奇襲を得意とする。家任の言葉に疑問を抱く者は誰一人としていなかった。

「これで頼義本隊は河崎攻めと定まった！　宗任！　今すぐ河崎柵の援護に向かってくれ！」柵の主、良照が叫ぶ——。

青龍の甲冑を纏った宗任は頷くと尾花栗毛《おばなくりげ》に飛び乗り、松本兄弟と共に八百騎を率いて出陣した。


柵の外に出た宗任は一旦日高見の川沿いを南に下った。本来ならば河崎柵への移動には上流にある川幅の狭まった地点に設けた秘密の吊り橋を使うが、不運にもこの濁流で流されている。大幅に時間が掛かる上に川幅も広いが、その分浅瀬となる下流を渡るしかない。

「雨で土が泥濘《ぬかる》んでおる！　足許に気を付けよ！」

宗任が後ろを振り返って兵に叫んだ。直ぐ横には日高見川が轟々《ごうごう》と音を立てて荒れ狂っている。馬が脚を滑らせて川に転落すれば、重い鎧を纏った兵は川底に沈むしかない。

半刻ほど走った所で、東の空が明らんで来た。その時、宗任は不吉な音を耳にした。

ひゅん！

濁流の音に掻き消されそうな小さな音ではあったが、宗任は、それが矢音である事を直感した。

「敵襲ぞ！」宗任が叫んだ。天から雨に混ざって矢が降って来る。騎馬隊は辛うじてそれを交わした。

「いたぞ！」宗任の背後に影の如く付いていた松本秀則が林の影に潜む敵兵を見付けた。その数およそ二百。家任と交戦した武貞、頼貞の歩兵部隊である。壱の矢を放った兵が後方に下がり、入れ替わりで弐の矢隊が前方に出る。

「また矢が来るぞ、盾で防げ！」宗任の下知が飛ぶ。再び矢の雨が騎馬兵を襲った。なんとかこれも凌ぐ――。

一瞬の間の後、三度《みたび》矢が弧を描いた。今度は全力で駆け抜け、矢の雨をかわす。参の矢隊が矢を放った直後に、敵兵は樹海の中に逃げ込んだ。矢が尽きたのである。

それを見た一人の騎馬兵が敵を追って樹海の中に突っ込んだ。秀則の弟、秀元である。

間髪入れずに後続が続く。その数、およそ三十。

「待て！我らの任務は河崎柵の救援ぞ！歩兵など捨て置け！」

秀則は声を枯らした。しかし興奮した秀元らの耳には届かない。

「馬鹿な…。三十では二百に勝てぬ！」宗任は思わず舌打ちをした。

「愚弟の事なぞお構いなく！ここで策を変える訳には参りませぬ！河崎へお急ぎ下され！」秀則が叫んだ。

「何を申すか！秀元は俺の大事な郎党ぞ！見殺しになぞ出来ぬ！」

宗任は秀則を一喝し、秀元らを助けに樹海に入った。

主君の一言に秀則は男泣きしながら宗任の背中を追う――。

宗任を先頭に、騎馬隊は狭い林道を全力で疾駆した。遥か前方に逃げる敵兵と追う秀元の隊が見える。やがて樹海を抜けようかという所で、不意に左右から突き出された長槍が宗任らを襲った。

「伏兵か！」左右には、それぞれおよそ三百の槍隊が待ち伏せしていた。百人ずつが三列で横に広がり、前列の兵は片膝を突き、二列目の兵は腰の高さで、最後列の兵は頭上に槍を構え、あらゆる高さに備えている。しかも左右の兵の持つ槍が交差され、横方向にも隙が無い。槍襖《やりぶすま》と呼ばれる戦術である。

「狭い林道では馬は不利だ！止まるな！林を駆け抜けろ！」

宗任の下知が響いた。長槍の突きを潜り抜け、林を突っ切る。なんとか樹海を抜け、見晴らしの良い芦原に出た。気が付けば東の空に昇っていた日の光に一瞬宗任の目が眩む―。

「なに！」視覚を取り戻した宗任の絶叫が芦原に木霊《こだま》した。そこには五千を超えようかと言う兵が待ち構えている。何時《いつ》の間にか雨が止んだ芦原には、清原と源氏の御旗がいくつも翻《ひるがえ》っていた。第五陣から派遣された将軍直属の精鋭部隊と、清原武道率いる第七陣であった。

「釣り野伏《のぶ》せか！」宗任がぎりぎりと歯を軋《きし》ませた。敗走を装った『釣り』を追撃して来る敵を伏兵で包囲するこの戦術は、後に宗任により九州に伝わり、安土桃山の時代には薩摩の島津義久《しまづよしひさ》が得意とする。

「囲まれれば仕舞いぞ！一塊になるな！三十ほどの小隊に別れて戦え！」

宗任は騎馬兵を散らした。自らも小隊の指揮を執る。

乱戦の中、宗任と秀則の隊は秀元を奪還した。それを見届けた敵の本隊が素早く宗任の後方に回り込む。退路を絶とうとする作戦である。

「後ろを塞がれては一巻の終わりぞ！俺に続け！」

宗任は兵に命じると背から猪鹿弓《さつゆみ》を抜き、馬首を後ろに向けて敵兵に突撃した。馬上からの操作性に優れるこの小振りの弓は宗任の十八番とする武器である。

敵も宗任を追って来る。第五陣から遣わされた精鋭部隊には坂東の精兵に混ざり、阿久利川《あくりがわ》で貞任を罠に嵌《は》めた藤原説貞《ふじわらのときさだ》の姿も見えた。息子の光貞が義家に殺された事を知らぬ説貞が、息子の仇撃ちを願い出たのである。

「何と！　藤原説貞殿か！」嘗《かつ》て金売吉次《かねうりきちじ》を名乗り多賀の地に頻繁に出入りしていた宗任は、藤原登任《ふじわらのなりとう》の時代から在庁官人として多賀城に勤める説貞の顔を知っていた。

「兄者を謀《はか》った罪を償《つぐな》うが良い！」

宗任は説貞に狙いを定めた。馬の速度を上げて接近する。両者が互いの間合に入った。先に説貞が矢を放つ。しかし格が違った。宗任はこれを難無く躱《かわ》す。前を見たまま、すれ違い様に馬上から肩越しに放った宗任の矢は、説貞の首を後ろから見事に貫通した。敵との距離、速度、そして角度を完璧に見切っていなければ到底出来ない芸当である。

「安倍宗任である！　命を惜しまぬ者は参れ！」

返り血を浴びて赤鬼と化した宗任が名乗りをあげると、敵兵は及び腰となった。俄《にわ》かに敵の陣形が乱れる。その隙を付いて、八百の騎馬軍が敵兵に襲い掛かった。


「宗任様、御奮闘！」小松柵で物見が告げた。左三つ巴の旗印を背負った宗任が躍動する。良照と家任は安堵の溜息を吐きながら、柵内を走り回る兵に下知を飛ばしていた。敵軍が柵の直ぐ傍にまで攻め寄っていたのである。

「頼義の狙いは小松であったか！」良照は叫ぶと唇を咬んだ。その唇から血が滴り落ちる。

「弩弓では足りぬ！　投弾帯《とうだんたい》を用いよ！」

柵の南側で家任が命じると、二十人の力自慢が一尋《ひとひろ》程の縄を手にした。子供の頭程もある石を縄で挟み頭上で旋回させ、勢いを付けて眼下に投げ込む。次々に投げ込まれる石飛礫《いしつぶて》は、遥《はる》か十五間下にいる敵の頭蓋骨を兜ごと粉砕した。脳髄が鮮血と共に激しく飛び散る――。

その石飛礫を掻い潜り、そろりそろりと日高見の川沿いを進む兵の一団がいた。その数九人。武則の放った決死隊である。

隊を纏める深江是則《ふかえのこれのり》と大伴員季《おおとものかずすえ》は元々は出羽と越後の豪族であったが、武則率いる清原軍との小競り合いに敗れてその軍門に降り、以降武則の隠密部隊として働いていた。その子孫は伊達政宗《だてまさむね》に仕えた忍びの集団黒脛巾組《くろはばきぐみ》に通じる。

「真衡様の申された場所はここか？」

小松柵の東の淵に達した是則は懐から取り出した絵図を頼った。その絵図は真衡が描いたものである。真衡は清原の宗家光頼の死去を伝えに一度小松柵に赴《おもむ》いている。当時、突然の真衡訪問に良照は訝《いぶか》ったが、真衡の真の狙いは柵の見分にあった。

「真衡様は誠に強《したた》かなお方よのう」員季は思わず苦笑した。

「ここなれば敵も油断しよう。長槍を組め」岩肌を見上げながら、是則は配下の兵に命じた。兵は二本の長槍の間に棒を通し、荒縄で結んだ。槍は瞬く間に梯子《はしご》に化ける。あっと言う間に東の断崖に五本もの梯子が掛けられた。

決死隊は音も立てずにするすると梯子を登った。それでも未だ半分にも到達していない。先頭を競うように登る員季は梯子の上端に達すると、腰の忍び刀を抜いた。刀を岩肌に深々と突き刺すと、鍔《つば》に足を掛け、刀の撓《しな》りを利用して真上に跳躍する。空中で素早く鉤縄《かぎなわ》を放った。鉤は見事に柵を捉えた。谷底目掛けて落下しかけた員季の体がぴたりと宙に止まる。同じ様に是則も岩肌に刺した刀を蹴り、鉤縄を投げた。こちらも見事に柵の縁に引っ掛かる。縄を伝って二人は遂に柵内に到達した。後続の兵も直ぐに柵に入る。決死隊は素早く物陰に身を隠した。心の目で柵内の様子を伺う。直ぐ下は断崖絶壁とあって、見張りの兵は手薄だった。

「あの世で会おう。さらばじゃ」

是則と員季は配下に別れの挨拶をした。配下も無言で頷く。無論、皆死を覚悟している。

是則と員季は敵兵目掛けて駆け出し、背後から見張りを襲った。

日高見川の濁流の音が襲われた兵の断末魔の叫びを掻き消す—。

二人に続き、七人の配下も柵内に消えた。


その頃、柵の外では宗任率いる騎馬隊の奮闘が続いていた。坂東武者からなる頼義投入部隊をほぼ壊滅させ、何とか退路だけは確保している。宗任に窮地を救われた松本秀元とその兄は死ぬ覚悟で宗任を守り抜いた。しかし戦闘開始から既に一刻が過ぎており、安倍の精鋭にも流石《さすが》に疲労の色が見え始めている。宗任も肩で息をしていた。

その時、風に乗って小松柵から陣鐘の音が聞こえた。かんかん、かんかんと二回ずつ打ち鳴らされている。

「鐘二つだと！」

鐘の音を耳にした宗任は柵を振り返って絶句した。その鐘は、敵の柵への侵入を告げる合図であった。柵の東側に、何本か清原の旗が立てられている。深江是則ら決死隊が残した梯子と鉤縄を頼りに、既に百を超える敵兵が柵内に到達していた。

「全軍柵に戻れ！　良照叔父上を殺してはならぬ！　柵を守れ！」

宗任の命で、騎馬兵は続々と柵に向かった。宗任も三十余騎を従え、尾花栗毛《おばなくりげ》の馬首を小松柵へと向ける。

「そうはさせぬ！」

宗任の前に清原武道が采配を振るう第七陣が立ち塞がった。坂東武者の戦い振りを遠巻きに眺めて体力を温存させていた武道の部隊が、容赦無く宗任らに襲い掛かる。消耗の激しい宗任の隊は、最早成す術が無かった。

「相手にするな！　退《ひ》け！　柵まで全力で逃げよ！」宗任は叫んだ。幸いにも第七陣は歩兵が主力で騎馬が少ない。殿《しんがり》は宗任が務めた。その両脇を松本兄弟が固める。自らが盾になり、味方の兵を先に逃がす。騎馬が宗任に迫った。馬上から宗任が必死に矢を射る。やはり宗任と並みの兵では腕が違った。瞬《また》く間に宗任一人で五騎を片付ける。

次に敵の弓隊が矢を放った。矢は全力で退く宗任の馬の尻を僅かにかすめ、泥濘《ぬかる》む地面に突き刺さった。秀則と秀元が得意の弓で宗任を援護する。宗任は間一髪の所で敵の弓隊を振り切った。

騎馬隊の先頭は柵の周辺に蔓延《はびこ》る敵と対峙していた。先陣が切り開いた隙間を縫う様に宗任の馬が疾走する。

「門を開けよ！」

宗任は遂に柵を目にした。重厚な大手門がゆっくりと開く。ここぞとばかりに敵の歩兵どもも大手門に殺到した。

「どけ！」

宗任は鬼神の如き表情で馬上から舞草刀《もくさとう》を繰り出した。磐井は白山岳の中腹に儛草《もくさ》神社が鎮座する。その一帯に住まう鍛冶集団が鍛えし蝦夷刀で、後の日本刀の源流となるものである。瞬く間に群がる敵兵の首が飛んだ。

どどどどど！

背後から武道率いる騎馬兵が吶喊《とっかん》の声を上げ宗任に迫る。歩兵を片付けた宗任は舞草刀の峰で馬の尻を叩き、大手門に向かった。

「門を閉じよ！」

宗任が叫ぶ。宗任は未だ柵の外にいるが、門は重い。宗任が柵に入ってから閉じたのでは間に合わず、武道らに突破されてしまう。一か八かの賭けであった。

ぎぎぎぎぎー、と鈍い音を立て、門が徐々に狭められる。大手門まであと百間。背後には敵の騎馬が鼻息の届く距離にまで迫っている。宗任は、必死に馬を追った。あと五十間。しかし門はあと僅かで完全に閉じる。

宗任の尾花栗毛は僅かの隙間を縫って柵内に飛び込んだ。ほぼ同時に秀則と秀元の馬も柵内に滑り込む――。

その直後に門が大音量を上げて閉じられた。そこへ敵の騎馬が突っ込む。物凄い衝撃音と共に、ぐしゃりと馬の首の骨が折れる嫌な音が響いた。それも一頭や二頭ではない。無論、馬上の兵も道連れとなった。

「叔父上殿！　家任！　無事か！」

宗任を乗せた馬はそのまま一気に坂を駆け上がり、東の石垣に向かった。白金色の鬣《たてがみ》を振り乱し、尾花栗毛は天馬の如く疾駆する。柵の東側の郭《くるわ》では、良照と家任らが敵軍と激闘を繰り広げていた。

「叔父上殿、家任、そこをどかれよ！」

叫ぶと宗任は全速力で敵に突っ込んだ。馬は瞬く間に二十の敵を蹴散らした。鮮血が飛び、四肢を失った敵兵が次々と宙に舞う。その中に笑って果てる者が居た。任務を終えた深江是則《ふかえのこれのり》であった。

宗任は馬を左に旋回させ再び敵を蹂躙した。やや遅れて来た秀則と秀元の太刀も瞬時に敵を片付ける。五つの首がごろごろと地面に転がった。

宗任らの登場で安倍軍は一時的に勢い付いたが、しかし後が続かなかった。東の岩壁を登り、次から次へと敵兵が湧いてくる。柵の周囲も完全に包囲されていた。

「叔父上殿、兵を率いて本丸へ逃れられよ！　手前も直ぐに参ります！　家任、援護を頼む！」

舞草刀を振り回し、再び宗任が敵軍に突入した。宗任の攻めをかわした兵目掛け、家任が矢を放つ。負けじと松本兄弟も馬上から太刀を振るった。その隙に良照は負傷した兵に肩を貸し、本丸へと撤退する。

「よし、我らも本丸へ向かうぞ！」

頃合を見て、宗任と家任も本丸に入った。忠義の松本兄弟も即座にこれに続いた。


本丸には五百程の兵が籠もっていた。厚い蔀《しとみ》が閉ざされた室内は薄暗く、一本の燭台に灯された紙燭《しそく》の灯《あか》りだけが煌々と灯《とも》っている。柵の内外併せて五千は居た兵が、僅か一割程にまで減っていた。柵外で戦った兵の中には山に逃れた者も居たが、それでも実に八割近くの兵を失っている。安倍軍の完敗と言って良い。

「小松柵は最早《もはや》これまで。皆最後まで良く戦ってくれた。見事な働きであった！」

沈痛な面持ちで柵の主、良照が天に叫んだ。死んで行った仲間を想ったのか負け戦が悔しかったのか、本丸に男達の啜《すす》り泣く声が響く。

「然《さ》れどここで死ぬ訳にはいかぬ。皆の者、共に逃げて衣川を守ってくれ」

良照は奥の間の壁を静かに押した。壁がくるりと回転する。隠し戸である。その奥には地下に通ずる階《きざはし》が見えた。柵の外への抜け穴である。

家任が先頭になり、手招きして兵を誘導した。しかし兵は誰一人として動こうとはしない。城を枕に討ち死にすると声高らかに叫ぶ兵も居た。

その時、敵兵が本丸の戸口に体当たりする音が響いた。閂《かんぬき》がぎしぎしと軋《きし》む。

「急げ！　敵が来る！　そなたら無しに衣川は守れぬ！」家任の言葉に、流石の安倍の兵も意を決して退却し始めた。

「柵を抜けたら各々山に逃れよ。衣川でまた会おう。良いな」

行く――。

良照と宗任は隠し戸の両隣に立ち、兵一人ひとりに声を掛けて見送った。兵は皆、涙ながらに抜け穴の奥に消えて行く――。

最後に松本兄弟が抜け穴に消え、本丸には良照と宗任の二人だけとなった。二人は無言だった。戸口の外で時折怒声が響いている。

「柵を捨てるからには、手前の好きにして構いませぬか？」沈黙を破ったのは宗任だった。

「燃やす心算《つもり》か…」ぽつりと良照が呟く。

「敵の衣川攻めの拠点とされれば厄介。源氏のお家芸を踏襲するようで心苦しいが、お許しを」

悟ったような目の宗任に、良照は小さく首を縦に振った。

宗任は燭台の柄を舞草刀で斬った。紙燭が床にぽとりと落ちる――。

それを見届けた二人は無言で隠し戸の奥に消えた。

難攻不落と謳《うた》われた小松柵が僅か一日の戦闘で灰燼《かいじん》に帰した。安倍にとっては実に初めての敗北である。その勢いに乗じて頼義は一気に衣川を攻めると誰しもが思ったが、その読みは見事に外れた。源氏清原連合軍は萩馬場《はぎのばば》に留まったまま、一向に動かなかったのである。対岸の河崎柵を攻める気配も無い。

折からの長雨が続いたせいもあるが、官軍はもっと切実な問題を抱えていた。兵糧の不足である。と言うのも、衣川で貞任の留守を守っていた経清が磐井郡以南の郡に密かに書状を送り、多賀城から兵糧を運ぶ輜重《しちょう》部隊の襲撃を依頼していたのである。これらの郡は国府の支配下に置かれていたが、その中には嘗《かつ》て自らが治めた亘理郡《こうり》や、盟友で義兄弟でもあった永衡の領地、伊具郡も含まれている。当然、これらの地域には安倍に共鳴する者も多くいた。知略を巡らし、経清は衣川にいながら見事に官軍の後方支援を断ち切っていたのである。官軍では空腹の余り逃げ出す兵も出る有様だった。

堪らず頼義は千の兵を栗原郡に派遣し、輜重を奪った連中を追補させた。同時に、萩馬場から四十里ほど離れた仲村《なかむら》の地に、腹心の藤原茂頼《ふじはらのしげより》を纏めとする三千余りの兵を送った。仲村は田畑が広がる豊かな農耕地帯であったが、頼義は茂頼に民を襲わせ、米を根刮《ねこそ》ぎ強奪したのである。

「苅田狼藉《かりたろうぜき》とは、それでも曲りなりにも国府の兵のやる事か！」

報せを聞いた貞任は激怒し、千の騎馬兵と共に河崎柵を飛び出して仲村に向かった。現地に着いた頃には、既に茂頼の姿は無かった。その地で貞任が見たものは、目を覆う様な惨状であった。見事に頭を垂《こうべ》れていた金色《こんじき》の稲穂は全て無残に刈り取られ、民の家も荒らされている。中には陵辱された女もいると言う。貞任の赫《あか》い怒髪は天を衝いた。

貞任は兵に家屋の修繕を命じると共に、傷を負った者を衣川の薬師の許へ搬送させた。そして自らは民の家を一軒一軒回り、詫びた。

「何も次郎様が悪い訳ではね。悪いのは国府の役人どもだ」

年老いた村長《むらおさ》は逆に貞任を気遣った。その家も、無残に破壊されている。

「衣川より至急米俵を運ばせる故《ゆえ》、少しの間だけ耐えてくれ」貞任は巨体を折り曲げて村長に頭を下げた。

「それまでの食料はあるか？」

「あらかた奴らが持って行きやがった。蕎麦と豆と胡麻が少しばかり《ぺっこばり》…。竈《かまど》も壊されたで、最早煮炊きも出来ね」

村長《むらおさ》が寂しそうに笑った。道端で子供が泣きそうな目を貞任に向けている。

「ならばその蕎麦と豆と胡麻を、少し俺に分けてくれぬか？」

貞任は石臼で蕎麦を挽き、出来た蕎麦粉を水と混ぜて捏《こ》ね始めた。兵に火を熾《おこ》させると、被っていた三日月の前立ての兜を徐《おもむろ》に脱ぎ、逆さ向きにして火に掛けた。

「次郎様、大事な兜で何をなさる！　お止めなされ！」

村長は仰天した。貞任は構わずに捏ねた蕎麦粉に豆や胡麻を混ぜ、熱した兜に投じた。辺りに香ばしい匂いが漂う。

「さあ出来たぞ、坊主」

貞任は焼けた煎餅《せんべい》を兜から取り出すと先程の子供の許に向かい、片膝を付いてその子に渡した。夕日が子供の顔を赤く照らす—。

「美味いか?」

貞任は微笑むとその子の頭を優しく撫でた。

子供は初めて笑顔を浮かべた。


衣川に戻った貞任は主立《おもだ》った者を集めて合議を開いた。無論、今後の戦の方針についての話し合いである。その合議は紛糾する事となった。場は籠城派と出撃派に二分したのである。

篭城策を主張したのは、宗任であった。

「籠もる相手を落とすには三倍以上の兵が必要。しかも地の利は我らにある。これまで通り、受けて立つ戦を続ければ、断じて我らは負けぬ」宗任の言葉に皆が頷く。

「相手は苅田狼藉を犯す程兵糧に窮しておる。冬も近い。黙っていても飢えと寒さで敵の方から撤退しよう」

正任もこれに同調した。正論である。金為行《きんのためゆき》や大藤内業近《おおとうないなりちか》も頷いている。

それはそうだが—と、それまで沈黙を貫いてきた経清が口を開いた。

「ここで叩かなければ奴らは今後も村々を襲い続けよう」悲痛な表情で経清はさらに続ける。

「それにあの頼義の事だ。小松柵を落とした事を喜び勇んで内裏に告げよう。何せ国府軍にとってはこの十数年で初の戦果。今度こそ我らに勝てると踏んで、内裏も春に大軍を送り込むやも知れぬ」

経清は頼義の性格を熟知していた。従五位下の位階を持つだけあり、内裏の情勢にも明るい。

「そうなれば、次の一年をまた耐えねばならぬぞ!」良照が悲鳴を上げた。

「いや、一年どころの騒ぎではござらぬ。安倍が滅ぶまで十年でも百年でも兵を送り続けましょう。内裏とはそう言うもの。阿弓流為公もそれで敗れた」経清の言葉に誰もがうーむと唸る。

「戦が続けば国が荒れる。それで困るのは、民」

為行も悲痛な表情で呟いた。智将と名高い為行も、何よりも磐井の民を案じている。頼義の兵に略奪された仲村は、磐井の地であった。

「それに—、好機とは思わぬか？」経清が組んでいた腕を解いて笑った。皆が経清を注視する。

「奴らは今兵糧集めに躍起になり、陸奥の各地に分散している。武則の兵も多くが出羽に戻ったとか。萩馬場に残る兵は六千五百。実に当初の半分に減っておるのだ。それに何も柵に籠もっている訳でもない」

おお、と言う声が場から漏れた。ここへ来て宗任が小松柵を燃やした事が功を奏していた。小松柵を衣川攻めの拠点とする腹であった頼義は、仕方無く萩馬場に野営している。

「小松の兵を失ったとは言え、河崎と衣川から兵を掻き集めれば直ぐにでも八千は集まりましょう。どう考えても我らが有利」

業近の言う通りであった。戦には勢いが肝心である。先制攻撃ほど有効な手段は無い。攻撃は最大の防御でもある。

「経清殿と業近の言う通りじゃ。守ってばかりでは奴らも我らを腰抜けと侮ろう。一度撃って出るのも妙案。一気に蹴りを着けようぞ！」

血の気の多い重任も強攻策に頷いた。籠城策を唱えていた宗任や正任も、一理有ると理解を示す。

「どうやら策は定まったようだな」それまで沈黙を続けていた貞任が、重い口を開いた。

「ならばどうだ、俺に八千の兵を預けてはくれぬか？」

「まさか、兄上が自ら攻めると申すか⁉」正任が絶叫する。

「この戦、元はと言えばこの俺に原因がある…」貞任の蒼い左眼が哀しく沈んだ。

「阿久利川で光貞の策に嵌《はま》らねば、あるいは頼義の要求通り、この首を頼義にくれてやれば、仲村の子らのように民が迷う事も無かった。全てはこの俺に責めがある…」貞任は唇を噛んだ。

「何を申すか。全ての元凶は頼義の理不尽。それに兄者は安倍の惣領ぞ。兄者を失えば安倍はどうなる！」

青褪めた顔で宗任が叫んだ。

「三郎《むねとう》よ、俺に政《まつりごと》は無理だ。元よりこの戦が終われば安倍の纏めはそなたに譲る気でいた。お前は俺の自慢の弟だ。俺が死んだら、奥六郡を頼む」貞任は宗任を見据え、寂しそうに笑った。

「縁起でもない。安倍の惣領が死ぬなどと簡単に口にされるな」宗任は慌てて貞任に駆け寄りその手を取った。

その瞬間、兄の思考が掌を伝わって宗任の脳裏を駆け巡る――。

〈兄者は死のうとしている…〉

宗任は理解した。貞任は自らが死する事でこの戦を終わらせようとしている――。

「それでは阿弖流為《あてるい》公の二の舞ぞ！　そうはさせぬ。この俺がそうはさせぬ！」

目を潤ませて、宗任は叫んだ。あまりの絶叫に皆の視線が宗任に注がれる。

「案ずるな。俺には荒覇吐《アラハバキ》神が憑いておる」

貞任は微笑むと宗任の肩をそっと抱いた。

宗任は兄の広い懐に凭《もた》れて、皆に見えぬように密かに涙した。


それから三日後、貞任は右袖に九曜菊の紋を配《あしら》った碧糸威《あおいとおどし》の大鎧を纏い、不退転の意を決して上帯《うわおび》の端を切った。愛馬石桜《せきおう》に跨った総大将安倍貞任は軍を率いて源頼義が陣取る萩馬場に向かった。兵は皆、亀甲に違い鷹の羽の旗印を背負い、白地に黒の五本線の袖印《そでじるし》を付けている。嘗《かつ》て時の陸奥守藤原登任《ふじわらのなりとう》の不条理に敢然と立ち向かい、鬼切部の地で国府軍を破った際に用いた袖印である。夥《おびただ》しい数の旗が一列となって大地を揺るがす。陸奥の秋も終わりに近付いた旧暦九月五日、小雨降り頻《しき》る中での出来事であった。

「その数八千とな！」貞任出陣の報せを受けた頼義は少なからず動揺した。無理も無い。

「我が軍の兵は七千に満たぬ。しかも茂頼が食料を調達しているとは言え、ほとんどの兵がここ三日ほど何も口にしておらぬ有様。ここは撤退しかあるまい…」

「何を弱気な事を！」頼義の狼狽《ろうばい》を諫《いさ》めたのは、他ならぬ義家であった。

「源氏の棟梁たる父上が取り乱しては清原に笑われましょう。お控え下され」

義家は頼義を睨み付けた。陣には源氏の家臣しかいない。

「しかしあの貞任の事じゃ。必ずや計略があろう。六千五百でどう戦う？」黄海の惨状が頼義の脳裏を掠《かす》めた。

「六千五百も八千も大差は無し。一対一の戦なれば、勝負は時の運と申します。先の戦に勝ったのは我ら。この流れで行けば勝機は十分に有りまする！」義家は特に最後の言葉に力を込めた。

その通りであった。黄海では荒れ狂う吹雪の中、安倍軍に待ち伏せの上挟撃された。しかし今は違う。事前に安倍軍の動向を知り、しかも戦う土俵は源氏の得意とする平野である。長く続いた豪雨で足元は泥濘《ぬかる》んでいるものの、未だ雪の心配は無い。義家の言葉を受け、頼義も漸《ようや》く落ち着きを取り戻した。

そこへ武貞と真衡を伴って、どかどかと武則が現れた。

「将軍、聞き申したぞ！敵が攻めて参るとか！策を誤ったは安倍貞任！この僥倖《ぎょうこう》を逃す手はござりませぬぞ！」

武則は何故か上機嫌であった。武貞、真衡親子も口許を歪めている。

「武則殿、何を根拠に僥倖と申されるか？敵の方が数は多い。それに我らの兵は飢えておる」

義家に一喝され平常心を取り戻していた頼義ではあったが、流石に武則の余裕を計り兼ねた。

「飢えが兵を野獣に変え申す。それにこれ以上戦が長引けば我が軍は撤退を余儀なくされましょう。黙って柵に籠もっておれば労せずして勝てたものを、貞任は策に溺れ申した！」武則はにやりと笑った。頼義の顔も俄かに輝く。

「よくぞ申された！言われてみれば我らは如何にも飢えた狼！全軍一丸となって賊を撃ち破って見せようぞ！」

頼義が拳を天に突き上げた。居並ぶ源氏の家臣もおお、と気勢を上げる。

「御言葉にござるが将軍、何か策でもお有りか？」

頼義の勢いに水を差したのは武貞であった。小松柵の攻防戦では先陣の功を上げただけあって、その顔は自身に満ち溢れている。尤《もっと》もそう思っているのは本人だけで、実際は不手際と言ってよい。

「策も何も、力と力の勝負。気合で立ち向かうのみにござる！」頼義の代わりに義家が見得を切った。

「何と！源氏の御曹司ともあろうお方が、よもやの無策とは…」

失笑を浮かべながら、武貞は大仰に驚いた振りをして見せた。

「ならば教えて頂こう。御貴殿は如何様《いかよう》な策をお持ちか？」額に青筋を浮かべ、義家が凄む。

「将軍。此度《こたび》の采配、孫の真衡に預けては貰えぬか？」義家には目もくれず、武則が自信たっぷりに頼義に請うた。

「出羽の向こうは北海を挟んで宋。何も宋と易を交えるは安倍だけにはござりませぬ。この真衡、武芸に劣るが宋の兵法を熟知して居り申す」

「ほう、宋の兵法とな。面白し」

武則の言葉に、頼義は満足そうに頷いた。当の真衡は、相変わらず青白い顔で冷めた笑いを義家に向けている。

「左様か。では御貴殿の好きにするが良い！」

義家は顔を真っ赤にしてその場を去った。義家と真衡の遺恨は、後の後三年の役まで続くこととなる。

「倅《せがれ》はまだまだ若造ぞ。真衡殿は倅より歳こそ若いがこの落ち着きようじゃ。武則殿が羨ましい…」

頼義の顔には笑いが見られた。義家に対する苦笑と武則は捉えたが、実際は違った。あれほど安倍との戦を嫌がっていた義家が、ここへ来て勝ちに執念を見せ始めたのである。

〈義家《あれ》にも立派に源氏の血が流れておる―〉

河内源氏の基盤を揺るぎなき物にし、義家の代に繋げる事こそ頼義の悲願である。その為には何としてでも安倍に勝たねばならない。

〈勝利の為、いや義家の為なら清原に媚《こ》び諂《へつら》う事など意に介さぬ。見ておれ…〉

頼義の心の中に、闘志が沸々と湧いていた。

午《うま》の刻（正午頃）、貞任の軍は地響きと共に遂に萩馬場《はぎのばば》に到達した。漆黒の甲冑が大地を覆っている。背後には焼け落ちた小松柵が無残な姿を曝していた。今でも煙の匂いが漂っている。嫌でも兵に気合が入った。中には奇声を発して己の頬を打つ者も居る。

そんな異様な雰囲気の中、経清がぽつりと漏らした。

「おかしい。我らの進軍は物見を通じて頼義や武則に伝わっている筈。しかし敵に何の動きも見えぬ…」

先の戦に出陣しなかった経清は貞任の身を案じ、今回の参謀役を買って出ている。隣を進む白鳥八郎則任も異変を察知していた。

「相手は腹を空かした兵ども。怖気付《おじけづ》いて逃げたと見える」

兄の重任が鼻で嗤《わら》った。義家や武則が頼義を諭さなければ、確かにその通りの展開になっていたかも知れない。

「六郎《しげとう》、油断は禁物ぞ。念には念を入れよ」貞任が律した。

「冗談ぞ。敵が本気で逃げれば物見も必要あるまい。確かに物見の気配がある」重任は即座に真顔に戻した。

「この先は湿地だ。兵が潜むとすればあそこぞ」

重任は地平線に目を凝らした。経清もそう睨んでいたらしく、腕組みをしながら大きく頷いている。

「ここは白夜丸《びゃくやまる》にお任せあれ」

則任が愛犬を放った。沼地では馬は脚を取られて動けない。しかし馬より軽い犬なら泥も捌《さば》ける。白夜丸は一目散に遥か前方の湿地帯に向け駆け出した。貞任を始め、皆が固唾を飲んで見守る―。

やがて白夜丸は湿地に達した。特に歩様に乱れはない。

「杞憂であったか…」

経清がほっと安堵の溜息を漏らした刹那、急に白夜丸が激しく吠え出した。次の瞬間、地面から夥《おびただ》しい数の歩兵が瞬時に湧いて出た。その数、およそ二千。泥を模した布を纏い、湿地に身を隠していたのである。

「やはり待ち伏せしておったか！」経清は叫ぶと貞任に目配せした。

「敵ぞ！　掛かれ！」

貞任が軍配を振った。兵が吶喊の声を上げて襲い掛かる。雨が激しさを増す中、その兵目掛けて矢の虹が架かった。

「この距離では矢は上から来る。頭を守れ！」

貞任の命を受けて兵が頭上に盾を構えた。その盾に矢が次々と突き刺さる。

「よし、反撃だ！弓隊用意！」

今度は安倍軍が矢を放った。鷹や鷲の羽根を用いている安倍の矢は、連合軍が使う雑羽《ぞうは》の矢よりも格段に飛距離に勝る。そのため、この距離でも矢は水平に飛んだ。瞬く間に敵の兵が胸板を射抜かれ、沼地に崩れ落ちる。それを見た敵兵は蜘蛛の子を散らすように退散した。

—その時、貞任は背後に気配を感じた。


「!?」

貞任と経清はほぼ同時に後ろを振り返り、そして驚愕した。歩兵の退却が合図だったのか、騎馬の大軍が西側の林の中から現れたのである。その後方には笹竜胆の紋が記された旗印が掲げられている。

「頼義はあそこぞ！俺は騎馬兵を率いて特攻する。おぬしは歩兵の指揮を執り、俺たちを援護してくれ！」

経清に命じると貞任は石桜の腹を蹴って敵軍に突撃した。即座に騎馬兵も貞任に続く。

「目指すは奴の首級のみ！安倍の力を見せ付けよ！」

貞任の隣を黒鹿毛で走る重任も叫んで兵を鼓舞した。


「させるか！」武貞が叫んだ。連合軍の騎馬隊は、武貞率いる第一陣と、武貞の弟の武道が統《す》べる第七陣であった。

武貞の隣には色白で華奢な軍師が控えていた。真衡である。

真衡がさっと軍配を振った。それと同時に騎馬隊は横方向に真一文字に広がる。

「囲みの薄い部分を突破する。俺に続け！」

貞任は向かって右側に隙を見付けた。安倍の騎馬隊がその後に続く。

それを見た真衡は、無表情で軍配を左に振った。すると貞任から見て左側の騎馬兵が吶喊の声を上げて安倍軍に迫って来た。武道の第七陣である。

「右へ旋回してかわせ！」

貞任の下知に応じて安倍軍が右に逃げた。すかさず経清の下知が飛び、後ろから援護の矢が第七陣に放たれる。

「よし、左に攻める！」貞任は馬首を第七陣に向けた。安倍軍が即座に従う。真衡は軍配を今度は右に振った。

「なに!?」

後方で援護する経清が目を丸くした。今度は右側から第一陣が貞任らに襲いかかって来たのである。貞任は兵を左周りに逃れさせた。

「なかなかやりおる…」貞任は舌打ちすると、素早く体制を立て直して三度目の突撃に出た。今度はど真ん中を狙う。

それを見た真衡は僅かに口許を緩め、軍配を左右に大きく振った。中央を攻める貞任に、今度は第一陣と第七陣が左右から襲い掛かる。両陣の押領使が実の兄弟だけあって、その息はぴたりと合っていた。

「やはりな！　退け！　一時撤退だ！」

貞任の下知に安倍の騎馬隊は一斉に馬首を後ろに向け、一旦歩兵部隊の控える位置まで後退した。向こうも深追いはしない。暫《しばら》く両軍睨み合いが続く。

「これが清原の戦法か。これまでの戦とはまるで違うぞ」経清と合流した貞任が渋面を作った。

「首を撃てば尾が立ち上がり、尾を叩けば首が持ち上がる。苦し紛れに胴を攻めれば首尾の両者が襲って参る。これぞ常山《じょうざん》の蛇勢《じゃせい》の布陣ぞ」

「なるほど、孫子《そんし》の兵法か…」経清の見立てに貞任が唸る。

「小松攻めでも敵は火矢を用いなかったと聞く。それに先日の釣り野伏せに今日の孫子だ。源氏の戦方とは明らかに違う。武則の軍にはなかなかの軍師殿が居られるようだな…」

貞任が苦笑した。その軍師が弱冠十九歳の真衡である事は、勿論貞任も知らない。

「向こうが孫子なら我らは諸葛亮孔明《しょかつりょうこうめい》で参ろう」

経清の言葉に貞任は頷き、重任と則任を呼び寄せた。


四半刻程の睨み合いの後、動きを見せたのは安倍軍であった。中央に貞任と経清、右翼に重任、左翼に則任を配し、突破力を上げる為に中央部に厚く兵を置いている。上から見ると矢印の形となる陣形であった。

「あれなるは孔明の八陣の一つ、魚鱗《ぎょりん》の陣ぞ！」敵陣の真衡が唸った。この陣形は横に広がる敵に特に有効とされる。

「経清殿のご指示であろう」後陣で戦況を見詰めていた義家は流石《さすが》と微笑んだ。

常山の蛇勢に魚鱗の陣。こうなると完全な消耗戦となった。痺れを切らした頼義が義家と義綱に特攻を命じる。

「将軍、何か良い策でもお持ちか？」頼義と並んで床机に腰を下ろしていた武則が棘《とげ》のある声で質した。

「策など無用。戦には勢いが肝要ぞ。我が倅共《せがれども》が源氏の意地を御見せいたそう」頼義は歯を見せて笑った。

〈愚かな―。あの陣形に源氏は無策で挑むと申すか…〉武則は心の中で苦笑した。

義家は馬上から矢を連射した。その弓は小振りながら操作性に優れている。忽《たちま》ち五人の兵が倒れた。負けじと義綱も矢を射る。兄程の釣瓶《つるべ》撃ちとまでは行かないが、その腕は並みの者を遥かに凌ぐ。

しかし武則が睨んだ通り、後が続かなかった。中央に陣取る貞任が兵を率いて素早く応戦する。義家らが堪らず右に逃げると則任の隊が襲い掛かった。馬が跳ね上げた泥が義家の兵の目を襲う。逃げ遅れた兵が貞任と則任の部隊に挟み撃ちにされ、無残に矢の餌食となった。同時に経清が義綱の隊に怒涛の攻めを見せる。義綱が逃れた先には、既に重任の手勢が弓矢を構えていた。矢の雨が容赦なく襲う。瞬く間に十数名が泥沼と化した地面に崩れ落ちた。

「退《ひ》け！」義家と義綱はほぼ同時に叫んだ。源氏の兵が退却すると、ここぞとばかりに安倍軍が中央突破を仕掛けた。貞任と経清が両輪となって突っ込む。魚鱗の陣は中央に兵力が集中している。蕨手刀を振り回す貞任に勇気付けられ、安倍の兵が果敢に敵の壁に挑んだ。次々と鮮血が吹き上がる。あと僅かで囲みを越えようかと言うところで、両翼から武貞、武道の隊が襲い掛かった。

「取り囲まれては危険だ！　下がれ！」貞任の下知で安倍軍は一斉に後退する——。

「!?」

その瞬間、貞任は左後方の視界に黒い物体を捉えた。黒の忍び装束に黒皮の脛《すね》当てを付けた敵兵であった。

「気配を消して俺の間合いに入り込むとは、貴様、何者ぞ！」

「影となりて清原を支える大伴員季《おおとものかずすえ》と申す者。貞任殿、御命頂戴！」

言うと員季は泥濘《ぬかるみ》を物ともせず、貞任目掛けて大地を蹴った。馬上にあって背の丈七尺四寸の貞任の頭上を遥かに超える驚異の跳躍であった。

しゅぱぱぱぱ！

員季は貞任の頭上から十字手裏剣を放った。放たれた手裏剣は五発。貞任は蕨手刀で払いながら身を反らす。二発は太刀で撥ね退け、二発は身をよじってかわした。しかし最後の一発が貞任の頬を掠める。雪のように白い貞任の頬から鮮血が滴り落ちた。

着地した員季は即座に背から忍び刀を抜き、再び跳躍した。またもや貞任の頭上を超える。やがて員季の体が落下し始めた。貞任が身構える——。

「!?」

そのまま振り下ろすと思われた員季の刀は、振り被られたままだった。貞任と員季の目の高さが合う——。

その時、員季は不敵な笑みを浮かべた。

「うおっ！」

次の瞬間、貞任はもんどりうって石桜から落ちた。員季の口から吐き出された毒霧が、貞任の目を潰したのである。

「卑怯ぞ！」目を押さえながら貞任が蹲《うずくま》った。そこへ員季の忍び刀が襲う——。

「ぐあああ！」次の瞬間、叫んだのは員季であった。間一髪、魚目《さめ》を光らせ石桜が員季に体当たりしたのである。

五間以上も吹き飛ばされた員季であったが、そこは忍びの者。即座に立ち上がり、再び貞任に飛び掛かった。

「うぎゃあああ！」

一瞬の静寂の後、またもや員季の絶叫が鳴り響いた。かすかに開いた左眼を頼りに放った貞任の蕨手刀が、員季の右肘から先を切断したのである。腕から夥《おびただ》しい量の血液が噴出する。そこへよろよろと立ち上がった貞任が憤怒の表情で近付いた。

員季は、失った右手で手裏剣を探った。即座に絶望が員季を襲う――。

観念した員季は笑いを見せた。

「是則《これのり》よ…、今から参る」

直後、どうっと員季が地面に崩れ落ちる音が響いた。


その後、両軍攻めては退き、退いては攻めの競り合いが続いた。両軍じりじりと兵を失って行く。この時点で連合軍の死者は五百に達していた。貞任もそれに近い数の兵を失い、三百を超える馬も奪われている。

やがて酉の刻（午後五時頃）となり、日没を迎えた。周囲が俄《にわ》かに暗くなる。

ここからが本当の地獄の始まりだった。闇は湿地を隠す。あちこちで馬が脚を取られ沼にずぶずぶと沈んだ。兵が嵌《はま》れば鎧の重さで二度と這い上がる事が出来ない。地獄へと通じる底無し沼であった。

湿地以外でも惨事が生じた。最早《もはや》目の前の人物も見分けが付かない。下手に松明でも灯そうものなら矢の格好の餌食となる。暗闇の中、壮絶な同志討ちが始まった。

「この闇では戦は無理だ。一旦退け！」

貞任が叫んだ。闇では音だけが頼りである。安倍の兵は大音声《だいおんじょう》で触れ回り、味方の兵を西の丘の上に集めた。

この丘には嘗《かつ》て坂上田村麻呂が物見をした砦《とりで》とされる田高館《ただかのたて》跡がある。辛うじて動けるものは傷付いた兵に肩を貸し、労わりながら誘導した。亀甲に鷹の羽違いの差し物と、白地に黒い五本線の袖印だけが味方の証しである。

「敵も一時休戦のようだな」

やっとの事で貞任を探し当てた経清が肩を叩いた。員季《かずすえ》の毒霧で目を傷めた貞任に代わり、陣張りの指揮を執る。兵に休息を命じると、貞任を磐井川まで誘導した。

「かたじけない。やっと右目が開いた。もう大丈夫だ」

川の水で目を洗った貞任は漸《ようや》く笑顔を取り戻した。目が見えるとどっと疲れが出る。巨体がよろけそうになると、これまた疲労困憊の経清が貞任の体を支えた。

「流石《さすが》の惣領様もお疲れと見える」

経清が白い歯を見せた。貞任も苦笑いしながら経清の脇腹を小突く。二人はそのまま背中合わせに地べたに座り込み、夜空に向かって大声で笑った。いつの間にか雨は止み、空には満天の星が広がっている。

「何人を失った？」貞任が空を見詰めながら呟いた。

「残念だが、千は超えよう」「そうか…」

貞任は傍らに生えていた草を千切って投げた。草が夜風にはらはらと舞う——。

それから暫《しばら》く無言の時が流れた。長い一日が終わろうとしていた。


「この闇ではもう追撃も無かろう。ゆっくりと休んでくれ」

本陣に戻ると貞任は兵一人ひとりに労《ねぎら》いの言葉を掛けて回った。敵の目を気にし、陣内に灯りは一切無い。暗い中、貞任は直々に兵に手を差し伸べた。将も一平卒も関係ない。怪我をした者を見れば、貞任はその傷口の膿を自らの口で吸い出し、蓬《よもぎ》の葉を貼って労《いた》わった。手当てを受けた兵は、皆一様に感涙に咽《むせ》ぶ。

〈貞任殿のこの人柄こそが兵を惹《ひ》き付ける。皆も喜んで命を貞任殿に預けよう。そしてこの俺も…〉

貞任を見詰める経清の心に、熱いものが込み上げて来た。

「おぬし、袖印は如何《いかが》した？」その時、共に陣中を見舞っていた重任が一人の兵に声を掛けた。その袖には印が無い。

「戦の最中に失ってございます…」

背中の差し物なれば激しい戦闘で折れる事も良くあるが、袖印を失うことは滅多にない。兵は暗に顔を伏せる。

「腕を怪我しているではないか」

重任は右腕の傷に気付いた。腕を切られたのならその弾みで袖印を失っても不思議はない。

「傷口を見せてみよ」言われた兵は慌てて腕を隠した。

「遠慮せずとも良い。共に戦った仲ではないか」重任は笑顔を向け、傷の手当を施した。

「これで大丈夫だ。後はゆっくり休んでくれ」重任の言葉に、兵は恐縮して平伏した。


草木も眠る丑三ツ時。場所は西の丘に張った貞任の陣の中である。

疲れ切って寝入る兵の鼾《いびき》が渦巻く中、一人の男がむくりと起きた。その右袖には印が無い。素早く周囲を見回すと、忍び足で陣の奥へと消えて行く――。

それから四半刻後、頼義の陣で動きがあった。

「西側の丘で火の手が上がっております！」

物見の報せに甲冑姿のまま仮眠を取っていた頼義が飛び起きた。即座に部屋に義家、義綱、藤原茂頼、藤原景通の四名を呼び寄せる。

「殿、如何《いかが》致しましたか⁉」僧形の茂頼が部屋に転がり込んで来た。時を同じくして他の三名も駆け付ける。

「敵の本陣に火を付けた！今より総攻撃を仕掛ける！直ちに国府の兵を叩き起こせ！」

頼義は顔を紅潮させながら叫ぶ。

「武則殿には知らせぬので？」景通が質した。疲労のせいか、その目は充血している。

「貞任の首を獲る好機ぞ！清原になぞ手柄を渡して何となる！」

頼義の罵声に、景通は思わず首を竦《すく》めた。

「その先陣の功、手前が貰《もら》い申す！」

挑戦的な眼差しを義家に向け、義綱が熱《いき》り立った。義家も睨み返す。この兄弟、やはり戦場でも反りが合わない。

「貞任の首と引き換えに次の棟梁の座をくれてやる。必ずや仕留めよ！」

頼義の檄に真っ先に答えたのは弟の義綱であった。頷くと陣を飛び出し厩《うまや》へと急ぐ。義家も負ける訳には行かない。

頼義に黙礼し、義家は直ちに後を追った。


その頃、武則も異変に気付いていた。頼義の陣から兵が飛び出した事も把握している。

「おのれ頼義め！手柄を独り占めする腹か！」

武則はぎりぎりと歯噛みした。国府との連合軍とは言え、その大方は武則の兵である。頼義を助けるだけ助けて手柄を横取りされたのでは堪《たま》ったものではない。枕を蹴り飛ばし、第一陣と第三陣に直ちに出撃を命じた。

第一陣を起用したのは、勿論手柄を嫡男の武貞に取らせる為である。第三陣の指揮を執る吉彦秀武は出羽一の剛の者として知られる清原の重鎮で、武貞とは従兄弟同士、且つ妹の婿と言う気心の知れた間柄である。秀武なれば武貞に忖度《そんたく》もしよう。そこまで読んでの第三陣の起用であった。


貞任の陣は阿鼻叫喚《あびきょうかん》の巷《ちまた》と化していた。暗闇の中、炎は格好の的となる。敵軍の矢が雨霰《あめあられ》となって陣に襲い掛かった。そう広くはない陣の中に兵が固まって居るのである。的を絞らずとも容易に矢が安倍の兵に突き刺さる。

「矢を射捲くれ！炎と矢で敵を炙《あぶ》り出すのじゃ！」義綱が声を張り上げた。

「陣を捨てて出て来た所を襲うのじゃ。奴等は最早《もはや》袋の鼠ぞ！大将首を獲って名を上げよ！」

遅れて来た武貞が叫んだ。紅蓮《ぐれん》の炎を前に、皆の血が沸き肉が躍《おど》る。

味方の兵が右往左往する中、経清は冷静に貞任を探した。この状況下で、貞任は表情一つ変えず、部屋で禅を組んでいる。

「――やはりおぬしが来たか…」目を瞑ったまま、貞任が言った。

「囲まれたようだの」経清の口調はいつものままであった。

「俺が投降しよう。皆の命と引き換えにな」

「そう申すと思ったわ」経清が静かに笑う。

「おぬしの命と引き換えに赦《ゆる》されたとて、兵は誰も喜ばぬ。多くが直ぐにおぬしの後を追おう。それでは無駄死にと言うもの。おぬしの死に時は今ではない」

経清はじっと貞任を見据えて言った。暫《しば》しの沈黙の中、外の騒乱が響き渡る。

「──それもそうだな…」禅を組んだまま、貞任は静かに息を吐いた。

「兄者！なぜ撃って出ぬ！」そこに重任が飛び込んで来た。貞任に詰め寄る。

「敵も四方を囲んでおろう。しかもこの闇なれば同士討ちも避けられぬ」

「ならばどうなさる！」同時に駆け込んできた則任も語気を荒げた。

「逃げるのよ」貞任は、ふん、と鼻を鳴らした。

「安倍の惣領が逃げると申されるか！」そう言って重任は絶句した。則任もあんぐりと口を開けている。

「隊列を成して撃って出れば矢の的となる。兵を散らし、それぞれ単独で衣川に逃げるのだ。近隣の高梨宿《たかなしじゅく》でも構わぬ。元より我らはこの辺りの地形に明るい。闇に紛れて山に逃げれば多くが助かる」

重任の肩に手を置き、貞任が諭すような口調で言った。

「それが大将の下知か？それを聞けば兵が泣くぞ！」重任の目には悔し涙が浮かんでいる。

「重任殿、それは違う。貞任殿は兵を守ろうとしておるのだ。それに、この状況で逃げ以外に良い策があると申されるか？あったら申されよ！」

経清が一喝した。武勇を誇る経清であったが、やはりここは退却しかないと見ていた。

「俺の浅慮であった。すまぬ…」重任も納得した。則任も頷く。

「よし、決まりだ」琥珀の勾玉を握り締め、貞任が剛毅果断《ごうきかだん》した。

翌朝、焼け跡に僅かな数の死体しか転がっていない事を知り、武貞と義綱は地団太《じだんだ》を踏んだ。茂頼、景通、秀武も臍《ほぞ》を噛んでいる。貞任ほどの男が、まさか戦いを捨てて逃げ去るとは想像だにしていなかったのである。

〈この包囲を突破するとは、流石《さすが》は貞任殿。多くの兵も救われたであろう…。見事じゃ！〉

義家一人だけが笑みを浮かべながら、衣川の方角を見詰めていた。


その数刻前、九月六日未明。並木御所に戻った貞任と経清を、宗任、良照、業近が四脚門《よんあしもん》で出迎えた。しかし誰も戦の趨勢を二人に問わない。疲れ切った貞任と経清の表情と、その四半刻前からぽつりぽつりと衣川に逃げ帰った兵の様子から、宗任らは大方の戦況を察していた。

「何人が戻った？」貞任が重い口を開いた。

「五百そこそこかと…」沈んだ顔で業近が答える。

業近は衣川に隣接する琵琶柵を守っていたが、異変を聞きつけて衣川に戻っていた。

「たったそれだけか…」手裏剣で負った頬の傷を撫でながら、貞任が吐き捨てた。

「歩兵の帰りはこれからとなろう。高梨宿にも相当な数が居る筈だ」経清の言葉に貞任は静かに頷いた。

「温かい飯を炊いて歩兵を出迎えてやってくれ」業近に命じると貞任はよろよろとした足取りで寝所に向かった。

衣川に戻った安心感も手伝い、その後貞任は泥の様に深い眠りに落ちた。しかしその眠りは昼過ぎに終止符を打たれる事となる。高梨宿から火の手が上がったとの報せが入ったのである。宿に逃れていた兵が続々と衣川に逃げ込んで来た。

「またしても火攻めか！」貞任は顔を顰《しか》めた。

「しかも宿なれば兵ばかりでなく民も使う。そこに火を放つとは何たる蛮行！　それでも陸奥の平和を守る守《かみ》か！」

経清も怒りの余りその場に唾を吐き捨てた。

「敵がそこまで来たとなると、今日にでも敵が来よう。例の工事の首尾は如何《いかが》か?」

「兄者、抜かりは無い。万全ぞ」宗任の答えに貞任は安堵した。万が一に備え、貞任は自らが萩馬場に攻め込んでいる間、宗任に衣川周辺の工事を命じていた。宗任は付近の木を伐採し、衣川関に達する道に積んで関を封鎖していた。また、想定される衣の川の渡河地点の岸も悉《ことごと》く崩している。

「いよいよ衣川が戦場となる。民に戦渦が及んではならぬ!　直ちに蔵を開放せよ!」

貞任が業近に命じた。業近は頷くと蔵に走った。

「蔵を開けて何とする?」良照が小首を傾《かし》げた。

「蔵の米と黄金を民に分け与え、暫《しば》し衣川から離れて貰う所存――」

「米と黄金をとな!」事も無げに答える貞任に良照は目を丸くした。

「奥六郡の宝は民。その民を守るには、これしかありますまい」

貞任は惣領の顔となって良照を正視した。如何《いか》にもと良照も頷く。

「衣川の民に触れて回れ!　戦の後に戻って来るも良し、この黄金で他国に流れるも良し。達者に暮らせと伝えよ!」

貞任の命を受け、兵が即座に町に繰り出した。


貞任の読み通り、その頃高梨宿では清原国府連合軍が衣川に向けて進軍を始めていた。この戦で頼義が上げた首級は実に五百を越える。傷を負わせた者は二千は下らない。連合軍もほぼ同等の被害を被《こうむ》ってはいたが、先の小松柵の戦い同様、大きな戦果であった。

「将軍、いよいよ衣川にございますな」頼義の隣で馬を進めていた武則は満面の笑みを浮かべている。

「この十年を思うと感無量にござる。これも全ては武則殿の御力添えの賜物ぞ。改めて感謝申し上げる」

頼義は馬上で頭を下げた。

「何を申されるか。この武則、将軍の為なら喜んで命を捧げよう」武則は哄笑《こうしょう》した。頗《すこぶ》る上機嫌である。

頼義も笑顔こそ見せてはいたが、内心は忸怩《じくじ》たる思いであった。無理も無い。これまでは全く歯が立たなかった安倍との戦であったが、清原軍の参戦の後、状況が一変したのである。都には源氏が俘囚に謙《へりくだ》り、臣下の礼まで尽くしての善戦と伝わっている。

〈俘囚め、少しばかり運が向きおってからに。図に乗るなよ…〉頼義は、心の中で武則を罵った。

一方、武則の方も頼義を心から信頼している訳では無い。昨夜の抜け駆けを見てもわかる通り、頼義は明らかに手柄を横取りしようとしている。

〈位階と鎮守府将軍の座、そして安倍亡き後の奥六郡の統治だけでは気が済まぬ。ここまで来たら、貞任の首は清原が貰う〉武則も、心の中で息巻いていた。

貞任が蝦夷の誇りと民の暮らしのために闘っているのに対し、この二人は己の欲で戦をしている。しかも内心では互いに啀《いが》み合っているのである。いや、この二人だけではない。特に武貞は自分の子程歳の離れた義家と義綱に、露骨に敵対心を抱いている。

頼義の直ぐ後ろを進んでいた義家は、視線を感じてふと後ろを振り返った。そこには義家を睨みつける武貞と、その子真衡の姿があった。

〈武貞殿はよほど俺が好かぬと見える…〉義家は苦笑した。そしてふと思った。

〈こんな我らと貞任殿。八幡神はどちらを選ばれようか…〉

連合軍の中、唯一義家だけが憂鬱な気持ちで馬を進めていた。

旧暦九月六日の未《ひつじ》の刻（午後二時頃）、頼義ら連合軍は険しい山を見上げる位置にまで達していた。目の前に続く道はその山頂に通じている。曲がりくねった山道は次第に道幅が狭くなり、山の頂では人ひとりがやっと通れる程の幅しかない。しかもその山道は、いかにも堅牢そうな門でしっかりと閉ざされている。

「あれが衣川関《ころもがわのせき》か…」山頂を見詰めながら、頼義が感慨深げに呟いた。

「如何《いか》にも。あれこそ宋の崤山《こうざん》や函谷関《かんこくかん》にも勝ると謳《うた》われし要害の地。然《さ》れど御安心召されよ。我ら清原がきっと関を破って見せましょう」

武則は頬の傷を撫でながら不敵な笑みを浮かべた。

実際、この関はあの田村麻呂ですら避けた天下の難所であった。道幅が狭いため、何万と言う大軍を投じても、最前線では精々五人程度しか戦えない。例え関を突破しても、その直ぐ後ろには敵の大群が控えている。一人の守りで萬《よろず》の敵を凌ぐと伝わる難攻不落の要塞であった。

武則が軍配を振り、戦の開始を告げる鏑矢《かぶらや》が宙に放たれた。ひゅーっと言う音が鳴り響く──。

ここに遂に衣川関攻防戦の火蓋が切って落とされたのである。

しかし武則の自信とは裏腹に、連合軍は苦戦した。ただでさえ狭く険しい山道は倒木で塞がれている。それに曲がりくねった山道の直ぐ右手は日高見川の支流、衣《ころも》の川《かわ》に面した断崖絶壁である。細い道を踏み外した兵が谷底に真っ逆さまに落ちる。その下には秋の長雨で増水した衣《ころも》の川《かわ》が大蛇の如く暴れていた。重い鎧を着た兵は、川に飲まれれば沈むしかない。道の左手には更に高い山が控え、逃げ場が無い。その山から安倍の遊撃部隊が時折姿を現しては矢の雨を降らせて消える。その度に連合軍の兵はばたばたと倒れた。

後陣で苛々《いらいら》と戦況を見詰める頼義の耳に、兵の悲鳴が届いた。山道に目をやった頼義の顔に戦慄が走る──。

道幅一杯の大きさの巨大な岩が山頂からごろごろと転がって来たのである。無論、安倍の仕掛けた罠である。数百人が縦に並んだ列を巨岩が襲う。瞬く間に山道は修羅場と化した。ある者は巨石の下敷きとなり、ある者は巨石に吹き飛ばされ、ある者はそれを避けようとして谷底に転落した。山道が瞬く間に数百人の血で染まる。義家は思わず顔を背けた。まさに一瞬の出来事であった。

「恐れるな！ それでも清原の兵か！ 後退は許さぬ！ 前進あるのみぞ！」

それでも武則は兵に進軍を命じた。しかし何時何時《いつなんどき》また巨岩が襲って来るかわからない。恐怖が兵を支配する。

それでも意を決して兵が進んだ。倒木を乗り越え、矢の雨に曝されながら、漸《よう》く山の中腹まで達した時、再び巨石が投じられた。時が戻ったかの様に、同じ惨劇が繰り返される――。

「御爺上、これでは千日掛けても関は落とせませぬ。手前に策がござりまする」

見かねた孫の真衡が、呆然と立ち尽くす武則に進言した。

「右手を流れる衣《ころも》の川《かわ》は、この先で大きく右に曲がって衣川関の背後に通じております。川沿いを密かに進めばそこは関の真下。そこから登れば敵の背後を突けまする。あるいは川の向こう、関の背後に柵がありまする。先にそこを落とすのも一計」

嘗《かつ》て真衡は光頼の訃報を知らせに並木御所に足を運んでいる。当時、安倍の面々は傍流の真衡が使者として訪れた事を不思議に思っていたが、全ては衣川の地形を見定めるための口実であった。

「別動部隊を西に迂回させ左の山の頂に出せば、衣川関は真下にございまする。無論、それなりの時間は掛かりましょうが、山頂に辿り着ければこちらのもの。真上から矢の嵐を掛けられませ」

真衡の二つの策に武則の顔が輝いた。


武則は軍を三つに分けた。正面からの攻めはそのまま嫡男の武貞率いる第一陣に任せ、自らは川沿いに関の裏側を目指す事にした。西の山越えを橘頼貞の第四陣に命じると、武則は馬を降りて谷へと向かった。この時既に戌《いぬ》の刻。実に衣川関を攻め始めてから三刻近くが経過している。

山に阻まれた谷底は既に漆黒の世界と化していた。直ぐ右を濁流が流れる。川に足を取られれば命は無い。武則は何とか関の真裏に達した。真衡の策ではここから関の裏を襲うか、対岸の柵に攻め入るか、二つに一つである。

「柵が燃えれば関に籠もる敵も慌てよう。そこを頼貞が頭上から攻めれば、柵と関を両獲り出来る」

武則は顎鬚《あごひげ》を撫でながらにやりと笑った。

対岸の柵は琵琶柵《びわのさく》であった。安倍の重鎮、大藤内業近が守ることから業近柵《なりちかのさく》とも呼ばれるこの柵は、そのおよそ百年後の奥州藤原氏の時代に秀衡入道《ひでひらにゅうどう》の三男和泉冠者忠衡《いずみのかじゃただひら》の居城となり、泉ケ城《いずみがじょう》とその名を変える。

琵琶柵は丘の上にあるものの、堅牢な衣川関に較べてその勾配は緩やかに見えた。これも武則が琵琶柵攻めを選択した要因の一つでもある。

「しかし…」武則は独り言を発した。問題はこの濁流をどう渡るかである。

〈―あの男が居ったの…〉武則は思い出して手を打った。

「久清《ひさきよ》をここへ！」

武則に呼ばれた男は小柄であったが、いかにも瞬発力がありそうな体付きをしていた。猿《ましら》の久清の異名を持つこの男、小松柵と萩馬場に散った深江是則《ふかえのこれのり》と大伴員季《おおとものかずすえ》の配下、即《すなわ》ち忍びの者である。

「あの木を見よ。あの枝に飛び移れるか？」

琵琶柵から漏れる僅かな明かりを頼りに、武則は対岸を指差した。岩肌から伸びた木の枝が川面に張り出ている。とは言え距離は裕に五間はある。無論、失敗すれば命は無い。

「お安い御用で」久清は笑みを浮かべると鎧を脱ぎ、縄を肩にして右手に長槍を構えた。僅かな助走を付け川に向かって走り込むと、手にした槍を川底に刺し、そのまま突き立てて体を預けた。槍は振り子のように弧を描く。槍が垂直に立った時、久清の体は川の中央に達していた。

槍が対岸に向け倒れる。頃合を見て久清は槍から手を離した。小柄な久清が宙を舞う―。

勢い良く飛んだ久清は見事に対岸の枝を掴んでいた。

向こう岸に降りた久清は即座に縄の一端を巨木に結び付けると、こちらに向かって縄を投げた。武則の隣に居た兵がそれを掴み、同じくこちら側の木に結ぶ。

「よし、これを渡れ！」

武則に命じられた兵は縄に両手両足を掛け、背中を下にして縄を渡り出した。兵の背中すれすれを濁流が襲う。百足《むかで》のように懸命に手足を動かし、兵は遂に対岸に到達した。これに続き、味方が次々と蟻の様に縄を伝う。三十名もの兵が渡りきった所で、無情にも武則は縄を切った。

「何をなさいますか！」驚いた兵が武則に向かって叫んだ。

「退路があっては迷いも生じる。もとより貴様らは俺に命を預けたのじゃ。己の甘さを知れ！」

武則は腰に手を伸ばすと即座にその兵の首を刎ねた。角を模した兜を被る武則は、まさに赤鬼であった。無論、久清も生きて戻ろうとは思っていない。

対岸の兵は全てを察し、武則に一礼して琵琶柵へと消えて行った。


同じ頃、武則の後を受けて真正面から関を攻めていた武貞の顔に、焦りの色が見え始めていた。戦闘開始から既に四刻が過ぎている。それでも堅く閉ざされた関の扉は一向に開く気配が無い。数千の兵を導入しても、実際に刀を交えているのは先頭のせいぜい五、六名である。関の内部には安倍の精鋭が満を持して控えており、味方が傷付くか、あるいは疲労すれば即座に交代した。これでは何時まで経っても埒《らち》が明かない。

「どうすれば良いと言うのじゃ！」武貞が苛々と天に叫んだ。

その時、関の後方の夜空を炎が染めた。久清らが琵琶柵に火を放ったのである。

「裏手の柵が燃えておるぞ！」

誰かが大声を張り上げた。安倍の兵か清原の兵かわからない。衣川関に動揺が走る。その隙を突いて武貞の軍が猛攻を繰り出した。それまで優勢を誇っていた安倍の兵が防戦一方となる。

武貞の軍のちょうど真裏では武則の兵が崖を攀《よ》じ登っていた。関の守りに気を取られているせいか、敵の守りは薄い。垂直に近い急斜面であったが、背後に立ち昇る業火が兵の血潮を漲《みなぎ》らせた。先頭の兵が何本も背負った短刀を岩肌に突き刺し、足場を作りながら登って行く。後続の兵はその足場を踏襲した。先頭の兵があと僅かで踏破しようかと言う時、頭上から騒ぎ声が聞こえた。橘頼貞率いる第四陣が遂に西の山に到達し、敵の頭上から矢を射たのである。

「第四陣に遅れを取るな！　急げ！」

遥か谷底から武則の檄が飛ぶ。頼貞の攻撃から僅かに遅れ、武則の兵も遂に断崖を登り切った。

衣川関は大混乱となった。目の前の敵のみならず、西の山からの矢の雨も相手にしなければならない。加えて、後方からも吶喊の声を上げて武則の兵が迫って来る。まさに前門の虎、後門の狼であった。

「主立った者をここへ！」

兵の悲鳴が飛び交う中、貞任の声が轟いた。経清、宗任、良照らが直ぐに駆け付ける。

「どうやら潮時のようだの…」集まった者を見渡し、貞任は深い溜め息を吐いた。

「このまま戦を続けても被害が大きくなるばかり。手前の考えも兄者と同じにござる」

宗任は燃え盛る琵琶柵を見詰めて応じた。琵琶柵を守る業近は、長く宗任の守役を務めている。先代の惣領、安倍頼時の時代からの最古参であると同時に、頼時や良照と共に安倍の勢力を拡大させた功労者でもある。

「これ以上抵抗しては業近の命が危ない。衣川を捨て、鳥海柵に逃れる」貞任は母猿断腸《ぼえんだんちょう》の思いで決断した。

衣川は貞任の産まれ育った町である。否、貞任だけではない。叔父の良照、兄の井殿をはじめ、弟の宗任、正任、重任、家任、則任、行任、妹の有加、中加、そして一加。皆の想い出が詰まった場所である。父頼時の時代の本拠地にして、五万の民で賑わった町でもある。その町を捨てるのだ。嫌でも感傷に浸る。

外の喧騒とは対照的に、室内に重い沈黙が流れた。

「未だ負けと決まった訳ではござらぬぞ」沈黙を破ったのは経清であった。

「ここは奥六郡の奥深くにまで敵を誘っては見ては如何《いかが》か？」経清の目が光を放つ。

「不来方《こずかた》を最終決戦の地とするのだな？」貞任の顔に生気が甦った。

「左様。小松柵、萩馬場に続き、嘗《かつ》ての本拠地衣川でも勝利を収めたとなれば、頼義は逃げる我らを意気揚々と追って来よう。敗走すると見せ掛けて、敵を不来方まで進軍させるのだ。厨川柵なれば一万の兵が半年は籠もれる。籠城戦で消耗させ、冬を待つ。奴らの兵糧は直ぐに尽きよう。然《さ》れどそこは奥六郡の最果ての地。容易に補給は出来申さぬ。飢えと寒さで窮《きゅう》した敵を、一気に叩く！」経清の策に、皆の顔が輝き出した。

「それに雪に紛れて首尾良く敵の後ろに回り込めれば、挟撃も可能となる。あるいは山から遊撃戦を挑む手もある。

東側の北上山地なれば流石《さすが》の武則も土地勘があるまい」

　宗任も経清の策に歩調を合わせた。皆も力強く頷く。

「決まりだな」貞任の蒼玉と勾玉が同時に光る―。

「兵を退け！　これより全軍鳥海柵に向かう！　琵琶柵の業近にも撤退を告げよ！」

　惣領の声が衣川関に轟いた。開戦から実に五刻の時が過ぎ去っていた。


「何処に行く？」

　経清は撤退の騒乱に紛れ、一人厩《うまや》に向かおうとする貞任に気付いた。二人切りなので打ち解けた口調で声を掛ける。

　貞任も経清と気付き、脚を止めた。

「関を破れば敵は乱取りに町に向かおう。既に町は蛻《もぬけ》の殻だが、並木御所は俺の育った館。それに今も親父殿の魂が宿る場所だ。財宝も多く残る。そこを奴らに蹂躙されれば心が痛む。それならばいっそ俺の手で…」

「火を放つか？」

「源氏の御家芸だがな…」頷きながら貞任は苦笑した。

「俺も行こうか？」経清は一瞬不安そうな顔をした。

「俺が一人で敵軍を相手にするとでも思ったか？　俺はそこまで阿呆《あほう》ではない。火を放ったら直ぐに戻る。案ずるな」

「そうか…」積もる想いもあるだろう。経清は貞任を一人で行かせる事にした。

「約束する。おぬしは三郎《むねとう》らと共に鳥海柵に通じる間道で待っていてくれ」

　そう言い残し、貞任は石桜に跨《また》ると闇夜に消えた。


　関に通じる山の麓《ふもと》で義家と並んで戦況を見守っていた頼義は、衣川関の後方から立ち昇る焔《ほむら》をじっと見詰めていた。感無量であった。永い間朝廷の支配地と奥六郡を隔てていた衣川関が、今、陥落した。あの軍神と称えられた坂上田村麻呂ですら成し遂げられなかった衣川関の扉を遂に抉《こ》じ開けたのである。まさに史上初の快挙であった。と、同時に忸怩《じくじ》たる思いも頭を擡《もた》げていた。清原の助けが無ければ今日の勝利は無い。だが、この快挙を国府軍だけで成し遂げていたら、どんなに晴れやかな気分であっただろう？ 今更ながら援軍派遣要請に応じなかった内裏を呪った。しかし頼義は大きな思い違いをしている。戦は数さえ揃えれば勝てるというものではない。時に采配がものを言う。清原と同盟を結んでからの快進撃は、明らかに清原軍の戦略よる所が大きい。その証しに、源氏が十年掛けても破れなかった衣川関を、清原軍はたったの一日で突破して見せたのである。

「殿、若、町に参りましょう！」複雑な心境の頼義の許に、笑顔の茂頼が馬を引いて現れた。

「うむ。清原の兵が戻らぬうちに、戦利品を奪い取るのじゃ！」

腹癒《はらい》せに頼義は大声を上げた。義綱も歓喜の雄叫びを上げる。

それを聞いた義家は一瞬我が耳を疑った。義家は頼義が略奪に走る清原の兵から町を守るために向かうと思ったのである。

頼義に失望した義家は、頼義には同行せず、自らの郎党を率いて町に向かった。

「田舎武者が狼藉を働こうものなら容赦無く切り捨てよ！」

義家は怒りに目を吊り上げて馬の腹を蹴った。

「ここが俺が育った館ぞ…」

四脚門《よつあしもん》を潜り、並木御所に一人戻った貞任は感慨深げに呟いた。広大な御所には貞任の他に誰も居ない。いや、全ての民が町を捨てて避難した今、衣川の地にいるのは貞任だけであった。しんと静まり返った中、室内に所狭しと並べられた絢爛《けんらん》豪華な調度の品々が、物悲しげに貞任を見詰めている。政庁の移動と共に多くの財宝は既に鳥海柵に移されてはいたが、大掛かりなものは手付かずで残っている。

「この景色も見納めとなろう――」

　貞任は庭に降りた。東には燃えるように色付いた束稲山《たばしねやま》が見える。その後ろから昇る朝日が眩しい。あと一月《ひとつき》もすればあの山も雪化粧を施すだろう。春には千本の山桜が咲き誇り、夏には若葉が瑞々《みずみず》しく新緑を湛える。雄大さと言う点では巌鷲山《がんじゅさん》に劣るが、それでも貞任は、ここから眺める山紫水明《さんしすいめい》の束稲山が好きだった。

「こっちは俺の柱、あっちは三郎《むねとう》の柱だったな…」

　居間に戻った貞任は二つの柱を見詰めて目を細めた。柱には傷が印されている。幼い日に、宗任と競った背比べの傷である。産まれて直ぐに母親を失った貞任であったが、父と義母から無償の愛を注がれて育った。柱に手を添えて別れを告げると、貞任は奥の頼時の部屋に向かった。

　頼時の間には主を失った玉座がぽつんと置かれていた。貞任が幼い頃、頼時はこの玉座に座り、よく膝の上に貞任を抱いた。貞任は、大きな父が大好きだった。ふと胸元の琥珀の勾玉を触る。すると玉座に、幼子を大事そうに膝に抱く、若き日の父の姿が浮んだ。

〈親父殿…〉

　その幼子は、千代童丸であった。頼時が死んだ後に産まれた千代童丸を、頼時が笑顔で抱いている。その幻に、貞任の胸が詰まった。不意に大きな父の手が貞任の頭を撫でた。いつの間にか千代童丸と貞任が入れ替わっていたのである。撫でられた頭が心地良かった。この所、戦に追われていた貞任にとって、実に心の安らぐ刻《とき》が流れる—。

　その夢心地の時間はしかし、遥かに遠くで嘶《いなな》く馬の音によって終わりを迎えた。乱取りに町に繰り出した敵兵だろう。

「俺には感傷に浸る暇《いとま》も許されないようだな…」

　貞任は苦笑した。意を決し、炭壷から松明に火を移す。めらめらと燃え上がった炎が白い貞任の顔を照らした。

　貞任は、松明を手にしてゆっくりと戸口に向かって歩き出す。百八歩目、煩悩の数だけ歩いた所で貞任は頭上高く松明を放り投げた。松明はくるくると宙を舞う。貞任は顧《かえり》みず、そのまま歩き続けた。背後で松明が落ちる音がする。一瞬歩みを止めた貞任であったが、振り返らずそのまま歩き続ける—。

　背中に熱風を感じながら、貞任は石桜の背に跨った。

その頃、義家は寝静まった様に静かな衣川の町を馬で進んでいた。東の空に明けの明星が輝いている。明るくなるに連れ、義家は異変に気付いた。町に人の気配が無い。

「戦に巻き込まれぬよう、予《あらかじ》め民を逃がしたと申すか…」義家は独り言を吐きながら唸った。

人が居ないばかりではない。民家という民家は輝かんばかりに磨き上げられ、道も隅々まで綺麗に掃き清められていた。貞任らの指示ではない。民が自発的に行った事である。それは、町を捨てる民の覚悟の顕《あらわ》れでもあった。義家の頬に朝の爽やかな風が当たる—。

〈貞任殿なれば、さもありなん…〉

そう思うと義家の心に嬉しさが込み上げて来た。

その横で突如郎党が叫んだ。

「若！艮《うしとら》（北東）の方角に火の手が！」

郎党の指差す方角を見ると、確かに火柱が上がっている。

「清原の奴らが狼藉《ろうぜき》を働いておるに違いない！」

叫ぶと義家は馬の尻に鞭を入れた。郎党も慌てて義家の後を追う。馬を巧みに操り、義家は入り組んだ狭い道を疾走した。めらめらと燃える館が視界に入り、煙の匂いが鼻を突く。

その時、義家の目は一人の騎馬武者を遠くに捉えた。

「あ奴を捕らえよ！」

郎党に叫ぶと義家も無我夢中で馬を追った。その速さたるや韋駄天《いだてん》の如し。郎党の誰一人として追随出来ない。気が付くと義家一人が武者を追っていた。

一首坂《いっしゅざか》と呼ばれる坂道に入ると流石《さすが》に武者の速度が落ちた。義家との距離が見る見る縮まる。

〈—もしや…？〉

相手との距離が詰まるにつれ、武者の特徴がはっきりと見て取れた。雄大な青鹿毛《あおかげ》に跨る男は色白で八尺はあろうかと言う巨漢であった。義家の心の臓が早鐘の如く高く鳴る──。

「そなた、もしや貞任殿か⁉」

義家が叫ぶと、武者はぴたりと馬を止めた。枯れた芒《すすき》が風に靡《なび》く──。

男はゆっくりと振り返った。

「何と！　誠に義家か⁉」

貞任の顔に驚愕の色が浮んだ。目の前に居る若者は、赤地錦の直垂《ひたたれ》に紫裾濃《むらさきすそご》の鎧を纏い、見事な鍬形を打った龍頭の兜を被っている。その凛々しい姿は、紛れもなく義家であった。

貞任は石桜の首を義家に向けた。その距離、僅かに五間余り。貞任の太刀の腕なれば、容易に義家の首は胴から離れよう。逆に義家の弓の腕なれば、瞬時に貞任の額に矢が突き刺さろう。二人の間合いは一向に詰まらない。お互いの額に汗が流れる──。

暫《しばら》くして、漸《ようや》く時が動き出した。義家の背後に郎党の馬の足音が聞こえたのである。再び芒がざあっと靡く──。

その時、義家の凛とした声が一首坂に響き渡った。

──衣のたては綻びにけり──

〈衣の縦糸が綻びる様に、衣川の館《たて》も滅びた。俺はそなたを殺したくない。貞任殿、戦を止めて降伏してくれ！〉

義家は下の句に想いを託した。

貞任は口許を僅かに緩め、即座に上の句を返す。

──年を経し、糸の乱れの苦しさに──

この時の二人のやり取りは、鎌倉時代に橘成季《たちばなのなりすえ》によって編纂《へんさん》された古今著聞集《ここんちょもんじゅう》により広く後世に伝わる事となるが、この歌問答の一般的な解釈として、乱れたのは安倍軍とされている。蓋《けだ》し、果たしてそれは真実であろうか？　この句に込めた貞任の真意は、こうではなかったか？

——三百年続いた律令制度が徐々に腐敗し、今では国司による横暴に諸国の民は苦しんでいる。乱れたのは朝廷の支配。だから俺達は立ち上がったのだ。俺達は誇りを胸に、民のために朝廷に抗《あらが》う。そして最後まで戦い抜く——

義家は、構えていた二引両滋籐弓《にひきりょうしげとうゆみ》を静かに降ろした。それは貞任の詠んだ歌の真意を見抜いたからではなかったか…?

「黄海での借りを返し申す。行かれよ」

義家は郎党に聞かれぬように囁《ささや》いた。

「気付いておったか…」

貞任は苦笑した。黄海の戦いで貞任は義家を峰打ちで救おうとしている。

「厨川で待っておるぞ!」

貞任は馬上で目礼すると石桜の腹を蹴った。義家は追って来た郎党を右手で制し、去り行く貞任の大きな背中を何時までも無言で見詰め続ける——。

悠久の時が流れた今、一首坂には二人が対峙した位置に貞任石、義家石が置かれている。

戌の章　逃避行

衣川関《ころもがわのせき》陥落から僅《わず》か一日後の旧暦九月八日、源頼義《みなもとのよりよし》は早くも軍を動かして白鳥八郎則任《しらとりはちろうのりとう》が守る白鳥柵《しらとりのさく》を攻めた。この柵も御多分に洩れず、地形を巧みに利用した天然の要塞であった。即《すなわ》ち、この柵は日高見川に半島状に突き出た広陵に築かれている。開戦当初は地の利に劣る官軍の苦戦も予想されたが、結果は意外にも頼義側の圧勝に終わった。と言うのも理由がある。貞任が最終決戦を厨川と定めた今、安倍は白鳥柵で無駄に兵を失う訳にはいかない。貞任は則任に無理はさせず、頃合を見て鳥海柵まで退くように命じていたのである。謂《い》わば不戦勝に近い戦ではあったが、頼義の勝ちに相違はない。勝利した側は嫌でも勢い付く。頼義は上機嫌であった。

白鳥柵を落とした余韻に浸る間も無く、頼義は即座に近隣の大麻生野柵《おおあそうののさく》を襲った。この柵と瀬原柵《せばらのさく》は貞任が新たに急造した柵であり、安倍の兄弟は常駐していなかった。しかし大麻生野柵での抵抗は凄まじかった。磐井の金為行《きんのためゆき》の同族にして古くからの安倍の盟友たる金師道《きんのもろみち》、依方《よりかた》兄弟が柵を仕切り、源氏清原連合軍に敢然と立ち開《はだ》かったのである。無論、貞任は金兄弟にも柵を捨てて無事に落ち延びるよう命じていたのだが、この兄弟はその下知を無視した。端《はな》から死ぬ気だった金兄弟は迫り来る連合軍への防波堤となり、自らの命と引き換えに安倍一族を無事に北へと逃がしたのである。彼らとその手勢もまた、見事な蝦夷であった。

輜重《しちょう》部隊と合流した頼義は九月十一日、満を持して宗任の居城にして奥六郡の政庁たる鳥海柵に侵攻した。衣川関攻防戦以上の激戦を想定していた頼義はここで大いなる肩透かしを喰らう事となる。何と鳥海柵は無人であった。

時は二日前、金師道、依方兄弟が大麻生野柵で時間を稼いでくれていた頃に遡る。

胆沢川の北岸、遠く胆沢城を南に望む金ヶ崎段丘上に位置する鳥海柵は、安倍の軍事拠点の一つであり、広大な敷地には壮観な本丸、二の丸、三の丸が築かれている。貞任を中心に安倍の面々は、本丸で軍議を開いていた。

「柵を無傷で明け渡すだと⁉」宗任の策を聞いた良照《りょうしょう》が甲高い声を上げた。

「最終決戦の地を厨川に定めたとて、鳥海柵は安倍の本拠地ぞ。それを戦わずして敵に差し出すなど、この地で逝った兄者に申し訳が立たぬ！」

良照は主戦論を唱えた。良照の兄頼時は金為時《きんのためとき》の裏切りに遭い、鳥海柵で没している。

「ここは奥六郡の政治の中枢にござる。政《まつりごと》には多くの書物が付き物。戦となればその大事な書物は灰と化しましょう。ここは無傷で一旦敵に明け渡すが良策。厨川での最終決戦に勝利した暁《あかつき》に再び戻れば、即座に政も再開出来申す。政治の乱れは世の乱れ。戦に勝利し、直ちに奥六郡を治める事こそ肝要と心得まする」

柵の主、宗任は冷静だった。戦の後の世を既に見据えていた宗任は、諭すように叔父に訴えた。貞任も、宗任を見詰めながら大きく頷いている。

貞任から数えて四代前、頼時の祖父忠頼《ただより》が東夷酋長《とういしゅうちょう》を名乗って以来、実に百年にも及ぶ奥六郡の支配の中で、安倍は代々、内裏には無い独自の役職や社会制度を築き上げて来た。例えば当時、奥六郡は各地域から選ばれた連伴《れんばん》衆《しゅう》と呼ばれる代議士らの合議により運営され、その承認を安倍の惣領が司《つかさど》る形を取っていた。独自の法も整備され、いかなる罪人にも弁護人が就き、平等な裁きが保障されている。経済面や福祉面でもその独自性に目を見張るものがあった。奥六郡では七福神札と名付けられた独自の通貨が流通しているばかりでなく、無尽《むじん》と言う独特の金融形態も相互扶助の一翼を担っている。衣川や不来方では月に三日、七の付く日に安倍が主催する市が立ち、人々は自由に物を売り買いした。こうして潤った農民からは米や絹、商人、職人らからは売り上げ金の一部を税として徴集する代わりに、寺院での教育や薬師《くすし》による医療は無償で民に提供された。これらの仕組みを詳細に記した膨大な数の書物は、黄金にも勝る安倍の大切な財産であった。それればかりではない。戸籍や土地の台帳、宋や天竺《てんじく》より取り寄せた政《まつりごと》に関する書物、医薬書、教典など、莫大な資料が書庫に所狭しと並べられている。頼時の時代はこれらの書物は並木御所に所蔵されていたが、宗任が政を担うようになってからは全て鳥海柵に移送されていた。今から厨川柵に移す時間は無い。

「頼義が柵ごと書物を燃やしはせぬか?」

「それはなかろう」重任の疑念を経清が打ち消す。

「ここは広大にして堅牢な柵なれば頼義も次の戦の拠点として活用するに相違無し。柵を手に入れれば冬をここで耐え忍び、来春直ぐにでも厨川に攻め込むことが出来よう。それに公卿による政が破綻《はたん》している今、安倍独自の政策こそ内裏が咽喉から手が出る程欲しいもの。それを記した書物ほど貴重な物は無い。頼義は鳥海柵に火は掛けぬ」

国府勤めが長かった経清の言葉に、皆が安堵の表情を浮かべた。

「三郎《むねとう》の策でよろしいな」貞任の言葉に、一同が首を縦に振る。

「ならば鳥海柵との暫《しば》しの別れに宴を催すとしよう」宗任の命で、酒蔵の樽という樽が政庁にずらりと並んだ。少なく見ても五十はある。宗任は庭に全ての兵を呼び寄せた。

「兄者、こんなに酒樽を並べてどうする心算《つもり》ぞ?」

重任が半《なか》ば呆れ顔で笑った。全ての兵が半月掛けても飲み干せない量である。

「三郎《むねとう》は残りを敵兵に振舞ってやる心算《つもり》ぞ」

宗任の想いを察した貞任が代わりに答えた。宗任が笑う。

「敵の兵も同じ人間。親兄弟や妻子を残した者もいよう。それに全てが我らを憎んでおる訳ではあるまい。兵糧や恩賞のために已《や》む無く戦に出た者もいよう」

「何と! この南部杜氏が磨いた美酒を敵に無償《ただ》でくれてやると申すか! 勿体無いのう…」

重任が答えると場に笑い声が溢れた。敗戦続きの安倍の男達にとって、久しぶりに心安らぐ時が流れる——。

貞任と宗任は庭に降り、将も一平卒も関係無く、兵を労《ねぎら》いながら酒を振舞った。

ささやかな宴も終わりを告げる頃、それまで無言で笑みを湛えていた貞任が、意を決して重い口を開いた。

「――方々、俺の話を聞いてくれ」

ただならぬ様子に皆の目が貞任に向けられる。

「今日で軍を解体しようと思う」

惣領の思いがけぬ一言に、安倍の面々ばかりでなく、庭に居並ぶ全ての兵が仰天した。

「兄者！　何を申される！　血迷うたか！」真っ先に反応したのは重任であった。

「業近、兵は何人残っておる？」重任には答えずに、貞任は業近に質した。

「残念ながら三千にも満たぬかと…」

苦渋に満ちた表情で業近が答えると、場から溜め息が漏れた。開戦前は三万を超えていた安倍軍であったが、その数は十分の一にまで減っている。

「それに対して連合軍は一万は残っていよう。これ以上兵を無駄死にさせる訳にはいかぬ。後の戦は我ら安倍の一族だけでやる。兵の皆には十分な物資を持たせる故《ゆえ》、故郷《くに》に帰って村の暮らしを守って欲しい。今までの働き、御苦労であった。この貞任、皆の忠義に礼を申す」貞任は兵に向かって深々と頭を下げた。

貞任は、死ぬ気であった。自らの首で戦を終わらせる気であった。察した兵らが嗚咽を漏らす。

「何を申されますか！　手前は貞任様に惚れましてございます。ここで見捨てられるとは御無体な！　最後までお供いたしまする！」兵の一人が堪《たま》らず叫んだ。同じ訴えが嵐の如く巻き起こる―。

「その想いは有り難いが、皆の者、どうか聞いてくれ。俺が立ち上がったのは、全てはこの奥州に平和を取り戻すため。それでは皆に問う。平和とは一体何ぞや？」

貞任の哲学めいた問いに場がざわついた。各々が平和とは何かを考え始めたのである。

居並ぶ兵の顔を一通り見渡した後、貞任は続けた。

「平和とは民の皆が助け合い、妻子や親の為に働く事だ。そなたらが死ねば村の田畑は誰が耕す？　村の牛は誰が世話をする？　愛する妻や子供、年老いた父や母は誰が養うと言うのだ？　皆、故郷に帰って愛する者のために生きて欲しい。俺の事は心配無用ぞ。俺には荒覇吐《アラハバキ》の神が憑《つ》いている――」

貞任は諭すように兵に語り掛けた。鳥海柵が、しんと静まり返る。

やがて観念したのか、一人の男が俯《うつむ》きながら貞任の許に歩み寄り、静かに平伏した。長年貞任と苦楽を共にした、荒川平祐《あらかわへいすけ》という男である。

「私には年老いた母がおりますが、もう先は長くはないでしょう。私は母の最期を見届けとう存じます」

それを皮切りに多くの兵が貞任に別れの言葉を掛けた。とある初老の男も貞任に近寄った。頼時の代から安倍に従う古参の男、大間直国《おおはざまなおくに》であった。

「次郎様、あなた様は慈愛の心を持っていつも儂《わし》らに温かく接して下された。そして戦場では自らの危険も顧みず、いつも先頭に立って儂らを助けて下された。儂らはそんなあなた様を慕って参り申した。不条理に敢然と立ち向かったあなた様の御名前は、子々孫々語り継がれる事となりましょう。どうか御武運を…」

直国は言うと慟哭《どうこく》した。貞任が直国に駆け寄りその手を取る。そして大きな体で抱擁した。

事情により、涙ながらに場を立ち去る者、最後まで貞任に身を預ける者、貞任はその両者全てと言葉を交わした。

残った兵は千余り。皆、死ぬ覚悟であった。

「そなたらは俺と違《たが》わぬうつけじゃの」

惣領の言葉に兵らは皆泣き笑いの顔を見せる――。

溢れ出る涙を堪《こら》え、貞任は北の夜空に輝く七夜星《ななよのほし》を見上げていた。


宴が終わると貞任は宗任と良照を奥の間に呼んだ。暗い部屋に紙燭《しそく》の炎がぼんやりと浮んでいる。その炎は、貞任の横顔を朧《おぼろ》げに照らし出した。その横顔には深い苦悩の皺が刻まれている。

「三郎《むねとう》、叔父上、俺の話を聞いてくれ」貞任はぽつりぽつりと語り始めた。

「俺は経清、六郎《しげとう》らと共に奴らを厨川まで誘い込み、最後に大勝負を仕掛ける心算《つもり》だ。しかし勝てるかどうかは荒覇吐《アラハバキ》の神のみぞ知る。万が一に備え、そなたらには密かに出羽に抜け、彼《か》の地で安倍を再興してもらいたい」

「我らに生き恥を曝せと申すか！」良照が眼を剥いた。貞任は良照を無言で制し、蒼い左眼を宗任に向けた。

「三郎《むねとう》、そなたには清原の血が流れておる。今は縲絏《るいせつ》の身の頼遠殿《よりとお》とも従兄弟同士。清原宗家を解放すれば、そなたらを旗頭《はたがしら》に出羽に一大勢力を構築出来よう。それに三郎の政《まつりごと》なれば出羽の民も従う。武則の本拠を喰らい、安倍の命を繋いでくれ。五郎《まさとう》にも黒沢尻柵の始末が付き次第、出羽に向かってもらう所存」

貞任は宗任の肩を揺すり、じっとその目を見据えた。宗任の目には葛藤が宿っている。

「それにそなたは都の情勢に明るい。野代湊《のしろのみなと》からなれば都まで海路で直ぐに着く。出羽で体制を整えたら上洛し、公卿どもに頼義と武則の横暴を訴えよ。例え厨川で奴らを食い止めたとしても、来春以降に都より援軍が派遣されれば、安倍はこれ以上持ち堪えられぬ。援軍派遣を阻止出来るのは、おぬししか居らぬ！」

貞任の言葉に宗任ははっとなった。貞任は続ける。

「それだけではない。そなたが消えたと敵に知れれば、頼義はどう思う？」

「どうとは？」

「再三申すがそなたの母方は清原の血筋。俺とは違う。清原との戦で負けが続けば、安倍の中でのそなたの立場は微妙なものとなる」

「何を申されるか！　安倍は何時《なんどき》も一枚岩ぞ！」宗任は必死で首を横に振る。

「勿論そうだ。俺のそなたへの信頼は揺るぎもしない。然《さ》れどあの私欲に満ちた卑しき頼義なればそうは取るまい。むしろ清原との内通を疑ったうつけの俺とそなたが袂《たもと》を分けたと見るか、あるいは俺がそなたを手に掛けたとすら思うやも知れぬ。そう取ってくれればむしろ好都合。頼義は嬉々として我らを深追いしよう」

「兄者はそこまで見据えておられたか…」

「そもそも阿久利《あくり》川で俺に火の粉が降りかかった時、頼義にこの首をくれておれば此度《こたび》の戦は起こらなかった。多くの兵も死なずに済んだ。死ぬのは俺一人で十分ぞ。そなたには何としても生き延びて安倍の血を残してもらいたい」

貞任の言葉に、宗任は遂に観念した。

「わかり申した。その生き恥、見事に曝して見せようぞ。安倍の未来を憂《うれ》う事無く、存分にお働き下され」

宗任は貞任の手を取って落涙した。

「叔父上殿…」貞任は次に良照に目を向けた。

「今、万が一三郎《むねとう》を失えば、手前の名代を務められる方は叔父上を除いており申さぬ。叔父上ならば清原宗家との付き合いも長い。三郎を支えて頂きたい」

「嫌と申せば如何《いかが》致す？」良照が貞任を暗い目で睨んだ。

「安倍の惣領は手前にござる。惣領の命に従わぬとなれば、叔父上とて容赦は致さぬ！」

地鳴りの様な低い声で、貞任は良照を一喝した。沈黙を三人が襲う──。

次の言葉を発したのは、良照であった。

「あいわかった。その役目、しかと仰せつかった」

「わかって頂けましたか…」貞任は、良照に深々と頭を下げた。

顔を上げた貞任は、宗任をそっと抱き締める。

「これから先は生き地獄となろう。身内を捨てた臆病者と陰口を叩かれるやも知れぬ。それを承知で命じる兄を許してくれ。そなたは俺の自慢であった。そなたのような弟を持って、俺は日《ひ》の本《もと》一の果報者ぞ！」

愚直ながら優しさの溢れる貞任の言葉に、宗任の胸が詰まる──。

貞任の温かい懐に体を預け、宗任は幼い頃の宗丸に戻って泣いた。


翌朝、山伏《やまぶし》装束に身を窶《やつ》し、密かに鳥海柵を抜けんとする宗任らの姿があった。宗任の右手には小柄《こづか》がしっかりと握り締められている。それは貞任から手渡された形見であった。

松本秀則、秀元兄弟ら、古くからの宗任の郎党も随行する。しかしその数は十にも満たない。宗任の守役を長く務めて来た業近も宗任に従う事となり、旅の支度を急いでいた。

「今生の別れになるやも知れぬ。達者でな」

遂に出立の時を迎え、貞任が宗任の手を取った。宗任は貞任から譲り受けた小柄で己の髪を切り、貞任に差し出す。

貞任は無言でそれを受け取った。

遠くで百舌《もず》の鳴き声がする—。

別れの盃を交わし、貞任は去り行く弟を見送った。

宗任らの長い逃避行の始まりであった。


時を戻そう。

「これはどう言う事じゃ⁉」人っ子一人居ない鳥海柵を目の当たりにし、頼義は顎が外れんばかりに驚愕した。

「貞任め、我らに恐れをなして尻尾を巻いて逃げたと見える」隣の武則が口許を緩めた。一滴の血も流さずに鳥海柵を陥れた事を知った兵からも歓声が上がる。それを聞いて、頼義も漸《ようや》く現実を理解した。

「これが噂に聞きし鳥海柵か。十年の永きに渡り陸奥に暮らし、遂に今日その全容を目の当たりに致した。実に感慨深い…」

頼義は万感の想いで無人の柵を見渡した。後ろに控える藤原茂頼、藤原景通ら、古参の家臣らも皆目に涙を浮かべている。嘗《かつ》て頼義は鎮守府将軍の職務と称して直ぐ近くの胆沢城に入った事があったが、当時健在だった頼時が献身的に頼義に接し、鳥海柵を決して見せはしなかった。それだけに頼義らの喜びも一入《ひとしお》である。

「庭に酒樽が並べられております!」物見の兵から報せが入った。

「毒でも入っておるやも知れませぬぞ」武則の傍に控えていた真衡が眉を顰《ひそ》める。

「心配無用。貞任殿はその様な卑劣な策を用いる男に非ず」

真衡を一蹴したのは義家であった。真衡は武則の陰から義家を睨み付ける。義家はそれを無視し、つかつかと酒樽に歩み寄った。徐《おもむろ》に柄杓を手に取る。

「毒が盛られておれば一大事！　先《ま》ずは薬子《くすりこ》に鬼食い（毒見）を！」乳母夫《めのとぶ》の景通が慌てて義家に駆け寄った。

「馬鹿な！　やめろ！」頼義も大声で叫ぶ。

それでも義家は全く動じず、柄杓を樽に突っ込んで酒を酌むと、口に運んでごくごくと咽喉を鳴らした。周りの者が固唾《かたず》を飲んで義家を見守る——。

「美味い！　実に良い酒じゃ！」

義家は袖口で口許を拭うと豪快に笑った。義家が無事と知って周囲から安堵の溜め息が漏れる。

「貞任め、田舎武者にしては粋な計らいをしよる。皆の者、遠慮なく馳走になるがよい！」

頼義の言葉に兵らは狂喜乱舞した。一戦も交える事無く敵の政治、経済、軍事の中枢を陥落させた上、南部杜氏が醸《かも》した極上の酒を浴び、兵らは乱れに乱れた。裸体となり、品の無い踊りを披露する者、厠《かわや》に行くのが面倒で辺り構わず用を足す者、挙句の果てには徒党を組み、蔵を空けて戦利品を物色する者も現れる始末であった。

〈——これではどちらが官軍か知れぬ。情け無き事この上無し…〉義家は、顔を顰《しか》めて酒を煽った。

暫《しばら》くして、蔵に向かった兵が肩を落として戻って来た。聞けば蔵は全て空だったと言う。貞任は、故郷に帰る兵や地元の民に財を全て分け与えていたのである。

「これが貞任殿の御人柄ぞ！　愛される筈じゃ！」義家は天に向かってからからと笑った。そして再び盃を煽る。

しかし義家は、いくら飲んでも酔えなかった。乱れる兵に辟易《へきえき》としながら、北に逃げ延びた貞任に想いを馳せる——。

貞任は、敵の為に酒まで用意していた。それでいて自軍の兵には厳しくも優しく接する貞任。安倍軍なれば、酒の席でも義家の目の前で繰り広げられている様な、武士道に反した破廉恥な振る舞いは許されぬだろう。義家は自軍を恥じた。兵を厳しく律しようにも自軍の多くが清原の兵なのである。父頼義はその清原の主、武則と陽気に酒を酌み交わしている。心の中では俘囚と蔑んでいる武則に、頼義は笑顔で応じているのである。

義家には頼義が虎の威を借る狐に見えた。

酒を飲み干すと義家は無意識の内に盃を放り投げる――。

背後で盃が砕ける音が、騒乱に紛れて虚しく響いた。


鳥海柵を後にした貞任、経清、重任らは和賀郡にある黒沢尻柵《くろさわじりのさく》に入った。一足先に柵に戻っていた主《あるじ》の正任が一行を出迎える。この日、貞任らは久しぶりに鎧を脱いだ。思えば萩馬場《はぎのばば》での戦からこの日まで、連日の戦が続いている。皆の顔には疲労の色が濃く見られた。

その日の夕方に則任の隊が遅れて黒沢尻柵に姿を現した。雌雄を決する場を厨川と定めた今、貞任が最も恐れている事態は頼義が誘い水に乗らず、追撃を中止する事である。連日の激戦で安倍の兵は大幅に数を減らしていた。それでも真正面から国府に喧嘩を仕掛けているのである。最早貞任らは逆賊以外の何者でもない。来春になれば内裏も流石《さすが》に重い腰を上げ、今度こそ援軍を送ってくるであろう。そうなれば今の安倍では持ち堪えられない。何としてもこの秋のうちに厨川で大戦を仕掛け、逆転しなければならなかった。厨川への誘いを罠と悟らせないためには、少しは撃って出なければならない。そこで貞任は則任に奇襲攻撃を命じ、その後敢えて敗走させたのである。則任は巧みな遊撃戦を展開して貞任の期待に応えた。少なくともこの時点では、頼義も罠に気付いていなかった。むしろ破竹の連勝に気を良くし、貞任の首を挙げるまでは地の果てまで追撃しようと執念を燃やしていたのである。

則任の無事の帰還で役者が揃うと、貞任は早速軍議を開いた。円座《わろうだ》を通して板間から冷気が伝わる。陸奥の冬はもう直ぐそこまで来ている。


「敵軍の状況は如何《いかが》か?」つい先程まで戦っていた則任に貞任が尋ねた。

「相変わらず一万以上はいる。兵糧も補給出来た模様。士気も高い故《ゆえ》、明日にでも黒沢尻柵に攻め入るやも…」

則任の言葉に、誰しもが溜め息を吐いた。

「どう戦う? あるいは鳥海柵の時と同じく、この柵も無償で明け渡すか? どうせ決戦の地は不来方と決めておる」

重任の意見も尤《もっと》もである。これ以上兵を減らすことは出来ない。

「いや、柵を二つも捨石とすれば流石《さすが》に頼義も疑念を持とう。そうなれば今日の則任殿の攻めも無駄となる。怪しまれぬ程度で応戦するのが肝要と見た」重任を遮《さえぎ》ったのは経清であった。

「俺もそう思う」貞任はこれに頷くと、暗い顔で正任を見据えて言葉を継いだ。

「五郎《まさとう》、そなたにはここで時間を稼いで貰いたい」

「正任一人残して行くと申すか。俺も残る！」腹違いながら同い年で普段から仲の良い重任が貞任を睨んだ。

「六郎《しげとう》、おぬしの気持ちもわからないでもないが、今は時間がない。一刻も早く厨川で戦の備えを整えねばならぬ。おぬしには俺と一緒に不来方に行ってもらう」

　貞任は重任を宥《なだ》めた。厨川から程近い北浦柵《きたうらのさく》を拠点とする重任は、不来方の地理にも明るい。厨川の決戦では、重任こそが切り札になると貞任は見ていた。

「五郎《まさとう》、俺は何もそなたにここで討ち死にせよと申しているのではない。ここで頼義を食い止めた後、頃合を見て出羽に向かい三郎《むねとう》と合流致せ」

　貞任は正任に胸の内を明かした。宗任と母を同じくする正任もまた、出羽に所縁《ゆかり》がある。

「兄上、わかっておる。宗任兄上の逐電《ちくでん》以来、覚悟しており申した。この柵なれば長期戦は無理だが、三日は持ち堪えて見せようぞ。その間に不来方で万全の準備を整えられよ。宗任兄上も手前がきっと支えよう。約束致す。」

　貞任や重任を心配させまいと、正任は無理に笑顔を作って答えた。日高見川と和賀川が落ち合う三角洲に造られた黒沢尻柵は、鳥海や厨川の柵に較べれば一《ひと》回りも二《ふた》回りも規模が小さい。この柵は元々軍事拠点としてではなく、日高見川を往来する船舶の監視所としての意味合いが強い。よって配備出来る兵の数にも限りがあった。その点は正任も十分に理解している。

「そなたの母上殿も未だ捕らわれの身。もっと早くにそなたを出羽に向かわすべきであった。許せ」

　貞任は深々と頭を下げた。慌てて正任は貞任の顔を上げさせる。

「何度も申すが雌雄を決するは厨川。ここで無理をする必要は全く無い。戦況が不利となったら直ちに三郎《むねとう》を追って出羽に逃げてくれ。ここでそなたが死んでも俺は褒めぬ」貞任は真っ直ぐに正任を見詰めて言った。

その後の軍議で家任も黒沢尻柵に残って戦う事となった。家任は出羽に縁は無いが、一足先に出羽に向かった良照の養子に入っている。万が一、宗任、正任が討ち取られたとしても、良照の庇護の許、若い家任が健在なら安倍の血が出羽に残る。

一方、貞任、経清、為行、重任、則任の五名は翌朝早くに柵を抜け、厨川柵に向かう手筈となった。無論、来るべき決戦の準備のためである。

「兄弟も離れ離れになってしもうたの…」

庭に降りて夜空に浮ぶ朧月《おぼろづき》を眺めながら、貞任はしみじみとした口調で言った。

「俺にはそなたと違って兄弟が居らぬ。安倍の兄弟は皆互いのために力を合わせる。俺はそなたが羨ましい…」

隣に佇《たたず》む経清がぽつりと漏らした。

「何を申す。おぬしの兄ならここに居るではないか」

貞任が言うと、経清の顔が僅かに綻んだ。

その時、篝火《かがりび》の向こうで笛の名手、正任が哀しくも美しい旋律を奏でた。白夜丸《びゃくやまる》も遠吠えで応《こた》える。それに合わせ、貞任が華麗に舞った。これまでの戦で命を落とした戦友と、一族存亡を賭けて出羽に向かう弟たちへ捧げる魂の舞であった。

〈美しい…〉月夜に舞う貞任を見た経清は、思わず心の中で呟いた。

容貌魁偉《ようぼうかいい》な貞任の舞は実に勇壮で、観る者の魂を揺さぶった。夜空に響く正任の笛の音は実に繊細で、聞く者の心を清らかにした。篝火が貞任と正任の顔を照らし出し、永久《とわ》の別れとなるやも知れぬ二人の兄弟の間に、ゆったりとした時間が流れる――。

この舞は鬼剣舞《おにけんばい》としてこの地に永く伝承される事となる。

朝靄《あさもや》が立ち込める中、翌朝早くに黒沢尻柵を抜け出る貞任の軍勢の姿があった。その数、僅かに千余り。厨川や嫗《うば》戸《と》、北浦柵に常駐している兵と併せても、貞任に従う兵は三千に届かない。

先頭を走る貞任の手には篠笛が握られていた。正任愛用の蝉折《せみおれ》の笛である。

〈五郎《まさとう》、死ぬでないぞ…〉貞任は正任の篠笛に念じた。

一方、黒沢尻柵では正任が戦支度に追われていた。大鎧を身に纏い、頭に白い頭巾を巻く。黄海の戦いで圧勝して以来、正任はこの出で立ちを戦の正装と定めていた。

その正任の懐には、木彫りの小さな仏像が収められていた。貞任が小柄で彫った一字金輪仏《いちじきんりんぶつ》である。荒削りで朴訥《ぼくとつ》としながらも、優しさ溢れるその仏像は、貞任の心を表しているかの様であった。

「兄上が俺を守ってくれよう。安倍正任、いざ参らん！」

正任は純白の佐目毛《さめげ》に跨ると、舞草刀《もくさとう》を陸奥の秋空に高々と掲げた。

一刻半後。日高見川の西側一帯、鬼柳《おにやなぎ》の丘は夥《おびただ》しい数の鎧武者で埋め尽くされていた。甲冑が擦れ合う音が響き、鉄の匂いが血を連想させる。鳴り響く法螺貝の音は武者の心を高揚させていた。至る所で靡《なび》く旗印は無論、源氏と清原のそれであった。

正任と家任の軍勢は鶴翼《かくよく》の陣で迎え撃った。その数僅かに数百だが、ほぼ全てが騎馬兵であった。一頭の騎馬は十の歩兵に匹敵する。右翼に正任、左翼に家任を配した安倍軍は、中央突破を図《はか》る敵の大群に驍勇剽悍《ぎょうゆうひょうかん》に襲い掛かった。

「一箇所に固まっていては包囲される！　散れ！」

義家の下知に源氏の兵は素早く左右に分かれ、攻撃をかわす。しかし動き遅れた兵団が安倍軍に取り囲まれた。武貞の隊である。安倍軍が馬上から矢を放つと、瞬く間に百の歩兵が倒された。

「何をしておる！」義家は苛立《いらだ》った。これまでの戦で、義家は武貞の将としての器を完全に見限っている。黄海《きのみ》では武貞の不手際から開戦が早まった。萩馬場《はぎのばば》でこそ武貞は奮闘したが、それは真衡の采配による所が大きい。

義家軍が武貞軍を擁護しに戻った。すると家任の隊が素早く引き、安倍の軍勢が雁行《がんこう》の陣を取る。攻守の切り替えに優れた陣形である。義家軍の攻撃を家任の隊が食い止める間に、前方の正任の隊が再び武貞軍を襲う。またもや武貞の兵が矢の雨に討たれた。数的に不利な安倍軍による勇往邁進《ゆうおうまいしん》の闘いに、敵の本陣からは悲鳴が上がる。

その本陣から堪《たま》らず伝令が走った。見かねた真衡が父武貞に策を授けたのである。同時に真衡は本陣に控える頼義を介し、義家にも指示を送った。

〈若造のくせに偉そうに物を申すな！〉

義家は内心穏やかではなかった。そもそも武貞が無難な下知さえ発していれば、数で圧倒する連合軍に有利に戦を展開できた筈である。しかしその連合軍の殆どが清原の軍勢とあっては、真衡の策に従わざるを得ない。義家は、ぎりぎりと奥歯を噛み締めた。

暫《しば》しの睨み合いの末、両軍が再び相見《あいまみ》えた。頼義は義綱を投入し、三日月型の陣を張った。中央部分の武貞の軍勢が前衛に突出し、両翼に控える義家、義綱の隊が後方に下がっている。

「要の位置の武貞殿に隙が見える！　命のいらぬ者は俺に続け！」

好機と見た家任が叫んだ。養父良照から譲り受けた五条袈裟《ごじょうけさ》を纏った家任を先頭に、五十の騎馬団が敵の中央目掛けて突進する。それを見た真衡は口許を緩めた。

「家任！　これは罠ぞ！　戻れ！」正任が叫んだ。

その声を嘲笑うかの如く、突出していた武貞の隊が素早く後方に引き、家任らを陣の奥へと誘った。これを見て両脇後方に待機していた義家と義綱の隊が一斉に前進し、家任の軍勢と行き違う。

次の瞬間、家任から見て後方で素早く陣が閉じられた。

「しまった！」包囲された家任の額からぶわっと汗が噴出する。

「これぞ諸葛亮孔明《しょかつりょうこうめい》の八陣図の一つ、偃月《えんげつ》の陣」本陣で戦況を見守る真衡が満足そうに頷いた。

〈父親を囮として敵を引きずり込むとは、あ奴、人に非ず！〉取り囲んだ義家は、心の中で真衡に毒突いた。

その義家の目前に一頭の馬が迫る。亜麻色《あまいろ》の馬体に黒の鬣《たてがみ》と黒い四肢が映える河原毛《かわらげ》の乗り手は、家任であった。

「八幡太郎義家殿とお見受け致す！　手前をお忘れか？」

「そう言う御貴殿は家任殿か。御久しゅうござる！」

義家の言葉に、家任は誇らしげに笑みを浮かべた。同い年のこの二人は、嘗《かつ》て多賀城で相対《あいたい》している。

「あれは十四の頃にござったかの…」

懐かしそうに微笑むと、家任は覚悟を定めて手綱を放し、右手で打刀《うちがたな》を、左手で脇差《わきさし》を抜いた。両腿だけで巧みに馬を操っている。

「ほう、二刀流にござるか」

家任の構えを見て義家がにやりと笑った。いつの間にか駆け付けた武貞の兵らが二人の周りをぐるぐると旋回する。

「武者同士の一騎打ち！　手出しは無用ぞ！」

義家も腰の打刀《うちがたな》を右手で抜き、左手で手綱を握ると周囲の兵を一睨《ひとにら》みした。両雄、五感を研ぎ澄まして間合いを計る──。

先に仕掛けたのは家任であった。

がきーん！

上段から振り下ろされた家任の打刀を義家が右手で受け止めた。次の瞬間、脇差を握った家任の左手が横手に伸び、がら空きとなった義家の右脇腹を襲う。

がし！　と鈍い音がした。義家が咄嗟に右腕を締め、打刀を受けたまま右手の篭手《こて》で脇差をも止めたのである。物凄い衝撃が義家の右手を襲う。堪らず義家は左手で手綱を捌き、馬を横に走らせた。家任は脇差を口に咥えると空いた左手で手綱を握り、馬の腹を蹴って義家を追った。

「どけどけ！」

義家の怒声に怯《ひる》んだ兵が囲みの輪を解いた。二人は囲みの外に出る。

ぎーん！

五十間程走った所で両者の刀が再び交錯した。兵が固唾を飲んで見守る。

二人の間に幾度目かの火花が散った時、家任の右手が不意に軽くなった。義家が手綱を放し、両手で握った太刀を左から逆水平に払った渾身の一撃を、家任が右手の打刀で防いだ時である。

「しまった！」

家任の顔が青褪めた。衝撃で打刀が吹き飛ばされたのである。二刀流は波状攻撃に優れるが防御に劣る。

家任の後方の敵兵からわっと歓声が上がった。目の前には鬼の形相の義家が打刀を手に迫って来る。左手に残された脇差では間合いが取れない。

家任は、覚悟を定めた。

「最早《もはや》これまで。源氏の御曹司相手に敗れたとなれば末代までの誉《ほま》れとなろう。遠慮無く首を刎ねられよ！」

家任は晴れ晴れとした顔で言うと河原毛馬から降り、地面に胡坐《あぐら》を掻《か》くと静かに目を閉じた。

義家は、遠く見守る清原の兵に聞こえぬよう、家任の耳元でそっと囁《ささや》いた。

「そなた、貞任殿より密命を受けておろう。行かれよ」

「何と申されるか！」義家の一言に、家任は目を丸くした。

「宗任殿らが出羽に向かわれた事は承知しておる。そなたは十四の手前に戦の何たるかを教えて下された。今こそその恩義に報いる時」

頼義を始め、義家以外の源氏は宗任が貞任と喧嘩別れしたものと見ていたが、義家だけは違った。本質を見極めていたのである。

「この戦、我ら源氏に大義は無い。あるのは父の私欲と武則の野望のみ。家任殿、生きて和議に賭けて下され」

「御貴殿も和議を望むと申されるか⁉」

家任が馬上の義家に問う。しかし義家はそれに応えず、自陣に向かって駆け出した。

〈源義家、こう言う男であったか…〉

陣の外に一人残されたとあっては、家任も自軍に戻らざるを得ない。義家に黙礼すると、家任は馬の腹を蹴った。

「兄者！止《とど》めを刺さずに敵を逃がすとは、もしや敵と通じておるのか⁉」

自陣に戻った義家に、義綱が怒号を浴びせた。

義家は憤怒の表情で義綱を一瞥した。その形相に思わず義綱は腰の物に手を伸ばす―。

しかし義家は弟を相手にせず、肩を怒らせ無言で本陣へと消えて行った。

その頃、囲みの外では正任の軍勢が柵の西側にある江釣子《えづりこ》の地に戦地を移し、吉彦秀武《きみこのひでたけ》率いる第三陣と死闘を繰り広げていた。この地には古《いにしえ》の蝦夷の族長らが眠る古墳が散在し、起伏が激しい。身を隠せる場の多い江釣子は、少数精鋭で戦を展開するには打って付けであった。

正任の隊はまさに神出鬼没であった。江釣子を縦横無尽に駆け巡り、時に暗い林の奥から、時に小高い丘の上から、敵兵目掛けて矢を射続けた。これが面白いように秀武の兵に当たる。周囲には屍《しかばね》の山が築かれた。

「こそこそと隠れながら矢を射るとは卑怯なり！俺は吉彦秀武《きみこのひでたけ》ぞ！安倍の将に告ぐ！この首欲しくば、いざ尋常に勝負されたし！」堪《たま》り兼ねた秀武の皺枯《しわが》れ声が林の中を木霊《こだま》した。武則の甥にして娘婿でもある秀武は、出羽にその人ありと知られる猛将で、武則の右腕とも目される重臣である。

林の中で正任が覚悟を定めた。白馬の腹を蹴ろうとした時、不意に右側から一騎が悠然と躍り出て正任の行く手を長槍で制した。物部惟正《もののべのこれまさ》である。

「惟正殿、何故に止める？」

「正任殿、御貴殿には宗任殿らと出羽の地で安倍を再興する使命がござろう。ここで御貴殿を失うとなれば我ら物部は貞任殿に合わせる顔が無い。許せ！」

言うと惟正は手にした長槍の柄で正任の咽喉仏を突いた。武勇を誇る安倍の男とは言え、味方に不意を突かれては回避出来ない。薄れ行く意識の中、正任の目には敵に向かって単騎駆け出す惟正の背中が映っていた。

「物部の末裔惟正と申す。この地で産湯を使い、黒沢尻柵の主、正任殿とは竹馬の友。物部中興《ちゅうこう》の祖、二風《にふう》と天鈴《てんれい》の名に掛けて、いざ正々堂々の勝負を挑まん！」

凛とした惟正の口上に、秀武の兵がざわめいた。物部氏と言えば天皇家以外に天孫降臨《てんそんこうりん》の逸話を有する唯一の氏族である。丁未《ていび》の乱で物部守屋《もののべのもりや》が蘇我馬子《そがのうまこ》に破れて以来、物部は歴史の表舞台から姿を消したが、陸奥に逃れた末裔はその技術と財力を礎に、影として蝦夷を支えていた。

「相手にとって不足無し！いざ、勝負！」秀武が勇んで槍を繰り出した。

惟正は冷静であった。惟正の槍の方が長い。懐にさえ入られなければ惟正に分《ぶ》がある。突進してくる秀武の間合いを見切り、馬上から巧みに長槍を繰り出した。その刃先が寸分狂わず秀武の顔面を襲う。既《すんで》の所で秀武がこれをかわした。そのまま二人はすれ違う。互いに十三歩進んだ所で馬を止めた。

「なかなかやるな」馬首を返して惟正に対峙した秀武が口許を歪めた。再び両雄が激突する。

「同じ事よ！」惟正は叫ぶと同じ間合いで突きを放った。秀武の槍は届かない。

しかしそこには秀武の歪んだ笑顔があった。素早く槍を頭上に構えると、秀武は槍を投擲《とうてき》した。

どかっ！

丸太の様な秀武の右腕から投じられた槍は、迫り来る惟正の勢いとも相まって惟正の胴丸を深々と射抜いていた。

ぶはっと惟正が鮮血を吐く。それでも何とか馬上に踏み止まり、憤怒の表情で秀武を睨み付けた。槍や刀の投擲《とうてき》は、武士には卑怯とされている。

「戦に作法も何も無い！あるのは勝敗のみぞ！油断大敵とはこの事じゃ！」

秀武は高笑いを上げると、兵に命じて惟正目掛けて矢を射させた。惟正は頭上で槍を回転させ、何とかこれを打ち落とす。

しかし胸の傷は深かった。やがて槍を回す腕が痺れ、感覚を失って行く――。

動きが鈍る槍を縫って最初の矢が惟正の額に刺さった。続けざまに更に三本の矢が惟正に突き刺さる。

「何のこれしき！」

惟正は槍を地面に突き刺し、体を馬上に固定した。吐血しながらもかっと目を見開き、鬼夜叉の表情で秀武を睨む。

だが惟正には、最早敵将の姿は見えていなかった。

〈正任殿、無事に落ち延びて下され…〉

最期を悟った惟正は、正任に想いを馳せた。その時惟正の耳に幻聴が聞こえた。それは美しい篠笛の音で、幼き頃から聞き慣れた友の奏でる旋律であった。

惟正は死の間際、幻を見た。美しい顔をした童《わらべ》が惟正に向かって微笑んでいる—。

〈まさまるどの…〉

惟正も微笑を浮かべる。

その時、秀武の野太い声が脳裏に響いた。

「止《とど》めだ！」太刀を抜いた秀武が惟正目掛けて突進して行く。右腕を大きく撓《しな》らせ、太刀を払った。その太刀が惟正の首を刎ねんとした時、秀武は急に太刀を止めた。

そのまま秀武は惟正とすれ違い、無言で太刀を納めた。惟正は馬上で既に事切れていた。

その死に顔には、友を守った喜びが僅かに見られた。


黒沢尻柵陥落の一報はその翌日には厨川柵に居る貞任らの耳に入った。この報せ自体はそれほど驚くべき事ではない。しかし問題なのは正任らの消息である。黒沢尻柵で源氏清原連合軍を迎撃した正任と家任は、頃合を見て柵を抜けて鶴脛柵《つるはぎのさく》で落ち合い、出羽に逃れる手筈であったが、その鶴脛柵もその頃には既に連合軍の手によって打ち破られていた。破竹の勢いの頼義はその翌日には比与鳥柵《ひよどりのさく》も難無く落としている。この二柵の攻防では、加茂次郎《かもじろう》の異名を持つ源義綱が大いに躍動した。河内源氏の次期棟梁の座を虎視眈々と狙う義綱は、兄義家が戦に消極的なのをこれ幸いと、八面六臂《はちめんろっぴ》の大活躍を見せたのである。

報せを聞いた貞任の表情は暗かった。これら二つの柵は出羽への道程からは外れていたが、状況次第では正任と家任がこれらの柵に逃げ込み、そして敵軍と刃を交えた可能性は否定出来ない。二人が討ち取られたという報せこそ無いものの、血を分けた兄弟の安否が不明と言う現実は、貞任らの心を沈ませた。

「どちらに向かわれる？」厩《うまや》へと向かう貞任に気付いた為行が声を掛けた。

「気晴らしに町の見回りに出て参り申す」

為行に柵を任せ、貞任は経清を誘って町に出た。重任は既に近隣の媼戸柵《うばとのさく》に移っている。

〈何処《どこ》で歯車が狂ったと申す…？〉

浮かぬ顔のまま貞任は愛馬石桜《せきおう》の腹を蹴り、館坂《たてさか》を下った。すぐ後ろを走る経清と、貞任の間に会話は無い。晩秋を迎えた厨川の風は冷たく、前夜には淡雪《あわゆき》が僅かながら舞った。あと半月もしない内に、この町は白銀の世界へと変わるだろう。貞任は石桜の背に揺られながら、ぼんやりとこれまでの数日間を回想した。

*　　　*　　　*

先に厨川柵に移っていた井殿をはじめ、有加、中加、一加といった女衆が貞任らを温かく出迎えたのは、三日前の夕刻の事であった。北東から流れる日高見川がこの地で『く』の字に曲がり、その濁流が削った河岸段丘の絶壁に造られた要塞には、何百と言う違い鷹の羽の旗印が北風に靡《なび》いている。無論、この地こそ安倍軍の最期の砦である。

「ととさま！」貞任が自らの住居地である安倍館《あべたて》に入ると、それまで庭で葛丸《かずらまる》と戯《たわむ》れていた千代童丸《ちよどうまる》が、四歳とは思えぬ程しっかりとした足並みで貞任の許に駆け込んで来た。勢いそのままに貞任の大きな懐に飛び込む。

「千代！大きゅうなったの！」

貞任は我が子をがっしりと抱き上げると、歓喜の笑みを浮かべた。数ヶ月ぶりの父子の対面である。

貞任の肩に乗って大はしゃぎの千代童丸は、後ろを振り返って得意げに微笑んだ。その視線の先には、高星丸《たかあきまる》を優しく抱いた麻姫が目を潤ませて佇《たたず》んでいる。

貞任は麻姫の許に歩み寄ると、大きな体を屈めて麻姫をきつく抱きしめた。

「随分と心配いたしました。ご無事で何よりにございます…」麻姫の両目から、大粒の涙が零れ落ちる。

「これからはずっと俺の傍に居てくれ。後は俺が守る」

貞任は麻姫に優しく口付けした。麻姫の口から甘い吐息が漏れる――。

戦続きで荒《すさ》んでいた貞任の心が俄《にわ》かに安らいだ。抱き合う二人の間に、実に嫋《たお》やかな時間が流れて行った。

建物が六つある厨川柵のうち、一番北にある勾当館《こうとうのたて》には、有加と中加が子らと共に暮らしていた。経清が久しぶりに会った清丸は、共に江刺の豊田館に暮らしていたつい数ヶ月前とは比べ物にならない程逞《たくま》しく見えた。清丸の隣で、同い年の梅丸も胸を張っている。

「妹分の卯沙《うさ》や年下の千代童丸殿、高星丸殿《たかあきまる》を守るのだと、いつも気を張っておられます。頼もしい兄様方ですわ」

中加が笑顔を浮かべると、隣に居た有加も微笑んだ。安倍の子らも必死で戦っている。そう思うと、経清には熱いものが込み上げて来た。

「清丸、母者の事も頼むぞ」経清が清丸の頭を撫でると、清丸は少し照れ臭そうに白い歯を見せた。

一瞬、梅丸が俯《うつむ》いた。経清は、それを見逃さなかった。

「梅丸殿、御父上はきっと出羽で奮闘されておりますぞ。梅丸殿も母君をしっかりとお守り下され」

経清は、梅丸の父である宗任に想いを募らせた。依然として安否こそ不明だが、聡明にして驍悍《ぎょうかん》な宗任の事である。きっと無事だろう。出羽の地で反清原勢力と結託し、首尾よく決起するに違いない。

梅丸は経清の言葉に力強く頷いた。

北館《きたのたて》には今は亡き頼時の側室である綾乃《あやの》が実の娘の一加《いちか》と共住みしていた。重任と則任が顔を出すと、綾乃が泣き崩れるように二人の息子にしがみ付いた。一加の袖も涙に濡れている。

「母は荒覇吐《アラハバキ》の神にそなたらの御無事を祈ることしか出来ませぬ…」綾乃が両手で顔を覆って嗚咽を漏らした。

「母上、お顔を上げて下され」則任が母の肩に手を掛けた。美しい母であったが、何時《いつ》の間にか歳を取っている。

「兄様らの武運長久を祈り、母様と拵《こしら》えたものにござります」

娘盛りを迎えた一加が重任と則任に見せた物は、色とりどりの千代紙で折られた見事な千羽鶴であった。安倍の女達も、皆必死で戦っている。

「家任もきっと出羽で息災にござろう。戦が終わり申したら、共に繋《つなぎ》の湯にでも参りましょう。それまでもう少しの御辛抱を…」

重任の思いやりに、母は再び涙した。一加には重任の肩に乗る熊若《くまわか》が微笑んでいるように見えた。


麻姫の父である為行にとっても、千代童丸と高星丸は可愛い孫である。初日こそ貞任に遠慮した為行であったが、翌日から早速安倍館を訪ね、幼い孫達と庭に遊んだ。漸《ようや》く一人歩きが出来るようになった高星丸がよちよちと為行に歩み寄る。途中で転びそうになると、千代童丸が駆け寄って身を支えた。二人の無邪気な笑顔が、為行の心を洗う。磐井の雪夜叉《やしゃ》との異名を持つ勇猛果敢な為行であったが、その顔は恵比寿《えびす》のように穏やかであった。

〈この子らが元服するまでは死ぬ訳には行かぬ。この老い耄《ぼ》れ、老骨に鞭打って戦いますぞ〉

その表情とは裏腹に、為行もまた闘志を漲《みなぎ》らせていた。

＊　＊　＊

厨川柵を為行に任せて貞任と共に不来方の町を見回っていた経清は、館坂《たてさか》から日高見川沿いを南に下った。目の前を流れる川は相変わらず流れが速いが、初めて経清が不来方を訪れた時に較べれば明らかに水量が減っている。

〈この夏の旱魃《かんばつ》のせいか？　これでは敵軍も悠々と馬で川を渡れよう…〉経清は暗い目で川面《かわも》の渦《うず》を見詰めた。

「そなたは対岸を見回ってくれ」そう言うと貞任は経清と別れ、川沿いを一人南下した。

暫《しばら》く進むと、やがて川岸で屯《たむろ》している数名の百姓衆が見えて来た。彼らの手には夕顔瓜《ゆうがおうり》と筆が握られている。瓜に墨で顔を描き、竹に突き刺して案山子《かかし》を作っていたのである。

「その案山子の不細工《みったくねえつら》な面、お前《おめ》の顔にそっくりだじゃあ」

隣の男が作った案山子を見て、若い男が呑気に笑い声を上げた。

「お前《おめ》のだって下手《へだ》くそでねが。俺《おらほ》の見でみろ。こったな上手ぐ描がねば敵に勝でねど！」

その隣に居た年配の男が誇らしげに胸を張る。

「ほう、これはなかなか見事な出来栄えじゃ。ひとつ俺の顔も描いてはくれぬか？」

「じゃじゃじゃ、驚《どでんした》いた！　これはこれは次郎の殿様でねえが！」

馬から降りた貞任がその年配の男に話しかけると、百姓衆は作業の手を止め、慌てて低頭した。

「これこれ、止さぬか。この国に身分の貴賤は無い。さ、顔を上げてくれ」

気さくな笑顔を浮かべ、貞任は恐縮する百姓衆の顔を上げさせた。おずおずと百姓衆が貞任を見据える。

「俺の方こそそなたらにこのような仕事までさせて、済まぬな」逆に貞任が深々と腰を折った。

百姓衆が拵《こしら》えている大量の案山子は、嫗戸柵《うばとのさく》に置かれる事になっていた。味方の数を多く見せんがためである。今の安倍軍には厨川と嫗戸の両柵に、均等に分配する程の兵力は無い。小松柵の攻防戦を迎えるまでは三万以上の兵力を誇った安倍の軍勢も、連日の激戦でこの頃には千人程度にまでに減少していた。敗戦ばかりが理由ではない。鳥海《とりみ》柵《のさく》で軍を解体し、望んだ兵を故郷《くに》に帰したためでもある。逆に言えばそれでも千人もの兵が命を捨てて貞任に従ってくれている。厨川柵では女子供も共に戦っていた。その柵の外でも、こうして百姓らが貞任のために身を粉《こ》にして働いている。それは誰もが、貞任が郷土の誇りを胸に侵略者と闘っている事を知っているからである。

「案山子作りも今日までだ。敵軍はもうそこまで迫っておる。そなたらを戦に巻き込む訳には行かぬ。すまぬが戦が終わるまで、どこぞに身を寄せていて欲しい。明日には柵の蔵を開放する故《ゆえ》、僅かながらの餞別《せんべつ》と思ってくれ」

貞任は、百姓衆一人ひとりの手を取った。

「俺達《おらだづ》も侍の家に《えさ》産まれて、次郎の殿様と一緒に戦えたら良かった《いがった》なあ…」一人の百姓が悔しそうに呟く。

「そなたらのその想いだけで十分ぞ。礼を申す」貞任は本心から頭を下げた。

「では《んだば》少しばかり《べっこばり》で申し訳ないが《おもさけながす》、この瓜を持ってってお城で食べて下され《けってけらえん》。俺達《おらだづ》が丹精込めて作った《こしえだ》もんだ。美味《うめ》しいど」年配の男が夕顔瓜を貞任に差し出した。

「それは有り難い。瓜は俺の好物でな。遠慮なく戴くとしよう」貞任は笑顔でそれを受け取る。

「あんれ、次郎様が瓜がお好きだったとは知らねがった。だば来年は沢山《いっぺえ》差し上げますので《あげっから》、必ず勝って下さい《くなんしぇ》！」

若い男が人懐っこい笑顔で言った。その顔には、墨がべったりと付いている。それを見て、百姓衆は一斉に笑った。

〈この者らのためにも、この戦、勝たねばならぬ！〉

そう思いながら、貞任も百姓衆と共に笑った。

晩秋の西陽が貞任を照らす――。

後に夕顔瀬《ゆうがおせ》と呼ばれるこの地から望んだ巌鷲山《がんじゅさん》は、既に雪化粧を施していた。

亥の章　積水を決するが若《ごと》く

北の大地に黒蟻の如き無数の塊が蠢《うごめ》いている。黒い鎧を纏った兵の集団である。男達の熱気が雨雲を呼び、昼間だと言うのに空は暗い。時折肌を突き刺す氷雨《ひさめ》が降り注いでいる。

康平五年九月六日に衣川関《ころもがわのせき》を破って以来、日高見川《ひたかみがわ》沿いを北へ北へと進軍していた源氏、清原氏の連合軍は、遂に不来方《こずかた》の地（岩手県盛岡市）に到達した。寒風吹き荒《すさ》ぶ旧暦九月十五日の酉《とり》の刻の出来事であった。

この間、連合軍は途中に待ち受ける柵を悉《ことごと》く落として来た。勿論、貞任がこれらの柵を捨石とし、最終決戦の地を不来方に定めたためでもあるが、僅か十日余りで六つもの柵を撃破したこの戦果は、まさに快挙と言って良い。否が応でも兵らの士気は高まっていた。

それでも頼義は苛立《いらだ》っていた。本来ならばこの前日にはこの地を踏んでいる筈であった。しかし前日、不来方まで後僅かの場所にある狐坂《きつねざか》で、とんだ一杯を食わされたのである。と言うのも蔵の米を民に与えてこの地を去るよう求めた貞任が、余った白米を夕刻のうちに狐坂一帯にばら撒いていた。本来ならば静かに月を愛でるべき十三夜、栗《くり》名月《めいげつ》に照らされた白米は光輝き、これを大河の水面《みなも》と思い込んだ頼義はまんまと一晩の足止めを喰らったのである。

源氏にとってここは敵地のど真ん中である。そしてそれは武則も同じで、全く土地勘は無い。

奥羽水系を集めた雫石川《しずくいしがわ》、北上山地に端を発する中津川《なかつがわ》、そして母なる大河、日高見川の三河川は不来方の地で合流する。これこそがこの地をして難攻不落の要塞たらしめる所以《ゆえん》であるが、頼義はその合流地点近くの河川敷に本陣を張った。軍議には源氏の重臣ばかりでなく、清原の一門も同席している。

「将軍、遂に貞任めをこの地まで追い詰め申したな。ここを破れば次はござらぬ。我らの軍勢が微力ながら御助力出来し事、喜ばしく思い申す」

決戦を前に苛立つ頼義を尻目に、武則が相好《そうごう》を崩した。頼義は、その言葉の端々に棘《とげ》を感じた。清原が参戦した途端、源氏が十年間全く歯が立たなかった相手に破竹の勢いで連勝し、僅か一ヶ月余りでここまでの状況に転じたのである。清原の後ろ盾が無ければ今頃どうなっていた？　との皮肉と頼義は受け取った。頼義の隣に控えていた義家も、そう汲んだと見えて清原の面々を睨み付けている。

「とは言え武則殿、不来方は貞任が最期の拠り所とする場所。恐らくいたる所に罠を張り巡らせておりましょう。件《くだん》の坂での白米騒動もその罠の一つ。努々《ゆめゆめ》御油断召されるな」

頼義らの心境を慮《おもんばか》り、源氏の知恵袋の藤原茂頼《ふじわらのしげより》が釘を刺した。黄海の戦いの惨敗以来、茂頼は自戒の念を込めて頭を丸めたままにしている。

「そう目鯨を立てなさるな。手前も色々と手を尽くしてござる」

茂頼を睨《ね》め付けながら、武則は真衡《さねひら》に合図した。すると真衡は懐から巻物を出し、皆に披露した。

「これは！」頼義と義家は驚愕した。真衡が取り出した物は、厨川柵とその周辺の土地を記した図面であった。

「今は亡き光頼より譲り受けし代物にござる。兄は頼時めと懇意にござった故《ゆえ》、同盟の証として互いの柵の絵図を交換致したとか」武則は口許を歪めた。

〈光頼殿より譲り受けただと？　あの御仁が譲る筈がない。武則め、奪い取ったな…〉

義家は忌々しげに武則を見据えた。

「ご覧の通り、この柵はなかなか厄介」義家の視線を無視しながら、武則は続ける。

「柵の右手には巌鷲山《がんじゅさん》を水源とする日高見川が流れており申す。橋は開運橋唯《ただひと》一つ。無論、敵の目もこの橋に注がれましょう。となれば自力で川を渡るしかありますまい。この川、源流に近い故《ゆえ》幅も水嵩《みずかさ》も然程《さほど》ではござらぬが、その分流れは速く、渡河には難儀が強いられましょう。かと申して上流から舟で近寄っても、柵は遥か断崖の上。その高さは十五間を優《ゆう》に越えるとか。これでは攀《よ》じ登るはまず不可能。さらには兵が真上からの煮え湯や矢の雨に曝されるは火を見るより明らか」

武則の言葉に源氏の面々がごくりと唾を飲む。

「柵の左手に目を向ければ雫石川に由来する広大な湿地。さらには厨川柵と目と鼻の先にある嫗戸柵《うばとのさく》もこちら側に。迂闊《うかつ》に馬で攻め入れば、泥に脚を取られた上に両方の柵から挟み撃ちにされ兼ねませぬ」

武則に代わって武貞が柵の西側の概要を説明した。一同から落胆の溜め息が漏れる。

「仮に柵に近付けたとしても、その周囲には二重の空壕《からぼり》が築かれております。その深さは五間を越えるとか。恐らくはここにも罠が仕掛けられておりましょう」か細い声で補足する真衡に、場は通夜《つや》の様に静まり返った。

「如何《いか》にも厄介な柵じゃ。ここに籠もられては落とすのは容易ではないの…」

食い入るように図面を眺めていた頼義が、眉間に深い皺を寄せた。

「畏《おそ》れながら将軍様、貞任めは籠城策は望んでおらぬかと。よって奴らが撃って出るべく、燻《いぶ》し出す策こそ肝要と心得まする」涼しい顔で反論したのはまたもや真衡であった。

「なぜわかる？」そう言って真衡を睨み付けたのは源氏の腹心、藤原景通《ふじわらのかげみち》である。

「ここは奥六郡の最果ての地。即《すなわ》ち我らは敵の領土の最深部に居ります。ここまで追い込まれた貞任は最早《もはや》袋の鼠《ねずみ》。窮鼠《きゅうそ》が猫を噛むには柵に籠もっていては不可能」真衡は即答した。

「冬将軍は直ぐ近くまで来ておるのだぞ。貞任が柵に籠もれば我らは春まで手を出せぬ。それに我らの兵糧もいずれ底を突こう。そうなれば我らは撤退せざるを得ぬ。なぜ彼奴《きゃつ》らが柵に籠もらぬと言い切れる？」

眼光鋭く反論したのは義綱だった。義綱も義家同様、真衡を良く思っていない。

「我らの撤退こそ貞任が最も恐れる事態」真衡がやれやれと言う表情で義綱を一瞥《いちべつ》した。

「我らが一時撤退したとしても、我らには続きがございまする。我らは今や日の出の勢い。これだけの戦果を報じれば、内裏も春には必ずや援軍を派遣しましょう。それこそが貞任にとって最大の脅威。一連の戦で消耗した今の安倍軍には、何万という朝廷軍に太刀打ちするだけの余力はござりませぬ。狐坂に白米を撒きし事も貞任が短期決戦を決意した証し。籠もる心算《つもり》なら蓄えまする」

場からおお、と言う声と共に溜め息が漏れた。饒舌な真衡に軍議に臨んだ誰しもが感服している。

「かと申して撤退は我らも望まぬ。ここまで来て都育ちの軟弱者に清原の手柄を横取りされたくないわ！」

武則が顔を醜く歪めながら笑った。側近の吉彦秀武《きみこのひでたけ》も野太い声で呵々大笑する。

『我らの』ではなく『清原の』手柄と言った所に武則の本音が読み取れる。『都育ちの軟弱者』は朝廷軍を指すと思われたが、その裏には源氏の兵も含まれていた。

一方、頼義の頭にも撤退の二文字は無い。以前は内裏からの援軍を心待ちにしていたが、再三の要請にも関わらず、内裏はそれを無視し続けてきた。十年掛けて死に物狂いで追い詰めた獲物を、今更武則の言う所の『都育ちの軟弱者』に譲る気持ちは毛頭無い。

とは言え、今の武則の発言は、激しく義家の怒りを買った。

「その絵図が描かれしはこの戦の遥《はる》か前。なればその絵図には無い罠も仕込まれておりましょう。手前は別の陣を張り、自らの目で柵を検分致す！」屈辱に身を震わせた義家が憤然と立ち上がった。

「ほう、この地を碌《ろく》に知らぬそなたが何処《どこ》に陣立てを致すと申されるか？」

源氏が清原に臣下の礼を尽くした事を良いことに、武則はここぞとばかりに横柄な口調で義家に質した。

「ここにござる！」

額に青筋を立てながら義家が指差した場所は、高松《たかまつ》の地であった。この場所は日高見川を挟んで厨川柵の対岸に近く、小高い丘もある。広大な黄金馬場《こがねのばば》からも近く、騎馬の拠点としては申し分の無い場所である。

「この丘一番の木に物見の兵を登らせれば櫓を造る手間も省け申す。それに柵の様子も手に取るようにわかりましょう。時間が無い故《ゆえ》、失礼仕《つかまつ》る！」義家は返事も待たず、床机を蹴り飛ばして席を立った。

大方が呆気《あっけ》に取られる中、頼義だけが目を細めて義家を見送った。

〈奴にも源氏の血が流れておる…〉

頼義は、去り行く倅の背中を頼もしげに見送った。

その日の夜、本陣では頼義が忌々しげに煙草の煙を吐き出していた。傍らには腹心の茂頼しか居ない。頼義は武則の言葉に腹を立てているだけではない。源氏の未来を憂《うれ》いていたのである。

このままでは奥六郡制圧の手柄は全て清原のものと成り兼ねない。そうなれば大きな出世は見込めぬばかりか、源氏は清原の引き立て役に成り下がる。加えて、武則が陸奥鎮守府将軍に就任すれば、頼義の陸奥での求心力は嫌でも低下する。所詮、清原が安倍に取って代わるだけなのである。

「ここまで清原の力が大きかったとは、少々見誤ったようじゃの…」頼義は苛々と煙管《きせる》の先を床に打ち付けた。

「些《いささ》か哀れではござりまするが、ここは清原のお方に死んで頂く他に道は無いかと…」茂頼の目が暗く光った。

「どう言う意味じゃ？」

「如何《いか》にも清原の兵が多いのは事実にござりますが、武功はその纏めに与えられしもの。清原の将がお亡くなりになれば、その分だけ手柄が殿に回って参りましょう。それに…」茂頼は抑揚の無い声で続ける。

「特に武則殿の御嫡男、武貞殿は武功を焦っておられる御様子。されど失礼ながら武貞殿は凡庸《ぼんよう》のお方。弟君の武道殿も然り。お二人のこれまでの武功は全て真衡とか言う小童《こわっぱ》の策の賜物…」

「—何が言いたい？」

「明朝早くに武則殿を説き伏せ、武貞殿、武道殿に御出陣を命じ召されませ。無論、真衡随行は決して認められますな。それで負ければ清原の失態。負けるに乗じて運良く武貞殿、武道殿が討ち取られれば…」

にやりと笑う茂頼に、頼義も顔を歪めて醜い笑みを浮かべた。

同じ頃、厨川柵でも貞任と経清を中心に軍議が開かれていた。

軍議の場となった本丸は、広大な柵の敷地の中でも最も奥にあり、台地を分割して作られた六つの館の中心に位置している。本丸の前後は北館《きたのたて》と中館《なかのたて》が守り、さらにその両脇には外館《とだて》、南館《みなみのたて》が控えていた。最も北には主に女子供が住まう勾当館《こうとうのたて》があるのだが、無論、この館にも武器庫が隠され、この館だけでも黒沢尻柵や白鳥柵に匹敵する戦闘力と防衛力を有している。六つの館の間には水堀が蜘蛛の巣の如く張り巡らされ、その底には無数の刀が刃を上に向けて立てられていた。無論、上からは刀は見えない。更にこれらの館と本丸は引橋《ひきはし》によって繋がっており、有事の際には橋を引き払えば即座に六つの独立した柵として機能する。また、水堀の水はいざという時の飲み水にもなる。まさに安倍の叡智の結晶と呼ぶに相応しい、難攻不落の要塞である。

「初見の地で高松に陣を張るとは、流石《さすが》に義家ぞな」

経清が唸りながら苦笑した。館坂《たてさか》の地にある小高い丘、敵見ケ森《かたきみがもり》に設置された物見櫓《ものみやぐら》の兵は、南無八幡大菩薩と認《したた》められた大きな白い旗印を既に視界に捉えている。

「いくら義家とは言えそう易々と東側から柵には侵入出来まい」

貞任の言葉には、そう簡単にこの柵は落ちぬと言う自信と余裕が感じられた。皆も安堵の表情でそれに頷く。驚いた事にその顔触れの中に、八町程離れた嫗戸柵にいる筈の重任の姿があった。実は嫗戸柵と厨川柵は、秘密の地下道で繋がっている。

思い起こせば奥六郡の政治、経済の中心地たる鳥海柵から敢えて撤退し、途中の柵という柵で態《わざ》と負け戦を演じてまで敵をこの地に誘い込んだのは、全てが来るべき最終決戦のためである。勝利を確信した頼義がこの地に居座る事で兵糧不足を招き、飢えに加えて寒さで兵の士気が萎えた所で嫗戸柵から重任が出撃する。こうして相手の退路を絶った所で満を持して厨川柵の全兵力を投入する。これこそが貞任が描いていた策であった。これまではその策通りに万事が進んでいる。

「籠もる分には負けは無い。かと申して、敵があっさりと撤退してしまっては今までの苦労が水泡と化す。そうさせぬためには少しは我らも撃って出ねばなるまい。兄者、手前に二百の兵を預けてくれ」

則任が貞任の許に膝を進めた。白鳥柵での戦いを見るまでも無く、則任は遊撃戦を得意としている。

「念には念を入れ、嫗戸柵との連動策を採るか？」

重任と則任の叔父に当たる為行が意見した。地下道を通って合流していた重任の眼も光る。

「いや、それは止めおきましょう」貞任は、即座にその策を却下した。

「六郎《しげとう》には千の兵しか預けておりませぬ。六郎の挑発に乗り、頼義が全軍で嫗戸柵を襲っては、六郎の命が危ない。あそこには案山子《かかし》の方が多くござる」

貞任は自嘲気味に笑って為行の意見を退けた。如何《いか》にもと為行と重任もこれに納得する。宗任、正任、良照、業近らが不在の今、重任こそが安倍の切り札である。無論、重任もそれを自覚している。

「ならば手前が則任の援護を致そう。少しは孫に良い所を見せたいでな」

北館《きたのたて》に暮らす千代童丸と高星丸は、為行の孫でもある。舅《しゅうと》の案に、貞任も小さな頷きで応えた。


翌日、夜明け前。武貞の陣の前には霜が下りていた。凛とした空気が武貞の頬を切る。

「義家め、苦労知らずの御曹司の癖に、熱《いき》り立ちよってからに……」

武貞は昨夜の軍議を思い出し、顔を顰《しか》めた。武貞と義家は父と子程歳が離れていたが、物怖《ものお》じしない義家を以前から武貞は気に入らなかった。この戦が連合軍の勝利に終わった暁《あかつき》には、実父武則に陸奥鎮守府将軍の座が確約されている。そうなれば、俘囚始まって以来の快挙である。しかしその武則も疾《と》うに五十半ばを過ぎていた。この時代としては高齢である。鎮守府将軍に世襲《せしゅう》制度は適用されていなかったが、武士の台頭著しい今の世の中では、それこそ昨日の武則の言葉を借りれば、都育ちの軟弱者ではこの役職は務まらない。陸奥が清原の物となれば、必ずや次の鎮守府将軍は嫡子である自分だという矜持《きょうじ》が武貞にはあった。

「そのためには武功を積まねばなるまいな……」

東の空が僅かに白んで来た中、おぼろげに姿を現し始めた巌鷲山《がんじゅさん》に向かって武貞は一人呟《つぶや》いた。

そこに武則からの伝令が書状を持って現れた。書状を一読した武貞の顔が見る見る紅潮する——。

「武道を呼べ！」

武貞は配下の兵を第七陣に向かわせ、実の弟を呼び付けた。

同じ頃、眠れぬ夜を過ごした義家も、高松の陣で朝焼けを見詰めていた。隣には本陣から移ってきた藤原景通が控えている。黄海の戦いで散った実子の景季《かげすえ》は義家の乳兄弟。即《すなわ》ち義家にとって景通は乳母父《めのと》と言う事になる。当然、源氏の家臣の中でも絆《きずな》は深い。

「それにしても不来方の地は見れば見るほど守るに相応しき場所にござりますな…」

景通が嘆息した。この地は四方を山々に囲まれた盆地にして、三つもの河川が敵の行く手を悉《ことごと》く阻《はば》んでいる。

「この陣から厨川柵に攻め込むには、日高見川を渡らねばならぬ。かと申して柵の対岸に進軍すれば、柵から矢の雨が降り注ごう。ならば迂回して上流か下流を渡河するしかあるまいな…」

義家は真衡の絵図を書き写した図面を睨みながら呟いた。

「景通、斥候を出して上流と下流を下見致せ」義家の命に景通は直《ただ》ちに兵を走らせた。

半刻後、兵から報せを受けた義家はうーむと唸った。厨川柵を俯瞰《ふかん》する小高い高松の丘から真っ直ぐ日高見川に向かった兵は、柵の対岸、館向《たてむかい》と呼ばれる地で早速敵の矢を喰らい、三名が命を落としたと言う。敵の物見に隙が無い証しと義家は受け止めた。その後、生き延びた十余名は二手に別れ、それぞれ上流と下流を探索した。上流は川幅は狭いが流れが急で、しかも柵から五里程上流にある中州に牢獄らしき建物があり、数名の敵兵が守りを固めていると言う。捕虜を収容すべく建てられた、蛇《じゃ》の島《しま》の上牢《かみろう》である。

「上流を攻めるのは厳しそうじゃ。下流は如何《いかが》じゃ?」義家に代わって景通が兵に問う。

館坂《たてさか》より下流はほぼ平坦で、渡河は不可能では無い。ただしそれは貞任も承知と見えて、無数の敵兵が対岸を固めていると言う。

実はこの報告は、正しくはなかった。無数の兵と見えたのは、不来方の百姓衆が作っていた夕顔瓜の案山子《かかし》であった。だがこの時点では、義家も物見の兵の言葉を信じるしかない。報せを聞いた義家は、腕を組んだまま眉間に皺を寄せていた。

　そこへ別の兵が飛び込んで来た。

「御注進、御注進！　第一陣の武貞様、第七陣の武道様、敵と御交戦！」

「なに！」兵の報せは義家には寝耳に水だった。具体的な策は今日の軍議で決められる手筈となっている。

　その裏では茂頼の策に乗った頼義が早朝に武則の陣に乗り込み、武貞らの出陣を希《こいねが》ったのである。若輩者の義家では危ない、ここは是非とも武則殿の御子息らに、と陸奥守に頭を下げられては、武則も悪い気がしない。加えて頼義は、ここまで来れば策など無用、勢いこそが肝要なれば、是が非でも先手必勝をと願ったのである。武貞らは無策での出陣であった。

「愚かな。武功を焦ったか」義家は呆れた。

「このままでは先陣の功を清原に奪われますぞ！　若、急ぎ御出陣を！」すかさず景通が義家に詰め寄る。

　しかしこれに対する義家の返答は意外なものだった。

「捨て置け」「は…？」

「捨て置けと申しておる」「武功を清原に渡すと申されますか⁉」

　焦る景通に義家は露骨に嫌な顔をした。

「失礼ながらあの御仁らの采配など高《たか》が知れておる。そなたものんびりと高みの見物をしておれ。どうせ小松柵での戦いの二の舞になる」

　それだけ言うと義家は景通に背中を向け、自室へと消えて行った。


　自室でごろりと寝転び、義家は天幕をじっと見詰めながら昔を思い出していた。

—貞任殿がなぜか兄のように思えてなりませぬ—

　義家は、ふと心の中で口ずさんだ。嘗《かつ》て胆沢城からの帰還の途に阿久利《あくり》川の畔《ほとり》で夜営した際、貞任の陣で自らが発した言葉である。

貞任だけではない。自分は経清や宗任に対しても、兄の様な感情を抱いている。義家は、改めてそれを悟った。それは彼らが大義のため、民のため、自らの誇りのために立ち上がったからである。一方の連合軍はどうだろうか？清原は鎮守府将軍職と戦後の陸奥での利権のため、頼義は出世と源氏の名声のため、義綱は次期棟梁への野望のため。皆、自らの欲望のために戦っている。義家は反吐《へど》が出る思いであった。

しかし一方で、貞任らの命が最早《もはや》風前の灯であるのも事実である。連合軍約一万に対し、安倍軍は二千も無い。如何《いか》に地の利があろうとも、安倍氏滅亡は抗《あらが》えない宿命《さだめ》に思えた。

〈貞任殿らが清原の連中や父上、義綱に討たれるくらいなら……〉

この俺が、と義家は思った。その思いが、義家を鬼にする――。

起き上がると義家は、兜の緒をきつく締めた。


義家の予言通り、武貞、武道兄弟は苦戦を強いられていた。武貞らは厨川柵の西側にある湿地帯を進軍していたが、幸か不幸か頼義の本陣に奇襲を掛けんと密かに出陣していた則任、為行の部隊と鉢合わせていたのである。安倍の兵、僅かに二百。それに対して武貞の兵は二千を裕に超えていた。しかもその内騎馬兵は五百を数える。

数の上では圧倒的に不利であったが、為行と則任の顔には笑みが見られた。横で白夜丸ものんびりと構えている。

「向こうからのこのこと、よりによってこの地に攻め入るとは、これぞ勿怪《もっけ》の幸《さいわ》い！」

馬上で為行は天に感謝した。方や無策の清原、方や知恵を絞りに絞った安倍である。二人の余裕は自明であった。

「伯父上はここでお待ちを。手前が敵を誘い出し申す」

五十の騎馬兵を従え、則任は敵に向かって突撃した。則任が乗る馬は尾花栗毛《おばなくりげ》。宗任から譲り受けた名馬である。

「我こそは安倍頼時の八男、白鳥八郎則任ぞ！　腕に覚えのある者は掛かって参れ！」

思わぬ大物と知り、敵軍から響《どよめ》きが生じた。無論、獲物を狙う獣の響きである。瞬く間に騎馬兵が則任の部隊に襲い掛かった。驚いた鵜《う》が空に飛ぶ――。

が、敵兵の勢いは直ぐに削がれた。湿地に馬の脚を取られて思うように動けない。ずぶずぶと脚が沈み、馬が急に止まった反動で何名かの騎馬兵が前方へと大きく投げ出された。

「白夜丸、行け！」則任の命に白夜丸が喜び勇んで飛び出した。その速さたるや疾風《はやて》の如し。成犬となり、子熊ほどの大きさを誇る樺太犬は敵兵には白い狼に見えた。恐れをなした敵兵は必死で逃げようとするが、脚を泥に取られて思うように動けない。白夜丸は容赦なく敵兵を襲い、次々とその咽喉笛《のどぶえ》を噛み切った。

「よし、好機ぞ！白夜丸に負けるな！皆の者、俺に続け！」

猪鹿弓《さつゆみ》を背にした則任を先頭に、安倍の騎馬が突進した。地形を熟知する則任の隊は、足場の良い場所を巧みに選び、一直線に連なって敵の目の前を右から左に横切った。すかさず先頭の則任から順に矢を放つ。真一文字に扇状に放たれた矢は、泥に踠《もが》く敵兵を次々と射抜いた。泥沼が一瞬にして真紅に染まる。

「まだまだ！」則任は馬首を返すと、今度は左から右に敵の前を横断した。先程同様、矢が一斉に放射される。今度もばたばたと敵が倒れた。

これを三度繰り返した所で、則任はさっと右手を上げた。それに呼応して、騎馬兵が一斉に退散する。

「矢が尽きたか！今が好機ぞ！敵の足跡に沿って走れば泥濘《ぬかるみ》には嵌《はま》らぬ！追え！」

それまで後方で苛々《いらいら》と戦況を見詰めていた武貞が叫んだ。兵らも敵の撤退と知って勢い付く。

しかし、これこそが則任が仕組んだ芝居であった。態《わざ》と箙《えびら》の中に僅かな矢しか仕込まなかったのである。則任は敵に気付かれぬよう北叟笑《ほくそえ》んだ。脱兎の如く為行の許へと逃げる。勢いに乗った尾花栗毛《おばなくりげ》は最後に二間を超える跳躍を披露し、味方の陣へと舞い戻った。白金の鬣《たてがみ》が風に揺れる。従った兵も次々と見事な跳躍を決め、帰還した。

その後方から、敵の騎馬が怒涛の勢いで攻め込んで来た。更にその後ろには千を超える歩兵が吶喊の声を上げて続く。歩兵は馬より軽い分、湿地に脚を取られ難い。

多勢に無勢。則任と為行は一目散に退却した。それを追う清原の軍勢。

「一網打尽に致せ！」いよいよ自軍が敵陣の目前に迫った所で、武貞が叫んだ。

その瞬間、先頭を走っていた騎馬が忽然《こつぜん》と武貞の視界から消えた。

「⁉」

武貞の隣に居る武道も目を瞬《しばた》かせた。先頭の騎馬だけではない。後続の騎馬、そしてやや遅れてそれを追って来た歩兵が、次々と二人の視界から消えて行く――。

静まる武貞の軍に対し、安倍の陣からは歓声が沸き上がった。

恐る恐る敵陣に近付いた武貞らは、その惨状に驚愕した。そこには川があった。消えたと思った兵は、実は川底に沈んでいたのである。その川面《かわも》には大量の籾殻《もみがら》が浮かんでいた。経清の命を受け、事前に何百俵という籾殻をこの川に撒いていたのである。流れの緩いこの川では、籾殻はいつまでも同じ場所に漂う。これでは一見して川とはわからない。則任らが見せた跳躍は、この川を越えるためのものであった。

この川、幅も深さもそれ程ではないが、重い鎧を身に纏った敵兵は川に沈み、数百名もの溺死者を出した。川底に重なった死体を足場に何とか這い上がった兵には、笹の生い茂った森の中に潜む為行の兵から矢の雨が降り注がれた。湿地帯に敵兵の悲鳴が鳴り響く。矢は後方の武貞、武道をも襲った。

「おのれ！　退け！　撤退じゃあ！」勇ましい声とは裏腹に、武貞の膝は震えていた。将の声に生き残りの兵が我先にと敗走する。しかしその数は、数える程にまで減っていた。

この名も無き川はこれを機に籾葛川《もみくずがわ》と呼ばれるようになり、時を経て諸葛川《もろくずがわ》と名を変えて現在も盛岡市の西部を流れている。安倍軍が矢を射た森は、笹森という地名として滝沢市鵜飼《うかい》地区に今も残されている。

河川敷に敷いた連合軍の本陣では、武則の怒声が鳴り響いていた。怒りの矛先は武貞と武道に向けられている。

「まあまあ武則殿、御子息方が御無事だっただけでも良かったではござらぬか」

二人がこの戦闘で死んでくれる事を密かに期待していた頼義は、心の中で舌打ちしながら引き攣《つ》った笑みを浮かべて武則を宥《なだ》めた。

「然《さ》れど僅か半刻で千近い兵を失ったは揺るぎ無き事実！　全てはうぬらの無能のせいぞ！　我が倅《せがれ》どもながら情け無し！　今直ぐこの場で腹を切れ！」武則は平伏《ひれふ》す武貞に軍扇を投げ付けた。

「御言葉でござるが、策など無用、只管《ひたすら》に攻めよと申されたは親父殿にござるぞ！」

それまで屈辱に打ち震えていた武貞の堪忍袋の緒が切れた。

「左様《さよう》！　手前らはそれに忠実に従ったのみ！　それに我らの苦戦を知りながら援軍も寄越さぬとは、親父殿は我らを見捨てたか！」

武道も額に青筋を立てて怒鳴った。一瞬、武則の言葉が詰まる。その横で頼義も固まった。そう唆《そそのか》したのは他でもない、頼義本人である。

「仲間割れも大概になされ！　兵どもに聞こえますぞ！」一喝したのは義家であった。場が一瞬で沈黙する。

「確かに策など無用と申したのはこの儂《わし》じゃ。此の度の責任の一端は儂にもある。この通りじゃ。ここは儂に免じて、何卒怒りをお収め下され」頼義は白々しく頭を下げた。

「あいや、将軍。儂も頭に血が上り過ぎ申した。お顔をお上げ下され」これには武則も怒りを静めるしかない。

「ここは安倍にとって最後の砦。様々な罠や仕掛けが隠されていて当たり前。数の上では有利に相違ござらぬが、こちらも周到な策を練らねばそう簡単に柵は落とせまい。皆様方の御知恵を是非とも拝借したい」

場を取り繕った頼義は心の中で北叟笑《ほくそえ》んだ。言葉こそ下手《したで》に出てはいるものの、武則の息子らの失態に付け込んで心理的に清原を掌握したのである。

〈田舎武者め、図に乗るなよ…〉

二人を出陣させたのは正解だったと頼義は心の中で茂頼を褒めた。

その後の軍議も頼義が主導権を握っていた。とは言え、そう簡単に妙案が浮ぶものではない。気が付けば既に一刻が過ぎようとしていた。

〈―ん…?〉義家の目が、床に広げられた厨川柵の図面の一点を捉えた。

「これは何でござるか?」

義家が指差したのは、日高見川に面した柵の北東側の断崖であった。この部分だけ石垣が組まれている。

「崖崩れでも起きて補修したのかの?」頼義が、それが何だと言わんばかりの口調で答える。

「剥き出しの山肌なら攀《よ》じ登るも難儀でござるが、石垣となれば話は別。無論、上からの攻撃に晒されましょうが、多少の犠牲には目を瞑り、三百程の兵で登れば突破できるやも? いや、夜なれば百でも行ける…」

義家の頭が素早く回転した。

「どうやって崖下に達すると言うのじゃ。対岸から百も渡るとなれば半刻は掛かろう。いくら夜とは申せ、物見も気付く。そうなれば矢を射られる」頼義の言葉に皆が嘆息した。

「闇夜に紛れ、上流から小舟に乗れば瞬く間に崖下に着きましょう」

自信満々に義家が答えると、場からおお、と響《どよめ》きが上がった。

「舟は調達可能か?」頼義も乗り気となって膝を叩く。

「不来方の町は蛻《もぬけ》の殻。民が使う小舟もどこぞにござろう。足りねば高松の森の木を切って筏《いかだ》を」

「でかした!」頼義は手を叩いて破顔した。

「兵が柵に侵入したら火を掛けられよ。混乱に乗じて手前が門を破って柵内に乱入いたす。何卒手前に千の兵を!」

河内源氏の家督を争う義綱が即座に願い出た。

「儂の兵を使って下され」

手柄を奪われまいと、武則も手を上げる。尤《もっと》も、清原の手助けが無ければそれだけの兵は調達出来ない。

「図面では右手の日高見川沿いを除き、柵の周囲をぐるりと空壕が取り巻いてござる。これではわからぬが思いの他深いかも知れませぬぞ？　如何《いか》にして渡られる？」

「長き板戸を運ばせまする。これを橋として用いれば容易《たやす》き事」武貞の心配を他所《よそ》に、義綱は涼しげに答えた。

「よし、決まりじゃ！　その策で参る。決行は日没直後と致す。各々方、準備を宜しく頼みますぞ！」

頼義の一声で軍議は終わった。

「そなた程の策士が何故《なにゆえ》一言も喋らぬ？」武則が自陣に向かおうとする真衡に背後から声を掛けた。

「厨川柵は安倍の最後の砦。いろいろと罠を仕掛けておりましょう。実際はこの図面とは異なるやも知れませぬ。まずは様子見が肝要かと」

「とは申しても、この策で戦が終われば、手柄は源氏のものとなるのだぞ？」武則はそれを案じていた。

「柵に籠もる敵を討つには古来より三倍の兵が必要とされ申す。二千ではまず無理」「ならば何とする？」

「手前なら敵を柵外に誘《おび》き出す策を練り申す」「その策とやら、立ちそうか？」

武則の問いに答えず、真衡は若い顔に似合わぬ不敵な笑みを湛えて立ち去った。


夕方までに義家は小舟を十ばかり見付けた。不足分は高松の森の木を切り、筏を組ませた。併せて二十艘。それぞれに兵を五名ずつ載せれば、百の兵が運べる計算になる。

その一刻後、厨川柵に蛇の島からの伝令が走り込んだ。義家の隊が島を占拠したと言う。

「これ見よがしに上牢《かみろう》を置いたのが幸いしたの」

報せを聞いた貞任は笑みを浮かべた。策は十分に練ってある。この笑みは、自信の現れである。

「義家なれば必ず食い付くと見ておった。流石《さすが》と褒めるべきかの」

経清も白い歯を見せた。蛇の島に上牢を造り、それを敢えて少ない兵で守らせていたのは、全て経清の策である。

「敵は川上から来る。川岸を固めよ！　女衆には湯の用意を申し付けよ！」貞任の下知が飛ぶ。

「湯の用意はそなたが直々に命ずるが良かろう」

経清がにやにやしながら貞任に言った。義家が罠に掛かったと見て、経清には余裕が見られる。

「どう言う意味だ？」憮然とした表情で貞任が言った。

「同じ柵に居ると言うに、ここ暫《しばら》く顔を合わせて居らぬだろう？」

「誰とだ？」

「決まっておろう。女房殿よ」経清の言葉に貞任は激しく咳き込んだ。

「つくづく気の利かぬ男じゃの。麻姫殿に逢いたくないのか？それとも兵らに遠慮しておるのか？」

「つまらぬ詮索は無用。あのじゃじゃ馬の顔を見ると策が乱れる」貞任は鼻をひくつかせて顔を背けた。

「ずっと傍に居てくれと申したそうだな」

「何故それを！」貞任が目を吊り上げる。

「麻姫殿が有加に語ったそうだ。余程嬉しかったと見える」経清は、自分も幸せな気持ちになって笑った。

「あのおしゃべり女め、懲らしめに行って参る！」

顔を真っ赤にした貞任がどたどたと荒々しく床を踏み鳴らして階《きざはし》を降りて行く。貞任が去った後、堪らず経清は噴き出した。

ほんの束の間だが、経清は戦を忘れていた。


貞任は女衆が住まう勾当館《こうとうのたて》に向かった。同じ柵の中にあるが、その柵は広大な上、普段貞任が詰める本丸からは北館と外館を経由しなければならない。北館を越え、外館と勾当館の間に掛かる引橋を渡る。貞任の心は逸《はや》った。

勾当館では、不意に現れた安倍の惣領に目もくれず、女衆が忙しそうに働いていた。兵のために昼夜を問わず、厨《くりや》で食事を作っているのである。麻姫も割烹着を纏い、有加と中加と共にてきぱきと女衆を仕切っていた。

「貞任様！」貞任に気付いた麻姫の顔がぱっと輝いた。有加と中加に断りを入れ、貞任の許に駆け寄る。貞任の二人の妹もその後姿を笑顔で見詰めた。

「近くに来たものでな…」ぶっきら棒に貞任が言う。

「そなたも厨で働いておるのか？」

「料理が出来ないとでもお思いでしたか？」麻姫が小鹿のような笑顔で答えた。

「私達だけではございませぬ。綾乃《あやの》伯母様や一加《いちか》姫も、奥の間で矢先を研《と》いだり矢尻に矢羽を付ける作業を。安倍の女子《おなご》も皆懸命に戦っております」

麻姫の言う通りであった。奥の間に目をやると、侍女《じじょ》らに混ざって白鉢巻に襷《たすき》を掛けた綾乃と一加が母子《おやこ》で黙々と矢を作っている。

「直ぐに岸辺から敵が参る。大鍋に湯を沸かしてくれ」貞任の言葉に、麻姫の笑顔が消えた。

「遂に柵での戦となるのですね…」

「案ずるな。俺が守る。この柵は絶対に落ちぬ。俺を信じろ」貞任は人目も憚《はばか》らず、怯える麻姫を抱擁した。

「千代と高星は如何《いかが》しておる？」

「清丸殿と梅丸殿が面倒を見てくれております」母の顔に戻って麻姫が答えた。

「そうか…。戦が終わったら四人で遠野の里にでも参ろう」そう言って貞任は本丸に戻ろうとした。

「暫《しば》しお待ち下さいまし」貞任を待たせ、麻姫は自室に向かう。やがて何かを抱えて戻って来た。

「──これは？」

木札のようなものが縫い合わされ、衣のような形をしている。大きさも貞任の体に調度良い。

「父に頼んで石割桜の枝を剪定《せんてい》してもらいました。それで護摩《ごま》木を拵《こしら》え、縫い合わせたものにございます。皆様方の分もお作りいたしました」

麻姫は木札の衣を貞任に手渡した。良く見ると木札一枚一枚に何か文字が記されている。

「有加姉様、中加姉様と共に心を込めて写経し、井殿兄様に経を捧げて頂きました。鎧の中に御召し下されば、必ずや敵の刃を防いでくれましょう」

受け取った衣は、見た目よりもずっしりと重かった。安倍の女子《おなご》らの願いの分だけ重くなっている。

「かたじけない…」貞任は、素直に深々と頭を下げた。

〈安倍は負けぬ！　女子供には指一本触れさせぬ！〉

次に顔を上げた時、貞任の顔は毘沙門天のそれと化していた。

その頃、経清は柵で一番の高さを誇る物見櫓《ものみやぐら》に立っていた。

川攻めだけでは後が続かない。他の隊と連動策を採ると睨んだ経清は、柵の周囲に周到に目を光らせていた。一人では目が足りぬと、三人の配下も呼び寄せている。四人がそれぞれ四方に目を注いだ。特に川の反対側に当たる西の湿地には、経清が自ら気を配った。

「八つの眼《まなこ》で周囲を隈《くま》なく詮索せよ！　些細な異変も見逃すでないぞ」

経清が兵に発した言葉は、自分自身にも向けられたものである。

張り詰めた緊張感の中、間もなく半刻が過ぎようとしていた。西の空が赤らみ始める。しかし一向に敵の動きは見られない。

「どうやら俺の考え過ぎだったらしい」経清は独り言を呟いて苦笑した。ふっと櫓の空気が緩む。

その空気が経清に夕焼けに染まる巌鷲山《がんじゅさん》を気付かせた。戦で張り詰めた毎日で、近頃はこうした余裕も失っている。

物見の兵と共に、経清はその雄大さに暫《しば》し見惚《みと》れた。山頂から中腹まで、既に雪が降り積もっている。

その巌鷲山のある北側から、数十羽はいようかという雁《かり》の群れが飛来した。この時期、遥か西比利亜《シベリア》の大地から渡り来る雁は高松の池で羽根を休めて越冬する。その楔形《くさびがた》の美しい隊列は、経清らを魅了した。晩秋特有の凛とした冷たい空気がどこまでも心地良い。

「満足したか？」経清は笑顔で配下に尋ねた。皆、穏やかな表情で頷く。

「念のため交代で物見を続けよ。何かあったら直ぐに鐘を鳴らせ」

兵に命じ、経清は櫓を降り始めた。後ろに二人の兵が続く。皆名残惜しそうに雁を見詰めながら階《きざはし》を降った。

〈――？〉

不意に経清の足が止まった。慌てて後ろの二人も歩を止める。

「如何《いか》が致しました？」怪訝そうな顔で一人の兵が質した。

「今、西の湿原の上空で雁の列が乱れた。雁行《がんこう》乱れる所に兵在りと言う……」

経清の言葉に二人の兵が互いに顔を見合わせる――。

「甲冑の擦れる音や反射する光が雁を脅かすとか。間違いない！　敵はあそこぞ！」

叫ぶと経清は勢い良く階を駆け下りた。


その夜、義家は蛇の島の藪の中で百人の兵に下知を発していた。その兵らは冷静だった。皆死を覚悟している。

「よいか、ここから厨川柵まで僅かに五里（当時の一里は約五三三・五メートル）。馬でも四半刻と掛からぬ距離じゃ。この急流なれば馬よりも遥かに速く柵に達しよう。右手に柵が見えたら躊躇《ちゅうちょ》無く舟から飛び降りろ。柵の灯りが目印ぞ。敵は灯りに目が慣れておる故、暗い川面は見えない筈じゃ。焦らずとも良い」

兵らは闇の中、無言で頷いた。

「この川は浅い。流れは急だが簡単には流されぬ。着水したら即座に石垣を登れ。この闇なれば見咎められぬ」

義家はさらに下知を重ねる。

「仮に敵に知られて矢を射られても、この陣笠なれば心配は無い。石や熱湯《あつゆ》が放たれても陣笠が守ってくれよう。それに矢とは真上からは案外射難いもの。滅多には当たらぬ」

兵らは通常よりも二《ふた》周りは大きな陣笠を被っていた。真上から見れば兵の両肩がすっぽりと笠に隠れている。無論、矢も撥ね返す鉄製である。

「柵に入ったら火を掛けよ！　敵兵を殺《あや》める必要は無い！　後は闇に紛れて各々逃れよ！」

義家の下知に兵らはおお、と気勢を上げた。


「そろそろ川攻めの兵が来る頃合ぞ」

貞任は経清と共に崖に向かった。そこには既に幾つもの大鍋が運ばれている。中には大量の湯がぐらぐらと煮立っていた。他にも子供の頭程の石が山と積まれている。

「下知があるまで手出しは無用ぞ。わかったな？」貞任は、逸《はや》る兵を宥《なだ》めた。

〈来たな……〉

経清は、暗闇の中、濁流を木の葉のように舞いながら近付く船団の気配を感じ取った。貞任の蒼い左眼も、確かにその船影を捕らえている。

先頭の舟が柵の真下に達した。ひらりと舟先から人影が舞い、音も立てずに川岸に着地した。おそらく義家であろう。それに続き、後続の舟から次々と兵が飛び降りた。水飛沫《しぶき》や甲冑の音は濁流に消され、暗闇は敵兵の姿を隠す。しかし貞任の左眼にはその姿がはっきりと映されていた。

「まだだ。まだ手を出すな。十分に誘え」貞任は左手を横に広げ、小声で味方の兵を制した。

崖下では義家が上空を睨み付けている。今の所、柵に異変は無い。

義家は配下に目で合図した。まずは先陣を任された十名が無言で頷き、石垣に手を掛ける。

真下の砂地で義家が見守る中、兵達は順調に石垣を登り続けた。やがて柵まで半分という所に達した所で、一人の兵が右手を滑らせ、左手だけで宙吊りとなった。石に油が塗られていたのである。

左手一本で懸命に体を支えていた兵だったが、やがて力尽きた。鉄の陣笠が仇となり、頭から真っ逆さまに川に落ちる。水嵩が浅い事も災いした。川底に頭から叩きつけられた兵は、頭と首の骨を折って即死した。他の兵も次々と落下する――。

「見るな！」義家は、他の兵に命じた。落ちる味方を見れば後陣は嫌でも恐れを成す。

義家だけが石垣の兵を見詰めていた。祈る様に見詰めていた最後の一人も、敢え無く手を滑らせた。哀れな兵は義家の直ぐ目の前に落ちて行く。その瞬間、恐怖に顔を歪めた兵と義家の目が合った。直後に水飛沫が舞い、首が折れる嫌な音がした。その後、暫《しばら》く静寂が辺りを支配する—。

「小柄《こづか》を使え！　石垣の隙間に差し込んで登るのだ！」

義家に兵を哀れんでいる暇は無かった。すかさず兵に下知を飛ばす。

残された兵は腰の袋から小柄を二つ取り出し、両の手に一つずつ握って石垣に群がった。

この策は功を奏した。油が塗られた石垣を苦にもせず、兵はすいすいと石垣を登って行く。初めからこうするべきだったと義家は唇を噛んだ。

先頭を登る兵があと僅かで柵に達する。勢い付いた義家の隊は、我も我もと後に続いた。

〈行ける！〉

義家が手応えを感じた時、中腹に居た一人の兵が、ある石に手を掛けた。不揃いの石が積み重なる中、その石だけは正六角形に整えられている。しかも石には違い鷹の羽が彫られていた。安倍の家紋を模したものである。

兵が手に力を込めると、石が急に奥に動いた。石垣の裏側に空洞があるようで、石は乾いた音を残しながら、底知れぬ闇の奥へと消えて行く—。

その直後。

—ごごごごご…。

石垣にぽっかりと空いた六角形の穴に両腕を入れ、落ちまいと必死にもがく兵から義家が目を背けた途端、辺りに不穏な地鳴りが鳴り響いた。地鳴りは次第に大きくなり、やがて地面も僅かに揺れ出す—。

次の瞬間、義家は驚愕した。なんと山と積まれていた石垣が音を立てて雪崩《なだれ》の如く崩れ出したのである。がらがらと落下する巨石が次々に義家を襲う—。

義家は反射的に後ろに跳び、間一髪で直撃を避けた。物凄い轟音が義家の耳を劈《つんざ》く。周囲で巨大な水柱が立った。川面に打ち付ける水柱は霧と化す。霧が晴れた後は土埃がもうもうと立ち込め、義家の視界は長い間遮られた。どの位時間が経っただろうか。実際にはそれ程ではなかったが、土埃が納まるまでの時間が、義家には一刻の長さにも感じられた。

視界を回復した義家は、絶句した。目の前には崩落した石垣が日高見川の流れを堰き止めんばかりに転がり、その巨石に挟まれ殆《ほとん》どの兵が潰されていたのである。

〈敢えて石垣を崩す仕掛けか！〉

そう叫ぼうにも声が出ない…。

義家はがくがくと膝を震わせた。

「今だ！ 湯を掛けよ！」義家の遥か頭上で貞任が叫んだ。

咄嗟に横の岩肌に飛び、辛うじて難を逃れた僅かの兵に容赦無く熱湯が浴びせられた。陣笠を被ってはいるものの、兵はどうしても上を見上げてしまう。湯は目を焼き、堪らず石から手を離した兵が落ちる。

「残った兵には石を落とせ！」

貞任が命じると、力自慢が軽々と巨石を持ち上げ、敵兵に狙いを定めた。顔の高さまで石を持ち上げた後、ぶんと真下に投げ下ろす。陣傘を直撃した巨石は、そのまま敵兵の首をぼきりと折った。

必死で石垣にぶら下がる兵を見ながら、義家はただただ震えていた。見ているだけで何も出来ない。遂に兵は最後の一人となった。絶望が義家を襲う──。

義家の願いも虚しく、最後の兵の手がゆっくりと石垣から離れた。

断末魔の絶叫が義家の鼓膜を激しく揺さぶった。

その頃、柵の西側の湿地帯では義綱が千の兵を携え、出撃の時を窺《うかが》っていた。義家の隊が柵に潜入し、火を放つのと同時に攻め込む算段となっている。しかし彼此《かれこれ》一刻以上身を潜めているのだが、東の空に一向に火の手が上がる気配は無い。

〈兄者め、しくじったか？〉義綱は苛々《いらいら》と柵を睨み付けた。

半刻後、諦めかけた義綱の顔が俄《にわ》かに輝いた。柵から焔《ほむら》が立ち上がったのである。

当然、義綱は義家が放った火と捉えた。しかし実際は、義綱の存在に気付いていた経清が、敢えて放った火柱だったのである。

「よし、出撃じゃ！」そうとも知らずに義綱は勇んで軍配を大きく振った。千の歩兵が一斉に走り出す。

「止まれ！」一里程進んだ所で義綱が叫んだ。図面ではこの辺りに空壕《からぼり》が記されている。

「ここから先は慎重に進め。壕を見つけたら板戸を掛けて橋とするのだ！」

義綱は五名の兵を斥候に出した。戻った兵はいずれも壕など無いと言う。

「誠か？見落としたでは済まされぬぞ？」

義綱はじろりと五人の兵を睨んだ。兵は自信を持って頷く。暗闇に一刻半も潜んでいただけあって、夜目は利く。

〈絵図が古いと見える。所詮《しょせん》、清原の力とはこの程度よ…〉

多くが清原の兵とあって口には出さなかったが、義綱は心の中で清原を嘲笑した。

「よし、遮るものは何も無い！ここまで来たら柵まであと一里ぞ！手柄を兄者に奪われてはならぬ！一番首を獲って名を上げよ！」義綱の声に兵は吶喊の声を上げて大地を揺るがした。

義綱はどっかりと床机に腰を降ろし、腕組みをして戦況を見詰めた。偃月《えんげつ》の前立ても見事な兜が暗闇に妖しく輝いている。その左右を賀茂神社の御紋、二葉葵《ふたばあおい》を染め抜いた旗印を掲げる側近が固めた。

義綱の顔には笑みがあった。源氏の兵が少ないのが悔やまれるが、攻めが首尾良く運べば手柄は指揮を執る義綱のものとなる。柵に先に入ったのは義家であっても、百の兵では何も出来まい。

〈派手な策を自慢げにぶち上げよって。策士策に溺れるとはこの事よ。自ら囮《おとり》役を買って出るとは、何とも弟思いの賢兄じゃのう！〉義綱の高笑いが闇夜に響いた。

だが、その笑いは即座に失われる事となる。横一線に広がって我先にと柵に向かっていた兵が、一瞬にして悲鳴と共に消えたのである。

「何事ぞ！」義綱は思わず床机から腰を上げた。側近と共にすかさず前方に走る。

そこで義綱が見たものは、空壕の底で血塗《ちまみ》れになって呻《うめ》き声を上げる七百もの兵であった。闇の中、壕の底がきらりと月光に光る。底には何千本という槍や剣が刃を上向きにして立てられていた。まさに刃の林と言って良い。空壕の上には薄い板戸が敷かれ、その上を草木で覆って隠していた。義綱の隊は、謂《い》わば巨大な落とし穴に嵌《はま》ったのである。嘗《かつ》て雪の鬼切部攻めの際、永衡が用いた策を貞任が踏襲したものであった。

しかもこの壕、ただの壕ではなかった。敢えて脆《もろ》い砂で作られている。辛うじて生き延びた兵が這い上がろうと踠《もが》いても、あと僅かと言う所で砂が崩れ、再び底へと押し戻される。そうして刃が再び兵を襲った。これが無限に繰り返される。まさに壮大な蟻地獄であった。

一瞬にして大半の兵を失った義綱は、流石《さすが》に青褪めた。

「若、やはり罠が仕掛けられております。ここは撤退を！」

凍り付く義綱に側近が意見した。その言葉に義綱ははっと我に返る。

「俺は河内源氏を継ぐ男ぞ！うぬの指図など聞かぬわ！」義綱は手にした軍配で側近を横殴りにした。側近の口から鮮血が飛ぶ。

「空壕に板戸を掛けよ！」

我を忘れ、鬼の形相で義綱が叫んだ。即座に壕に橋が掛けられ、一直線に隊列を成した兵が渡る。

「壕さえ越えれば柵は直ぐそこぞ！敵は川岸に気を取られ守りも薄い筈じゃ！高麗門《こうらいもん》さえ抜ければ一直線で本丸に到達する！本丸に火を掛けよ！」頭に叩き込んだ図面を思い浮かべ、義綱が後方から激を飛ばした。

三百の兵が高麗門に達した。数こそ減らせど深更の奇襲なれば勝算は十分ある。兵の心は昂《たか》ぶった。

「どけどけ！」後方から巨大な木槌を肩に担いだ大男が並み居る兵を掻き分けて門に突進した。自慢の怪力で木槌を振り回し、渾身の力で門を撃つ。鈍い衝撃音と共に、門に巨大な穴が空いた。

兵は歓声を挙げ、門を潜ると本丸目指して皆猪突猛進《ちょとつもうしん》した。

どかっ！

先頭を走る兵が何かにぶつかり腰から崩れ落ちた。衝撃で口から血を吐き失心している。後続の兵が慌てて止まった。

衝突したのは巨大な塁壁《るいへき》であった。兵の背丈の三倍はあろうかという巨大な築地塀《ついじべい》が兵の行く手を阻んでいる。正面ばかりではない。左手も塀で塞がれていた。無論、図面には記されていない。

兵が呆気に取られている最中《さなか》、突然悲鳴が上がった。塁壁に空けられた無数の狭間《さま》から長槍が飛び出して来たのである。忽《たちま》ち五十の兵が倒された。狭い空間に三百もの兵が蠢《うごめ》いているとあって、狙いを付けずとも槍は面白いように敵を捉えた。必然的に兵の目は右手に向けられる。そこには第二の門である櫓門《やぐらもん》が待ち構えていた。無論、その門も堅く閉ざされている。その櫓門は多聞櫓《たもんやぐら》と呼ばれる構造で、二階の櫓に弓を手にした安倍の兵がずらりと並んでいた。指揮を執るのは経清であった。

経清が軍扇を翳《かざ》すと、矢が一斉に放たれた。即座にまたもや五十の兵が餌食となる。一瞬で残り二百名程となった。絶望する兵の耳に、ぎぎぎ、と鈍い音が響いた。目の前の櫓門が突然開かれたのである。身構えたが敵兵が現れる気配はない。

そこへ再び矢と長槍が繰り出された。兵らは明白《あからさま》な罠と知っても、櫓門に逃げ込むしか道は無い。生き残った兵が我先にと門の中に殺到する。

門の中は意外に広かった。敵の姿は無い。二百の兵はほっと安堵の溜め息を吐く――。

だが、即座にその安堵は絶望へと変わった。突如、巨大な天井が兵の頭上に迫って来たのである。

轟音が鳴り響き、土煙が霧の如く立ち込める――。

視界が晴れた頃、櫓門はその口から夥《おびただ》しい量の鮮血を吐き出していた。

その日の深更。河川敷の本陣では義家と義綱が惨敗の屈辱に打ち拉《ひし》がれていた。川攻めの陣頭指揮を執った義家は、運良く川辺の岩に引っ掛かっていた筏《いかだ》に乗り、一人窮地を脱出していた。否、この表現は正しく無い。その気になれば敵は確実に義家の息の根を止められた筈である。そうしなかったのは貞任が義家に気付き、情けを掛けたからに他ならない。無論、義家もそれに気付いていた。

〈黄海《きのみ》の戦いに続き、二度も貞任殿に救われ申した…〉義家は、厨川柵の方角へ黙礼した。

一方の義綱もまた顔面蒼白であった。空壕の落とし穴から始まり、桝形虎口《ますがたこぐち》に吊り天井と、義綱の想像を遥かに超える罠がこれでもかと張り巡らされていたのである。

「いつぞやの真逆となりましたの。ま、御曹司お二人が御無事で何よりでござった」

自慢の息子たちの相次ぐ敗戦に激怒する頼義を、武則が歪んだ笑顔で宥《なだ》めた。居並ぶ武貞ら清原の面々も侮蔑の笑みを浮かべている。

「清原の皆様方はさぞかし溜飲をお下げであろう。然《さ》れど手前の敗戦の元凶はこの絵図にあり！　偽りの絵図に踊らされねば勝機は十分ござった！」屈辱に耐え切れず、義綱が武則に食って掛かった。

「これはしたり！　柵とは常に手を加えられしもの。古き絵図に敗戦の責めを預けるとは笑止千万！　如何《いか》にも柵内までの様子は知り様が無かれども、空壕の仕掛けなれば事前に物見を出せば容易に知れた筈。絵図のせいにするのは筋違いにござる！」武則が厳しい目付きで義綱を一蹴した。

「それに空壕の罠に嵌った時点で、何故他にも仕掛けがあると考え召されなかった？　手前ならその時点で兵を引き上げ申す。なれば三百の兵は無事にござった。失った千の兵は我ら清原の兵にござるぞ！」

武貞がここぞとばかりに父武則に加勢した。こうなると義綱は押し黙るしかない。

「悪戯《いたずら》に武則殿の兵を死なせてしまい申した。武則殿、この通りじゃ…」頼義は額を床に擦り付けた。

「あいや、将軍に左様な事をされてはこちらも困り申す。ささ、どうか御顔をお上げ下され」

そう言いながらも、武則は上機嫌であった。日の本広しと言えども、正五位の陸奥守に頭を下げられる者はほとんど居ない。ましてや武則は無位無冠の上、俘囚の身である。

「兵はまだまだ居り申す。今は次の策を練るのが肝要。何か良き策をお持ちなればお聞きしたい」

優越感に浸りながら、武則は場を仕切った。源氏の面々は意気消沈して俯《うつむ》いている。

「それでは真衡、そちの策を申して見よ」

源氏から声が上がらぬと見て、武則は真衡を指名した。真衡は場を見渡すと小さく咳払いする。

「此の度の戦を見るに、柵に様々な仕掛けが施されておるは最早《もはや》明らか。籠もる柵に攻め込むのは無謀にござりましょう」冷ややかな笑みを義家と義綱に向けて真衡が言う。

「では、何とする？」

「巣に籠もる鼠《ねずみ》は燻《いぶ》り出すに限りまする」義家の言葉に真衡は口許を歪めて答えた。

「この絵図には井戸が記されておりませぬ。聞けば日高見川に面した断崖に迫《せ》り出した水場を築き、滑車から吊るした桶《おけ》を投じて川から水を汲んでおるとか」

「その絵図は信用出来ぬ！」抑揚の無い声で語る真衡に義綱が噛み付いた。それを無視して真衡は続ける。

「考えても見なされ。あの高さから井戸を掘って地下水脈を探すは難儀。然《さ》れど直ぐ横には日高見川が豊かな水を湛えておりまする。あの柵に限っては井戸と川、どちらに頼るかは火を見るより明らか。あの柵に井戸はござらぬ」

「だったら何だと申す！」子供に諭す様な口調で語る真衡に、義綱は苛立《いらだ》ちを隠せなかった。

「飲み水を川に頼っているならば、その川に毒を撒けばどうなりましょう？」

冷酷な笑みを湛えながら平然と言う真衡に、場が凍り付いた。

「あの流れの速さなれば、毒などあっと言う間に下流に流れよう」

やや間を置いて義家が辯駁《べんばく》した。川攻めの指揮を執った義家は、身を以ってその速さを知っている。

「これは式部少丞《しきぶしょうじょう》殿の許で学んだお方とは思えぬお言葉にござりまするな…」真衡は皮肉を吐いてさらに続ける。「毒が流される事など問題ではござりませぬ。何なら毒など撒かずとも良い。重要なのは毒を撒いたと触れ回る事。それだけで敵は疑心暗鬼となり、川水に口を付けられなくなりましょう」

「如何《いか》にも真衡殿の申す通りぞ。飲み水を失えば、敵は柵から出ざるを得ぬ…」頼義が震える声で呟いた。

「そこに総攻撃を仕掛けると申すか！　外での戦となれば清原六千に対して安倍は千！　これで勝ちは定まった！」

興奮した武則が膝を打って破顔一笑した。

「そなたの策に水を差す心算《つもり》はござらぬが、柵内の水甕に幾許《いくばく》かの蓄えは必ずあろう。これからの季節は冬。積もった雪は熱すれば飲み水に化ける。そうなれば春まで容易に耐えられよう」

またもや義家が鋭い目付きを真衡に向けた。この時点では、連合軍は柵内の水堀の存在を知らない。

「そう言う義家様ら源氏の方々は火責めが御家芸でしたの。ならば柵に火を放てば宜《よろ》しい」真衡が平然と切り返す。

「空壕が邪魔をして火矢が届く距離まで近づけぬ。あの堀は深さ五間。さらにその底には刃が逆茂木《さかもぎ》の如く敷かれておる。かと申して東側の川向かいでは逆に近すぎて敵の矢を喰らう」

こう反論したのは実際に空壕をその目で見てきた義綱である。

「その空壕にびっしりと木と枯れ芒《すすき》を敷き詰め、火を放つ。さすれば忽《たちま》ち柵は周囲ぐるりを火の壁に包囲されましょう。それだけの炎なれば風向き一つで柵に容易に燃え移りまする。火を消すために使うは敵の飲み水。柵を燃やし尽くす程の大火事になるのが最良にござりますが、仮にそこまでの事態とならぬとしても、水を絶つには十分にございましょう。それに火の熱は空壕の刃を溶かし、木々が燃え尽きた灰は深い空壕を埋めまする。明日にも冷めれば兵は鼻歌交じりに平らな壕を越え、意気揚々と柵に攻め込めましょう」

流れるように発せられる真衡の策に、場からおお、と歓声が上がった。

その歓喜に再び義家が水を差す。

「如何《いか》にも芒なれば川原にいくらでも生えておるが、肝心の木とやらは何処から調達すると申されるか？　聞けば壕まいの深さは五間もあるとか。しかもあれだけの外周。それを全て埋めるとなると、近隣の山々を全て禿山《はげやま》とせねばなるまい。一万の兵を充てても二月《ふたつき》は掛かろう。その頃には既に真冬となる！」

義家の言葉に皆がうーむと唸った。確かにその通りである。しかし真衡だけは涼しい顔をしている。

「何か策はあると申すか？」武則が促すと真衡は薄い唇の片端を吊り上げ、小馬鹿にしたような笑みを混えた。

「この地に住まう民は戦を恐れ、家を捨ててどこぞに逃げたとか…」

尤《もっと》もこの真衡の言葉は真実ではない。実体は貞任が米や黄金を民に持たせ、安全な場所に避難させたのである。

ともあれ、真衡は続けた。

「不来方には五万と民が住んでおり申す。それだけの家を壊せば、明朝までに山と木々が集まりましょう」

「罪無き民の家を破壊する気か！」平然と答える真衡に、義家は張眉怒目《ちょうびどもく》となった。それを受け流して真衡は続ける。

「まずは川に毒を流し、それを触回って不安を煽ぎ立てまする。その上での火責めとなれば、案外早くに柵外での戦を決心するやも知れませぬ。無論、敢えて火の手を弱める抜け道を用意しておき、そこを全軍で迎え撃つ事をお忘れなく。燃える厨川柵を見て先に重任が嫗戸柵より出て参ればそれも良し。厨川と嫗戸、一網打尽に出来ましょう」

冷静に真衡が策を纏めた。談天雕竜《だんてんちょうりょう》な真衡に、異を唱える者は誰もいない。老獪な頼義さえも、弱冠十九歳の真衡に完全に圧倒されている—。

〈毒と火を使い、民の家まで利用するとは…。こ奴、外道《げどう》ぞ！〉

義家は能面の様な冷酷な笑みを浮かべる真衡を見詰めながら、襲い来る眩暈《めまい》と必死に戦っていた。


康平五年九月十七日の夜が明けた。その日は雲一つ無い、見事な日本晴れであった。

貞任は厨川柵の本丸で、一人床机に腰掛けていた。不来方に戻って以来の数日間、貞任は殆《ほとん》ど眠りを取っていない。しかし、この夜は珍しく僅かに微睡《まどろ》んだ。麻姫が拵《こしら》えた木札の衣が貞任の心を安らいだのである。それでもその時間は長くはない。軍議に次ぐ軍議、その合間を縫っての兵の激励や柵の見回り、太刀や弓の手入れ…。安倍の惣領にして総大将が本丸に戻ったのは、東の空が白んじて来た僅か四半刻程前の事であった。

その貞任の浅い眠りも、伝令の慌しい足音によって虚しく奪われる事となる。

「敵に動きが！　壕に大量の木材を投じております！　枯れ芒《すすき》も山の様に！」

兵の報せに貞任は飛び起き、自ら物見櫓へと走り出した。

「どんな様子だ⁉」

「外壕のほぼ全てに木々が山と積まれている。おそらく民の家を取り壊したのだろう」

階《きざはし》を登り来る貞任の声に応じたのは、既に櫓《やぐら》に居た経清であった。その経清の目線の先を貞任が追う。そこには経清の説明通りの光景が広がっていた。

「枯れ芒と聞いて嫌な予感がしたが、間違いない。敵は火責めで来る」貞任の暗い声が櫓に響いた。

「柵の周囲ぐるりを火の壁で遮られては、只では済まぬな…」

経清も背筋に冷たいものを感じていた。


本丸に戻った貞任は早速軍議を開いた。と言っても、それに加わる者は今となっては経清、則任、為行しかいない。

秘密の地下道で繋がっているとは言え、重任は嫗戸柵《うぼとのさく》で指揮を執っている。頼義が厨川柵を攻めると見せかけて、嫗戸柵に狙いを変える可能性も十分ある。

「如何《いかが》致す？」貞任の一声で軍議が始まった。

「火を掛けられる前に撃って出て、外壕を死守するのが一番良いのだが…」

最初に言葉を発したのは為行であった。皆の目が為行に向けられる。

「敵もいよいよ全軍を投じて来よう。数の上では柵外で戦っての勝ち目は無いに等しい」

貞任の言葉に、為行も静かに頷いた。

「火を掛けられる前に重任兄者に敵の背後を襲って貰うのは如何《いかが》か？」重任の同母弟、則任が意見した。

「悪くはない策だが、ここで六郎《しげとう》に万が一の事態が起これば我らは最後の切り札を失う事となる。千の兵しか持たぬ六郎は我らよりも遥かに脆弱《ぜいじゃく》。仮に六郎を動かし、苦戦となっても今度は壕が邪魔して我らは助けにすら行けぬ」

貞任が唇を噛んだ。流石《さすが》に地下道は軍勢を進め得る程広くはない。重任軍の救援となれば柵外に出るしかないが、今度は皮肉にも木々が堆《うずたか》く積まれた外壕が山脈の如く行く手を阻む事となる。それに嫗戸柵との連動策が採れなければ、安倍の勝利は無い。重任の軍勢が嫗戸柵に戻れればまだ再起は可能だが、厨川柵に逃げ込んだり、あるいは最悪討ち取られでもしたら、いよいよ万策尽きる事となる。その場合、良くて冬を待っての痛み分けとなろう。頼義が撤退すれば、安倍軍は千載一遇の好機を逃す事となる。ばかりか春には内裏から何万と言う援軍が送り込まれよう。

「貞任殿の言う通りぞ。飲鴆止渇《いんちんしかつ》こそ身を滅ぼそう。ここは様子を見るしかあるまい」経清もこれに同調した。

「そうじゃの。外壕から館までは一里の距離がある。日高見川が守ってくれる東側から風が吹けば、滅多に館に飛び火はせぬ。それに風の勢い次第では、北や南、西の風とて、案外ここまで火の粉は届かぬやも知れぬぞ？仮に館に火が移っても、水堀の水で何とか凌げよう」為行が僅かに喜色を浮かべた。

「貴重な水を放って火を消すと申されるか？飲み水を失っては三日と持ちませぬぞ！」

貞任の言葉に為行の表情が俄《にわ》かに曇った。敵が日高見川に毒を撒いたとの触れは既に耳に届いている。

「毒水でも火消しには使える。今のうちに川の水をありったけの甕《かめ》や樽に汲んでおけ！」経清が兵に命じた。

「後は風に祈るしかあるまいな…」

貞任の搾り出すような一言で、合議は終わった。

その頃、頼義の姿は、本陣から東に二里の場所にある小さな森の中にあった。都から呼び寄せた宮大工に祠《ほこら》を造らせ、自ら石清水八幡宮を勧請《かんじょう》したのである。源氏の守護神たる八幡神に手を合わせ戦勝を祈願した頼義は、今や最古参の家臣となった茂頼と景通を引き連れ、意気揚々と陣に戻った。

「将軍、お待ち申し上げましたぞ！ご覧下され。策は万事整い申した！」

武則が誇らしげな笑みを浮かべ頼義を出迎える。

「ほう…」武則の見詰める方角に目をやり、頼義は感嘆の声を漏らした。厨川柵を取り囲むように壕に沿って木々が渦高く積まれている。民家を打ち壊すと言う暴挙とも言える策を打ち立てた真衡も見事だが、これだけの作業を僅か数刻で完遂した清原の兵に、流石《さすが》の頼義も感服した。

「将軍、後は火矢を射るのみ。ここは是非とも日の本一の弓の名手、頼義将軍に口火を切って頂きたい」

武則はそう言うと柵の方角を指差した。頼義が額に手を当て目を凝らすと、遥か彼方、山と詰まれた木々の最上段に、小さな的が置かれている。その距離、およそ八町（約八七〇メートル）。

武則は頼義に火矢と弓を差し出した。武則は頼義を見詰めながらにやにやと口許を歪めている。

「これは…」一瞬、頼義は困惑の表情を浮かべた。手渡された弓は、五人張りの滋籐弓《しげとうゆみ》であった。

確かに嘗《かつ》ては当代一の弓の使い手と天下に名を轟かせた頼義であったが、その生まれは永延二年（九八八）。従って当年七十五を数える筈である。流石《さすが》に往年の力は無い。誰が見てもこれだけの強弓を引くだけの腕力は無かった。仮に引けたとしても、あれだけ離れた小さな的に命中させるのは、最早《もはや》神業である。

〈おのれ武則の奴め、年寄りに花を持たせるかと思いしが、この期に及んでこの儂《わし》に恥を掻かせる魂胆か…〉

頼義に沸々と怒りが込み上げて来た。激戦で数を減らしたとは言え、五千を越える清原の兵が注目する中、着火に失敗すれば末代までの名折れとなる。

「僭越《せんえつ》ながらその大役、手前にお任せ頂きたい！」その場に凛とした声が響いた。

声の主は、憤怒の表情の義家であった。頼義から滋籐弓を受け取ると、有無を言わさず火矢を番《つが》える。その矢の長さ、実に十二束三伏《じゅうにそくみつぶせ》！

「南無八幡大菩薩。伏し願わくば八幡三所、見事神火《しんび》を命中させ、南風を起こして柵を焼き払い給え！」

義家は叫ぶと五人張りの弦を苦も無くぎりぎりと引き絞り、遥か遠い的に狙いを定めた。

ひょう！

一瞬の間の後に放たれた火矢は黒煙を曳《ひ》きながら晩秋の青空に虹を描き、見る見る的に近付いて行く──。

どん！

見事に的を射抜いた音と同時に大歓声が湧き上がった。程無くして火は芒《すすき》に燃え移り、めらめらと炎が立ち昇る。

さらに炎は外壕に沿って瞬く間に左右に走った。再び歓喜の声が上がる。

その時、軍陣の真上を真っ白な鳩が飛んだ。

「鳩は八幡神の化身ぞ！　天は我らに味方せり！」

頼義は狂喜の余り涙を流した。兵も皆、血潮昂ぶり拳を天に振り上げている──。

連合軍の士気はこれ以上無い程高まっていた。


義家の願いが八幡神に届いたのか、それまでの秋晴れが嘘のように俄かに空が曇り、忽《たちま》ち南から暴風が吹き荒れた。既に火は外壕沿いにぐるりと巡り、宛《さなが》ら赤い万里の長城の如く厨川柵を取り囲んでいる。颶風《ぐふう》で煽られた炎は、遠く離れた柵内の館を襲った。

その柵内では軍議が紛糾していた。まだ炎まで距離がある筈だが、本丸にも熱気が立ち込めている。それもその筈、既に柵の周りは秋空に天高く舞い上がる紅蓮の屏風に囲まれていた。唯一、裏鬼門に当たる南西側の一点のみ、火の手が鈍い。柵の内側からは見えなかったが、そこには清原軍の精鋭が配置されていた。

「このままでは直《じき》に火の粉が飛んで来る！　例え建物に燃え移らぬとて、灼熱地獄にやられてしまうぞ！」

為行は叫んだ瞬間、煙を吸って激しく咳き込んだ。

軍議は二派に分裂していた。為行と則任は手遅れにならぬうちに南西から柵外に撃って出るべしと主張した。

「これ見よがしの逃げ道は誘いの罠と見受け申した。恐らく敵の大群が待ち構えている筈。ここは暫《しばら》く様子見を」

経清は慎重論を唱えた。貞任もこれに頷く。

「重任兄者に背後から牽制してもらえませぬか？」状況を打開しようと則任が再び兄を頼りにする。

「頼義の事だ。今頃嫗戸柵にも攻め入っていよう。六郎《しげとう》にも余裕は無い」

低い声で答える貞任に則任は押し黙った。果たして、まさにその通りであった。兵力に勝る連合軍は二柵を容易に相手に出来る。

「こうなった以上は六郎《しげとう》自身の判断に委《ゆだ》ねる他あるまい。こちらの様子は火が邪魔をして見えぬだろうが、いざ我らが柵外に出撃すれば、嫗戸の物見も容易に気付こう」

「貞任殿も出撃に賛同なさると申すか！」惣領の言葉に為行が破顔した。

「今直ぐにとは申しておりませぬ。もう少し敵の数を減らしてからでないと、逆に命取りとなり申す。出陣は最後の手段と心得召されよ！」

貞任は為行を一喝した。舅《しゅうと》とは言え、惣領の権力は絶対である。

為行も漸《ようや》く納得した。


それから一刻半が過ぎた。

貞任らの願いも虚しく、火の手は益々勢いを増していた。柵内の草木にも飛び火し、陽炎《かげろう》が揺らめいている。館の中もかなりの高温となっていた。皆大粒の汗をかき、咽喉の渇きに喘《あえ》いでいる。それでもおいそれと水濠の水を飲む訳にはいかない。川に毒が撒かれたとの情報もあり、水は今、厨川柵内で最も貴重なものとなっていた。

突然、南館《みなみのたて》から悲鳴が上がった。

貞任らが目をやると、南館の屋根から火柱がめらめらと立ち昇っている。遂に柵内に飛び火したのである。

「川より汲み置いた毒水を使え！　水濠の水は貴重な飲み水ぞ！　手を付けてはならぬ！」貞任は大声で叫んだ。

貞任の命を受け、現場に急行した則任は絶句した。周囲にはどす黒い煙が立ち込め、一寸先も見えぬ有様である。

「水濠の中には槍や刀が仕込んである。間違っても水濠に落ちるでないぞ！」

則任は叫ぶと自らも手桶に水を汲んで火元に放った。

四半刻後、則任らの活躍で何とか火は消し止められた。しかし安堵する間もなく、直ぐに隣接する外館《とだて》に引火した。

「水が分散しては食い止められぬ！　桶を手に一列に並び、順繰りに水を廻して一点に放て！」

本丸から駆け付けた経清がてきぱきと指示を飛ばす。即座に二十人程の兵が列を成した。水桶が次々と伝達され、火元に集中して放水される。

しかし今回は火の勢いが勝っていた。手桶で放つ水は燃え盛る炎にまるで歯が立たない。文字通り焼け石に水である。地獄の業火がみるみるうちに外館を飲み込んで行く。

「崩れ落ちるぞ！　離れろ！」経清が叫んだ直後、けたたましい音と共に外館が崩壊した。

崩れてもなおおどろおどろしく燃え続ける外館を見て、兵の恐怖は頂点に達した。

迫り来る炎の恐怖と灼熱に気が触れ、一人の兵が鎧を脱ぎ捨て半裸となって柵の東側へと疾走した。その先にあるのは日高見川である。

「まさか！　止めろ！」

経清の制止を振り切り、兵は川へと真っ逆さまに飛び込んだ。無論、助かる高さではない。別の兵はあまりの熱さに水濠に飛び込み、敢え無く刃の餌食となった。水面に赤い血が漂う。

〈俺は…、負けるのか―〉

原始仏教の経典、長阿含経《じょうあごんきょう》に記された大焼炙地獄《だいしょうしゃ》宛《さなが》らの光景を目の当たりにし、流石の貞任も激しく動揺した。

その時、櫓の上の物見の兵が大声で叫んだ。

「井殿《いどの》様が柵の外に！」

「何！　太郎兄者がか！」貞任は急いで櫓の梯子を駆け上った。

貞任が櫓から見たものは、死装束《しにしょうぞく》を身に纏い、念仏を唱えながら足早に歩く井殿の姿であった。その背には薄墨で宝相華《ほうそうげ》が描かれている。

「兄者、何をしている！　戻られよ！」貞任の懸命の叫びも虚しく、井殿は益々柵から遠ざかって行く——。

やがて井殿は敵見ヶ森《かたきみ》に達した。ここは空壕の内側に位置しているとは言え、敵の矢の届く距離にある。

「兄者、戻れ！」堪らず貞任は櫓を駆け下りると、兵も付けずに一人高麗門から飛び出した。

揺らめく陽炎の向こうに、敵見ヶ森の物見櫓に登る井殿の姿があった。階《きざはし》を登るその足取りは、盲目とは思えぬ程軽やかである。

物見台に辿り着くと、井殿は盲《めし》いた目で貞任をじっと見詰め、あらん限りの声で叫んだ。

「貞任よ！　良く聞け！　これより荒覇吐《アラハバキ》の神託をそなたに伝えよう！」

井殿の声に貞任の脚が止まった。

井殿は目を閉じると大きく息を吸い、そしてそれを長く吐き出した。一瞬の静寂が二人を包む——。

次の瞬間、井殿の口から衝撃の言葉が発せられた！

「今日はそなたの命日ぞ！」

貞任は雷《いかずち》に撃たれたかの如く凍り付いた。呆然とする貞任に、井殿が静かに語り掛ける——。

「そなたは数十本の矢を受け、大盾に載せられ六人掛かりで敵陣に運ばれよう。そして首を刎ねられ、その首を八寸釘で丸太に打ち付けられた後、京に運ばれ晒し首となる…」

「…」あまりに酷《むご》い井殿の予言に、貞任は放心した。

「だがまだ策はある」

「策？」

「——そなたの運命《さだめ》、この私が貰い受けよう…」

井殿は両の指で独股印《とくこのいん》を結ぶと、『臨《りん》・兵《ぴょう》・闘《とう》・者《しゃ》・皆《かい》・陣《ぢん》・烈《れつ》・在《ざい》・前《ぜん》！』と唱えながら順に九種の印を結んだ。井殿はこれを何度も繰り返す。次第に呪文を唱える速度は速まり、逆にその声は次第に小さくなって行く——。

呪文を耳にした貞任は体に異変を感じた。自分の体が宙に吸い上げられたかと思ったら、次の瞬間は足許が海の如く大きく波打つ感覚に襲われた。貞任は思わず地面に手を突く。そこで初めてそれが錯覚である事を理解した。地面は微動だにしていない。

次第に貞任の体が石のように重くなり、徐々に意識が遠退《とおの》いて行く――。

やがて井殿の声が止まった。貞任は朦朧とする意識の中、ぼんやりと兄を見詰める。視線の先の井殿は、刀印を結んで四縦五横の格子を空に描くと、両腕を十字に広げ、見えない目で天を見上げた！

俄かに黒雲が湧き上がり、北の空に稲妻が恐ろしく光る――。

その刹那、井殿は櫓から真っ逆さまに飛び降りた！

「兄者！」錯覚から覚醒した貞任が半狂乱となって兄の許に駆け寄った。地面に激しく叩き衝けられた井殿は、虫の息だが未だ僅《わず》かに意識があった。

「太郎兄者！逝くな！俺を置いて逝かないでくれ！」貞任は井殿を抱き抱えた。蒼い左眼から涙が溢れる――。

その涙が井殿の頬を打った。その時、固く閉じられていた井殿の目が開いた。

井殿の体が僅《かす》かに震え、顔に穏やかな笑みが浮ぶ――。

「そなたが貞任か…」

貞任は何度も激しく頷いた。

「思い描いていた通り、精悍で美しい男よ…」

「兄者、俺が見えるのか！」

ここに奇跡が起きた。地面に打ち付けられた衝撃で、井殿の視力が戻ったのである。

「これでそなたは大丈夫だ。柵が燃えておる。早く戻って指揮を執れ…」か細い声で井殿が訴える。

「兄者を置いては行けませぬ！」

貞任は左手を井殿の右手に伸ばした。井殿の震える指先が微かにそれに触れる――。

その時井殿の目は、貞任の背後にいる人物を捉えていた。貞任に瓜二つなその男は、異国の服を纏い、髪を両側で角髪《みずら》に束ねている。井殿は一目でこの男がこの世ならざる者である事を理解した。男の胸元には、貞任と同じ琥珀の勾玉が輝いている。

男は、井殿に向かって小さく頷いた。

〈輪廻転生《りんねてんしょう》、貞任は阿弖流為《あてるい》公の生まれ変わりであったか…〉

井殿は貞任に目をやり、僅かに微笑んだ。

貞任の溢した涙が井殿の頬に伝わる—。

〈陸奥を頼む…〉

井殿の口がそう動いた。

貞任もその言葉を魂で聞いた。

これが貞任が聞いた兄の最期の言葉であった。


貞任は、ほんの僅かな時間、夢を見ていた。

『なぜに貞丸は兄上や宗丸達と顔が違う?』

幼い童が顔を真っ赤にして必死に兄に問い掛けている。貞任は、それが幼い日の自分である事に気付いていた。

二人のいる場所は、実に懐かしい場所であった。貞任と井殿が共に育った衣川の並木御所である。

兄は微笑んだまま、何も言わない。

そして幼い弟を、しっかりと抱き締めた。

その懐は、暖かかった。

貞任は、想い出した。

幼い頃、自分だけ他の兄弟と容姿が違う事、自分だけ母親が居ない事に涙した時、決まって貞任は井殿を訪ねた。

幼いながらも父頼時が宗任に期待を寄せている事を察し、態《わざ》とうつけを演じて見せたが、井殿だけは全てを理解していた。辛い時、哀しい時、いつも傍に井殿が居た。

貞任は井殿が好きだった。

好きで好きで堪らなかった。

目の見えぬ兄を守るため、貞任は体を鍛え、武芸に励んだ。

太刀の腕が上がる度に、井殿は貞任を褒めてくれた。

それを励みに、厳しい稽古に一層精進した。

幼い頃、井殿だけが心の支えだった。

その兄は、もう居ない──。

心が折れかけた時、井殿の声が聞こえた。

〈陸奥を頼む…〉


貞任ははっと我に返った。

そこには自らの身代わりとなって果てた井殿が横たわっていた。いつの間にか雨は止んでいる。

その時、炎の屏風と化した空壕の向こうから、無数の矢が放たれた。

「兄者、一緒に帰ろう！」

貞任は井殿の亡骸《なきがら》を抱き抱えると、小走りに厨川柵を目指した。

その蒼い左眼に、もう涙は無かった。


柵に戻った貞任が目にしたものは、宛《さな》ら地獄絵図であった。熱さに耐えかねた無数の兵が水濠に飛び込み、その身を切られ屍と化している。日高見川に身を投じた兵も百は下らない。柵内には怒号と罵声が飛び交っていた。

〈俺には兄を偲ぶ暇《いとま》も無いと申すか…〉

貞任が天を呪った時、櫓の兵が上空に不気味な物体を見た。どす黒い曇天に紛れ鈍い輝きを発する物体が高速で柵に近付いて来る。櫓の兵が警笛を鳴らした。隼《はやぶさ》と見紛《みまご》う速さで柵に飛来する物体の正体は、遥か空壕の外から放たれた矢の塊であった。次の刹那、矢は急降下し逃げ惑う兵を襲う。忽《たちま》ち三十もの兵が倒れた。

「まさか！この距離で矢が届く筈が無い！」

井殿の亡骸を中館に安置した貞任が、本丸に戻り不動明王の如き形相で叫んだ。

「これは弩《いしゆみ》ぞ！」経清が遥か遠く、頼義の本陣を見据えて切歯痛憤《せっしつうふん》した。

頼義が多賀城から取り寄せた巨大な弩三十基がようやくこの地に届いたのである。荷車に一基ずつ積まれた弩は数人掛かりでなければ到底引けない巨大なものであった。その分、飛距離も格段に伸びる。その上荷車の台座にしっかりと固定されているため、精度も人の放つ弓の比ではない。弩から放たれた矢は過《あやま》たず柵を捉えた。

矢は第二波、第三波と次々に押し寄せる。その度に三十人の兵が餌食となった。

「これを延々と繰り返されては一溜まりも無いぞ！」為行が悲鳴を上げた。

矢は兵の命を奪うだけではなかった。館の屋根や壁に蓑《みの》の如く突き刺さった無数の矢羽に、風に煽られた炎が次々と引火したのである。

遂に本丸にも火の手が上がった。

「貞任殿！何か策は無いのか！」

業を煮やした為行が貞任に詰め寄った。義家が空壕に火矢を放ってから、既に二刻半（五時間）が経過している。柵が燃え落ちるのは、最早《もはや》時間の問題であった。

「──策は…、ある…」

沈思黙考《ちんしもっこう》の末に発せられた貞任の答えに為行の顔が俄《にわ》かに綻《ほころ》んだ。

「然《さ》れどこの策こそ最後の秘策。乾坤一擲《けんこんいってき》の賭けに等しい。不発に終われば死を待つばかり。それでも宜しいか？」

貞任はぎろりと為行を睥睨《へいげい》した。その剣幕に、為行は思わず身じろぐ。

「最早《もはや》後戻りは出来ぬ。今事を起こさねば、遅きに失する所となる。その秘策とやら、聞かせてもらおう」

為行に代わって貞任に問うたのは、経清であった。則任も身を乗り出して貞任を凝視している。

貞任は、秘策を明かした。

皆の体が一瞬固まる──。

それは身内に対してさえ、これまで決して口にすることの無かった秘策中の秘策であった。

「──成る程、確かに運否天賦《うんぷてんぷ》だが、策が成れば捲土重来《けんどちょうらい》の一撃となり得る…」

経清が額の汗を拭いながら譫言《うわごと》の様に呟《つぶや》いた。汗の理由は身に迫る灼熱の炎ばかりではない。貞任の策の壮大さに畏《おそ》れをなしたからである。

「だが、策が成就するにはそなたらの命を危険に曝さねばならぬ…」貞任が眉間に深い皺を寄せた。

「何だ水臭い」経清が鼻で嗤《わら》う。

「この命、疾《と》うの昔におぬしに預けておるわ。俺は今、完全に蝦夷だ！　誇りを胸にこの命、見事に散らせて見せようぞ！」

経清は高らかに笑った。

「ならばその前に有加に会いに行ってやってくれ」

貞任の言葉に、経清は静かに頷いた。

「俺もあ奴に別れの挨拶をして参る」

死を覚悟した貞任もまた、本丸を後にした。

勾当館《こうとうのたて》では有加が侍女らと共に白の鉢巻に襷《たすき》を掛け、薙刀《なぎなた》を手に背筋を伸ばして正座していた。その傍らには小さな鎧の下に稚児舞《ちごまい》を纏い、兜の代わりに天冠《てんかん》を被った清丸の姿もある。下がり藤の家紋が配《あしら》われたその稚児舞は、嘗《かつ》て元服前の経清が着た物であった。

「父上！」経清の姿を見付けた清丸が弾けんばかりの笑顔で経清の懐に飛び込んで来た。

「母者を守ってくれておったか。清丸は偉いの」経清が頭を撫でると、清丸は誇らしげに胸を張った。

察した侍女らが席を外した。部屋には経清の家族しか居ない。

「いよいよ最後の戦いに出るのですね…」有加の声が部屋に響いた。迷いの無い、凛とした声であった。

「これを鎧の下に御召し下さりませ。炎と矢から必ずや御身体を守ってくれましょう」

有加が経清にそっと手渡した物は、護摩木《ごまぎ》で拵《こしら》えた衣であった。護摩木の一枚一枚に南無阿弥陀仏と記されてある。

「俺はそなたと結ばれて幸せであった」衣を受け取った経清は、素直に有加に頭を下げた。

「清丸と共に東日流《つがる》に逃れよ。彼《か》の地には行任《ゆきとう》殿が居られる。頼義も我らの首を獲りさえすれば、よもや東日流までは追っては来まい。これからは俺の妻としてではなく、清丸の母として生きてくれ」

経清は万感の想いを込めて有加を見詰めた。

「有加は経清様の妻にして安倍の娘にございます。最期までこの柵に残り、経清様と共に戦います」

有加は大きく首を横に振る。

「そなたまで死ねば誰が清丸を守ると申す？　清丸は千代童丸殿らと共に、安倍の次代を、否《いな》、陸奥の次の世を担う期待の星ぞ。三途の川を渡るのは俺一人で十分だ」経清は諭すような口調で言った。

「清丸は一人で立派に生きて行きましょう。有加は最期まで戦います！」

有加は頑として首を縦には振らなかった。こうなると有加は梃子《てこ》でも動かない。

〈その芯の強さが俺は好きなのだ…〉

苦笑すると経清は、有加の唇を奪った。熱い涙と吐息が漏れる――。

「あっ！」

次の瞬間、有加は小さな呻《うめ》き声を上げて崩れた。経清が鳩尾《みぞおち》を拳で突いたのである。

〈許せ！〉気を失った有加を左肩に抱え、経清は清丸の重瞳《ちょうどう》の目を見据えた。

「母者を守ってくれるな?」

清丸は、小さく、だがしっかりと頷く――。

必死で涙を堪える小さな清丸の手を引き、経清は部屋を後にした。

経清が向かったのは、北館《きたのたて》であった。女館《めのたち》でもある北館には厨《くりや》がある。柵に籠もる兵の胃袋を支える厨ではこれまで幾多の侍女が犇《ひし》めき合い、昼夜を問わず稼動していたが、今となっては巨大な竈《かまど》が暗闇にひっそりと佇《たたず》んでいるだけである。その厨に入った経清は、待ち受けていた貞任を見て思わず苦笑した。そこに居る貞任は、自分と同じように右肩に失神した麻姫を載せ、左腕で二人の幼子を抱えている。

「お互い気の強い女房殿を貰《もら》ったと見えるな」

貞任もにやりと笑った。死を覚悟した男には悲壮感は無い。今の二人には不思議な余裕すら感じられる。

程無くして卯沙《うさ》の手を引く中加と、綾乃と一加母子が顔を揃えた。彼女らも皆一様に柵に残ると言い張っていたが、則任が必死に説得していた。

貞任は為行に麻姫と子供らを託すと、三つ並んだ竈のうち、右端の竈の焚き口を覗き込んだ。この竈だけ煤《すす》が付いていない。

「こんな所に抜け道があったとは…」

経清から手渡された眠れる有加をしっかりと抱いた則任が、感嘆の声を上げた。

「頼義は柵の絵図を持っておろうが、古来より絵図には絶対に描かれぬ物がある。柵の外に通じる抜け道がそれよ」

貞任は蒼い左眼を瞬《また》いて笑った。柵の主人《あるじ》だけが知る極秘の抜け道であった。

白夜丸が先陣を切り、次いで松明《たいまつ》を手にした則任が有加を抱えて焚き口に入った。その後ろに清丸が続く。

〈さらば清丸! 強く生きよ!〉

未だ幼い我が子の背中に経清は念じた。その念を感じてか、清丸は一瞬立ち止まったが、振り返りもせずに暗闇に消えた。七歳ながら、清丸も覚悟を定めたのである。

すやすやと寝息を立てる高星丸を腕に抱いた綾乃を先頭に、安倍の女子も後へと続く。

「兄様、御武運を…」

「きっとまた逢えますわね?」

中加と一加が貞任に別れの言葉を投げかけた。美しい姉妹の目には、涙があった。貞任は小さな頷《うなず》きでそれに応えた。二人の姉妹も暗闇へと消えて行く─。

厨に残ったのは、貞任と経清以外には、眠れる麻姫と為行、そして千代童丸だけとなった。

〈母禮《もれ》よ… 次の世でも夫婦《めおと》ぞ〉麻姫を見詰める貞任が、無意識のうちに古《いにしえ》の女傑の名を口遊《ずさ》む─。

「娘に伝えよう。最後に残す言葉は?」華奢な麻姫を胸に抱えた為行がその貞任に問うた。

「そなたは手前の宝であったとお伝え願いたい」

そう言った貞任は悟りの境地に達したかのような、実に晴れやかな顔であった。

「何と勿体無い御言葉…。安倍の惣領の御言葉、娘も心にしかと刻みましょう」

貞任の言葉を聞いた途端、舅の目から大粒の涙が零れ落ちた。為行の体が小刻みに震える。

「お爺、なぜ泣く?千代が慰めてあげましょう」

赤い頬の千代童丸が為行の腕から飛び下りると無邪気な笑顔を浮かべ、しゃがみ込む為行の頭を撫でた。

経清が思わず目頭を押さえる─。

「千代や…」

貞任は千代童丸を手招きした。とことこと千代童丸が貞任に駆け寄る。

「そなたに良き物を授けよう」

言うと貞任は胸元の勾玉を外して最愛の息子の首に掛けた。

千代童丸は嬉しそうにはしゃいだ。

「母者を頼むぞ」

貞任は、我が子の頭を優しく撫でた。

その時、館の屋根に弩《いしゅみ》の矢の衝撃が走る――。

「千代殿、そろそろ参りますぞ。さ、爺の背に乗られよ」

為行は千代童丸を背負《おぶ》ろうとした。

「要りませぬ！　千代は歩いて参ります！」

そう言うと千代童丸は為行を制して自らの脚で抜け道へと向かって行った。

貞任は、その小さな姿を誇らしげに見送った。

やがてその背中が見えなくなる――。

別れを終え、立ち去ろうとした貞任の耳に、竈の奥から千代童丸の声が聞こえた。

「母様を守ると父様《とと》と約束したもの！」

貞任は、慟哭《どうこく》した。

〈愛する者たちにこの命を捧げよう。俺の生き様を見ていてくれ！〉

覚悟を定めると貞任は遂に最期の戦場へと向かった。


「最早《もはや》和議は成らぬ！　これより俺は蝦夷の誇りを賭けて頼義を討ち獲りに参る！　動ける者は皆俺に付いて来い！」

黒鹿毛《くろかげ》に飛び乗ると経清は大声で叫んだ。鎧の下には護摩木を編んで拵《こしら》えた衣を纏っている。最愛の妻、有加が心を込めて作った衣である。

兵を従えた経清に、恐れは無かった。むしろ不可思議な程に清々しい気分であった。有加と清丸を無事に送り出した経清にとって、最早《もはや》迷いなど無い。

出陣を見届けた貞任は、経清が背にした旗印に、ある筈のない田村茗荷《たむらみょうが》の家紋を認めた。

〈頼んだぞ！ 友よ!!〉貞任が、その背に念じる──。

経清は、死ぬ心算《つもり》であった。貞任を援護し、あわよくば頼義と刺し違えん。経清は今、完全に蝦夷となった。

「坤《ひつじさる》（南西）の火の手が弱い！ そこを突破する！」

燃え盛る炎の山脈に僅かに開いた谷間を、経清の隊が疾駆する。突破の際、経清の馬の鬣《たてがみ》に火が燃え移った。暴れる馬を左手の手綱で巧みに操り、右手の蕨手刀で鬣を払う。背負った下がり藤の旗印もめらめらと燃えていた。

「構うな！ このまま炎の壁を突破する！ 頼義を死ぬ気で探せ！」

待ち構えていた敵兵は経清らの姿を見てぎょっとなった。彼らの目には経清は焔《ほむら》を背負う赤鬼と映っていた。


「遂に動いたとな！」厨川柵に異変有りとの報せを受け、三河川の合流地点に本陣を敷く頼義は欣喜雀躍《きんきじゃくやく》した。

「呼応して嫗戸柵より重任も出陣した由《よし》にございます！」側近の藤原茂頼《ふじわらのしげより》の声も弾んでいる。

「十年以上の長きに渡り源氏が手を焼いた安倍を、遂に滅ぼす時が来たか…」

万感の想いを胸に、頼義は嘆息した。その眼には薄っすらと光る物すら見える。

「義家と義綱をここへ！ 全軍、総攻撃の準備を致せ！」

頼義の下知に長年源氏に支《つか》えた藤原景通も思わず武者震いした。


近くの河川敷に陣を張る武則の耳にも、経清と重任の動向は伝わっていた。

陣には嫡男の武貞と三男の武道、孫の真衡は勿論、連合軍各部隊の押領使《おうりょうし》を務める橘兄弟、吉彦秀武《きみこのひでたけ》、吉美侯武忠《きみこのたけただ》ら、清原所縁《ゆかり》の面々がずらりと勢揃いしている。

「残った兵の殆《ほとん》どは我ら清原の兵。ここまで来て源氏に手柄を奪われては叶わぬ！ これが最後の戦と心得《こころえ》、各々方《おのおのかた》、存分に働かれよ！」清原の次代を担う武貞が檄を飛ばした。

その横で武則は得意げに右頬の古傷を撫でていた。

どんどんと陣太鼓が打ち鳴らされ、源氏、清原両陣から大鎧を纏った頼義と武則が歩み寄った。

心の中では頼義を疎ましく思っている武則であったが、頼義の推挙無くして陸奥鎮守府将軍への就任はありえない。そこは流石に弁《わきま》えていた。

武則は頼義に向き合うと、歪んだ口許を隠すように、深々と一礼した。

「うむ――」

頼義が咳払いをして頷いた。兵が静まり返って頼義を注視している。

頼義は、軍配を高々と頭上に掲げた。

「今こそ積年の恨みを晴らす時ぞ！　全軍で不倶戴天《ふぐたいてん》の仇を討ち取りつべし!!」

地獄の底から響くかのような絶叫と共に、頼義の最後の賽《さい》は投げられた。


「賊軍は羽根を捥《も》がれた鳥の如し！　恐るるに足りぬぞ！」

真っ先に戦場に到達したのは第六陣を率いる吉美侯武忠《きみこのたけただ》であった。そこでは既に厨川柵を囲んでいた兵と、その背後から撃って出た重任軍が死闘を繰り広げていた。あちこちに物言わぬ遺体が転がっている。武忠は清原の旗印を背負った亡骸を目にし、思わず声を失った。目の玉が抉り出され、顔面血だらけで果てている。

「これは…」ようやく武忠が言葉を発した刹那、風を切る羽音と共に隣の馬から兵が落下した。武忠は一瞬我が目を疑った。そこには目を潰された兵が呻き声を上げている。その時、再び羽音が聞こえた。音の主は、熊若《くまわか》だった。

ざくっ！

熊若の鋭い爪が兵の咽喉笛を掻き切る。両翼を広げれば一尋《ひとひろ》にもなる熊若に頭上から襲われた兵は、瞬く間に絶命した。真上からの攻撃は防ぎようが無い。

「鷹を使うとは卑怯ぞ！　我こそは出羽では少しは名の知れた吉美侯武忠！　字《あざな》は斑目四郎《まだらめしろう》と申す！　纏めの者は名乗り

を上げよ！」

現れた敵が清原の血筋と知り、安倍の兵が息を呑む—。

「戦に火を用いる者が卑怯とは笑止千万！　この鷹は立派な安倍の兵！　鷹に殺されたくはないと申すなら、この重任が相手になろう！」沈黙を破り、重任が武忠を挑発した。

「おお！　鬼の重任とは貴様の事か！　相手にとって不足無し！　いざ、尋常に勝負！」

相手が重任と知って武忠は鹿毛《かげ》馬から飛び降り、喜び勇んで刀を抜いた。重任も黒鹿毛《くろかげ》の愛馬から下馬すると、素早く腰の太刀を抜く。亡父頼時より授かった三条宗近銘刀《さんじょうむねちかめいとう》である。

「者ども！　手出しは無用ぞ！」配下の兵にそう命じると、武忠は刀を真正面に構えた。

「斑目四郎殿と申せば清原の重鎮。ここで会ったが百年目。迷わず地獄へ送ってやろう」

親子程も歳の離れた武忠にも、重任は怯《ひる》まなかった。逆に重任の鋭い眼光に、武忠の額から汗が滲む。重任の構えには全く隙《すき》が無い。両者睨み合いながら、じりじりと時間だけが過ぎて行く—。

先に動いたのは武忠であった。間合いを嫌って右に走る。それに併せて重任も左に駆け出した。

慎重に間合いを詰めた重任がまずは誘いの一太刀を振るう。

武忠は後方に飛び、これを避けた。着地と同時に右脚で踏ん張ると、身を屈《かが》めて今度は前方に飛び、重任の胴目掛けて鋭い突きを繰り出した。

次の瞬間、武忠の視界から重任が消えた。

「!?」

立ち止まった武忠の左脇に、激痛が走った。仏胴《ほとけどう》の継ぎ目を隠す蝶番《ちょうつがい》が吹き飛び、脇腹から血が滲んでいる。重任は驚異的な跳躍で突きの体勢に入った武忠の頭上を超え、背後から胴を払っていたのである。

「流石に安倍の六郎殿だけの事はある」苦痛に顔を歪めながら、武忠は肩膝を地に着けた。

「次は貴様の首が飛ぶぞ」重任は不敵な笑みを湛えて武忠に接近した。

「ほざくな！」

武忠は不屈の闘志で立ち上がると、上段から力一杯刀を振り下ろした。重任はこれを真正面から受け止める。

がきいん！

甲高い金属音と共に火柱が散る。それと同時に強烈な衝撃が武忠の掌《てのひら》を襲った。手の痺れに舌打ちをする武忠とは対照的に、重任は涼しい顔をしている。

「おのれ！」

武忠は叫ぶと再び刀を振り下ろした。重任はまたもやこれを太刀で受ける。先程と同様に火花が散ったが、異なるのは武忠の手が軽くなった事であった。武忠の刀が根元からぽきりと折れて吹っ飛んでいた。無理も無い。重任の三条宗近は幅も重さも段違いである。

「もらった！」

呆然《ぼうぜん》と立ち尽くす武忠に、重任は止《とど》めを刺すべく振りかぶった。負けを悟った武忠は、刀の柄をそっと捨て、首を差し出したかに見えた。が、その刹那、武忠は重任に飛び付き、抱き抱えて身を反転させた。

「この期に及んで小癪《こしゃく》な真似を！」

重任は縋《すが》り付く武忠を蹴り飛ばすと、再び太刀を構えた。しかし武忠の様子がおかしい。目を見開いたまま、天を仰いで立ち竦《すく》んでいる。

「⁉」

やがて武忠は口からどす黒い血を大量に吐き、重任の前にばったりと倒れた。その背には矢が深々と突き刺さっている。その遥か後方で、弓を構える武忠の配下が青褪めているのが見えた。

「この俺を庇《かば》ったと申されるか！」重任は目の前に横たわる武忠の肩を揺さぶった。しかし反応は無い。

「清原にもこの様な気概のあるお方が居られたか…」

事切れた武忠に手を合わせると、重任は憤怒の表情で射手の許へゆっくりと向かう—。

怒れる重任の三条宗近は、瞬く間に九人の配下を葬り去った。

その頃、経清は僧形の男と対峙していた。その男の後ろには左足を前にして長弓を構える五人の配下が控えている。右手で絞った矢の標準はぴたりと経清の額に向けられていた。

既に半刻以上奮戦し、三十以上の首級を上げていた経清は、両肩で息をしていた。背中には折れた矢が突き刺さり、鮮血が滲んでいる。対して僧形の男に疲労の色はない。戦を配下に任せ、高みの見物を決め込んでいたのである。

その男の名は藤原茂頼《ふじわらのしげより》。言わずと知れた頼義の懐刀《ふところがたな》である。

「多賀城にて殿の恩恵に肖《あやか》りながら敵に寝返るとは武士の風上にも置けぬ奴！殿に代わって成敗してやる！」

茂頼が額に青筋を浮かべて経清に罵声を浴びせた。

「そなたらこそ永衡《ながひら》殿に下した仕打ち、忘れたとは言わせぬ！今こそその恨み晴らしてくれよう。覚悟召され！」

経清は茂頼の腰帯に差された打刀《うちがたな》を横目で見ると、自らの左腰に佩《は》いた蕨手刀《わらびてとう》に手を添えた。貞任から譲り受けた太刀である。

茂頼も打刀に手を掛ける。

後ろに控えた兵の間に緊張が走った。

先に刀を抜いたのは茂頼であった。打刀を顔の高さまで大きく引き抜く。

〈もらった！〉

その刹那、経清は左手で鞘を捻って蕨手刀の刃を左横に向けたかと思うと、手首を反らせた右手で疾風《はやて》の如く太刀を抜いた。

ぶうん！

抜きざまに刃は茂頼の右の首筋を襲う。刃が下を向く状態で腰に帯びる打刀は抜刀時にどうしても隙が生じる。茂頼の顔が恐怖に慄《おのの》いた。

経清の蕨手刀が茂頼の首を捕らえんとした時、一騎打ちを見守っていた敵兵が一斉に経清目掛けて矢を放った。

「おのれ！」経清は咄嗟に迫り来る矢を避けた。難を逃れた茂頼は尻餅を付いている。

体勢を立て直した経清が再び茂頼に迫った。茂頼の配下はまだ次の矢を番《つが》えていない。

〈勝負あり！〉

経清がそう思った瞬間、茂頼は咄嗟に砂を掴んで経清の顔面目掛けて投げ付けた。砂は経清の目を襲う。

「卑怯なり！」

「どんな手を使っても勝てば良いのじゃ！　者ども、矢を放て！」

先程まで恐怖に震えていた茂頼がにたりと笑って配下に命じた。

視界を奪われた経清は、咄嗟に左に走った。五人の配下が放った矢は悉《ことごと》く的を外す。

「何をしておる！　早く殺せ！」

配下を詰《なじ》る茂頼を尻目に、再び経清は敵兵の左側へ回り込んだ。今度も矢は当たらない。

「馬鹿者！　この走《そう》戸《し》行《こう》肉《にく》めが！」

茂頼の罵声が目を傷めた経清を呼んだ。

「そなたは弓の心得が無いようにござるな…」

茂頼の耳に経清の声が届いた。ぎくりとして声の主を探すと、その距離は意外と近い。再び恐怖が茂頼を襲う。

「右利きの兵が弦を絞れば左に回転するは易いがその逆は難《かた》し。あの世で弓の鍛錬をとくとなされるが良い！」

経清の蕨手刀が閃光を放った。茂頼の視界が狭まる—。

薄れ行く意識の中で、茂頼の耳に五人の配下の断末魔の叫びが聞こえた。

茂頼を退けた経清は、大きく息を吐いた。陽は大きく西に傾いている。目を傷めた経清の周囲に敵兵の気配は感じられない。一方で味方の兵も既に皆無であった。

経清は束の間の静寂に身を投じた。時折、遠くで奮闘する重任の声が風に乗って運ばれて来る。しかしそれ以外に音は無い。

経清は川で目を洗った。

ぼんやりと戻った視界が対岸の敵陣を朧《おぼろ》げながら捉える。

周囲には天にも届かんばかりに高く掲げられた白旗が南風に靡《なび》いていた。それは、頼義のいる源氏の本陣であった。

経清は、僥倖に鼓動の高鳴りを感じた。この戦乱の中、遂に頼義の居場所を探し当てたのである。経清は、全身の血液が逆流する感覚に襲われた。疲労と負傷を考慮すれば、経清に残された時間はあと僅かである。

意を決した経清は黒鹿毛の愛馬に跨った。

天を覆う灰色の雲の隙間から、不意に光の筋が差し込んだ。


経清は単騎川を渡る――。

光芒《こうぼう》を受けきらきらと川面《かわも》が輝く中、経清を乗せた黒鹿毛《くろかげ》は浅瀬を軽やかに駆け抜けた。

対岸では多くの敵兵が弓を構えて待ち受けている。

経清は、敵陣のど真ん中に立つ人物を認め、思わず笑みを浮かべた。その人物こそ、源氏の御曹司にして八幡太郎の異名を持つ、源義家その人であった。

「もう十分にございましょう…」義家は背後に控える兵に弓を降ろさせ、真っ直ぐに経清を見据えて言った。

「この火の勢いでは厨川柵が落ちるのは最早《もはや》時間の問題。貞任殿は未だ見付からぬとは申せ、この多勢に無勢では戦の趨勢《すうせい》は既に決まり申した。重任殿も包囲されております」

義家は諭すような口調で言った。経清は、無言であった。

「経清殿程のお方を雑兵の手に掛けさせたくはございませぬ。手前が武士の死に場所を御約束いたします故《ゆえ》、見事に散華《さんげ》して後の世に御名前を残されませ」

義家は必死で経清に自害を訴えた。

その言葉に経清は白い歯を見せた。

義家は安堵した。経清が自害に応じたと見たのである。だが、実際は違った。経清は貞任の無事を知って愁眉《しゅうび》を開いたのである。

〈貞任殿が無事なれば、俺の役目は終わった…〉肩の荷を下ろそうとした経清に、荒覇吐《アラハバキ》の神が囁《ささ》やく――。

〈頼義の許に行けるのならば…〉

経清は心の手を懐の奥に忍ばせた。その手は確かに小柄《こづか》を握った。

〈頼義を冥土の旅の道連れと致す！〉

大きく息を吐くと、経清は馬上から蕨手刀を川に捨てた。それを見て敵兵が歓声を上げ、経清に群がる。

「控えよ！　本陣にはこの義家がお連れ致す！」

河川敷に義家の凛とした声が響いた。

経清は下馬すると、義家に向かって深々と頭を下げた。


経清投降の報せを受け、敵陣から響《どよめ》きが生じた。

大勢の敵兵が取り囲む中、義家に先導された経清が胸を張って歩《あゆみ》を進める。

時折敵兵から罵声が飛んだ。

経清の目は天空の一点だけを見詰めていた。


本陣では仁王立ちした頼義が経清を待ち構えていた。

武則の一門もずらりと控えている。

一礼の後、経清は頼義と対峙した。

頼義が目で合図すると、兵が経清を取り押さえ、跪《ひざまず》かせて縄を掛けた。

「父上、経清殿は内裏から従五位下を授かりし貴族にございますぞ！」義家が頼義に言い募る。

「何を抜かすか！　朝敵に位階も何も無いわ！　この痴《し》れ者め！」頼義は義家を一喝した。

「しかもこ奴は儂《わし》の配下として国府に務めながら、あろう事か賊に走った裏切り者ぞ！　この儂が成敗してくれる！」

頼義は手にした鉄扇を投げ付けた。経清はそれを額で受け止める。経清の額から血が滲んだ。

「貴様こそ私欲の為に平和に暮らす蝦夷を殺した獣ではないか！　その方こそ万死に値する！」

経清は叫ぶと兵を振り切って立ち上がった。

素早く両肩の関節を外して縄を解く。

すかさず懐の奥から小槌を取り出して身構えた。

頼義が凍り付く。

居並ぶ兵も一瞬の出来事に身動きが取れない——。

「お止めなされ！」

急に一人の男が両手を広げて経清の前に立ち開《はだ》かった。その声は、経清にとって聞き覚えのあるものであった。

「高俊《たかとし》殿…ご無事であったか！」

経清の顔に微かな笑みが浮んだ。男は伊治城《いじじょう》の主、紀高俊《きのたかとし》であった。嘗《かつ》て経清は高俊の計《はか》らいにより国府軍から抜け出し、無事に衣川に到達している。

「本陣で頼義様を襲えば義家様のお情けを踏み躙《にじ》る事になりますぞ」

周囲に聞こえぬよう、高俊は小声で経清を窘《たしな》めた。

高俊の背後では頼義が青褪め、呆然と立ち尽くしている。

経清は暫《しば》しの間熟慮する——。

やがて経清の口が静かに開いた。

「如何《いか》にも高俊殿の申す事は一理あり。獣を目の前にして手前の心も獣と化しており申した。手前は危うく義家殿ばかりでなく、高俊殿のお顔にも泥を塗る所でござった。この経清、死してお詫び申し上げる！」

経清はその場に正座すると、小柄を逆手に握って刃を自らの腹に向けた。

「待て！儂《わし》を裏切った貴様だけは嬲《なぶ》り殺しにせねば気が済まぬ！義を忘れ敵に走りし貴様こそ獣！覚悟致せ！」

頼義は激怒して二尺七寸の太刀を抜き、頭上に思いっきり振り被った！

が、そこでふと思い留まる――。

「この髭切《ひげきり》こそ我ら河内源氏伝家の宝刀。獣の血で汚しては先祖に申し訳が立たぬ。誰ぞ雑兵の使い古した鈍刀を持って参れ！」頼義の命に、直《す》ぐ様《さま》古びた刀が運ばれて来た。刃が欠け、錆も浮いている。

それを見て頼義は冷酷な笑いを見せた。

「一太刀で殺しては面白くも無い。貴様には億劫《おくこう》も続く苦痛を味わわせてやろうぞ」

劫《こう》とは仏教が説く時間の単位である。四十里四方の大石を天人の羽衣《はごろも》で百年に一度払い、それを繰り返して大石が摩滅し無くなるまでの時間も一劫に満たないと言う。

「嘗《かつ》て阿弖流為《あてるい》は河内の地で鋸引きの刑に処されたとか。故事に倣《なら》い、じわりじわりと時を掛けて貴様の首を落としてくれるわ！」頼義は口許を醜く歪めると川原の石に刀を打ち付け、さらに刃を綻ばせた。

「お止め下さりませ！手前は経清殿に武士の死に場所を約束致し申した！」義家が必死に言い募る。

「喧《かまびす》し！うぬも鋸引きにされたいか！」

狂瀾怒濤《きょうらんどとう》の頼義は目を血走らせて義家を殴り飛ばした。その目は完全に常軌を逸している。

「経清を取り押さえよ！」

忽《たちま》ち六人の兵が経清に飛び付き、腹這いに押さえ付けた。

「貞任と共に三途の川を渡るが良い！」

頼義が経清の背に馬乗りになり、鋸《のこぎり》と化した刀を首筋に添えた。

頼義がゆっくりと刀を引く――。
頼義の顔面にぶわっと鮮血が飛び散った。

その頃。

貞任は単騎松園《まつぞの》の坂を疾駆していた。貞任の左眼も石桜の左の魚目《さめ》も青白き炎の如く燃えている――。

遡ること四半刻前。経清の出陣を見届けた貞任は、筵《むしろ》に横たわる多数の負傷兵に救出を誓うと石桜に飛び乗り、柵の東側の断崖を鵯越《ひよどりごえ》の逆落《さかお》とし宜しく真っ逆さまに急降下した。人間業とは思えぬ手綱捌きで奈落の底まで一気に下り切る。勢いそのままに日高見川を渡河すると、流れを左手に見ながら北へ向かった。

〈間に合ってくれ！〉

貞任の願いに応え、石桜は土煙を上げ驚異的な速度で坂道を駆け登る。上田一里塚を過ぎ、やがて貞任は遂に目指す四十四田《しじゅうしだ》の地に降り立った。

そこには日高見の流れを止める巨大な堰《せき》があった。堰き止められた水はまるで巨大な湖の如く悠々と水を湛えている。残照《ざんしょう》の中、深い藍色に染まった水面《みなも》には巖鷲山が逆さに映し出され、ゆらゆらと揺れている。

貞任は石桜から飛び降りると懐から炭壷を取り出した。それは嘗《かつ》て鬼切部の戦いで永衡が使った形見であった。

〈十郎《ながひら》よ、経清達《とも》を守ってくれ！〉

貞任は天に祈ると、龍神を祀《まつ》った小さな祠《ほこら》に身を屈《かが》めた。

素早く注連縄《しめなわ》に火を着ける――。

それは貞任しか知らぬ秘密の導火線であった。

貞任はあらん限りの声で叫ぶ。

「蝦夷の地を侵《おか》さんとする輩《やから》どもよ、刮目《かつもく》せよ！」

一瞬の静寂の後、凄まじい爆音と共に四十四田の堰が吹き飛ばされる――。

まさに積水《せきすい》を千仞《せんじん》の谿《たに》に決するが若《ごと》く、膨大な量の水が下流へと流れ込んだ！

ごごごごごご…。

地鳴りのような不気味な轟音は河川敷の頼義の本陣にも鳴り響いていた。

経清の赤く染まった首筋に僅かに食い込んだ鈍刀を握る頼義の手が止まる。

「何事ぞ！」悲鳴に近い頼義の声に、兵は動揺した。

「どうやら最後の秘策が成ったと見える」経清が不敵な笑みを浮かべた。

「どう言う意味だ!?」頼義の狂気の目が不安に泳ぐ。

「おかしいとは思わなかったのか？牡鹿《おしか》の地にまで至る大河の始まりがこれほど浅い事を…」

六人の敵兵に抑え付けられながらも、経清は高らかに笑った。

その笑いに、頼義の顔が見る見る色を失った。

天駆ける龍の如き濁流は日高見の川に沿って暴れ狂い、厨川柵の断崖にぶつかった。跳ね上げられた飛沫は宙を舞い、雷雨の如く柵に降り注いで瞬く間に業火を消した。柵に残った安倍の負傷兵から歓喜の声が沸き上がる。

断崖に当たり『く』の字に左へと進路を変えた濁流はいよいよ勢いを増し、不来方の町を飲み込みながら頼義の本陣に牙を向けた。

真っ先に逃げ出したのは、清原真衡であった。その後、堰を切った様に清原の者共が次々と陣を捨てる—。

「父上！お逃げ下され！」

賀茂次郎義綱が頼義に飛び付いた。迫り来る轟音に、堪らず頼義も経清から離れ高台へと走った。それを見て源氏の家臣らも一目散に逃げ出した。

気が付けば陣内には経清と義家だけになっていた。濁流は目前に迫っている。

経清は禅を組んで目を閉じた。

蝦夷の誇りを胸に死を待つ経清は、実に清々しい気分であった。

「義家殿、陸奥の未来を頼みますぞ」

経清は笑って義家に別れの挨拶をする。

「なりませぬ！　陸奥の未来は経清殿と貞任殿が居なければ……！」

義家は咄嗟に脇差を抜き、経清の重い鎧の繋ぎを切った。

その刹那、濁流が陣もろとも経清と義家を飲み込んだ！

物凄い衝撃が二人を襲う―。

津波の如き激流に身を任せ、経清と義家は同時に意識を失った。


翌朝。前日の曇天とは打って変わって快晴であった。紺碧《こんぺき》の大空には雲一つ無く、遥か遠く西比利亜《シベリア》の大地から渡って来た白鳥の優しげな歌声が遠くから聞こえて来る。

経清は、赤毛の偉丈夫の胸に抱かれて意識を取り戻した。

「俺は…、生きているのか？」

「女房殿に感謝するのだな。木札の衣が浮きとなってそなたを守ってくれた」

貞任は蒼い左眼を細めて笑った。その逞しい上半身には経清と同じ衣を纏っている。

完全に水没した不来方の町は朝焼けを反射して経清の目を心地よく照らした。

「頼義は？」

「奴の事だ、そう簡単にはくたばるまい」

「そうか…」

言うと経清は自らの脚で大地に立った。首筋に鈍い痛みが走る。

「敵も大打撃を喰らった筈だ。今なら逆転出来る」

「しかし戦力はどれ程残っている？」

経清の言葉に貞任の顔が曇った。


が、その顔色は直ぐに不来方の空の如く晴れ渡る事となる。

貞任と経清の耳に、西から微かに蹄の音が届いた。

その音は次第に大きくなる。

「これは大軍ぞ！」

二人は西の地平線に目を凝らした。

「あの左三つ巴の旗印は…！」

「宗任殿ぞ！」

貞任の言葉に呼応して、経清が上擦った声で叫んだ。


宗任は背後に一万もの兵を従えていた。

皆背に七五の桐の紋を染め抜いた旗を配している。

真人の姓《かばね》を授かる清原宗家にしか許されない家紋であった。

「ならば大鳥井太郎殿の軍勢であろう」

貞任は大きく頷く。

その通り、清原宗家軍の纏めは光頼の血を引く清原頼遠《きよはらのよりとお》であった。

貞任は歓喜の雄叫びを上げて宗任らを出迎えた。

「三郎《むねとう》！ 叔父上殿！ 皆無事であったか！」

正任、家任、そして良照の笑顔も貞任の目に飛び込んで来た。乱戦で見失った重任の姿もそこにある。

その両脇には松本秀則、秀元兄弟が白い歯を見せている。

先頭を走る宗任が笑顔で叫ぶ。

「兄者！ 待たせたな！」


「経清殿、何時《いつ》ぞやの借りを返しに参りましたぞ！」

経清は、聞き覚えのある声の主に目をやった。そこにいたのは満面の笑みを浮かべる平国妙《たいらのくにたえ》であった。

「我らが出羽の鳥海山《ちょうかいさん》に潜入すると、真っ先に国妙殿が助けに来てくれ申した」

宗任の笑顔が経清に向けられる。

経清の外伯母を嫁に持つ国妙は先の黄海の戦いで国府に組みし、貞任の情けで放免されていた。

宗任らは国妙の手勢と共に大鳥井館《おおとりいのたて》を急襲し、捕らわれの身となっていた頼遠を救出した。無論、宗任、正任らの母である友梨も無事に奪還している。以後、傍流武則一派の動向を不服とする清原の兵らが頼遠の挙兵に呼応し、宗任、頼遠を中心とする安倍と清原宗家の同盟軍は今や出羽を完全に掌握していた。

「蝦夷の誇りを捨て源氏と手を組みし大叔父《たけのり》を許す事は出来申さぬ！ 貞任殿、我らの兵をお使い下され！」

頼遠は馬上から降り、笑顔で貞任の手を取った。

「行任《ゆきとう》も二戸を出立いたした。明日にはここに合流しよう」

「九郎《ゆきとう》もか…」

正任の言葉に貞任の胸が詰まる。

末弟の行任は今は亡き安倍富忠《あべのとみただ》に養子として迎えられていた。東日流《つがる》の兵もまた、蝦夷の誇りを胸に立ち上がったのである。

「安倍の兄弟、そして我らに縁《えにし》のある方々。これで役者が揃った」

貞任は皆の顔を見渡しながら、満足そうに頷いた。

その時、ふと風向きが変わった。炎を煽《あお》って安倍を苦しめた南風が止み、不来方の地に巖鷲山からの北風が吹き下りたのである。

「この寒風《かんぷう》こそ我ら蝦夷にとっての追い風ぞ！　この風に乗り、頼義を一気に追い詰めるのだ！」

貞任の激に、兵は皆太刀を天高く振り翳《かざ》して応えた。

終章　還《かえ》らざる時の終わりに

陸奥の山々では木々が一斉に芽吹き、麗《うら》らかな陽の光を浴びて若草色に輝いている。その中に点在する山桜はまさに今盛りを迎えていた。時折響く鶯《うぐいす》の鳴き声が耳に心地良い。

貞任の住まう安倍館《あべたて》では、若い新郎新婦の門出を祝うべく、安倍の一門が勢揃いしていた。

「それにしても、まさかそなたらが出来ていたとはな…」

苦笑する貞任の視線の先には、照れ笑いを浮かべる若武者と、その隣にぴったりと寄り添い、俯《うつむ》き気味に頰を染める一加の姿があった。若武者の頭には左折の烏帽子。源氏が好む装束である。

「誠に兄者と呼べる日が参りましたな」若武者が貞任に笑う。

「昨日の敵は今日の友とは良くぞ言うたものよ」

貞任の隣で経清が感慨深げに目を細めた。


半年前、出羽と東日流《つがる》の軍勢の援護を受け、貞任率いる安倍軍は遂に国府軍との竜騰虎闘《りょうとうこ とう》の激戦に打ち勝った。十二年もの長きに渡るこの戦いは、後の世に『前九年の役《えき》』として伝えられる事となる。しかし『役』とは諸外国との戦闘を意味する言葉である。無論、陸奥の地は日本であり、この戦は国内での出来事である。よって『前九年合戦』との呼称が相応《ふさわ》しい。あるいは蝦夷の側から言わせれば、『前九年の抗戦』である。

凱陣《がいじん》の儀を終えた貞任は即座に宗任を都に遣《つか》わし、朝廷に和議を迫った。無論、只の終戦協定の締結が目的では無い。貞任らの要求は、陸奥の大和朝廷からの離脱、即《すなわ》ち独立であった。

交渉は難航するかと思われたが、宗任の手腕と、何より強大な安倍軍への畏《おそ》れから、果たして内裏は貞任の要求を飲んだ。ここに陸奥は倭建命《やまとたけるのみこと》の東征以来、蝦夷千年の悲願であった独立を勝ち取ったのである。

晴れて独立国家となった陸奥であったが、朝廷との軋轢《あつれき》を防ぐため、役職は敢えて内裏の名称を踏襲した。即《すなわ》ち、軍事を司る鎮守府将軍には貞任が就任し、政《まつりごと》全般を扱う陸奥守には経清が辣腕《らつわん》を振るった。始めこそ国府は安倍の本拠地である鳥海柵《とりみのさく》に置かれたが、後述する宗任の異動に伴い、経清所縁《ゆかり》の豊田館《とよだのたて》に移された。陸奥鎮守府は無論、貞任が守る厨川柵に築かれている。

交易を通じて博多を良く知る宗任は、内裏に請われて太宰府《だざいふ》に移った。以来宗任の辣腕《らつわん》により、博多津は宋や朝鮮との交易の玄関として大いに栄えた。また、父と共に九州の地を踏んだ嫡子の梅丸は元服後に季任《すえとう》を名乗り、肥前の松浦一族と姻戚関係を結び松浦党の基礎を築いた。彼《か》の地で産まれた宗任の愛娘萩乃前《はぎのまえ》は後に陸奥に戻り、経清の孫に当たる藤原基衡《ふじわらのもとひら》の北の方となる。七十七歳で没した宗任の墓は今も宗像《むなかた》大島の安昌院《あんしょういん》に残されている。宗任の子孫はまた長州でも大いに栄えた。後に戊辰戦争で長州は陸奥と対立するが、これこそ歴史の皮肉であろう。その長州宗任の系譜は平成の末から令和に掛けて、憲政史上、歴代最長政権を樹立する内閣総理大臣を輩出する事となる。

永衡末亡人中加は嘗《かつ》ての宗任の郎党、松本七郎秀則とその弟の八郎秀元に守られ、永衡の忘れ形見である娘の卯沙と共に出羽国鳥海山《ちょうかいさん》の麓《ふもと》で幸せに過ごしたと言う。波乱万丈に満ちた中加の晩年は永衡が天から見護《まも》っていたお陰か、実に穏やかなものであった。また松本兄弟は後に宗任愛用の青龍の鎧を常陸国に奉納し、その地に主君を神として祀ったと言う。

貞任の慈悲に赦《ゆる》された頼義は敗戦の責任を負い伊予国に流されたが、晩年は出家し信海入道《しんかいにゅうどう》と称して余生を過ごした。承保二年（一〇七五）七月十三日に当時としては異例の八十八歳で没するまで、これまでの戦で命を落とした兵の菩提を弔うべく、耳納堂《じのうどう》と言う寺堂を建立して滅罪生善《めつざいしょうぜん》に励んだと言う。因《ちな》みに頼義が不来方の地に石清水八幡宮を分霊した祠《ほこら》は後に鳩森八幡宮と称され、現在の盛岡八幡宮に至っている。

経清の嫡男である清丸はやがて清衡《きよひら》と名を改め、父の跡を継いで陸奥守となった。清衡は政庁を平泉の地に移し、これを柳之御所《やなぎのごしょ》と称した。奥州藤原氏初代当主となった清衡は、後に敵味方を問わず、前九年合戦で犠牲となった全ての英霊を慰めるべく、仏に帰依して平泉に金色堂を建立する。中尊寺供養願文では清衡は自らを『東夷の遠酋』『俘囚の上頭』と称した。奥州の地に現世の極楽浄土を築かんとした清衡の志《こころざし》は子の基衡、孫の秀衡《ひでひら》、そして曾孫《ひまご》の泰衡《やすひら》にしっかりと受け継がれ、平泉の地は京の都をも凌ぐ栄華を極めた。この四代は今も金色堂須弥壇《しゅみだん》に眠っている。

役目を終えた石桜は生まれ故郷の千厩《せんまや》（岩手県一関市）の牧《むまき》にて静かに余生を過ごした。その血は後に秀衡《ひでひら》から源九郎義経に贈られ、一の谷の戦いで義経を背に鵯越《ひよどりごえ》の逆落《さかお》としを敢行する名馬太夫黒《たゆうぐろ》に受け継がれたと言う。何の因果かその義経の兄、頼朝率いる鎌倉軍を阿津賀志山《あつかしやま》で迎え撃った藤原国衡《ふじわらのくにひら》の愛馬で、吾妻鑑に奥州第一の駿馬と評される高楯黒《たかだてぐろ》も、石桜の血を引いている。

一加を娶った義家は、朝廷側の陸奥守に就き多賀城に住まった。無論、一加と共に陸奥国との橋渡しとなった事は言うまでも無い。その後、後三年合戦として知られる出羽の内戦では後見人として若い清衡を助けた。一加との間に七男二女を設け、その子孫には頼朝、義経、足利尊氏、新田義貞、そして武田信玄と、錚々《そうそう》たる顔触れが名を連ねている。義家自身も正四位下まで登り詰め、武士として初めて昇殿を許された。没後八百年が過ぎた大正四年には正三位が贈位されている。

義家と一加の三日厨から十五年が過ぎた。

その日、大宰府から久しぶりに陸奥に帰った宗任は、豊田館《とよだのたて》で経清とにこやかに酒を酌み交わしていた。多賀城からは義家も掛け付けている。

「兄者には陸奥の大地も狭かったと見える」

宗任が貞任に想いを馳せながら苦笑した。

貞任は前年に鎮守府将軍職を嫡男の千代童丸に譲り、麻姫と共に大陸へと渡っていた。


十五の時に元服した千代童丸は父から一文字を譲り受けて安倍貞政《あべのさだまさ》と称し、今では立派に陸奥の国防を担っている。その後、老齢となって貞政は仏門に入り、自在房蓮光和尚《じざいぼうれんこうおしょう》と号して三歳年上の従兄弟の楽土造営に助力する事となる。次男の高星丸は貞任の弟の行任に預けられ、後に津軽安東氏を起こした。その末裔はやがて頼遠の孫に招かれて出羽を基盤とし、後に「斗星の北天に在るにさも似たり」と讃えられた戦国武将、安東愛季《ちかすえ》を世に送り出す。その安東家から派生し、明治維新後に華族に列せられた秋田子爵家は、その血が貞任に遡る事を無二の誇りとしたと言う。


「あの巨漢ではそうかも知れぬな」

有加の隣で陽気に笑う経清の胸には、孫の基丸《もとまる》がしっかりと抱かれていた。


その頃——。

地平線の遥か向こうに沈み行く夕日を追い掛けるかのように、貞任は蒙古《モンゴル》の大草原を風となって疾駆していた。

沙棗《さそう》の花が咲き乱れている。

貞任が跨る馬は、石桜の血を引く青鹿毛《あおかげ》である。

その背、貞任の後ろには、麻姫がしっかりと寄り添っていた。

乾いた空気の中、二人の顔を大陸の夕日が紅《くれない》に染める。

貞任の顔には、戦に明け暮れた頃の苦悩は見られなかった。

渋みを増したその顔には、柔和な笑みさえ湛えられている。

「陸奥に戻る事はございませぬか？」

背後で麻姫がぽつりと呟いた。

「彼《か》の地の政《まつりごと》が乱れれば、何時《いつ》でも戻ろう」

夕日に蒼い左眼を細めながら、貞任は言葉を繋《つな》ぐ。

「尤《もっと》も、それは暫《しばら》くはあるまいがな――」

麻姫は頷くと穏やかな微笑を浮かべ、日出《いず》る豊饒の国を振り返った。

貞任の息吹は偏西風に乗り、遥か遠く陸奥にまで確かに届いていた。


〈了〉

後書き

忌まわしき東日本大震災が発生した平成二十三年三月十一日午後二時四十六分、小生は北里大学海洋生命科学部の教員として、岩手県大船渡市三陸町越喜来《おきらい》にある三陸キャンパスの水族病理学研究室に居た。幸いな事に無傷な上、身内に不幸は無かったが、暫《しばら》くの間避難所生活を経験した。その間、地元では不幸にしてご家族を亡くされた方々、家を流され避難所や仮設住宅での暮らしを余儀なくされた多くの方々を目にして来た。今でも当時を振り返ると心が痛む。その後、本学部は本部のある神奈川県相模原キャンパスに教育の拠点を移す事となり、小生も移動となったが、本来ならば地元の方々と共に復旧復興に向け尽力すべき所、逃げる様に三陸を後にした事に常に負い目を感じていた。

それから丁度十年が経過した節目の現在（令和三年）は前年に引き続き、全世界的に新型コロナウイルス感染症の脅威に曝されている。この歴史的コロナ禍の中、岩手県盛岡市で生を受け、三陸の地に一度は奉職した小生は、今こそ岩手の方々を少しでも勇気付けられる小説を書きたいと思った。それが拙書を世に出そうと志した所以《ゆえん》である。

題材には予《かね》てから興味を抱いていた前九年合戦を選んだ。盛岡市に厨川中学校という市立中学校がある。そこで当時日本史の教鞭を執られていた工藤某先生（盛岡のご出身だったと記憶している）が、坂上田村麻呂による蝦夷征伐に関する授業で発された言葉を、小生は今でも鮮明に記憶している。師曰《いわ》く「田村麻呂は歴史の英雄として教科書に書かれているが、その裏には破れた者達の生き様があった筈である。しかしそれは正史には残されない。蝦夷にとって田村麻呂はむしろ悪しき侵略者に他ならない。我々にとっては敗者阿弖流為こそ郷土の英雄である。諸君には歴史の多様性を想像出来る大人に育って欲しい」と―。

このお言葉は多感な時期を迎えていた小生にとっては衝撃的であった。やがて前九年合戦を学ぶにあたり、平安時代の盛岡の、正史に書かれていない真の歴史に大いに興味を抱いたものである。郷土の誇りを胸に秘め、理不尽に敢然と立ち上がった安倍の物語こそ、今の岩手の方々を励ますものとなるのではないか？　厨川の二文字を冠する学び舎に通った小生の責任において、『英雄百人一首』の第十五首に「きのふたち　けふきてあはれ　衣川　やぶれしすそもさけのぼるらん」と詠まれる貞任公を主人公とする物語を書くべきではあるまいか？　そう自惚れて完成させたものが、この拙書である。

本書の執筆にあたり、なるべく史実や地元の伝承に忠実に書く事を心掛けた。しかし物語の展開上、いくつかの想像や捏造がある点をお許し頂きたい。例えば歴代の陸奥守の着任順が微妙に異なっている。また、本書では清丸より千代童丸が年少となっているが、多くの歴史書では逆であり、且つ千代童丸は厨川柵落城の際に僅か十三歳で（源頼義や義家は助命を願ったと言うが、清原武則が頑として首を縦に振らず）敢え無く斬首されたとされている。その千代童丸は前九年合戦の顛末を伝える唯一の書物である『陸奥話記』に「容貌《ようぼう》ハ美麗《びれい》ナリ」と記されている。勝者を讃え、敗者を貶める筈の軍記物において、この異例の扱いは興味深い。ここに小生は不明とされる作者（一説には藤原明衡とされる）の、健闘虚しく散った敗者への哀れみと敬意を感じる。一方、陸奥話記に清原真衡は登場しない（史実では彼は後三年合戦で義理の弟の清衡と戦っている）。しかし清原武則参戦時に十九歳の彼が出陣していないとは考え難い。陸奥話記には『平《たいらの》真平《さねひら》』なる人物が描かれているが、私は彼こそが清原真衡と考え、敢えて本書に策士として登場させた。なお、作中で貞任に折られた経清の騒速剣は、播州清水寺の寺伝によると田村麻呂のものとされている。

当時は家紋も存在しなかったと考えられている。しかし現在も多くの安倍（阿部）家が亀甲に鷹の羽違いの家紋を有しており、貞任から派生した檜山安東家の家紋も檜扇に違い鷹の羽である。『前九年合戦絵巻』で描かれる貞任は臙脂《えんじ》に金の日の丸の扇を持ち、その右袖には九曜菊が記されている。また茨城県下妻市に実在する宗任神社の御守護の図柄は左三つ巴である。これらの事実から、本書ではこれらを安倍所縁《ゆかり》の紋と位置付けた。因《ちな》みに本書で宗任の忠臣としてしばしば登場する松本秀則、秀元兄弟は、亡き主君の神託により、宗任が愛用した青龍の甲冑を鳥海山から常陸国に鎮齊した人物とされ（縁起記には二人は父子とされているが）、これが現在の宗任神社の由来と伝わっている。貞任の郎従として作中に登場する文治保高と山田定矩も、それぞれ群馬と大分の伝承に名が見られる。

また、不来方という地名も当時は無かったと思われる。しかし当時の盛岡を現す地名を私は知らない。そこで私の故郷でもある盛岡のこの雅名を何とかして使いたかった。詰まらぬ著者の拘《こだわ》りと一笑に付して頂ければ幸いである。無論、「南部」も然りである。ちなみに本書において貞任らが訪れた繋温泉は盛岡市の奥座敷に実在するが、当地の伝承では出湯の発見者は源義家とされている。しかし陸奥の地を隅々まで熟知する蝦夷を差し置いて、義家が最初に出湯を見つけ出せようか？　この辺りにも歴史の勝者に対する忖度と史実の歪曲《わいきょく》が見え隠れする。よって本書では阿弓流為を出湯の発見者とした。

そして本書における史実との最大の相違は、言うまでも無く貞任の行く末である。正史では貞任は経清と重任と共に康平五年（一〇六二）旧暦九月十七日に現在の盛岡市で討ち取られたとされている。深手を負って捕らえられた貞任は大楯に乗せられ頼義の面前に引き出され、敵将を一瞥した後に息を引き取ったと言う。高橋克彦先生の名著『炎立つ』でも貞任は最期見事に散華《さんげ》している。しかし貞任が幸せな小説がひとつくらいあっても良い。その想いで本書では貞任を生き延びさせ、且つ勝者とした。副題の『畏怖』は英語の〝If〟でもある。

さて、その主人公である安倍貞任の母方の出自については不明な点が多い。一方で『陸奥話記』には貞任は『背丈は六尺を越え、腰回りは七尺四寸という容貌魁偉な色白の肥満体』と記述されている。この日本人離れした体躯および容姿から、拙書では彼はアイヌを経て大陸人（露西亜民族）の血を引いていると設定した。貞任の母親の名とした『アベナンカ』はアイヌの女性に最も一般的な名前であり、偶然にも『アベ』の二文字を含んでいる。岩手にはアイヌ語を語源とするとされる地名が多い。小生の嘗《かつ》ての赴任地である大船渡市三陸町の『越喜来《おきらい》』もアイヌ語の『オックライ』に由来すると言う。貞任らが生きた時代、蝦夷とアイヌが深く交わっていた事は確実と思われる。ならば安倍の惣領頼良がアイヌの娘と恋に落ちても不思議は無い。なお、阿部比羅夫《あべのひらふ》—阿座麻呂《あざまろ》—阿弓流為《あてるい》—安倍頼良—安倍貞任と連なるとする父系は、本書の全くの創作である。

また、本書では岩手県内、特に盛岡に実在する名所や名物をふんだんに描いた心算《つもり》である。地元の方々に喜んで頂いたり、コロナ禍終息後に県外の方々が彼《か》の地を訪れて頂ければ望外の喜びである。因みに北梅庵の主人として登場する川村徳助の名は、盛岡に現存する老舗百貨店の創業者から拝借した。また、尊敬する高橋克彦先生、平谷美樹《ひらやよしき》先生へのオマージュとして、両先生の作品の世界観を何ヶ所か踏襲させて頂いている。これもお気付き頂ければ幸いである。

最後に、震災にも疫病にも負けず、岩手の方々に益々の幸があらんことを願いつつ、我が母校の校歌の一節を引用して筆を擱《お》く事とする。

――青き美空に聳え立つ、岩手の山と姫神を
朝な夕なの友とする、我が学び舎は、厨川――

令和参年師走　相模国某所にて、望郷の念に駆られつつ

筒井　繁行

筒井 繁行（つつい しげゆき）

昭和48年盛岡市生まれ。同市上堂に育つ。

盛岡市厨川中学校、岩手県立盛岡第一高等学校を経て、
平成5年東京大学理科二類入学。

同大学大学院農学生命科学研究科修了。農学博士。

高校時代は硬式野球部に所属。菊池雄星投手、大谷翔平選手、佐々木朗希投手、そして東北楽天ゴールデンイーグルスをこよなく愛する野球好き。ちなみに春夏連覇を目指す「ドカベン」の常勝明訓高校がついに敗れたその相手は岩手代表・弁慶高校であったが、そのモデルは盛岡一高だともいわれている。菊池雄星も大谷も佐々木も未だ生まれていない1979年のことである。

前九年の風
畏怖・厨川次郎伝

2023年12月13日発行

著者　筒井繁行
制作　イーハトーヴ書店
代表者　熊谷雅也
発売元　イー・ピックス
022-0002
岩手県大船渡市大船渡町字山馬越44-1
TEL 0192-26-3334
E-mail contact@epix.co.jp
URL https://epix.co.jp
装幀　MalpuDesign（清水良洋）
本文デザイン　MalpuDesign（佐野佳子）
印刷所　㈱平河工業社

ISBN978-4-901602-81-5 C0093 ¥1800